中国当代作家研究丛刊

马新朝研究

张延文 编

大象出版社

"中国当代作家研究丛刊"编委会

（以姓氏笔画为序）

王刘纯　大象出版社社长、编审
王鸿生　同济大学人文学院教授
白　烨　中国社会科学院文学研究所研究员
孙　郁　中国人民大学文学院院长
李敬泽　中国作家协会书记处书记
李建军　中国社会科学院文学研究所研究员
李国平　《小说评论》杂志主编
吴义勤　中国现代文学馆副馆长
吴思敬　首都师范大学文学院院长
何向阳　中国作协创作研究部副主任
何　弘　河南省文学院院长
陈晓明　北京大学中文系教授
陈福民　中国社会科学院文学研究所研究员
张　闳　同济大学文化批评研究所所长
张颐武　北京大学中文系教授
张燕玲　《南方文坛》杂志主编
於可训　武汉大学文学院教授
孟繁华　沈阳师范大学教授
施占军　《人民文学》杂志主编
贺绍俊　沈阳师范大学教授
耿占春　海南大学人文传播学院教授
阎晶明　《文艺报》总编辑
黄发有　南京大学中文系教授
谢有顺　中山大学中文系教授
谢　冕　北京大学中文系教授

总　序

中国的新文化运动是以改革语言为肇端的,这也呼应了西方20世纪前后的语言学革命。然而,20世纪西方文学的主流是现代派文学,在中国,20世纪的文学主流则是现实主义。中国现实主义的哲学基础是庄子,是以象为本。这种以象为本的认知方式就是故事决定论,以事载道是现实主义小说叙事的本质,作品的旨意是对社会的批判,这种以社会学为主导的文学观限制了作家在叙事学上的创造力和想象力。

新时期以来,西方现代、后现代哲学与以此为思想基础产生的现代主义、后现代主义文学大量传入中国,被我们广泛接受并对我们的文学观产生影响。同时,20世纪50年代以来,在我们的现实生活中出现的荒诞、暴力、无政府主义倾向、集权主义以及生存环境对人的生命本体、人与人、人与社会、人与环境的异化等等,已经构成了滋生现代派文学的土壤。西方现代派文学的传入使我们认清了这种存在,所以中国新时期的现代派文学的产生既是自然的,也是必然的。我们的文学现实无论是小说还是诗歌都日益重视叙事语言,重视对生命的神秘性与未知性的认识,重视对人的欲望与死亡的认识,重视对时间、记忆与语言的认识,并由此进入人的生存境遇与精神困境。

基于以上因素,"中国当代作家研究丛刊"的入选者,与20世纪80年代茅盾先生倡导,并由多家出版社参与出版的"当代作家研究资料集"、21世纪初期天津人民出版社出版的"中国当代作家研究资料丛书"略有差别，入选的对象为新时期以来，对叙事语言与艺术形式不断进行探索与创新，以此呈现中国社会本质并产生影响的作家。"中国当代作家研究丛刊"计划出版若干辑，每辑入选作家10位，每位入选者独立成册，五年内陆续编辑出版。从体例上，我们尊重每部研究文集编选者的编辑结构与意图，文集以研究论文、作家的生平与创作谈、研究论文总目、作家创作年表或作品总目等为主体，从总体上全面反映对入选作家的研究成果。

为了推动中国当代文学的发展与研究，我们真诚地希望得到广大读者和文学研究者的支持。

"中国当代作家研究丛刊"编委会
2013年6月

2006年，马新朝

马新朝简介

马新朝，男，河南省唐河县马营村人，中共党员，1953年11月24日出生，现任河南省作家协会副主席、河南省文学院副院长、中国诗歌学会常务理事、河南省诗歌学会会长、河南省作家书画院执行院长。一级作家，河南省委、省政府命名的"河南省优秀专家"，团中央首批命名的"全国青年报刊优秀工作者"，省直五一劳动奖章获得者，河南省首批"四个一批"人才，郑州大学兼职教授，第四届鲁迅文学奖初评评委，中国作协会员，河南省政府文学奖第四、第五届评委。曾参过军，当过杂志编辑、副总编、编审、专业作家等。

马新朝获得过第三届鲁迅文学奖、第四届闻一多诗歌奖、首届上官军乐杰出诗人奖、第三届河南省政府文学奖、《莽原》杂志文学奖、《十月》杂志文学奖、《中国诗人》杂志优秀诗人奖，首届杜甫文学奖、国家公安部文学创作一等奖，多次获得团中央和原国家新闻出版署颁发的报告文学作品一、二等奖。曾因工作突出被共青团河南省委通令嘉奖。

马新朝出版学术著作和文学著作多部。诗集有《幻河》、《爱河》、《青春印象》、《黄河抒情诗》、《走向天空》、《乡村的一些形式》、《低处的光》、《花红触地》；报告文学集有《人口黑市》、《闪亮的刀尖》、《河魂》；散文集有《大地无语》等。马新朝先后在《诗刊》、《人民文学》、《中国作家》、《人民日报》、《上海文学》、《十月》、《中国诗人》、《绿风》、《莽原》、《河南日报》等报刊发表数百万字的文学作品和上千首诗作。获得过全国多种文学奖项。

他写的朗诵诗《美好中原》在北京人民大会堂朗诵后，得到中央领导的好评。特别是他的长诗《幻河》一出版，就引起了国内文学界的重视，产生了很大的影响，先后有多位著名评论家为其写评论。为此，河南省委宣传部、河南省文联、河南省作家协会、河南省文学院等单位于2005年7月6日在河南省文学院召开了马新朝同志表彰会，会上省委宣传部的领导给予他很高的评价，省内外的媒体给予了充分的报道。一些文学评论家也对马新朝的文学创作给予了充分肯定，其中，浙江大学教授、评论家骆寒超先生认为马新朝同志是我国当代少数几位优秀诗人之一。《幻河》的出版引起文学批评界的关注和一致好评：青海省副省长、中国作协书记处书记、诗人吉狄马加认为《幻河》是近年来中国诗坛一部不可多得的佳作；评论家陈超认为《幻河》是"五四"以来写黄河最好的作品；浙江评论家龙彼德认为，《幻河》可以与李伯安的长卷绘画《走出巴颜喀拉》媲美。

2010年在郑州黄河迎宾馆举行的中原作家论坛上，省内外评论家们把河南诗歌分为三个阶段：苏金伞代表了一个时代，王怀让、王绶青代表了一个时代，马新朝代表了一个时代。

马新朝参加过第十届以色列尼桑国际诗歌节，曾随中国作家代表团访问德国，随河南作家代表团访问日本、韩国、俄罗斯、埃及、土耳其等国家。

马新朝的部分作品先后被翻译成英文、日文、韩文、阿拉伯文、希伯来文。

1971 年马新朝在河南商丘的军营广播室中

1997 年马新朝参加黄河漂流采访时，在青藏高原与藏族小姑娘卓玛合影

1990年马新朝与老诗人苏金伞合影

2002年马新朝给诗人痖弦读诗

2005年马新朝与老诗人屠岸合影

2005年6月马新朝在深圳举行的第三届鲁迅文学奖颁奖大会上

2006年马新朝参加中国作协第七届全国代表大会，与河南代表合影

2007年马新朝与诗人雷抒雁、刘祖慈合影

2007年马新朝与评论家谢冕合影

2008年马新朝在普希金旧居前留影

2009年马新朝在以色列国际诗歌节
主席台上朗诵诗歌

2009年马新朝与以色列诗人合影

2009年马新朝在埃及金字塔前

2009年马新朝与阿拉伯诗人合影

2009年马新朝与参加中国作家代表团访问德国的河南代表合影

2010年马新朝与诗人贺敬之合影

2010年马新朝与诗人北岛、田原、静沙和日本诗人高桥睦郎合影

2011年8月马新朝在青海贵德与诗人李老乡、李小雨、娜夜、靳晓静合影

2011年9月马新朝在厦门与同获第三届鲁迅文学奖的诗人李老乡、郁葱、成幼殊、娜夜合影

2012年马新朝在太原上官军乐诗歌奖颁奖会上致答谢辞

2013年8月马新朝在武汉举行的第四届闻一多诗歌奖颁奖会上致答谢辞

2013年8月马新朝与诗人车延高、雷平阳、沉河、田禾、娜夜合影

目 录

第一辑 诗 论

A 笔 谈

004　唐晓渡　把秋天的声音越叫越高
　　　　　　　——读马新朝诗集《花红触地》
009　程一身　用词语提取事物的光
　　　　　　　——评马新朝诗集《低处的光》
018　程一身　退守者之歌
　　　　　　　——《花红触地》中的身体散落感问题
023　程一身　《黄土高天》的行动主体与乡村精神
030　谷　禾　当代语境下的个人抒情
　　　　　　　——马新朝诗集《花红触地》阅读札记
037　霍俊明　拨开光和颂词，呈现那些阴影和沉默
　　　　　　　——读马新朝近作
041　刘海燕　这诗，如时间和风
　　　　　　　——读马新朝《低处的光》
045　杨四平　广阔的现代主义诗歌写作
　　　　　　　——读马新朝诗集《花红触地》

047	冷　焰	进入语言内部把生锈的词擦亮
		——谈马新朝诗歌的语言品质
056	丁东亚	生命回音的缔造与"在场"的倾听
		——论马新朝的诗
065	韩作荣	新朝和他的诗
068	韩作荣	独特的"精神敏感性"创作
071	叶延滨	中原诗坛：从苏金伞到王怀让再到马新朝
		——从三位获得全国声誉的河南代表性诗人谈河南诗歌在全国的重要地位
074	杨志学	无限敞开的诗意
078	张延文	马新朝诗歌写作：一条通往现实的新途径
084	李少咏	回到日常生活的讲述
		——解读马新朝诗集《花红触地》
089	蓝　蓝	朝向尘埃的努力
		——浅议马新朝诗作
091	丘　河	诗歌"回家"与精神"返乡"
		——从《花红触地》看马新朝诗歌转向
096	琳　子	感受和谐
		——马新朝短诗阅读笔记
103	吴元成	诗教朝宗归真元

B　《幻河》论

106	单占生	诗歌行动：在词语的困境中泅渡
		——马新朝长诗《幻河》简评
114	邓万鹏	诗坛陡起旋风
		——现代史诗《幻河》与马新朝
122	杨吉哲	词语的幻象之河
		——《幻河》漫评
131	李　霞	惊醒《诗经》时代
		——试读马新朝的长诗《幻河》
136	方向真	《幻河》——现代的精神图腾

142	龙彼德	现代史诗的成功实践
		——评马新朝的长诗《幻河》
150	吴元成	全新的诗歌颠覆
		——关于《幻河》之批评
153	张不代	在悖论的诗风暴里我们收获
		——评马新朝长诗《幻河》

C 访 谈

171	琳 子	一个越写越好的人
		——马新朝访谈
180	单占生	诗歌是灵魂的事件
		——马新朝访谈
185	罗 羽	当下诗歌艺术答问录
		——马新朝访谈
193	李 霞	在一个人的内心行走
		——马新朝访谈
198	秋 意	马新朝:在诗歌的幻河里畅游
		——马新朝访谈
204	王 辉	千首诗轻万户侯
		——马新朝访谈
208	刘 洋	《幻河》之后
		——闻一多诗歌奖获得者马新朝访谈
211	奚同发	访鲁迅文学奖诗歌奖得主马新朝
213	颜 陈	鲁迅文学奖获得者马新朝:故乡是我创作的底色
		——访河南省作家协会副主席、著名诗人马新朝

D 《花红触地》评论

217	单占生	纯诗至高境界的体现
220	谢 冕	永恒的哀歌
222	吴思敬	对生命的关注和对自我的拷问
224	杨匡汉	地气与诗心

226	程光炜	中年人的"脆弱"与离散
228	商　震	《花红触地》裹挟的疼痛、静穆与丰厚
230	耿占春	借《花红触地》谈诗歌的感受力问题
232	赵　勇	谈一点感受
233	何向阳	诗的品质
234	李　霞	读马新朝诗集《花红触地》
236	唐　诗	低调的诗写光芒
238	蒋登科	读马新朝《花红触地》有感

E　短诗赏析

241	易殿选	灵魂有光
		——走遍新朝的 14 首诗
252	海　啸	马新朝:铁锈上的虚无企图再次滑向黑暗
253	杨志学	《瓦罐》的意义
255	龙彼德	对低处的光照
258	申　艳	灯火照亮的乡情
		——马新朝诗作《细细的灯火》赏析
261	琳　子	发散之美
		——读马新朝《你不知道这些》
264	尹　聿	赏读马新朝的两首小诗
267	林　格	村庄的位置
		——读马新朝《烛光》
269	敬　笃	一个时代的大风
		——读马新朝《大风之夜》
272	朱　零	《人民文学》编辑手记
274	藤蔓蔓	经典的颗粒
276	程一身	马新朝:秩序的形成

F　热议《低处的光》

279	李庚香	向诗人致敬
281	张一弓	作家应该有一颗悲悯和善良的心

283	南 丁	诗歌的想象力
284	李佩甫	关于新朝的诗歌语言
285	郑彦英	关于新朝的诗歌
286	王绶青	忧患意识与古典意蕴
287	何 弘	用诗意的眼光发现细小的事物
288	高治军	好诗应该有能力与时间抗衡
289	邓万鹏	从《低处的光》看马新朝的诗歌走向
294	高金光	变轨与调整
		——读马新朝诗集《低处的光》
296	杨吉哲	对觉察的物象表达
298	吴元成	让低处的光流动起来
299	李少咏	诗歌必须超越
301	田 桑	让物自己去说话
302	靳瑞霞	只有低下来，才能发现生活

G 授奖辞与获奖感言

304 第三届鲁迅文学奖评委会对马新朝《幻河》的评语
305 第三届鲁迅文学奖颁奖会上马新朝的获奖感言
306 第四届闻一多诗歌奖评委会对马新朝的授奖辞
307 第四届闻一多诗歌奖颁奖会上马新朝的获奖感言
309 首届上官军乐诗歌奖评委会对马新朝的评语
310 首届上官军乐诗歌奖颁奖会上马新朝的答谢辞

H 诗与人

314	孟宪明	禅意与玄机
		——马新朝《低处的光》碎语
316	周良沛	马新朝的乡土诗
319	张书勇	关于一些形式的意味
		——马新朝诗集《乡村的一些形式》品评
324	宋 默	马新朝，用诗心歌唱黄河
328	胡春才	马新朝，用诗歌松动黄河的板结和坚硬

333　石　头　窗外世界
　　　　　　　——灵魂的浪漫

第二辑　散文论

337　王剑冰　无法割舍的情结
　　　　　　　——读马新朝散文集《大地无语》
346　马明博　母亲的哭及其他
　　　　　　　——读马新朝《大地无语》
348　方　博　永恒亦是母亲的絮语
　　　　　　　——马新朝《大地无语》的断裂阅读
355　李　霞　真诚,生命和自然在敬畏中灿烂
　　　　　　　——读马新朝散文集《大地无语》
357　张功林　田野——似闪向天空的光芒
360　刘晨芳　水深无声　情多无语
　　　　　　　——编马新朝的新著《大地无语》
363　李　娟　《大地无语》:在精神坐标中寻找根脉的玄机
366　唐及超　无语的都市流浪者
　　　　　　　——读《大地无语》

第三辑　书法论

373　冯　杰　把诗歌用毛笔竖着来写
　　　　　　　——诗人马新朝书法记
376　吴元成　书之道,心之得:马新朝书法
378　李　霞　马新朝的"醉隶"
382　余子愚　语言艺术与线条艺术
　　　　　　　——马新朝访谈

385　邓万鹏　南川北马关东张
　　　　　　——中国诗坛三诗人书法现象观察

第四辑　附　录

391　马新朝作品系年
403　马新朝研究论文、资料目录索引
408　马新朝参加有关活动记事
412　编后记

第一辑

诗论

A 笔 谈

把秋天的声音越叫越高

——读马新朝诗集《花红触地》

唐晓渡

读《花红触地》想起一段往事。大概是 1985 年前后,我跟一位朋友通电话,他那年刚考上李泽厚的博士。说话间他突然问,佛家说"四大皆空",你可知道所谓"四大"是哪四大?我觉得他问得有点怪,心想那么简单的问题,不至于吧,愣怔中已然答道,不就天、地、人、神嘛。他哈哈大笑,说:错!是生、老、病、死。我表示怀疑:这生、老、病、死皆是无可避免的日常之事,再普通不过了,怎么能称"大"呢?我说,你确定?他说,当然,手头就有书。我听出他并无玩笑之意,顿觉惭愧,说哎呀,居然开始就是错,一直错到今,想当然真是害人不浅哪。他一方面很得意,一方面又安慰我道,没事没事,我也是昨天才知道,以前也一直以为是天、地、人、神呢。于是二人俱笑。

现在说起这件往事我还是想笑——不是笑当年的无知可笑,而是笑二十多年过去了,自己只怕比当年还要无知可笑。当然也会有点儿长进,包括对为什么生、老、病、死会被佛家称为"四大"有了一定体悟。生、老、病、死都不是我们能选择的,一己之力,想回避、抗拒也回避、抗拒不了,只能虚心参悟、从容应对,这样的事,能不"大"吗?但今天我们不探究这个,只以此为引子,谈谈新朝的这本诗集。

初读《花红触地》,前面连续三首就有点把我给镇住了。我说的是《哀歌》、《二月》、《哑默的舞步》。这三首诗劈头都使用了"离去"的语象:"那么多的离去/不可阻挡";"二月/在一枝细柳上悄然离去";"满眼都是逝去/时间被绑架"。远不止这三首,《穿过下午》中"所有的慢/搭乘着一辆快车,无声地/滑过下午",《山谷》中"一辆失事的汽车,散乱着骨架/人类的光在上面缓慢地熄灭",《真相》中"一颗牙的松动……它将被收走",《冬日》中"那个从湖水中起身而去的人/还没有回来",《对手》中的"管弦在散落/拆除者们出出进进",其实都在说"离去",兼具时间和生命的双重意味。可以说卷一满纸都是"离去",是同一意绪、同一主题的反复变奏,由此奠定了整部诗集的基调。

新朝以前的诗我有印象但读得不是很多。一个几乎不可原谅的错误,是没有完整地读过《幻河》。相对于新朝以前的诗,包括《幻河》,这本诗集的变化是显而易见的——不只是语言风格的变化,更重要的是内心和内在视角的变化。那么多的离去及其变奏,透露出个体生命弥漫着的深秋气息。我相信这是一部写于生命节点的诗,在这个节点上诗人更透彻地返身向内,直面生命不可避免的失败和本质的空:

> 我听到一种行进的脚步,坚定有力/秋天在飞鸟的体内运行//飞鸟使它站立的枝头变黑/以平衡林中滋生过多的悲凉//起风了,风从飞鸟来/把我吹成凌乱的响声//飞鸟把我整个儿地带入天空/把秋天的声音越叫越高(《林中》)

更触目惊心,也更有说服力的是《判词》一诗:

> 最后/是以床的方式//他走遍,高山的高,大海的深/他说过排山倒海的话/最后,溃败下来/退守为一张床//最后,是满眼的白/这墙,这被褥,这护士,这时空/用白色,组成一个空无/他是他自己的空无//最后,他,被空无羁押/白色,是无字的/判词

这里呈现的可谓是某种终结情境。在这一终结情境里,"溃败"并非相对于成功,而是相对于生命自身的进程;其中的"空无"当然首先指向本体的虚无,但就写作的自我指涉而言,又隐含着主体的修为,是以"四大皆空"的"空"暗示苏东坡所谓"空故纳万境"的"空"。意识到二者一体两面的关系并不难,难的是使之相拥相济,以不断从中汲取深挚的活力。因为它既不可力强而致,又不能一蹴而就,必在经验和想象的"铁门槛"内,经过反复参悟才能达成;从方法论的角度,则可谓是"先行到死亡中去"而"以大观小"。它是一种境界,又是一种眼光。庄子死妻却鼓盆而歌,正是据以这样的境界和眼光;而类似的境界和眼光,则使得《花红触地》所揭示的世界很大程度上被"幽灵化"了。

关于"幽灵化"有太多的话可说,这里不做展开。重要的是,在《花红触地》中,它是与满纸"离去"同时到来的。"幽灵化"意味着"空"在日常生活的在场

或对当下存在的介入,它从内部撼动那些看起来确切不疑的事物,使之摇晃、漂移、坍塌、溶解,却不是要诱使我们远离现实世界,或转向其背面,而是要启示我们换一种眼光深入其里。擅长"口头禅"的人们可以轻易据此吟出"空即是色,色即是空"的古训,唯有那些在亲切的日常事物中用心体察过驱动二者转化之魔力的人,才能真正捕捉到敞向世界的无限禅机和诗意。新朝笔下的"缓慢"正体现着这种魔力,一种如同"风从飞鸟来"一样源自事物自身的不动声色、无所不在而又无可阻挡的解构之力,其中隐藏着大伤痛和大悲悯:

慢,通过我/延伸房间内的各个静物,它们其实/都在走。比如:桌子和椅子/正在被尘埃拿走,一本书正在变黄/光,停在墙上,不,光在走/一片漂浮着的茶叶,是看得见的慢/控制着书本的内容(《穿过下午》)

花盆,笔筒,吊兰,暗处呻吟的暖气管/游移的词,购物的单据,飘忽的人脸/动与静,白与昼,它们缓慢地/流逝,并沉入//无边的散落,携带着它们的宁静/和自己的抽象。不可阻挡(《哀歌》)

就这样,"缓慢/以缓慢的方式,尘埃的方式/磨损着,啮咬着/一刻不停"。这既是幽灵在场或介入的方式,又是观察和理解幽灵的方式。当然还可以有其他的方式,比如在《老鸟》、《不要躲开》、《夜晚,穿过市区的熊耳河》、《幻象》、《无声,但紧急》等诗中,幽灵就被人格化以至主体化了。其中《不要躲开》具有更确切的自我指涉意味:诗人自身,包括他的命运、他当下的写作,都被裹入了沉浮不定的"躲避—寻找"情境:

不要躲开/你们这些影子,或是痕迹/不要躲开,以免滑到更深的浑沌/你们用遗忘和忽略穿过屋顶时/有人正在唱歌。不要躲开/我要在灯火的暗喻里/人的命里,找到你们/用语言的爪子摁住

现代诗学的核心问题之一,就是如何处理语言和事物的影子(或痕迹)的关系。"灯火的暗喻"和"用语言的爪子摁住"二语极为准确传神,前者照亮的实是其周遭漫漫无际且难以穿透的暗夜,后者则有力地塑造了写作和沉默较量的动态模型。

新朝笔下的"幽灵化"世界更多呈现的是生命的内景。它意味着有中见无或无中生有,意味着转实为虚或抟虚成实,意味着轻与重、清与浊、聚与散、短暂与恒常反常规的置换和变幻;它取消悲喜剧的界线,使之彼此混淆,或被压缩到同一平面;它令清晰稳定、可触可摸的三维世界变得行迹可疑,同时又让通常所

谓的"神秘"须眉毕现,如在目前。所有这些当然都只能出于某种"灵视",但需要补充一句:能拥有这种灵视的,当已修炼成了一双"复眼",多元之眼。由此不免要牵动"多元之我"、"自我分裂"等一系列问题;然限于篇幅,我不想扯得太远,而只想再次基于前述"空"的魔力强调一点,即世界的幽灵化必与"我"的幽灵化同步发生;越是意识到"多元之我"的人,就越是"无我";而无我之处,恰是诗生成显形之处。《喊我》一诗绝妙地表现了"我"的幽灵化,它只能是自我审视的产物:

> 我对着我喊:/嗨,你是我吗,我说,我不是/打开灯,我在我的房间里喊我/空寂无人,没有一个回声

接下来,在自欺性地将"我"从被石化的可能性中摘出之后,我终于"在今晚的聚会上","找到了我的一个嗓音"(注意,仅仅是嗓音),然而,这嗓音却"沙哑得/像秋天的风,空空的/像个无人的走廊"。更具反讽意味的是"我"遇到的那棵老榆树,它不只"有着人的生命体征",而且"正在说话":

> 它的话语/通过矮树林,在/河的那边/喊我

如果说,那个被呼唤的"我"在《喊我》中始终隐匿、暗哑,充其量留下了破碎、弥散的镜像痕迹的话,那么,在《黑夜里的哭》一诗中,透过诗人布下的重重疑云,我们却似乎听到了他突然而短促的应答——当然同样是幽灵式的:

> 那声哭/一声,只有一声便止住/黑夜痉挛了一下,便止住。我检查我的/嘴巴和口腔,它们并没有发出响声

没有人会深究这声哭到底来自哪里,因为哭声的性质早已在第一时间提供了侦悉的线索:

> ——像一只青蛙/被蛇缠着了身子,发出的/哀鸣。像一个拳头/捅了一下黑夜的伤口

"青蛙"、"拳头"、"黑夜"、"伤口",能贯通并聚合所有这些的,恐怕只能是一颗心,一颗在种种缠绕纠结中挣扎的心。意识到这样的一颗心使那猝然的一哭是否出自"我"的嘴巴和口腔变得无足轻重,我宁可相信它来自某一隐身在场的幽灵,其中蛰伏着更多的"我",更多伤口密布的心。相较于《不要躲开》中的"灯火",这令人震怖的哭声甚至更配得上诗的降临,更能揭示诗与黑夜的关系,至少在《花红触地》的语境中如此。

最后我要向新朝杰出的造境能力致敬。只要这种能力稍有欠缺,他诗中弥

漫的大伤痛和大悲悯就会漏气，就会沦为某种廉价的宣泄。他倾向于极简主义的风格表明了另一方向上的克制；二者的综合则不仅使文本内部充满张力，而且造成了叶维廉在论及中国古典诗歌美学时所凸出的那种语言自身在水银灯下表演的超现实效果。由于摒除了所有程式化的羁束，这种表演往往更突兀，更出人意外，拥有更多不确定的因素；而由于坚持"近取譬"，再突兀，再出人意外，再多不确定因素的语象，在其特定的情境中也始终不失亲切，且辐射着自身能量的穿透力。这样的语象在新朝的笔下可谓俯拾即是，譬如"词在猫背上睡着了／我被夜和无边的沉睡压着／／……／／现实，穿着黑棉袄，坐成黑黑的岸／离我越来越远"（《预演》）；譬如"滚动，奔跑，翻转／一团噪音，撞在一堵墙上／碎成玻璃的晶体，又迅速聚合成颤抖的一团／它们有着不规则的形体，边缘处，泛红／因为摩擦，有很小的擦伤"（《喊声》）；譬如……由于举不胜举，还是不要"譬如"了吧。不过，有一首诗和我正在谈论的表演有关，可视为双重指涉，且容我全文照录：

  这些在高处表演的水／说话的水／高昂着浪头。有时／它会潜入一棵杨树粗大的根部／你不会看到／他只是露出／衣袖，或者牙齿，强调着某一件事情的／重要性。在它的表面／滑动着光影／而一只鸟的重，一个人的重／就来源于这些肮脏的水／它们有时被泼到门外／又会起身离去（《肮脏的水》）

至于这种语言表演在造型上精细、硬朗的"刻刀手法"，相信已给读者留下了足够深刻的印象，这里不再赘述。我不知道对于呈现一个若即若离、似真似幻的幽灵化世界来说，还有什么手法比这更适配、更能相得益彰的了。

（唐晓渡：作家出版社编辑，著名诗歌评论家）

用词语提取事物的光

——评马新朝诗集《低处的光》

程一身

"低处的光"时刻存在着,却不易察觉。因为它们往往是细碎的、微弱的,散落在各处。尽管低处的光可能是反射光,却仍然可以照亮一个人的视野。因此,"低处的光"对应的是一种善于领受生活恩泽的中年写作,其实质是缓慢地深入这个世界,并借助词语与事物展开对话,甚至可以视为一个人的低语。上述品格的汇合使《低处的光》真正达到了将细腻物象与独特领悟融为一体的境地,并因此成为一部充满光韵的尘世事物启示书。它延续了《乡村的一些形式》的"形式",但把阵地从乡村移向了城市(也有一些作品以还乡者的身份重新书写了乡村),并对《幻河》的"幻"加以控制和转化,使"幻"不再是单纯的技术手段,而是一种隐隐约约的表达效果,同时把视线从历史转向当下,体现了一种直面现实、透析事物本质的意向。也就是说,《低处的光》是一部存在之诗。诗人写的既不是生活现象,也不是内心感受,而是存在于尘世的各种事物。它延续了冯至《十四行集》的传统,但有所改造。首先,马新朝不再沿用那种由事物引发思考,并将思考作为重心的结构,而是重新平衡了物与思的关系,采用以物为主,将思融入物中的方法,表面上看是物统领着思,其实是思规定了物,从而使物与思之间更具张力。其次,马新朝回避了那种格律严谨的十四行诗体,而是以高度自由的形式,应和事物与内心的节奏,以更加集中而精细的笔触呈现出了通体透明的事物。把事物写得通体透明,这也许是马新朝的创造,也显示了他的诗歌功夫。他的目光如此具有穿透力,对他来说,事物似乎不存在内部,因此,他写出来的绝不只是事物的外表,而是表里澄澈的。石头是马新朝诗歌中最常见的物象之一,试看《黑铁》:

> 黄昏,荒原收紧/铁还原为铁/翻滚的黑云几乎贴着衰草/卸下钢铁,卸下人脸/远处,奔跑的黄羊,被黑铁追赶/被空无追赶/浅水,是移动的黑铁/移动的锋利,移动的重/远近的乱石,向一起聚拢/它们曾经是这里的生命和主宰,却被/黑铁锁着。我站在它们中间/风从石头内吹来,像是召唤

这首诗写的是黄昏时分浓阴将雨的荒原。从一开始,诗人就极力为乌云造势,一切都因它的到来而感到高度紧张:"荒原收紧",黄羊奔跑,浅水移动,乱石聚拢。总之,这些事物都在本能地寻求自我保护,以避免受到可能的伤害。诗中说,石头过去是这里的主宰,而此刻也听命于乌云的支配,那么,站在乱石中间的"我"呢?诗人说:"风从石头内吹来,像是召唤。"叶芝得知他喜爱的女人嫁给别人后写了《寒冷的苍穹》,其中说:"直到我哭喊着,颤抖着,来回摇摆/被日光洞穿。"之所以在这里引用这句诗,我是想说明,"风从石头内吹来"和它一样有力,只是"被日光洞穿"写的是痛苦,而"风从石头吹来"写的绝不只是风的强劲以及石头的透明,而是"我"的敬畏:此时,"我"希望在风的召唤下进入石头暂避一时。

在这首诗中,还有一个词"移动",也是诗人常用的。"移动"是事物的存在方式,也为诗人发现事物的奥秘提供了契机:

> 我就是那个被岩石封着的人/我就是那个被梦幻移动的人/像雨水在岩石上明亮地一闪/你来了,虽然没说一句话/却已经走遍我的全身

《看见》这首诗只有五句,写的是诗人和事物在瞬间达成的深度交流。在这里,"岩石"和"移动"同时出现。首先值得注意的是,诗人和事物交流的愿望被事物的主动性("你来了")所取代,诗人强调自己被封闭于岩石中,却仍然被事物找到,并"走遍我的全身"。笔法虽然婉曲,力量并未因此而削减。对马新朝来说,"移动"不只是出于外物的吸引(如"我就是那个被梦幻移动的人"),也不只是静止与运动的相对性转换(如"夜晚,马灯微弱的光/移动着山中那些巨大的岩石"),"移动"的意义更在于它促成了诗人对光的发现和透视:

> 田野里的光/在瓦罐的边缘处移动

《瓦罐》是一首新时代的农事诗,参与农事的既不是诗人自己,也不是陌生人,而是他的大哥。这决定了诗人处于参与和旁观之间:他既不曾亲自体会劳作的艰辛,也不可能冷漠地零度叙事,而是在诗与真之间形成了一种被疼痛渗透的距离感。这里所引的两句诗出自开头。不难看出,正是"瓦罐"让诗人看见

了"田野里的光",因为它正"在瓦罐的边缘处移动"。中国古人曾以光的移动界定时间,并形成了"时光"这个词。所以,光的移动往往与时间有关。在这部诗集中,光是诗人着力书写的对象。光的存在状态是它的不可见性,如何把它转化成可见物,并突出其可见性,这是诗人必须解决的问题:

光从绿叶上跳下/嘤嘤地叫着,坐在两位老人之间/扶着他们——/反复地平衡着他们的对话

这是组诗《光》的第四首,仅从这四行诗就可以看出,光不仅是可见的,而且是活泼的,与人为善的。如果把光仅仅附着于可见物(绿叶),也可以获得一部分可见性。巧妙的是,诗人把光置于两位老人的对话里,把光声音化,这是惊人的笔法。因为传统思维都是把声音视觉化。事实上,在这方面,诗人也有不俗的表现。

你的唇,眼睛,长发,身体/用声音组成

这是《电话》的前两行,写对方的声音,却全部用视觉化的形象呈现,这是惊人的语言,它不可思议,却异常精确。因为这时诗人看不见对方,只听见对方说话,所以,在诗人的感觉里,对方的一切,唇、眼睛、长发、身体都是用声音组成的。无论是听觉的视觉化,还是视觉的听觉化,这样的诗歌肯定是没有人写过的。要写出具有创造性的光,关键是如何捕捉光,诗人似乎也不保密,他在《傍晚的湖》中如此揭示:

水中的光与我体内的光/拥抱,使湖水更亮

在这个世界上,发光的事物很多,而诗人似乎特别偏爱雨,也许是因为它包含着天然的光的缘故吧。《村前遇雨》,如题所示,写的是诗人走在一个村子前突然下起了雨,这么平常的遭遇,几乎每个人都可能遇到过,却被诗人写出了如此轻灵的诗句:"雨走了以后又回来/她要带上我"。雨本来已经停了,却又下起来,诗人说这是为了"带上我",这与人们的常规思维多么不同!而且,它也启示了一个写作者不仅要写出事物,还要和事物建立更亲密的关系,否则写出来的东西不免浅薄。《暴风雨》也是写雨的,同样用了拟人的笔法,但更有力度,层次感强,而且起伏很大:

暴风雨最先就是从这棵老榆树的内部/开始的,然后蔓延到整个树冠/以及天空,它携带着树皮上暗色的疤痕/与远方的暴风雨拥抱,奔跑/又在瓦檐上跌倒/这时候有很多的人和事物/加入进去,推波助浪,发出很大的

吼声/他们在这场风雨中放大或变形/众多的道路腾空而起/把这个平淡的日子举起来/又重重摔下

就此而言,这部诗集呈现的是一位城市诗人的"摄影集"兼"沉思录"。对马新朝来说,任何一个词语都是一部照相机,只要调好焦距,就可以将事物的内部拍摄出来,同时把自己的感受拍摄进去。单纯从技术的角度来说,《低处的光》在物象与感觉的处理方面达到了相当的高度,部分作品以精密的形式生发出了虚幻的效果。换句话说,马新朝用高度凝练而极具弹性的语言丰富了现代汉诗的表现力。他以物象与感受为中心,在特定的瞬间或延续的时刻呈现了存在的诗意,尤其是在物象描绘的精确与灵魂触及的深入方面显示了令人赞叹的诗艺。

《从南方回来》写的是诗人刚刚回到故乡的瞬间感受,从连续运转的火车上下来,脚下静止的大地令人眩晕,熟悉的故乡也因此有些陌生,一切都需要仔细辨认。诗人极好地呈现了这种瞬间感:他的双脚站立在故乡的土地上,尚未来得及启动,心情却四处蔓延:

下了火车,在月台的尽头/我看到了这些/沙土——/细致,暗黄/闭着嘴/被寂静紧紧地抓着/从我的脚下/散开,延伸到水泵房后面的羊群/和它们用白色托着的/寒冷的北方

马新朝早年以描写农村景物著称,如今仍然关注农村,但我倾向于把现在的他界定为一个"城市诗人"。进入城市以后,他写了不少这方面的诗歌,这表明他同样有能力处理"城市"这个不太有诗意的对象。值得注意的是,在他的笔下,城市并非那种过眼烟云般的浮泛表象,而是日复一日的存在,供人寄身,又令人不安的存在。

黄昏使经七路涨潮/灰暗的路灯抚摸着肮脏的黑水/像是一个憋了很久的人/突然哭了出来/它的哭声在人群中传递/像衰老的怀抱无力地松开/气压很低,上了年纪的人感到头疼/黑压压的人们拥挤着,繁衍着/盲目的向远处涌去/汽车像船,漂浮在自行车的/铃声之上,城市的内脏滚烫,发着高烧/被不可名状的事物驱赶着的人们/脸色阴郁,焦虑,烦躁/大气里混合着病气,翻滚着尘土/和废汽油的味道/冥冥中有一种不安和紧急/似乎有什么危险在幽幽地逼近

这首诗的题目叫《紧急》,写的是晚上下班时一条城市街道上的景观。狭窄

的道路上挤满了回家的人群:"汽车像船,漂浮在自行车的/铃声之上",工作了一天的人群通过同一条道路回家,此刻,即使无限接近也不知道对方是做什么工作的,只是看到大家都被阻塞的交通滞留,内心的不爽被天气的高温强化,也许还叠加着工作时的恶劣心情,总之,人们"脸色阴郁,焦虑,烦躁"。从工作单位到回家的途中,一直被高密度的人群包围着,生活的压力一直找不到释放的空间,只得忍耐着,等待回到私人独处的那个时刻。"冥冥中有一种不安和紧急/似乎有什么危险在幽幽地逼近"。这是透过表象揭示本质的句子,尽管诗人并未指明"不安和紧急"是什么,但它确定了这首诗的基调。在城市里,"他人"即"地狱"越来越成为人们的共同感受,在某种程度上,"他人"成了压力的象征,"他人"越多,压力就越大。即使和曾经熟悉的人相遇,一个人感到的往往并非快乐,而是尴尬,因为它破坏了城市生活的隐身性规则:

> 许久不见,他更像一个影子/影子的移动,更像梦/它由一些灰烬组成,由官场上的一些术语/修饰,被深蓝色的西装包裹着的/某一个想法,足以使黑鸟下沉/并带有某个地区凉阴的霉味,于是/那里的山高和水低,那里的蒿草和芥菜/还有众多的人脸,与这些影子混杂/从而滋生出更多的影子。我也是影子/当影子和影子相遇,它们的边缘处/竟摩擦出火花。这是一个带有电荷的/影子,里边有着公共厕所的标牌/它快步地从我的面前走过/消失于第二个门洞,像机动车的尾灯/溶解于雾中

同是写相遇,这首《家属院偶遇一个熟人》超过了《散步》,因为它笔触更集中,技术更精密。在这里,诗人以两个影子的相遇置换了两个熟人的相遇。在某种程度上,影子既是人,又不是人,它更接近于一种隐身装置。尽管这样,"我"仍然感到了对方的窘境以及对窘境的掩饰。在城市里,除了某些成功人士之外,人们一般都不想让别人尤其是熟人知道自己的存在,尤其是处于窘境中的存在。即使在最绝望的情况下,一个人希望独自从这个世界上消失,也不想让别人得知。一切都成了孤绝于人的隐私,由自己独自面对,把它消化或被它压垮。因为城市生活在不断强化这样一种规则:任何人都是不可信的,没有人会真正爱你,或在关键时刻救你。每个人对别人的要求都是负面性的,诸如请勿打扰,警惕受骗,以及拒绝伤害等。这首诗的最后写到秩序的恢复,即相遇后对相遇印象的消除,并用一只相对清洁的鸟来做善后工作。相对于陌生人之间的先天陌生感而言,这种熟人之间的后天陌生感让人感到更加不安。这首诗写

得非常精确，特别是对对方的描写，从寒暄的话语，到穿着、气味以及整个体态流露出来的玄机无不如此。更有意味的是，诗人将对方的消失比成"溶解于雾中"的"机动车的尾灯"，可以说，精确的不只是相遇的场景，甚至诗中的比喻都精确化了，而且，这个比喻还强化了这首诗的城市氛围。总体而言，这种精确化的写作凸显了强烈的反讽效果和否定精神。

追求精确是现代诗歌的一个基本特征，但是，如果像某些现代诗人那样把精确作为写的最终目的，就会陷入歧途，或者说是半途而废。从根本上说，诗歌语言的精确度永远也比不上造型艺术，更比不上生活中的实际事物。所以，诗歌语言实质上是不精确的，这是它的天然局限，但是造型艺术的存在无形中给诗歌造成了压力。因此，精确可能对现代诗人产生诱惑，这种诱惑的意义是使那些靠偷懒混入诗歌的人的机会减少了，换句话说，精确（当然是相对意义上的）成为衡量诗人的一个基本功，一个无力将事物精确化的诗人是可疑的。从文化传统的角度来看，尽管西方文学从一开始就强调模仿，但对精确的追求却是西方现代派的遗产，是感觉主义者对现实主义和浪漫主义加以继承和纠正的产物。其中，佩索阿是个关键人物。他明确指出"真正的现实其实存在于两种事物——我们对客体的感觉和客体"，并以此为起点，将客体与自身的交叉称为立体主义，将客体与它暗示的客观观念的交叉称为未来主义，将客体与我们对它的感觉的交叉称为交叉主义。所以，佩索阿声称一个真正的艺术家应该是一个交叉主义者。因为它体现了全面的现实：客体和对客体的感觉。读了《低处的光》，我认为马新朝正是一个交叉主义者。其中呈现的现实既有"低处的光"，也有"低处的光"映照在诗人心灵中产生的感受。由此可见，诗歌艺术不是为了追求精确而精确，而是让物象的精确成为复杂感受的基础。换句话说，物象越精确，感受越复杂，给人的感觉就会越真实。像《家属院偶遇一个熟人》这首诗，如果没有对对方以及相遇场景的精确描述，或者描述得不精确，其反讽效果和否定精神就无从体现，或体现得比较微弱。

最后，我想谈一下"大诗人"这个问题。对于普通诗人来说，谈这个问题毫无必要，但是，对马新朝来说，谈这个问题是可以理解的。因为实力诗人、著名诗人、优秀诗人这些说法对他来说都已经显得有些轻了。我这样说并不是把他确定为一个大诗人，而是说他距离大诗人已经不远，或者说分析一下他走向伟大的可能性。如前所述，冯至算一个大诗人，至少是新诗史上的一流诗人，如果说他的诗受益于里尔克的话,马新朝的诗可能更多地得益于史蒂文斯,《爬山人》和《秩序的形成》都可以视为向史蒂文斯致敬的作品。在《爬山人》中,马新朝写道:

> 一些重要的规则和结论/存放在山顶/山顶才是中心……/只是在山顶与爬山人之间/组成了一种新的奇妙结构/和新的景观/爬山人和那些野草、黄花,在这新的/结构中,加重着山顶的意义/以及它的高度

从这几节诗中不难看出《坛子的轶事》的影响。如果说《坛子的轶事》旨在通过一个坛子赋予世界一个秩序,而在马新朝这首诗里,爬山人充当了坛子的角色,正是由于他的出现才改变了山顶的结构,并赋予以至加重了山顶的意义。相比而言,马新朝的诗有明显的临摹痕迹,而且比较单薄,不够大气,但这是一种可贵的变构。在《秩序的形成》中,马新朝就显得成熟多了。可以说,《秩序的形成》是用史蒂文斯笔法写出的,但又异常有力,而且与所写的事物浑然一体。从这个意义来说,《秩序的形成》标志着马新朝完成了从临摹到创造的转变:

> 我看到那巨大的铆钉,暗含着/河流的尖锐,在大铁桥上呼啸着/抖动河流深处的内力/把纵横交错的钢铁骨架与黄河/以及不远处的城市铆在了一起/一列火车从对岸的邙山头隆隆地开过来/在瞬间剧烈的震颤中,我看到/列车,大桥和我的属性,在迅速改变/溶入河流的品质与表情,组成一种新的/联盟,那巨大的力和轰鸣声/不断地加固着周围事物的秩序/——就这样日复一日,那些/不安分的词语就固定了下来

如果把《秩序的形成》视为一首写物诗,它也是相当成功的。而我倾向于认为它是一首元诗歌,或者说是表达诗歌观念的诗歌。在这首诗里,诗人其实潜在地表述了他的写作观念:将运动的事物用词语固定下来,并把和它相关的事物纳入一个有效的秩序。诗人开头写到了铆钉,这是一个细小的事物,但是它尖锐,是大铁桥的固定物,没有它,大铁桥就不能横贯汹涌的河流。所以,诗人说"铆钉……把纵横交错的钢铁骨架与黄河/以及不远处的城市铆在了一起",这不是小中见大,而是细小之物对广大世界的联结。因此,铆钉在这里成了秩序的中心。接下来,诗人写到火车。火车加入进来以后,这个秩序有所改变:

> 在瞬间剧烈的震颤中,我看到/列车,大桥和我的属性,在迅速改变/溶入河流的品质与表情,组成一种新的/联盟,那巨大的力和轰鸣声/不断地加固着周围事物的秩序

在这里,火车取代了铆钉,成为新秩序的中心。但是被取代的铆钉仍然存在着,承受着火车巨大的重量。诗人说火车的到来迅速改变了大桥,也改变了我,同时改变了河流,将"大桥和我的属性……溶入河流"。尽管不能确定"我"所处的具体位置,但"我"应当位于火车之外,并因此见证了"一种新的／联盟",即由火车到来形成的震颤中的秩序。值得注意的是,诗人用的词语是"加固",也就是说,是火车以及它带来的震动加固了周围事物的秩序。一般而言,震动产生的效果是使事物松弛或毁坏,但是针对运动中的秩序来说,震动的确有加强之效,这是惊人之笔,也是自然之笔。之所以说这是一首表达写作观念的诗,可以从后两句觅得踪迹。所谓写作就是"日复一日"地将"那些／不安分的词语"固定下来。这是个异常艰苦的过程,对大诗人也不例外。词语之所以"不安分",是因为事物不安分,如火车经过大铁桥时产生的剧烈震颤,但诗人必须把这种震颤用词语固定下来,只有这样他才不失为一个诗人。我不想说这首诗超越了史蒂文斯,但它足可放在《坛子的轶事》旁边而毫无愧色。

不过,与冯至相比,马新朝的学养可能还有欠缺,但是学养对诗歌创作的意义并不直接,而且比较复杂,在处理不好的情况下,甚至还有副作用,这里暂且不论。另一个值得讨论的问题是诗人和生活的关系。昌耀是最近冒出来的一位大诗人,我认为昌耀的伟大不在于他写了西北地理风貌,而是他与世界长期冲突,却拒不屈服的结果。北岛在最近的一次演讲中谈到《古老的敌意》,认为真正的诗人应该与时代、语言和自我保持斗争关系,可以说是符合昌耀的诗歌之路的。从种种迹象来看,马新朝和世界的关系总体上是和谐的,他应该是性格平和、超然不争的那种人,而且也有一定的社会地位,家庭可能也比较幸福,所以他和世界并不存在剧烈的冲突,但并不排除他和这个世界存在着某种紧张关系,也不排除他对自己的写作有更高的要求。在我看来,马新朝的优势在于他有敏锐的诗心,纯熟的技术,以及越来越精当的语感,也就是说,大诗人需要的素质他基本上都具备了,接下来需要等待或追求的可能是题材的扩展或突破。事实上,有些大诗人是时代造就的,并不完全取决于个人的努力。如果杜甫没有经历安史之乱,如果北岛没有经历"文革",他们写出来的会是什么样的作品,以及作品的成就如何还很难说。但是,有没有成为大诗人的想法毕竟还是不同的,因为它直接决定了诗人今后创作尺度的高低,以及是确定明确的目标集中展现自己的才华,还是被动地转换生活提供的有限素材,如此等等。

从目前的情况来看,马新朝是一个作品成就大于认可程度的诗人,这与那些影响较大而成就较低的诗人完全相反。造成这种状况的原因可能是多方面的,也许是他没有被圈子化,也许是他淡然名利,也许是当地诗歌的生态环境不够理想,也许是传媒的遮蔽,也许是批评的滞后。但是,诗人最终只有靠作品说话,一切附着在作品之外的因素都会坠落下去,到那时呈现在读者面前的将是一种清澈明朗的诗歌新秩序。

(程一身:文学博士,诗歌评论家)

退守者之歌

——《花红触地》中的身体散落感问题

程一身

《花红触地》是一部向死而生的诗集,它集中呈现了诗人趋向晚年时的身体存在感:松动,散落,退守,焦虑,安静,从容,如此等等。事实上,我们都是无意被带入了人世,并随时有可能被驱逐出去。生活以充满善意的间接方式迟早会晓谕我们这个必然的结局:死亡。一般来说,身体对结局的感知会随着年龄的增长而日趋敏锐,《花红触地》就是对这种结局的诗意表达。在《灰斑鹭》一诗中,灰斑鹭既是诗歌的作者("灰斑鹭在窗外喊一个人,它急切的喊叫声里/有诗篇,有乳汁,有眼泪"),也是诗歌的读者,在它所读的诗中,有一句"羽毛触地,红花数点"。一只鸟、一朵花皆可感知自身的结局,何况是人呢!

身体是个致密的组织,其衰老从松动开始:"一颗牙的松动/带动了整个傍晚的/松动,带动了词语在诗歌中的松动。"对诗人来说,一颗牙的松动不只是一个身体事件,它使"整个傍晚"也陷入了松动状态。在这里,"整个傍晚"其实就是整个世界,而"傍晚"又从时间上与晚年对应。诗人说,"它将被收走/先我而去,化为尘埃。我身体的各个部分/也将尾随而去。""被收走"的牙不再为"我"服务,对别人也无益,诗人用"被收走"这个词显示了生命的被动性,这是一种令人绝望的被动性:松动的牙齿势必脱落,脱落就意味着死亡,部分死亡必然导致整体死亡。这种末日感让诗人的词语组织同样松动起来。但词语组织只是松动,并未被抛弃。诗人也许对诗歌产生了瞬间的怀疑,但他仍然坚持用词语留下心灵的轨迹。这就是诗人从一颗牙的松动中领悟的生活"真相"。民间传说,小孩子掉了乳牙要放门后或屋顶,这样可以更快地长出新牙。而恒牙是无法更新的,一旦脱落就是空无。就此而言,脱落的恒牙成为世界的一部分,并吸引诗

人的其他身体部位松动散落,融入这个世界:

  在打开灯光之前/我的血,魂魄,本能,习性,散落一地/散落在我的来路上,有的已经融入/雨水和泥泞,在悠远的暗处/闪烁

  这可以视为诗人在想象中看到的自身的结局。一个人老了,翻过生命的山顶,走在下坡路上,难免时常感到结局的悲惨。不夸张地说,这本诗集描述的时间流逝感和身体散落感达到了令我吃惊的程度。时间的流逝如同一场持续的风暴,它围绕身体这个中心旋转不已,直到使牙齿、脸和血,以及身体的每个部件松动开来,散落四处,使整个身体变成空无,这场旋风才会停息。可以说,其冲突集中体现在身体与时光之间,以及速度的快与慢、心情的焦虑与安静这三个方面。迫切的问题是"时光在不断地减少",在人的脸上留下"荒凉和灰烬",这是身体与时间的冲突。任何身体都不是时间的"对手",在时间里,身体注定是脆弱的失败者,正如诗人感叹的,"那么多的离去/不可阻挡"。在这里,离去的既是时间,也是由时间带来的一切。对一个老年人来说,整个世界和他的身体都是"正在离去的事物"。"它们缓慢地/流逝,并沉入/无边的散落",而人只能"任其流失,任其散落"。在《一百个老人》里,诗人写到"手,在黄土里/静止,喑哑",这表明时间的流逝已经停息,身体的散落已经完成。一个活着的身体被置入了一个静止的世界:"你们这些有啊/……谁能逃过无,无是死亡那边/派来的使者。"值得注意的是,诗人曾在梦中提前看到自己的身体空了,他仍然寻找散落在漫长来路上的肢体,却"无法还原原先的我"。就此而言,我们确实是"暂时地租用"身体——谁也不能永久地拥有身体。

  在身体与时间的冲突中,速度呈现出既快又慢的两面性,诗人的心情也交替徘徊在焦虑与安静之间。这里所说的时间并非主观时间,而是一位老人的物理时间。"二月在我体内轰然倒塌/竟全无声息,没有留下一点痕迹",这是时间的快,它暗示着末日的逼近;"时光/缓慢得无法感知/每天从你的内心,只拿走/很少的一点",时间的慢,它对应的是身体的散落。诗中的用词是"拿走",显得主动有力,不可逃避。就这样,"所有的慢,搭乘着一辆快车",身体在飞驰的岁月里缓缓散落,伴随着隐显各异的疼痛。

  他走遍,高山的高,大海的深/他说过排山倒海的话/最后,溃败下来/退守为一张床

因年老而"溃败","退守"一张床,在医院的围困和护士的照顾下走完一生。这就是诗人对自己也是对他人的"判词"。"退守"既是一个空间概念,也是一个时间概念。"退"意味着放弃曾经拥有的广大空间,"守"则表明对残余生命的竭力挽留。可以说,"退守"是老年人的典型姿态,是生命趋向空无时的激烈反应。诗人从一群每天早晨在公园唱歌的老人身上看到了"退守"的普遍性:

> 他们唱,他们退守到这里,四周是水/他们唱,公园的湖心岛上,一群被时光打败的散兵……/他们唱,声音和声音挽在一起/他们唱,反抗着,自卫着,倾诉着

《他们唱》全诗六节,每节两句,均以"他们唱"开始。"他们唱"是结构全诗的句子,也是全诗的主旋律。一方面是歌唱,一方面是衰老,很显然,歌唱成为他们对抗衰老的一种方式,这种复调性使此诗获得了近乎悲壮的效果。在这部由声音与安静编织而成的诗集中,"喊"这个词一再出现。在我看来,"喊"是最原始的"唱"和"写",它以简单而直接的方式体现了生命的基本要求,并由此实现了对已经放弃的空间的虚拟收复。因为"喊"的方向是向外的,它和书名中的"触地"的向下形成了张力关系。"词语就是装满叫喊声的贝壳"(巴什拉语)。在写"喊"的作品中,《喊我》最有代表性。该诗从"我喊"写起,但是无人回应,最后,诗人听见河对岸的一棵老榆树在"喊我"。从"我喊"到"喊我",这种奇异的对称关系表明诗人的要求在乡村的树木中得到了满足。面对生命难以抗拒的解体,诗人不能不感到焦虑(向外喊),而终归于安静(向下落)。诗人毕竟是信任大地的,因为这是以诗人的故乡马营村为中心的大地,是"可以安身的大地","这里是风吹定之后/落下来的草籽"。"这里是风吹定之后,落下来的我/与绿草与闲花同眠",花红触地,人老入土。至此,诗人不禁感叹"这里,真好"。

仅从身体的散落感和抵抗性的角度而言,马新朝的这部诗集就有不少震撼心灵的篇章。更可贵的是,诗人的视野并不受限于此。他趋向衰老的身体如同多棱镜映出了时代的面容。

> 我脸上的五官,有序排列/与经三路以北的景色连在一起/时常在16号院的楼道口晃,在光的缝隙里晃//它由众多的表面/组成:笑,木然,或者愤怒/闪烁着人名,地址,记忆,籍贯//像一个面具。用/礼仪,行风,虚荣,

> 流行语,所缝制/现在,它飘浮在一盆吊兰的右边/像是一个错误

我完整地抄下了《脸》这首诗。第一节写脸与世界的互渗性:脸晃进了周围的景色,晃进了"光的缝隙"。从某种意义上来说,这也是一种身体的"散落"。但它并无否定意义,而是揭示了诗人对世界的深刻依赖关系。如果说第一节中的脸处于自然中的话,第二节的脸可以视为处于家庭中,它在各种情绪中变换,并成为各种回忆的集中地。第三节的脸无疑处于社会中,它是缝制之物。诗人对这种"面具式"的脸是否定的。很显然,这种否定其实暗含着对某些现象的否定。不过,这种否定的语气比较轻微,用诗人的话说,"像是一个错误"。"错误"当然包含着否定,但"像是"又缓和了这种否定,或使它接近于被否定。问题是,什么使诗人的脸与"一盆吊兰"变得不和谐呢?读者不免怀疑那些将脸变成面具的东西,正是由于它们的存在,人即使可以回到自然,却不能回归自然。

事实上,"错误"是诗人针砭现实的特殊用词。书中有一首诗就叫《错误》,最后一句是"草错误地绿着"。草绿着,何错之有?诗人说,因为它是以"错误的方块"的形式出现的。在城里,草并非随处可见、自发生长的,而是绿化之物,它们被安排、被规范,甚至可移动。这就是人使草犯下的"错误"。面对突然涌出地面的楼盘,诗人觉得它们就像褪了毛的品种猪,因而怀疑它们是吃饲料添加剂长大的。对楼群的钢架和廊柱加以透视,诗人看到它们"血液里汹涌着欲望的激素"。

> 头上的矿灯照着,成群的黑争相藏匿/有疼痛散开,躲进暗处……/只是那些铮亮的煤块,仍然活着,它们身上/有着生命的体温

这两节诗写葬身地下的矿工,令人震动:矿工的身体在疼痛中进入黑暗,温暖了那些供人取暖的煤块。问题是,矿工们为什么不能和煤块们一起生还呢?一定是因为其中发生了"错误",或者说是某种"错误"导致了灾难的发生。凡此种种,都是存在于时代中的"错误"。诗人的判断是,这些"错误"根源于"泪水,在这个时代里逐渐稀少"。如今,人们普遍变得坚强,而坚强几乎成了冷漠和残酷的代名词。所以,诗人有意劝世人不要坚如铁石,因为泪水是人性的,代表着存在的良心:"在荒芜的人群中/人人目光如铁,一滴隐含的泪/才是存在的良心"。在这里,诗人把泪水与良心对应起来,因而对泪水的呼唤便成了对良心的呼唤。从"错误"这个用词来看,诗人的倾向是鲜明的,这些诗也因此产生了温和而内在的讽刺力量。

对于当代诗歌，我认为首先应评判其道德倾向和认识价值，因为"艺术问题决不可能与真理、正义和道德问题截然分离"（艾布拉姆斯语）。马新朝写晚年的诗不仅可以让年轻的读者提前了解人生的晚景，而且具有强大的感染力；他书写时代的诗篇流露出的道德倾向，对那些不合理的存在施加了一种微弱的纠正力量，用他一首诗的名字来说，就是"向石头下雨"，以使它软化和分解。不可否认，时间流逝的旋风既强化了诗人身体的散落感，也强化了诗人的诗艺，使一个趋向老年的诗人焕发出青春的活力，某些诗篇甚至不乏先锋性。马新朝的诗不拘泥于物象刻画，也不受格律所限，往往以简练的词语呈现出事物的本质。他长于轻盈地点染，笔法自由灵动，跳跃自如，首尾开合神秘莫测，而语气流贯，裹挟着强大的情感冲力，具有纯正而轻灵的抒情气质。我注意到，他有几首诗都写到了"之前"：

起风之前，我要在原野上，收回/奔跑着的血，骨头，还有我的被西风吹冷的诗篇/我还要收回我的嗓音，它们喑哑得/像秋天的石头

在这首以"起风之前"结构全诗的作品中，"起风"几乎是个隐喻，可以视为这个已经与世界达成和解的诗人的告别之作。读这首诗，很容易让人想起阿米亥的《之前》。该诗十二句，每一句的最后都是"之前"二字，节奏紧迫，扣人心弦，给人一种末日感。而在"起风之前"，诗人清理了值得清理的一切，让它们各得其所，然后准备迎接结局。在《混乱》中，诗人写到了另一种"之前"，"写作之前"：

写作之前/我要把远方，安置在远方/让内心，回到内心，让风返回风/让羊群，重新回到村庄/……写作之前/我要从茫茫的人群中/找到我自己

在这里，"之前"仍然是在做准备工作，但不再是迎接结局，而是为了开始，使混乱的世象在词语中获得秩序。马新朝已到"知耳顺"之年，按孔夫子的说法，再过十年就可以达到"从心所欲不逾矩"的地步了。但是敏感的诗人早已跳出了现时的限制，沉浸于过去和未来的双重疆域里。我相信，即使诗人真的到了身体完全散落那一天，读者仍可以通过诗人写下的词语还原出他的雕像。

（程一身：文学博士，诗歌评论家）

《黄土高天》的行动主体与乡村精神

程一身

马新朝的《黄土高天》是一幅极具空间感的图画。在辽阔的黄土与高远的天空之间存在着一个个乡村，它们朴素、渺小，但是鲜活，更具尘世感；奇特的是，活动在这些乡村里的不只是人，还有乡村里的物。而且乡村里的物和人一样具有生命与活力，并和人一起构成乡村的行动主体，乡村中的人与物也因此形成隐显各异的同构关系，它们彼此互渗、相互转化，构成乡村文化的普遍景观。诗人马新朝在组诗《黄土高天》里建构的就是这样一个以其故乡马营村为原型的诗歌空间。马营村系列组诗的杰出之处就在于此：它生动地塑造了乡村中的物因素，展示了物的运动能力，并把它提升到主体的高度，从而艺术地表现了存在于乡村中的物主体与人主体之间的主体间性以及蕴含于其中的乡村精神。

一、马营村的物主体

在《黄土高天》里，马营村的物主体主要有土、天、树、风、雪、阳光，此外还包括南瓜花、野菊花、黑乌鸦、竹篱笆等。诗中着墨最多的是土，《黄土高天》的"土"。试看《土》的第一节，"土，喊一声/树就绿了"。把"喊"视为拟人固然不错，其实诗人这样写是为了凸显物的主体性。一个显而易见的事实是，这组诗中的物都具有运动能力，并在运动中形成各种关系，如此处土与树的关系：土为树之母，也是万物之母。土各有别，诗人先后写了泥土、灰尘和沙子等。泥土是融合了水的土，它厚重卑下，承载一切，是"我"的养育者和教育者：

你教会我行走/用泥土的方式在泥土里站立/并重新溶入。远远的，我看到我的父母/用泥土为我缝制衣裳//泥土是村庄的身子/庄稼的身子。嬉闹,泥人泥马——我就是这泥土里/呈现出来的幻象。破碎,完整,平实/沉默着铺向远方//这就是开始,或者结束/泥土用光,风,声音,在我的身体中/建筑着,夯实着//众多的声音,众多的行走,重新回到泥土中去/继续游走/接受泥土的教育

《泥土》这首诗以泥土与村庄的关系为背景,以泥土与"我"的关系为核心展开,"我"源于泥土,并将回到泥土中去,人皆如此,"我"即众生。而生命就是"泥土用光,风,声音,在我的身体中/建筑着,夯实着"的过程,因此,诗人将自己称为泥土里"呈现出来的幻象",它以一种变相的形式揭示了生命的泥土本质。而灰尘则是轻浮的,它已经失去了水分,失去了生命。在《作为灰尘》中,一粒灰尘目睹了一个人的死亡,并与它合而为一:

它看到一个人,一个肉体的人,轰然倒下/溅起冲天的巨浪,并迅速粉化/加入它的行列

《沙化》一诗则展现了死亡蚕食生命的进程,"沙子游进房屋,树木,灯火/还有人的命。吸收着,行进着",树被沙化而倒下,钢铁被沙化而散落,河被沙化而干涸,人被沙化而死去,这种持续不断的群体沙化可谓惊心动魄。至此可以说,黄土是生命的赋予者,也是死亡的孕育者。老子说"天地不仁",杜甫说"天地终无情",天地万物无所谓善恶,它们使人生使人死,而无须感激也不在乎诅咒。它们是独立的主体。

在《黄土高天》中,物的主体性更体现在运动方面。问题是这些物本身会运动,还是诗人赋予了它们运动的能力?这显然是理解此诗的关键。生物(动植物)的运动显然有事实基础,尽管它们的运动快慢各异;非生物的运动同样无所不在,风就是这样一个精灵。正如诗人在《大风之夜》中所写的,在安静的夜晚,大风撞击乡村万物,成为拷问人们内心的天使。可以说,在一个有风的世界里,一切都不可能安静下来。我注意到,诗人用"搬运"这个词描述存在于乡村的普遍运动。"天暗了,雪/还在下,来来往往,把村子隐含的金属/往我的身体里搬运"(《搬运》)。在诗人眼里,包括人在内的乡村万物都存在着诸如此类的相对运动与呼应关系。"一只羊能够感受到,暗中的拉力""钟声要乘着影子离去/树,使用它的纤绳拉住"(《承担》)。这些隐显各异的运动无不表明物的主体性。由此可见,答案只能是诗人发现了物的运动性,并用艺术的方法加以强

化,这也可以视为化静为动手法的发挥:"灯火坐在村子的中央/细细的光照遍了村北与村南//它把我大哥的名字,脸/放在潮湿的箩筐以及农具中间"(《细细的灯火》)。如果说灯火照遍村子属于写实,那么,"它把我大哥的名字,脸/放在潮湿的箩筐以及农具中间"就是艺术了:事实也许是在灯火的照耀下,大哥的面影倒映在箩筐里,而在诗中,诗人却赋予灯火以主动性,让它把大哥的脸和名字"放在"潮湿的箩筐以及农具中间,这就强化了大哥和他的农具之间的密切关系。

基于对《黄土高天》中物主体的认识,不妨将《黄土高天》与《辋川集》做个比较。在我看来,这两组诗都呈现出一个具有主体性的物世界。其差异在于,《辋川集》中的物世界以山水(自然)为对象,诗人极力强化与世隔绝的氛围,因而其中的物显得非常安静,运动很少,即使出现运动或声音也是为了反衬安静。其中的物之所以具有主体性,是出于诗人对所写事物的真实还原;而《黄土高天》中的物世界以乡村(社会)为对象,诗人把乡村放在社会现实之中,甚至把它写成乡村社会的缩影。物与物的联系是在运动中展开的,并因此展示了物的主体性。试看《立春》的前两节:

  我有许多的家乡/春天算一个//它隔着田埂喊我/用碧水说话/像妹妹那样/推醒我

诗人将春天视为许多家乡中的一个,然后写它喊"我",说话,推醒"我",新颖地展现了春天的活力,可谓一首独具特色的春天颂。相对来说,《辋川集》就没有这种人气,其中即使出现了人,也是物世界里的一个点缀。但是,从艺术角度来看,《辋川集》(20首)写了二十个景点,形式全是五绝,呈现的是一颗空寂心灵的客观对应物;而《黄土高天》(31首)没有那么纯粹整齐,组织有些芜杂随意,有的诗甚至游离了乡村题材,不过具体到每首诗,诗人都能够用自由而有节制的形式和富于表现力的语言写出同样美丽的诗篇,这充分显示了现代汉诗逼近经典古诗的可能。

二、从物主体与人主体的关系看乡村精神

写出乡村的某些物象并不难,难的是通过物象写出乡村的精神。这就需要写作者不仅具有乡村记忆,更需要深谙乡村的本性。在科技高度发达的当代社

会,乡村可能是唯一保留物主体的去处,因为那里古风犹存,神秘依然。换句话说,那里的人还受制于乡村传统的文化观念,甚至还有不少人迷信。迷信不仅是对命运的顺从,也是对物的尊重。它包含的观念是:有些物受人支配,有些物则支配人;或者说,物有时受人支配,有时支配人。正是这种认识使人将物视为主体性的存在。耐人寻味的是,这个不无迷信的世界正是一个富于人性的世界。而人性正是马新朝诗歌的潜在主题:"这些用细竹子和藤条扎的/用阳光和鸟声扎的——竹篱笆/被夏天的青秧子缠绕/泛着人性之光"(《竹篱笆》),这里的人性与物性高度契合;"平坦如日子的原野上/仍有人性,在雪中反光"(《西北望》),这是对看似平凡而人性犹存的乡村写照;"一个词,从河边/被追了回来,它说,不要走得太远/村子里暖和","它"指的是雪,在这里雪充当了行动的主体,它也显得那么富于人性。

  迷信(对物的敬畏)与人性(对人的善意)的共存互渗,是乡村的本质所在。散文《雷电之夜》写了一个叫罗中才的人被雷劈死的事。作者马新朝说:"倘有人被雷劈,就有人斥之道:此人定是有恶。倘若他是现世好人,无有瑕疵,又道:那是他前世的孽债。"乡村是一个前世累积的世界,前世不仅与今生共存,而且相互往还,阴阳两界并无界限。正如《黄土高天》显示的,这种阴阳往还一般不是发生在黑暗的夜晚,而是流行于阳光普照的白天,这是乡村公开的神秘,其背后则是人性之善,亲情之深:

  此刻,篱笆墙外,鸟雀翻飞,暖风频吹/铺满野花的小径上/假若,走过来一只羊或是飞来一只鸟/那一定是某一个死去的人/重新复活(《阳光真好》)

  阳光里,一定有着/未曾谋面的亲人(《上升》)

  迎面走来的叔/是死人,还是活人/拍拍早年的我/它没有回头(《梦回》)

在《阳光真好》里,前世的人在羊或鸟的身上得以复活,《上升》中未曾谋面的亲人自然是祖辈,《梦回》写的显然是在梦中与已逝亲人相遇的场景。梦是对时间的回溯或重组,它让人以一种自然而奇妙的方式实现愿望或复原往昔。但这种复原在现实中却难以实现:

  往昔来到/充满了现在和空无/我要用这些往昔,重新建造/我不建造神祇,不建造虚妄,也不建造/高处的宫殿,我要建造一个/朴素的村庄。我要用往昔那些/无尘的阳光做为经纬,重新为我的母亲/缝制一件人世的衣裳。我要用往昔的绿草/铺满篱笆墙外的小径,让母亲重回大地/重新回到我和亲人们中间。我要把三十年前/院子里的鸡鸭牛羊重新找回来,还给她/我要把她倚靠成了岁月的门框,还给她/把全部的爱、善良和委屈,还给她/把风中的灯火,把雪夜的纺车声还给她/我要越过现在的重重门槛,重新回到往昔/车拉肩扛,把当初那些干净的鸟声,水源,清风/运送回来,把当初那些南方,北方,东方,西方/运送来,把她深蓝色的头巾运送回来/让它们环绕着我的母亲。我要让我的母亲/重新端坐于村子中央。只有她在/村子里的万物就在——那些游荡的魂/下沉的房舍,四散的树,还有灰尘般的人/与牲畜,才会有一个安定的家/我还要把人世间最温暖的笑/比血还浓的亲情,还给她——我的母亲/还给她,就是还给大地黑沉沉的记忆/唉,只是大地上存在着过多的往昔/人却难以抵达(《我所说的往昔》)

这首诗存在着两个人主体,一个是尚在尘世的"我",一个是已不在尘世的"我"母亲,二者处于分离状态,生活在对母亲的单向思念中,"我"试图改变母亲的永久缺席状态。把她从往昔"搬运"到现在,重建一个母亲还活着的乡村,并尽可能保持存在于她和乡村之间的那些复杂关系。这种意图导致此诗呈现出特殊之处:母亲这个主体已非现实中人,而是往昔的母亲,物主体也非现实之物,而是往昔的乡村。整首诗始于对往昔的回忆,接着是借助往昔对乡村的深情重建,但它最终被现实中断:往昔难以抵达。对现实的重建过程贯穿着一个起伏有致的音调:起初缓慢,随后加快,最后"唉"了一声突然停顿下来,其中对应于乡村重建的那段较快的音调如同祈祷,接近于《回来吧》中的召唤声。

如前所述,《黄土高天》是一个充满运动的世界,运动制造声音,因此这也是一个充满声音的世界:从虫鸣到曲胡,如此等等。诗中多次出现"说"这个词,你"说",我"说",它"说",一切有生命无生命的都在"说"。更深沉的声音当然来自人,尤其是发自人心的"喊",这是马新朝诗歌的关键词。他写过一篇散文《喊魂》,文中说:"在我村,喊魂的事时有发生。人死后,或刚刚断气,或陈尸在床,要喊魂;小病小灾,如头疼脑热,发烧盗汗,也要喊魂。喊魂者,皆是至亲,多为母亲和兄妹。黄昏日落之时,在村口,村门首,在塘边,你时常能听到那嘶哑而焦急的喊声。"喊魂显然是对被死神割断的亲情进行修复的行为,它几乎没有成功的可能,但不可抑制,可谓亲情的爆发。《我所说的往昔》或许延续了《楚辞》中的"招魂"声,但它更来自现实中的马营村。就此而言,这首诗可以视为诗人对母亲的一次"喊魂",或者说是对"喊魂"这种乡村仪式的艺术处理。诗人要用一种富于魔力的呼唤声重建一个已经消失的乡村,这个乡村的核心是母亲。诗人对母亲感情至深,他说过母亲的不可书写性:"我不敢写母亲,是怕自己笔拙意浮,难以写出对母亲的一二感怀。"在我看来,这首短短的诗歌超越了那篇《母爱无边》的散文:"我"这个现实世界里的重建者终究难以抵达被重建的对象:往昔的母亲和乡村。这种富于张力的书写蕴含着巨大的艺术力量。

在《黄土高天》的物世界里,人即使偶尔出现也被视为物中的一员,这时,与其说物被提升到了人的高度,不如说人被纳入了物的领域,并因此形成一个运动中的和谐世界,即使其中有生灭,也不让人觉得残酷。这类诗歌大体属于颂歌。《黄土高天》里还有一首物主体与人主体对峙的作品:

> 三根檩条,扶着了/大哥家倾斜的西山墙/还有无边的黄昏。而扶着这些倾斜的/还有村中零星的狗叫,三五柱炊烟/以及仍在远方摸索的被细雨泡软的乡土小路/我听到篱笆墙内吱吱生长的君达菜/与幽暗里的虫鸣,在一起用力/与更远处的那棵老槐树/一起用力。而扶着这些倾斜的还有/我那驼背的大哥,他在与自己持续的谈话中/挺直着腰身。是三根挂地的檩条在用力/是大哥摸黑回来的身影在用力

很显然,《倾斜的西山墙》这首诗的人主体是大哥,物主体是西山墙。西山墙处于倾斜状态,大哥在对抗墙的倾斜,他已经驼背,似乎驼背是由对抗倾斜造成的。在人与墙的对峙中,大哥显然是个弱者,也必然是个失败者,他只能延缓西山墙的倾斜,却不能阻止它的倒塌,他的失败是早晚的事。但是,大哥这样做很有意义,甚至是维持生存必需的。在这场艰苦的对峙中,更多的物加入了弱者的一侧:"三根檩条","无边的黄昏","零星的狗叫","三五柱炊烟","仍在远方摸索的被细雨泡软的乡土小路","篱笆墙内吱吱生长的君达菜","幽暗里的虫鸣","更远处的那棵老槐树"。这场对峙可谓乡村生活苦难的集中体现,诗人却把它处理得诗意十足。事实上,与西山墙对峙的只有驼背的大哥,"是大哥摸黑回来的身影在用力",他很晚才从地里回家,并和檩条站在一起用体力耗尽后的身影抵制西山墙的倾斜。诗中还说,"他在与自己持续的谈话中/挺直着腰身",这表明大哥是个孤独的劳作者,无人帮他,他只有幻想物和他站在一起,或通过物增强与苦难对抗的力量。除了他放在那里的三根檩条以外,其余的物或者将苦难暂时笼罩起来,比如黄昏,比如虫鸣;或者可以给大哥带来安慰和希望,比如炊烟,比如君达菜。至于更远处的那棵老槐树,也许有一天会变成支撑

倾斜之墙的檩条。总之,这些物给他力量,令他感激。因此可以说,生活的艰辛以及对生活的热爱构成了这场对峙的核心,它使这首诗沉重但不绝望,一种被爱渗透的现实赋予它一种独特的音调:明亮的忧伤。

诗人曾写过一篇同名散文,文中说:"一座房子的倒塌,先从山墙开始,一般最初是西山墙有些倾斜,慢慢就拉动了东山墙也开始倾斜。而西山墙的倾斜是缓慢的,开始时人们不易觉察,后来觉察到了,却不严重,知道这房子一时倒塌不了。"该文写的是村中老人马振山向死而生的感受。这首诗可以有多种解读,既可以视为乡村生活的写实,也可以视为某种隐喻,我倾向于把"倾斜的西山墙"视为乡村文化传统的隐喻。在城市化进程不断加快,新农村强行推进的今天,原始村落世代相传的文化传统就像诗中所写的西山墙一样已经倾斜,面临着倒塌的危险,诗人和他书写乡村的这些诗则成了对抗者,成了诗中的大哥和抵制倾斜之墙的檩条。诗人同样清楚他的对抗终归于失败,但他终究不失为一个乡村文化传统之墙倾斜时刻的记录者,一个乡村挽歌的写作者。

在我的视野里,似乎还没有看到其他诗人把乡村的物写得如此富于主体性和存在感。诗人马新朝已移居城市多年,但他的根始终在故乡马营村。有根的生活导致有根的写作,正是对故乡的热爱使他发现并呈现了乡村的物和乡村精神。尽管母亲与大哥等亲人已不在人世,故乡的那些物,尤其是保留在记忆中的那些物仍是他的挚爱,这种爱赋予他写作的活力,并继续成为他写作的动力。因此,这些诗也可以视为诗人与自己的持续交谈。从艺术上来看,《黄土高天》是一组纯正的抒情诗,在一个流行叙事的时代里,马新朝仍致力于抒情,坚持用现实激活并更新传统,以流畅而饱满的音调贯穿凝练的词语与灵动的修辞:

光/从你的躯干里走出/它最先遇到了那个早起赶集的人/与它会合,并扶起/那些倒下的水(《田野的树》)

在这里,光经过两个人并与水发生了联系,自由的诗行,跳跃的组织,可谓以新诗的形体写出了古诗的精神。就此而言,《黄土高天》无疑彰显了现代汉诗的实绩。马新朝因此被授予"杰出诗人奖",可谓实至名归,当之无愧。

(程一身:文学博士,诗歌评论家)

当代语境下的个人抒情

——马新朝诗集《花红触地》阅读札记

谷 禾

一

　　从发端于20世纪70年代末的"朦胧诗"开始,"新时期诗歌"已经悄悄向"四十不惑"之龄迈进,在这个过程中,各路诗写者早已把西方诗歌两百年的实验历程试验了不止一遍,其中不少人借此成为新时期诗歌绕不过的里程碑式的人物。但在我的记忆里,马新朝从来就不是他们中显山露水的分子,在他提供的多年延续下来的诗歌文本中,你极少见到极端的四方突围式的搏命性的写作。但这并不代表其写作就不具有有效性和重要性。在我看来,关乎乡村主题这一脉的写作里,马新朝一样是一片引人注目的风景,他让我反复想到远在爱尔兰的英语诗人谢默斯·希尼——他们一样地心无旁骛,用全部才华向低处挖掘,专注地呈现自己热爱和熟悉的那一片土地的真实和幻景。我不是说马新朝已经达到了希尼的高度,但他确定无疑地做出了不懈的努力。马新朝的诗歌写作就像一座水底的岛屿,历经30多年的潮起潮落后,终于顽强地浮出了水面,成为一个不可忽视的存在。从《乡村的一些形式》,到《幻河》,到《低处的光》,到《花红触地》,马新朝的写作片刻没有离开过他所生活的时代和地域——他很早就在黄河两岸的乡村找到并扎下了根,从中汲取个人的诗泉,并通过朴素的甚至有些笨拙的书写,让他的读者看到了那些触地的花红,那些被忽略的低处的光。也可以换句话说,马新朝通过自己的诗歌写作,对"我们从哪里来?我们是谁?我们到哪里去?"(高更)的终极追问做出了属于他个人的诗性回答。这样的诗写者在各种泥沙俱下的先锋思潮滚滚掠过后,其重要性将越来越凸现出来。

谢默斯·希尼在其文论和诗歌里多次写到"幻视"这个词,他用这个词语接通了诗写者内心和现实世界的联系,呈现内心与外部现实的强烈冲突,让自己的诗歌写作对现实世界产生了真正的有效性。在当下的某些年轻诗人看来,谢默斯·希尼不但一点儿也不先锋,而且简直土得掉渣儿。但我要说的,如果这"土"书写甚至逼真地还原了爱尔兰的历史和现实,那么更应该受到后来者的尊重和推崇。我不清楚马新朝对谢默斯·希尼及其诗歌写作的态度,这里对比着说一下,并不是为了给马新朝找一个外国大师作为对应——那样既委屈了大师们,也是对马新朝们的不公——不论哪一个写作者,其写作有了独特的价值和意义,他的作品才有资格被读者所谈论——我只是说,马新朝的诗歌写作一直持之以恒地走在一条有些孤独的个人化/个性化正路上。在自己的坚守上,马新朝表现出了足够的信心和执着。

二

现在,我们来读《花红触地》。其开篇的《人啊》只有六行,照录如下:

——人啊,你平静的体内是一个飞沙走石的多事之地//——人啊,即使日常中的一分钟,一小时,或是一天/也都是奇迹,只是微小的沙粒与风的搏斗/不会留下印痕//——只是这满地的落英和带血的花瓣/被你自己忽略

从环视乡村、黄河、低处的光,到《人啊》,马新朝终于把目光从对外部世界的打量收了回来——他审视自己,审视人作为一个生命个体在现实中的存在,发现"人啊,你平静的体内是一个飞沙走石的多事之地",方寸之地的搏斗与绞杀是如此的壮烈,诗人进而指出:"即使日常中的一分钟,一小时,或是一天/也都是奇迹,只是微小的沙粒与风的搏斗/不会留下印痕//只是这满地的落英和带血的花瓣/被你自己忽略"。或许是无暇,或许是缺少足够的勇气,人类视而不见这"沙粒与风的搏斗"和"这满地的落英和带血的花瓣",这一次,马新朝把它们一点点地呈现了出来。短短的六行诗,不但是振聋发聩的指出,更是整部诗集的主旨,它昭示的是马新朝作为一个已经迈进成熟之境的诗人的再次转

身。

"沙粒与风的搏斗"和"满地的落英和带血的花瓣"是些什么呢？呈现在《花红触地》里，我们看到，这里有"那么多离去/不可阻挡//桌子上的白瓷杯，站在一本书的旁侧/稍远一点，是另一本书/正在离去//它们飘浮于时间的表面/涂满了肮脏的光影，带领着/流失的行列中那些正在离去的事物——/花盆，笔筒，吊兰，暗处呻吟的暖气管/游移的词，购物的单据，飘忽的人脸/动与静，白与昼，它们缓慢地/流逝，并沉入//无边的散落"（《哀歌》），有"许多年以后，流水将重归流水，石头将重归/石头，所有远行的路将重新回来/所有停泊的远方将重新回来//原初将重归原初，空无将重归/空无。许多年后，全部的欢乐，忧伤，荣辱/将重新归还天空和大地//许多年后，散落的将重归散落，尘土将重归/尘土，我的骨头将会被再次归拢/在地层下缓慢地流失"（《许多年后》），有"手，已经垂下/手已经从京襄村的桐花上收回/手，在黄土里/静止，暗哑。这是一个老人的世界/灯火全无。一百个老人/坐在一起。谈话声止住/一百个老人，守护着/陶瓮里的寂静"（《一百个老人》）。我们看到，出现在马新朝诗中的意象从白瓷杯、花盆、吊兰、暖气管、购物单据、尘土、骨头、石头、道路、老人这些实实在在的事物，到欢乐、忧伤、荣辱等内在的思想情绪，无不是微小的事物。马新朝将其置于"时间"这个强大的平台上，来考量其在生命而非语言维度上的价值和意义，通过自己的诗写赋予这些微小事物栩栩如生的神性，也让"时间"这个庞然大物彻底具象化。如果说，海明威试图通过《老人与海》的写作，来证明"人，只有自己才能打败自己"的信仰，马新朝则通过《花红触地》证实了"在时间面前，一切破碎，一切成灰"（威尔斯·威尔）的现实，让读者的内心时时警惕地聆听到"不要问丧钟为谁而鸣，它为你敲响"（约翰·堂恩）的"时间的钟声"，马新朝对时间这一主题的书写，和其熟悉的既往的乡村事物既血脉相连，相互辉映，又实现了事实上的超越。马新朝的诗歌写作让我想到了和他一河之隔的河北籍诗人大解，所不同的是，河之北的大解面对同一主题，其诗写高迈、空阔、飞扬，而在河之南的马新朝则选择了使其贴着地面潜行。我希望有一天能够解开它的"钟的秘密心脏"（卡内蒂）。

三

我曾在不同的场合向一些诗人述说马新朝,并且坚定地认为这是一个被某些不负责任的批评家武断地贴上了"乡土"标签的、被低估的杰出诗人。

马新朝曾在与本土批评家单占生的对谈中这样说道:"我之所以写了一些'乡土诗'(在这里我不想使用'乡土诗'这个词,诗就是诗,不要分什么乡土诗或城市诗,但我又找不到更合适的词),是因为我有感触。我出生在乡村,至今那里还有我的亲人,每年都还要回去看看他们。前不久我还回去过一次,当我看到村里年过80岁的老人还在田里缓慢地劳作时,我几乎要掉泪。村里有30多位年过70的老人,只要是能动弹的,都还在田里忙碌。而城里人呢?60岁就退休了,拎个鸟笼子还嫌沉。村里的年轻人都到城里打工了,城里人把不愿干的活都交给了他们,把他们一律称为'农民工'。男的不是在车站码头当搬运工就是在建筑工地下苦力;女的不是在酒店跪着擦地板就是在快餐店端盘子洗碗。田里的重活儿都留给了老人和孩子。与乡村比起来,我们的那点委屈还算得了什么。当今,农民仍然是我们这个社会最弱势的群体。我写他们时,我感到就是在写自己,我众多的想法、细节、行动、苦乐都可以追溯到那片土地,追溯到那里的父老乡亲。我写他们是直接的、具体的,他们的伤痛也就我自己内心的疤痕。因此我的语言也就是他们的声音,我的节奏也是那片土地的呼吸。我回到村庄,回到那片乡土,却已经没有了家的感觉,乡土已不再是我的精神家园。我的诗神在自己的家园里流浪、迷茫。我的诗不只是表现了对那片土地的悲悯,也表现了对自己、对普遍的人的命运的思考。"坦率地说,读到这一段话,我有一瞬间的恍惚,仿佛马新朝在替我(谷禾)说话,或者说话的就是我(谷禾)。在这段话里,马新朝表明了自己不止一个态度。首先对"乡土诗"的理解,以题材界定诗人及其写作从来就是愚蠢透顶的做法。在我看来,"乡土"既不代表悲苦,也不是被人为放大的欢乐和自足,而是自然本身,是几千年积淀形成并延续的自然的伦理和秩序。其次是他表现出了一个诗人直面乡村现实的勇气。在当下的中国,即使最偏僻的角落也不可能躲过轰隆隆的推土机的履带,乡村的破碎带给诗人的是家园丧失的心灵的破碎,在这个时代,诗人只能如美国小说家托马斯·沃尔夫所说:"认识故乡的办法就是离开它;寻找故乡的办法,是到自己的心中,自己的记忆中,自己的精神中以及到一个异乡去寻找它。"再次,他很明确地说,他对乡土的执着是对普遍的人的命运的思考。衡量乡土或者其他任何题材的诗歌"好与不好"的标准应该是看它是否写出了存在的真实和事物内部的真实,而非题材本身。马营村之于马新朝,如同约克纳帕塔法县之于福克纳,如同都柏林之于乔伊斯,如同米格尔大街之于奈保尔。那儿是他们的出生地,也是他们的半真实半虚幻的文学祖国。马新朝的诗歌写作关注的是那一片土地已经和正在发生的变化,是世代生活在那一片土地上的人们的多舛的命运,而非对土地的盲目膜拜和对苦难的反复倾诉。唯其如此,马新朝的"乡土"才有了独特性和当代性,才有了普遍的价值和意义。

马新朝的《花红触地》里,俯拾即是现实的马营村。它的"原野空了,你就是这空无的/主人,北风的倾听者//……你在尘土中找到我/捏塑了我,给了我的行走和嗓音//……村庄啊,今夜,我找不到你/小路上,没有一个人影,只有空无//……你说,你是尘埃,是土地,是房舍,是树/怀抱着生命和白骨"(《祝福村庄》);它的"雨檐不说话。走遍乡村/我没有遇到一个,说话的人//黄昏,我家低垂的雨檐/穿着尘土的衣裳,散发着博物馆的气味//它们不说话。从开始到结束,从生到死/与村庄别的事物一样,不说话//雨檐低垂着,是乡村全部的姿态//它们不说话。像那些庄稼,牲畜,流萤"(《雨檐》);它的"一棵庄稼就是一盏灯/一个人就是一盏灯//……灯,坠入黑暗/照见的还是黑暗//……它孤独地走在自己的光里/它的话语,很快,就成为它自己的形体/摇摇晃晃,多像病中的大哥"(《灯火》);它的"落叶,小路,岸,村舍,穿着/寂静的衣裳//寂静会抹去这里的一切/抹去那些喊声,哭,还有伤疼"(《寂静》);它的黑夜"零零散散,有人从自己的梦里回来/带着疼和锅台边的黑//……经年的老屋,从不说话/像找不到喉咙的哭,却容得下黄昏里//……今夜,村庄里只剩下老人/还有土坯墙的裂缝"(《今夜的村庄里》)。现实的,令人目不暇接的,而又如此残酷的乡村镜像,让诗人欲哭无泪,让从此出发而今又回来的乡村赤子无法接受。当然,也唯此,马新朝的呼唤才分外动人:"回来吧,你们这些流浪的山/流浪的水,你们这些失踪多年的小路/回来吧,你们,草茎上的露珠/风中的花朵,蓝天的蓝,大地的辽阔/这是深夜,我这没有灯火的残躯/将引领你们回家"(《回来吧》)。他的回忆才如此温暖而又遥不可及:

往昔来到/充满了现在和空无/我要用这些往昔,重新建造/我不建造神祇,不建造虚妄,也不建造/高处的宫殿,我要建造一个/朴素的村庄。我要用往昔那些/无尘的阳光做经纬,重新为我的母亲/缝制一件人世的衣裳。我要用往昔的绿草/铺满篱笆墙外的小径,让母亲重回大地/重新回到我和亲人们中间。我要把三十年前/院子里的鸡鸭牛羊重新找回来,还给她/我要把她倚靠成了岁月的门框,还给她/把全部的爱、善良和委屈,还给她/把风中的灯火,把雪夜的纺车声还给她/我要越过现在的重重门槛,重新回到往昔/车拉肩扛,把当初那些干净的鸟声,水源,清风/运送回来,把当初那些南方,北方,东方,西方/运送来,把她深蓝色的头巾运送回来/让它们环绕着我的母亲。我要让我的母亲/重新端坐于村子的中央,只有她在/村子里的万物就在——那些游荡的魂/下沉的房舍,四散的树,还有灰尘般的人/与牲畜,才会有一个安定的家/我还要把人世间最温暖的笑/比血还浓的亲情,还给她——我的母亲/还给她,就是还给大地黑沉沉的记忆/唉,只是大地上存在着过多的往昔/人却难以抵达(《我所说的往昔》)

马新朝对乡村的书写也是对波兰诗人米沃什认为的"诗歌是对真实的热情追求"的诚实的回答。在这些对乡村的书写里,我们看到的不是20世纪初选择为逝去的乡村殉难的叶赛宁,而只是21世纪面对当下残酷乡村现实的欲哭无泪的马新朝。他试图用心灵呼唤它回来,他试图用最美好的回忆来让往日重现,尽管他明知"只是大地上存在着过多的往昔/人却难以抵达",诗歌当然不可能改变现实,但毫无疑问,马新朝建立在当代语境的维度上的对乡村的真实书写,还是给给他的读者带去了一点点心灵的安慰和温暖。对一个诗人,我们还能苛求他些别的什么呢?

四

把时间向前推差不多二十年,那时我还要几年才及而立,还在黄淮腹地的一座小镇上教书,工作之余,一心一意热爱着诗歌,秋天的某个下午,我从镇上的新华书店里如获至宝地捧回了马新朝的诗集《乡村的一些形式》,一页一页地读下去,试图窥破纸张那深处的秘密。这本如今看来装帧十分简陋的诗集竟让我产生了极少有的激动。呈现在马新朝笔下的那些自然事物和农事,我是如此熟悉而陌生,他饱蘸的情感仿佛就是从我的心中汩汩流淌出来,而又是我无力表达的。我想,这种强烈的如遇知音般的共鸣,源于他所书写下的是我熟悉的乡村生活,更源于他对生活在那一片土地上的人们的多舛命运的关注。终于有一天,我坐了一夜的长途汽车去了省城,在马新朝供职的《时代青年》杂志社门口徘徊复徘徊,终于还是没有鼓起勇气走进去。五年后我离家北上,《乡村的一些形式》是我随身携带的三分之一的阅读家当。把它揣在怀里,我仿佛已经把我的乡村揣在了怀里。在这里忽然说起这趟并不为马新朝知晓的旅行,于我无论如何都是一桩足够美好和诗意盎然的回忆。如果说《乡村的一些形式》带给作为读者的我的是生生长流的乡村之暖,《花红触地》带给我的则是遍地俯拾的乡村之痛以及马新朝历经生命沧桑之后的对生活和生命本质的深刻洞悉。在近20年一脉流传的诗歌写作中,"马新朝坚持了一个抒情诗人可贵的方向,他在抒情诗的道路上始终没有放弃诗歌作为主要的表情达意的表达方式,并不断在超越自己以往的创作"(蓝蓝)。

读完《花红触地》,我写下这些零碎的文字,以此表达对另一个乡村和人生之诗书写者的深深敬意。

(谷禾:著名诗人,文学编辑)

拨开光和颂词，呈现那些阴影和沉默

——读马新朝近作

霍俊明

在我看来，马新朝属于愈久弥坚的诗歌写作者。这不仅在于时间的逆光处马新朝对内心渊薮和生命存在的极其精细、彻底甚至不留半点情面的自我挖掘与自审探问，而且还在于在那些时代的"废弃之物"上重新发现了暧昧而隐秘的历史和当下的榫接点。马新朝为我们提供了个人精神谱系上的时代光谱分析以及令人唏嘘感叹的"地方性知识"的残留和耗散。正如《曼德尔施塔姆》一样，诗人的疑问、自问和追问给我们撕开了这个油腻腻、软乎乎时代被遮蔽的冷峻和残忍的一面——"用词，把谎言和恐怖／——固定在年代的／塔尖上"。遗憾的是，当下很多诗人都丧失了这种"常识"。

他近年来的诗歌写作不断在寻找修辞和精神之间双重的难度。对于时下愈加流行和蔓延的"新乡土诗"和伦理化写作我抱有某种警惕。这不仅来自大量复制的毫无生命感以及个人化的历史想象力的缺失，而且还在于这种看起来"真实"和"疼痛"的诗歌类型恰恰是缺乏真实体验、语言良知以及想象力提升的。换言之，这种类型的诗歌文本不仅缺乏难度，而且缺乏"诚意"——"这年头／更多的声音不是以自己的面貌出现／它们会发叉变种"。吊诡的则是这些诗作中不断叠加的痛苦、泪水、死亡、病症。在这些诗歌的阅读中我越来越感觉到这些诗歌所处理的无论是个人经验还是"乡土知识"都不是当下的，更多的诗人仍在自以为是又一厢情愿地凭借想象和伦理预设在写作。这些诗歌看起来无比真实但却充当了一个个粗鄙甚至蛮横的仿真器具。它们不仅达不到时下新闻和各种新媒体"直播"所造成的社会影响，而且就诗人能力、想象方式和修辞技艺而言它们也大多为庸常之作。我这样的说法最终只是想提醒当下的诗人们注意——越是流行的,越是有难度的。我不期望一拥而上的写作潮流,然而事实却是各种媒体和报刊尤其是"非虚构写作"现在已经大量是关于底层、打工、乡土、弱势群体、城中村、发廊女的苦难史和阶层控诉史。在社会学的层面我不否认自己是一个愤怒者,因为这个时代有那么多的虚假、不公、暴力和欲望。但是从诗歌自身而言,我又是一个挑剔主义者,因为我们已经目睹了上个世纪在运动和活动中诗歌伤害的恰恰是自身。

回到马新朝的诗歌,我却在这个时代流行的文字之外发现了那些寂静的阴影和更为深沉和隐秘的部分。在《光》这首诗中我们没有看到诗人像以往那样给"光"覆盖种种的意义和象征,而是在类似于诗人精神漫游和极其细微的观察和考量当中将"光"与"存在"和"真实"榫接和融合在一起。诗人不仅注意到"黑暗"与"光明"之间的复杂存在(二者不仅界限模糊而且还容易形成种种假象),而且那句"不要赞美"深深震动着我。因为我们面对那些强大的象征之物(比如大海、太阳、光、时间)往往轻易地发出赞美和敬颂之心,而正是这种惯性的认知和写作思维使得诗人失去了个性。这也必然导致大量的诗歌文本的短命。在马新朝所迎设的"光"那里,我们得以与那些曾经无比熟悉的朴素之物相遇,比如老人、新娘、村子、篱笆、牲畜、房屋、烟囱、原野、蒲公英、麦苗、芦苇等等。这可能会引起阅读者和评论者的一些疑问——这些事物太过于司空见惯了吧?现代诗人不是都在反复抒写吗?然而我们循着"光"和这些熟悉之物继续深入和探询就会发现另一种空间和深意——这些曾经无比熟悉和亲切、温暖之物正在消失或已经消失。在"光"中我们看到的是当代有着乡土经验和前现代性情结的诗人的集体追忆和挽歌。这是诗人对一种"根性"存在的寻找和返回,尽管我们寻找的正是我们所永远失去的。在"光"那里我们目睹的却是无尽的寂静阴影和沉默的伤痛。我们可以注意到《光》这首诗的第3节中反复出现了一个极其重要的词"会",这正是诗人的热望和想象。然而现实真是如此的吗?这正是诗人在平静的抒写中所要发出的静水流深般的追问。在此意义上,我们可以认定马新朝所要做出的努力就是拨开那些光和颂词来寻找那些寂静深处的阴影和沉默。

循着这些"光"继续前进我们又在寒噤中领受了死亡的阵痛和更具生命感和玄思性的光明与未明的黑暗。《亡友的电话》这首诗触动的正是每个人最为脆弱不堪的神经。一切都已经如草芥一样悄然逝去了,而吊诡的是几个数字组成的竟是永不磨灭的记忆。实际上这些已经足够虚无的数字却恰恰形成了一束记忆的强光，只有沿着它前进我们才能追溯往昔和无比鲜活的过往，才能在光线的尽头迎面撞上我们的宿命——未明的暗处与死亡的阴影。我们都企图打开那扇黑暗与光明、死亡与存在临界点上的那扇窄门。尽管这只是虚妄，但是虚妄却成为我们唯一的精神取暖之物。面对死亡和逝去，我们都会成为心事重重的哲学家。在我的手机里也同样小心翼翼地保存着一些逝去的友人的电话号码，我不敢去触动他们。当我在北京喧闹的街头在手机里发送信息和寻找某个人的电话号码时，那几个逝者的电话在不经意间会与我不期而遇。在一个迅速拆毁迅速遗忘的年代，只有手机能为这些号码留一个位置——为我们的记忆留下一小块安静的伤口。

  诗人在喧闹的街头仍在继续寻找和诘问——谁也不能让一个诗人停止在内心充满旧日的时光和堆积"旧物"。在当下优秀的诗人那里，我提请大家注意的是他们都呈现了特殊的"地方性知识"。这种地方性知识不是地理和地域，而是真切的个体和几代人与出生地、故乡、乡土中国、生命成长史和精神见证史胶着在一起的。循着"光"还有那只"旧灯笼"，在马新朝的《听音乐》和《郊外的中午》等这些诗中我们就能够发现这种地方性知识带给我们的是不容乐观的酷烈现实以及时时被撼动的"脐带式"的记忆——宅基地、寨墙河、旧仓库、旧时的门槛、旧草帽、无水的池塘、废弃的厂院。这是否如当年的一个诗人所喟叹的"唯有旧日子带给我们幸福"？这顶旧日的破烂的草帽是否能够阻挡新时代的烈烈酷阳与扑面呛人的城市粉尘？马新朝恰恰在不断寻找新时代的"废弃之物"。在这些不再被关注的场景和细节中诗人在不期然间同时与历史和现场相遇。这种看似日常化的现实感和怀旧精神正在成为当代中国诗人叙事的一种命运。在这种精神事实和词语现实当中我们能够反观当下的诗人写作远非轻松的一面。对于地方性知识和废弃之物的寻找实则正是重返自我的过程，而吊诡的是众多的诗人都集体加入到新时代的合唱当中去——他们企图扮演文化精英、意见领袖、屌丝代言人、全球化分子、江湖游勇。而随着城市化进程的加速、加剧以及文学自身生态的变化和调整，无中心时代已经来临。个体的精神境遇和建立于"废弃之物"基础之上的"地方诗学"遭受到前所未有的"除根"过程。我们这个时代的不安、孤独、痛苦和无根的彷徨不纯然是我们在成长过程中离开"出生地"而再也不能真正返回的结果，而在于地方性知识丧失过程中我们无以归依的文化乡愁和精神故乡的日益远离。我们将继续在诗歌和文学中寻找文化地理版图上我们的基因和血脉,寻找我们已经失去的文化童年期的摇篮和堡垒。2011 年我在台湾屏东讲学时读到了一本名为《我在我不在的地方》的书。多么吊诡的命运! 我们必将是痛苦的,我们可能必将惨败——"他在寻找已经不再存在的东西。他所寻找的并不是他的童年,当然,童年是一去不复返的,而是从童年起就永远不忘的一种特质,一种身有所属之感,一种生活于故乡之感,那里的人说他的方言,有和他共同的兴趣。现在他身无所属——自从新混凝土公路建成,家乡变了样:树林消失了,茂密的铁杉树被砍倒了,原来是树林的地方只剩下树桩、枯干的树梢、枝丫和木柴。人也变了——他现在可以写他们,但不能为他们写作,不能重新加入他们的共同生活。而且,他自己也变了,无论他在哪里生活,他都是个陌生人"(《流放者归来》)。既然 20 世纪 30 年代的美国人都在痛苦地经受"失根"和"离乡"的过程,而现在中国这个在东方现代化路上狂奔的国度又怎能幸免于一体化的预言或者悲剧?

  我们都不自觉跟随着新时代的步调"前进",但是很少有人能够在喧嚣和冷眼中折返身来看看曾经的来路和出处。而即使有一小部分企图完成重新涉渡的过程,但是他们又很容易地成为了旧时代的擦拭者和呻吟的挽歌者。一种合宜的姿态就应该是既注意到新时代和旧时代之间本不存在一种界限分明的界碑,又应该时时警惕那些时间进化论者和保守论者的腔调。当明白了时代和历史、现场和记忆、个体和时间之间不可分割的一体存在的事实,我们就能够在马新朝近期的诗歌中发现那些寂静的阴影和沉默的分量。而对于那些伟大和宏大之物,还是暂时让我们搁置顺口违心的颂词而暂时或长久保持沉默吧! 因为对于诗人和语言而言,身边之物更为可靠,内心的纹理最为真实。诗人即使对自身的存在也要学会时时倾听那些不同甚至分裂的声响。因此,正如诗人自己所言——"因此,大多数时候,我保持沉默"。

(霍俊明:著名诗人,评论家,中国作家协会创研部研究员)

这诗,如时间和风

——读马新朝《低处的光》

刘海燕

我在这个城市的西北边缘,读马新朝的诗《低处的光》,应该说,这对于我的内心,是一件很重要的事。因为,对于这个城市,这片土地,我曾有过近乎绝望的无可凭依,因偏向于看到它对写作者血液的污染——写作者的生活表情被权力秩序所牵制,文字内里被文学之外的荣誉所命名。马新朝的诗,修正了我成年的偏向,使我深些、更深些体恤这片土地,体恤它的悲苦与斑驳;反过来,也看到了诗人扎根于此,超越于此,使我对异数和奇迹有了信心。我一直认为,一个能够创造现实而不是被现实改造的人,才称得上是作家。这个认为,在投机成为主流的时代,有些像是德国哲学之树上的呆鸟,苦涩而自伤。马新朝的诗,给诗、诗人和如我这种企图挣脱现实的人,争取了希望和尊严。

一、这诗,如时间和风

在很多文学场所,我安慰自己,让你的心变得烦躁灰暗的那一切,肯定不是文学,至少不是质地非常的文学。质地非常的文学,如马新朝的诗,像时间和风,像阳光和星辰,平等地存在于每一个人、每一个物种。让你感到"一棵小草也富有灵性/一块石头也能碰出血迹";一个微小的草蛉虫,在经历死亡的过程中,"也有着人世般的闪电和泪水/痛苦与恐惧";孤立无援的"大哥",在麦田,万物都在瞌睡的午后,和瓦罐相伴;"父亲"把粮食内部那些饱满的话语,静静传达给我……诗人目遇的世间,都是有着温暖度和疼痛感的生命,人与物之间,人与人之间,彼此陪伴,彼此启示,没有高下主从之等级,万物自由而温暖地互慰,以各自有力的方式完成自己的一生。

　　这诗,是从人世的深海里打捞出的光,带着具体和普通,带着广阔的缄默,和穿越尘埃如同穿越高山一样的惊艳,让你我看到很可能是一辈子都被忽视的人世情感——在生命的内部,没有奢华与寒碜,是我们的头脑有太多的成见和偏见,是社会生活中的种种势力,是文化生活中的种种权力,是一切身份和头衔,使人的优越感膨胀。你藐视万物的时候,万物都不再对你敞开,你不再能听见它们的声音,不再能看见它们活着的表情,余下的就是利益,是红尘滚滚中不得安宁的心。

　　马新朝的诗,像风。在午夜,在时间深处,人声消歇处,你愈感到它的存在,那是人心寂寥的时刻。中年诗人,对生命的各种界限已经悟透;他的诗,像时间——这生命的雕刻师,它在我们活着的每一秒里,雕刻着万物的繁华、流逝与衰亡,时间的痕迹在你我的脸上、背上和心上。马新朝的诗,描述着时间的痕迹,描述着时间划过万物的状态,让你我看见那些无可名状无可描述的事物或者情感。这些诗因表达着人生在世的底色及上限,在很多年后依然不会褪色。

二、这诗里,有种美好的神力

　　马新朝的诗,天然得像庄稼和草,文字的肌理和形式,没有任何浮华、矫情和包装,包括各种现代文化的包装。一切华彩归于天然,万物或欣然或挣扎地活着是世间最华彩最隆重的事情。这些文字仿佛已经被天上的雨水洗净,又汲足了大地深处的营养,有着天然的棉质表情,有着世故的眼睛看不见的内力,向上空生长着,告知万物彼此要温暖,彼此要鼓励。

　　他看到院子里一朵羞怯而细小的南瓜花,"在前边走,走一步,回过头来/喊我一声"(《一朵南瓜花》);他看到燕麦抚着雨水的肩头站了起来,对他说:"你的腰要伸直,挺起胸膛"(《村前遇雨》);他看到,他的亲人们一生要干的事情,"就是省下一些雨水/哺育庄稼"(《炊烟》);他看到,"万里的河流过去,把一棵榆树留下来/站在岸边//有时,老榆树看得我们久了/就淌出雨点般的泪水"(《河边之树》)。

　　这些诗里,有种美好的神力,让你我的心缓缓地沐入神光,觉得活在世间,理应这样怜惜,感恩于万物。这是诗,这是文学该有的情怀,可是今天我们已经不多见了。不少业内专家、诗界领衔刊物公认:"就当下诗坛而言,马新朝不仅是河南诗歌界的领军人物和非常重要的诗人,而且是全国范围内成就突出、影响广泛的诗人。"虽然马新朝自认为写作是个体的,不存在领头的问题,这些宏大的颂词,在很多时候往往只有空壳。在马新朝这里,我认为落得很实,在对人世与诗的理解和表达上,这样描述和定位马新朝,一点都不为过。另一位我所尊敬的诗人邓万鹏先生,从更为专业的角度描述过马新朝的《幻河》,我相信,是《幻河》恢宏的艺术力量震撼了他,才使他写出那充满激情的赞语:"它以触天接地的思想和艺术光柱照彻了现代、后现代烟尘滚滚的诗坛;它强烈的光芒为当今的诗坛拓展出了一个澄澈全新的艺术空间。"真正的好文字,能感染不同类型的人。

三、这诗,表达了万物之间纯正的关系

我对马新朝的了解首要是通过他的作品《幻河》、《大地无语》和《低处的光》。也曾在一些研讨会上遇见过,但我们都不是善言之人,也就增加不了更多的了解。90年代初,我的导师鲁枢元先生曾让我对所评作家做跟踪研究,至今,我仍然认为,要写透一个作家于一个时代,也应跟踪研究他漫漫一生,除了作品,还有人在此世的状态。但是,对于某些作家,如马新朝,他用几十年的光阴,去完成那么2~3本书,用流年的淬火历练的文字,也基本够了。文字的气息,已经昭示出他的来路和前途。

马新朝的诗,表达了万物之间纯正的关系。据悉,马新朝很重视阅读。对于作家,阅读很重要,才情很重要,还有同样或者更重要的,就是你是否洞彻了活着的有限性,在有限性里,克服浮光掠影,放下种种文化架势和社会身份,作为一个自然人沉下去,"加入到尘埃的行列"(《我的一天》),这样,才能平等地看见万物。平等地看见万物的人,才可能表达出万物之间纯正的关系。

如:"一条鱼澄清了流水//河流,通过芦苇流进我们的/日子,成群的候鸟/在苇叶的指引下飞临村庄//整个下午,我都在接近芦苇/理解那些事物表面的芦花/我看到它们怎么向一只羊传达绿意//这些河流的孩子,我们的兄弟/至今仍在水边固守着鱼类/固守着村庄的秘密"(《河边芦苇》)。这无所不在的联系,构成了村庄美妙的秩序。

"整个下午,我都被河流掌握//坐在河边,整个下午/我无话可说/河流已经代替我说出了全部的话语"(《下午,在河上》),"万物/都在这黄昏的荒原上寻找自己的位置/废墟带着我,不断地向荒漠的/深处,滑去"(《废墟上的乌鸦》),"它(雪)细细地观察我,从我的脸上查看/人世的现状//打开/我的行李,把一些肮脏的/细节,拿走"(《夜宿盐卡》)。

可以看出,诗人面对万物时,那颗天然谦卑的心。是河流在说,是事物在引领着"我",并且清洗着"我"。说到底,是活透彻了。海德格尔评价策兰时曾说过这样一句话:这个人"已经远远走在了最前面,却总是自己悄悄站在最后面"。这可能是哲学家对一个诗人的最高评价了。今天,我们这个时代,精明和心计过重者甚多,能穿越茫茫红尘,活得简洁并有大爱的甚少。我们总是疑问,中国作家为什么到一定年龄就写不出更好的东西?除去种种常谈的理由,我想这应该是其中之一:作家们受到的得到的现实诱惑太多,在向外部攀升的过程中,又缺乏用思想清洗的习惯,天然的性情逐渐流逝,和人与事的关系由自然化转向社会化。在功名场中逗留过久的心,不再能准确地体察万物的心,也就不再能进入对这个世界并相对准确地表达。

在《低处的光》里,第一首诗是《要学会爱》,最后一首亦是代后记为《一所房子》,诗人这样安排,应该是思虑后的结果。因为,这正好表达了一个诗人最重要的初始状态——"要学会爱",和一个诗人最重要的历练过程——"不断地擦去语言内部的灰尘/用它照着高处的神祇/照亮黑暗的人群和我卑微的肉身"。

这些诗句是诗人个人的,也是这个时代的写作者应该听见的。

(刘海燕:中州大学教授,文学评论家)

广阔的现代主义诗歌写作

——读马新朝诗集《花红触地》

杨四平

诗人马新朝的《花红触地》不是时尚写作,因为它不是能够归类于时下流行的"底层抒写"、"伦理抒写"、"革命抒写"、"信仰抒写"。在我看来,它是一种现代主义写作,而且是一种汲取了"传统"的现代主义营养的变化了的"广阔"的、丰富的现代主义写作。也就是说,它对现代主义,既有继承,又有拓新。这大概是马新朝诗歌写作的价值之所在。

马新朝的写作透露出强烈的人道主义色彩。他不屑于目前流行的"对抗性"写作,尤其是那些所谓的"新左派"写作,也就是说,他对世界的认识,不是从简单的阶级论出发,不是从超阶级的人性论出发,不从简化了的那些理念出发,而从人自身的各种问题出发,而且最终还是回到"人"上面来,比如《就在今天》中,他表示要和所有的东西,包括和自己"和解",而去"爱生活,还有所有的人"。这是一个诗人最朴素、最基础的情怀,可惜现在不少诗人已经把它抛诸脑后了。

《花红触地》沿着《幻河》的路子一路写下来,但在沉稳的姿态中又有持续的深化,为了避免"风格化",马新朝弃绝了现实主义的那种"再现",那种机械的反映论,就是写现实,如《致某地开发区》,也用象征和暗示等手段把"现实"尽量地隐匿起来,使之若隐若现。也就是说,现实的东西早已"烂熟"于心了,早已在马新朝那里"化"掉了,它只能作为诗歌写作的"底子"被安置于诗歌写作的后台、作为诗歌写作的资源了。可见,马新朝是机智地、不显山露水地处理"现实"的。同时,马新朝也不像以往的现代主义诗歌写作那样把"戏剧化"作为现代性/现代化追寻的重要手段;他是尽量地"散文化"地处理他的诗歌写作素材,仿佛是任其自然地展示生活的"原生态",仿佛一切都那么水到渠成,顺理成章。当然,他发展了现代主义诗歌的"玄学"传统,如《给亡友的电话》、《有与无》等,而且《花红触地》比《幻河》的玄思色彩更浓烈些。妙就妙在,马新朝没有把"玄学"一味推给哲学,在客观呈现的同时,始终有主观的表现。《花红触地》中的诗几乎都有"我"在场,主体性十分突出,在辩证法的运思下,做到了在遮蔽中呈现,从而使他的诗既获得了现代主义诗歌的现代性品质,又少有现代主义诗歌常见的那种晦涩。

由此可知,马新朝是成功地把再现、表现和呈现三者有机地联系在一起,并诗性地表达出来的优秀诗人。

(杨四平:文学博士,文学评论家)

进入语言内部把生锈的词擦亮

——谈马新朝诗歌的语言品质

冷 焰

我曾在一个座谈会上发言:如果说一个诗人的离去代表一个时代的结束,那么,另一个诗人作品的出现和获奖,则意味着另一个时代的开始。我说代表一个时代结束的诗人已经离去,而代表新时代的那个诗人则指的是马新朝。当然,这是仅就河南诗坛而言。

为什么有如此的评价?这正是我写此篇文章的初衷和动力所在。我想从马新朝作品中,找出一二不同于常人的图标,揭示其指向性意义。

一、词语的根

生活中我们的日常用语,绝大多数都是用别人说过的话来表达意思。尤其现在的信息社会,充斥在报刊、书籍或网络上的用语,甚至不经过思考就信手拈来。如果说有出处,也未尝不可——它们源自字典。既科学考究,又具有权威性,唯一不足的是缺乏个性,不带感情色彩。诗,在这一背景下就显得尤为重要。

从某种意义说,诗,就是为创造新词而存在的。因为诗中的每一个词都与生命相关,都是灵魂的意符与密码。记得国外一位诗人说过,诗人把用旧了的词放进散文的武器库里。这也正是文化圈内视诗人为翘楚的原因所在。

生命的内涵或体悟,是词语的内核。遗憾的是,如今的诗人或广大的从文者,已经或多或少、自觉不自觉地丢弃了这一根本。从浩如烟海的作品中,我们看到的是辞藻;从汗牛充栋的书刊上,我们见到的是铅字。你无法从一些字词的表面,触摸到它内在的脉搏跳动,更无法从一些声音里辨别出语言的真实表情。

马新朝的诗,是一个例外,它有着自己的语言品质。《灰麻雀》:"这是冬天,挂雪的皂角树上/长出的一点疼/它站在细枝上,来回摆动,摇晃……一个无/一个在/这是今年冬天我还在不断瘦小着的内心"。如果没有刻骨铭心的体验,不可能找到一只灰麻雀作为内心世界的一种隐喻,当然也就无从反映他的"警觉,胆小",以及正遭受挤压的"不断瘦小着的内心"。

新朝诗中的词语,都是有根由的。《岩石与鹰》:"鹰的飞翔,是一盏灯穿越骨头的过程/是岩石复活的过程,是一个人/在寻找出口时的短暂努力/鹰把岩石的品质带给了广大的天空"。他发现岩石才是鹰的故乡,鹰所具有的强悍或硬度,恰恰是岩石才可能传递给它的品性,换言之,鹰正是长久沉默的岩石飞翔起来的一个梦。鹰与石头叠加,何尝不是诗人内心世界的真实写照?又何尝不是诗人品性的一种折射、外化与形象展示?新朝在《表达》中说:"我放下一个词或是一句话,它们落地就生根。"

我极为欣赏新朝的一首小诗:

> 一个草茎看着另一个草茎的绿/慢慢退去,回到/根部//泥土下,没有灯/一只冬眠的小虫子住在隔壁/它们没有说话//大地空了/只剩下我,走在风中(《一个草茎》)

我愿意把最高的赞誉给予它:这是一首堪称大师级的作品,无可挑剔。如果不处在某种生存状态,他写不出这首诗;如果不经过多年艺术修炼,作品达不到这么精湛的程度。这是一种舍弃一切繁华,退回根部的生存方式;这是一种处身孤独而又以孤独为命的旷达的人生态度。

这里引用一首昌耀的短诗:

> 静极——谁的叹嘘?/密西西比河此刻风雨,在那边攀缘而走。/地球这壁,一人无语独坐。(《斯人》)

二人都表达了一种寂静与孤独感,一个深邃,一个空阔,不分伯仲。

新朝常常在诗中把自己分裂成好几个人。一会儿叩问这个,一会儿又考据另一个,弄到最后,连他自己分辨都不清到底哪一个才是真正的自己,才是本我、真我。人生就跟演戏一般,演到最后演员大都无法卸下身上的装束了,只好穿着戏服入殓。"我在一个人的内心行走,被/无故地盘查和审问……我与他构成了/不确定的对称关系,一部分在相互吸收/更多的异质,在相互对立和抵制"。有时,他把自己推到一边考察一番,再往那边晃动晃动影子——在这种夹缝中看取世间百态。这使我想到了西班牙诗人佩索阿,一个小小的职员,灵魂与身体永远处在一种分离状态,在他一双灵眼的背后——我们经常可以看到他错了位的人生,看他漂浮在表面的现实生活如何被扭曲、变形,从哲思上升到诗意的高度。

必须提到马新朝的另一首诗:
我不是一个人/我是一群人,一群的我,我们有着/众多的屋顶,路,嗓音,方向/它们只是暂时地租用我的身体/我无法代表我,或是其中的某一个/我与你说话时,只能一个人说话/一个嗓音,众多的嘴唇闭着/它们在暗处听,并骚动//因此,大多数时候,我保持沉默(《保持沉默》)

能把人内心的复杂、纠结和矛盾,表现得如此透彻;把一个人外表沉默,平静中却包含无数的歧路与选择,包含着挣扎、挣脱或是无奈,内里五味杂陈,把生存于现代社会中现代人的人性淋漓尽致地表现或刻画出来,堪称经典。

新朝诗歌的一大特点,恰恰在于他从生存入手,渐而进入玄思、上升到形而上的高度。这是一般诗人难以企及的。他触及的是生命、生存、死亡以及时间、自然这些永恒主题,显然,他目标很明确地在向下用力,竭尽所能地在往地底钻探和深入挖掘——大有不撼动地球决不歇手的劲头。当然我不是说他已经做得很好了,那无疑是对一个大师的要求。但是,令人欣喜的是他有意无意地已经或正在走向这条通往大师的路上。

说了上述一大堆文字之后,还是觉得没有把词语的根说清。难道别人表达的不是自己的意思吗?难道别人说出的话都是无根浮萍吗?这才发觉,其实我想强调的是:当我们一般人说疼痛的时候,往往这些词都浮在表面;只有真正疼痛在心或疼痛难忍的人,才一声不出——他们脸上露出被疼痛折磨得扭曲变形的表情,身体由于疼痛不已而有所反应。这些表情、动作正是疼痛的外在形态,恍若词语——它们根植于人的内在感受之中。我想,这大概就是我要说的"词语之根"吧?

二、语言敏感度

说起语言敏感度,想到的第一个物品是羽毛。一头表现出纤细、敏锐、敏感,另一端则代表了清晰、准确和力度。虽然这是外国人一种传统的书写工具,不过这里倒是恰切地代表了我所想表达的意思。

诗这种东西,的确是一种需要花费心思圈养的高级动物。从古到今,它吃的从来都是芝兰之类的奇花异草,而且只适宜放养在幽僻的心境之内。新朝诗里有这种抓取你心思的东西,当然也不排除——他的诗成为你茶余饭后的高级营养品。

新朝写诗,犹如有一只会弹钢琴的手,指法娴熟,变幻无穷。摆弄起文字来,他清楚每一个词的厚薄程度,甚至每一笔画的重量。他知道怎么根据轻重缓急来排序,也懂得如何让行与行、句与句之间松紧适宜,张弛有度。仿佛他弹琴的手,每一根手指都很纤细,每一个指尖都有神经。我们读诗有时不仅仅是在读诗,简直是在指尖上传唱着一首有关生命的谣曲。

这些平时圈养在后院的/文字,在表演。

究竟谁在背后操纵这些文字,是谁以何种方式在指挥这些表演呢?其实,每一个字词的调动,无不牵系内在神经。诗人必须首先具备发丝一般细微、针尖一般尖锐,无孔不入的敏锐度和感觉力,否则,就无法触及人迹罕至的境地。而诗人,正是要不断触及并发现身体和灵魂的每一处角落,不放过任何一处敏感地带,不留下任何一点空白。当然,这还应该包括不断扩大思索的半径。说到底,文字不仅是想象的产物,更是思考的成果。

《真相》一诗中,由于诗人一颗牙齿的松动,使他产生了非常奇怪而敏感的联想:"此刻,世界已不存在/只剩下一颗牙//一颗牙的松动/带动了整个傍晚的/松动,带动了楼群和灯光的松动//它将被收走/先我而去,化为尘埃。我身体的各个部分/也将尾随而去//今晚,我全部的词语/高度在降低,降低,并缓缓地下垂/因为一颗牙的引力//就在今晚,我从很远很远的高地回来/回到自己的体内/看落叶纷纷"。显然,这是一首由于牙齿松动而引发的描写衰老的诗,进而揭示有关死亡的真相。

新朝的敏感,首先表现在对"松动"一词的捕捉。经过对其牵引和拉动,由一颗牙齿的松动,逐渐延伸到整个身体骨骼的松动,以至感觉到灯光、楼群和整个世界都松动了。新朝的敏感,还在于他对"松动"一词进行了拓展和深入挖掘——身体的各个部分也将尾随(牙齿)而去……于是,心境由高到低——渐入老境。由一颗牙齿的松动,他开始相信衰老正向自己逼近——世界将分崩离析,死亡不可阻挡。

读新朝的诗,你面前的事物会越来越清晰。这不仅仅是你清楚地看到了物体表面的花纹,还在于,不知不觉你进入到事物内部,对眼前的物象有了一个本质的把握。至于清晰——准确——本质之间,有着怎样一种内在联系,似乎已经超出诗学范畴。但新朝的诗有一种放大效应,会把我们司空见惯的东西,把我们习以为常的东西,经过一番重新组合包装后,以一种奇异的面貌出现,在带给我们一种异样感觉的同时,也让我们对世界有一种新的发现。

清除语言中的杂质与污垢,是新朝诗歌追求的方向。维特根斯坦说:"有些时候,某种措词必须从语言中撤走,送去清洗——然后,可以将它送回到交流之中。"生活中的大多数词,已经被人们用得太久了,跟钞票一般,被揉皱了、磨破了,沾满油污。这些词固然还可以勉强被人用来购物、交流、使用,但已经到了"寿终正寝"——应该交由银行回收,换成新币的时候了。

维护真纯的语言品质,保持独立的存在样式。

我亲眼目睹过新朝诗歌语言的蜕变过程。《幻河》初稿中,冗语、赘词比比皆是。几个回合下来,语言达到至纯境地,获得了国家最高奖。尤其近年,他像只蝉一样沉眠于地下,经过一番脱胎换骨,把早年那些青涩稚嫩之气一扫而空,唱出了自己的强音。新朝诗歌日见成熟,几欲达到化境:简洁,表现出一定的真纯透明度;口语化,又不失之浅白和流俗。这得益于他对大量日常经验的巧妙营构和创造性使用,简单中有繁复,线性中见曲折,追求一种旷达的韵味,注重词语的均衡搭配。

有很多神秘的东西,世人弄不明白,诗人也不甚清楚。但这并不影响你去发现它、感觉它、表现它,甚至可以说,由于诗人通过语言潜入人的意识底层,通过想象拓展人的意识空间,创造、最大限度地开掘人的潜能——诗人,对神秘有种特殊的敏感与嗜好。在《你不知道这些》一诗中,诗人就发现了这种说不清、道不明的神秘力量:"它来的时候,没有惊动别人/我拦不住它,它弄乱了原先的/秩序,踢翻了拐角处的脸盆/它在我体内横冲直闯,胁迫我,鞭打我……/就像一条野狗在荒野中/找到一块骨头"。

新朝的文字,仿佛内里潜伏一种神秘的力量。一会儿它掀开这块砖头,一会儿又从那片青苔中露出面孔——你分辨不清是男是女,是大或是小,是有形的一件物品还是一股无形的精神……进入诗中的几乎所有东西,无不带有一种梦幻性质。就连午间小寐,新朝也是幻觉丛生:"有一个朋友,从书架上的一首诗里/起身,用带着油墨的声音/喊我,推我"(《午睡》)。每一个文字,似乎都经过点化,不经意地踏上去——马上你会变成一个梦游人。

三、词的大与小

新朝新近一部诗集叫《低处的光》,当被问及为何取这名字时,他回答:更愿意趋近卑下、微小的生命。农村有句话"高灯低亮",意思是:把煤油灯抬到高处,屋内所有的地面都可能被照亮。应该说,高灯的确扩大了光芒的覆盖范围,但往往光线昏暗,亮度不够。另一种常见的情况却是:夜晚把油灯压得低低的,一小片光芒聚至最亮,妇女在灯下把线头捻到比针尖还尖——穿针引线……一种细小,一种尖利,一种敏锐,活计被做到极致。新朝的诗何尝不是一种针线活:选择最小的针眼,捻细最尖的线头,把一块一块挑出的布料连缀在一起,做成别致的衣服。我不敢说它新潮,但确乎实用——熨帖,合身,与心境天然相配。

新朝《小屋》一诗中说:"处在低处,靠身体的光照亮。"是否这是他对自己创作和生存方式的最佳诠释?新朝有种悲天悯人的情怀,但他非常善于聚焦——化大为小,把景象无一例外地缩小到触手可及的程度。世间万物,好比一只只蚂蚁,信手拈来——搁在指肚上,直到辨清有几根触须和可以用来行走的腿脚。有点像法国细微派散文家伊姆莱的笔法,又类似摄影中显微派的细腻技法,窥一斑而知全豹。

新朝有意摒弃一些抽象、空洞的大词,诸如历史、革命、时代啊,宁愿选择不为人所关注的一些微小生命、具象词汇。也许这是时代进化的一种必然,是诗人一种本能的选择。比如,从站在村头一所破败院落里的白杨树身上,他听见它来自裂缝深处的"隐隐的疼";从一只草蛉虫身上,他感受到世间万物终将"被死亡带走/——只是这一切都不留痕迹";甚至看到一点儿灰尘,他也"一直跟随到这里,午后/我会再次落入尘土/像沉睡";即便人们很容易忽略的一件往事,他也能发现它与时间和别的事物板结在一起,"我小心地把它取出来/穿上文字的衣裳,它在疼痛,颤抖/像海蜇一样枯干了"。即便反映一个过往时代,他也要独具匠心地找到一种隐喻性话语,揭示其"锈迹斑斑",露出它让人吃惊的"伤口"。

新朝根据自身写作经验,清楚地知道:大词空洞、抽象,小词具体、真切,可触可感,富于诗性。对词的大与小的选择,我想,新朝一定有他内在的心理需求。也许当初他并不一定明确意识到了什么,反正这么干了,用过后才发现非常贴合心境——舍此无它。就跟一个小桶投进深井一样,不用一根长长的绳子就无法把井底的水系上来。只是在喝到一口地下水之后,这才发现:辘轳,必不可少的工具;绳索和小桶,恰恰牵系着他内心——一个隐秘的世界。

新朝是一个非常善于统领语言的人。他熟悉每一个词就像熟悉身上的每一处部位:骨架在整个身体中派什么用场,大块骨头居于什么位置,心中非常清楚。但从兴趣入手,他或许更热衷于细数头上的万根发丝,更看重指甲的纤细程度——他以为没有什么比这两样东西更值得玩味的了,他觉得这些不被人关注甚至一味被人忽略的东西,恰恰指向他脆弱、敏感而又富于变幻的心理——像指针一样,在世界这个表盘上,反映他丰富的内心——哪怕一丝丝细微的变动。

小草,小动物;一粒尘埃,一块石头;一缕光线,一丝寂静,一道阴影……表面看,只是个人偏好,对词汇的不同选择;实际上,反映了诗人感受的细微与敏锐,表达了诗人思考的深度和一定的审美趣味与审美趋向。新朝诗歌中的"小",大都带着一定目的性出现。换句话说,为了表达某种"深",他不得不做出一种明智的选择。比如风的"重量",比如时间的"慢",新朝都有自己的体悟和发现,而如何掂出它们的分量和标出它们的尺度,必须借助于钟表或秤星——没有这些细小的指针和刻度,无以标示出世间万物的精确。

选择小词的最大好处之一是:犀利,可见锋芒。世界再大,再抽象,只要碰上词语——尤其是细小的词——越分越细的词,就像遇上了庖丁的刀——瞬间瓦解,再复杂的情感、意念和思想都能被阐释和说清了。相反,大词则越说越糊涂,越来越悬在空中——让人生疑。从这个意义说,小词是诗人的专利,因为写诗的人最为敏感——只有诗人才是词语的母亲,才是致力于捕捉每一细微感受——进行语言创造的专家和大师。

四、语言的生长空间

罗兰·巴特说:"什么是好的摄影作品? 就是从图片中你发现意外。"那么,怎样才算好的诗歌语言呢? 就是不断地给人以惊奇之感。诗歌,是一种具有空间感的语言艺术,读者可以自由地在其中飞翔。意象,好比是放置进诗歌内的一粒种子,无论过去多长时间,它都是活的——会在读者注视下,繁衍,生长。

意象在语言中的位置,好比水中凸现出来的岛屿——绝大部分内容隐藏在深水之下,而那深不可测的暗黑之水——恰恰是意识。我们看到的新朝的诗歌,说到底,也不过是露出在水面的一些鹅卵石,大一些的能够落脚,小一点的只够蜻蜓点一下尾。语言,能够给予我们的,何尝不是局限在这狭小的空间之内呢? 但正是这种小、这种局限,为我们的联想和畅想提供了无限的可能。

语言的空间有两种。一是通过语言描述,把外在的空间罗列在你面前;另一种是通过词与词之间搭配、嫁接,从语言内部营构——再造一个新的现实。所谓创造语言,无非就是对词汇进行重新选择、组织和排序;所谓想象力,无非是对意象——凝结着一定意思或意味的图形、物象或某种状态的重新界定。尤其是,这中间需要一种联想或幻想能力,以便实现从这一经验到另一经验的飞跃——升华或跨越式的拓展。

诗人的创造性才能,首先体现在语言上,或者说首先体现在想象力上。无论创造力或想象力,就诗人而言,其实两样是同一种东西。说穿了也就是从此物到彼物的一种联想能力。我曾在一篇文章中说,诗人的核心武器是"比喻"——世上所有的比喻都是瘸腿的,正因为喻体与本体之间不能完全吻合,外延和内涵不能完全覆盖,才给人留下想象的空间,才给美感的产生留下足够大的场地。如果说,意义从字缝里流露出来,那么,词语的生长则完全靠词与物的错位——之间形成的巨大差距,展开翅膀。

诗歌创作不同于小说、戏剧和电影,叙述文本往往着力于冲突、悬念等故事情节设置和人物性格的张扬上,诗歌想象力重在意象营构和展示画面感,并最终将所有才情、所有创造力凝结成语言文字。叙事文本中,作家剪辑经验;诗人,则重构经验——重叠,或在重叠中标注最大差异处,以便放飞想象。比如"月亮"一词,代表挂在天空每月圆一次并把亮度调到最高值的那样东西。由于附着太久,这个词已被固化在物上,再无美感可言。怎么办?要找一个撬杠,把词撬开——进入语言内部把生锈的词汇擦亮。而"像"往往是一个支点,想象力便是那根撬杠,你需要把人生经历一股脑地压上去——从经验这一端把要表达的意蕴在那一端撬起,词语立刻变得生意盎然。月亮,像一轮耳朵,趴伏在夜的深处谛听天外之音……就想象来说,靶子一般不要瞄得太准——内里有点神似即可。

"在荒芜的人群中／人人目光如铁,一滴隐含的泪／才是存在的良心"。泪是柔软的,它代表了内心最为真纯的部分。尤其金钱社会,到处是"荒芜的人群",遍地情感沙漠,坚守艺术阵地不仅需要勇气,而且需要信念支撑——这是一种时代的"良心"。新朝诗中,遍布这种暗示性的语言,"荒芜"、"泪水"、"铁"呀,每一词汇或意象下面,都压抑有他想表达的意思。很多东西,往往从字缝里蔓生出来,没有一个放大镜或小铲子之类的工具,你就无法掘出一首诗的深层意蕴。

诗歌语言内部的想象,是非常奇特的。它不是一种线性,常常回环往复,表现出多重空间。好比推开一扇门,你进入房间,是一种摆设;推开窗子,光线涌进来了,马上眼前变成另一重天地。如果再往里走,它有套间;即便走到底了,也不敢断定:壁上的古画后面有没有一个通向更深处的洞穴,或者,墙上的镜子会不会折射出我们根本无从知晓的光芒……朦胧,神秘,什么意外都可能发生。

有很多奥秘是不能被说破的,一旦说透,索然无味。但诗歌技艺过于玄奥,就算你竭尽全力,也未必能揭示其万一。再者,就算说对了,它也是一门实践性很强的学问,没听说哪所大学里轻易就培养出了诗人或作家。不经多年修炼,仅就语言这一项,就很难过关。诗,的确是一种特别神秘、奇妙的东西,我很怀疑我能不能谈到位——够得着哪怕它一丝的胡须。对于这条见首不见尾的雾中游龙,若能撸下只鳞片爪已经很不错了,我不敢有更多奢望。

文字的事儿,只能去问文字本身。想要说透一个词,必须进入词的内部;想要说透一首诗,必须掏空自己;想要说透一个人,必须死上一回。读新朝的诗,总能不断激励我挖掘自身。他在文字中留下巨大的空白,使我的一些心绪得以生长。这些文字足以把人彻底打开,让你身上的所有汗毛都倒立起来,谛听自然之声;让身体所有部位散为碎片,归附土地——倾听天籁之音。

(冷焰:诗人,编辑)

生命回音的缔造与"在场"的倾听

——论马新朝的诗

丁东亚

透过意象的投射将诗人通过听觉与视觉洞察到的世界及其对人生的感悟彰显出来,需要在对现实及时间的辩证中找到生命感的支点,这便是使物质世界升华为哲思境界的必要的过程。而如能在此基础上从内心走向真实的自我,并在省思中将时间空间化,呈现出诗人视线中的真实世界,延展诗人于此空间的情感,显然是可贵的。因为诗人必须在此之前认知到自身存在的本质,以或明或暗的方式表述出自己"在场"的身份和或嬉笑怒骂或赞赏喜悦的心绪,且在诗歌中以沉默者的姿态,通过"言外之意"、"弦外之音"的模式,以对生命的倾听过程中留下的悦耳"回音"赋予诗歌以意义。

而如何给时间缔造一种具有生命的"回音"?这显然是时代的困境,它需要诗人的写作经验、生活经验及对词语经验的洞察汇聚一处,即诗人在向内心"倾听"的同时,将记忆转化为在场者或悲或喜的情感,以声音传递的形式于文字间被呈现,并在诗人构架的时间之空间的墙面上反复激荡、回响。这种不被遮蔽的声音便是诗人内心的愉悦的歌唱,便是诗人在时间里缔造的具有生命的回音。马新朝在诗歌创作中注重"在场"和"倾听"(倾听是一种专注,也是诗人自我的辨认),这意味着他作为存在者,以自身的境遇及他与周围世界的联系,表明了自己作为一个诗人对自我的真实而清醒的认识。而此时诗人并非在"时间意识"中丢掉了本真的一面,亦非用一种抽象性思维将其真情感遮蔽起来,而是以他的感性直觉和哲理式的思考,直接赋予了诗歌中众物生命诗意,使他的诗歌有着内在的张力,当他将自身置于生命立场的时候,即对生命逐渐深入认识的同时,表明诗人主观思想的一次更深刻的成熟。于此,诗人的焦虑、痛苦、孤独、困惑以及惋惜的情绪将"在场"的"我"与时间拉近,这种"从对时间的敬畏到对时间的焦虑"(程波语)的敞开与递进,更加表明了马新朝作为一个诗人的时代担当。

同时,这种"在场"和"倾听"的姿态以及马新朝诗歌语言流露出来的强烈的节奏感与紧迫感,也使他的诗歌创作与思考更具有了敞开性、包容性,不仅带给了读者更强烈的欢快的阅读愉悦感,而且体现了他作为一个诗人对现实生活的热爱与关注。

一、"在场"的自解或向内的辨认及"敞开"

我一直认为向内的挖掘是诗人自我认知的一种体现,它象征着诗人在将情感寄于文字的同时也向世界敞开了自己的心扉,这种敞开在诗人马新朝的诗歌中可谓"紧贴土地、超脱俗世"。他将诗歌扎根于土地,以辨认者的眼光不懈地以诗歌符号对世界自解,渴望通过还原在时间里悄悄流逝的生活现场,将其内心的彻悟与孤独而坚定的信念表述出来,可时间的主体意识却似乎又表明了诗人此刻的某种困顿或困境,仿佛他必须要在构建自我精神家园的同时见证他之所以是的那个东西,可是一切又是那么的无助、那么的令人无奈。

那些拆除的人影出出进进/使用着秋风的嗓音。遍地碎砖瓦砾——/有的已滚落出你的体外//你空垂着一双英雄的手臂,却无法搏斗/因为你找不到对手。只有你的脸上/隐隐地/呈现出一些荒凉和灰烬(《对手》)

在他的假想敌"时光"面前,诗人显然是脆弱的,甚至,他不知道该以怎样的方式与其对抗、搏斗,此时内心的热爱找不到理想的归属,甚至找不到倾诉的对象,于是诗人只能"空垂着一双英雄的手臂"以"荒凉和灰烬"的表情向世界亮出自己的无辜——这种无辜可谓是诗人面对虚妄的现实的自省之态。

如果说诗人需要用身体来感知时间,需要用身体结合"过去"与"现在",那么面对无情的时间以及时间在我们身体留下的烙痕,诗人需要慢下来,用思考、阅读和观察来控制一切,并通过词语来擦亮身体的内部以及外部。因为身体是进入自身的第一层通道(也可以说是第一道防护墙),它能让诗人最先触摸到一切事物,在眼睛和感觉神经的辅助下,它最先将诗人带进了自己的意识。这时,诗人开始向内挖掘自己,需要打开与外界联系的阀门,即身体,结合触觉、听觉、视觉对事物的呈现,来加强自我的情感气场,以此回归到自身。

  慢,通过我/延伸房间内的各个静物,它们其实/都在走。比如:桌子和椅子/正在被尘埃拿走,一本书正在变黄/光,停在墙上,不,光在走/一片漂浮着的茶叶,是看得见的慢/控制着书本的内容(《穿过下午》)

  而当"所有的慢/搭乘着一辆快车/无声地/驶过下午",诗人恍然醒悟,一切都已被时光悄无声息地带走了,只有自己渴望向世界自解、敞开的空望和眼前的生活现场还隐约停留在先前"慢"的幻想里。但此时诗人于"在场"的诗歌书写中,通过语感带来的快感淡化了他焦虑的心绪,外在世界在企图闯入诗人内心进行干扰的时候,被诗人用身体拒斥在外了。

  布罗茨基在《文明的孩子》一文中说道:"说到底,诗采用的形式就是一种记忆手段,它能在人的其他构造失灵时,让大脑保存一个世界,并将这一保存的过程简洁化。"可是当诗人依靠记忆对时间重构时,却又时常被无声的空间击中,于此,他便会使自己的思考与反省陷入混乱状态,所以只好在沉默中清楚地看到自己以及自我视觉里的世界。

  我不是一个人/我是一群人,一群的我,我们有着/众多的屋顶,路,噪音,方向/它们只是暂时地租用我的身体/我无法代表我,或是其中的某一个/我与你说话时,只能一个人说话/一个嗓音,众多的嘴唇闭着/它们在暗处听,并骚动//因此,大多数时候,我保持沉默(《保持沉默》)

  此时,诗人通过向内的认知看清了真实的自己,并试图通过"我"的"在场",阐明自己在生活现场中的存在。于是诗人此时觉得自己"是一群人",是众多事物的代词,只是被想象中的"它们"暂时租用了身体,可是"它们在暗处听,并骚动",我唯一能与之抗衡的便是继续"保持沉默"。显然,此时当诗人面对无形的时间时,并非拥有着公正的判断能力,相反,显示了诗人自己的渺小和脆弱。但诗歌的存在又表明了诗人在时间面前有着强大的力量,因为"所有的诗篇都必须是关于消逝之物的,所有伟大的诗篇都是对消逝之物的悲壮寻找"(敬文东《一切消逝的东西都不会重来吗?》)。但是,在诗人对"消逝之物"(或是记忆中的事物)进行悲壮的寻找时,他能获得自己想要获知的一切吗?显然又是不可能的,因为"消逝之物"在记忆中时刻在变化,最终,他们/它们会在时间的隧道里随着人自身的消亡而消失殆尽。

  而诗人除了身体之外,还有一个重要的歌唱中心,那便是大地。马新朝是典型的大地的歌唱者,在中原这片辽阔的大地上,他以向下的姿态生活,书写了众多深情的诗章,早期的《幻河》对黄河母亲的歌颂便是一个象征(因为黄河也是大地的一部分)。然而,诗人诗意栖居的大地正在萎缩、被毁坏,城市正逐渐取代广阔美丽的田园和传统古老的村落,当诗人进驻城市,远离了他所渴慕的天堂,他只能在夜深之时闭上眼睛,以倾听的方式回归内心,隐秘地向内辨认、敞开与自解,一次次在记忆深处回到那诗意的小小的村庄,将情感寄托在那些仿佛早已在生活中消逝不见的事物。

蒿草在申诉/构树,在反复地/替主人辩白——边缘处的积雪/塔影无声地伸进窗内/灌送着铁锈/我不知道那是谁:有着暖人的气息/和言词,它死死地抱紧我/像黑暗抱着石头/我无法翻动一下身子/狗吠,得到了身后谷仓的滋养/在黑暗中不断升高/无人能打开的电话簿,封存在/灌木丛里,萤火虫在细读/沟边的苜蓿花,正行走在途中/农舍是一团巨大的怪物/聚集在一起,体内蓄满了洪水/它们用黑暗交谈/虫豸在偷听(《倾听》)

然而,在这座钢筋水泥构筑的城市里,一切美好的事物都将化为乌有,诗人"倾听"的耳膜仿佛突然被刺破,"蒿草"、"构树"、"暖人的气息"、"狗吠"、"沟边的苜蓿花"以及"农舍"将彻底被黑夜没收,尽管博尔赫斯说:"黑夜有着一种神秘的赠予和取舍的习性,将事物的一半放弃,一半扣留。"可这个"虫豸在偷听"的时代,黑夜将扣留的事物丢失了,于此,告密、引诱、迫害在所难免。

二、语言的清洗与生命的负载

一个诗人拥有真正的纯粹的技艺,是在诗歌语言的掌控上。它不单单是一个词语、一个意象的巧妙运用,也不仅仅是围绕某段记忆展开的诗意表述,技艺本身有着自我繁殖的潜能,在特定条件下,它在诗歌语言中会发出一道强烈刺眼的光线,前提是,诗人能否在纯熟技艺中对语言进行清洗,因为"行动是先于语言的:能够容许以一种模糊或不完善的方式感知到的第一警觉或诱惑作为一种思想或主题或短语去扩展与接近"。而若是在此基础上,通过生命的负载和书写对世界进行揭示,那诗人又似乎进入了更深层的境界。此时,诗人无论是"主情"、"主知",还是"主趣",无论是"言志"还是"载道",都应该具有全方位的对生命的感与悟,使诗歌表现出真正的生命感,对存有的事物、现实生活进行深思与认知,以此达到对生命意义的掌握与彻悟,而不是止于形式。

  曲胡的声音是盲人走路的声音/是莲花落敲门的声音,是我的父亲和祖先们/在夜晚的枕头边咳嗽的声音,是北风打在/屋顶上的声音,是村庄和坟地/摩擦的声音。曲胡的声音啊/是白发人没有哭出的声音,是离家多年的/子女们夜晚回来的声音,是高山明水/受伤的声音,是黄昏的西山墙上/空无一人的声音。曲胡的声音里/坐着端正的厅堂,坐着磨损的四季/坐着金属的重量,那金属的走动/就是南阳盆地的走动,就是我的亲人们/在走动。这就是曲胡的声音/它喑哑,奔放,像夜间涌动的流水/像我的诗歌里磕磕绊绊的韵律/如今,那个怀抱着曲胡的人,那个怀抱着/南阳盆地的人,可就是我/在异乡的大桥下/被琴声环绕(《曲胡的声音》)

  洛夫说:"思考存有的悲剧性是现代诗人最关紧要的一课,诗人如不能认知存在的本质,体验生命中的大寂寞、大悲痛,他诗中所谓的哲思,无非只是平常生活中的一些小感叹而已。"马新朝在聆听曲胡的时候,显然心怀"生命中的大寂寞、大悲痛"。因为他在那如泣的琴声中听到的"是我的父亲和祖先们/在夜晚的枕头边咳嗽的声音","是村庄和坟地/摩擦的声音",看到的是那在"南阳盆地"走动的"我的亲人们"。当意象将诗人的视觉与听觉混淆,致使诗人接近一种"哲思"的迷失,这种迷失是瞬间的,却有着巨大的力量,对于消逝的事物,诗人此刻的自我或对世界的悲悯同样也是一种关爱,它使记忆在诗歌语言中得到还原,使诗歌有了生命,那些存在于记忆中的东西和被诗人认为是存在于记忆中的东西亦变得具体严密起来,因为诗人在表述中获得了自我释解。且这种释解具有着诗人对生命的负载。

  我在阅读中时常惊讶于马新朝诗歌中洗练的语言、缜密的逻辑,那些看似遥远的,无法被洞悉的事物以流动的形式贯穿他的诗歌,使他轻易地便将语言之本质带向了生命的道说。

  汹涌的灌木丛,挽着汹涌的阳光/像男女大合唱,在山坡上回荡、盘旋,向上/铁色的岩石在更高处凝聚,奔走/但没有脚步。蓝天突然升高/尚未来得及铺展白云。幽暗的谷底/是一辆失事的汽车,散乱着骨架/人类的光在上面缓慢地熄灭/像一盏灯。缓慢地/熄灭(《山谷》)

  此诗中,诗人的情感完成来得很慢,诗人在将大自然尽情修饰书写的同时,仿佛是在为自己的内心寻找一个情感的突破口,可是一切在回到现实"幽暗的谷底"、"失事的汽车"现场时,所有属于大自然的美好瞬间荡然无存,诗人对生命负载的渴望再次于他的内心激荡起来,而"人类的光在上面缓慢地熄灭/像一盏灯。缓慢地/熄灭"了。在死亡面前,诗人对生命此刻的敬畏感又体现出了他内心巨大的悲悯感,于此,大自然"表象"下的和谐无形中责难了诗人,使他在生死的思考中陷入恐慌与不安,"声音的尸首,思想的尸首/堆在路边/无人清扫/我重新入梦/看到自己的内心无人看守"。当思想与声音在记忆的轮廓中转化为内心的煎熬或惶恐,责难致使诗人带着无限的空寂进入了梦的虚幻,而在梦境中,诗人却又失落地恍然发现,原来自己的内心是无人看守的,自我良知的辨认与善意的关怀再次被伤害。此时,诗人的孤独感再度浮出。

  你说,你在公园里散步/被一个缓慢的声音绊了一跤,起来看时/原来是一块沉默的石头,这年头/更多的声音不是以自己的面貌出现/它们会发叉变种,像清东陵的/石头,自己会随意走动(《清东陵》)

  当诗人深刻的内省意识由生活现场拉回到诗人自身时,便带上了相当个人化的倾向。但诗人在生活现场作为生命个体存在的同时,也显示了他的独特的思考的意识和独立。"声音"此时作为一种虚拟化的真实存在,在诗人内心抵达,于是"写作之前/我要把远方,安置在远方/让内心,回到内心",在这源于诗人本真一面的表达激起的力量和感情显然又是直逼人心的。而这按照内心对世界关护的写作,恰又彰显了诗人对时代的勇敢担当和对生命的真切负载。艾伦·退特在《诗人对谁负责?》一文中反复申明自己的观点:诗人不参与政治,不对社会负责,诗人就是"要写得出诗来,而不是像我现在这样,四方游说"……对此,我不以为然,我觉得一个诗人只有敢于"对社会负责",才能写出真正的诗来,因为诗歌自身有着对世界文明救赎的功能。所以,

  就在今天,我打算用我的血/还有体温,去爱,爱这些树木,花草,鸟声/爱生活,还有所有的人(《就在今天》)

  显然,当诗人以至善至纯的心境面对生活时,那高尚的情操和内心的平和何尝不是另一种开阔。

三、传统的叙事与抒情及现实的个体立场

  当诗人追求诗歌抽象化的表达或隐喻式的叙事时,事物的具象(包括事象

与物象)成为了一种符号,只能被词语反复地修饰,且情感的遮蔽使诗歌自身漏掉了它最本真的一面,即情趣。这时,诗歌需要一种回归,需要在传统叙事及抒情中寻回属于诗歌阅读的"愉悦"。而当代众多诗人对古典诗歌的漠视与疏远,已是一个今天我们必须直面的尖锐话题,对古典诗词的继承与吸收,无疑该是诗人创作过程中自我反省所必须的。

"在所有肉眼可及的事物中,土地无疑是离我们最近的事物。"(敬文东语)而传统诗人的意识和表达的趋向更多是从土地入手的,因为只有土地才能与天空互相映照,将万物汇聚在那天地一半宽大的镜子内,并且诗人生活在这样一个以农耕为主的国度,对大地有着太多溢于言表的热爱。只是,马新朝有着自己的独特立场,他只爱他那座小小的村落,在最初的美好记忆里,似乎那村子里的一草一木,都能轻而易举地拨动他的情感,使他不禁欣喜或是不安。

> 起风之前/我要清点这些房舍和树/它们有的走得太远,我还要清点那些散乱的羊/起风之前,我要把收获的玉米全部装进/塑料口袋,把土沫子运进厩棚/起风之前,我要在原野上,收回/奔跑着的血,骨头,还有我的被风吹冷的诗篇/我还要收回我的嗓音,它们暗哑得/像秋天的石头。起风之前/我要收回雀鸟们正在阅读的书,书中的内容/不宜在黑暗中流传,我还要收回那些/长时间在村外行走的小路,像井绳那样/盘起来,挂在自家的墙头。起风之前/我还要去看望居住在的二夹弦上的/那些惆怅和老年斑,告诉他们,就要起风了/起风之前,我还要为我的母亲留好门/很多年了,她依然住在地层下/三尺深的地方(《起风之前》)

在这里,诗人真实地陈述了自己作为空间上土地上的一员的真切感受,叙事和抒情被完整而形象地结合在了一起。起风之前,一切属于大地的事物都成为诗人热爱的对象,"房舍"、"玉米"、"长时间在村外行走的小路",都形象而真实地呈现在了诗内。

但是,诗人此时的姿态是"低"的,具体表现在他诗歌语言的朴实无华上。那细腻的洞察和源自内心的遥望使他仿佛一株野草,正在起风之前对世界娓娓叙说。或许这便是诗人马新朝坚持个体立场下,以传统的真实感与自我的谦卑之心对虚妄的一种抵抗。于是,诗人高傲地低下了身子,亲密地以归属般的感觉向大地倾诉起来。

> 低下来,低下我全部的思维/血,还有肉体/在我成为一粒尘埃时/我才

看清楚另一粒尘埃,和一个/尘埃的世界(《表达》)

如果说土地是诗人永恒抒情的对象,那么,它母亲般的恩赐与情人般的热烈,则永远使诗人无法逃出这双重情感。当诗人以自己特有的感应在想象中对土地进行倾诉,渴望以土地作为安抚的对象时,他只能用爱的方式对土地上的一切生命进行赞美和歌唱。而以爱对生命体验形式的赞美和歌唱应该拥有一种声音,不管这声音是呐喊还是质疑,它都象征诗人此刻的坚持,毕竟"诗是存在的歌唱,生命本身的言说"(刘小枫语)。只是当诗人在诗歌书写中,直接使生命形式和对生命体验的情感转化成了言语。

人啊,你平静的体内是一个飞沙走石的多事之地//人啊,即使日常中的一分钟,一小时,或是一天/也都是奇迹,只是微小的沙粒与风的搏斗/不会留下印痕//只是这满地的落英和带血的花瓣/被你自己忽略(《人啊》)

自我的反省和认知于此营造出了一种消极的氛围,诗人在好似告诫与自律的阐述中,意在深刻地向读者展示人性的丢失。诗人此刻的洞察仿佛一次溺水,将自己也淹没在了思想与时间的空间:那于"平静的体内"的多事之地行走的人是多么的清醒与孤独,那与时间搏斗的洞察者是多么的勇敢与落寞,可是,他们"不会留下印痕",只能在"满地的落英和带血的花瓣"间看到在时间之外一闪即逝的英雄的影子,最终带着被忽略的自己走向一次重生。这便是诗人在诗歌语言中以传统叙事和抒情对记忆或哲思的记录。可是词语又是那么的沉重,某一刻,它似乎能将你击倒,可"你说:放下/不要扛着,抱着,或是背着",以个体坚定的向前的立场和释然,寻找着那属于人类的自省的良知。

——他卑微的生命和意识/仍像植物一样长着根须,与大地,和地下的/岩石群板结在一起/——在这肃穆的天地之间/像一种仪式,他用脏兮兮的双手/护卫着生的尊严

一个真正的诗歌朝圣者表现自己苦难的方式是沉默,就像承载苦难的大地。他在以"脏兮兮的双手"捍卫生命尊严的形式,便是对世界澄清自我的表现,尽管看上去是如此的不雅,甚至带着一丝自怜。而你在诗人的指缝间看到了他那痛苦的表情了吗?那便是诗人忽然陷入绝望的无助。你看到了吗?

四、结束语

马新朝的诗歌有着来自内心真挚的声音。他通过对自我、现实的剖析和反思进行的书写有着强烈的穿透力,在看似娓娓叙说的形式中,渴望以最直接的方式抵达自己,聆听到生命的回音(当然,这种属于生命的回音是诗人在诗中自我构建的)。这时,愤怒、怀疑、悲悯与怀想都成为一种诗人召唤的力量,因为"事物的愿望即为他的语言"(里尔克语)。但是,诗人马新朝的诗歌写作并不追求艰涩的沉重感或沉痛感,以及重叠复杂的象征意象,而是要在对语言清洗的过程里完成自我对生命事物或世界的辨识,以此还原事物或世界的真实存在。

在《真相》一诗中,马新朝这样写道,"今晚,我全部的词语/高度在降低,降低,并缓缓地下垂","就在今晚,我从很远很远的高地回来/回到自己的体内/看落叶纷纷"。从表达的意象来说,诗人内心是舒缓平和的,甚至接近一种静寂,可我认为诗人马新朝是想在这种表象下掩饰自己作为"在场者"的内心的孤独与落寞,因为对他而言,"诗歌在一种近于孤寂的被冷落中,向着更高的精神高度攀援"(马新朝语),他需要"处在低处,靠身体的光照亮"自己,借此诠释出生命此刻存在的本真,在此,诗人似乎是要在自我解构中完成对世间万物的悲悯。

但是,"诗人,任何艺术的艺术家,谁也不能单独地具有他完全的意义"(艾略特语)。诗人马新朝亦是如此。尽管他在诗歌探索中已走得很远,试图去挖掘出属于生命最本质的东西,可在现实面前,他显然又是徒劳的。譬如他的长诗《幻河》,在对黄河母亲赞颂歌唱的同时,诗人一定有着自己的无力,毕竟他无法抛却自己在黄河母亲面前的弱小形象,无论他内心有着怎样巨大的力量,有着多么可贵的洞穿事物的能力。不过,诗人还是有着"诗是人的心灵事物,是柔软的人性之光"的属于自己的诗歌信仰,还在以沉默者的姿态,在自我澄清的过程里以清洗诗歌语言、抚摸自我疼痛的独特形式向世界对抗着,表述着。

(丁东亚:诗人,编辑)

新朝和他的诗

韩作荣

和新朝交往多年,他是我一提起河南就首先想到的朋友。在我的感觉里,任何城市给我留下深刻印象的不是名胜古迹,层楼广厦,也不是特产美食,山川河流,而是那里的几个有情有义、无话不谈的诗人和朋友。因为诗的缘故,让一个城市有了创造力的灵魂,有了情感和温度。

新朝是农民的儿子,他有着土地一样的朴实、淳厚、宽广和亲切,也有着土地一样蕴含着勃勃生机和丰富内涵的精神繁殖力。他是话语不多,是诚挚温和却颇有内秀的诗人,也是勤于思考、勇于实践、如饥似渴地学习阅读、写作准备大于写作,不断进取的诗人。或许正是基于此,让一颗敏感的诗心加深了对诗人本质的理解,让一个不算年轻的诗人有了脱胎换骨的再造,成为为数不多的写得越来越好的诗人之一。

为人低调、真诚,与朋友热情、知心,是他的特征。我们时而在一些诗歌活动中相聚,他总是要单独和我坐一坐,品茶聊天。写出了重要作品他也让我成为最早的读者,听听我的修改意见和观感。他的《幻河》我曾读过两次,是初稿和修改稿。当这部作品获得第三届鲁迅文学奖时,他又撰文发表于《作家通讯》,声称我对这部作品修改的帮助。诚然,我曾对这部长诗提出过总体把握及有几章需要写的意见,但都是一种读者的想法,并未对作品增加或减少一个字,作品的成功,都是他靠自身的功力创造出来的结果。但他对给他的写作能提一点儿意见的人会念念不忘,可见其为人的厚道,令我颇为感慨。其实,这样一部写黄河的长诗,我可以有这个意念,但既无生活,也无身临其境之感,让我写也写不出来的。

几千年来,写黄河的诗人可谓多矣,也留下一些千古名篇。但写一部数千行的长诗,且作为一种诗的写作方式所创造出的《幻河》,并产生较大的影响,在中国文学史上,还是第一次出现。

《幻河》流淌在语言文字里,已失去河流本身,成为语言创造的幻象。用苏珊·朗格的话说,"诗是一种虚幻经验",诗不关乎事实,而关乎本质。从自然与社会因素着眼,黄河是深黄的水,给人以灌溉和舟楫之利,她孕育了一个民族,以及中国古老的文化,象征了一个民族的历史、现实和命运。诚然,这也是《幻河》的诗性意义的部分内涵,可作为诗,其重要性还在于它渗透了诗人的主观意识而书写出的内心经验,是一种融合之后的再造,生成一种新的形式,具有奇异性、逼似、虚幻、透明、超然独立、自我丰足,与现实河流有别的"他性",成为象征、隐喻,即思想的荷载物,成为一种关于感觉性质的超然思考。

就语言方式而言,《幻河》是重体验、洞悟、幻象的诗章,其不是再现,而是表现;不是拾取,而是探寻;不是描摹,而是塑造;用直接体验展示事物的深层图像。一些连缀起来的词语只是诗人的材料,用以创造诗的要素。读《幻河》让人明显地感到西方象征主义诗歌的影响,并让我想到艾格特的《荒原》。虽然诗之内涵不同,表现方式亦有差别,但对诗之本质的把握,却有着相像之处。正如苏珊·朗格评论《荒原》所言:"由那些巧妙错迭的印象而创造出来的虚幻经验,是一幅完备而清晰的社会暴虐的幻象,它以个人潜在的恐惧、反感、半惑半醒等全部情感为背景,将形形色色的事件纠结于一个独特生活幻象之中,宛如一幅色彩缤纷的图画,借助一组颜料将其中的全部形象在虚幻的空间范围之内统一了起来。"或许,我所借用的对《荒原》的评论,用之说明《幻河》之虚幻经验的创造也是恰切的。

《幻河》之后,新朝不再写长诗,只致力于短诗的写作。2010年5月,我又收到他最近出版的诗集《低处的光》,翻读之际,为他诗之新的探求而欣喜。

这是诗人近几年的作品,其中的一些在报刊发表时我已读过,将其收集到一起再读,对人与诗的认知似乎更为完整,能看得出其心灵的轨迹与近期写作的风貌。诗集名曰《低处的光》,概括的是其处于低处的写作立场,即不突兀高拔,也没有高腔大嗓,而是一种低声部的诉说与歌唱。那是"村庄的位置"、"尘埃"、"回家途中"、"草怜虫"一样的俗世的生存状态、日常生活以及卑微生命的经历与审视。处于低处而有光芒,那是浮升于火焰之上的烧穿夜幕之光,是形而上的追寻,明亮且有热力。不是低下的沉沦,而是低下的高尚。其实,低下是中国美学的特征,所谓"虚怀若谷",海由于低下而能纳百川。诗人处于低处,便接上了地气,看得清事物的细微变化,有了根性,更接近于本源性的写作。

整部诗作质量是均衡的,是成熟诗人的成熟作品,其中一些可称道的佳作,皆为有独到感受、有在常人眼中看不到的意味、有深度的作品。诗人所写出的,是给人以启迪、对事物深入透彻理解的诗行;或是对自身生命、心灵的探寻,似乎在没有路的地方踏出一条蹊径的开拓,颇为珍贵。自然,诗虽质量大体整齐,但也并非字字珠玑,篇篇都是佳妙之作。一个诗人,一年中能写出几首好诗已殊为不易,读者对诗人也不必苛求。

正如诗人"代后记"《一所房子》一诗所言,"在我摸到词语的时候/失去的更多""我在暗中摸索着/不断地擦去语言内部的灰尘/用它照着高处的神祇/照亮黑暗的人群和我卑微的肉身",这是一个真正对语言的敬畏,进入创造状态的诗人的自白,是有难度写作的真切状态,故他会高举着火把,让其在四季的流水上"不断地塌陷,不断地建立"。因为诗人告诉我们的,不是他试图说什么,或想使我们从诗中感觉什么,而是他创造了什么,他是如何创造出来的。

(韩作荣:著名诗人,原《人民文学》主编、编审,中国诗歌学会会长)

独特的"精神敏感性"创作

韩作荣

新朝给我的印象就是年轻时候比较老成,老的时候看还年轻。一个不年轻的诗人能不断改变自己,相当不容易。我每年要编年史选,看过无数作品,真正能打动我的诗觉得不多了,而很多写诗的人今年冒出来写得还可以,写得非常鲜活灵动,第二年再找他的诗发现就不大行了。所有写诗的人就像爬山一样,爬5000米大多人都可以,爬到7000米的人就不多了,到最后登上峰顶的人更是凤毛麟角。我倒觉得像新朝这样越老越显得年轻的这种状态的诗人不多,所以我跟大家一样的感觉就是他是有创造力,真正洞悉了诗歌本质,还可能走得更远,有望成为大诗人的写作者,这是我对他的基本印象。

如果说《幻河》在某种程度上是一种虚幻的东西,是人造的幻象,到《低处的光》好像就从幻象里面往下沉了,而到现在的《花红触地》是已经触地了,他的变化从诗的题目也可以看出来。但是我觉得他的诗又很难界定,你用那些非常现成的、西方的文论如浪漫主义、现实主义包括象征、后现代等等都很难去界定。他现在是进入了非常好的写作状态,如果说《幻河》是带有象征的品格,某种程度上是幻象的话,这种幻象是很沉重的,读起来还觉得有点发紧,不是那么松弛,但是到了《花红触地》已经进入到非常好的状态,其实写作进入状态比写作本身更重要。他不是刻意雕琢句子,不是太过用力,有时候太过用力跟松弛相比不一定能写得更好,所以我感觉他现在的写作状态非常好。

我说无法界定是因为新朝有一个很重要的特征,就是他不跟风、不跟潮流,但是他又不保守,他总是想方设法找出自己的一种写作方式来。《花红触地》是什么感觉呢?就像国画当中的写意画一样,寥寥数笔但是把意象传达出来了,他的诗就给人这种感觉。所以我觉得他有自己的写作方式,而这种写作的重要特点之一就是那种独特感受的表达,他不是那种叙事,也不是那种抒情。有时候那种所谓的抒情在某种程度上就是说注重歌唱式的写作:所谓话语的旋律。这些东西可能朗诵起来很舒服,听起来很悦耳,但是它不是那样一种东西;也不是所谓诉说式的,抓非常动人的细节,能把笔触到人的心里最柔软的部分的写法;而是把自己的那种感受凸现出来,它是一种描述,而不是叙述,也不是抒情,所以我觉得他的这种方式是有自己独特的东西,不是流行的东西,而是自己的一种写作方式。

但是他是注重内在形式的,非常注重诗的本质把握。他这些诗的共同特点我也很难用一个词来描绘,我觉得用"精神敏感性"这个词来说还可以,精神这个词无非就是人的整个情感和状态,不要把精神说得很狭隘,他这种情绪的表达,这种精神敏感性是独特的,他就是写慢的感受,这中间可能省略一些东西,他这种跳跃性对慢的表达也还是挺好的。还有像《海天小屋》,就这么六行诗,要写海,一般来说有的人可能漫无边际了,海那么大,他的句子也会滔滔不绝。但是他就抓住了一点,就是扩大当中发现的一个房子,是房子的流逝也是人心的流逝。他就写了一种精神现象,他写得非常微小,但也许就是这种微小有深刻的东西,你要弄得太开反而没有深刻的东西。他非常注重自己感受独特的表达。所以我说它既不是抒情,也不是诉说,而是一种凸现和描述。

另一点,新朝这本诗集当中有一个特点,就是他不是去说明什么,不注重哲学的因果关系或者其他。他是一种体验的深度而不是思想的深度,思想的深度应该留给哲学家或者留给理论,其实一个诗人对整个社会和人包括人性的理解关键不在于这种理论怎么样,而是在于他对人生境界的理解及自己身心融为一体的深度,而这种深度往往是独特的而且是不大容易把握的。所以我觉得他体现的深度也很不错,比如说《真相》,他就写"一颗牙的松动"然后感觉"整个世界都松动了",这就是有体验的深度在里面。

还有《黑夜里的哭》,那种哭一声就没有了,他不知道是谁在哭,他认为是自己在哭可又不是自己发出来的,这种迷茫的状态尽管没有哭出来,但是那种巨大的压抑也是一种精神敏感性,表达也很不错。另外一点我觉得新朝这本诗集就是相反相成的表达,就像我们坐火车一样,我们坐的火车不动,但是对面的车动了,你的错觉会告诉你车开走了。这种方式也还是很有意思的。另外像现实的一种空无感受,那也是创造一种幻象。

这本诗集很耐看,我还会继续读。

(韩作荣:著名诗人,原《人民文学》主编、编审,中国诗歌学会会长)

中原诗坛：从苏金伞到王怀让再到马新朝

——从三位获得全国声誉的河南代表性诗人谈河南诗歌在全国的重要地位

叶延滨

　　河南诗坛在中国百年新诗特别是改革开放三十余年来发展历史上，有着举足轻重的地位，出现了非常可观的、为数众多的老中青诗人，其人数在全国各省名列前茅，其中涌现了一批在全国产生影响的优秀诗人，且中原诗坛多年以来形成了良好的创作生态，有众多的诗歌刊物和民刊，有长期坚持并运作良好、开展各种诗歌活动的河南省诗作学会，还有推动诗歌发展的高校重镇河南大学。总之，中原诗界诗人群体庞大，代表诗人众多，诗坛生态良好（有全省的诗歌学会，有各地的诗歌群体，有诗歌学术重镇河南大学），在中国的诗歌版图上，是不可忽视的诗歌强省。回头看三十多年河南诗歌的发展形成历史，值得诗界认真总结。

　　中国诗歌三十余年的发展，在中国新诗史上，是前所未有的黄金时期，国家对外开放，意识形态领导更加开明，创作环境更加有利于诗人们发挥才智。在近三十年的发展中，中国诗坛空前繁荣也空前杂芜，佳作如潮、流派纷呈，也让习惯于单一和统一的读者无法适应自由和宽松带来的审美困惑。在纷繁复杂的诗歌潮流发展中，中国诗坛逐渐形成了三大主潮：一是面向世界和世界现代主义潮流呼应的现代主义诗潮（朦胧诗、后现代、新生代等）；二是本于本土资源关注当下和底层民生的现实主义诗潮（归来者、民间写作、底层写作及草根打工写作等）；三是坚持中国传统诗歌写作的群体。追逐新潮的诗歌批评界在众多的流派中独钟于现代主义和后现代主义带来的刺激，因此，对中国丰富的诗歌现实，一度形成只讲或偏爱于现代主义诗歌的一大潮流，而有意无意地忽视了对本土文化资源开拓与发掘的具有现实主义与民间立场的诸多潮流的肯定与研究。这种理论偏重于某一局部、总体滞后于创作现实的情形也许是不可避免的,然而它产生的遮蔽作用,会对创作现状产生一定程度的误读与误判。由于现代主义潮流的主要代表人物主要在都市和商业化较高的地区,所以,创作丰富而人数众多的河南诗坛相当长时间没有得到足够的认识与应有的评价。

今天我们谈到这个命题的时候,日渐清晰的中原诗歌创作发展脉络,与较为成熟的对当下诗歌状况的诗界共识,使河南诗坛再度引起人们的兴趣与关注:其创作作品的成果丰硕,其诗人群体人数的庞大,其创作生态的良好,其有代表性的在全国产生影响的诗人的众多,都是前所未有的。研究和总结河南诗界的现状与成果,是一个重大的课题,我在这里只是就自己的粗浅理解,从苏金伞、王怀让、马新朝三个代表诗人的个案,谈河南诗歌为中国诗坛提供的成果与作用。

一、苏金伞:河南新诗发展重要的开拓者与坚守者。苏金伞,原名苏鹤田,河南睢县人。自 1932 年开始发表作品,著有诗集《地层下》、《窗外》、《入伍》、《苏金伞诗选》、《鹁鸪鸟》、《苏金伞新作选》、《苏金伞诗文集》等。苏金伞自 20 世纪 30 年代初登上中国诗坛,开始了河南新诗的新一页,自此后六十多年间,笔耕不辍,佳作不断,晚年的苏老一直患病,但躺在病床上的他,诗思不仅未枯竭,反而喷涌得更加强烈。他写的诗如《小轿与村庄》、《埋葬了的爱情》等,在意象的描绘、意蕴的开掘上更臻化境,语言老到,张弛有度,收放自如。他成为河南诗坛的旗帜与骄傲,勇于开拓,甘守清贫,不断探索与创新,为后来者走出了一条通向诗歌王国的道路。在这条道路上,还有青勃、王绶青、李洪程、申爱萍等著名的河南诗人。1997 年 1 月 24 日,我国现当代诗歌泰斗苏金伞,因病医治无效,在郑州去世,享年 91 岁。非常重要的是,经过几十年的努力,苏金伞先生及后续者开创了河南诗歌的新天地,开拓了河南新诗的主流。

二、王怀让:河南诗坛的主将与重要的代表诗人。王怀让,1958 年开始发表作品。1980 年加入中国作家协会。王怀让自 1958 年起为诗,迄今已发表诗作 5000 余首,文 200 多万字。作为新中国培养出来的作家,王怀让一直关注现实,是对现实生活爱憎强烈的诗人。他的诗作因其鲜明的人民性和时代感独具风格,特别在改革开放后,在众多流派并存的中国诗坛,他的诗因其抒情主人公总是劳动者及其劳动与创造,因其劳动的节奏与劳动的韵律,并因其诗歌大气磅礴、酣畅淋漓,所以能够在读者当中不胫而走,许多篇章成为节日、集会、课堂的朗诵保留节目(80年代,王怀让创作的《我骄傲,我是中国人》被著名朗诵艺术家殷之光朗诵达1600多场次,我亲自参加过许多朗诵会,就听过几十次这首诗的朗诵)。他的诗也因其宏阔且自然天成的中国气派传遍大江南北。他的代表有《我骄傲,我是中国人》、《我们光荣的名字:河南人》、《中国人:不跪的人》。尽管我本人并不完全赞同他的诗歌理念,但我认为王怀让在中国诗坛上不可代替,成为河南诗歌的重要名片,就在现代主义风行的时期,他的作品让河南诗歌响彻神州各种朗诵会,成为诗坛上高亢的主旋律。王怀让的诗歌价值是河南诗坛长期重视诗歌与现实、诗歌与大众、诗歌与生活的证明。

三、马新朝:三十年改革开放河南诗坛的重要代表诗人。作为改革开放后步入诗坛的青年诗人中的一员,马新朝与他同辈的河南诗人陆健、艺辛、王剑冰、邓万鹏、高旭旺、陈峻峰、王中朝、刘德亮、冯杰、杨吉哲、刘高贵、丛小桦、瘦谷、汗漫、蓝蓝、廖华歌、姜华、吴元成、高金光、张鲜明、董林、田桑、扶桑、康丽、张克峰、乔仁卯、刘金忠等共同构成了河南诗坛实力诗人的方阵,这个方阵,有新乡土诗人,有现代主义先锋诗人,有民间写作者等,三十年来不断汲取传统与外来新潮诗歌的营养,以《幻河》长诗获得第三届鲁迅文学奖为标志,河南诗界逐步走向成熟并在全国产生了重要影响。《幻河》是一部重要的代表性作品,作品宏大而细微,他写了母亲河黄河,更写了民族的苦难史和个人的心灵史;既吸取了现代诗诸多的营养,又有中国诗歌传统影响。在此之前的河南籍诗人杨晓民以诗集《羞涩》获第二届鲁迅文学奖,展示了河南诗歌的实力,而《幻河》作为一部长诗获奖,更有不同凡响的意义,它表现了河南诗歌代表性作品和代表性诗人在全国诗坛占有重要地位。

从苏金伞到王怀让再到马新朝,三位不同时期登上诗坛并在全国产生影响的河南诗人的出现,不仅是诗歌接力棒的传递,其艺术和风格的嬗变和螺旋式上升的发展,展示了河南诗坛的可观阵容,也说明了河南诗歌对中国诗坛越来越重要的影响力。

(叶延滨:诗人,原《诗刊》主编,中国诗歌学会副会长)

无限敞开的诗意

杨志学

在当下,河南诗人作为群体力量很强,很有凝聚力,内部氛围不错,给人以温馨的家的感觉,所以感到双重的幸福。

自进入新世纪以来,马新朝已经向诗坛和社会奉献出了三部诗集。首先是他的长诗《幻河》在新世纪初由中原农民出版社出版。这部诗集的装帧形式值得一提。它是一部折叠式诗集,合上是一本书,打开则宛如看到一条长长的河流,听到了它的咆哮声。第二部诗集是《低处的光》,2009年由上海文艺出版社出版。第三部就是现在摆在我们面前的《花红触地》,是由我们河南的大象出版社出版的。我们可以看出马新朝写作的节奏。要说他诗歌的数量也挺多的,但最关键的是他诗歌的质量能够有保障。他确实是一个勤奋的有诗才的人。前一段时间,我把这部诗集从前到后,又从后到前地读了两遍。可以说把这本诗集差不多读透了。读的过程中感受到了这部书的吸引力,有一种新鲜感和艺术表达上的魅力。两年前诗人马新朝赠我诗集《低处的光》时,我曾经和他做过一些交流,并想就《低处的光》谈论马新朝诗学观念的转变和写作上的自我超越,可惜的是,因忙于其他事情,这篇文章一直未能写出。现在马新朝又捧出了他的诗集《花红触地》,我关于他的诗歌的想法也就更多了。马新朝诗歌写作的丰富性,比起理论阐释所说出来的,要显得更加饱满、隐秘、复杂。优秀的诗歌,其内涵可以是无限的丰富,其境界可以是无比的深邃,其诗意可以是无限的敞开。马新朝的诗歌就具有这样的意味,这意味着越到后来(如现在的《花红触地》),就越表现得更加明显。

马新朝的以上三部诗集,我建议大家可以把它们放在一起,对比着阅读一下,这将会很有意义的,对我们的写作也会产生启发。首先可以有一些外部开本上的比较,比如说《幻河》是折叠式的,而《低处的光》与《花红触地》拿在手里的感觉也很不一样。《低处的光》是中坤集团赞助出版的,是系列丛书中的一种。那一套书总体不错,比较庄重、典雅、大气,封面像是软精装,拿在手里的感觉比较硬,比较坚挺。而《花红触地》拿在手里则有一种很柔软的感觉,通过阅读这部诗集,发现其中有比较多的眼泪、哀痛、忧伤,就和这部诗集拿在手里的柔软的感觉更加一致。下面就具体说一下《花红触地》中的作品,以及它们显示出来的马新朝的趣味、方式等等。

《花红触地》是马新朝短诗的又一部结集。这里的作品都比较耐读,你可以不怎么费力地从中找出十几或二十首比较优异的诗作,比如《缓慢》、《郊外漫步》、《表达》、《眼泪》、《光》、《夜晚,穿过市区的熊耳河》、《垂下》、《哀歌》、《烈士》、《高大与细小》、《就在今天》等。每个人从中挑出的好诗可能不尽相同,但也肯定会有些一致的、重叠的作品。从马新朝这些优秀的新作中,可以看出他的诗歌写作的追求、风格上的变化以及观念上的深化。马新朝的诗学观念是什么?他本人似乎没有告诉我们。这个诗人很少谈理论,有时候让他写文章谈谈,他也是东一榔头西一棒槌的,显得很随意。我没有看到马新朝有正经八百的像样的理论文章,他无心做这个工作。他是个诗人,就像李白那样。李白的诗学观念就是从他的诗里面看到的,比如"清水出芙蓉,天然去雕饰"、"自从建安来,绮丽不足珍"之类。而马新朝有一首诗叫《表达》,就是一首很好的表达他的诗学观念的诗。我们不妨读一下这首诗:

> 我开始不喜欢穿彩裙的事物/我已经习惯/重金属——已经溶入到我身体的内部/词语的翅膀被压得向下,说出来/——滚动的石头/你说:放下/不要扛着,抱着,或是背着/我先是放下一个词/或是一句话,它们一落地就生根/低下来,低下我全部的思维/血,还有肉体/在我成为一粒尘埃时/我才看清楚另一粒尘埃,和一个/尘埃的世界。这就是一棵植物的根部/大地的神经系统/这就是人们所说的草芥,由一些泥土/光,和雨水组成

这首诗很有意思,有其象征性和暗示性,怎么看都像一篇诗学论文。但它又确实是一首诗,一首比论文更好、更有力量的诗。它完全以意象和形象化方式来说话,展现了一个有意味的形式,非常饱满。

早些年,马新朝写《幻河》的时候,站在了一种高度。也许正是这种高度,把他推向了第四届鲁迅文学奖的领奖台。许多人肯定马新朝的这种高度、赞扬他

这种高度。当马新朝声名鹊起、人们开始对他进行风格上的定位时,他自己却自觉地从高处走了下来,捧出了他的诗集《低处的光》。时隔不久,他又以更加从容的姿态奉献了诗集《花红触地》,实现了更大的跨越。从诗的内容、情调、风格等方面看,《花红触地》与《低处的光》不无相似之处,但《花红触地》却显得更加柔软而坚韧,有更多人性化的意味。

    从《花红触地》这个集子里面,我们可以看出马新朝的越来越清晰的步履、越来越明确的追求。我试着归纳一些我对他作品的认识与感受。第一,我看出了这位诗人的写作态度,他对诗歌的虔诚、敬畏,把诗作为事业而终生不悔的追求的身影愈益明晰。我们知道,马新朝也写散文,写过很好的散文,出过散文集。但他首先是个诗人,最后仍然是个诗人。他把诗看得更高。散文可能是他写作的补充和延展。第二,我看到了马新朝的写作姿态,以及这种姿态决定下的审美取向。就这部《花红触地》来看,他的写作姿态是于宁静走向深邃,展现出来的是一种散淡中的无限敞开。第三,马新朝的诗歌在艺术表达上有一些值得总结和探讨的地方,这涉及对他作品的细读。比如一些意象很有意思,像光影的意象,不少篇章写到光影的移动,它们对应了生命的走向,有一种暗示效果和象征意味在里面。还有,他对诗歌形式的把握显得更老练,他诗歌的节奏也更加从容,他似乎在尽力避免、克服惯性写作,也收到了明显的成效。所以马新朝的诗总体来看显得比较有章法,经得起反复看。马新朝写散文的时候,他倾诉得比较多,但写诗的时候我们看出他时时在控制。尽管我们看到这部诗集中的作品,两行一节的形式似乎比较多,但实际上还是有一些变化的。还有具体手法的运用,比如反复手法,在《这里,真好》这首诗里就运用了,这里用以反复的是"风吹定之后"这样一个词组短语,在诗里出现了四次。诗人用得比较新颖、自如,它不是用在开头、结尾,也不是整个句子重复,反复的内容似乎没有规律,让你不觉得用了什么手法,不像以前的郭小川等人那种形成套路的修辞。可见作为一个现代人,马新朝在写作策略上还是走在了前沿的。他在修辞格上的一些做法,与海子、西川等人倒是有些接近和相通。

    最后再说一点,就是我们读马新朝的作品,可以感觉到它们思想上闪光的东西,这是最宝贵的。他思想的闪光点是什么?前面各位老师包括谢冕老师在发言中都讲过这样一点,说马新朝《花红触地》这部诗集是对中年以上年龄段的读者写的。这话虽然一定程度上符合《花红触地》的格调,但我觉得好诗其实是不分年龄段的。我觉得《花红触地》年轻人也可以读，可以从中得到启迪。说到这里，就得挑明《花红触地》在思想上最宝贵的闪光点，那就是对生命的触摸、对人性的洞察。这部集子里很多作品写得非常感人，有的甚至可以说很有震撼力。比如《给亡友的电话》这首诗，此诗我读了多遍，读这首诗我就想起诗歌界的一位朋友，就是英年早逝的刘希全。希全虽然离开我们两年了，但我一直不忍心把他的电话从我手机里删掉。现在读马新朝的《给亡友的电话》就感慨万端，想起那些不幸离开人世的亲朋好友。此诗确实包含了可以引起我们共鸣的因素。

展现在马新朝面前的诗歌道路还很长。有人说马新朝后期的写作才刚刚开始。此话可理解为对马新朝诗歌写作的一种激励，以及我们对他诗歌贡献的一种更大的期待。

（杨志学：文学博士，评论家，《诗刊》编辑部主任）

马新朝诗歌写作:一条通往现实的新途径

张延文

1912年2月12日,宣统帝溥仪颁布《清帝逊位诏书》宣布退位,并授权袁世凯组织临时政府,这意味着大清王朝寿终正寝,中国两千多年的封建帝制随之灭亡,民主共和的新政府成立了。辛亥革命成功距今正好是一百周年,这是个值得纪念的年头,在文化领域,恰逢诗圣杜甫诞辰1300周年。辛亥革命之后发生了新文化运动,在中国竖起了民主和科学两面旗帜,力图在中国社会实现民主政治和思想解放。作为中国社会由近代进入到现代时期的标志的新文化运动,其影响相当深远。新诗就是新文化运动的重要成果之一,算起来中国新诗也即将进入百年华诞。新诗在其开端就有着激进的"左"倾基调,对于以儒家为代表传统文化,基本上采取了全面否定的态度,这种文化虚无主义的倾向在现代社会时期非常显著,到了新中国之后也没有大的改善,相反,以"文化大革命"为标志的政治运动更将这种趋势推向了极端。新时期以来,对于极左思潮有了一定程度上的抑制,尤其是新世纪以来,对于传统文化当中的精华部分的重新认知和传承问题也逐步得到了重视。但由于积重难返,再加上信息文化的发展,中国进入到了由工业社会向后工业社会过渡的时期,消解的力量大于建设,文化虚无主义倾向不但没有得到根本性逆转,民族虚无主义倾向也逐步弥漫。近期肇端于网络的被称为"杜甫很忙"的恶搞杜甫的事件就是一个例证。

"穷年忧黎元,叹息肠内热"的忧国忧民、道德高尚的杜甫肯定没有想到会被千年之后的子孙后代如此不堪地进行羞辱。这些华夏后裔、龙的传人在物质生活越来越好、个人权利日益扩大时期却做出了缺乏文化素养和道德意识的行为,实在令人扼腕叹息。对于这种现象,身为杜甫家乡人代表的河南诗歌学会会长马新朝在接受媒体采访时指出:"杜甫精神是我们民族的精神之光,我们决不允许诋毁杜甫形象！"在马新朝看来，恶意丑化杜甫形象是无知的、浅薄的、低俗的，要尊重杜甫，敬仰杜甫文化，这样我们的民族文化才能发扬光大。马新朝的这番言论引起了轩然大波，包括某些主流媒体在内的各类舆论力量纷纷把矛头指向了他，俨然将其视为当代的"卫道士"来大加挞伐。算起来这种恶搞实在是源远流长，自新文化运动时期将供奉了两千多年的孔圣人拉下神坛，作为主攻对象，仿佛中国所有不公平的社会根源都是由于他一个人所致；至于后来孔夫子更是成为了和"牛鬼蛇神"相"媲美"的"孔老二"，儒家则成为了右倾倒退的代名词。既然可以批判孔子，那么杜甫有什么不能恶搞的。那些竭力倡导中国社会的现代化的"革命者"摆出了一副和传统文化水火不相容的架势，社会进步的理念也就相应地成为了超越社会伦理、价值判断的无往而不利的济世良方。既然传统是糟粕，必须扬弃，那么就只能从西方社会获取精神资源，这就为民族虚无主义定下了基调。而新中国成立之后，知识分子的社会地位每况愈下，新时期之后，人文学科的知识分子地位日渐卑微的社会现状也部分反映了这个社会文化的贫瘠程度已经到了令人发指的地步！一个十几亿人口的大国，如果不能够尊重自己的传统文化，其前景是难以想象的。一个社会，并不是人的教育程度得到了提升就说明其文明程度也随之提升，这两者之间的差距相当之大；事实上，如果一个社会丧失了自己民族文化的根性，那么其中的人受到的教育越多，其后果就越发不可收拾！

就新诗的发展历程来看，在其草创期就有着不同的声音，他们对于传统文化，特别是古典诗歌的优秀传统是积极继承的。胡适的《尝试集》当中的不少诗篇，还保留着古典诗词的影子，毕竟内在的文化因子是不可能完全舍弃的，古典诗学的精神作为底色发挥着作用，朱自清、闻一多等人倡导现代格律诗写作也是对新诗创作当中过于偏离传统的一种纠正。沈尹默的名篇《三弦》着意刻画了一个在废弃的房屋前弹奏三弦的老人，也是对英雄末路的古典诗歌写作所进行的默祷，在他看来，那些被废置的事物却是最具生机的，"谁家破大门里，半兜子绿茸茸细草，都浮荡闪闪的金光"。这首诗带有很强的预言性，新诗在发展过程当中由最初的从西方文化当中汲取营养、标举先锋性的写作，只是青春期的逆反，在逐渐趋于成熟后，还是要回归到传统当中，重新体认那个孕育过她、哺乳过她的文化母体的。中国第一个象征主义诗人李金发，虽然深受西方文化的影响，但其对传统诗歌精神的继承也是很自觉的，比如他的《题自写像》当中"即月眠江底,还能与紫色之林微笑"就是很好的写照。而"中国新诗派"的代表性女诗人郑敏在其晚年时对新诗的发展提出了反思性的见解,甚至有过新诗的出现也许是一种错误的石破天惊的看法。郑敏认为青年诗人不理解西方先锋思潮与西方文学传统间的血缘及变异的关系,更难以体认中国古老的诗歌传统对新诗写作的重要性。她还指出新诗缺乏了古典诗歌的由平仄带来的音乐性,更不用说去营造基于审美的诗歌境界了。郑敏强调了诗人的修养的重要性,必须要对主体性进行反思,避免过分个人化带来的误区。郑敏的这些看法其实和儒家一直倡导的诗人应该重视自我修养、勇于担当社会责任的传统精神是相一致的。也就是说,这些当代新诗最为缺乏的元素,恰恰是中国古典诗歌里最为优秀的文化传统。

由于这些不良倾向一直主导着新诗的发展历程,使其缺乏一个合理、有效的价值评判体系,影响了新诗的健康发展。那么,建立一个正确的诗歌价值评判体系就成为了当前新诗界的重要任务,一个既能够继承传统文化精神、反映时代生活,又能够和世界文学平等、自由、畅通交流的诗歌文化精神是其必须遵循的核心规范。必须要标举华夏文明传统的诗学精神,这是一个十几亿人的大国进行民族性建设的唯一的正途。在这方面,也有着很多诗人在默默地进行着对于传统诗歌精神的对接工作,但是他们做出的努力尚未得到诗学界,尤其是主流学术界的认同。比如说马新朝,作为一个河南诗人,中原文化对他的浸润是深入血脉里的。马新朝对杜甫的认知,从某种程度上来说,就是他自己对诗歌的认识,也是他个人进行诗歌创作的伦理价值基础。马新朝的 1800 行的长诗《幻河》就是对于以黄河为代表的大河文化的华夏文明的反思与继承。在诗人看来,作为我们的母亲河,黄河承载着一个民族所有的苦难和希望,而华夏大地的每一条河流都在奔腾着大河文明的文化因子。以个人的视角来观察宏大的事物,这种个人化的视角隐藏在公共价值的背后,这就是传统诗学精神的精华所在。马新朝能够创作出《幻河》,既和他深厚的传统文化素养有关,也和他对这种文化精神的内在体认密不可分。《左传》当中"太上立德,其次立功,其次立言"的"三不朽"思想在其诗歌作品里有着鲜明的体现。

除了传统儒家学说的担当之外,诗人马新朝的作品当中也不乏现代性的精神,80 年代以来,他深受西方哲学思想和现代诗学的影响,他的书架上摆满了西方现代诗人和哲学家的著作,几乎翻译到中国的所有西方现代诗人的著作他都读过。比如里尔克、史蒂文斯、埃里蒂斯、圣琼佩斯、帕斯、策兰、米沃什、勃莱、特兰斯特勒默、阿什贝利等。在马新朝这里，诗歌写作是一种需要综合能力的艺术，外来文化的优秀部分是必须要吸纳的，一个优秀的诗人就是要将中西方文明的伟大之处完美地结合起来，再通过个人化的主体性精神去统领他们。这些在他近年来写作的短诗当中有着很好的体现。他的诗集《低处的光》、《花红触地》当中有着大量的短诗作品，就是他这种诗学主张的集中体现。在这两部诗集当中，诗人将视角从宏大的事物转移到了日常生活当中的细微、琐屑的存在，为那些看似卑微的生命赋予了灵魂的光辉。这和2011年荣获诺贝尔文学奖的瑞典诗人托马斯·特兰斯特勒默的诗歌作品有着异曲同工之妙。特兰斯特勒默善于使用简练的语言、深邃的意境，表达自我与世界之间神秘的关系，体现大自然的优美、庄严，以及生命的卑微与尊严。因此，特兰斯特勒默被誉为"秘密世界的感知者"。瑞典文学院在诺贝尔奖颁奖词里声称："通过他精简的、透明的意象，向我们展示了通往现实的新途径。"

传统和现实之间的距离并不遥远，在我们个体生命的日常存在里，只要能够自觉地去体察，就有可能去发现打通两者的路径，这也是"通往现实的新途径"。马新朝的诗歌写作，将穿过时光走廊的事物以现在的立场加以观照，还原出它曾经的、此时此地的真实处境，以及将要出现的倾向性。比如他的诗歌《一件往事》："它就在那里。保持着/原来的模样，它不会生长/与时间和别的事物/板结在一起，像一个和谐/没有人能够发现它/在我把它写入诗之前。今天/当我从一个旧仓库里偶尔看到它时/它躲躲闪闪，像铁锈上的/虚无，企图再次滑向黑暗中/我小心地把它取出来/穿上文字的衣裳，它在疼痛，颤抖/像海蜇一样枯干了"。自在的生命之境，在外物的观照下，进入到文字和诗篇之后，所发生的转化和变异，在这首短诗里得到了形象化的表达。在美学风格上，马新朝的诗是明朗的，是《诗经》的"思无邪"传统的继承和发扬。而在其诗篇当中无处不在的博大、深沉的爱与怜悯恰恰是儒家仁爱思想的内在体现。对于传统的继承，不等于说是无选择性的盲从，马新朝诗歌当中对世间万物的平等性意识，对深陷语境束缚的存在的现象学性质的还原，就有着很强的超越性。

在马新朝的诗歌里弥漫着仁爱的精神，人与人之间的尊重与怜悯，被不动声色地表现出来。这种仁爱是和儒家的思想相通的，同时也有着现代性的转化，儒家特别是孔子提出的有差别的爱被马新朝的具有现代意识的普遍的爱所替代,同时这种仁爱也广泛地撒播到世间万物的层面。人与他身处的世界,以及世界里的有生命、无生命的存在的感应与和谐,湿润着干瘪的现实,使其部分恢复了作为存在者的自在之境。比如这首《天大了》:"走下桥头/我忽然就看见——/村庄里灰色、错落的屋顶,缓缓释放出来的天/好大的天啊//像是刚刚松绑/天,一下子展开了翅膀,在舞,在跑,在喊/天是自由的,它穿着/用蓝和深远缝制的衣裳//这时,它赤裸着身子/在原野上小便,喊我,逗我/用光的丝线牵着我/于布谷声里//天大了,村庄/就显得矮小,萎缩,灰灰的,睁不开眼睛/总想往暗处躲,像我戴着旧草帽的大哥/你看不到他的脸"。作品虽然没有完全摆脱自我的束缚,以及基于自我观照带来的轮廓,但至少它有着一种舒展的意图,将事物从此在的困境里拯救出来,并通过相互敞开而生长出诗性,获得属于自身的时间性和空间性的向度。在个体的生命里生成个体的历史,从而让匮乏诗性的世界通过互相辉映而获取灵性,这也是儒学向着现代性拓展的必然之路。

在马新朝的诗歌作品当中,其美学风格是非常多元的。在其文章《诗与书法》当中,马新朝指出:"我一直认为,诗的每一个句子,甚至每一词,都应该是醉意的,有了醉意的诗才是诗的,醉意的诗往往是来自灵魂的,而没有醉意的诗只是清汤寡味。"马新朝将诗与书法的内在之灵韵归结到了中国传统美学的概念"气"上,气韵贯通才能使得诗歌作品产生内在的旋律。这种内在的韵律应该是和生命的律动结合起来,由于其自由自在的生命境界而获得了超越性的价值。就传统的文化观念来说,"气"是宇宙生成的第一元素,《述异记》道:"元者,本也。始者,初也,先天之气也。此气化为开辟世界之人,即为盘古;化为主持天界之祖;即为元始。"在西方的诗学传统当中,"酒神精神"是非常重要的。尼采在《悲剧的诞生》中指出,希腊悲剧当中的核心元素是阿波罗神和酒神狄奥尼索斯,阿波罗神代表着现实、理性和秩序,酒神则与狂热、过度和不稳定联系在一起。在戏剧表演当中,合唱让孤立的阿波罗式的个人融入到欢乐的酒神群体当中,他们赞美生活,接受现实人生的悲欢无常。"酒神精神"代表着人的欲望,非理性的被压抑和克制着的原始的生命力;而"日神精神"则意味着超越自我,获得征服和控制的力量。在马新朝的诗歌的美学风格来说,恰恰是"日神精神"和"酒神精神"的巧妙融合,通过这种融合使得他的诗歌自然地接近了西方古典的诗歌精神。马新朝的诗歌作品在形式上看来是符合中国诗歌传统当中的"中庸之道"的,恰当、适中的情感基调被反复地拿捏。这也是"日神精神"的体现。然而，我们不难发现，马新朝的诗歌作品当中到处洋溢着的生命狂欢的张力，这种类似于狂欢节气氛的语境的营造使得"酒神精神"得以现身。这也是为什么马新朝的诗歌作品在看似日常的生活经验的描写上，却让读者获得了陌生化的审美体验的原因所在。当然，我们也不妨将这些和中国传统文化当中的"阴阳"学说结合起来，就人类文化的本质来说，其差异是可以消弭于人性这个大的概念之中的。

通过对于马新朝诗歌创作的分析，我们也许可以看到中国新诗写作的一种可能性：融会了过去、当下和未来的，基于本土经验，同时又能和外部世界沟通、交流的具有完备的时间属性和空间外延的综合性的写作，这种写作将新诗引向了一条更为宽广的道路。沿着这条道路，我们也许可以重新找回失落的文化传统，重塑华夏民族的精神与自尊，为应对信息社会带来的人性的虚无和失落凝聚信心和力量，并据以抵抗在全球化浪潮下日益严重的文化同质性带来的心灵贫乏和现实威胁。在追求现代性的同时，对于现代社会的理性主义当中蕴含着的非理性元素的警惕，并对其为中国当代社会发展带来的不良影响的反思，是和对整个新诗发展历程的重新理解和认知紧密相关的。对于以马新朝为代表的当代诗人诗歌写作的再认识需要一个逐步完善的过程，这个过程一旦开启，就会释放出巨大的变革性的力量，为新诗写作摆脱当下的边缘化的现状提供力量，使得新诗发展有可能走上充满希望的光辉历程！

（张延文：文学博士，评论家）

回到日常生活的讲述

——解读马新朝诗集《花红触地》

李少咏

一

看到这个书名,我暗自吃了一惊:这个老马大哥,真的走出来了那条独属于他自己的诗路了。联想到近几年他的另外两本书——《低处的光》和《大地无语》,我释然了,甚至悄悄地为马新朝笑了。走了一大圈,他终于走向了真正的自我。

我们都是凡人,生下来便在红尘里哭喊打滚,然后在红尘里狂笑歌哭和更多时候寂寞独行。生存的洪流让我们一路领略到无数的亮丽风景也有无数的挫折坎坷,为我们的生命留下各种各样或者深刻或者沉痛的烙印。而更多的时候,它也让我们中的很多人于不知不觉中失去了反身思辨的能力。现实层面的某些成功则会让我们误以为我们还保有某种能力,把我们已经失去思辨能力的事实悄然掩盖和遮蔽了。直到有一天,我们回头望望,才忽然发现,其实在很早很早以前的某一个时刻,我们已经失落了我们的身体甚至灵魂的某些至关重要的部分,也因而失落了我们与原始神性的血缘联系。那时候,自然地,我们会开始寻找,开始一次全新的寻找。我们也许不知道,我们在寻找的,是被社会也是被我们一天天长大了的肉体自觉不自觉地阉割和摒弃了的童年的梦幻和充满神奇灵性的创造力,那是我们艺术创造的最原始的本源。那些在寻找中得到弥合和回归的,才是艺术的晶莹碎片,那些碎片凝结到一起形成某种类似于火焰的晶体的有形或者无形的物质的时候,才是真正与人类灵魂血脉相连的艺术之花悄然绽放的时刻。

马新朝的《花红触地》,是这种寻找的一个悄然的却是很有力的见证。

找到能够接通人类最原始的那一份疼痛感并且把它们以一种最古朴、最直接的方式讲述出来,是马新朝这部诗集给予我们也是给予中国诗歌的一份最珍贵的礼物。它帮助我们回到了诗歌的本源,或者说回到了真正的诗歌。

明白一点说,在这部几乎是全新的诗歌集中,马新朝以最本源的诗的形式,为我们讲述了一个人的现代或者甚至是后现代的活生生的生活故事。他以这种最结实的方式告诉我们,每一个人的生活都是值得关注的,都有他自己的充满戏剧性和其他能够引起人的惊讶或者赞叹的秘密。因此,我们只需要关心我们自己,关心我们每天所面对的每一个人、每一件事,然后把它们以自己的最恰当的方式讲述出来,就能够给这个冷漠与荒寒的世界带来一丝温暖、一抹亮色,从而让我们单调无聊难以忍受的日常生活也变得有了趣味、有了意义,而不那么无法忍受了。还有一点我必须强调说出来,这本薄薄的诗歌集的最显性的价值之所在,是我相信所有读过它的人都有可能会产生这样的念头:这些,也都是我熟悉的,我也有过和诗人大致相似的感觉,甚至有时候会觉得它们也是我自己的生活的一些碎片的拼接组合。

是的,这就是一部优秀的诗歌集的最大的价值和意义之所在,它道破了我们每一个人的灵魂都曾经经历过的生存本相,起码是画出了我们灵魂经历中的某一个或者几个久蕴于我们心中让我们难以释怀的生存片段。这些片段的每一部分都是诗或者是诗歌的基本元素。通过阅读他们,我们会像德语世界的人们通过阅读荷尔德林、里尔克从而重新获得对德语的敬重与赞叹一样,重新获得对被这个喧嚣浮躁的世界破坏得已经不成样子了的汉语的尊重与敬仰。

二

诗歌是灵魂的使徒与歌者。所以它才能够比国家更恒久。

马新朝这本集子中的一百五十首诗,是一曲由一百五十个灵魂构成一百五十个音部所发出的歌吟、颂祷与唱赞。

卡夫卡在1921年10月19日的日记中写道:"任何在活着的时候不能应付

生活的人,都需要用一只手挡住笼罩他命运的绝望……但他可以用另一只手草草地记下在废墟上看到的一切,因为他与别人看到的不同,而且更多;总之,虽然他在有生之年就已死去,但却是真正的获救者。"马新朝正是这样的一位获救者。

的确,马新朝不是一个愿意逃避世界、为自己造一个梦幻城堡的诗人,他虽然身体并不强悍,一生几乎没有做过主政一方的一把手,职务前面总是铁打一般带着一个副字,却如堂吉诃德一样勇于与整个冷漠与荒寒的世界进行正面的交锋。他完全无视我们今天的世界已经是一个电视观众和《读者》、《意林》、《青年文摘》的读者远远多于诗人和诗歌读者的这一近乎残酷的现实,无视这个世界早已不再欢迎诗人,不会因为诗人能够为人类带来熠熠的光彩而感激他的现实,一直固执地以为诗歌仍然是那种用词语使世间之物变得可见、可感和充满生机与活力的古老力量。为此,他竭尽全力在自己的生命履历册中寻找那些可以帮助他重建一个直达灵魂深处的新世界的语词。

南阳盆地的马营村是马新朝的生命之根,也是他的灵魂之根和他的诗歌艺术之根。梅洛·庞蒂在他的《知觉现象学》中告诉我们,一个人的早年记忆尤其是身体的具体感触和知觉的记忆,是他后来所有意识活动的源头之所在。进入记忆的身体,不仅具有所谓位置的空间性,更具有处境的空间性,这种空间性记忆一旦被诗人自己唤醒,就会成为诗人创作的动力源泉之所在。

在诗集的全部一百五十首诗中,卷三占了三十七首,是五卷诗歌中篇幅最大的一部分。而这部分的诗歌的核心意象,正是来自南阳盆地的马营村及其周围的村庄和大地之上。这里当然有土,有我家的院子,有倾斜的西山墙,有月光,有细细的灯火,有竹篱笆,还有南瓜花、野菊花,在大风之夜甚或起风之前,有高达与细小的田野的树曲胡的声音。所有这一切,共同上演着一场力与力、生命与生命的搏杀、融合,还有相互的支撑与相互的生长。

《我家的院子》是一个充满诗意的老院子,它曾经上演过一个家族永远值得记取的秘密故事,但是"现在空了,灌满了风","它们现在只是木杈,锄头,柴草,猪食槽,只是碎裂和衰败",但诗人和他家族的所有成员都不会忘记,它们曾是音乐中的音符,是所有的节日,"被母亲的光照着,领着"。这才是诗人灵魂追寻的根本所在。无论何时何地,有了母亲,一切的伤痛忧郁,一切的光荣辉煌就都有了一个共同的名字:"节日"。

村庄承载着太多的负累、太多的历史,因而步履总是很艰难,离开她在外漂泊的游子每每忆及她的时候总是会有太多太多的唏嘘慨叹与无奈,然而她又永远是一个温暖的所在,因为有母亲,母亲是藏在低处甚或暗处的光,因为这藏在低处甚或暗处的光的存在,村庄就永远有上升的可能性。它们上升的方式,就是放下,放下怀抱中的朽骨,就是放下重合原有的结论。因而你应该相信,"阳光中透明的因子,却是能够改变石头的结构,使它变轻,然后升腾,并为一棵老榆树,重新书写地址"。

这样的村庄是马新朝的村庄,也是整个中国的村庄,是可以与人、与人的灵魂和精神交流互渗的村庄。而藏在低处或者暗处的那些光,是使它们也使我们的精神生命得以永存的最好滋养。就诗学的意义来说,它既是诗人马新朝精神追索的原点,也是他精神放逐与腾飞的起点。无论哀婉、慨叹还是唱赞与颂祷,都基于一种讲述的渴望和内心需要,它们所指向的,也都是我们的日常生活中逐渐被各种内力、外力磨损得锈蚀了的精神的重铸与再生。

三

"风"是马新朝诗歌中出现在关键节点上次数最多的一个意象,它是马新朝诗学生命品格中最为色彩斑斓因而也最为他所看重的一种事物。它又是一种引领,就像母亲一样,引领诗人去开掘、发现并且描绘出那藏在低处或者隐于暗处的光,从而滋养自己也滋养尽可能多的读者的精神和灵魂。这种发现、开掘与描绘的起点,是"慢"。发现"慢"的缘起,是诗人感受到了人的"平静的体内是一个飞沙走石的多事之地。在这个多事之地,即使日常中的一分钟,一小时,或是一天也都是奇迹,只是微小的沙粒与风的搏斗,不会留下印痕"。正是因为这样,房间和与房间关联的所有事物,都是一个"慢",这所有的"慢"搭乘一辆快车,在生活中悄然无声地滑过,因为诗人同时看到了,时光缓慢得无法感知,灾难缓慢得无法感知,墙壁也缓慢得无法感知,它们全都以缓慢的方式,尘埃的方式,磨损着,啃咬着,一刻不停。直到许多年以后一切将重新组合,而诗人说,他会在花朵里隐身,在土墙里剥落。

这样的开掘、发现与描绘,带来了马新朝诗学的一场小小的革命,让他由喧嚣走向静默,由繁复博大回归走向单纯明净。于是汉语诗学回到了它最值得敬重与崇仰的地方,语言的褪尽繁华的素朴与真纯。

在这样的素朴与单纯之中,生命的流泉在许多年后音韵依然。比如《判词》,我们每一个人从呱呱坠地那一刻起,就都已经走进了那个判词,走进了那个预设的温室或者陷阱,到最后,都是以床的方式,走向白色抑或绝对的空无,被空无羁押,被印入那无字的判词。有鉴于此,诗人自然会告诉我们这些影子或者痕迹一样的大众,"不要躲开",以免滑到更深的混沌。因为你们不知道,你们用遗忘和忽略穿过屋顶的时候,有人正在唱歌。所以,无论如何请不要躲开,有我在有诗人在,"我要在灯火的暗喻里,人的命里,找到你们,用语言的爪子摁着"。

有时候,我们或许是火焰,或许是石头,但不管是什么,我们都不是单独的一个人、一团火焰或者一块石头。我们不是我而是我们,而我们在一个特殊的时代里,必须保持沉默,我们无法超越或者说可以超越,但代价是消逝,是我们个体生命的消逝。归根结底,要想在这个特殊世界的特殊时代里生存,而不是无意义地消逝,我们几乎别无选择,要变为石头。我们不妨小声地,再从头至尾,读一遍《石头,石头》:

> 石头,你们从/昨夜回来,散落一地/像一些失败者/你们被昨夜的星光和北风追赶/被眼泪和诉说浸泡。在遗弃的案卷面前/火光照亮了一些人脸,又被/尘沙封着。你们深入一个人的血/又被梦封着,你们在那里奔走呼号/却没有回声。而梦/是不可战胜的,因为它过于柔软/你们丢失了四肢和行走/变成了石头,现在/你们闭着嘴,不再见我/也不再见人类

在我的感觉中,这首诗是马新朝诗歌中近年来最好的作品之一。它给我们提供了一份与我们的生存处境和血脉灵魂紧密相连的语言的证词。

整个诗集的第二卷,是这样的语言证词的一个大集合。几乎每一首诗当中,都若隐若现着一块块石头或者坚硬的骨头。我想我们该为我们的民族骄傲,该为我们的诗歌骄傲了,我们屋里处于怎样冷漠与荒寒的时代之中,总有这样的灵魂之暗处在低处,以磨损自己生命的方式,在磨损着这个时代的一些龌龊丑陋的东西,让他们重新发出神性的、起码是人性的光芒。

(李少咏:文学博士,文学评论家)

朝向尘埃的努力

——浅议马新朝诗作

蓝 蓝

很多年前在读到马新朝《乡村的一些形式》这本诗集时,我就对他笔下那些大量的自然事物和农事产生了引以为知音般的兴趣。这种感觉来自我们对朴素生活和普通人命运的认同,而他在诗歌文本中对表达形式的探索,在90年代初期也是颇为先锋。90年代初期,国内更多的诗歌逐步开始转向加入口语和叙事的成分,尽管从某种意义上来说,这种变化对于丰富诗歌的表达是一种新的倾向,但不可否认,从过去将近二十年的创作实践来看,过度的口语和叙事,损害了诗歌的抒情性。马新朝在这样的一种潮流中坚持了一个抒情诗人可贵的方向,他在抒情诗的道路上始终没有放弃诗歌作为主要的表情达意的表达方式,并不断在超越自己以往的创作。

2002年《幻河》的出版,是马新朝诗歌道路上的一个里程碑,这部包含着诗人雄心的作品,将一条大河的命运和人的命运联系在一起,他试图彻底摒弃很多人在书写黄河时那种空泛和空洞的虚假抒情,也就是说,他着力于破除"黄河"这个早已被抽象的概念所禁锢扼杀的词语的硬壳,重新将一个诗人带着体温和血肉之感的生命融入其中,从历史、时间、地域、人的生活中找到互相之间的联系,构筑成一条带有鲜明个人特征的宏大河流,并为一个文化传统增添上新的笔墨。这本诗集获得了鲁迅文学奖,为诗人带来了更多的声誉。我将这部诗集看作是诗人早年的诗集《黄河抒情诗》的发展和升华,因其精心的结构性和内容与形式的契合而成为他书写黄河这一民族象征的代表作。从这些诗篇中可以读出诗人对于重建史诗的抱负,他愿意像墨西哥诗人帕斯完成《太阳石》那样,也为自己脚下的这片土地镌刻一部诗篇。在这部诗集完成之后,我注意到诗人再次把笔尖调整回到那些更卑微、更具体的带着人间烟火的生活中,继续延续着《乡村的一些形式》的视角和思索,比如,他后来又出版的诗集《低处的光》,这个书名就是例证。在我看来,从宏大的《幻河》到《低处的光》的转换,并不是突兀和断裂的,这两者之间有着必然的联系和秘密通道。盖因《幻河》的宏大必须以人的具体生活来支撑,而人的生活则必然地在尘埃之中,正如历史本身也在尘埃之中一样。只不过,《低处的光》更多地贴近我们每日的日常状态,而想要在这样一个喧闹浅薄的实用主义时代写出生活的真相,在最低处的尘埃里,恰恰是一个诗人最正当的位置。在这部诗集里,他写到过人们常见的喜鹊,写到过在烂泥里打滚的猪,写到过商城遗址和冬天的公园,也写到和友人的小酌,以及独处时细腻敏感的冥想。他在诗中对自己说:"垂下",像一块低处的石头那样,他希望尘埃把自己掩埋;他在《表达》这首诗中,也表达了他的诗学理想和生活立场,那就是"低下来/低下我全部的思维/血,还有肉体",因为他深深地知道,只有"在我成为一粒尘埃时/我才能看清楚另一粒尘埃,和一个/尘埃的世界"。

诗人警惕于高高在上的姿态,警惕于获得尘世道德豁免权的优越感,他知道自己首先是大地之子,唯有像草芥和泥土那样,才能拥有真实的观察世界的目光,才能获得更为顽强的生命力。因为在这个世界上,更多的真相不被诉说,内心的信仰被诗人体察,但却被时代所遮蔽,正如他在诗中哀痛地说:"我知道你在,你存在于不可能之中",而他想要指出的则是"只是有一个嘴唇/被石头封着"。一个象牙塔中的诗人不可能看到这一切。作为诗人的马新朝想要努力的是:让这个"被封上的嘴唇"开始说话,就从低处的尘埃里,就从"肮脏而琐碎"的生活中。他的努力,我们已经看到了。

(蓝蓝:诗人,河南文学院专业作家)

诗歌"回家"与精神"返乡"

——从《花红触地》看马新朝诗歌转向

丘 河

诗歌评论家耿占春说,马新朝很好地完成了写作的转型。从诗集《乡村的一些形式》到长诗《幻河》,再到《低处的光》,及新近出版的《花红触地》,无论是语言还是题材上,诗人马新朝对现代诗始终进行着不懈的实践与探索。诗集《花红触地》即是这样一次独特的行走与再出发。

诗人马新朝是喝着家乡涧河的水长大的,涧河水是其诗歌繁殖的基因,它流经的不仅是那个永远无法淡忘的记忆,更是诗人日渐被放逐的灵魂。在诗集《花红触地》里,与其说乡愁是诗人心灵深处永远无法解开的结,倒不如说"家"才是诗人灵魂苦苦觅寻的栖居地。如果说《乡村的一些形式》是由于对乡村的爱及对农民命运的关注,让诗人与乡村进行了一次密集的、短兵相接的接触,《低处的光》是由于长居都市后对乡村与故土的敬意和同情,让诗人以下处的姿态与琐屑的日常生活及其命运展开了一次理性的对话,那么,《花红触地》则是诗人在经历了世事沧桑及与时间的较量后,从灵魂和精神上对个体存在、人生命运的集中拷问。

一、低处到根部的精神渐进

无论是《乡村的一些形式》、《低处的光》,还是《花红触地》,诗人的写作始终是以故乡为底色的,诗人也从未偏移或脱离过这条基线。哪怕是长诗《幻河》,也是源于涧河,止于大地,生发于广大底层民众。所以,我们可以这样认为,在写作姿态上,诗人马新朝始终是站在低处的,也就是说,他的诗歌创作始终是趋低的。这也正如诗人所言,"不管自己过去的心灵飞得多高,多狂野,我的身体,我的存在,始终都在低处,低处才是我灵魂的安居之所"。在诗集《低处的光》里有这样一首诗,"处在低处,靠身体的光照亮"(《小屋》)。可以说,低处是马新朝写作的一种姿态,也是他诗歌的一个特色。诗人说,一个人只有去掉了虚妄的部分,去掉了膨胀的部分,才能变得和一棵草、一块石头同样的高度,诗要落在地上,像人那样行走,像存在那样沉默。诗人同时指出,所谓的"低处"并不仅仅是指"草根","低处"存在于每一个人的内心。他的诗也确如其言,在很多时候,他的诗都是以"马营村"为中心,展开对微小生命、琐碎事物的观照与体察。

如果说《低处的光》是诗人马新朝依靠个人感知与感触对低处的一次彻底回归,那么《花红触地》则是在继承了《低处的光》姿态的基础上,真正回到了地面乃至地下。这也是诗人姿态的进一步趋低,当然,更是诗人诗歌向低处更深层的进发。不管是诗人有意还是无意,这种精神向度上的"谦卑"都促使着诗人灵魂与诗境的进一步抵达,也加速着诗人及诗歌对"曾经"的一次次超越。诗人说:"人要回到大地上,诗也要回到大地上。回到大地,就是回到平民和平民意识,回到生命的根部,存在的根部。"诗歌《这里,真好》中写道:"这里是低处/——湿润,安静,背风","这里是风吹定之后落下来的/可以安身的大地","这里是风吹定之后,落下来的我/与绿草和闲花同眠"。因为低处潮润,有较大的湿度,它可以让更多的诗歌经过诗人心灵的润泽,呈现出"青蛙皮"般的湿润,可以紧贴大地,实现最真切的聆听与最优美的飞翔。更重要的是,诗人可以在低处和根部找到灵魂的所在与精神的所托。

诗人在《表达》里说,"低下,低下全部的思维/血,还有肉体","尘埃的世界。这就是一棵植物的根部/大地的神经系统"。然而,要实现从"低处"到"根部"的跨越并非易事。虽然"曾是四处游走的土/被戴上了锁链//土里藏着灯,有我一盏"(《土》),但"睡着的老屋/即使老枣树也不再认领我"(《梦回》),"那么多事物/丢失了姓名,年龄,身份,还有天空/在深土中迷茫//我无力回到草根下的宁静"(《郊外漫步》)。曾经逝去的,无论是美好还是创伤,连逝去的印痕都渐趋模糊,成为无可寻觅的尘埃。诗人不禁喟叹:"大地上存在着过多的往昔/人却难以抵达"(《我所说的往昔》)。从另一种层面上说,对大地的回归和抵达更是一次心灵与诗境的不断提炼、纯化过程。它不仅要接地气,更要发现根性,开掘根源。回到根部,成为诗人马新朝在诗集《花红触地》里的精神意旨。经历过岁月风尘,时光磨洗,曾经的姹紫嫣红最终魂归春泥,触地而栖,于物、于人、于诗,这都是一个好的去处。回到根部,诗人相信,经过深翻后,我们将变成黑沉沉的土地,相信"我放下一个词或是一句话,它们落地就生根"(《表达》)。

二、外围到内核的家园构建

对诗人来说,诗歌创作一定层义上就是诗人对自我家园的构建。无论是最初青年诗人对梦想之家的向往与图绘,还是中年诗人对家园的勤苦经营,抑或是老年诗人对古老乡村的深情回望,在中国传统而具有普遍性的人类情感中,"落叶归根"的观念始终是中国人难以弃置的情愫。诗人马新朝也尤其如此。在诗集《花红触地》里,诗人马新朝的家园世界更多是精神上的,是从外围到内核、从物象到身体的层层构建。

读过诗人之前一系列的诗歌和散文文本,我们不难发现,诗人已经也正在将自己及诗歌的视角逐步从外围向内转,从外部世界逐步收回到自身。开始从对诸事万物的观照转向对个体命运的审视和思考。所以,有人认为,《花红触地》是一部以研究生命与时间微妙关系为主题的书,是一部向死而生的生命诗集。我觉得,这种理解是客观而忠实的。诗人马新朝说,诗歌帮我找到了自己真实的存在,认清了自己。的确,有些人一生也很难找到真实的自我,更重要的是,很多人一生都寻不到灵魂的归宿。当身体与时间的战事彻底结束时,灵魂就随之成了"孤魂野鬼",无处栖身。人何去何从,又将终归何处成了马新朝《花红触地》要追寻与解答的问题。当对精神返乡达成共识后,"返"与"乡"就同时成为诗人要解决的两个难题。"返"需要的是过程,"乡"需要的是定位。"乡"定位不准,"返"将是一场艰难而徒劳的跋涉。马新朝的《花红触地》解决的将是对"乡"或"家"的寻找与建构。

在诗集《花红触地》里,我们随处可见以"马营村"为中心的诗行诗句。这里,诗人一再强化马营村,一再对话乡村与土地,就是希望在与故乡故土的交流中,重新确认自己的身份和归属,以此建立起逃离和回归两难境遇下的精神世界,在现实与理想中找到可以平衡的支点。人过中年,"时间"这一要素渐趋变得敏感,身体与时间的斗争进入残酷的耗损阶段。诗人也明显感到,"一颗牙齿的松动/不可阻挡",而且将"带动整个傍晚的/松动,带动了词语在诗歌中的松动"(《真相》);诗人还听见,"灰斑鹭在窗外喊一个人"(《灰斑鹭》)。诗人知道,"许多年后,全部的欢乐,忧伤,荣辱/将重新归还天空和大地","散落的将重归散落,尘土将重归/尘土,我的骨头将会被再次归拢/在地层下缓慢地流失"(《许多年后》)。所以,诗人决定,要在满眼都是逝去的日子,"在灯火的暗喻里/人的命里,找到你们/用语言的爪子摁着"(《不要躲开》),"要越过现在的重重门槛,重新回到往昔"(《我所说的往昔》),"再次回到无人的村庄,做一扇柴门/我会在花朵里隐身,在土墙里剥落"(《许多年后》)。

诗歌是人类灵魂的搬运工。当诗人的灵魂欲往何处,诗歌就会以最忠实的语言将各种要素予以搬运。虽然说,马新朝是一个离开乡村而又"实在"乡村的诗人,但众多的"往昔"还是让他难以找到最终的归属感。这一如诗人自己所言:"回到村庄,回到那片乡土,却已经没有了家的感觉,乡土已不再是我的精神家园。我的诗神在自己的家园里流浪、迷茫。"当"家"不再能真正安放熟悉而陌生的灵魂时,诗人便开始找寻和构建新的"巢穴"。这个新的"家"安放在诗人体内,以远方的"马营村"为底色和模版。为此,诗人需要一遍遍找回和确认自我。如诗人在《混乱》中所写,"写作之前/我要把远方,安置在远方/让内心,回到内心/写作之前/我要从茫茫的人群中/找到自己",再如《真相》一诗,"今晚,我从很远很远的高地回来/回到自己的体内/看落叶纷纷"。回到低处,深入根部,返归体内,走回马营村,诗人马新朝正以诗歌为载体,搬运着自己圣洁而仁爱的灵魂。

三、低处的境界与高处的追求

诗人马新朝虽然一直让自己低下去,低到根部,深入泥土,但诗人的诗歌并不低,精神指向并不低。诗人说,诗歌在一种近于孤寂的被冷落中,向着更高的精神高度攀援。在诗集《花红触地》里,"低"的是一种姿态和角度,"高"的是诗人的境界与诗歌精神。

正是处于低处,诗人摆脱了居高临下的俯视姿态,具有了更加平和、谦卑、敬畏的心态,这更便于诗人展开对话与思考,给诗歌增添敞开性、包容性的诗性特质。诗人丢掉了狂傲与虚妄,诗歌便有了更为普遍性的情感,才更能显得实在而富于张力。这就像诗人的开篇第一首诗《人啊》,"人啊,你平静的体内是一个飞沙走石的多事之地","只是这些满地的落英和带血的花瓣/被你自己忽略"。当我们的身体被暂时租用时,面对时间这把剔刀,谁会发现生命在时间里存在的真正命意;谁又能摁住那最精彩却又最易稍纵即逝的一刻;而谁又能真正关注和参透那些落红的命运与追求。而这又何尝不是在与自我、集体对话。只不过在诗集《花红触地》里,诗人马新朝更多地选择了沉默,用无言以作答。

在《回来吧》一诗中,诗人说,"我要收拾这一地的散落/我要给你们这些还在游荡的孤魂/以短暂的安适和名分;我要引领你们/还在琴弦上的哭,我要用夜的黑/洗浴你们,我要用夜的静/疗救你们"。诗人虽然身居低处,与大地为伍,却有着高处的追求,不仅是精神与灵魂上,更体现在诗歌的创作上。相信,马新朝的诗歌正走在"回家"的路上。

当再次读到"床上/我翻了一个身/体内灯火俱黑,没有一个防守/我被谁偷偷地运走"(《预演》)时,我们似乎已看到"夕阳西下,一个人在土塬上慢慢移动","一块黄土正沉入另一块黄土"(《土塬上的人》)。

(丘河:文学博士,文学评论家)

感受和谐

——马新朝短诗阅读笔记

琳 子

某一天去诗生活论坛转悠，发现首页诗人专栏更新了马新朝的诗歌，不禁大喜。所谓更新，就是不管哪位作者发上一篇，首页上就立马放在了第一位。我顿时来了兴致，因为马老师很少在论坛出现，逮住他一次还真不容易。随即点开他的专栏，发现马老师正在显示器的对面一篇一篇起劲地往上搬运呢。不仅抚掌。心情好，读诗的感觉来得单纯而富有热情。当时读的第一首就是：

它就在那里。保持着/原来的模样，它不会生长/与时间和别的事物/板结在一起，像一个和谐/没有人能够发现它/在我把它写入诗之前。今天/当我从一个旧仓库里偶尔看到它时/它躲躲闪闪，像铁锈上的/虚无，企图再次滑向黑暗中/我小心地把它取出来/穿上文字的衣裳，它在疼痛，颤抖/像海蜇一样枯干了(《一件往事》)

这是我第一次读到马新朝的短诗，很快我就被他诗的气息所包围，并产生对文字的逐一盘点的欲望。比如：我会说"它就在那里"这句子实则是一个圈套，目的是引领诗歌。但实际上"它就在那里"这种说法不过是个"幌子"而已，因为它到底在哪里呢？它可能在一个人的心里，也可能在一个遥远的时间段上，还可能在一个叫作"契机"的运动口上，不一而足。而作者在下边进一步写出"这件事情"存在着的荒凉，但这种存在很硬、很持久。"仓库"这个字眼在诗中的意义多么宽泛。"铁锈"也是一个很有质感的事物，是往事生长着、沉沦着的外观。它"滑向黑暗"是反写，是把主题和客体进行了置换，是作者捕捉它的心理过程。而"黑暗"这个大东西则代表一种真实、宽大、直观、隐蔽的个人经历等等。

我们总是不经意被一些暗合了自己某种心机的诗行突然打动。这根本就无法用好诗和劣诗的标准来界定。我们在阅读之前是没有思想准备的,因此,我们被碰撞之后,就会紧紧抓住那一刻的晕眩和那一刻的喜悦,从而记住了一些诗人和他的作品。

一、气运的"和谐"

应该说,在马新朝的诗中感受"和谐"这种东西,是非常让人开心的一件事情。"和谐"是一种判断,体现在诗歌内部。而所谓诗歌气运的和谐,就是诗歌那种脱离文字上的、进入空间、诗歌内部的亲和程度。它自然、协调,就像我们我们交往一个人,所信赖的不是他的外观和鞋帽服装,而是他的财富、智慧,是他对待外界的态度,是他行动的目的,是他观察事物、处置事物的一种手段。诗歌对我们的作用往往也不过如此。在阅读中,事实上我们被打动的,恰是诗歌内部这种无法当场摊开在桌面上的那种无形有气的东西。文字构成了句子,句子的排列组合汇总了诗歌的篇章,而气息从它的发生、发展、凝聚、甚至不凝聚,到气息的浓度、高度、柔软度等等都潜在地对读者发生着作用。诗歌的最终感染能力必定来源于这个。气运是气息的母体,而气运就是那种从第一个字、第一句、第一行就产生奇特气味的个人使用文字、判断文字的方式,个人的断句方式,以及文字在诗行之间换气呼吸的方式等等。

还是拿《一件往事》这首短诗来说事。我认为,作者的第一句就出现了"气"。他是直接把题目当第一句诗了,"它就在那里"是对题目的延续和过度,诗歌借此得以展开。而下边文字之间、句子之间出现了稳定而有节奏的间歇和停顿,让人读起来不紧张,也不放弃,给人以恰到好处的感觉。更具体地说:

　　它就在那里。保持着/原来的模样,它不会生长/与时间和别的事物/板结在一起,像一个和谐

"保持着"什么,作者没有直接说出来,而是换到了下一行。从而给了语气上的一次舒展的机会。保持的是什么呢?我们在另一行开头才看到,是:"原来的模样"。"原来的模样"不仅仅是一个结果。同样,"与时间和别的事物"这一句相密切的停顿也是从容而协调的,它停顿出"板结在一起"的结果,而这个结果因为充满力量让读者产生快感。

我们指出诗歌的气运其实就是在强调诗歌的神经系统。它直接体现在文字之间的关系上。以"粮仓"为例：一粒小麦和另一粒小麦和所有的小麦堆成了粮仓，但每一粒小麦都在自由地呼吸，它们个人的呼吸虽然很微弱，但它们总体上的呼吸有重叠起来的高度，因此我们把一只手插进粮仓，很快就闻到小麦扑面而来的气息。所以，词语就是组成诗歌气运的颗粒，呼吸是一种感觉，是一种和谐而又流动的感觉，这种感觉需要用"慢"来品味。它在诗歌之内，在文字之间，也在文字所构造的事物、动作、情感等诸多因素的那种并不能刻意的关系上。所以，一首诗歌的生命就在于这种气息的运动，它应该是活的。就像《一件往事》，在我们读完以后，诗歌出现一股忧伤而隐遁的疼痛，尽管作者始终没有说出这件往事到底是一件什么事情。作者只是给出了它时间和空间上的位置，从直观感觉上叙说它在记忆里的"不可改变"，而"不可改变"恰是一种存活。在这里，作者不叙说事情的经过，他关注的是这件往事在他面前的形状和姿态，诗歌完整之后，诗歌整体上的气息浑实而清晰，一种通感得到传递。

  光明，宁静，没有边际/存在着众多的可能/充盈在我的房间，像一种神恩/笔筒小心地走到亮处，在一个/陶罐上重现王冠上的豪华/你，何时爬进了窗内的木桌子上/把一袋子金币打开/这是上午九点钟。我在读/一本书，书中没有文字/只有时间和风(《流逝》)

《流逝》是一首关于时间的诗。"流逝"的看不见的时间，是一种情绪，是发现，也是多愁善感。但流逝的具体方式和部位并不确切，作者才说它"存在着众多的可能"。作者所说的："一种神恩"、"王冠"、"金币"等等，都是对时间的称谓。后边说到的"我在读/一本书"等等，这种文字的间隔实际上不但有效而且具备情态，诗歌的趣味依旧是靠文字和事物之间那种和谐而饱满的气息来调动的。

二、叙说过程中的抒情

但只有当叙说和抒情之间的界限不再出现的时候，一首诗歌形成气运，这种气运才得以达到最高境界的和谐。现在我们不妨考察一下马新朝的一首短诗：

  太阳从桌子的一头/走到另一头/一整天，我没有写下一个字/一个人/干不了多少事情/我后悔曾经的狂妄，竟说出了一些/河流和山岗从没有说过的话/院子里的南瓜藤已经爬上了篱笆的顶端/它还有着数米长的前途/可以挥霍/黑暗从土坷垃的下面上升/晃动着蠕虫的细腰,它来召唤我——/加入到尘埃的行列(《我的一天》)

任何诗歌语言的表达,都不能脱离叙事和抒情这两大宗派。现代汉语的开放自由使得这两种手法越走越开阔,词语的组合存在着诸多新的可能,叙事不再单纯,抒情也要尽可能避免干燥和空洞。于是,对叙说和抒情的观察就成了作者的诗写风格。读马新朝的短诗,我们首先被他的叙说所吸引,他的叙说诚恳而厚道,靠词语过渡,而且词语之间的过渡舒缓、凝重。我们在叙说里不断感受到他时间、人物、事件的真实。但叙说只是呈现,是铺垫,是外观。接着我们就看到了抒情的内核。他的抒情压得很低,他似乎不介意方式,只在目的。因此他说得慢,说得清楚。因此他在说出的时候,他的情感其实已经点点滴滴渗透进去了。通过一个个结实独立的文字渗透进去了。一个文字站在句子中间,直接着发生动人的情感。这很像一个人的表情,他哭的时候,他的声音是次要的,关键是他的眼睛要发出悲伤的光,他的脸色要板结而灰暗。这种内在的悲伤更能持久、更有魅力。因此读马新朝的短诗歌不难发现,他的叙事结束后,他的抒情仍然在发生着作用。甚至在诗歌结束后,有的才刚刚发生作用。

所以,协调之美就体现在这里,叙说和抒情的界限实际上已经消除,叙说过程中情感不断得到暗示和提高。张力出现在清晰的具体部位。

举例上一首诗歌。从题目上看无疑是典型的叙说,尤其是作者强调的是:"我的一天",这就像一位小学生都能看出门道的记叙文。但作只是在前三句带出了点叙说的样子,接下来,他很快就抹平了叙说的门槛,叙说和抒情浑实地溶解在一起,名词或者形容词之间的过渡简单而富有特征。诗歌从小见大,见重量,见风采。

再看。虽然叙说在外,抒情在内,但一个段子完成之后,我们就会抛弃他外在的时间、事件等等,而紧紧依赖于情感。比如:

黑暗从土坷垃的下面上升/晃动着蠕虫的细腰,它来召唤我——/加入到尘埃的行列

黑暗是什么?一个人具体的一天最终要走到太阳落山,这就是表面上的黑暗的来临。但作为诗歌文本的意义,必定要展开一个人一生的大和开阔。因此,所谓诗歌意义的叙说必定和一般文字意义上的叙说大不一样。诗歌意义上

的叙说不要求完整,可以打乱秩序和次序,可以是片段,也可以是几个简单的文字图象的随意排列等等。所以马新朝的短诗往往借现象的叙说,抵达意义上的最终抒情。所以,我们读上边一段诗歌之后真实被感动的,是对生命意义终结前那种生动而直观的想象和描绘,是生命和土地、消失、虚无等众多意义的混合体。

三、重量之美

打开马新朝在诗生活的专栏,发现他首页上的配图是一双行军鞋,版画一样。这让我立马想到过去那种黄颜色的胶底军鞋,行走在雨天、泥泞中、山区等等。劳动中也穿,适合抬铁轨,推石头,拉板车等等。这便很恰当地传达了马新朝短诗的审美趋向,那就是:重量。

重量之美需要颜色来烘托,颜色要协调。阅读马新朝的短诗,我感受他诗歌下边铺着一块比较均衡的黑布。粗砺,质感。黑色是一种大面积的沉淀物,有土地之厚、生活之重和感情之重。体现在诗歌的选材上,他多写对乡村真实的、经历过的、记忆中的情感,体现在文字上,他的选择往往从真实的黑色物质开始,那些有形状的,有姿态的,有氛围的黑色物质,一旦经过他的眼睛,就凝练成不规则的板块组织,反射着沉静而雍和的冷光。

在文字的处理技巧上,可以这样说:马新朝的着眼点亮而尖锐。

比如《下坡村》,作者写到:

窗子很小,里面是冻僵的土地/一小片翠竹里释放着/鞭炮声,表姐在三十年前的/老榆树里喊我/三三两两,从城里/来的踏青人,很快就消失在/草莓的根部

在这一段诗歌中,我们首先感受到农村"小窗子"的真实可亲。这是一个微不起眼的发现。作者不夸张,不描写,只呈现。"老榆树"是一群立体的场景,它的出现直接打开了三十年前一次美好而传统的记忆。和现实相感应,作者最后处理"从城里/来的踏青人,很快就消失在/草莓的根部","草莓的根部"让读者的精神一下垮掉了。

再看:

杏花在一个老人的内心打扫着,说笑着/把随身带来的一些东西/还给

老人。像一个个嘴唇/老人身上布满了杏花细小的声音/——它们落在泥土里,会转变成/别的事物,生长着

《杏花开了》的"杏花"是一个让人不敢含糊的刺疼。杏花的对照关系是一个老人。作者说杏花在一个老人的内心"打扫着,说笑着","把随身带来的一些东西/还给老人"。那么,它随身带来的是什么东西呢?为什么说是"还"给了老人?在这里,我们不得不停下来去仔细寻找时间远处的东西,犹如去寻找一个老人曾经的青春,甚至别的类似的东西。作者接着形象地指出它"像一个个嘴唇/老人身上布满了杏花细小的声音"。嘴唇是个有生命力的东西,而杏花现在就是这样的很多嘴唇,布满在一个老人的身上,于是,老人的身上也便存在着很多的、那些嘴唇说出的细小的声音。在这里,我们不但感受到一个苍老生命身体上覆盖的静态的大、动态的细腻、生命破碎的绚丽、落花的温暖,还感受到了和善、仁慈、敏感而豁达的情怀。

对于土地,诗人始终是痴迷而眷恋的。他的诗行在这里充满闪光的亮度,就像他最终给一朵杏花设想的:

它们落在泥土里,会转变成/别的事物,生长着

落在泥土别无选择。这和一个人的来去多么一致。但落到泥土并不是死亡,而是另一种方式的生长,是转变。所以,泥土是再生的根源,是神秘的地界。在这里,我们感受到奇特的生长的意义,这种意义是对他物冷静的想象和观察,对一朵杏花更有客观存在价值,更可信。由此,诗歌的重量再度得以发掘,诗歌的意义向内展开,它的承载能力更高,更亮,也更强。

风站在高处,向树林里扔着杂物/在它们的来路上,还有一些不知名的树/弯着腰向这里行走//一棵老树弯下,抚摸着自己的伤口/在树皮被撕裂的地方/流淌出微光(《槐树林》)

这是一段非常棒的生命体验。"行走"、"伤口"、"撕裂"等诸多字眼让我冲动。槐树林——中原地带最普通最常见的群种被诗人写进文字。"风"对槐树林的态度是"站在高处"、"扔着杂物"。所以,它必须忍受。而让读者为之动容的是下边:

在它们的来路上,还有一些不知名的树/弯着腰向这里行走

"来路"是什么就不必絮叨了吧。还有一些"不知名的树"也没有必要在这里猜测了吧。但这些文字给人的感觉就是这么好。来路似乎永远不可回头,但

来的人还在继续前进:以至于"弯着腰向这里行走"。至此,我们就这样被诗歌重重伤害了一次。但接下来,我们很快又再次被伤害:"树皮被撕裂的地方/流淌出微光"。"被撕裂"这个词语后面,藏着一只多么坚硬而残酷的铁手啊,而"树"就这样默默忍受了身体的残缺。"流淌出微光"是树的体液,是破裂之后的胆汁。所以,它有动中的疼痛,是拒绝,是承受,是活着。在这里,我们仅仅从树这个形象意义上的本题来感受,就已经被深深震动了。人和树的一致,对生命过程的体验,槐树林的秘密,就是这样深入到整个中原,甚至进入了整个种族。

顺便总结:

马新朝的诗歌有重量之美,个人认为形成于他诗歌的气运,又沉入气运。而气运非常和谐。就像最伤人的,恰是气体。所以,重是气运之重,是呼吸之疼而已。

(琳子:诗人,大学讲师)

诗教朝宗归真元

吴元成

    诗重教化，诗即教；诗歌在某种意义上即宗教。

    马新朝对诗歌有近乎宗教般的情感和超常的投入。他的写作既重视意象的运用、隐喻的力量，又熟谙传统诗歌的剔花留白，同时敢于和善于直抒胸臆，直接切进实物的表象、进入其本质和本真。从他新近在大象出版社出版的诗集《花红触地》中可见一斑。

    至于技巧，对马新朝早已不是问题。从其获得鲁迅文学奖的长诗《幻河》的高蹈与庄严，到前几年《低处的光》的向下俯察，再到《花红触地》，马新朝化有为无，化技巧、技术于无形，长于自然表达，臻于完美和化境，非其他诗人能望其项背，何也？修养使然。诗人的修养不是单一的，厚重的生活底蕴，哲学和宗教的功底不可或缺；对万物和内心的体察和高度关注底层的怜悯和慈悲，使他的作品总能闪现出人性之光芒。

    这种修养和提升在《花红触地》中的许多作品中可以感受到。《判词》对生死的参悟近乎禅；《不要躲开》、《真相》等有近似《古兰经》式的启示性："不要躲开/我要在灯火的暗喻里/人的命里，找到你们/用语言的爪子摁着"（《不要躲开》）；牙疼也能给诗人带来奇异的灵感，"就在今晚，我开始相信，一颗牙齿的松动/无可阻挡，相信它，在黑暗中/无边无际的诉说"（《真相》）。淡定、自在、内敛也是诗人所偏爱的追求，"午夜，风起云涌/小屋在混沌中迷茫，晃动。长久的/坚定，开始流失"（《海边小屋》）。在看似静物描绘的画卷里，让我们看到了坚韧的生命的流淌。诗人在《天空落下》里又给我们展现了另一种生命形态："昨天，你还与我们一起生活在这里/像一块烂泥/现在，突然升空/变大的手上，沾满了星光，闪电/我看到深邃的天空，云朵，雷声/落在你的体内，使你的行走/

蔚蓝而宽广"。一个胸怀天地的诗人才有可能发出这天籁般的吟唱。

诗言志,言说何志?何以言之?从诗人的书斋,到喧闹的街市,到寂静的公园,到生机勃发的山野,乃至诗人的故乡马营村,诗人总有独特的发现,发现美和美的深处,用自然和内心的契合构成了宏大而细微的诗意。这就是马新朝在《花红触地》里给读者提供的阅读快感、精神质感。"黎明,大地和坡顶安静下来/村边一座孤零零的小屋/低眉俯首。它说/它愿意认罪"(《大风之夜》),诗人的故乡马营村在大风之夜摇晃着,忏悔着,这是当代人对乡村和土地的忏悔啊!"天暗了,雪/还在下,来来往往,把村子隐含的金属/往我的身体里搬运"(《搬运》)。这金属是洁白的,是轻的也是重的,需要搬运进我们的身体和内心,我们才会明白"从何处来到何处去"。尤其值得称道的是《他们唱》:

他们唱,他们退守到这里,四周是水/他们唱,公园的湖心岛上,他们是一群被时光打败的散兵/他们唱,清晨多么美好/他们唱,失眠,疼痛,忧郁,彷徨/他们唱,他们排成三行横队,像一个军队/他们唱,歌声就是力量/他们唱,声音和声音挽在一起/他们唱,反抗着,自卫着,倾诉着/他们唱,高音处的结尾处起了皱纹/他们唱,低音传递着老年斑/他们唱,他们自己是自己的听众/他们唱,秋风凉了,树叶落了

诗歌三千年,还是赋比兴。毫无疑问,这是马新朝近年在不断探索之后返璞归真的经典之作。在看似简单的《诗经》、汉赋般的咏叹中,诗人参透生命的轮回,把握生存的质量,满篇大爱与大慈悲。新诗一百年,还是要创新;新诗潮三十余载,总有执着的守望者,张望大千,守望理想。呵护精神家园的诗人,才会做到诗教朝宗,才会归于真元,才会提升诗歌的高度,扩大诗歌的宽度。因为生命的长度有限,唯有好诗才能陪伴我们,养育我们荒漠化的精神世界。"马新朝们"让我们看到了希望。

(吴元成:诗人,《河南法制报》总编辑助理)

B 《幻河》论

诗歌行动:在词语的困境中泅渡

——马新朝长诗《幻河》简评

单占生

文本来自切身经验的一次出行或言说 一位曾藐视过历代帝王、连强大的"美帝"都视作"纸老虎"的伟人面对黄河,从沧海般的胸中倾泻过这样的感叹:你不能藐视黄河。我们还能说什么!面对黄河,你总是被巨大的惶恐笼罩。似乎有一种不可言说的痛苦。不可言说的痛苦又驱使着你不能不说,似乎有一种使命。这大概是马新朝写出了一本《黄河抒情诗》之后又写出了以黄河为抒情对象的长诗《幻河》的导因吧。

黄河是坦荡的。它的坦荡使你身上的那点坦荡在它的面前显得晦暗又猥琐;黄河又是神秘的,它的神秘使你身上的那点神秘在它面前显得滑稽又浅薄。在它的河道里,流淌着一个民族的生命史和一个民族的文明史、心灵史,你能吗?别说了,什么都别说。沉默是防止露怯最好的办法。可我们还是要说。

愈是不可言说愈是要说,这样的怪圈我们不知已跳进过多少次了,今后又不知要跳进多少次。正像打渔的人会死在海上,但每天仍有向大海进发的人一样,一代一代诗人总是不畏生死地向黄河进发。因为他们知道,不了解黄河,等于不了解你自己,但要言说黄河,又何其难也!言说黄河的人已站满了两岸,还有你的立足之地吗?但是,从《黄河抒情诗》到《幻河》,马新朝找到了自己的位置,找到了自己的声音,且这声音决不同于别人的声音,也不同于自己的过去。如他自己所说:"在词语的围困中泅渡",他上岸了。我们这里说马新朝上岸了并不是随随便便给马新朝的诗一个定位,也不是随便地附会,那样的话,对于诗人来说实在是一种不幸。说马新朝上岸了是因为作为创作主体的马新朝与他创作出的文本之间着实有着一段为时不短的、不同寻常的关系;而他创作出的诗歌文本与其他诗歌文本之间也着实建立起了一种有着切实可比性的联系。就文本与创作主体的经历之间的关系来讲,马新朝的创作《幻河》决不是无源之水,决不是空谷来风。就在20世纪80年代中期,河南洛阳的一帮热血青年为证明中华民族的勇气、血气、骨气用橡皮筏漂流黄河之时,马新朝不仅是作为记者目击了这次漂流的全程,而且也以一个诗人感受了这帮青年的热血和黄河那阔大而又神秘的灵魂。应该说,诗人那时的经验与今日的文本之间有着一种直接的联系。这使得他的文本有了切实可查的出处。也许对于诗来说,这并不是绝对重要的。但是,就今天的诗歌创作——无源的感伤、无本的神秘、无根的梦呓充斥诗坛的现状来看,这样的个人经验对于创作就是十分重要的了。至少,诗人的这种绝对与黄河有关的个人经验使我们不会再去过分怀疑文本中诗歌意象的来源,使我们对创作主体与文本之间关系的探究有了基础牢固的可能。同时,这样一种创作行为对于今日诗坛来说,其本身就是一种发言。他告诉我们,还有一种诗人的生活行为与创作行为能够建立起与诗的密切的天然的联系。说马新朝上岸了的第二个原因,是因为他的诗歌文本与其他写黄河的诗歌文本之间的可比性是一种真实的存在。过多的话暂且不说,就《幻河》摆脱了过去写黄河的诗多是直接的现象描写同时又往往使黄河与有实用目的精神产生浅层的对位这一点而言,这种可比性就已经产生了。有了以上两点,这次不可言说的言说才有了言说的可能,才可能以自我、真我的姿态非常自信地向人们解释诗人所体验、理解的这条幻河、这个世界,才可能使这次创作成为一个具有意义与价值的行动。当《幻河》摆在我们的面前的时候,马新朝是否可以上岸已经构不成一个问题。这就是说,上岸并占居一个属于自己的位置,这是不言自明的。我们在这里要追寻的是,马新朝是带着什么上岸的呢?

一次内涵丰富的诗歌事件 我们说马新朝带着自己的声音上岸,所说的并不是马新朝的长诗《幻河》比过去的写黄河的诗有了什么进步这个问题,进步是显而易见的。也不是说《幻河》与其他诗相比较有了什么超越。在前些时,我还为找到《幻河》对其他诗的超越而口出谵妄之语。其实,认真想一想就会清楚,当我们习以为常地觉得我们已超越了某一成熟的艺术品时,我们的想法是那么虚妄。对一个成熟的艺术作品来说,别的艺术作品在它面前将是永远无法超越的。你只能说你是你自己,你具备了是你自己的资格,你无法代替别人。与此同时,你是你,你就绝对是你自己了? 我不相信。你无法摆脱你与古人的纠缠,这正如英国诗人艾略特所说:"诗人,任何艺术的艺术家,谁也不能单独地具有他完全的意义。他的重要性以及我们对他的鉴赏就是鉴赏对他和已往诗人以及艺术家的关系。你不能把他单独地评价;你得把他放在前人之间来对照,来比较。我认为这不仅是一个历史的批评的原则,也是美学的批评原则。……产生一件新艺术作品,成为一个事件,以前的全部艺术作品就同时遭逢了一个新事件。"① 把这段话用在马新朝的创作《幻河》上非常恰切。的确,《幻河》的创作对于黄河诗的创作来说,是一个具有特殊审美意义的诗歌事件。据上所述,这次事件的发生已预谋日久。我曾担心过它的难产,结果解除了我的担心。但要说明的是,我并不认为我的担心是多余的。因为能够导致这次诗歌事件流产的原因太多了。在我国诗坛进入后现代主义语境这种环境中,似乎没给《幻河》的作者留出太多的时空让他从容地从事这样长篇巨构的创作。每个人都在匆匆地流浪,流浪成了识辨现代人的标志,以致流浪的内涵被异化,流浪被放逐;一些被追星族捧热和被小报记者吹热的"文化巨人"四处"克隆"自己的"制作";诗坛南北的战争打得像模像样,谁都是中国的唯一之道;许多诗人都在为自己没能成为南北战争的"牌"而苦恼,同时又不愿意自杀,那就苟且偷生吧。在这样的创作环境中,马新朝能沉得住气,应该说是够不易、实难得的了。因为在今日诗坛上,不仅一些伪诗学理念不断给你以冲击,而且还往往因为你的不顺从而判你死刑。在我国的诗歌史上,曾经出现过诗仙、诗圣、诗怪,没曾想今日出现了"诗霸"。在这里提出"诗霸"这个问题,并不是为了要对"诗霸"大张挞伐,因为没有这个必要。从某种意义上说,在没有英雄和圣人的年代里,有些人有点霸气也许并不纯然就是一件坏事。但是,应该说明或者指出的是,行诸诗坛的霸气往往会给诗人对诗歌创作学理的真切体悟造成障碍。所幸的是,马新朝不被这种障碍困阻。并且以自己的创作给诗坛造成了一个不大不小的事件,让同仁诗人和难以成为同仁的诗人在遭逢这次诗歌事件时,不能不考虑诗歌创作的多样性可能这个问题;让人们思考,东西方思维方式可否在一首诗中得以贯通;让人们考虑,东西方诗歌艺术手段,古典的、现代的艺术手法可否在一首诗

---

① 黄晋凯,张秉真,杨恒达:《象征主义·意象派》,中国人民大学出版社,1989年10月第1版,第106页。

中并用。当然,在这首诗中提出这样的问题也许是大而不当的。因为在其他的一些较短小的诗中提了以上一些问题也未尝不可。但有一个这样的问题似乎是造成这次诗歌事件的主要原因:宏大叙事和个体经验的叙述能进行有机的给合吗?该怎样把握历史经验与个体感受之间的尺度?对此,《幻河》的作者也许并没有解决得很好,但是,我们可以清楚地感受到,作者是在认真解决这一问题。他从如实的现象描述中跳出,用主要的精力去把握描述对象的精神,但又把这精神还原到现象之中;他把自己浸入历史的河流,同时又让历史之河在自己情思的机体中流淌。宏大叙事与个体经验得以有机地结合,历史经验与个体感受得以有机相融。诗人似乎非常明彻这样一个道理:"明亮的工作棚是一盏美丽的灯,可是它只有在另一盏灯的照耀下才放射出美丽的光芒。"[1]显而易见,《幻河》的叙事模式是宏大叙事。但是,《幻河》中另一个显而易见的叙事特点是整个叙事过程都显见地呈现出创作主体的主体性特色。凸现创作主体性在创作中的作用与地位,是今日诗坛的一大时尚。作为对于新中国成立后长期存在的诗歌创作中创作主体不在场的不良倾向的反拨,主体性的张扬是重要的。从创作的内在规律而言,张扬主体性在创作中的地位也是完全正确的。但是,对于主体性的理解却有着千差万别。最为流行的理解方式,是把主体性理解成诗人在一首诗中主观参与的程度,参与的程度越深,主体性就越强。另一种比较流行的理解方式是把主体性理解为个人生活以及与文化无关的生命体验。总之,主体性是超越人类社会历史文化制约的一种独立自主的存在。其实,这种主体是失去历史文化内涵的主体,是贫血的主体。可惜的是,我们不少诗人把这种贫血的主体当作真实无羔的主体来看待了。因为有了这个前提,贫血的诗充斥今日诗坛也就是可以理解的了。而马新朝与他们的区别是什么呢?从《幻河》中主体性呈现的状态和体现出的精神来看,诗人没有把主体从历史的情境中抽象出来,而是把主体的心理结构与历史文化的精神结构统一起来,使诗人的主体性具有了社会历史的文化特性。这样,《幻河》的写作就避免了一厢情愿式的浪漫幻想,使诗作的意象构成既能统摄在社会历史文化的规约之下,又能使想象的空间得以积极、大胆地开拓。使诗人的想象具有了"魔术般的力

---

[1] 路德维希·维特根斯坦:《文化和价值》,清华大学出版社,1987年6月第1版,第36页。

量",也显示出诗人"整理经验的过人能力"。①

一个满含智慧的文本 一个与创作对象有着以自己身体、心灵亲证经验的创作主体,一个有着丰富历史文化精神内涵的创作主体,对于一个文本品格的形成与定位所起的作用是直接的。这从《幻河》这一文本上一眼即可看出。在这首诗中,我们感受最深的是诗人丰富而阔大的情感智慧空间,可以说是"上穷碧落下黄泉"了。在这首诗中,有远古神话的隆隆回声,有从五千年前流经今日的黄河,有从刀耕火种到今日电子耕耘民族文化、社会历史的史实,有"我"和我一起飞翔着的民族的灵魂,有对过去的沉思,有对未来的向往。这使他的声音显得苍古而又具有活力。诗人把一团团纷乱的互不连贯的冲动通过诗作庞大而又有条理的隐喻构架转化为具有诗性的"音乐快感",于是,诗人那新颖鲜明的感觉与古老习见的事物,异乎寻常地有条理。始终清醒的判断和稳重的自持力与热忱和深沉的或炽热的感情……简化为统一的效果。② 因为有了这样一个前提,诗人的笔锋在诗中得到最大限度的自由。现在,让我们用最简单的方式来具体感受一下诗人那自由飞翔着的情思:

高原——圣殿——圣灵——我——黄河——生命——文化与历史——诗:
　　十二座雪峰冰清玉洁　十二座雪峰上没有一个人影/十二座雪峰守护着黄金的圣殿/乘坐颂歌的我在裸原上独坐　倾听/圣灵　我就是那个被你传唤的人/我就是那个雪莲遍地的人/我是一条大水复杂而精细的结构/体内水声四起　阴阳互补　西风万里/我在河源上站立成黑漆漆的村庄/黑漆漆的屋顶鸡鸣狗叫　沐浴着你的圣光

这是开头的九行诗。九行诗完成了一个从厚土到皇天、从神灵到世俗、从生命到精神的隐喻构架,而这构架设在水声四起、歌声不绝、有着坚实历史经验与个体感受的诗性情感及音乐快感之中。再往下看:

美丽的幻想:
　　两个白亮亮的身子里同时坐着你/细细的白浪翻卷着永恒的沉默/……/你来了/香草护身环佩叮当在午夜泛白的流水上/琴声环抱着琴声雨

---

① 艾・阿・瑞恰慈:《文学批评原理》,百花洲文艺出版社,1992年2月第1版,第22页。
② 艾・阿・瑞恰慈:《文学批评原理》,百花洲文艺出版社,1992年2月第1版,第22页。

水环抱着雨水

　　这幻想神秘而又美丽。但这幻想决不是无源之水。这幻想与先民的生殖崇拜有关,与先民的自然文化理想有关,其根器又与今日之生命文化有着紧密的联系。与这美丽的幻想相关的,是诗人那机智的联想:

　　　　流水的手与村庄的手挽在了一起　世俗和神圣/挽在了一起　词语的联结　有限与无限的联结……你存在于每一滴水中　而琴声把你的灵光和恩泽/灌入我的肉体和内心　使我看到了母亲们/用柴火点亮的炉灶那闪亮的瞬间/人世间的生活从锈迹斑斑的门环上下坠/像是你在布道……

　　这既是诗人实际的经验和由民族文化生成的历史经验,又是诗人切身的感悟。由"流水的手"到"村庄的手",由世俗到神圣,由词语到文化,由文化到哲学,再由哲学到世俗生活,环环相扣,如行云流水,机智而又自然。应该特别指出的是,诗人把由词语、由话语到话语之间的转意过程,涵化在宏大而又自然的隐喻空间之中,如风行荷池,只见花影迷离,却不留风之行迹(当然,并不是所有章节都能如此天然),这的确显示了诗人的智慧。

　　一首难以归类的歌诗　《幻河》给我们提出的问题是多方面的。除以上讨论到的三点之外,我现在想谈一谈摆在我们面前的一个最为棘手的问题:本诗的内在形式与外在形态。或者说,怎么给这首长诗的类型归属定性。是抒情诗？叙事诗？史诗？都是,都不是。这里我想引出另一种诗歌类型模式,即庞德在《诗的种类》①中对诗所做的分类:

　　……语言是以各种不同的形式洋溢生机与活力的。

　　换言之,诗分三类:

　　声诗(Melopoeia),即词语在其普遍意义之外、之上,还有音乐的性质,且音乐引导意义的动态与倾向。

　　形诗(Phanopoeia),即把意象浇铸在视觉想象上。

　　理诗(Logopoeia),"语词间智慧之舞",也就是说,它不仅有词语的直接意义,还特别考虑词语的使用习惯和我们期待它所在的语境,包括它的常用搭配、

---

　　① 《庞德诗选·比萨诗章》,漓江出版社,1998年1月第1版,第227—228页。

正常变化以及反语修辞。这种诗包含着那些语言表达所特有的、无法为造型或音乐艺术所包容的美学内容。它出现得最晚,也许是最巧妙、最不可捉摸的形式。

庞德给诗的分类别具一格。我们平日给诗分类时,往往是把诗分为"抒情诗""叙事诗""自由诗""格律诗""象征诗""散文诗"等,其分类依据或者叫作分类标准显然是不一致的。朱自清先生把新文学前十年的诗歌分作三类,即"自由诗""格律诗""象征诗"。①朱自清先生给诗的分类是依据新诗前十年所形成的流派和其所显示的诗作特点、理念取向而言的,依据很真实,但其标准也不统一。庞德给诗的这个分类,虽然亦有可商榷的地方,但其分类标准都是统一的,即"语言"在诗作中"以各种不同的形式洋溢生机与活力"的机能。换句话说,即语言产生生机与活力的机能特点。如果从庞德所分的三类诗的内涵出发来关注一下马新朝的《幻河》这首诗,可以看出,《幻河》总体上更接近庞德说的"理诗"这一类型,采用的艺术手段更接近于"形诗",产生意义的方式则更像"声诗"。说《幻河》是"理诗",是因为此诗的确有点"语词间智慧之舞"的味道,而且在"舞"字上很见功力。这是因为,《幻河》语词间的智慧不仅仅靠诗人的智性进行组合,而且还有诗人的生命激情。我们引一段诗:

波光　帆影　香草　随着父亲的朽亡和破碎/隐入黄沙　父亲不再回来/沙哑　干渴的水瓮　荒宅尽头　母亲苍老的脸上/没有一盏灯　没有一声回答比道路更长　比梦境更长的流亡地上　母亲啊/没有一声回答……草木凋零　蚊虫横飞　清水挥霍殆尽/一只黑鸟的伤势吹暗了盐碱地上的风灯　鱼骨村里的/小麦不再灌浆　寻找水源的人们/被阻于黄河大桥以北　在城市的讲台上/比流水更明亮的讲台上　衣冠楚楚的地方长官　随从/美丽端庄的礼宾小姐　正在分配着仅有的水源/他们的脸上月明风清　水光盈盈/他们的下身　在城市肮脏污秽的峡谷深处/正在腐烂变质　热血流尽　黄沙封门的/河床　死鱼遍地的河床　正在向这里/幽幽逼近

在这段诗中(《幻河》大多诗章都是这样),诗人精神的碎片由语词间合理的组合凝铸成显化的意识,即隐埋于全诗之中的诗人那深沉的对中国文化现存

---

① 《中国新文学大系·诗集·导言》(影印本),上海文艺出版社,1981年7月,第8页。

危机的忧患意识,而这种意识产生的根源,却是诗人笔下、身上的生命激情。因为有了这种生命激情,语词之间的智慧才可能有"舞"的劲力。这种意识传达的方式是诗人笔下内涵丰富的意象。在这些意象上,一瞬间的时间就是一片阔大的空间,一片空间就是蕴含着无限的时间。也许,这正是我们说《幻河》既是"理诗"又是"形诗"的理由。

　　这里,我要特别指出的是,我更倾向于把《幻河》作为"声诗"来看待。但我并不采用庞德对"声诗"内涵的界定。我取的是比"声诗"更古老、更原始的概念内涵——歌,即歌诗。歌诗中有庞德所说的"声诗"的"音乐的性质",但这"音乐的性质"不是由词语的声音形成的,而是由"词语在其普遍意义之外、之上"的智慧意义、意象、声气唤醒的"歌"的感受和呈现在我们心影中的歌者形象。他浪迹于历史文化的陈迹中,也灵现于今日生活的世相之内;他是诗人自己,又是神的代言人;圣灵是他的影子,他是圣灵的肉身。他浪迹于音乐——诗性声气的漩流之中,时隐时现;他浪迹于"思"的智慧之中,如电光,时明时灭。伴随他的行迹,黄河——幻河——一个古老而又现代的神话,一个民族的生命史、生存史、文化史、文明史如歌音般浸入人们的心灵。一个民族依稀的记忆、雄奇的向往、深刻的忧患展现在人们面前。依我之见,这是马新朝《幻河》展现给我们的最有价值的东西。因为在我们现代诗的创作中,歌者走失得太久太久了,这是我珍视《幻河》的主要原因。尽管《幻河》在哲学底蕴上还不够坚实,但在诗中,与有歌者的存在相比,也就难以构成太大的伤痕了。

(单占生:文学评论家,河南文艺出版社名誉社长)

诗坛陡起旋风

——现代史诗《幻河》与马新朝

邓万鹏

一

1999年11月12日,这是一个注定被诗坛记住的日子。当一部以黄河为题材的1800行(64节)的现代史诗最后一行被敲定,诗人马新朝如释重负,终于从创作的亢奋和疲惫中站了起来。这部长诗的完稿,无疑是诗坛一个意义非凡的事件,这是因为这部大诗所涵盖的坚实博大的思想和成色十足的艺术质地已远远超出了我们所能预料的极限。

《幻河》一问世,便如旋风陡起,好评的浪潮横扫诗坛的沉寂,2001年3月31日,河南省作家协会、河南省文学院、河南省青年诗歌学会立即联合召开《幻河》研讨会,著名作家、学者、评论家、诗人齐集一堂,为这部长诗叫好。我国著名诗人、诗评家徐敬亚因病在郑住院期间,病床上还在请他的诗人妻子王小妮为他读《幻河》,并专门托人到会代表他发言。作家何南丁认为:《幻河》具有惠特曼《草叶集》和涅克拉索夫的味道。诗人王怀让说:《幻河》把历史的河、现实的河、幻想的河有机地结合起来,具有华丽多彩的盛唐气象,或可说是华丽多彩的"盛唐诗"。评论家何向阳认为:《幻河》已接近了诗歌的本质状态,是中国诗坛一部非常杰出的作品。评论家耿占春则认为:《幻河》为二十世纪末的中原诗歌写作赢得了尊严……大家一致认为,《幻河》这部现代史诗气势恢宏,融民族性与人类性、自然性与文化性、原始性与当下性、喜剧性与悲剧性于一体,不仅是马新朝创作的高峰,也是新世纪中国新诗难得的一部杰作……

《幻河》所给我们带来的阅读快感和震惊是难以表达的,你已浑然不觉地随着作品的情绪、情节起伏,并且卷入一个又一个漩涡,乃至成为幻河的一部分。一口气读完这部巨作,闭上眼睛:眼前立刻出现了这样的幻觉——我是在仰视一座金碧辉煌,造型别致宏大,耸入云表的摩天艺术宫殿;看不见顶端,顶端埋在云里;数不清它有多少扇窗子,每扇窗玻璃正连成大面积反射的令人眩迷的太阳的强光!众多的门、众多的房间统统隐在高大的墙里,令人头晕目眩!这时读诗的人早已被作品所放射出的艺术魔力所攫住,便不由自主鬼使神差地急着去读第二遍、第三遍乃至更多遍。深刻自然、浑然天成的饱满感,不易分割,也不易分析,博大的思想内涵潜藏在节节行行,强大的艺术张力饱含于全诗的角角落落。它经得起反复阅读,它对于历史、政治、哲学、宗教、爱情等方面的触及,对整个五千年东方文明的反思,对时代精神深刻准确的把握,诗人以多声部的和声对同一主题从容不迫的节奏驾驭,以及冗长有序,横向点式、纵向链式的庞大结构能力的展示,使我们感到了这部巨作对我们的诗歌写作所产生影响的巨大可能性。

二

黄河是一条充满神性的大河,她以自己丰沛的永不枯竭的乳汁哺育了东方文明,黄河被公认为中华民族的象征和图腾。古往今来,多少代诗人努力着,试图以自己的诗笔来表现这条伟大而神圣的河。一个古老而伟大的题材,一直在呼唤大手笔的出现。然而如何以现代的手法,赋予黄河这一古老题材以全新的思想内涵,如何以黄河般的伟大气魄,来驾驭这一题材,自然是摆在新时代诗人,特别是中原诗人面前的一道千古课题。一般的诗人,不敢去碰,敢于碰的往往又力不从心。然而,就是这样一个古老而庞大的难题,被诗人马新朝驾驭得浑然天成,魅力四射!诗人在《幻河》的大建构中,完全从诗的整体形象出发,以发源地、黄土高原、中下游直至入海的整个线路为暗线,一路翻转写来。令人值得注意的是,诗的内部节奏的缓急,何时肆意汪洋,何时狂猾暴烈,何时深沉平稳,何时枯竭断流,完全随诗人的主体情绪和主题需要而变化。请看诗人这样表现黄河的发源:"十二座雪峰冰清玉洁　十二座雪峰上没有一个人影/十二座

雪峰守护着　黄金的圣殿……地平线退到/时间与意识之外"(见第1节);"黄金的圣殿/高不可攀/它高过皇帝的龙袍/高出遍地灯火/飞马而至的诏书也难以抵达"(见第2节);"手执星宿的天使来来往往/天堂的门洞开/这是泪水与血的源头/这是所有的马匹出发的地方/万物的初始/所有梦幻开始的地方/一滴水就能溅出生命的回响"(见第3节)。这种真正称得上高屋见瓴的起笔,一开始就营造了一个庄严肃穆至高无上的所在,暗示了生命之始、文明之初的纯洁和神圣,因为这是"圣灵"存放火焰和香草之处,是高不可攀之处,只有这样的圣境,才配成为整个东方文明的发端和生命的初始之处。这样的圣境充满了神秘和神圣的气氛。于是,一条文明的大河,现实的大河,一条超然万物之上的大河便从"天上"自西向东渐渐开始流动了。第4节在全诗结构中是起承转合的关键一节,客观上起到了衔接"天堂"到"人间"的巨大时空转换,为全诗的发展做好最初的蓄势。同时,诗人也在这一节中反复调试自己的笔力,像一部大型交响乐中的琴师在调试琴弦,并且交代了要歌颂这样一条伟大的河流的重要原因之所在。第5节在结构上出色地完成了从"天堂"到"人间"的过渡,气势夺人地进一步为以下情节发展奠定了气吞万里、超然万物的席卷式基调。6、7、8三节在内容上伴随着流水继续由高而低、由西而东地向"世俗"接近,充分地拓展出了东方文化历史的萌芽,中国式的农业文明古老的光芒。直到第9节,黄河似乎才真正流到了世俗的民间。国家、人民中各色人等相继出现。抒情主人公在第10节的第二次出现暗含了非常的意义:在浩茫的时间和历史长河面前,任何个人的命运,个体的生命,都注定属于这条大河;这是别无选择的宿命,表现出诗人对历史和个体生命意义的拷问。

第11—26节,写大河不但孕育了历史也浇灌了劳动和爱情的欢乐,以及生活重压下躁动和深广的苦难。这时诗人已抑制不住自己悲愤的激情,以惊人的想象、君临万物的姿态呼风唤雨,让古老深厚的大地开合,让千百代死去的幽灵说话:漫漫无际的岁月,生生不息的民族,明明灭灭的希望啊!诗中陌生人的出现以及传统阴影笼罩下的遭遇、沉重的劳作、全部的希望和努力在时间和传统的河流里显得多么渺小无助,然而又是如此的坚定执拗。在"通往青草的路被青草收走"之后,"身披黑大氅的牧羊人"(见33—37节)终于为了生存,"毅然出走",彻底的反叛!无悔的追求!诗人反反复复地咏叹"身披黑大氅的牧羊人远走他乡",这是何等的无可奈何的咏叹啊。诗人让我们看到巨大危机的同时,也看到了历史发展趋势的不可逆转。然而,更多的人仍然做着"握在黄金手中"的长梦,在梦中挣扎着,黄土的荒凉和愤怒已转化成动人心魄的琴声和鼓声。通过"圣主"和"父亲"这两个别具意义的形象,诗人让我们看到了一个老态龙钟的民族的某些部位的一触即溃!(见38—40节)闪烁出诗人对历史的深刻反思和批判意识的锋芒,为第41、42两节作为全诗第一个高潮的出现做了必要的铺垫和准备。

　　诗人写洪水到来之前的景象,在深化整部作品的主题上,具有举足轻重的意义。巨大的忧患意识已经破笔而出,对旧有的伦理道德几近控诉和鞭笞,预示出一场惊心动魄的历史大变革势在难免且又迫在眉睫,暗示出一个民族在抛弃沉重的历史包袱之前的阵痛和恐惧。然而,洪水的到来是不可逆转的(见43节);随之,洪水过后的奇特的景象出现了:旧有的秩序完全被打乱,而新的秩序尚未建立,恐慌、茫然、惊喜、失落……一种前所未有的场景和氛围四处遍布和弥漫。历史上的任何大变革都意味着裂变后利益的再调整、再分配,再辉煌的权威也注定只能成为一个时代的记忆。一切的一切在历史发展的洪流面前,在伟大的东方神河面前,都势必变得渺小和不可逆转。而新时代的诞生,总是以旧时代的消亡为前提,就像大河必然东流入海一样。然而,变革是严肃的、残酷的,意味着死亡和新生。诗人领我们一起听到了"人人体内枪声大作/像子弹一样醒着……"废墟满眼,像一场浩大的战争刚刚走过,不流血的流血,不死亡的死亡,我们看到:"新时代的婴儿满脸疑惑/在父亲的尸首旁哭诉前生!女儿洪水般的枕畔/漂满了死者的墓碑。"(见47节)而变革的先驱历来是要付出代价的,因为他是时代的先知先觉,他是超常敏感的时代之神经,不可避免地遭到大挫折甚至噩运。他"因为倾听/被洪水砍去了听觉/因为寻找/被黄沙掩埋了路径……"(见48节)

　　一切都在等待重新确认和命名,一切都是如此地让人充满希望却又带着几许迷茫,第49节又是一个短暂的过渡,随之诗人领我们走进诗的核心。第53—56节中,更加令人震惊的情节终于出现了:"怀抱我生命的父亲/山冈般庄严的父亲/怀抱着火焰和钢铁的父亲/不再回来……而沿路乞讨的母亲/她云鬓上的光环消失/她的泪水与诅咒/朽亡的身躯散落一地……"我们在这里看到了那养育了我们身躯和灵魂的父母,我们的生命赖以成长壮大的父母,我们的生命无法失去的支柱也失去了,这是何等地令我们和这个时代痛不可支啊!别无选择,我们看到抒情主人公这时在广远的大地上,在悲痛欲绝中,"独自收拾着/落英、鸟羽、紫箫、文书/收拾着祭器与血迹"。大河断流。草木凋零。蚊虫横飞。小麦不再灌浆。慌乱的人群南下。人们开始了新的寻找,这是希望的开始,这是失去传统后真正独立的开始!这种巨大的痛苦在第51节中得到了充分深刻的体现,这痛苦正是与旧有一切告别的痛苦,这意味着人的意识的觉醒,以及人性的觉醒,这是整个东方意识的大觉醒!深刻的错乱,整体的失衡,我们甚至看到了"牛羊坐上了厅堂/鱼虾在屋顶上吹奏"(第56节)的滑稽可笑的场面;而我们一向作为民族象征的大河一时间也居然成了堆满物品和各种道具的旧仓库——因为一条曾经是十分神圣的河流此时已经在人们内心死去。

寻找新的出路,依托于新观念的确立,思想道德体系的新秩序以及意识形态的整体调整,调整的过程也就是寻找的过程;表现在诗中,也正是诗人反复强调的:"寻找水源的人们被水源流放","我一生/追随你/寻找你"虽然是依然没有你的回声,但我们仍然要"身背迁徙的道路"继续寻找。在第60、61、62这三节诗中,诗人把寻找的艰难、迷惘中透出的坚定表现得既惊心动魄又刻骨铭心。在大断流、大错位、大纷乱、大阵痛中,诗人终于让我们看到了"在明净而响亮的城市讲台上/在三角犁楼摇响的清脆的铃声里/在秦皇堤最高一层的台阶上/渤海湾的风吹来"。"它带着银鱼背上的闪光/带着无边的蔚蓝/带着最陌生的词语和呼吸/正向我们吹来"。这是诗人一再在全诗即将结束时传递过来的最强劲的信息,这信息里有一条大河历史性的结局,这信息囊括了一个古老民族希望的全部,在款款吹来的蓝色的海风里无边无际的水上正隐隐传来螺号的声音。而此刻,旧有的一切,"正与家谱和生殖落在泥沙之上/岩石的囚徒/幽深岁月的囚徒/被自我囚禁的囚徒",统统都"松开了绑绳"……"大地上的箴言/王权虎符道器随流而下……僧众民生、达官显贵、商贩、精英、败类随流而下/在海藻和巨头鲸之上/是无限的蔚蓝……"一条幻河至此入海,终于完成了漫长、曲折、难以言说、又不能不说的不堪回首的艰难行程,完成了自己从始至终的独特轨迹。

三

《幻河》的结构是独特的,1800行由64个小单元组成;在64这个数字上,诗人也不失自己的考虑:8×8=64卦,其神秘性在于不停地运转变化,诗人也希望这64节诗能像一个不住变化充满玄机的艺术迷宫一样,给人带来神秘和新鲜的刺激。不论这种想法在诗中最终以多大的程度得到了体现,仅仅这个动机和创意就非同凡响了,何况《幻河》又不同于一般意义上的叙事诗,它不是靠故事情节来支撑全诗,而是依赖一种高度抽象之后又非常具象化的大气魄、大激情来撑起全篇。其主要特点在于气脉的流动变化,虽然也叙事,但那是一种完全抒情方式的叙事;全篇可以说找不到一般意义上的情节,但它众多的情节却需要在与读者的作用之下,繁衍出无数相关的情节。64节看似各自独立却又密不可分,64节是64个精美的房间!64个精美的房间是一座摩天的艺术大厦!每一个房间里又由数十行不等的诗句组成,而每一行诗又可幻化出无数的小意象……环环相扣,节节相连,行行相激,句句相生,真是令人感到变化莫测,眼花缭乱。所以,《幻河》整体上说它是一座不停地变幻着的摩天艺术迷宫是不过分的。

《幻河》的结构是奇妙的,64节是一个不可分割的整体,一脉贯通,气血相连;奇的是每一节又可以拆卸下来单独把玩,其独立性又十分鲜明。可以单独作为抒情短章欣赏的节段随处可见,如第20节、第27节分别冠以"舞龙人"、"黄土"的小标题便是出色绝妙的现代抒情短章。但只有把64节按诗人排就的顺序连起来读,才能感受到整体的博大和一气贯通、一脉相承的不可分割性。巨大的流动感,强大的冲击力伴随着阅读的推进自始至终呈加速度态势行进。

《幻河》可以说是长诗结构史上的一大奇观,整体的大,大得惊人,大得有特点有魅力,它不因自身的庞大而显出些许笨重和呆滞;具体的小,小得巧妙精致,灵光十足。再小到每个句子、每个词上亦如此。《幻河》中极富创造性的神来之笔和才气毕现的神灵之句也几乎随处可见。

四

《幻河》的出现,首先给河南诗坛乃至当代中国诗坛带来一种精神和心理上的满足,它使我们终于看到了一部足以与伟大的黄河相匹配的现代大诗出现了。数千年来,包容了东方全部苦难全部希望的这条大河,从来就没有停止过呼唤和期待以自己全部的血液全部的泪水哺育出的大诗和大诗人的出现;千载百代，由于时代的局限和各种历史上数不清的原因，此前还真是很难找到称得上能够与黄河的伟大相称的诗作，特别是现代诗作。也只有到了 20 世纪末，随着中国的政治、经济、文化观念的进一步开放所带来的经济文化繁荣，才能使诗人冲破各种思想桎梏充分展开艺术的翅膀，使诗人准确地把握并表现出黄河的精神本质；时代为真正大作品的出现提供了根本的依据和保证。因此，我们才看到了一位具有大气象的歌者正向我们走来。

《幻河》这部东方现代史诗似的作品的诞生，以触天接地的思想和艺术光柱照彻了现代后现代烟尘滚滚的诗坛；它强烈的光芒为当今的诗坛拓展出了一个澄澈全新的艺术空间。《幻河》为中国现代诗如何在传统基础上有机合理地吸收并运用西方现代表现手法，提供了成功的典范。

《幻河》是诗人几十年创作生涯中准备时间最长、规模最大、付出最多的一次，是最为壮观的火山喷发，是诗人的艺术才华最有代表性的一次展示。这次大喷发所造成的蔚为壮观的景象必将是 21 世纪初当代中国诗坛上一道最亮丽最引人注目的风景。而喷发之后所留下的种种迹象，自然有待"地质学家"——评论家们去深入研究，对《幻河》的思想和艺术价值的估量自然有待时间和读者去完成，但我们可以断定，《幻河》必将是一部传世之作！

而对于诗人本人来说，《幻河》的诞生，该是一次何等巨大的生命和艺术付出！诗人为完成这首诗，动用了前半生的思想艺术和生活积蓄，当诗人向读者和未来交付这首大诗之后，便一头倒进一场不大不小的疾病，诗人被掏空了。有人说诗人是十年磨一剑，其实诗人对黄河这条神秘大河的钟情神迷起码可以追溯到 1987 年春天。诗人作为举世瞩目的黄河漂流队的随队记者，与探险队员们一起到了黄河源头，沿黄河的流向，生生死死，历时半年，完成了对黄河几乎全程的考察。黄河伟大神秘的震撼力慑服了诗人的心灵，从那时起，《幻河》的种子悄然落地。此后，他以黄河为题材的组诗陆续刊登于大江南北的刊物，20 世纪 90 年代中后期，几乎形成席卷之势。《人民文学》、《十月》、《中国作家》、《上海文学》、《诗刊》、《绿风》、《莽原》等大刊多以头题刊发他的组诗。但是，如果你以为这就是马新朝的全部，那就错了。

胸有大志的马新朝，把这些仅仅看成小制作。他从 1995 年开始动笔的《幻河》，直到 1999 年底从来没有停止过修改，从构思到结构，从句子到语言；无数次推倒重来，无数次自我否定，历时五个四季轮回，1800 多个晨昏。容半生艺积累、集全部智慧才华的一部1800行的现代长诗,终于摆在读者面前。10年之间,马新朝一跃进入全国优秀诗人行列。在他的书架上,所有现代后现代重要诗人都有位置。说起世界一流大诗人的作品,马新朝如数家珍,滔滔不绝,了然于心。他从大师的作品中吸取营养,化为自己的血肉,逐步具备了写"大诗"的实力。台湾诗人余光中曾说过大意如下的话:中国写水的诗人有两个,一个苏轼,一个李白;如果把苏轼称为"江神",李白则可叫"河伯"。只是显得有些不公平的是,二人均为南方人;也许有一天,北方会出现一位诗人,重新把黄河收回去。现在,我们似乎可以告慰余诗人了,他预言的那位北方诗人的身影已经渐渐清晰……

《幻河》单行本的发行是一件大好事,终于可以使更多的读者有机会看到这部大诗的全貌;把这样一部作品交给未来及其更多的读者,我们有足够的信心!

(邓万鹏:诗人,《郑州日报》副总编辑)

词语的幻象之河

——《幻河》漫评

杨吉哲

一

诗歌将马新朝从芸芸众生中呼唤了出来,从凡常俗然的感官快乐或痛苦中呼唤了出来。在世界和自己之间的充满了无数可能的隐秘地带,他找到了一种高尚而又自悦的对世界和人类表达、言说的方式。他将自己生命中最真实的部分交与了诗歌,开始了在词语和心灵中的不肯休止的行走。诗歌成了为诗人的梦想源源不断地提供支持的一种力量,成了守护诗人隐痛和孤独的宽厚而仁慈的胸怀,成了诗人在喧嚣的尘世中安然而适意的幽秘居所。一个真正的诗人,一个擅于对生活的慷慨给予接受或拒绝的智者,他的灵魂始终边缘清晰地孤立在滚滚红尘之中,言词或静若蓄水,或热血一样激荡、翻涌。

诗人是从自己的童年记忆和自己的言语方式中成长起来的。这一成长过程充满了温馨的旧梦重温时刻和无数次的自我修正。童年的记忆,人生最初获得的经验和知识,以及由此而产生的个人梦想,对一个诗人的写作如此重要,以至于长久地限定着他的语域并影响他词语的质性。而童年的言语特性,即言语所蕴含的对事物的认知方式及表达这一认知的话语方式,也会积淀为一种纯粹个人化的言语习惯。时间因素、成长的需求以及加之于他的后期艺术教育将或多或少地进入这些个人资质里进行修正,使诗人重组起更为适时而有力的成长资质。这些修正常常是对当下艺术的某种响应而做出的自我调整,有时则是基于对艺术真谛和经验历史的顿然领悟而对时髦艺术做出的反动。对前者来说，这些修正是局部的、有限的，甚至是轻松的；对后者来说，这一修正也许是一次彻底的自我叛逆，它必然使诗人的写作发生突变，使诗人的言语在一种全新的质地和链接关系中获得耀眼的光辉。然而一个诗人生命深处最本真的东西，那些石头般沉入他内心的东西，却不可能会被任何一种外在的力量轻易抹去。对马新朝来说，他在自己的内心始终保留着两块神圣的领地，一个是乡村生活——它曾以宽阔的生活场景、丰富的人生细节、温情脉脉的道德伦理、灵性飞扬的丰饶物象滋养了他的性灵；一个是穿越乡村的田野奔流而去的黄河——这条浑浊的大河，在他的少年所经历的现实与梦境中，被一些老者自诩的智慧教导为一种无以回报的恩典：赐予他食物和饮水，抚育过他的成长（要知道，马新朝在少年时的居住地离黄河远着呢）。而在另一个更为广大的幻象里，黄河则成了一个民族的图腾，它不但为中国文化注入了厚重坚实的基质，而且溶入了中国文人的血脉，成为他们终其一生也走不出的无边的旧梦。从马新朝的传记资料及早期创作中，我们不难看出，乡村生活与黄河，正是他生命和心灵中最念念不忘、最为活跃的精神生长因子，它们生长为诗，也生长出诗人马新朝的艺术个性。关于乡村生活，马新朝已将其置于《乡村的一些形式》一书中，这是一串有关中国农村及它所拥有的庞大农业的连续却并不有序的复杂图景，其中充满了旧时与现时的交织映衬、意象与玄思的纠缠相融、表象与本质的互触互渗，以及温情的怀旧和凌厉的智慧，是马新朝对已内植于他生命中的乡村生活的一次淋漓尽致的书写。而对于黄河，马新朝则怀着强烈的言说欲望，长久地处在与黄河相互深入的艰难历程中。对马新朝来说，黄河是悬置于头顶之上的一部神秘、博大、厚重的巨书，它负载着整个流域的历史、现在和未来，负载着在这片流域上生活的人们的幸福和伤痛，是中国人傲然独立的根源，理所应当也是自己言语的根源。从早期的黄河诗，到跟随洛漂队游历黄河，到《黄河抒情诗》，我们可以看到他不断掀开波浪、深入黄河的坚毅姿态。这一姿态使我们确信，马新朝最终会对黄河做出一次声势浩大的发言，或者说，黄河最终会携带着它的一切通过马新朝向我们倾泻它曾有过的伟力。"一触即发的闪电打开了我内心普遍的图像"，而今，这一时刻来到了，这一时刻我们看见的是：《幻河》——一条流淌着迷离的历史幻象、负载过滚滚的历史洪流、曾经是一个民族伟大象征的河流，它所呈现出的圣灵般辉煌的面庞和其自身的历史命运。与我们的预想不同的是，黄河在马新朝今天的视域——《幻河》内，突然间变得有些异样，他用大河苍凉沦落的深重悲情打击着我们，并使我们在无限的感伤中猛然间警醒。

二

《幻河》，词语和幻象之河，将沧桑的时间和空间汇聚为一脉流水，将无边的风物和人事兴废归拢为一束浪花，将圣洁的神谕和激情的私语混合为一片水声，将高高在上的流动和匍匐在地的景仰幻化为一种现实悲情。《幻河》奔腾而来，裹挟着我们，让我们沉入对它的阅读之中，去感受巨大的幻象破灭之时以及词语飞升和下沉之际我们灵魂中的那些尖锐的疼痛，让我们在对《幻河》的精神游历中，去领略并倾听它自然的和人文的历史，它的沉默、喧嚣、伟大的激情、苍凉的沦落和蔚蓝色的新生。

《幻河》从大河之源开始了它的倾泻和奔流，并由此开启了它广阔的流域，展开了它的历史和幻象，开始了诗人及以诗人为代表的一代知识分子的心路历程。"我就是那个被你传唤的人。"怀着一颗朝圣之心的诗人，服从于内心的渴望和大河的传唤，来到了大河之源。"乘坐颂歌的我在裸原上独坐"，感受着河源上原始的寂寥和空旷，十二座雪峰的庄严静穆和冰清玉洁，"裸原的深处""悄无声息"的"万种音响"。诗人仿佛回到了古老而遥远的时间中，回到了神灵妙曼无边的气息中。时间的回溯和神性的复苏，这一瞬间奇幻的自我意识，将诗人置于一个虚拟的境地，这一境地使诗人不但超越了历史和现实，而且也超越了常态的自身，进入了一个独特的言语者的角色。诗人由此而轻松跃升出纷乱嘈杂的现实语境，其言语具有了超然尘上的肯定性力量。"万里的血结在时间的树杈上／结在生殖上 水面上开出神秘的灯影 颂歌不绝"，这就是诗人看到的河源，宁静的高高在上的河源，它的高度"就是圣灵存放火焰和香草的高度"，"我一生的血气 一生的道和力也难以触摸到的高度"，它"高出遍地灯火"，高出世俗烟尘，也高于君命和皇权，连"飞马而至的诏书也难以抵达"，是一种神圣而独立的存在。就是这样一块超然一切的圣地孕育了世间的万有。"这是泪水与血的源头 是所有马匹和速度出发的地方／万物的初始"。这个神秘的源头，这个施予爱，享有爱，悠然漂浮在颂歌之上的源头，"这最初的流水怀抱着生殖和乳房／怀抱着热爱和赞美"，在人们虔敬的仰视中，在满怀感恩的人群之上，成为永恒。大河源头,是一块纯洁、自在的圣地,是一个孤立于文化之外的存在,它只在与人和大地的关联中无声地闪耀着母性之光,并以物的品性和存在而被肯定。

大河在奔流;人在人性、伦理、劳动、等级、纷争、欢爱、仇恨及饮食中,以各种方式活着,或死亡;大地次第闪现着果实和灾难。历史的图景被时间打开、展延,开始了文化化的进程。大河在民族意识里以文化的名义被无限夸大,它孕育、衍生出广大无边的事物,又对所有的一切具有无所不在的统摄力,它"把西风吹奏的白骨　岩石　废墟/归拢到流水的节奏　把我内心的敬畏和歌唱归拢到/流水的节奏"。它成了"一种不可违背的预约和力量",使"铁成为铁/音乐找到了古老的琴弦/羊群在青草上安顿下来","万物迷醉于流水的规则里"。不仅如此,这条伟大的河流,还成了一个民族的共同血脉,一个民族消磨不去的标识,被它哺育、滋养的"人民的脸上",大都"起伏着河流的圣迹","安顿在晓风残月里的人们",无不"沐浴着流水的圣光"。它甚至成了我们肉身和灵魂的来历和主宰,派定了我们的名分和命运,"在我见到你之前　你已经拼写好了我的名字/填写好了我的种族　籍贯和命运",并"在我身上"营造出了"巨大而细密的生命体系",以至"在我西风万里的体内水声四起"。在紧挨大河源头的地方,在水已成势、缓缓而流的时刻,马新朝闪身于文化化的大河之中,以他锐利的言语和真诚的感恩之情,全面地、历史地触及了这条大河与我们之间显在的亲情和被虚玄化了的联系,并试图通过"一脸水气的琴师"的"沿途吟唱",传达出它"比人世间全部的典籍和律条说出的更多"的东西,以此将"幻河"这一文化幻象的全貌呈现出来。文化化的大河,尽管是幻视中的大河,却也是诗人自己心路历程中的某个时段所认定的大河,这一认定包含了诗人对自身来源及民族特性的认定。它表明了这样一个事实:对主流文化的价值评判方式的认同或就范,是一件多么轻松的事情,在它无所不至的遮盖之下,谁能逃脱它的捕获?在这个往日的事实之内,诗人必须或多或少地藏匿起自身的个性,把自己托付给"圣灵",托付给一种文化的共性。

从文化化境遇中脱身而出,大河像"广布天下的文告",冲下"七十二个台阶",带着对万物"巨大的恩情"向东奔泻。"所有的岩石和水域全都打开了/出口　所有的时代和地区都派有自己的代表/宇宙和万物都派有自己的代表　加入这/滚滚的合唱"。大河的激流不断在时间中展开,在空间里展开,展开为河流的历史,流域的历史,流域之上人类的历史,并在展开的过程中,由大河虚缈的幻象,逐步还原出大河坚实的物性,由文化幻象的大河转为文化象征的大河。从"以水为命"、"为年代点灯"、"手持锈锤的圣灵""在洪水的联盟上行走","用息壤填平大地的伤势",到"金色的馒头花打开了草原的儿女","草原的青草磨亮骏马的四蹄";从"拉加峡颤抖的岩石到刀劈斧砍的龙门";从"生活的手掌坚定有力",到"生活的脸上血迹斑斑";从"一万里黄土"的"泪水",到"村庄里的七种结局"以及"唢呐"、"舞龙人";从陡险的峡谷,到北邙边上的"牡丹"以及"风灯下的盐碱地";从人祸的洪水到大河的断流。千百年的大河历尽沧桑,千百年的人族沧桑历尽。然而,大河在它日复一日的奔流中,不仅将它的恩情广布天下,而且也将它的伤痛广布天下。它倾泻下大水,也倾泻下无边的黄土,越积越高的黄土,把大河的尊严置于人们的生活之上,"七尺厚的泥沙一千里的朽亡按着了汴梁城的头颅",黄土的权威和力量,开始无所不在地进入人们的心灵和视野。"黄土忽略了村庄的倾诉","村庄在无边的收缩与颤抖中匍伏在黄土巨大的意志里","黄土关闭了孩子们全部的星辰","关闭了一个人内心最后的月光",甚至关闭了通向异地的希望之路。而大河与黄土还在继续"营造着苍茫的废墟和旧址",扩展着自己无与伦比的荣耀,这"河床上最黑暗的幻象和流沙中的暴力",使得更多的人"在黄土的深渊里徘徊迷茫",不知进退。物性的大河开始凸现,文化化的大河在浑然不觉中已逐渐显现出颓象,它开始断流,开始沉入沦落的命运。"一条河流在他的内心死去",诗人的内心,成了有关大河的一个"旧仓库","堆满"的只是河流遗留下来的"各种物品和道具"。他对大河的一生"追随"和"寻找",只落得"写下的关于朽亡的诗篇","唱出的最后的颂歌"。诗人由河源开始,不断扩散着自己的言语,又逐渐收拢着言语,言语的音调由高及低,言语的指向由暗转明,好像"流水在降低着高度/降低到国家话语以下　经幡以下",诗人从圣灵和"国家话语"的高处回落到现实的语境中来,从历史文化的高峰上回落到现实的文化威逼中来。这一回落尽管有着卸去沉重而巨大负荷的无限轻松,又有着游离家园的流亡者的空虚和悲伤。"水源在远方传递着消息　湿润的反光/照亮了我们干瘪的身子"。断流之中,诗人的内心萌动起了新的希望,在渤海湾,他看到了辽阔而汹涌着的无边的蔚蓝,这是新鲜的泛着明媚阳光的蔚蓝。"渤海湾的风吹来/它带着银鱼背上的反光　带着无边的蔚蓝和辽阔/带着最陌生的词语和呼吸","村庄里的锈锁将被海鸟打开/

全流域的水族已经听到了大地上的/开门声　渤海湾的风吹来","破落的母亲　散落的母亲　带领着我们兄弟姐妹/带领着看家的手艺和经书/溶入了无限和蔚蓝"。"你残损的躯体　你灯火暗淡的躯体/溶入了无限和蔚蓝"。大河和它率领的人族最终在一片蔚蓝中找到了自己的归宿,进入了一个更为开阔、明朗的疆域。在展开的时间和空间场景中,诗人一面纵横驰骋,一面顺势而下,从而带领我们从大河幻象的无限辉煌走向大河幻象的衰微颓败,最终和大河一起,走进大海,走进那一片辽阔而迷人的蔚蓝,在更为宽容的胸怀里获得自己的新生。

　　《幻河》是一个寓意深沉的神话,是一部内蕴丰富的精神史诗。从以物存在的大河,到文化幻象的大河,再到文化象征的大河,《幻河》的流程,不仅暗合了诗人的心路历程,暗合了一代知识分子的心路历程,而且也暗合了以大河为中心而建构起来的文化价值体系的命运历程。外来文化的入侵和时间的无情之手,固然对民族文化所缔结而成的庞大幻象具有冷酷的解构性威胁,但充满韧性和胸怀宽广的中国文化并不会从此消亡。浮升在圣灵和国家话语之上的历史与文化幻象破灭后,精神流亡者们在困惑和失落中能够找到的新的希望便是:文化的重新整合与新生。令人欣慰的是,破败的大河对即将到来的新时代最终做出了迎迓的恣态。

三

　　《幻河》的形式结构十分隐蔽。它几乎完全沉隐在整篇诗作激荡恣肆的抒情性和密集繁复的意象下面,不见其形。长篇抒情诗,应当有一个或多个基本支点,或功能点,来支撑或统摄长篇抒情诗这个发散开去的庞然大物。这些支点或功能点是长篇抒情诗得以成功的不可缺少的重要元素。其中,坚实缜密的形式结构,既是支撑一首长诗的有力支点,也是收拢或鼓动词语扩张的功能点。通过对《幻河》的游历,我们可以从它的意象和词语后面,看到它的结构所呈现出的这一力量。

　　《幻河》是一种纵向的动态性结构。从客观视角上讲,它以大河的东流之势为言语的流向,由源头、高原、平原直至渤海湾;从主观视角上说,它以情感的、精神的历时性变化为言语的流向,从神圣的源头、幻视里的大河等逐渐降至"国家话语以下,经幡以下",从以物存在的大河、文化幻象的大河转化为文化象征的大河,直至大河的破败和最终的蔚蓝色的新生。主客观两种因素互助互补,合二为一,形成功能性极强的纵向动态结构。在这一结构中,横向的时空展开无论在词语、意象层面显得多么自由,都被一种约束力所收拢——要么被客观因素收拢,如"骏马"、"青草"、"牛羊"等被大河流经的草原收拢,"地雀雀"、"羊皮筏"、"窑洞"、"秦腔"等被大河流经的黄土高原收拢;要么被主观因素收拢,如"圣灵"、"琴师"等被一种建立在"国家话语"之上的虔敬之情收拢,"洪水"以及"断流"的自然状态向隐喻或象征状态的转化被大河的日渐破败带来的失落之情所收拢。这一主客观双重视角相融的纵向的动态性结构,不仅对词语和意象产生着巨大的凝聚力,而且对词语和意象的语义扩张与质性变异产生着催化作用。还以"洪水"和"断流"来论。"洪水"在客观视角内是一种自然现象,这自然的洪水之上"漂动"着无数的"亡魂",生存下来的人装满了"杂乱的地名","洪水之后 舞龙的人还没有显现/大地上田园荒芜 人心相背/鸟嘴上布满了怀乡曲";"洪水"在主观视角中却又转化为一种隐喻或象征,客观的大河"断流",使河床"裸露出她的光身子 在暴烈的阳光下 扭曲 变形/羞涩 疼痛","深刻的朽木丢下死鱼";而在主观的"断流"里,"大地上聚集着寻找水源的人","水源在远方传递着消息 湿润的反光/照亮了我们干瘪的身子",这里的"水源"暗指大海,暗指蓝色文化,"断流"开始转化为一种象征。这一纵向的动态结构,还使每一诗节的衔接浑然无隙,恍若天成。由于主客观双重因素的作用,每一诗节之间的言语和情感有着不可分割的互渗交融,意象的质性虽有万端变化,但却了无痕迹,词语的空间张力涌现,意蕴丰沛。

四

较之前期的《黄河抒情诗》,《幻河》的异样性是如此地突出。《幻河》既是对《黄河抒情诗》的一种超越,又是对它的一次叛逆。《黄河抒情诗》对黄河具象的以及形而上的诗意化书写,是诗人对自身语言智慧积极而充分调动的结果,在这些片断的书写中,诗人特别强调词语锐利的语义和意象的质感,以及在视觉范畴中的新颖程度,这些诗作显现了一个诗人在语言艺术上的成熟,或者说是词语操作技术的炉火纯青。作为长诗,《幻河》则是一次极为复杂的写作,诗人大大扩展了自己的语域,调动了词语的诸多功能,激活了词语的所指和能指,而且通过其结构及诗句或诗节的具体语境,使词语和意象的质性变幻不定,在极为复杂的言语行为中完成了大河这一整体的庞大意象的构造,对大河这一自然的、历史的、文化的现象,进行了整体的诠释和逐一的透析,这些宏微之间的反复跃升或沉入,层层迭出地展现了大河这一特殊存在的历史和命运,展现了诗人自身历时的文化恣态。作为大河的虔诚的"追随者"和矢志不渝的"找寻者",诗人与大河"亲密无间"地合二为一,成就了《幻河》这一巨大而复杂的建构,实现了对《黄河抒情诗》的根本性超越。与《黄河抒情诗》对主流意识形态的话语亲近和主流意识形态之下的个性压抑不同,《幻河》显现出了对主流意识形态稍加偏离的十分谨慎的叛逆恣态。在对大河的衰落无限感伤和对大河重生的无限欣喜之中,这种叛逆和个性张扬完全可以被它的现实真实性与现实合理性所理解和宽容。

　　如前所述,《幻河》是诗人对黄河不断深入认知的结果,同时也是历史激情、现实激情的结果,是灵感激活长期积累并召唤长期积累沃土般源源不断生长出词语和意象而得到的收获。灵感是激情与玄思之中的最美妙时刻,在理性灵感到来之时,我们看到的是玄思的光芒之核,它的周边是许许多多稍暗一些的逻辑之径;在激情灵感到来之时,我们看到的更多的是事物或幻象清新的面庞,它的周边是一些明晰的细节和繁多但却坚定的言词。理性灵感和激情灵感是一种形而上或形而下的突然间的跃升,一种豁然般的明朗,一种洞察的欢愉和一种言语的欲望。众多的理性灵感和连续的激情灵感是《幻河》生成的基础,由于理性灵感已潜在完成了对《幻河》的最初构造,激情灵感在具体的写作中就成了最重要的因素,成了弥漫、扩张、缔结、显现的活跃之物。就对《幻河》的阅读来说,激情的荡击自始至终。激情成了词语的催生者、驱动者和率领者。激情灵感的相继到来,消除了言语欲望的焦渴,使这一欲望实现为适意的表达。激情在其生成的瞬间不但携带出众多的词语和物象,而且对词语和物象有着一种向上的提升力,并使它们在向上的过程中抖落身上的蒙尘,变得质地纯正,焕然一新。在《幻河》的源头部分,我们可以看到激情所催生的词语和物象形成的纯洁、深远、庄严肃穆之中圣音缭绕的景观。激情还带着它自身来历固有的深度,它在对事物的遭遇中几乎可以完全开启事物,使事物以类于自我呈现的方式生成为丰满蕴藉的意象。激情的深度是对浅薄的虚假抒情的无意间的嘲讽,浅薄的虚假抒情以它自恃的话语霸权和惯用的暴力手段将词语强加于事物,臆造出诗歌写作中可以批量制作、生产的简单技术,以这种"技术"复制出来的所谓"抒情诗"随处可见,并在我们的文化最为颓败的部位大获其利。而激情的深度是严肃的诗歌写作者所孜孜以求的东西,是它为我们保留了抒情诗纯正的品性,《幻河》就是证明。

《幻河》是马新朝倾尽心智与情感的一部作品,是马新朝在他的众多作品之上建立起来的一座新的高峰。《幻河》的产生,使沉寂多年的河南诗坛猛然间喧哗起来,而它尖锐的言语在这片喧哗中飞升而去,成为中国诗坛上空一道绚丽的风景。

(杨吉哲:诗人,文学评论家,《中学生学习报》副总编辑)

惊醒《诗经》时代

——试读马新朝的长诗《幻河》

李 霞

读诗的最高境界,我多次想说却一直没有脱口。这次读了马新朝的长诗《幻河》,我终于下决心要放言了:这有如人第一次做爱,惊喜和惊恐,尤其是说不清是惊喜还是惊恐,都是未曾有过的。视觉、听觉、触觉、味觉、嗅觉、肤觉、直觉、幻觉、预觉、知觉,想象、思维、感性、理性、形象与概念、体验与超验、感觉与思考、感性与理性、灵感与顿悟、通感与统觉等,都受到了强刺激,无法不激动、心跳、发烧、紧张、出汗、颤抖、妄言、晕厥、呼唤甚至休克。许多沉睡多年的意识甚至从未有过的意识,也会一瞬间跳跃出来,这也许就是"天眼"开了的迹象,更是诗徒们梦寐以求的天堂:快感中有疼痛,兴奋中有折磨。

这样的境界,我只遇到过几次:读"今天"北岛们时、读"非非"杨黎们时、读"他们"于坚们时、读"锋刃"伊沙们时。之后在长时的失望与苦闷中,想不到身边的河南诗人马新朝的长诗《幻河》,竟使我的诗觉又活起来了。

——《幻河》是一部当代《诗经》。

——《幻河》是一部《史记》新版。

——《幻河》是一部音乐大典。

——《幻河》是一部神话传说。

——《幻河》是一部哲学著作。

一

《幻河》其实写的是黄河。天呀,中国——黄河,两千年的中华文明不就是黄河文明吗？黄帝、黄水、黄土、黄种人，这是一种多么神秘的自然联系，它仿佛在说，这个黄色人种就是被黄沙染成的。

关于黄河，中国人有太多的话，也说了太多的话，中国人有太多的诗，也写了太多的诗，好像已经到了无话可说、无诗可写的地步了。赞美，几乎没有人比李白更高歌："君不见黄河之水天上来，奔流到海不复回"；忧患，几乎没有人比李根红（塞风）更深沉："黄河长江／我的两滴混浊的眼泪"；诅咒，几乎没有人比伊沙更放肆："一泡尿工夫／黄河就流远了"。那么，马新朝到底在《幻河》中写了什么呢？

　　流水滔滔的琴师一脸水气　高天滚滚的琴师／一脸西风　委地的长袍由浪花缝制／琴弦上一片宁静　波光闪闪／有走兽的蹄印　有一个人体内微暗的胎记／一万里的西风走在琴弦上　雨水与闪电走在／琴弦上　阳光万里／琴弦的深处坐着佩戴香草的圣灵／在流水上晾晒着泛潮的经卷　晾晒着天堂里的乐章／手执星宿的天使们来来往往　天堂的门洞开／这是泪水与血的源头　这是所有马匹出发的地方／万物的初始　所有的梦幻开始的地方／一滴水就能溅起一片生命的回响（见第3节）

在这里，黄河已不再是浊浪滚滚、喜怒无常的黄河，黄河成了能演奏绝妙音乐的琴师，成了"佩戴香草的圣灵"，成了生命和万事万物的"源头"、"初始"，这样的黄河既不同于我眼前的黄河，也不同于教科书中的黄河，也不同于我们想象中的黄河，这样的黄河已与诗人的感情、思维融为一体了，而且成了诗人的代言人，成了诗人精神的象征，幻化成了圣灵，况且，河在中国古代专指黄河。所以，诗人把诗题命名为"幻河"，尽管有不少人劝他把幻河还原，他还是坚持了自己的初衷，这不仅体现了诗人的良苦用心，更体现了诗人超凡的智慧。

马新朝是写乡土诗出名的，近年来他把写作的中心和重心几乎完全放到了黄河上。这也许是因为他1987年夏参加了轰动世界的黄河漂流探险的随队采访活动，亲眼目睹了中国人与母亲河的生命血肉关系，便决心用诗把自己也献给母亲河；也许是因为他早就意识到了，水这种极普通的物质养育了人类的生命，也孕育了人类的古老文明。人类最初都是择水而居的，因此，世界四大文明都与河流发生了联系。水是人类的启蒙者，伟大的哲人常从水中获得启迪。耶稣对来井边汲水的妇人说：人喝这水，还要再渴。但是喝了我所赐的活水就永远不渴。因为我所赐的活水，要在他那里成为生命的源泉，涌流不息，直到永生。老子用水来象征他所推崇的神圣的"道",谓:"上善若水,水善利万物而不争,处众人之所恶,故几于道。"孔子望着浩渺的大水激动地大呼:"水哉!水哉!"表达妙不可言的赞叹。水是文化的象征,是文明的象征,也是智慧的象征,所以中国人常说:"智者乐水。"水在文化中成为富有意味的原型。可见黄河应该是庄稼的庄稼、村庄的村庄、蛙鸣的蛙鸣,黄河才是乡土的乡土、母亲的母亲,而母亲才是乡土的魂和梦。可见,马新朝写黄河,不仅是因为他把黄河当成了自己的诗歌资源,而且是因为他把黄河当成了自己的精神家园,而且是精神家园里的"圣灵"。

"圣灵",是《幻河》中出现频率最高的一个词,全诗64节每节几乎都有,有时一节竟出现十几次。请看《幻河》的开首:

十二座雪峰冰清玉洁 十二座雪峰上没有一个人影/十二座雪峰守护着黄金的圣殿/乘坐颂歌的我在裸原上独坐 倾听/圣灵 我就是那个被你传唤的人

《幻河》一开始就笼罩着浓郁的气氛。十二座雪峰仿佛十二座教堂,圣殿、颂歌、独坐、圣灵、传唤,更是直接的宗教术语。但这里的"圣灵"除了神灵、至尊、自然与灵魂主宰者的含义外,还有没有其他的含义呢?

这是在所有的诗篇之前文字之前/河流拾起的第一个梦幻/这是在所有的面具之前/河流点亮的第一张面孔/圣灵又一次显现 圣灵在圣灵上诞生/被河流孕育的圣灵 被雨水簇拥着的圣灵/从高地上走下来的圣灵 长着一张鳄鱼脸的圣灵/怀揣虎符 在父亲朽亡的尸首上成型/以灵为居 乘着九条水系 乘着九条虬龙/九条水系里鳄鱼脸在布道/九条水系里坐着安详的村庄(见第7节)

其中具体可感的"河流点亮的第一张面孔"、"被河流孕育的圣灵 被雨水簇拥着的圣灵/从高地上走下来的圣灵 长着一张鳄鱼脸的圣灵"、"九条水系里鳄鱼脸在布道",从不同的角度指认的"圣灵",只是一种东西,即黄河。把黄河比作"圣灵",是自古以来对黄河的最高礼赞,也是黄河在中国人心目中的地位最恰贴的说明,神圣、崇高莫过于"圣灵"。同时,这也是对李白诗句"君不见黄河之水天上来"的映衬与回应,因为在中国老百姓心中,"天"才是至高无上的。

当然,诗人在"神化"黄河时,并没有忘记黄河给中华民族带来的灾难,"圣

灵"有时也是"暴君":

　　我不知道你为何发怒/你在屋顶上追逐奔跑把荒宅前的一棵树连根拔起/把血流给我看(见第 24 节)

诗人把"暴君"的出现称为"受难日",并追问"是谁日夜在向你倾倒着污垢/是谁毁坏了你衣饰上的桃红柳绿",使黄河成了"大地上的受难者/伟大的囚徒"(见第 25 节)。令人惊心的是,诗人并没有一味责怪谁,而是说"在黑暗的狂风面前/我像是一个有罪的人",这种自我拷问的精神,是一个民族发奋的伟大动因。

《幻河》是诗人对黄河的一次朝圣,也是对中华文化的一次朝圣。马新朝企图从中华文化的根部开始触摸中华文化的本体,观照把握中华文化的原貌全貌,从而体察中华文化的走向与未来。中华文化在一条大河的流动里,找到了自己过去、现在、未来的足迹。其实历史本身就是一条流动的河。

《幻河》的《诗经》气质、《史记》气质、神话气质、哲学气质、《圣经》气质,是建立在历史性与现实性的交互变异之上的,是建立在民族性与人类性的交互变异之上的,是建立在自然性与意识性的交互变异之上的,是建立在原始性与现代性的交互变异之上的,是建立在阳性与阴性的交互变异之上的,是建立在悲剧与喜剧的交互变异之上的。

二

传统的黄河诗往往借着对自然景观和相关生活实景的描述,赋予它们以象征的意味,这也是其作品始终走不出客观性客体的一个主要的原因。《幻河》以注重和唤起诗人对主观体验叙述的觉醒,使主观性的描述和客观性的表达得到和谐统一的发挥,这几乎是一场诗歌艺术的革命。

读《幻河》时,我们分明不是在品尝一行一行的文字,而是沉浸在一部音乐中,一部奇妙的音乐大典中。音乐是灵魂的直接语言;音乐是人类共同的语言;音乐是唯一含有纯粹宗教意味的艺术;音乐在有限中表现了无限;音乐是超逸的,最富有神秘性的;音乐本身就能令人兴起乘风破浪的感觉;音乐就是把对立的情感和两个思想极端结合在一起;音乐是心灵的净化剂。音乐的这些特点,仿佛就是为《幻河》准备的。

　　我歌唱这琴弦万里的河流　　流水在暗处敲响/节拍　一种不可违背的

预约和力量/女人们目光如水　男人们涌动大潮/当山岳聚拢　村庄四散　铁成为铁/音乐找到了古老的琴弦　羊群在青草上安顿下来/我已经摸到了你在西风中为我设下的/香草　水瓮和三重冕　我歌唱这古老的河流/黄金的圣殿阳光普照/钟声不绝(见第4节)

《幻河》中,黄河已经幻化成了两个人,一个是不可见的圣灵,一个是可感的琴师。诗中几十处提到琴师和他的琴弦,整部《幻河》就是一部琴曲,一部永远轰鸣的琴曲。诗人歌唱黄河,也是通过琴师的演奏表现的。有时圣灵和琴师就成了一个人。"黄金的圣殿阳光普照/钟声不绝",圣殿乃圣灵,钟声乃琴师。

《幻河》在表现方式上把隐喻发挥到了极致,这也是《幻河》宗教气氛和神秘气氛的直接造就者,"幻河"的"幻"就出自隐喻。诗中,圣灵、琴师、黄金的圣殿,有时还有"我",是主隐喻,主隐喻又有分隐喻,如圣灵可分为天堂、圣迹、神喻、圣主、上尊父亲;琴师可分为琴弦、节奏、律动、水声、风声等。隐喻与隐喻之间,又可互为隐喻。慧、黑身子、舞龙的人、七兄弟、陌生人,也是隐喻。

隐喻的大量运用,使《幻河》中充满了新的语码和符号,并创造性地运用了大量现代主义手法,如变形、象征、抽象、幻化、通感、畸联、张力等,使作品具有了魔力般的奇异性与陌生感。

我在河流上遇到了比黄土更高的/幻景　那个鲜血满面的人出现/那个鲜血满面的人手握雷霆/独自在黄土里行走/它轰然而立的身姿　在壶口/把黄土深处的荒凉和狂暴呈现(见第37节)

把黄河壶口瀑布幻化为"那个鲜血满面的人手握雷霆",肯定会成为壶口的绝唱。如果环保部门用这句诗来宣传破坏环境的恶果,谁还敢再向黄河伸出罪恶之手?

《幻河》的不足和遗憾主要是:由于黄河是中华民族极具象征意义的意象,而诗用非民族非传统的话语视角表现,不适感是显然的,在中西文化乃至全球文化大融合的今天,既要表现人类性和世界性,又要保持人本性和民族性,这的确是对诗人的严峻挑战,语言隐喻和意象造成的陌生化,有碍于阅读效果。

《幻河》是马新朝挑战自己的产物,也是他挑战汉语诗歌的产物,为世纪之交出大诗、出大诗人做出了革命性的贡献,其意义的显示不过刚刚开始。

(李霞:诗人,文学评论家,《河南工人日报》副总编辑)

《幻河》——现代的精神图腾

方向真

以 20 世纪初的新文化运动发端的中国现代汉语诗歌,既缺乏民族的精神气象,又缺乏对人类情感的深层的开掘,作为曾经的诗歌大国的中国,其现代诗至今未能在世界产生应有的影响,众多的汉语诗人仍在黑暗中苦苦地摸索着,而一些优秀的诗人已经找到了众多的可有性。

在 2001 年河南省作协组织的研讨会上,我偶然读到了马新朝的《幻河》,开始还不以为然,随着阅读的深入,我为《幻河》恢宏的结构及其展现的大河气象、黄土地气象、民族气象、诗人的精神气象以及他对历史、对自然充满感恩的宗教般高远的个人情怀所感动。马新朝用诗的形式叙写了中华民族的发源之河,更重要的是他用细微的词语(众多的对原生态的语言的探索)试图在松动历史的、个人的、河流的以及词语的板结。他试图在解构(关于他的这条河流以及他的雕像),又在尝试着建立(尽管有时是虚拟),但无疑是可贵的。

马新朝的这部一千八百行的长诗《幻河》,用我国唐代大诗人李白的诗"君不见黄河之水天上来"作为题记,预示了《幻河》这首以黄河为主题、为叙写对象的开篇宏制——

十二座雪峰冰清玉洁　十二座雪峰上没有一个人影/十二座雪峰守护着黄金的圣殿/乘坐颂歌的我在裸原上独坐　倾听/圣灵　我就是那个被你传唤的人/我就是那个雪莲遍地的人/我是一条大水复杂而精细的结构/体内水声四起　阴阳互补　西风万里……高原扭动符号　众灵在走/十二座雪峰守口如瓶/万种音响在裸原的深处悄无声息

对中华民族起源之河、生存之河从发源到归海全程的诗性的探究与展现,也是对民族气象、民族生存、民族心理、民族历史的全方位的探究与展现。《幻河》独有的恢宏大气的、缜密的结构和富有象征性的词语意象也全息地映射出现代诗人马新朝穿越自然、人、事的表象参悟历史的精神意绪。而古老的生存，民族的生存，诗人的思索和感悟皆与大河形成了恰切的对应，大河在马新朝的视界里获得了无尽的能指。这个大河拥有无边的统摄之力，它放射着神性的光辉，又释放着摧毁的魔力。古代创世神话的寓言意味及英雄主义的神韵弥漫于六十四节一千八百行的《幻河》通篇。人类生存的所有福祉和劫难，都在黄河、黄土地及这一方黄皮肤的人的叙写中展示出来，由具体而指向普遍。不仅如此，《幻河》那与河流、高原、黄土地、草原等息息相关的生于此、劳作于此、死于此的人们生存景象，捕捉、展示了人类生存及其命运连贯性的多样形态。以大河为起点、为中心意象的《幻河》不是建立在观念之上，而是全身心地感知、感应，让自己的血脉融进大河的血脉，让自己和与大河相关的事物贯通，进入"一条大水复杂而精细的结构"，发现"河源深处的光焰"，让那"一触即发的闪电"打开"内心普遍的图像"。神谕般的昭示，使人进入了前所未有的无限的境地！《幻河》又是何等神妙的哲学寓言！

那流水的地方，送出光芒、星辰、五谷、村庄、牛羊、雨燕、香草的地方，又有风暴、洪水、阴谋、战争、死亡的魔力在那里隐藏：

在你风沙弥漫的体内/营造着苍茫的废墟和旧址/营造着西风万里的盐碱地上破碎的风灯（见第25节）

我无法说出流水的短暂与永恒　像青草上的/毁坏与重建（见第19节）

那夜与昼、阴与阳、福祉与劫难、颂歌与咒语、流水与荒漠、生与死、生长与毁灭就在高原之上、大水之中呈现，在风雨里、咒语里神秘呈现——有时有踪，有时无影，不安分的人类命定地经历着、承受着这一切。

从地老天荒世界之初的冥冥造化到现今的风土物流人事，马新朝将纷繁的意象删繁就简，从自然万物中选取最富有代表性的意象，让它们携带着洪荒的意念，携带着"我"的意念，携带着历史的喧嚣、激情、苍凉与无奈，奔涌而下。一滴水能反射太阳的光辉，一个意象也能见出诗人的心智。

综览《幻河》的意象，其大致可以归为两大类，一类是富有主体意义的意象，一类是与主体意象相关的富有观照意义的风物意象。

具有主体意义的人称代词有：我、你、圣灵、琴师、慧等，它们的所指随着全诗的进程和抒情的语境变幻而显出其身份的多重性。如：

我：诗人，抒情者，圣灵的代言人，"我"浪迹于大河与黄土地之间，游走于神性与世俗之间，"我"时隐时现，亦虚亦实。

你：多指大河——《幻河》的主题形象，"我"观照的客体，有时又指圣灵等诗人意念中的抒怀对象和对话者、呼应者。"你"的形象不确定，其变幻随叙写和抒情的场景、心境而定。

圣灵：河魂，自然之魂；于大河之上的令"我"膜拜的对象——大禹；无形无影却左右"我"的意识、牵引"我"的精神的神秘的幻象；有时又是诗人解构的对象。

琴师：大河秩序的守护者，大河主流意识的传达者，所有生存之象的协调者。

一脸水气的琴师沿途吟唱/它比羊群后边苍茫的背景更为苍茫/比村庄之上的天空更为高远/它以牛奶　蜜蜂　爱情和死亡的形式　流水的形式/向大地传达　向喧嚣的城市和细小的村庄传达/万物在这巨大的恩情里/微微战栗　大地上井然有序/经幡猎猎　群山如涛　祈祷声此起彼伏（见第6节）

慧：诗人钟情的女性，美丽的化身，祥瑞的福音，多年来珍藏于诗人心灵深处的那份温柔的情愫，它是诗人从个体爱情体验升华而出的意象——

慧在流水上一再显现　吉祥和雨水同时落下（见第19节）

毡房里伸出琴弦的怀抱　慧的怀抱　明月的怀抱（见第20节）

鼓声照遍的黄土里慧在歌唱（见第21节）

另一类则是与上组意象对应的富有自然特征的意象：高原、大河、流水、村庄、父亲、兄弟、窑洞、秦腔、水瓮、香草、西风等，它们携带出地域文化、人文景观。诗人的感受和思索因它们而打上民族历史的烙印。

如果说《幻河》是一部宏大的交响曲，上述多重意指的意象及其富于情感逻辑的组合为整个作品的和声起到了有机的重要的作用。《幻河》的每一个意象收拢自如，奇异幻化，一簇簇意象组成一个又一个既熟悉又陌生的奇迷之境。它们成为《幻河》的有源之思，有形之象。

一般来说，结构宏大的作品往往难以融进个体的经验和细微的感觉，但是《幻河》却充分运用了诗歌的表现特质，关注个体生命个体经验，并且以独特的细节来充盈全诗的结构,《幻河》的细节:诸个意象性的细节携带着诗人的独特的生命体验,携带着历史文化的内容。使人感觉,仿佛每一个细节展开,都将会是一个生动的故事。诗中可以感到这条河流在他心灵中所留下的倒影。如:

　　我不知道你为何发怒　释放出了全部的恶魔/你为何发怒　有什么东西在黑暗中破碎/是谁在高一声低一声地咒泣……我不知道你为何发怒　在我破旧的屋顶上追逐　奔跑/你为何发怒　把荒宅前的一棵老树连根拔起/把血流给我看//我被抛上黑暗的夜空　又被重重地摔落在/没有记忆的深渊　你粗暴地打开我的生肖图/写下咒语//我不知道你为何发怒/你为何发怒　在黑暗的狂风面前　我像是一个有罪的人/门窗在摇晃　恶魔在狂舞　大地在沦陷(见第 25 节)

《幻河》的结构及其表现主题之虚与自然、生活场景及个体经验之实有序相间,理念与感觉、抽象与具体、阴与阳、明与暗、抑与扬、急与缓等诗性的展示,心理的节奏及诗的内在乐感,它与《幻河》有关的中国文化的辩证概念都得到了具体和谐的体现:诗性的体现。不仅如此,还有宏大的结构:多重意象的建构,对历史、自然及民族生存的诗性观照,诗人个体的生命体验、生活经验,现代人复杂的意绪,等等。诗歌创作诸方面的因素在《幻河》中形成了完美的对应。这么看,《幻河》不就是一部诗性的中国文化寓言吗?

　　一千八百行的长诗《幻河》,却不见明晰的故事或线索贯串其中。一条大河的发源至归海,迢迢几千里,远古至今,竟没有携带任何故事和传说。宏大体制的《幻河》的结构方式居然是隐蔽的,了无痕迹的。我们想象不出能有哪一个故事哪一段历史哪一种情节能承载起大河的厚重的内涵,能携带出大河富有本质意义的意象,能够标示出一个民族的沧桑,能显现伟大诗人吐天纳地的精神气象。明智的马新朝摈弃了传统史诗的故事情节(因为任何情节都不足于承载《幻河》深远厚重的主题),而是通过大河自西向东——从发源至归海的过程中的生命形态及以大河为主导的万物的存在——土地、风物、民情的诗性的展示,还有与大河的过去、现在、未来更为密切相关的主体精神的展示,穿越时空和事物的表象,后验地重建大河的存在。从这个意义上说,《幻河》不但超越了传统史诗的结构方式,还超越了其叙写历史的方式。《幻河》从大河入手重构历史,诗性地表现民族的生存及由此而广之的以宇宙意识展现人类的生态,使史诗精神进入现代而获得了新的生命力。

《幻河》唤醒了人们心灵深处的某种景象,启迪人们超越身边庸常的事物和琐屑的感觉,目极高远的天地,以感恩的情怀回望历史,进入历史。自省意识、忧患意识、人文意识……体现人类精神的高贵性的诸种意识被次第唤出,一一激活。

因为马新朝的诗作表现出对黄河、黄土地、乡村的深深的情结,一度有诗坛评家将他归作"乡土诗人"。如今看来,对于可以说是泛神论者的马新朝来说,对于善于在自然意象中营造出个体的幻象世界的独特的诗家马新朝来说,这一界定显得有些狭隘了,它远不能说明马新朝的创作意向和涵盖他诗歌高度的艺术表现力。

想来,任何一个诗人都会对与自身生命成长的自然环境拥有独特的体验和记忆,并且会与他的创作发生必然的联系。诗集《乡村的一些形式》就可看出马新朝的独特的感觉方式。但他对乡村及由乡村广而大之的黄河、黄土地拥有的那份情感却非常复杂。那是渗透着现代理念的以超越的眼光从另一个纬度来看待黄土地上衍生出的文化,不仅仅是宗教般的膜拜,它融合着文化的审视、批判的眼光。比如诗人在《幻河》中写到历史上的大洪水,写到的众多劫难,写到的黄河断流,就以对自然的、社会暴力的揭示,表现对民族及其文化生态的忧虑。作品第29—32节部分里,就非常形象地揭示了我们这个具有顽强生命力的民族的负面因素:

黄土在黑暗中升高 壮大 渺无人迹的嘴唇/梁峁上的嘴唇 说着吃语/黄土关闭了孩子们的全部星辰 砍断了那个传送神谕的人/通向流水的路 关闭了一个人内心最后的月光//陌生人出现了/他的出现使万里的黄土屏息收紧/一只山羊体内的旱情后退了一步(见第29节)

陌生人说"我将给你们带来流水上宽大的波光/带来黄土以外更远的远方"/陌生人的身上落满了异样的目光//那个传送神谕的人从黄土里探出头来/他的声音苍老而恐慌/你是谁 你从哪里来 你身上的气味多么古怪/万能的神谕里也没有你的名字/你的话语里闪烁着鱼鳞之光 水母之光……你怪异的话语里/为什么没有黄土的气味……在这里的夜晚行走你为何不戴面具/黄土就是面具/黄土是唯一的证件(见第30节)

作为异域文化、现代文化的象征的"陌生人"在黄土地出现的境遇,非常形象地揭示出黄土文化的负面性：封闭与排他。这一部分，我们可以将其看作《幻河》这个大文化寓言中的典型的子寓言。《幻河》里，我们可以在多处读到这种带有寓言意味的片段，它们深蕴着诗人高度的文化的敏感与极强的形象整合力。

　　马新朝在学校的时候，就如饥似渴地阅读我国古代名家的诗词，他背诵了屈原的《离骚》，背诵了几乎整本的《陆游诗词》，背诵了屈原、李白、杜甫、苏轼、李贺、秦观、李清照……凡是能找到借到的好作品他都读，读得如痴如醉，读得天昏地暗。那动力就来自他内心对美好事物的天然的渴求。后来又大量地阅读外国诗和西方20世纪哲学。一系列有代表性的世界现代诗人的作品皆悉了于心，对不同的版本如数家珍。几十年对东西方诗歌深入精髓的研读及自己不懈的诗歌创作，使得马新朝整合了东西方诗歌的精神及表现的技法，而自由穿行于博大与繁复的诗歌时空。他的诗集《乡村里的形式》、《黄河抒情诗》等以及他发表在《人民文学》、《诗刊》、《中国作家》、《诗歌报》、《十月》、《中国诗人》、《莽原》等报刊的作品显示出，他的诗歌创作渐近自由之境。由此看来，《幻河》的问世对于马新朝就是必然的了。马新朝用他数年的心血和全部的文化积淀完成了一个当代中国本土的诗歌梦想。

（方向真：文学评论家）

现代史诗的成功实践

——评马新朝的长诗《幻河》

龙彼德

一

什么是史诗？且看下面两段引文：

> 史诗本是一种文体。虽然人们常把具有历史高度的文学作品称作"史诗"，但史诗的原义是指用诗行记录下来的一个民族草创时期的历史，它与神话、传说密切相关，它在民间一代代口耳相传，它介乎神话与历史之间、历史与文学之间，它是民族精神与民族文化的一条老根。
> ——艾柯《用诗行编织历史与英雄》（1999年12月21日《中国文化报》）

早期中国新诗人试作长诗失败的最大原因，是他们仅仅理解到长诗的量的扩张，而没有理解到长诗的质的探索，误以为长诗只是在叙述一个事件的发展，而忽略了长诗精神层面的表达，也就是他们未能注意诗质的把握。同时，他们对西方1900年以后新史诗的发展也缺乏认识；事实上，西方诗从T.S.艾略特以后便起了巨大的变化，那便是西方诗人把长诗中叙事的任务完全让给了历史和小说；长诗不再作事件的叙述，使事件成为次要的部分，而把重点放在事件后面的精神背景上。一首现代的长诗，与其说是记录事件，毋宁说是记录人性的历史和现代人心灵遨游的历程。如以表现西方文化没落与现代人精神生活衰竭的艾略特的长诗《荒原》便是一个典型例子。这种变化，使西洋的长诗修正了过去的缺点，而达到前所未有的精纯和严密,换句话说,现代的西方诗人是以制作短诗同样严格的态度来制作长诗的。

——痖弦《现代诗的省思》(《中国新诗研究》,洪范书店1987年版)

什么是现代史诗?笔者的看法是:对历史进程包括历史事件的抒情把握、民族精神乃至人类精神的意象暗示,它一般采取长诗的形式,由显形层面与隐形层面两部分构成。显形层面,包括诗意载体(例如不少诗人擅用的象征体、客观对应物)、叙事因素、结构形式、心灵历程、引申意义。随着全球化的趋势,现代化的加速,现代史诗对两个层面特别是隐形层面的要求也越来越高了。痖弦所说的精纯与严密,便是这要求之一。

中原诗人马新朝的长诗《幻河》,就是这样的现代长诗。

二

黄河,是中国人民的母亲河,对她的歌吟与描绘从古至今就没有中断过。远的不说,就拿新时期中国的画坛来说吧,就先后出现过周韶华的《大河寻源》、卢庆生的《母亲吟》、李伯安的《走出巴颜喀拉》等大幅巨制。这些画家都是怀着深厚的亲子感情、强烈的民族意识、博大的历史胸怀,全身心地投入生活体验与艺术创作的。故评论界一致看好,称他们的作品是"前无古人的力作",给人以"深远而永恒的震撼"。

马新朝也像这些画家一样,对黄河情有独钟。他是河南人,也可以说是听着黄河的涛声长大的,虽然没有亲历黄河决口的苦难,但对黄泛区的历史却了然于心。早在1987年,当全国掀起一阵漂流热的时候,他就以《时代青年》杂志社特派记者的身份,跟随黄河漂流队去过黄河源头,并从那里出发,沿着黄河的流向,过山崎,出高峡,经生死,破风浪,历时数月。以黄河作他的诗的母题,既是时代的需要,也是生活的积累,更是生命的召唤。1992年12月,他出版了专写黄河的诗集、也是他的第三本诗集《黄河抒情诗》。集中的80首诗从头至尾写黄河,可以说是他的长诗《幻河》的试笔与准备。尤其是《十五种黄河》(组诗),素描了河的诸种形态,罗列了他的不同感受,从中不难看出《幻河》的影子与轮廓。就是在这样的基础上,马新朝坐下来构思黄河长诗。稿子拿出来后受到多方赞扬,并在刊物上先发了数章,他却不满意,全部推倒了重来。历时数年,终于定稿为 64 章 1800 余行的长诗《幻河》。仅仅是这种严肃认真的写作态度,从难从严的自我规范,就很值得称道。

三

称《幻河》是现代史诗,首先在于它写了一条河的历史。

"在约古宗列曲永恒的宁静里"(2),"万物的初始 所有的梦幻开始的地方/一滴水就能溅起一片生命的回响"(3),这是河的诞生;"向东 向东 你开始走下一个个台阶/流水在降低着高度"(5),"把七十二个峡谷拨亮"(8),这是河的起步;"七十二个峡谷的内力一直持续到远远近近的村庄"(12),"河风吹奏着渔歌/花朵打开 辉光上升"(15),这是河的安详;"流水展开了黄土高原上最溃烂的部位 琴弦凌乱"(24),"你在屋顶上追逐 奔跑/把荒宅前的一棵树连根拔起/把血流给我看"(25),这是河的愤怒;"一千面大鼓 一千个喊声 一千次赴死与诞生/把黄色的印记和血统摇进村庄与万物"(27),"它静止的状态比速度更快/它沉默的时候已经说出了全部"(28),这是河的强盛;"生长着风化石的面孔 在回忆中衰落的面孔/像权杖的弯头上剩下的最后一点金饰的光"(38),"我看到巨大的睡意在死鱼和死鱼之间传递/在沉船和沉船之间传递 睡意封住了/一个人的经历和天空的蓝"(39),这是河的衰老;"今年的洪峰高过出窑的第一批新砖""用朽亡和幻灭覆盖在我的脸上"(43),"洪水已经抵达历史的根部 抵达一个城市的心脏"(44),这是河水的泛滥;"烽火照亮了几种著名的战例/一个美人被迫远嫁"(46),"枯瘦的爱情披散着一千年的长发/坐在战争的边缘穿针引线/缝补着梦中的尸衣"(47),这是河上的战争;"沙哑的水瓮里/已经看不到七十二个峡谷之上的威仪""西风又起 十万匹野马收走了最后一盏/渔火"(52),"一万条翔舞的银龙隐匿于幕后 大河断流"(53),这是河的死亡;"渤海湾的风吹来/它带着银鱼背上的反光 带着无边的蔚蓝和辽阔"(63),"在九月的入海口 在最后的汛期里 细小的汛期里/你残损的躯体 你灯火暗淡的躯体/溶入了无限和蔚蓝"(64),这是河的新生……河的历史,展示了生命的全过程。

其次,在于长诗暗示了一种河的精神。

"十二座雪峰冰清玉洁 十二座雪峰上没有一个人影/十二座雪峰守护着

黄金般的圣殿"(1),这是神圣与高洁;"所有的岩石和水域全都打开了/出口 所有的时代和地区都派有自己的代表/宇宙和万物都派有自己的代表　加入这/滚滚的合唱"(5),这是广纳与兼收;"你来了/香草护身　环佩叮当　在午夜泛白的流水上/琴声环抱着琴声　雨水环抱着雨水"(10),这是朝气蓬勃;"七十二个峡谷是七十二顶王冠""七十二顶王冠率领着河流鼓舞着流水/加大着流水的力度　那冲天的火光/在我水声四起的体内洒下花瓣似的光斑"(13),这是不断进取;"我看到你巨大的身子在痛苦中扭曲　裂变之后/又全副武装"(27),这是顽强不屈;"这是最后的努力/受到流水的鼓舞　鼓声和烟尘在夕阳里再一次扬起"(35),这是矢志不移。而诗中先后出现的人物,如:"流水滔滔的琴师"(3)、"斗笠簑翁"、"手执锈锸"的大禹(8)、"白亮亮流水上坐着美丽的"慧(18)、"沉入民间的""舞龙的人"(20)、"失散多年的父亲"(20)、村庄里七兄弟(23)、"头戴海洋蓝色的光环"的"陌生人"(28)、"传送神谕的人"(32)、"远走他乡"的"牧羊人"(33)、"手握雷霆""鲜血满面的人"(37)、"寻找水源的人们"(56)……他们的一系列活动,则体现了对自由的热爱,对幸福的憧憬,对逆运的抗争,对理想的追求……河的精神,就是以上这一切的总和。

四

《幻河》的显形层面,就是黄河。诗人从它的源头,一直写到入海口。基本线索是由高到低,由小到大,由缓到急再到缓,由有到无再到有……这明晰而简括的叙事因素,为浓烈的抒情、曲折的投影提供了十分有利的条件。

不同的河段有不同的自然景色,也有不同的人文景观:

　　我歌唱这琴弦万里的河流　流水在暗处敲响/节拍　一种不可违背的预约和力量/女人们目光如水　男人们涌动大潮/当山岳聚拢　村庄四散
　　铁成为铁/音乐找到了古老的琴弦　羊群在青草上安顿下来/我已经摸到了你在西风中为我设下的/香草　水瓮和三重冕　我歌唱这古老的河流/黄金的圣殿阳光普照/钟声不绝

明眼人一看就知道是上游,一幅多么平和、宁静、美丽的画面!

　　舞龙的人沉入民间/一万里的黄土泪水已干　从疼痛中/散开　地雀雀在崖畔上节日一片//马首蛇身　日月为轮　从尘封中探出黄金的额头/

鳞片闪闪　鼓声长成了一搂粗的大树/舞龙的人沉入民间//鼓声照遍的黄土里慧在唱歌　鼓声照遍的黄土里/是谁在恋爱　羊肚子手巾在流水上漂/灵光在祭坛上牛头马面

如此的景致，这般的风俗，只能在黄土高原才能找到，哪怕换一个地方也不行。

这就是石头里打坐比鱼化石更古老的河床/这就是怀抱里泄露出怀药硪曲　在鱼鳞上/闪了又闪的河床　这就是狂风万里走东海的河床/裸露出她的光身子　深刻的朽木丢下死鱼/把最后的一个答案掩藏　破败的戏楼上停止了演出/头盔与金甲躲在幕后　大河断流/被考古学家们反复论证的比流水更猛烈的/河图呢　金饰的婚床呢　被大浪抹去的宫阙万间呢/一棵树存在的理由与证词呢　闪电的巢穴呢/果实与果实之间的悬案呢/大河断流

一连串的肯定均含着否定，一叠声的疑问都喷溅着悲愤，用了典故（如"河图"，传说神龟负书，大河乃清）、细节（如"戏楼"）、道具（如"头盔与金甲"），不用查，就可知是在黄河的下游。只不过近些年有所发展，令人堪忧的断流现象已扩大到济南和开封。

长诗总共64章，诗人原意想对应八八六十四卦，但目的可能没有达到。因为线性的叙事难以解决方位与立体的难题。尽管如此，这庞大的结构，综合了过去与现在、现实与想象，充分显示了诗人辽阔的视野、宏伟的气势，这是历代写黄河的诗所缺少的。仅仅从这一点来说，《幻河》也像前面举到的几幅画作一样，堪称"前无古人"。

五

《幻河》的隐形层面，得力于象征。例如：

迅疾的马队从高地上下来/灯火与雨水滚滚而下　携带着王冠上的明珠玉玺/和人民手中的劳动工具/河流的屋宇　琴弦的屋宇　滚滚而下/山影重重　白浪滔滔　火焰和钢铁/男人和女人　血迹和皮肤　阴与阳滚滚而下

它使我们看到的不仅仅是一条河流，而是一个国家、一个民族，思考的是国家的盛衰、民族的命运。接下去9个"你来了"，将这一思考展开并具体化。就人来说，有王公贵族、落魄诗人、占卜者、星相学家、娼妓和太监，还有政客、艺术家、股票投机者、期货代理商、企业家、打工仔、暴发户、讨债人、渔夫、赌徒、土地承包人、长途贩运者……可谓百业齐备,个个有份。就物来说,有仓廪、礼器、彩陶和残缺的律典、血液中无形的盐分、一个国家本年度的财政预算……堪称笼而统之,样样有关。如果把人与物当作"实"的话,那么,"一个国家的表情文字之外的表情地方官的祝酒词里/充满着流域的气味汛期的气味在酒杯的后面/沉浮着大众人民的脸色被流水照亮"就是"虚"了。正因为人与物交错,实与虚相间,透过文本,使我们理解到更多的含义。说穿了,"黄河"本身就是象征,因其重要的地位,也因其历史的积淀,还因其文学的濡染,早已形成某种固定的印象,或者说全民的无意识。马新朝的贡献就在于顺其自然,并突出强调了曲折与苦难:

  我这才说出你的满脸血迹/一万里的枷锁　一万里的西风/大地上的受难者　伟大的囚徒　拖着无尽的辎重/像一个沉默的行走者　负重的老牛/你雄性的生殖　大树一样的生殖　一泻千里的生殖/落地而萎　内力衰竭

  这使他的长诗带着一种悲剧气氛,一种悲天悯人的关怀,一种震撼人心的力量。与脍炙人口的《黄河大合唱》的慷慨激昂、蓬勃向上完全不同。

  心灵历程是隐形层面的主要部分。在《幻河》中,它是通过诗人的主体化来体现的。请看以下诗句:

  我就是那个在村西的坡地上收割荞麦的人/我就是那个被红红的窗花和细腰的水瓮/记着的人　我就是那个被黄土的警句四处追赶的人/我就是那个被传说带来又被传说带走的人/我就是那个疼痛从唢呐的金属里/传遍黄土高原的人　我的体内尘土飞扬/沉没在自己擂动的鼓声里　鼓声在为谁辩白

  5个定语,列举了5个不同的意象,无不属于黄土高原上特有的风土人情,使自我带有鲜明的地方色彩,对土地的依附,对生活的热爱,对命运的无奈,表现得十分充分。

  我知道你就要来了　暴君/闪电在大地上再一次地搜寻　确认……我内心的幻灭战栗在桃花峪的落红里　战栗在鱼骨村的/垂柳上　像弦断音消的琴箱/我知道你就要来了　暴君/八月的洪峰之上　尸首与残案　毁灭与散失/我来不及收拾细软与爱情　灯火寂灭/诗书散落一地　门窗在摇晃

  在强大的自然力面前,人感到渺小、恐惧。黄河不仅养育了一代又一代中华儿女,也给两岸带来了一次又一次深重灾难。诗句是愤怒,也是抗议。

> 母亲啊　你在每一粒黄沙里囚禁　细致地打磨着/流亡的风灯　香草般的流水在鱼骨上/风干　你就存在于我的周身/你把自己的朽亡和愁苦放在我细细的行动中/在我的体内漫延　膨胀　碎裂与整合/又无限地超越我　你在绵绵的沙丘上白发飘动/你在东坝头淤废的老船上　呼喊着我的小名

尽管困难重重，现状不尽如人意，但是，诗人对母亲河、对祖国的爱仍矢志靡他，永不改变。读着这样的诗句，谁不怦然心动凄然落泪呢？

当然，严格要求，以上这种个人化与日常化的努力，尚可挑选一些更富有"个我"特征的细节加以表现。因为诗人既要代表一群人，更要代表他个人。心灵的历程即个我的展示过程。

六

《幻河》在艺术上的特色是抒情化与散文化。

抒情化表现在主体形象的凸现，主体意识的加强。作者的身影、情绪在诗中占有既大且重要的地盘，举例已如上所述，在此不再重复。

散文化主要是摆脱旋律韵脚的束缚，采用近似口语的语言，追求诗与生活更广阔的联系。如：

> 我就是那个村庄之子　被头羊领进深深的窑洞/在窑洞里与鼓声受孕/产下的儿子一脸灰烬/产下的女儿老态龙钟

完全跟说话一样，亲切，平易，无晦涩之感；但又比说话流畅，简约，更具表现力。

> 村庄披着冥冥之光　在暗中被黄土牵引/黄土忽略了村庄深处的倾诉　那是沙砾扑打着/风灯的黑暗　寂静的车队　扎扎的车队/把村庄里那些火焰　紫藻　雨燕　星辰　风暴/运向黄土的深处　被乌鸦封锁着的深处/村庄在无边的收缩与颤抖中　匍匐在黄土巨大的意志里/时间分散成细微的沙粒　初生的羊羔/在枯黄的草叶上　把黄土深奥的暗示/倒背如流　村庄里那个/会扎龙骨的老艺人　一个守护着水瓮的老艺人/迷失于火的卷宗

完全是日常生活，具体的场景，事物的素描，以及简单的小故事（如"老艺人"），完全是当下的东西，从中不难看出后现代主义的影响。但是，"黄土牵引"、"黄土深奥的暗示"却又使这类日常性带上了某种超实性，甚至使人想到斯蒂文斯的抽象诗，艾略特的"感性知觉化"，以及某些年轻诗人提倡的"只给能指，不给所指"……洋溢着诗情与意味。附带着说一句，《幻河》对城市的描写远逊于农村，这可能与诗人的生活积累有关，与艺术现状也有关。

马新朝喜欢用长句，上引诸节可资说明。好处是有利叙述，便于抒情，适合转折，"有容乃大"。但一味的冗长会引起视觉的疲倦，折损语言的张力，稀释长诗的诗意，他采用叠句与警句来加以弥补。

叠句，首尾都有。如38章、39章、40章的首句都是"河啊你从斜坡上走下来迟缓地走下来"形成章与章之间的联系。60章共2节，每节的首句都是"我就是那个被黄沙砍断和养育的人"，形成节与节之间的联系。加上大量的对偶与排比，收到了回环复沓、一唱三叹的音乐效果，长诗的节奏感与抒情味于兹产生。

警句，比比皆是。如：

琴师坐在闪闪的流水上/流水坐在闪闪的琴弦上（3） 音乐和甲骨文拧成了通衢/婴儿的脸上聚集着全部白昼（7） 乘着子弹向自己的未来和过去射击的人（17） 在词语的围困中泅渡的人（17） 被乌鸦的翅膀燃烧的黄土（28） 它静止的状态比速度更快/它沉默的时候已经说出了全部（28） 栖息在长口颈的水瓮里的村庄（29） 在我自己满是秦砖汉瓦 唐风宋韵的内部（43） 白天把我们从黑夜中裸露出来/却又在预谋着黄昏（48） 老庄躲在自己的词语里独酌（49）

也有因过于雕凿而失态的败句：

所有的灯火都梦想成为灯火（29） 比大高原更高的是羊的伤势（35）漏出被琐碎和生活包裹着事物的内核（37）

在动与静的结合上，宗教情怀与现实关怀的结合上，长诗《幻河》也取得了一些经验。这里，不再展开。

我们正处在世纪之交，两个千年之交，过去的成就要靠我们总结，未来的幸福更要靠我们创造。时代需要现代史诗，人民需要现代史诗。让我们创作更多更好的现代史诗，献给祖国，献给人类吧！

（龙彼德：诗人，文学评论家，原浙江省作家协会秘书长）

全新的诗歌颠覆

——关于《幻河》之批评

吴元成

十二座雪峰,九条水系,七十二个峡谷,黄土高原和莽莽中原;神话传说,民俗,宗教和哲学;生命和死亡,大河情结和个人怀抱……这一切组成了"一条大水复杂而精细的结构",构成了诗人马新朝史诗般的力作长诗《幻河》。

黄河在某种意义上是融进了华夏民族血液中的一条河流,它是那么古老、悠久而丰厚,充满着神性和力量,把优美的风光、无穷的灾难和富饶的生活乃至生生不息的精神传递给我们。读过近两千行的长诗《幻河》,我相信马新朝有义务也有能力来把这条河流展示给世纪之交的读者。他的血液里有这条大河的分子,他过去的诗歌创作中已经显现出他自己的独有品格,他做了许多不为人所知的研究,并且曾经随黄河漂流队做过考察和诗意的漫游,在物欲横流、诗歌疲软的今天,马新朝反而下潜到黄河的内心和底层,拨开层层沙砾和浑浊的漩涡,将一条河流重新激活。

史诗般的结构。从河源开始,马新朝进入了人类和人类存在之前的混沌。充盈在全诗中的强烈的祈使语气和神谕般的句式使得全诗具有史诗的氛围和召唤般的魅力。在长诗的第一章,诗人就宣称:"圣灵,我就是那个被你传唤的人/我就是那个雪莲遍地的人"。诗人将河源上的村庄、鹰翅、走兽、骨镞、西风、峨岩、香草种种意象糅合在一起,向雪峰的高度、圣殿的高度攀登。诗人给我们展示的是这样的河源:"在约古宗列曲永恒的宁静里/走兽的毛转动着寒冷的裸原/西风万里的村庄西风万里的牛羊匍匐在东方的/斜坡上天堂的音乐骤起"。告别河源和裸原,诗人从黎明出发,开始漫游这漫长而神奇的大河。越过七十二个峡谷,走过黄沙扑面的高原,在莽莽中原大地上感受生命的厚重和无奈,直奔入海口而去。马新朝用诗歌的语言为大河写下了一篇气势如虹、一泻千里的游记式史诗。他告诉我们,一条大河就是我们这个民族的开始。同时,他让我们能够在今天去阅读和体味,去感受大河又是我们民族精神和文明的延续和发展。不管什么时候,我们都不可能被这条大河遗弃,我们自己也不可能遗弃这条大河。

哲学和诗意的结合。诗人不可能疏离河流所缔造的文明和民族情怀甚至宗教的情感来抒写黄河。"手中的经轮灌满西风/在午后的瞌睡里把六字真言强调/你在牛粪火上飘散的酥油香里讲述着万有"。这是对独特的地域文化和宗教情感关注后产生的诗意。黄河本身所能承载的这首长诗都愿意去承载和歌颂。生命和死亡,欢乐和苦难,一切美好和丑陋,"边远驿站"、"淘金车队"、"异乡人的背囊",这一切铸造和提升了诗人的灵魂:"你在我身上所营造的巨大而细密的/生命体系在大水上一再展现的河图/泪水和苦难的奏鸣曲你对我说出的/那些云遮雾掩的预言/已经初露端倪"。诗人刻意在诗中打磨自己的灵魂,在哲学的意义上去探索不仅仅作为自然的河流的大河,大河溶入两岸的山峦和土地,化入了无边的庄稼和民居,化入了琴师的呜咽和岩石的歌唱。诗人可以"乘着锸在河流上行走/在鱼背上行走/星光在锸上聚集"。此时的诗人就是一个智者,俯瞰着我们身边的大河,在从我们心灵中流淌的大河里遨游。毫无疑问,诗人把他多年的人生体验和生命思考全部地投放在这首长诗中,增加了诗歌的分量,提升了诗歌的高度。

全新的诗歌颠覆。这是一种诗意的颠覆,也是一种形式的颠覆。它的篇幅之长和诗歌艺术的高度在短期内很难有人超越。马新朝倾数年心血而成《幻河》,是对河南近年呈疲软态势的诗歌的反拨,也是对自身的挑战。一方面,他承传了河南自《诗经》以降所造成的诗歌传统,楚辞的瑰丽、汉赋的大气、唐诗的烂漫和宋词的开放都成为诗人展示黄河时所不可缺离的营养,河南当代著名诗人苏金伞的自然和明净对马新朝也不无启示。另一方面,马新朝十分注重对西方现代派诗歌的汲取和学习,有所借鉴和发扬。所以,在这首长诗中,我们可以充分享受到中国悠久诗词传统的甘美,也可以领略到西方现代派诗歌的魅力。坚实的艺术功底和富有开掘意义的尝试,使得整首长诗开放式构建和汪洋恣肆的语言、神奇瑰丽而繁复的意象,都有了依附的基础,从而使我们如沐春风,完全是在一条诗意的大河上畅游。仅从节奏和语言的张力上看马新朝对自己以往的创作也是一次跨越,甚至是一次腾飞式的进步。他在类似《格萨尔史诗》这样的英雄诗篇的基础上再进一步,张扬的是一种民族情怀和英雄情结,就像黄河荡涤泥沙,激浊扬清,把新诗恢宏的气度和创作的空间全面打开。当诗人写到进入中原变得迟缓的黄河时,诗人表现出了强烈的伤感和巨大的关爱:"你已经老了我的上尊年迈的圣主年迈的父亲/生长着风化石的面孔/像权杖的弯头上剩下的最后一点金饰的光"。诗人对大河的忧虑,对文明和精神急需拯救的焦虑暴露无遗。在整个长诗的最后,诗人同样表达出这样的思考:"九月的入海口你残存的躯体你灯火黯淡的躯体/溶入了无限和蔚蓝"。在诗人滴血的歌唱里,我们看到,我们民族的象征和骄傲正在呼唤我们去保护她,重新认识她的生态价值和精神价值。

　　一千八百多行的长诗涌起一千八百多朵浪花。对于我们这个正在甩掉沉重包袱和所有的落后的民族,我们只有去努力地探求,去追寻世界的步伐,同时在前进的过程中,高扬起民族精神的大旗,我们才能获得解救。这是《幻河》的启示,也是令人信服的唯一选择。我们可以毫不夸张地说,这是河南乃至国内新诗在世纪之交的一个重磅炸弹。

(吴元成:诗人,《河南法制报》总编辑助理)

在悖论的诗风暴里我们收获

——评马新朝长诗《幻河》

张不代

这是一部以"悖论"原理架构成的大诗。要想真正读透这部大诗,如同开启一个迷宫般之锁,不使用"悖论"这一把秘匙,到头来,只怕还是剪不断,理还乱。

20世纪90年代初,我就对马新朝说过,兄弟,你会成为中国最拔尖的诗人。那是沿红军当年长征路采风时,在向来被称为"东藏"、空气已见稀薄的川西高原,走过马尔康时说的。当时,我们这支由30多人组成,名称"中国青年报刊总编辑采风团"的队伍,几乎所有人都出现了严重高原反应,或胸闷气短,或头疼欲裂,其中不少人已成了被照顾对象,包括我这个团长在内。而马新朝,却似乎是这支队伍中的一个异数。这位平常不擅言辞,表面弱不禁风,形容枯瘦的青年,当时同大伙一样面色苍白、气喘吁吁,但却在跑前跑后,照顾大家,仿佛他是抢险队长。

也许因为在全国青年报刊界的正副总编辑中,我与他是为数不多的几个被人号称诗人的缘故吧,我们神交已久。此前,我早就注意到《时代青年》杂志一个名叫马新朝的诗人副总编辑,知道他曾经参加过20世纪80年代中叶名噪一时,那次历时半年、以几条生命为代价的黄河探险漂流。同时,我也读过他发表在全国报刊上的许多诗歌作品,尤其是那首《黄河的十五种表达方式》。他也读过我的由三首长诗《黄河三部曲》、《黄土高原三部曲》、《黄海三部曲》组成,总题为《中央之国大三部曲》的大组诗。

我非常吃惊,在物欲横流,诗歌越来越边缘化,而诗坛尽管各种主义的旗帜林立,诗人却越来越小肚鸡肠的今天,中原大地上竟然有这么一位青年诗人,诗好人好,连形容都如我们想象中的屈原杜甫似的,枯瘦得那般清高而深刻。于是，我们成了好朋友。

尽管当时说那句话时，我并不知道他将以何种方式折桂中国诗坛，但随着时间推移，我的预言果然得到了印证。

尚在世纪之交之际，河南文坛就骤然爆起一片喧哗，一片山摇地动声，概因马新朝的长诗《幻河》脱稿、发表和出版。接着，今年新春伊始，就又传来新消息，《幻河》荣获中国文学最高奖鲁迅文学奖了。马新朝震荡了中原，也震荡了中国诗坛。

我反复捧读着这部装帧朴素，但版式却特别新颖，如折叠起来的一轴《清明上河图》长卷的书，油然深切地感受到，在中原诗人评论家们在这部书问世后仿佛已然心悟的一片叫好声中，我却发现，抽象大言"伟大"者居多，大言之后，又常常是喟叹"无话可说"了。从纯文字角度而论，它根本不存在任何所谓"难读"的问题。但我也必须老实地承认，即使对于并非一般意义上的读者而言，这部《幻河》也并不是一本即读即懂的书，或者说虽然从文字上一读就懂，却很难说就是真正能悟透了的书。正如评论家邓万鹏先生所说，这是一部能给人带来阅读快感和震惊，却又不易分割，也不易分析，必须反复阅读，而且经得起反复阅读的书。当然，一部书能经得起反复阅读是一回事，能令人去反复阅读却是另一回事。生活节奏如此之快的当代人，速读已是普遍习性。如果有想读并且想速读这本书的读者，读之前，不妨预先自备一把"钥匙"，那就是悖论性思维。

长诗《幻河》是一部以"悖论"原理为架构的大书。

悖论性的感情感悟、悖论性的形象意象、悖论性的思维思想、悖论性的视点视角、悖论性的信念理念、悖论性的追询追寻、悖论性的语言语式，等等，全部纠集在一起，架构成一条悖论性的，似虚还实、似实还虚、形似神变、神似形变、亦真亦幻，物事与人性交融、主观与客观兼容、肖神与肖形互变、历史与时代消长、现实与理想结缡，不即不离、亦即亦离的"生命黄河"。读这部书，如进入一座迷宫，如果不以"悖论"为向导，到头来，只怕还是步不断，路还乱。

反复诵读过这部书，这部"写黄河"的书，最终留给我们的是，如此这般一条印象中的黄河：它已经游进诗人的，同时也是我们的心灵大海深处；我们企图重新把它打捞起来，如打捞一条已经无影无踪，却又在意念中形神兼备鲜活灵动的巨大游蛇；我们已经认识到它的深沉与悠长，同时也已经认识到它终究会化为出水蛟龙，而却很难再认识到它的原来模样了；但我们仍然希望打捞起它，而且经过我们努力,也真的打捞起一条"属于自己的黄河",尽管打捞起来的这条"属于自己的黄河",每个人都是各不相同的,可我们毕竟都打捞起来了,可以渔歌唱晚了,可以无须以渔火对愁眠了。

那张能够于"大海"中打捞"黄河"的神奇之网,或者说,那把能够开启这部迷宫般长诗之锁的神秘钥匙,它的名字就叫"悖论"。

这部诗中的"悖论",既是诗人马新朝的方法论,也是他的世界观。也许它就是哲学上的所谓的"对立统一"、"量变到质变"、"否定之否定"三大基本原理吧。

读不懂诗人对河源的歌颂,也就难以从根本上读懂这部诗。河源颂歌,虽只是整部作品的序曲,却如全息生命学上一个细胞,它蕴含着整部诗生命的全部奥妙和奥义。

先说河源问题,而且读这部书,必须先说河源问题。

如果说"悖论"只是一把开锁钥匙的话,而"河源"可以说就是带着锁的神秘"金匣"或者"金殿"。这把带锁的神秘"金匣"或"金殿",锁着这部长诗的全部秘辛,同时也是诗人本人的全部秘辛,也即诗人自己情感的、胸襟的、胸臆的、视野的、才调的、认知的、理念的等等全部意马心猿的行藏。当然,也包括这"悖论"。

钥匙之本身,如马克思主义经典作家们通常所谓的"批判的武器和武器的批判"等世界观和方法论在内。

十二座雪峰冰清玉洁　十二座雪峰上没有一个人影／十二座雪峰守护着黄金的圣殿／……十二座雪峰守口如瓶／万种音响在裸原的深处悄无声息

这就是长诗《幻河》中的、诗人马新朝的黄河源。

黄河源是"十二座雪峰守护着"的"黄金的圣殿"。如果说这明白如话而又形象比喻的开场白,仅仅是一种"临门"的话,"十二座雪峰守口如瓶／万种音响在裸原的深处悄无声息",则已经插匙在锁了,要开启这座"黄金的圣殿"的门了。

长诗共64节,从第1节到第10节,诗人都是在歌颂他的黄河源。此处,先让我们看看在前5节里,诗人马新朝歌颂的河源。

注意,此处我特别使用了"歌颂"一词。

马新朝从来都不是一个廉价歌颂的诗人,但他对于黄河源,又确实是竭诚地不惜笔墨地在歌颂的。他为何要选黄河源如此歌颂呢?当然,有一个明显答案,无疑是绝对正确的:因为这是一块圣洁之地,自然生态意义上的圣洁之地。但是,我还必须说,这远非答案的全部,甚至不是答案的本质性所在。当诗人说,"万种音响""在裸原的深处悄无声息"的时候,其实"万种音响"已经在开始喧哗,开始在发言了。作者驻足准备出发的这个原点,这块"自然生态"的圣洁之地,事实上,已经被诗人"人文生态化"了,也成为诗人追求的终点和目标了。他的万里长征之足,一经站在这个起点上,诗人就已经占领了他的理想的至高无上的"昆仑",理想的制高点,也即是归宿之地了。

这种从起点到终点的实现,是在读者尚未意识到时,就实现了的,是在瞬息之间完成的。两点之间,是一条"自然意义"上由高而低,事实上又转而由低再高的,自然生命的波涛滚滚的万里大河,也是一条"人文意义"上由圣而俗,事实上又转而由俗再圣的,民族生命的波涛滚滚的万里大河,更是一条"哲学意义"上由肯定——经否定——再到肯定,由低到高的,螺旋型上升的,理想的自然与民族的生命相融的波涛滚滚的万里大河。

我必须说:指出这一点,对很好地理解这部长诗,是至关重要的。

我甚至想说,如果读不透诗人对河源的歌颂,也就难以从根本上读透这部长诗。

关于作者对河源的歌颂,虽只是整部长诗的序曲,但它却如全息生命学意义上的一个细胞,它已经蕴含着这部大诗生命的全部奥妙和奥义。

"乘坐颂歌的我在裸原上独坐"。这个"我"是谁?是诗人,也是整个中华民族,更是"大河"本身,因为"我是一条大水复杂而精细的结构/体内水声四起阴阳互补西风万里","鹰翅走兽紫色的太阳骨镞西风/浇铸着我的姓氏原初的背景峨岩的信条/……黑白相间的细节/……像交错的根须/万里的血结在时间的树权上/结在生殖上……"一切的一切,似乎都是宿命的,其实诗人在告诉我们,事物的发展规律才是"铁律"。人类意志的能量再大,对于规律,也是不可超越其上的。

"黄金的圣殿高不可攀/它高出皇帝的龙袍高出遍地灯火/飞马而至的诏书也难以抵达""……我一生的血气一生的道与力也触摸不到的/高度啊……"怎么回事?最原始的自然的"金殿"般的河源,为何却在油然间高出"演进中的文明"了？油然间成了"演进中的文明"追求的理想了？这种起点和终点的转换，其中蕴含什么玄机？或者说，其两点之间到底发生了什么事情，竟令"文明"之高岸为谷，而"原始"之深谷却为陵了？"原始"竟然成了追求的理想，这是非常耐人寻味的。

接下来，作者让"流水滔滔的"、"高天滚滚的"、"一脸水气"、"一脸西风"的琴师弹奏答案了，但这答案却是"琴弦上一片宁静／……一万里的西风走在琴弦上雨水与闪电走在／琴弦上阳光万里／……这是泪水与血的源头是所有马匹和速度出发的地方／万物的初始孕育着我内心的节奏词语灯火／……琴弦打开十二座雪峰之上的金匣／……灯火和雨水从琴弦上滚滚而下／月黑风高的村庄风雨飘摇的姓氏／滚滚而下"。规律似乎是琴师也是琴弦，它是无声无影的，却又是众声众象的，它是一条无影无形却又众声众象的粗藤，它将结下无数貌似偶然其实却是必然的果子。作者尚立足在颂歌的"出发点"时，其实那个出发点已然是理想的"目标"点了；热烈而深情的歌颂声里，冷峻的思考与尖锐的批判，已经反其形而蕴含其中了。

果然，我们看到了，各种子之矛与子之盾。

"……阴与阳／像河流的两只手掌／……使裸原上的羚羊奔跑在自己的惊惧里"，"圣灵的真身在浪花里聚起又分散／在成熟的果子里说出冬日暗色的枯枝／和夏季的蝉鸣说出计时的漏壶被秒针取代／话一出口便烟尘滚滚……／……节拍一种不可违背的预约和力量"。节拍，自然是"流水在暗处敲响的节拍"。既然是"一种不可违背的预约和力量"，那么"违背"了，又将如何？"违背"其实也在"节拍"之中。想想人类以及我们民族，那些"急性的历史"曾经拐过的无数大弯曲，我们不是已经看到，"意志的脚步"无论曾经怎样大跨步地前进，最后照样还得回归到"节拍"上吗！

但无论如何前途是光明的，"音乐找到了古老的琴弦／羊群在青草上安顿下来／我已经到了你在西风中为我设下的／香草　水瓮和三重冕　我歌唱这古老的河流／黄金的金殿阳光普照／钟声不绝"。诗人对民族的前途充满信心。

河源之颂，是这部长诗的宣言。

宣言的思想核心是：人类及人类社会必须与自然"主动地"相和谐。

注意，我这里强调的人类及人类社会与自然的和谐，是人类及人类社会"主动地"和谐,而不是"被动地"。这是深具意义的。

沿阶而下,又拾阶而上,滚滚的黄河,滚滚的中华民族生命全息图。人类意志飞扬跋扈,谁曾想过:意志的标高,既是文明的标高,也是灾难的标高呢?和谐,被提上日程。

第5节最后一段,写黄河沿阶而下,如总宣言:"向东向东你走下一个个台阶/水边的簇类们全都抬了头/所有的岩石和水域全都打开了/出口所有时代和地区都派有自己的代表/宇宙和万物都派有自己的代表/加入这滚滚合唱"。

接着,从第6节开始,直到第10节,虽然诗人仍在引领我们沿阶而下,离开最初始的意义上的那个最高贵最圣洁的黄河源,走进世俗,乃至当代,其实,这五节诗依然是属于"河源"范畴的歌吟。不同处仅仅在于,前5节中的河源,无论是作为"原生态"意义上的河源,还是作为"理想态"意义上的河源,都是抽象化意义上的具象,而这五节里的河源,却已全部是具象化、形象化意义上的抽象(读者请原谅我这些貌似不通的"昏话",这也是一种马新朝句式)。从作为"文告"的星宿海草甸草地,到扎陵湖、鄂陵湖,到七十二个峡谷以及黄土高原,与其说诗人是在"肖其形"地为我们画一幅黄河河图,不如说更是在"肖其神"地为我们画一幅黄河河图。

这是怎样的一幅河图啊!

一条自然生态的大河,从天而降,沿阶而下,滚滚而下;一条人文生态的大河也随着产生,滚滚滔滔,但却是一条拾阶而上,攀援而升的大河。中华民族抑或整个人类,在走过一段蒙昧之后,在经过涂山氏和大禹时代之后,越来越变得如同上帝,甚至如同疯子,放肆开自己意志的心猿意马,这令我总是想起,我们民族曾经在数十年时间内使用率极高的一个词:人定胜天。人类的社会文明在演进,越来越向着更高级程度发展与攀升,"水"真的似乎要向高处流了。但人们却似乎忘记了,"流水里存放着的最高准则",那是"比人世间全部的典籍和律条说的更多"、"比全部文字说的更多"的最高准则,它"携带着高地上的光芒万有幻象星宿海的流溢/携带着宇宙的气息元素凉意鹰翅/携带圣灵的肃穆经卷词语与词语之间的沉默"。它说出的"那些云遮雾掩的预言/已经初露端倪",它是铁律呀,它是违背不得的呀!

行文至此,令我不得不说到人文政治范畴的两个词语:专制与民主。

从纯粹的人文意义角度讲,专制与民主,是完全南其辕北其辙的两个概念,我们当然是主张高扬民主旗帜的。此处不再赘述,那是政治家和政治理论家的事。

此处,我只想从人类与自然关系角度,论述一下人类的专制和民主,被人类自身长期忽视了的部分。这部分内容,貌似与人文无关,但事实上,它却是我们这颗星球上的一种基本内容。人文领域的几乎所有具体的对立统一关系,都在受着这种基本内容的制约。

从我的上述基本立论出发,我的观点是:千百年来,人类社会的专制制度也罢,民主制度也罢,在处理与自然的关系上,却始终是同质的,即始终是唯人类意志论的。不同处仅仅在于,"专制"是以个别少数人的意志而强行体现的,"民主"则是大多数人的意志而强行体现的。仅此而已。人类文明史告诉我们的一个基本事实是,人类是狂妄自大的,表面上信仰上帝,骨头缝里却是始终把自己当上帝的。所谓"以人为本",自古至今都有人在倡导的"以人为本",其核心均是以人类的意志为本的,人类的意志飞扬跋扈,以为真可人定胜天了,谁曾想过:人类意志膨胀的标高,既是文明发展攀升的标高,也是灾难崛起的标高吗?人们总把自然的"沉默",当作可以任其宰割的羔羊。

马新朝这部长诗,画出的这幅民族生命的滚滚"河图",令我们得到的重要领悟即是:我们的"以人为本"理念,真的是完美无缺吗?它是否缺失了最重要的东西?

当然,我们还必须说,现在,我们新型的政治家和政治理论家们,终于开始认识到问题的严重性了。和谐,已被正式提到政治日程上来,就是明证。但是我们也不能不看到,我们现在流行的"和谐"理念,依然是侧重在人际关系上的,或者说是奠基在生产关系基础上的,虽然也开始注意人类与自然关系的和谐了,但也仅仅只是作为"社会和谐"的附庸而已。人类的自身生产仍然在极度膨胀,人类的物质生产仍然在极度膨胀,人类出于情欲物欲的上帝意志也仍然在极度膨胀;而另一方面,自然的报复,也比人类意志的力度和速度更要大得多,在极度膨胀,自然灾难比人文灾难更要深重得多。还须顺便补充一句:自然的报复,很多情况下竟是假人文之手来实现的。

马新朝为我们展现的"河图"让我们领悟的命题,其大无比。

但要寻求答案,恐怕还得重新回到或者叫重新落到"政治"这个着落点上来,需要我们像解决社会政治文明进程中的专制与民主一样加以重视。

　　影响人类生存状态的,与大自然形成彼此消长关系的物质文明也罢,精神文明也罢,最终取决于政治文明的发展程度。政治已是当今我们这颗星球上决定着人类命运,与人类命运息息相关的关键与枢纽。普天之下莫非王土,率土之滨莫非王臣,无论什么样的专制,肯定不好。但民主也绝非就可以笼而统之曰妙不可言。民主必须与科学结为生死姻缘,方才是可嘉可贺的民主。搁置人与人关系的人文领域姑且不论,即使从人与自然关系角度看民主,体现"广大人类集体意志"的民主,也并不是我们曾经铺天盖地的廉价颂歌,就可以为之定性为嘉好的。想想吧,那些当年,既得到领袖人物倡导,又得到广大人民群众拥护的"人定胜天"运动大潮,哪一波过后,没有给历史留下难以治愈的创伤和越来越严重的溃疡溃烂呢? 专制肯定会令政治昏庸,不慎的民主也能令政治昏庸,而且还会是破坏力更为巨大的政治昏庸,它是事实上的另一种专制。

　　我们必须铭记,人类与自然的关系,才是我们一切形态的人类社会最基础的关系,人文领域所有各种关系的和谐与否,均是由它派生出来的。本与末,倒置不得。

　　马新朝为我们描绘了一条多么惊心动魄的河图啊! 一条横空出世的大河,孕育我们民族生息、繁衍、劳动、爱情、福祉和文明的大河,当然,同时也带给过我们无数灾难的大河,为何却在我们认识到她是我们的"母亲"时,却要先以屡屡泛滥的大洪水"消灭子孙",之后,又以决然断流"断奶",赤地千里来"回敬子孙"呢?

　　可恶的政治专制自然咎无可辞,昏庸的政治民主也同样咎无可辞。

　　科学发展观是一个光耀日月的好理论,但如果让"以人为本"思想,体现为人类妄自尊大的唯意志论,政治的质地就要大打折扣,最终危及人类本身。

　　注意,出现的三个人:一位陌生人,一位披黑大氅的牧羊人,一位鲜血满面的人。其实,"他们"都是"我们",产生着新的"我们"! 异化一词,并非纯粹就是一个坏词……

　　其大无比的历史命题和深刻无比的严峻思考,凝聚成一种批判现实主义的巨大力量,令这部大诗,在当代中国文学中拥有了一种旗帜性意义。

　　黄土高原,是一方腹地,几乎孕育了中华民族精神的全部内涵,也是一条名叫黄河的大河得以命名的一方土地。它山峦重叠,令穿越它的黄河千回百转,柳暗花明，也令中华民族的生息繁衍、劳动爱情和理想追求，于欢乐和艰难中创造了灿烂神话、灿烂历史和灿烂文化，但骄傲与伤痛同在。从第 11 节到第 37 节，共 27 节，占全诗近五分之二篇幅，诗人都在抒写黄土高原。像无数仁人志士从这方黄土高天中汲取精神财富一样，诗人马新朝也以极大的热情和近乎崇拜的心情，于汲取之同时，也磨砺着自己审视剖析的利器，审视剖析着黄土高原和被黄土高原高高举起的黄河、高高举起的中华民族。

  长诗第 28 节，那依次下降如阶梯的诗行，那既是带走大量黄土的黄河在黄土中下沉和最后消失，同时，也是黄河之所以能叫黄河的黄土高原，在一步步地抬升。"比天空更高的是黄土　比西风更猛烈的是黄土／河流也看不透的黄土　灯光也照不进的黄土"，"被雨燕忘却的黄土　被乌鸦的翅膀燃烧的黄土／在一致的锣鼓声里　比乡土路更细更长的信天游里……说着同一根琴弦"，接下来，黄土就像门一样关闭了，在人的"身子与意识到达之前／黄土已经关闭"，"没有人能够说出黄土里肃穆或是滑稽的思考／没有人能够走进它细密而玄妙的组织"，它的关闭，赶在"所有的努力或是行动的前头"。它静止了沉默了，"它静止的状态比速度更快／它沉默的时候已经说出了全部"，"万种音响被一个缺席者带走"……

  请注意，上面提到的那个"缺席者"，这是一个带着证词的"缺席者"吗？在随后的诗章中，随即就出现了三个人，我们不知道这三个人中，有没有那个"缺席者"？

  第一个出现的人，是一个"陌生人"。

  从第 29 节到第 33 节共 5 节，都是写这个"陌生人"的。

  "陌生人头戴海洋蓝色的光环　目光湿润／他使用异乡的表情　身体里水声四起／他带来了远方的信息和流水上琴弦／独自坐在村头擦亮一颗又一颗星辰／从衣兜里倒出一地丁丁当当的月光"。这是一个什么人呢？为何"他的出现使万里黄土屏息收紧／一只山羊体内的旱情后退了一步／大高原在暗中收拢起西风　布下陷阱　熄灭了／黄土深处的最后一盏灯／迅速地关闭了窑洞里所有虚掩着的门窗"？

  黄土地不相信陌生人。"……带来流水宽大的波光／带来黄土以外更远的地方"的陌生人发现，"……敲遍所有的黄土层　柴门和拴马桩／敲遍了戏楼高塔　祭坛和阴阳的两面／却敲不破一个梦　敲不破一片黄土"。哦，这是多么僵硬板结的黄土,多么僵硬板结的梦啊!黄土地只是"在神谕里驻足 在皇命中作万世的仰望/在黄土的深渊里徘徊 迷茫"。陌生人企图教导黄土地,"你们只是一种/预约 按时来到黄土上 充当祭坛/又按时沉入黄土的黑暗/你们是你们自己的罪犯和凶手"。同时,陌生人自己似乎也亮明了身份,"你知道三千年前的那场劫难吗/我就是那场劫难的预谋者/你知道三千年后的那场大火吗/我在那场大火中再一次涅槃/……我是流水的使者……从这蓝色的光环上你们是否看到了/某种预兆"?现在,也许我们的读者,该明白这陌生人是谁了,他的名字,或许就叫自然规律或者客观规律。但是,我们的黄土地却是不屑于这位陌生人的,要围剿这位陌生人了,黄土地终于以"神祇已经动怒"的名义,让这位陌生人"……两腿开始僵直 麻木/神谕在他的四周闪着微光 黄土/在他的体内漫延 迅速淹没他的头颅/那蓝色的光环在黄土里像闪电一样/噼啪作响 冒着青烟"。

　　人定胜天,似乎已成终极真理。人果真能胜天吗?

　　于是,就在"河声已经变空",沙暴来临之前,陌生人遭到灭顶之祸后,在第34节,第二个人,即一个身披黑大氅的牧羊人出现了,但却是一个要远走他乡的人。

　　诗人并没有对这位身披黑大氅的牧羊人更多着墨,只是通过对"羊群"和"头羊"极富意味的描写,令我们猜想到,他有可能是一个追随"陌生人"的叛逆者,但敢于肯定的是他一定是一个追寻水源的人,并且有可能是朝"水往低处流"的地方去寻找水源了。接住第35节,写"像是最后努力"的一个年头的汛期,面对那么多沉重的事物,"流水"好像又要开始说话了,"希望"好像又要被即将沉没的落日"喊住"了,其实这都是一种心中的渴望而已。沉重的现实是,"黄金",即人类贪婪而膨胀的物欲,才是神圣信条,充斥人间。"黄金的声音点亮大地上的灯","一千个梦从圣殿里依次升起/一千个梦握在黄金的手中","黄金把一个季节推向另一个季节 黄金是另一种/黄土 比枯草更轻 比万里的高原更深厚/把众人推向各自的位置 黄金在歌唱 流水在歌唱/搬运黄金的声音响彻古今"(第36节)。流水在歌唱,其实那流水是黄金意念的流水。

　　再接下来,出现了第三个人,是一个鲜血满面的人。

　　"那个鲜血满面的人手握雷霆/独自在黄土里行走……",他在壶口,"以暴

力的形式　把黄土中的一些喊声／引出……",同时,也把诗人的生命,"揉成一个颤音",吹进诗人体内,"像是最后的搜寻"(第37节)。

诗人写过壶口,短短几笔,带出这个"鲜血满面的人"之后,诗笔便戛然而止。从第38节开始,他笔下的黄河,一下子跌落到诗人自己的家乡,一马平川的中原大地上来。我在读到此处时,曾经油然产生过些许遗憾之感。诗人的诗笔为什么要跳过神门、鬼门、人门的三门峡,而不着一笔呢?是一种有意为之,还是一种不经意的疏忽?要知道,黄河和黄土高原的"三门",才是我们民族的精魂之大象啊!但后来一想,在这些抒写黄土高原的诗章中,诗人不是已经把我们民族的三座门,抒写得淋漓尽致了吗?

无论如何,诗中这三个人的相继出现及他们留下的问号,给我们带来巨大的力量冲击。令我们不得不叩问:他们究竟是谁呢?

行文此处,令我骤然间想起了一个词:异化。

我国进入社会大转型的改革开放新时期后,有那么几年时间,"异化"是使用频率很高的一个词,并且是被人大加挞伐的一个坏词。其实,如果剔除掉也许别有用心强加给它的政治色彩,而从自然发展与社会发展的客观规律角度讲,生命的异化,包括人类的异化,都是无时无刻不在发生着的客观事实,这种异化既有坏的异化,也有好的异化。"异化"一词,并非纯然一个坏词。

话题还是回到长诗《幻河》上来,诗中出现的这三个人,像诗中已经出现过的其他众多人物一样,比如,诗人、父亲、母亲、慧、口传神谕的人、七兄弟,等等。"他们"其实都不是别人,都是"我们",都是"我们"自己异化出的各种各样的"我们"自己。本文前面提到的那个"缺席者",也是"我们"自己。"我们"是我们自己的"出席者"也是"缺席者",是唯一证人也是唯一当事人,是审判者也是被审判者。记住这一点,对读透这部大诗,与我前面说过的要掌握"悖论"之钥一样,同样重要。

大洪水与断流是一方多棱镜,照出我们欲望的意志鞭子,也照出我们的全部智慧与愚昧、破坏、痛疼、悔恨、悔悟和自我更生,这鞭子最终是打在我们自己身上的……

长诗从第38节直到第58节,占整部作品的三分之一,诗人都引领我们在中原大地上徘徊。其中,诗人以他入木三分的笔,极力渲染了自然生态,同时也是社会生态、人文生态的两个大意象:黄河大洪水和黄河断流。

此时的黄河,大概已成涓涓细流,濒临断流,迟钝并且失却雄劲。"从斜坡上走下来 迟缓地走下来／在平原上展开土黄色的经卷"的黄河,"已经老了","像权杖的弯头上剩下的最后一点金饰的光","像是最后的节日里／最后的酒盏",全被"睡意封住了"。只有"在沉睡的那边／危险的铜锣醒着"。水,变成越来越浓重的传说,"绿水青山的心在混浊",但仍然有人"在西风中寻找着丢失的王冠和权杖"。

显然,诗人的思考触角,已由历史而紧触到了当代,否则,何须还会有人"在西风中寻找着丢失的王冠和权杖"？为何诗人在写大洪水之前,写的却是一条濒临断流的黄河？其实,诗人是在着重强调,"洪水尚未到来之前洪水已经来到"。啊,那么,"洪水尚未到来之前"就已经到来的"洪水",那都是一些什么样的"洪水"呢？除瘟疫、沙尘暴、沙化、荒漠化,以及战争、迷信、贫穷等"洪水"外,是否也包括"在西风中寻找着丢失的王冠和权杖"之类的人和事,或者思潮在其中呢？

从第43节到第48节共6节,诗人以占全诗近十分之一的篇幅写大洪水。

"大洪水"是一种愤怒。"洪水在铜锣上倾泻在铜锣上吼叫一泻千里／它的愤怒比铜锣上的金属更为猛烈／更为深远"(第43节)。

"大洪水"渗透到生活深处。"已经抵达事物的根部",淹埋着一切。"七尺厚的泥沙里的朽亡／按着了汴梁城的头颅","唯一探出泥沙表面的是宋时的／铁塔……有人用血液的速度 洪水的／速度 去接近塔顶上闲置的王权"(第44节)。

"大洪水"既是一种沉默,也是一种"天问"。"大浪把一种沉睡推向另一种沉睡……与一些凌乱的地址和道路的名字／在洪水中下沉 下沉／牵引洪水的手最终被洪水淹没","……他在向谁问天"(第45节)。

"大洪水"也包括人类的战争在内。"……神秘的羽扇里烽烟四起","从远处驰来的一条产船不幸被战争击中／翻起的暗色船腹上 男儿们的朽亡上／烽火照亮了几种著名的战例／一个美人被迫远嫁"(第46节)。

"大洪水"其实是人的"暴君"性的体现。"洪水在洪水上传递着情报／……大地上站满了／看地形的人 他们的存在比战争本身更加锋利……大王旗高挑在年代不详的刀尖上……大胡子士兵命令躲在自己伤势里的地方长官／割下母亲的双乳"(第47节)。

"大洪水"更是人类的失聪失明。"那些被洪水记着的人……因为倾听　被洪水砍去了听觉／因为寻找　被黄沙掩埋了路径……白天把我们从黑暗中裸露出来／却又在预谋着黑暗"(第48节)。

写罢"大洪水",接下来,诗人又以更大的篇幅写"大河断流"。从第49节到第58节,整整用了十节,占全诗近六分之一篇幅。

那么,"断流"又是一种什么东西?

"大河断流"是"舞龙的人还没有显现",是"琴师还没有找到琴弦",是洪水之后"大地上田园荒芜　人心向背／鸟嘴上布满了怀乡曲"(第49节)。

"大河断流"是"怀抱我生命的父亲……不再回来",是"怀抱我生命的母亲……在乞讨　她的泪水与诅咒　朽亡的身躯散落一地／像沿河的乌鸦在鸣叫"(第50节)。

"大河断流"是"黄风又起　枯草倒伏于地……牛头马面之下　祭坛之下祈雨的人们／倒伏于地",是流沙、沙哑、干渴和父亲"比道路更长　比梦境更长的流离",同时也是人们"在每一粒黄沙里囚禁"和"体内飞沙走石"(第51节)。

"大河断流"是"最后的河流　黄沙封门的河流"(第52节)。

"大河断流"是"被考古学家们反复论证的比流水更猛烈的河图",是"一棵树存在的理由与证词",是"闪电的巢穴",是"果实与果实之间的悬案"(第53节)。

"大河断流"是"一种预兆"。"它唤起浪沙里众多事物的／鸣叫……像是有什么事情将要发生",它正"呐喊于无声奔跑于静止","像一个潜台词"(第54、55节)。

"大河断流"也正在激动起"寻找水源的人们"。"在城市的讲台上／比流水更明亮的讲台上　衣冠楚楚的地方长官　随从／美丽端庄的礼宾小姐　正在分配着仅有的水源"。"又有人在慌乱中南下／飘零远方　有人用股票和牛市上的价格／去叩问天堂的角门……寻找水源的人们　又一次突破重围／向城市迈进"(第56节)。

"大河断流",久旱不雨,因为"寻找水源的人们还没有回还","穿黑袍的女巫佩戴着死鱼和朽木　从寿材铺里走出来／……亮出了手中的灰烬和咒语",而"寻找水源的人们被水源流放／大地上聚集着寻找水源的人"(第57、58节)。

一条大河,先是洪水滔滔,接着,又是戛然而断流。

在诗人浓重的笔下,我们不难看出,泛滥的大河其实也是另一种形态断流的大河,而断流的大河也是另一种形态泛滥的大河。这条悖论的大河如一方多棱镜,映照出一个民族追求的坚忍不拔的意志,并且不失智慧,但愚昧更令人痛心疾首。这条泛滥的大河、断流的大河多么像我们民族一条欲望的意志鞭子,让我们为它痛快淋漓,也为它带给的毁灭性破坏疼痛而悔恨,这鞭子最终是打在我们自己身上的……

当然,还有悔悟,还有自我更生的渴望。

最后,诗人启示我们的全部沉重话题,都重新回到"水源"上来,或者说"河源"上来。水,本身就是生命之源,"水源"或者"河源",对于一个民族,更是一个意味深长的生命源头。它不禁令我们对照性地想起长诗开头的"河源颂歌"。我们不得不问:一条从河源来的河,为何却又寻找起"河源"来?问题究竟出在哪里?新的"河源"在何处?

痛疼归痛疼,悔恨归悔恨,答案还必须在悔恨和悔悟中追寻。

与其说在蔚蓝色大海上我们打捞黄河,倒不如说我们在重铸黄河。我们翘首展望,我们忧心忡忡,我们信心百倍。一条民族人格的大河,诗人人格的大河……

读者一定还记得,从第29节到第33节,写的那个"陌生人",那个"头戴海洋蓝色的光环 目光湿润",那个"使用异乡的表情 身体里水声四起",那个"带来了远方的信息和流水上琴弦/独自坐在村头 擦亮一颗又一颗星辰/从衣兜里倒出一地丁丁当当的月光",最后却被黄土地围剿,遭到灭顶之祸的陌生人。

那个"陌生人",最终还是死而复生了。

从第59节到第64节,长诗的最后6节,诗人其实都没有再提起过那个"陌生人"。但那个"陌生人"还是来了,他之所以不再叫"陌生人",是因为他已不再"陌生"。

那个曾叫"陌生人"的人,现在,也许就是我们自己。原本就拥有山的伟岸、崇高、坚挺,现在又拥有了海的渴望,甚至海的明净、博大、深沉的我们自己。

我们自己,也就是诗人;诗人,也就是我们自己。

在经过大洪水和断流之后,在诗中闪闪烁烁,探头探脑,畏首畏尾,出现过几次的诗人自己,在长诗的最后6节中,终于不亢不卑,但也理直气壮地走了出来。

"我在马背上　在流沙里看尽了流云／我还在向上游张望","你还在为谁守候／为什么在你说过的果子与蝉鸣里／为什么在泛青的枝头上　我摸到的总是幻影"？"秦皇堤外　我知道你就住在鱼骨村古老的石磨里／掀动着微小波浪……公社里的火光正旺"（第59、60节）。诗人的一系列对历史和时代的质疑和对问题根源的追问,告诉我们,发现问题的清醒的痛疼,要比浑然无知的麻木,珍贵百倍。

"身背着迁徙的道路和桥木……踽踽而行／我寻找着　在自己古老的碑文上徘徊又徘徊……我听到了慧的歌声……五十年前的慧和五十年后的慧啊……在歌声里骑着一匹野兽远行","我摸到了内心的门槛　这窄小的简陋的领地……大河啊　这里堆满了你的各种物品和道具／何时成了你的旧仓库"（第61节）。问题症结就在这"旧仓库"吗？这个"旧仓库",是不是也指我们通常说的旧观念呢？

"现在　让我在无汛期的夏季长桥上／在我这首无汛的数千行诗歌里　仁望",有"渤海湾的风吹来　它怀抱着大海的无限和蔚蓝／它怀抱着空无一人的河床　传递着最陌生的词语和呼吸"（第62、63节）。一条历史悠久的大河,一条如今已经空茫的大河,一条稀有大洪水却常常干涸断流的大河,终于能够真真实实地看到自己永远不会枯竭的"河源"了。但是,似乎还有一个悬念令人未解：找到大海为"河源"的黄河,那将会是怎样的一条大河啊,它还能够在这世界上独一无二地叫作黄河吗？

诗人没有回答。

诗人确实也无须回答。

重要的是,我们正视了现实,我们正视了问题的症结所在,我们正在无比清醒地疼痛着,因而,我们也就拥有了希望,我们望见了各种希望的无限可能性,我们能够信心百倍地去实践这些可能性了。诗人以他批判现实主义的匠手,已经从改革开放的新时代中,择取着最为质地优良的材质,给我们营造了方舟,预见出,我们能够从蔚蓝色大海中打捞出一条崭新的黄河了,或者说我们能够重铸一条全新的黄河了。

长诗的最后一节,即第64节,主调只有一句:在归依之前,我将收回这部诗歌。

何为"在归依之前"？为何要"收回这部诗歌"？是指诗人自己使命的完成呢，还是指"黄河"或者"我们"一个完全崭新的自我可望完成呢？也许所有的可能都兼而有之？我个人臆测，大概可以用这样一句流行的政治术语，来表达诗人的意愿吧：当科学发展观能够得以真正实现的时候，也即人类和人类社会能真正做到与自然相和谐，当然也包括人类和人类社会自身和谐的时候，诗人的，也是整个文学的，这种凌厉而高扬的批判现实主义的精神旗帜，就可以"收回"了！

是啊，我们有理由相信，那个光明前景是会到来的。

看，"九月的入海口……破落的母亲　散落的母亲　带领着我们兄弟姐妹／带领着看家的手艺和经书／溶入了无限和蔚蓝／波浪翻卷　大海吹起螺号"。

看，"岩石的囚徒　幽深如岁月的囚徒　被自我囚禁的／囚徒　松开了绑绳／大地上的箴言　令牌　虎符　道器　随流而下……在归依之前／丢掉冠冕和权杖　丢掉风灯和水瓮／在海藻和长须鲸之上是无限和蔚蓝"。

民族的优秀传统仍然保留着，并且在发扬光大着，新的优秀的东西，即"无限和蔚蓝"也将会被吸纳，一个崭新的自我，一条崭新的大河，已经指日可待。

是啊，长诗《幻河》最后完成的愿景状态的这条大河，既是一条崭新而健全的中华民族人格的大河，也是一条诗人马新朝个人的诗人人格的大河。它是崭新自然生态的，也是崭新人文生态的，毋庸置疑，当然也是崭新政治生态的。它给我们留下的巨大冲击力，也是可用"崭新"二字来概括的：崭新的思想高度，崭新的批判深度，崭新的全息生命形象塑造，崭新的全息艺术语言创造，等等。

前面我已经说过，我已经注意到，自从马新朝的这部长诗《幻河》问世之后，随即评家蜂起，嘉评如潮，其中有人已经使用到了"伟大"和"空前"等大字眼来评价。我不敢替马新朝谦虚，说那是"过誉"，但也不敢附和说，那是"并不过誉"的。我只想欣慰地说，作为中国最高文学奖的鲁迅文学奖，终于评上了一部当之无愧的诗作品。优秀诗人马新朝和他的这部洋溢民族精神而又极具先锋性的优秀长诗《幻河》的出现，至少为我们越来越庞大的当代中国新诗创作队伍和越来越备受冷落的当代中国新诗，提供了一个新榜样，一个始终忠实践行着一条铁律般的"旧经验"的新榜样。那条"旧经验"就是：文学作品说到底是作家的人格自传。这条"旧经验"，经马新朝以他的《幻河》再一次印证，如今显得是那么新鲜。这条"旧经验"，当代中国新诗诗人们似乎已经忘记得太久了。

人格素质是否健全？构成健全人格的诸素质是否都很高？

我相信，即使不识马新朝其人的读者，如果能够真正读透这部《幻河》，也是可以勾勒一个马新朝形象的，那肯定是一个当代中国最优秀诗人的形象。这部辐射着强大人格力量的《幻河》，就是构成诗人人格的全部素质的高品位的结晶。诗人的理想、信念、理智、情感、胆识、魄力、胸襟、阅历、视野、气质、知识、智慧、才调、技能、技巧等等全部高品位人格素质，共同融会在一起，浓缩成这部作品的灵魂之"核"，读者读作品时受到的冲击与震撼，就是这种灵魂之"核"的裂变，它是作品本身的力量，说到底却是作家人格的力量。处于什么样人格品位的作家，只能创作什么样品位的作品，世界上从来没什么作品的品位，是能超过作家人格品位的。

马新朝这部《幻河》掀起的"悖论"风暴，令我们收获良多。

（张不代：诗人，原山西省作家协会党组书记）

C 访 谈

一个越写越好的人

——马新朝访谈

琳 子

琳 子：马老师，我想和您做一次诗歌访谈。为什么做访谈呢？这个首先来源于我个人因素，因为近年来我和诗歌走得很近，写了一些诗歌和评论，我想尝试以访谈这种方式来提升自己。第二个情况是，我想通过访谈让一些写诗的人说出他自己的诗歌。应该说你是一个内心有大美和静气的人，也是一个诗歌经验丰富的人，所以，我就把第一次访谈做给你，请你支持。

马新朝：好的。

琳 子：我想还是从一个很大众的话题说起：什么是诗？为什么要从这个话题说，因为这其实是一个很好玩的话题。商务印书馆1928年出版的杨鸿烈的《中国诗学大纲》曾列举了中国古今关于诗的定义达40种之多。美国诗人卡尔桑德堡的《诗的定义（初形）试拟》则列举了38种。为什么对诗的定义会有这么多呢？而且每一种说法好像都很有道理。所以，我想听听你是怎么说的。

马新朝：什么是诗，每个人都有自己的说法。我的说法是：诗与其他叙事文体比较，第一，诗是一种抽象后的具体；第二，诗没有驿站，它永远在出发，在其他叙事文本结束的地方重新出发；第三，诗是散文无法表述的东西，如果散文能够说得清楚，为什么还要诗呢？

琳 子：说过诗之后我就想说到现代诗，什么是现代诗呢？我认为这个问题必须澄清，因为很多人，包括一些教授、科学家都是在用古典诗的读法来读现代诗，这是一种误读，必须纠偏。

马新朝：我只是遵从于自己的内心去写作，自由地去写作，很少关心这些概念性的词语。那么，什么是诗的现代性呢？也许它正是我和我们这些人笔下正在写出的东西,或是正在思考和探索的东西,有的已经成形,有的正在形成中。广义来说,现代诗是相对于古典诗的,五四以来的新诗都属于现代诗;狭义来说,现代诗是对现代性、现代观念、现代意识的追寻,以及新的价值取向的整合与再认识。也是人的个体的觉醒和对人性的抚摸,使诗人的灵魂更加自由,使诗体更加宽广而少有约束。现代诗不仅是诗体的解放,也是对人性的解放,现代诗并不与传统对立,现代诗的根基要想扎牢仍然离不开本土性,现代诗不能以西方某个流派某个大诗人为坐标,现代诗是对传统的一次变革,但不仅仅是技术的变革,现代诗应该是一种超越。

琳　子:接着说。

马新朝:50年前,毛泽东说"新诗迄无成功";50年后,季羡林说"新诗是一个失败"。我想他们多是对形式而言,而且话也说得过于绝对。我们只能向前走,不能后退,新诗主流的方向,顺应了世界诗歌发展的方向;也符合人类发展的方向:自由,民主,开放。难道现在让我们否定中国五四文学革命的成就,再次回到唐宋的平平仄仄和小径明月中?只是唐宋的明月今天已是无处找寻,它只存在于我们遥远的记忆中。100年来,中国的新诗人们前赴后继,对新诗的形式进行了多种试验,他们已经为新诗的内容找到了很多相当不错的衣服,并且被众多的读者认可。现代诗越来越技术化、专业化,你不在这个领域下功夫研究,你就会隔膜,你是科学家,你是教授也不行,照样看不懂,照样要说外行话。

琳　子:不错,是这样的。我曾经听一个叫徐敬亚的人说过,目前中国现代诗的发展已经达到高、精、尖的程度。接下来我想知道你心目中好的现代诗是什么样子。

马新朝:这个问题,每个人也都会有不同的理解。在某些评论家的眼中,越年轻就写得越好,80后要超过70后,70后要超过60后;现代派要超过传统派,后现代派要超过现代派;观点越新,主义越新,就越是好的。这可能吗?真是荒唐。好诗是能够穿越时空的。比如陈子昂的"前不见古人/后不见来者/念天地之悠悠/独怆然而涕下"。你能说它不是一首现代诗?我认为它不仅是好诗,而且是好的现代诗。因为他站在幽州台上透过历史的尘烟,看到了人类存在的真相。古人可以写出好的现代诗,现代人未必能写出好的现代诗。这是一个奇怪的现象。我的一首诗《夕阳下的村庄》有几句:"树,炊烟,池塘以及村庄的另一些东西/你从外面看不到它们之间的联结/在村庄的内部,在树与树之间/房屋与房屋之间,人与人之间/有一种无形的东西联结着/这种巨大的无所不在的联结/加重着村庄的黄昏"。村庄的景象司空见惯,一个没有现代感的人,是看不到它们的深处这种联结的。具有现代感的诗人,应该具有洞穿事物的能力,应该具有解除自身枷锁的能力。

琳　子:你喜欢和人谈诗吗?和什么样的人谈?

马新朝:我喜欢与人谈诗,但很少能找到对话的人。能与之谈论诗的人,我视为知己。

我时有发现,不少写诗的人,其实离诗很远,他们并没有走进诗的内部。还有一些评论家或小说家,根本不读诗,对现代诗的了解几近空白,却相当地自负,这样的人你如何与他进行诗的对话?在更多的场合,我与人谈论诗时,感觉到相当孤独和无助,他们不是与你讨论诗,而是事先就用一种敌视的目光看你,或把你看成另类。

有一次出远差,同行的多是书法家,口袋里都装着唐诗宋词,不时地口诵着。现在的一些书法家为了有文化,都在忙着填写格律。这些人对新诗几近无知,却对新诗有着一种天生的仇视。其中一人自视懂得很多,夸夸其谈,把胡适吹上了天,认为没有胡适就没有中国的新诗,并用嘲弄的口气说,没有胡适就不会有你们这群摆弄新诗的人。我与他观点相左。我说新诗的出现是五四新文学的一个必然,是一个群体的作用,不存在救世主。最后书法家们团结起来,一致对我、对新诗多有不敬之词。我又是个对事认真的人,便一人与他们争吵,后来对方竟然口出秽语,搞得大家都很生气,不欢而散。事后我想,与不懂诗的人讨论诗,实在是没有必要。

琳　子:是啊,我也经常有这样的感觉。那真是"秀才遇到兵,有理讲不清"的感觉,有时候就干脆不解释。

马新朝:现在,人们总喜欢拿新诗开涮,什么梨花体啊,羊羔体啊,用这些粗暴的网络语言来掩盖当下诗坛的真相,掩盖众多的优秀诗人,并为其他文学样式的种种矛盾和劣行起着挡箭牌的作用。其中,诗人们在里边起到推波助澜的作用。西川说了句话:"诗人们,别再丢人了。"诗人们要用诗来说话,不要用事件说话;诗人们不要装疯卖傻,不要把自己弄得太像诗人。

琳　子:诗人要珍惜诗人自己这个称号。

马新朝:从另一个方面讲,我们的新诗内部一定是出现了问题。诗是人的心灵的事物,是柔软的人性之光,在物欲的今天,人们是更需要诗的,为什么有那么多人不喜欢它呢?诗人是来报信的人,为什么又被众人拒绝?

有人说,诗是写给少数人看的,过去我认同这个观点,现在我不认同了,我们的诗为什么要拒绝众人呢?诗人,你有什么高妙之物不愿示众?即使释迦牟尼,心中有光,也要制成经典,传示于众;即使萤火虫,也要以微弱之光,在黑暗的背脊上写下生命的痕迹。诗人们,我们为什么不相互取暖,而是相互攻击,彼此充满了仇恨,一个个像乌眼鸡。更有甚者,一些诗人为迎合大众,制造种种事件和丑闻来向新诗的身上泼脏水。

琳　子:你说到诗人应该相互取暖我挺赞赏。这其实是一种心态,有好的心态才能写出好诗不是吗?读诗最终是在读人。你是怎样确认自己在文学方面的身份的?其实说到这个话题我是有想法的,因为你有两种身份,一是文学身份,二是政治身份。我想知道你对这两种身份的态度和评价。

马新朝:我的文学身份比较模糊,虽然我自己是清晰的。

在众人眼里,我有两个身份,一个职务的身份,一个是诗人的身份,我自己呢,更看重的是诗人的身份。我从来没有把自己看成是什么官,我不是什么官,只是一个小职员,或者什么也不是,谋生而已,它并不能决定我的写作方向和质量。

我之所以写作,因为写作是心灵的自由,不然为什么要写作。我的写作分几个阶段:20多年前,我为社会的弱者和不平而写作,当时我热血沸腾,眼睛里常含泪水,跑遍全国,采访拐卖妇女的情况,回来后仅用20多天时间,写了一部20万字的长篇报告文学《中国的人口黑市》,结果弄来了一场风波,受到了省委主要领导严厉的批判,悬得很,弄出了一身冷汗。后来改写诗,跑了一趟黄河,从源头跑到入海口,脸上掉了一层皮,感触极深,就写出了近2000行的长诗《幻河》,借黄河写出了中华民族的苦难史和我个人的心灵史。前不久,我出了一本短诗集《低处的光》,我才发现,不管自己过去的心灵飞得多高,多狂野,我的身体,我的存在,始终都在低处,低处才是我灵魂的安居之所,是诗歌帮我找到了自己真实的存在(可惜有些人一生也找不到真实的自我),认清了自己,使自己不再虚妄。我抚摸着自己的身体,对每个疼痛说,你们就是我沉默的语言和由语言所构成的文学身份。

琳　子:肃然起敬。

琳　子:你读别人的诗吗?你是通过什么方式读诗的?

马新朝：我读大量的诗，很难想象一个不读诗的人如何写作。我读诗从不坐着读，而是躺着读，只要一躺下，那些诗句就会像水一样流过我的身体，轻轻摇晃着我，只要一坐起来，那些诗句就会哗然而去，这种感觉就没有了。

琳　子：很有趣啊，看来你读诗以前必须找到床。读诗的感觉真的很奇妙，这也许恰好是诗的魅力所在吧。我顺便问你一个问题：假如你进到房间来读诗，忽然发现枕头上有一沓钞票和一本盼望已久的新诗集，你是先数钱啊还是先读诗呢？开个玩笑，请如实回答。

马新朝：我回答你的问题。假如我来到一个房间，发现枕头上有一沓钞票和一本盼望已久的诗集，我会首先为二者惊疑，它们为什么会在这里？我承认，我喜欢钱，曾梦想着独自在深山里发现一个藏着金条的山洞，这些金条自己当然用不完，就把它送给亲戚和朋友。但对于眼前的这沓钞票，可以肯定地说我不会数它的，它是多少就是多少，也不会要它，来路不明的钱我不要。但我会为这本诗集而高兴，不管是谁放在这里的，我都会把它藏起来，并据为己有。

琳　子：读到一首好诗的时候你发抖不？有的人是心跳加快，出现短暂的窒息，你是什么惨状？

马新朝：读到一首好诗，我不会发抖，而是沉默，好像被子弹击中，陷入无边的黑暗中。因为好诗就是一个不明真相的深渊。

琳　子：这个说法好，一个不明真相的深渊。还有人说，诗歌是文学中的贵族，只有少数人才能享受，你认同吗？你喜欢你的诗是被大众阅读，还是被少数人阅读？

马新朝：我不认为诗歌就是文学中的贵族，它只是一种文学形式而已。很难说小说、散文、诗歌、戏剧，谁就比谁高明，谁就是贵族。我喜欢我的诗能被更多的人阅读，诗名越大越好。那种声明把诗写给少数人看的人只是一种托词，一种策略。他们骨子里还是想博取名声，不然，你写的东西为什么要拿出来发表呀。博客也是一种发表。

琳　子：你写过别人读不懂的诗吗？

马新朝：当然，我也写过一些难懂的诗，但那不是有意为之，那是内容和形式决定的。老诗人李清联是诗坛的长青树，越老写得越好。但我们是君子之交，平时很少来往，虽然我敬重他。不久前，老人家专门为我写过一篇4000来字的评论，认真，诚恳。有一次，他悄悄地把我拉到一边，把文章交给我后说，他的这篇评论是专门为我一个人写的,不发表,也不让别人看,因为是批评我的,怕给我带来负面影响。听了他的话,我感动得差点掉出眼泪。李老的这篇文章就是谈我的部分诗歌有些难懂,他提出了一些善意的批评,有理有据。李老是为我好,也为诗坛好,这种善意批评方式为当下诗坛所少有。

诗缺少读者是个大话题,整个文学都在萎缩,诗当然不能例外,这是个大环境的问题。当然诗歌内部也出了问题。比如:形式感的丧失,诗写得过于随意,缺少精神力量和感召力等。

琳　子:你的第一首诗是在什么时候写的?为什么要写一首诗?

马新朝:我的第一次写作不是一首诗,而是一首词,而且这首词已经又回到了茫茫的黑暗中。那是一个下午,在马营村的小学里我正在写作文,窗外细雨,窗内幽暗。突然,一首词出现在我的脑海里,那首词像一道闪电,瞬间照亮了我,超越了我当时的日常生活,它高贵而华丽,我像喝醉了酒一样,整个下午激动不已。因为这首词的缘故,我爱上了文学,一直到今天。那首词虽然我已经忘了它是什么,但是它是我走向文学的一个仪式,就在那个遥远的下午。

琳　子:以后还有过这样激动不已的遭遇吗?

马新朝:在以后的诗歌写作中这种感动时常会有,有时会泪流满面。

琳　子:你最满意的一首诗是哪一首?是在什么情形下写出来的?你比喻一下你对这首诗歌的感情。

马新朝:目前我还没有最满意的一首诗,只有较为满意的一些诗。这些诗是我触摸自我、触摸世界的手和触角。它们像我的身体,有的至今还在那里颤抖。凡是我较为满意的诗,像勃莱所说的"青蛙的皮",是湿润的,它们经过了心灵的润泽。

琳　子:你写到颤抖的时候你觉得你和这个世界、物质、自然是一种什么关系?我指的是这一刻。人写疯狂的时候他情绪应该是很奇特的,也是最能体现他的精神意志的,有的混乱,有的清晰,有的绝望,有的充满暴力。具体说一说让你颤抖的诗好吗?

马新朝:我在写《幻河》的某些章节时有一种奇特的感觉,好多天里,耳朵里总是一片水声,内心看到的是漫天的昏黄,还有人的哭声,村庄在移动,树上挂着沾满了泥污的荒草。我的身体在微微地颤抖,全部的血和存在都化成了诗句,那些句子如水般涌出来。事后想起来,我自己也不知道是如何想出那些奇妙的诗句的。有一次,我看到街角的一个乞丐,在垃圾桶里拣东西吃,想想自己,即使再风光,衣服穿得再光鲜,在很多时候,很多场合,同样也是乞丐,只不过表现的形式不同而已,世上的人啊,即使你再有风骨,你也逃不掉乞讨的命运,这是社会和日常生活法则决定的。我们向天地乞讨,向他人乞讨,向爱情乞讨,向时间乞讨。可怜的是,我们并不知道自己是在乞讨。我写这首诗,其实是在写我自己,我看到了自己一双肮脏的手和内心的种种饥饿,我哭了,为自己哭,也为众人哭。

琳　子:你写过坏诗吗?有人说写坏诗比写好诗还难,还费精力而且结果是写得不好,还很不甘心,然后是反复修改,还是不满意,呵呵,你写过这样的坏诗吗?你对坏诗是什么心情?

马新朝:你说的这种情况在我身上发生过,但也不全是这样,在难产的情况下容易产生坏诗,顺产的情况下也可能写出坏诗。我写过很多坏诗,有的是命题写的朗诵诗,有的是试验过程中写出的坏诗。总之,我的诗是越写越好,越往前的诗越不好,越往后的越好。我看见自己写的那些坏诗心里就像吃了苍蝇,我经常烧毁过去写的诗,只要发现就烧毁。

琳　子:还真是这样,顺产的情况下也可能写出坏诗。你烧毁坏诗的时候是不是特像一个作案的人必须销毁他的证据一样?我就是这种感觉。你不写诗间隔最长的是多长时间?长时间不写诗你惶恐不?焦虑不?

马新朝:如果长时间不写诗,我就会变得麻木,迟缓,失去了灵性和触摸世界的感觉,人像是被悬空了,双脚踏不到坚实的土地,心里虚。然而,如果长时间地写诗,我就会像你说的那样变得过于敏感,焦虑,惶恐不安,这可能是对于这个世界看得仔细了的缘故。这时我就要走出写作,出来透口气。如果一直写下去,人,可能就要崩溃。

琳　子:写诗受年龄影响吗?有的人是越老写得越好,你会写到多少岁?

马新朝:诗属于所有人,既属于年轻人,也属于中年人和老年人。哥德90岁时写出了世界经典之作《一切的峰顶之上》;帕斯的《理所当然》,米沃什的众多经典,杜甫的《秋望》,都不是青春期之作。现代诗是靠哲学和感悟来支撑的,青春激情是靠不住的,也是不能持久的。我的诗是越写越好,所以还要写下去,什么时间越写越坏,我就不写了。

琳　子:你写过爱情诗吗?你写的最晚的一次爱情诗是在什么时候?是哪

一篇？想不想说？

马新朝：我写过爱情诗，也写过一些性爱的诗。就在今年我还写过此类的诗。我写的性爱诗，具体而抽象，个性而又建立在人类的普遍之上。爱是人性的集中体现，文学既然是写人性的，爱或性爱为什么不能表现，那些文学大师们特别是西方的文学大师们哪个不是写爱和性的高手。一旦进入写作我就变得自由，没有任何禁区，我不怕什么。

琳　子：你读过伊丽川吗？

马新朝：我读过伊丽川的诗，欣赏她，但不喜欢她的表现方式。

琳　子：你写诗喜欢用什么词？是动词、名词，还是形容词？你最近写的诗中经常出现的是什么词？是哪几个词？你最忌讳什么词？你在别人诗中看到哪几个词当即就很反感，以至于影响你的阅读？

马新朝：我的每一个时期写作喜欢用的词是有变化的。比如在写《幻河》时，用神性的词较多，写《低处的光》时，用日常的词较多。有一个时间我曾逼着自己多用名词和动词，尽量不用形容词和连接词，后来发现，自己太小家子气了，只要自己内心有光，什么词都是可以照亮的，不必为自己设限，甚至被当前诗坛所厌恶的一些大词，我也不设限，只要运用得当，照样出彩。一个诗人要有能力消化各种词，化腐朽为神奇。要恢复汉语的命名功能，就要有一个巨大的胃，使各种大词硬词或改变词性，或变得柔软起来。我努力使自己变得大气，不要害怕某些词。

琳　子：说得好。我能感觉你写诗的一些观察、自省和变化。你是属于能看清楚自己状态的写诗者，这是一种能力。所以，我认为写诗写到一定阶段实际上是能力写作和勇气写作。

马新朝：我们现在的一些诗人，读西方的书多，却消化得不好，仅仅停留在对一些概念和各种主义的理解上。这些概念主义最后成了绳子，把自己捆死了，人也变得萎缩不堪，精神能量减少了，怕这怕那。诗者，如果没有一颗大的爱心或悲悯之心，人立不起来，心中无光，仅靠技巧怎么能行。他们可能一时会写出几首好诗来，但最终会败下来。

有小说家对我说，你们诗人写个小诗，省时又省力，我听了不以为然。一首小诗也靠长久的积蓄，不仅是艺术和内心能量的积蓄，也是体力的积蓄，一首诗只是长期准备的偶然喷发。特别是现代长诗，更是体力的较量，你体力不支，写着写着就会断气,一断气,就很难接上。我写《幻河》后,大病了一场,感到体力透支,心力交瘁。

琳　子:《低处的光》是我喜欢的那种格调,我认为它回归到了你的日常写作状态,这是很喜人的,你感觉呢?

马新朝:这是我人生观的体现。人不能过于狂妄,虚妄,人要回到大地上,诗也要回到大地上。大地才是所有生命寄存的地方,它是一个实在,是及物。回到大地,就是回到平民和平民意识,回到生命的根部,存在的根部,并爱它们,用诗抚摸它们。回到大地,并不拒绝想象,李白的想象力仍然有效。因为即使一棵小草,一个垂死的人,也会做梦。世界上几乎所有伟大的作品,都是对低处的抚摸。即使是高官,只要有平民意识,同样能写出低处的诗。《红楼梦》之所以伟大,就是因为它关注了低处的日常生活和具体的存在。我问过一位美国诗人,如今的美国诗坛哪位诗人最受关注,她说是米沃什,而米沃什的诗,就在低处。虽然他的诗有着丰富的想象力,那些想象力像风筝的绳子都握在大地的手中。

琳　子:你现在有灵感吗?你的灵感来了你是写在小纸条上还是存在手机上?

马新朝:我常有灵感来,灵感来了我要停下手中的活计,让自己平静,以免把灵感吓跑,然后记在纸片上,我没有在手机上写诗的习惯。

琳　子:请推荐一首你自己的、认为可以选登在语文读本上的诗。

马新朝:《草蛉虫》,虽不一定是最好的诗,但就我仅存的诗歌而言,它适合登在语文读本上。因为它是对细小生命的关注,是对弱者的同情,是对人们容易忽略的细节的审视,是爱心和同情心的唤醒。在表现手法上现代与传统进行了有机的结合。

琳　子:你对中国的诗歌教育有没有好的建议?

马新朝:现在学校的诗歌教育极不成功,从教材的选取到教学者的教学准备都存在着问题。说到底还是指导思想的问题,现代诗已经百年,大众还是拒绝,教育者也心存疑虑,因此,就影响了现代诗的教育。在我们这个有着几千年诗歌传统的国家,为什么要拒绝用诗来写作文,为什么高考要拒绝写诗?就现在的教育状况,是培养不出现代诗人的,只会扼杀。

(琳子:诗人,大学讲师)

诗歌是灵魂的事件

——马新朝访谈

（时间：2010年1月22日）

单占生

单占生：咱们直接从根源上来说吧。是在什么时间又是什么东西触动了你最初的诗歌写作欲望呢？

马新朝：上小学时，一天下午是作文课，窗外的河堤上，细雨如织，羊在吃草。突然一个词出现在我的脑海里，这个词我记不清是什么了，它很美，我赶紧把它写在作文本上。这个词的美超越了我当时的生存背景，像一道闪电，把那个阴沉的下午照亮。这个词让我激动不已，像是醉了酒，我第一次感知了文字的魅力，一个下午都是晕乎乎的。由于这个词的原因，我爱上了文字和写作，开始读大量的书，当时乡村里凡是能找到的书我都会借来读，唐诗宋词、《离骚》、《红楼梦》、《三国演义》、《水浒传》、《西游记》等爱不释手。一边读，一边开始写些旧诗。那个词就像是在我的心中播下了一颗文学的种子。

这个词在我的身上发生了奇迹，我想在那偏远的小村庄，四周被陈旧而破损的生活包围，一个高贵的词的确会使我的眼睛一亮。很多年过去了，我仍然对文字和词语充满了敬畏。

单占生：刚才您说到您开始写诗时是写些旧体诗。据我了解，很多写新诗的人一开始都是从写旧体诗入手，然后又写新诗。您是怎么看待这一问题的呢？

马新朝：这可能与教育有关。过去的初级教育语文课本上有些旧体诗，新诗基本没有，学生最初接触得多的就是旧体诗。我上初中时，正值"文化大革命"，学校不好好上课，而我却疯狂地爱上了中国古典文学特别是诗，读得如痴如醉。读了就写。后来当我接触到新诗后，才看到了旧体诗的局限性，看到了一个新的天地,有了一种被解放的感觉,也就不再写旧体诗了。

单占生:和大多数写诗的朋友一样,您过去也是在业余时间进行写作的。那么,诗歌写作在你的工作和生活中有什么特殊意义吗?

马新朝:写作使我打开一扇又一扇通向世界的门,打开通向他人或者自我的门,写作使我清醒。假若很长时间没有写作,我就会感到茫然或者不安。写作起码使我能够看清楚我所站立的位置,并对我的存在以瞬间的光照。生活、时间、文化的无情,就在于它过滤掉了众多的细节,使它们只能保留事件的轮廓。而写作就是留住或者重新捡起这些细节。

一滴眼泪可能要比一个事件的轮廓更重要。写作就是留住这滴眼泪的温度。

因此,写作使我温暖,使我具体而真实。

单占生:现在您在文学院工作,是专业作家,写作是你的专业吗?

马新朝:我还是个业余写作者。在部队工作期间,我的写作是属于半地下的,因为写作我曾被批评,他们认为我这是不务正业。很多时间我不敢光明正大地去读文学书,只能夜间在熄灯号吹过后,独自躲在仓库里读书,还要拉上厚厚的窗帘。转业到地方后,我在一家杂志社工作,情况稍好些,但每天都要上班,杂志社面临着生存压力,要尽心工作,不能因为写作而影响了工作,弄不好也会戴上"不务正业"的帽子。所以我很小心,有时发表作品也不敢拿出来让人看。2005年我调入文学院后,写作终于可以理直气壮了。只是当了短暂的专业作家后,领导又给我安排了个职务,职务就意味着责任,经常会有些杂事缠绕,于是我的写作又变成业余的了。

业余写作常使人产生一种紧迫感、撕裂感,这种感觉也许不是什么坏事。

单占生:世纪初你曾在《大河报》上发表文章谈到中国新诗与中国古典诗诗意的差别,它们的差别在哪里?

马新朝:中国新诗与中国古典诗在诗意构成上是有些微的差别。这是因为中国新诗形式大多来自西方,它诗意的内核构成及其因子等有很多也是来自异族。这是导致大多数中国人看新诗仍感到某些生涩的原因,为什么读旧体诗就从骨子里感到亲切呢?那是因为旧体诗已经成为我们民族的集体无意识,在我们的血管里流动。

近些年不少诗人回归,重新审视传统,从古典诗里找亲戚,这可能是一个好的开端。

单占生：你写作的内容漫无边境，但乡土诗时有出现，从你在报刊上发表的一些乡土诗来看，你对于乡村的关注与忧思以及对自己身心灵魂的反思，恰恰应是我们这个时代应具有的思想，也应是我们这个时代的诗人应具有的品质。我曾在一篇文章中说过：中国古代诗人笔下的乡村田园，多是清风明月、曲溪跃鱼的人间仙境，这与中国文人仁山智水的审美趋向有关，是中国知识分子隐逸思想的一面镜像，而真正书写农民命运的诗作并不多见。正因为这样，我们才把杜甫笔下的乡村哀境视作诗中珍品。而真正用心书写中国农民命运的诗人，是中国的新诗人，是经五四新文化运动的洗礼，具备了现代人文意识的中国新诗人，如艾青、臧克家、苏金伞等人。应该说，对中国乡村的重新发现尤其是对乡村苦难的重新发现，对中国农民命运的强烈关注，正是中国新诗人对中国诗歌历史的巨大贡献。在这一点上，苏金伞等诗人是作出了巨大贡献的。而在今天，你在这一主题类型上有了新的开拓，你有什么思考？

马新朝：我不敢说自己在这一主题类型上有开拓。但你的这个说法是有新意的，尚没有评论家论述过。我之所以写了一些乡土诗（在这里我不想使用乡土诗这个词，诗就是诗，不要分什么乡土诗或城市诗，但我又找不到更合适的词），是因为我有感触，我出生在乡村，至今那里还有我的亲人，每年都还要回去看看他们。前不久我还回去过一次，当我看到村里年过80岁的老人还在田里缓慢地劳作时，我几乎要掉泪。村里有30多位年过70的老人，只要是能动弹的，都还在田里忙碌。而城里人呢？60岁就退休了，拎个鸟笼子还嫌沉。村里的年轻人都到城里打工了，城里人把不愿干的活都交给了他们，把他们一律称为农民工。男的不是在车站码头当搬运工就是在建筑工地做苦力，女的不是在酒店跪着擦地板就是在快餐店端盘子洗碗。田里的重活儿都留给了老人和孩子。与乡村比起来，我们的那点委曲还算得了什么。当今，农民仍然是我们这个社会最弱势的群体。我写他们时，我感到就是在写自己，我众多的想法、细节、行动、苦乐都可以追溯到那片土地，追溯到那里的父老乡亲。我写他们是直接的，具体的，他们的伤疼也就是我自己内心的疤痕。因此我的语言也就是他们的声音，我的节奏也是那片土地的呼吸。我回到村庄，回到那片乡土，却已经没有了家的感觉，乡土已不再是我的精神家园。我的诗神在自己的家园里流浪、迷茫。我的诗不只是表现了对那片土地的悲悯，也表现了对自己、对普遍的人的命运的思考。

100年来特别是近30年来,中国新诗人对于农村和农民的关注是空前的,这里可以列出一大串的有成就诗人的名字。中国古代诗人写农民多是观光式的,俯视的,把农民作为景物的一部分去诗意地把握。而现代诗人就不同了,他们笔下的农民已不再政治化、概念化、景物化,他们写的就是他们自己,是对自己心灵和命运的解读。

单占生:你的长诗《幻河》获得了鲁迅文学奖,在写黄河诗中它在对细节的重视以及对语言的细微把握上是独步的。我注意到《幻河》的节奏感很强,像河水一样流动,我称之为"歌诗体",但《幻河》以后,你诗中的节奏感有了明显减弱,这是怎么回事?

马新朝:在写作长诗《幻河》时,我是重视节奏的,因为河是流动的,诗也要流动起来。

我忘记了是谁说过,新诗最大的革命就是诗与歌的分离。诗首先是诗,然后才是其他,也就是说是诗的韵律要服从于诗的主体和内容。现代人的生活琐碎而多元,过于讲究韵律会妨碍细微感觉和生活细节对于诗的介入;其次,诗歌中的口语和大量日常用语的运用,会导致语言的散乱和破碎,难以流动起来。

单占生:你近年来写作的姿态降低了,诗中少了高蹈,像是在低空飞翔,比如你最新出版的一本诗集名字就叫"低处的光",是这样吗?

马新朝:这可能与我的人生观有关。人不能太狂妄,太自大,太自以为是,更不能得志更猖狂。人的一生做不了多少事,人是渺小的,应该有敬畏感。人用了几百年建筑的城市,大自然可能几分钟就可以把它变成废墟。一个自我过于膨胀的人,对社会对他人是有害的。一个人去掉了虚妄的部分,去掉了膨胀的部分,就变得和一棵草、一块石头同样的高度了。因此,我对那些在高空飞翔的诗就产生了怀疑。诗要落在地上,像人那样行走,像存在那样沉默。诗人的平民思想在当今尤其可贵,可以说它是一个诗人的良心。只有具有平民思想,你才能去掉虚妄,去掉膨胀,才能回到真实的存在,你才能有同情心。我所说的"低处"并不仅仅是指"草根","低处"存在于每一个人的内心,不管它是庙堂之高官还是村野之平民,平民和平民意识并不是一回事。当下的诗坛上也有不少平民诗人写出的诗相当虚妄,他们或者是用俯视的并不是平等的眼光看待事物,或是把自己内心的那点阴影放大,极力地张扬扭曲的个性。

高蹈的诗就是虚妄的诗,远离人的肉身,远离人的日常存在,与人不亲。

单占生:我国当前的诗坛似乎有那么一点技术主义泛化的倾向,您是怎样看待这一问题的?

马新朝:在这个精神贫乏的年代里,诗歌也不例外。

众多的诗歌技巧和表现手法的外衣掩盖了诗歌精神的苍白。

技巧对于诗当然重要,一首平庸的诗,换一种新的表现手法,就有了新奇感。

然而,我们当下的诗歌,还没能走出技术主义的平面。也许"新诗在路上"的这个阶段需要这样。诗人们过于关注技巧,过于关注评论,读评论的人比读诗的人多,评论比诗影响大。谈起技巧来几乎每个诗人都是评论家,滔滔不绝,每个诗人都有自己的诗歌主张,每个人都能写出大块的评论文章。然而,他们往往把自己偏爱的喜欢的某种观点推崇到极致,其余的一概摈弃。写一首诗之前,过多考虑的是技巧而不是内容。而这些表现手法和技巧往往又是城头变幻大王旗,唯新是好。我们诗坛缺少的不是某种技巧,而是具有精神引力和综合能力的诗人及评论家。这种综合能力的诗人出现就是诗坛的希望。

单占生:你的散文集《大地无语》,重视对汉语言的建设,你怎么看待这个问题?

马新朝:汉语有两种功能,一是表达,二是审美。可惜在现在大量的文学作品中,语言完全成了工具,我们已经看不到了它的美感,汉语美感的丧失使它失去了自己特有的优势。汉语的美感在翻译中是无法表现的,它只能存在于民族的审美中。我之所以写散文,其中一个重要的原因就是要重新寻找和发现汉语言的魅力。这是一个雄心,我不知道自己能够做多少。散文只是我的一个阶段性作品,我还是要继续写诗的。

单占生:你对自己的写作怎么看?

马新朝:我认为自己更重要的作品还没有写出来,它们具体是什么我并不知道。也许我可以把它们写出来,也许写不出来,它们存在于我的生命深处。它们对我是一种牵引,或是召唤。

(单占生:文学评论家,河南文艺出版社名誉社长)

当下诗歌艺术答问录

——马新朝访谈

（时间：2005年7月）

罗 羽

《幻河》得到好评，也有质疑。本报记者、诗人罗羽就当下诗歌艺术走向问题与马新朝做了深入的对话，下面是对话内容。

罗 羽：苏珊·桑塔格谈到布罗茨基时说，只要我们活着，我们总是在某个地方。这话听起来好像很无理，但这正是一个诗人的真实处境。我们现在，就在《幻河》所指定的地方活着，在一个有血有肉有骨头的"现场"，这是不言自明的。然而，诗与思想则在别处。就如《幻河》这部作品本身，既在过去的时间里，又将在未来的时间里。"黄河之水天上来，奔流到海不复回"，我们的访谈不妨先从这里进行。"幻河"，它从黄河，也是东亚文明的源头开始，沿着一条明晰的线索，不停地运行变化，直至奔流到蔚蓝色的大海。这其中既有宏大的叙述，又有对细小生命的澄澈吟唱。我想问，你对现代诗的歌唱品质怎么看？

马新朝：是的，每个人都在他存在的地方，他在，并有血有肉地存在着。但人是复杂的，不但有血有肉，也有思想。正像你说的，人，有时也会在别处，我是指他的观念、思想有时会在别处。因此，诗，不能总是沉溺于肉身，也不能老在"别处"，诗应该在肉身与"别处"寻找最佳的会合点。《幻河》中"河"是人们存在的地方，"幻"就是别处。这首长诗并不满足于人和自然的存在，而是动用了丰富的想象力，古今中外，上天入地，神话现实等，用想象的触角试图抚摸到人类存在的真实和人的生存现状。尤其是长诗的中部以后，写出了我们民族遭遇的血和苦难不仅是现实的，正如你说的，也是过去的和未来的。只是这种对于血和苦难的表现是经过幻化了的，它在高处，需要我们向远处望才能看到。因此我认为这是史蒂文斯所说的更高的真实。只是现在许多读者甚至诗歌圈内的人不太习惯向远处望,他们只会看到脚下的部分,或是细小的部分。一个好的诗人,既应有"细小"的能力,也应有"宏大"的能力。中国诗人被过去革命性的"宏大"弄怕了,其实,诗人最需要的恰恰是大胸怀、大爱和大关怀。有了大胸怀,"细小"才能丰满,反之,你的"细小"就可疑了。《幻河》的写作,我主张抽象之后的具体,具体之后的抽象,但不知做得怎么样。

现在,我想重点说说诗歌中的歌唱性问题。你说出了现代诗学在形式上的一个核心问题——歌唱性。中国几千年来诗的歌唱性一直以超稳定的状态存在着,诗与歌是一体的,它的外在表现形式就是押韵、格律、对仗等音乐性的特征,自20世纪初新诗以降,它在形式上的最大革命是什么?那就是诗与歌的分离。

诗与歌的分离不仅仅是对现代诗外在音乐性的扬弃,也是对内在新的结构、情绪、品质、节奏的强化,是对新诗的自由度的扩展,以便使它能更好地表现现代人生活的节奏和复杂性。美国诗人惠特曼说:"诗的实质不在韵律。"朱光潜也说:"音乐与语言没有直接的关系。"诗的散文化倾向不仅在中国存在,这也是一种世界性潮流。诗人戴望舒受新月派和法国象征派的影响,写出了《雨巷》这样音乐感极强的诗,经过反思,他后来也修正了自己的看法,他在《诗论零札》一书中写道:"诗不能借重音乐,它应该是去了音乐的成分。"表面的音乐性可能掩盖着内在的陈旧、空洞和贫乏,让现代人自由、张扬的个性去适应那些豆腐块一样整齐划一的有韵体诗,是一种限制或削足适履。

那么作为歌的特征——旧有的诗的外在旋律消退之后,诗的旋律如何呈现呢?万物之内皆有旋律,生命就是一个旋律,诗作为一切文学样式的母体与核心不能没有旋律——这就是呈现在新诗中的内在旋律,它不存在字面上的音乐性,就像河水一样,它的表面几乎是静止的,但它的深处是流动着的。它的内在节奏不依靠词语,靠的是诗人情绪的诗意化推动。这些诗意的情绪化会使语言带上磁性和电荷,从而产生"气",一首诗就是一个气场,而这个"气"是不可译的,"气"才能体现中国本土的东西,有了"气"诗就会飞翔流动,就有了内在旋律,没有"气"诗可能就会像散沙一样,语言必定是僵死的。对于新诗的外在节奏不必过于强求,然而,也应有所节制,卞之琳提出的"顿"的理论,以"顿"为自然的发言单位,倒是一个创造,它既灵活,符合汉语特点,又可以限制新诗过度的散文化倾向。被评论家单占生称为"歌诗"的《幻河》就是有意在诗的声音方面做了深入的持续的探索。

罗　羽：有人说，当下的诗歌写作，完全失去了判定的标准。也许，只要我们稍许大气一点，保持一些探究的勇气，那么就会明白，丰厚的传统即是我们现在标准的来源，是现在无法提供的更高标准的来源。一些大师以自己的写作表明，他绝不去取悦同代人，而是取悦前辈。如此，他也就顺理成章地确定了自己的标准。诗歌的标准可以是多种多样的，也可以是既定的。有人说，好与坏即是一种标准，我们从阅读中就可以发现。你是怎么看这个问题的？

马新朝：由于主体性的丧失，表面上看当下的诗歌呈现出多元共生的局面，实际是一种二元对立。二元对立的结果导致自我的膨胀，这是"造反情结"、"运动情结"在作怪，一些诗人一味地解构，唯新是好，孰不知唯新容易，唯好就难了。诗是允许歧义的，德里达的解构主义是建立在传统基础之上的，也是建立在结构基础之上的，它是主张多元的，并不是二元对抗。诗坛的二元对抗不利于诗歌艺术的探索和发展，当今的诗坛浮躁，一些人爱用大师的口气说话，但又准备不足，争功近利，拉山头，搞派别，发宣言，整运动，把自己某种舶来的观点强调到极致，其余的一概打倒，在他们的后面误导了更多的跟风的人。导致当今的诗坛混乱，评论家失语。新诗在呼唤大师，因为大师是一种引领，是一种包容，是山峰，是看得见的路径，在没有大师的今天，诗歌的评判标准在哪里呢？不过，诗歌评判标准的丧失也可能不是坏事，它预示着一种新的标准建立的可能性，事实上我们每个诗人都有自己的标准，尽管这种标准有时是游移的。比如《幻河》是按当时的艺术标准写的，如果现在写就未必是这样了。

从来没有像今天的诗人们这样重视诗歌的艺术技巧，他们想的谈论的最多的是技巧，几乎每一首诗都在考虑技巧的问题，实为技巧所困，恰恰忽略了内容。我无法给出诗歌一个评判标准，因为仁者见仁，智者见智。然而，不能用进化论的观点来看待诗歌艺术，尽管每个时代的艺术欣赏标准会有所变化，但诗歌的基本要素是不会变的。

当下的平面写作充斥诗坛，而忽略了一种更为重要的写作——深度写作。

诗是什么？它不是你每天所能看到的，也不是人们每天所说出的，然而，它存在于其中，它是它们之间无形的联结，它是它们存在的基础。诗，其实是一种超越，它超越语言，超越文化和观念，打碎所有的板结和硬壳，世界因此而柔软而和谐而人性。

诗是什么？它不是形而上，也不是形而下，不是简单意义上的道德，也不是简单意义上的反叛，它是人、宇宙、万物之中最高意义上的真实。我不说本质而是说真实，人类所有的艺术探索和努力其实都是为了这两个简单的字：真实。尽管这些努力往往是徒劳的。

诗是什么？它不是人们已经写下的词语，诗一经书写就不存在了，诗不是语言能够说出的，但它又离不开语言，它仅仅存在于语言与语言之间的空白处。

罗　羽：新诗的孤独史尚不到百年。这样长的一段历史，不算长，但也不能说很短了。从诗人个人写作现象上看，我们会发现，从新诗发生的那一天起，一直到现在，没有一个诗人做到了写到老且写得好。这当然可以从诗人所面临的人文境况中去找原因，但诗人个人的原因是什么？再则，诗人无论从哪个地方挖掘资源，以寻求对自己写作的有效支持，都未出现像陶潜、米沃什所写出的那样重量的作品。这是诗人的灵魂有问题，抑或是别的什么？现在人们谈论新诗有无传统问题，从新诗的写作与诗学积累上，从新诗与中国古典诗歌传统、西方现代诗歌传统的对比这几方面看，你认为新诗形成了传统还是没有？

马新朝：这的确是一个有趣而无奈的现象，造成中国新诗创作者艺术生命短暂的原因很多，它可能牵扯到诗人的艺术观念、人生信仰、知识学养、生存环境等。

像陶潜、米沃什那样晚年仍能写出经典性作品的诗人，在近百年来中国新诗人中的确少见，几乎没有。这可能与人的灵魂有关，我们没有大灵魂、大思想的诗人，诗人只是写诗，没有自己的哲学观念和理想追求，这能走得远吗？近百年我们民族苦难太多，但我们的诗人基本没有表现出来，诗歌太轻。诗歌是一种自由，但诗人们如果没有普世观念，就不敢去追求自由，因为那是要付出代价的。中国新诗百年既没有出现米沃什那样自由深刻的诗人，也没有出现曼德尔施塔姆那样敢于把血和命化作词语的诗人。当年那么多好的诗人，一旦被打成右派就哑了。我们现在的诗歌以及整个文学基本上失去了与现实对话的能力。诗人以及一些评论家小家小气，委琐不堪，没有公正心。搞个诗选也是一帮人聚在一起哥们儿姐们儿地分摊利益。

直到今天还有人认为诗是属于年轻人的事业，写诗靠的是青春和激情，靠的是力比多，好像只要年轻就能写出好诗，事实上青春和激情是靠不住的，支撑诗歌大厦靠的应该是哲学和感悟，靠的是诗人心中的大爱。"五四"以来中国的新诗创作者属于青春写作的居多,随着年龄的增大,青春的消失,激情的消失,写作也就无法进行下去了。有的诗人起点就是高点,再也无法超越自己。然而像屈原的《离骚》、杜甫的《秋兴八首》,像帕斯的《太阳石》、艾略特的《荒原》、埃利提斯的《理所当然》这些大师们的顶峰作品,靠青春和激情能写出来吗!支持这些作品高度的是哲学思想,是人类意识,宇宙般的大爱和胸怀,还有他们忠贞不渝的信仰。而现代中国新诗人普遍缺少哲学意识、宇宙意识、信仰意识,这样势必会导致他们写作能源的枯竭,创作力的萎缩,青春期过后,不知道为什么而写作,从而过早地失去了写作的动力。

再者就是生存环境问题,我们过去明的运动或暗的运动太多,人事关系过于复杂,诗人自由的触觉大都会被现实的利斧砍断,诗人们过多地在为生存奔忙,为基本的生活所累,生活过早地熄灭了他们的诗情。这也就是新诗人为什么大多数晚期作品不如早期作品的原因。

艾略特说:"传统是一种更有广泛意义的东西。"我们现在谈新诗的传统还为时过早,新诗的大师级人物还在酝酿,典律尚在孕育,大师和典律缺席的中国新诗是难以形成自己公认的传统的。诗评家吴思敬说:新诗"仍在路上行走",我们已经看到了地平线上它晃动着的隐约的身影。不错,诗歌是我们的国粹,中国几千年的文明史几乎就是一部诗歌史,可是80多年了,新诗从旧诗那里究竟学到了什么还是继承到了什么?旧诗的内容与今天的生活已经相差甚远,从形式上讲旧诗的音乐性已经被弃之如路边的石子。

我认为新诗与旧诗出现了断层,面对浩繁的诗歌传统我们无从下手,诗人只好把目光瞄向更远的远方,瞄向翻译诗。新诗不能从本民族的传统中吸收更多的营养,这是一个遗憾,新的传统可能要在旧有的传统基础上建立起来,外来的东西只能作为营养,不能作为基础,新诗还没有找到属于自己的声音。为什么现在很多人不太喜欢新诗,而重新去读旧诗,就是旧诗读起来有一种亲切感,而这种亲切感是一种集体无意识,是来自于深远的传统的;而读新诗就有一种距离感。这是为什么呢?现代诗学的很多答案都是没有说服力的。我认为,除了众多原因之外,还有一个更重要的原因,那就是与诗意有关,诗之所以为诗,就是因为它的诗意的存在,一首诗如果没有诗意,它就不能给人产生美感,诗意才是一首诗存在的基础。那么中国古典诗的诗意与新诗的诗意是不是有差异呢,我认为是有些差异的。正是这种些微差异的存在,导致了新诗的一些读者的丧失,因为新诗的形式是从西方来的,它的诗意特征也就过多地带有西方人的审美情趣。而中国大多数读者还停留在中国古典诗意的审美上,他们接受新诗的诗意还要有一个过程。新诗应该向中国古典诗学习些什么,怎么学习,这是一个老而常新的话题。

罗　羽:诗的"现实感"是当下写作不能不触及的一个重要问题。我以为,它既是一个诗学问题,也是一个诗人对个人的写作能不能负责任的问题。有人说,诗的"现实感"并不是庸常的现实,它是只跟"你"发生联系的现实。诗歌中的"现实感"跟生活中的现实并不一样;相反,它的"现实感"比我们接触到的现实更为真实可信。我的观点是,诗的"现实感"意味着要在诗中把我们的日常经验提升到神性。你认同这些看法吗?你认为诗的"现实感"应怎样在诗歌写作中呈现?

马新朝:阿拉贡说:"在我们看来,诗歌之所以伟大,正因为它反映了现实。"什么是诗歌的现实性呢?这是诗学上的一个宏大命题,也是众多诗人的梦想。

我想,诗歌的"现实感"不在于你写什么,而在于你怎么写。一个没有"现实感"的人即使你写的是现实,也不会有"现实感",深陷在污泥中的人,写出的只能是污泥。比如日常生活写作,其中不乏佳作,这也许是从天空回到大地积极的努力,是从集体回到个人的努力,但现在它开始泛滥,更多的写作不幸落入污泥之中,为所谓的平面写作和生活流自得其乐,为自己身体的曲线美而自得其乐,这种缺少精神强度的诗,并不关注人在当下的生存困境,没有良知和爱心,追求语言游戏,在语言的表面滑行。日常主义写作弄成了庸常主义写作,它们使世界变得琐碎而暗淡。表面现实的迷雾蒙住了眼睛,要揭开这层迷雾,就要有鹰的眼睛和俯视现实的能力,这样才能看到他自己所处的环境和全貌。诗歌中的"现实感",就是"此在"——是经过神性观照的"此在",是事物的内核。我理解你说的神性,诗和艺术中的神性是不可言说的,它是彼岸,是照亮事物的光,是永恒,是人类的最高准则,是实体(就像一块石)也是幻象,它存在于人的自身之内也存在于人的自身之外。

罗　羽:20世纪90年代以来的"口语诗"写作应是从80年代一些诗人所坚持的口语化写作倾向演化而来,我对"口语诗"一直存有多种疑惑。以"口语诗"作命名,它是一种类型诗吗?与"口语诗"对称的应该是"书面语诗",可是,这种诗歌存在吗?我以为,口语入诗和当下的"口语诗"完全是两回事,口语入诗是为增加诗歌语言自身的狂欢性、鲜活性，等等，而我从部分"口语诗"中读到的却是它们所呈现的贫乏性、机械性、偏狭性。"口语诗"写作无疑是取消了写作的难度，语言在某个平面上滑来滑去。"口语诗"诗人们不再显示诗歌文本的与众不同，而是在写彼此非常相像的诗。你是怎么理解"口语诗"的？

马新朝：诗中融入一些口语，会增加诗的亲和力、生活化，还有你说的鲜活性，这无疑是对的，可以在诗歌史上找到很多例证。但作为"口语诗"就应该引起警觉了，它是以诗意的丧失为代价的。不能为口语而口语，口语不是目的，诗才是目的。德国哲学家海德格尔说："诗的本质必须通过语言的本质去理解。"又说："诗是对存在的第一次命名，是对万物本质的第一次命名。诗并不是任何一种随意的言说，而是特殊的言说。"我们知道诗歌是语言的结晶体，是对万物本质的第一次命名，它应该具有语言的"原初性"，它的特征不应该是"直线"的，它应该偏离自然交流的目的。因为作为自然交流的口语，它不具有第一次命名的功能，它是工具，已经失去了"原初性"，变成了一种符号，麻木、机械，它是对现实苍白的模仿，事物的简单化、抽象化。真正的诗将呈现出那种不可言说的东西，维特根斯坦说："对于不可言说的东西，必须沉默。"然而这种不可言说和沉默仍是用语言构成的。而口语是一种喧哗，一种平面语言，它无法表现沉默的东西，它一览无余。

当口语诗成为某些人手中旗帜的时候它就变成了一种陷阱，造成了当下诗坛上的口水横流。

我所理解的诗歌语言应该有它自己的规律，它既不同于流俗的口语也不同于板结的书面语，它应该是二者的超越，是一种接近"原生态"的语言。

罗 羽：叙事性已成为人们解读整个90年代诗歌写作的一个关键词。像许多诗人写"口语诗"一样，许多诗人忙于在诗中叙事。从形式感上说，一个诗人在一个时期过度强调叙事性，势必会遮蔽其抒情性；在抒情诗里叙事，这也很容易制造出一个诗歌套子。西川称，叙事性与歌唱性和戏剧性是一种兄弟姐妹的关系。从这个意义上说，叙事性从来也没离开过诗歌，它只是诗人综合写作能力的一种。我觉得，在叙事性的背后，有意味才好。实际上，在一首诗中加入恰当的叙事细节，是诗人在努力消除抒情性与叙事性之间的界限，虽说有些冒险，但却是极有意义的冒险。如果在一首诗里单纯叙事，用常识判断，它是诗人拿起了叙事诗这种文体。这是本次访谈的最后一个问题了，你怎么认识诗歌中的叙事性?

马新朝:应该说诗中的叙事性早已有之,并不新鲜,中国古典诗和五四以来的现代诗都不乏叙事诗的先例,我的《幻河》里部分章节里也有叙事,比如:"另一碗稀饭把我引渡到姨家/粗瓷大碗的周围坐着姨、表妹和我/夜夜在大碗里倾听着村庄里的西风和石磨/白雪里的反光使瓦盆里的剩水结了冰,靠床的土墙上/残留着舅爷吐过的浓痰。"

我认为在一个特殊时期里把它作为一个专门术语提出来,它的发明者是有着远见卓识的。它是对新诗过往存在的那种标语口号式的语言和过分抽象表意式的语言的一种有效修正;它是对80年代以来那种意象密集佶屈聱牙的解读天书式写作的一次稀释。但叙事只是一种策略,它是手段而不是目的。我们知道与叙事相伴而来的是细节、场景,以及戏剧性、幽默等,这将增加诗歌的可读性、现实感和及物性。然而当大家群集式地去搞叙事,把叙事当成了一种美学原则,当成了一种先锋和时髦时,它就是对诗歌艺术的一次偏离。是的,好的诗中应该有些情节,但这些情节是经过诗意处理的,绝不能像小说那样叙事,而我们看到的却是当前众多的诗歌都是在某个平面上讲一些无聊的小故事,灵魂被放逐,诗中高贵的抒情性在喑哑,诗意在减少,诗歌飞翔的翅膀被折断,平庸、琐碎,它几乎成了一些人写作的新套路。

(罗羽:诗人,编辑)

在一个人的内心行走

——马新朝访谈

李 霞

李 霞：你认为当下的汉语诗歌的现状如何？

马新朝：当前的汉语诗歌问题很多，亮点也不少。

五四以后，新诗几乎与传统断裂，成为一种全新形式，没有了新的坐标和参照系，诗人们只好把目光投向国外，学习和模仿翻译诗。之后，就是连年的军阀混战，接下来是抗日战争、解放战争，全国解放后，又是十七年的政治动荡，诗歌把"诗言志"的传统观念发展到极致，成为政治和群体的代言者，诗歌偏离了诗歌艺术本身的轨道。

而当下呢，我们的诗歌写作环境获得了空前的自由、宽松，既有五四以来新诗写作的宝贵经验（当然新诗还没有形成传统），又有大量的国际大师们翻译过来的作品，诗人们进行着各种自由的艺术探索，诗歌回到了诗的本身，可以说现在是新诗写作最好的时候。新诗已经走过了它的黑暗期，我们已经看到了曙光。

李 霞：在读你前不久出版的诗集《低处的光》时，一首诗的题目"我在一个人的内心行走"，一下就刺疼了我。一个文学家尤其是诗人，只有走进自己的内心，只有靠自己的内心写作，才是成熟的写作，才是独立的写作，才是自在的写作，才使写作这个原本只能是个体劳动者的内涵本质得到了引爆，这是古今中外一切伟大艺术家的必然和唯一出路，遗憾的是不少作家诗人没有意识到或做不到这样，留下了许多自以为是其实只是文字垃圾的东西，这也是中国当代文坛迟迟难见大师踪影的主要原因。你的"一个人的内心行走"是"隐私"，也应该有秘诀，"马丝"都想知道，能露出冰山一角吗？

马新朝：你说的这个"内心写作"当然重要，写作如果进入不到人的内心，可能就是无效写作。然而，人的内心是黑暗的、封闭的，也是不断变化的、飘忽的，诗要触摸人的内心那遥远的深处，需要冲破一层层观念的阻隔和硬壳，需要另一套锐利的光的语言冲破黑暗才能进入真实的人的内心世界，而固化了的集体语言只能把我们引向别处。我不知道你说的"内心写作"是不是等同于个人化写作或私人化写作，而个人化写作与私人化写作则是近20年来中国诗歌话语中出现频率最高的词，它们是相对于代言式写作或集体化写作而言的。个人化写作强调个人的承担，是对个人的尊重和人性的抚摸，因而也是自由式的写作。我认为新诗近百年来，首先是诗体的解放，而诗歌强调个人的承担则是思想意识的解放。然而，在个人化写作已经深入人心的今天，众多写作者们已经在"个人"的名义下重新共性，他们在个人的门口打滑，徘徊，就是难以进入个人，也丢失了原有的集体写作的集体无意识，大量使用雷同的词语、雷同的细节、雷同的口语。当然，个人化写作与集体化写作都可以产生虚妄的、狂妄的作品，集体化写作，会泯灭人的个性，而个人化写作若准备不好，则会使人的个性膨胀，失去敬畏感，从而危及众人。我很欣赏你说的"内心"一词，诗如何走入内心，个人化写作也许是一个很好的途径。我最近出版的诗集《低处的光》姿态放低了，一直低到了人的存在和事物存在的平面，诗的低姿态是对以往虚妄的、狂妄的、不及物的诗歌的一个修正。人的存在和事物的存在是一个实在，而虚妄的诗只会远离存在物。

李 霞：你的诗歌主要表现的主题内容是什么？

马新朝：人的存在，人与人、人与自然的关系，命运，爱，生命，时间，死亡等。

李 霞：从写作内容而言，不管是诗歌还是散文，你的作品的乡村情感占了绝大部分，这与你生长在农村有关吧？有人称你为乡村诗人，你乐意接受吗？因为有时乡村就意味着偏远、落后还有非先锋。你认为在你诗人名号前应该有怎样的定语？

马新朝：20多年前，浙江的《东海》杂志首次称我为青年诗人，我为诗人这个名称激动得难以入眠，我至今仍为诗人这个称号感到骄傲，尽管我周围仍有人认为诗人是一种过时的可笑的人。但有时我又怀疑，就我写的这些玩意儿，能配得上诗人这个荣誉吗？

我写的诗内容比较庞杂，当然写乡村诗也有很多，我只尊重自己的内心，不管它是否先锋,是否乡村。我热爱诗人这个名号,我的梦想是在我的名字前能真实地配得上诗人这个定语。

李　霞:你非常重视诗歌的语言方式,目前如果谈诗歌的最大特点,也许就是口语写作与隐喻写作两大阵营的搏杀。但你的诗语方式这两边好像都不靠,你是怎样处理或表达诗歌语言的?

马新朝:诗人写作天马行空,无所顾忌,尊重自己的天性、感觉、内心。可评论家们总是喜欢用一些套套来使诗人就范。我理解你说的口语,我尊重口语写作,口语写作是对诗歌语言最为有力的探索,它为诗歌低下身子表现平民日常琐碎生活提供了有效途径。当然口语也有它的局限性,它散乱,平面,少有艺术的严肃性,为避免这种局限,我诗歌里吸收了口语的元素,但不能归类。关于隐语,我在长诗《幻河》中大量使用过,在《低处的光》这本书里,虽然也有隐语,但更多的却是直接说出。有些重要的东西,直接说出也许更为有力。

李　霞:在诗歌诸病中,现在最要命的一是晦涩,二是直白,这好像是两极,但它们的目标一样:都奸杀了诗意,抛弃了读者。老诗人李清联在论坛中曾公开说你的诗难懂,我认为你的诗还不是晦涩类,不过阅读障碍确有不少,你对诗歌的陌生化是怎么理解和处理的?

马新朝:我不知道你说的晦涩与难懂是不是一回事,如果是,我认为难懂与直白不应成为一首诗的评判标准,二者也都可以写出好诗来。诗与散文最大的区别是什么呢?诗是语言无法说清楚的东西,而散文是可以说清楚的,如果用语言能够说清楚,何不用散文来表现?就我本人而言,我不喜欢过于直白的诗,诗过于直白,往往是我们的眼睛能够看到的东西,已经看到了就没有说出的必要。诗应该表现出世界的隐密和未知的领域,表现出被遮蔽的部分,因此诗人的感性和意识未必总是清晰的。李清联是我敬重的老诗人,他认为我的诗难懂,这样的话我也听到过一些,但也有一些同行认为我的诗是透明的,甚至是明白的。这里边可能有一个平衡点,但我还没有找到。

李　霞:在互联网时代,快捷和随意的传播方式,使诗歌的同化和融化达到了前所未有的速度和力度,目前诗坛的特点好像就是无特点,其实它恰好说明了当今诗坛的多元化趋势。你虽然也开有博客,但上网并不多,你是想借此保护自己的独立性吗?前不久有一帮青年诗人在网络论坛上对你提出了一些热议,你没有直接回应,但肯定有想法,可以说说吧?

马新朝:我上网其实并不少,只是浏览,很少参加论争。诗坛应该和谐,宽容,有一个好的写作环境。目前,诗坛的外部环境相当宽松,而诗坛内部总是充满了火药味。诗人的力量在于你自己诗歌的强度,而不在于你论争时声音的响亮。我努力使自己成为一个诗人,而不是成为一个诗坛斗士。

所有对我的评论文字,不管是批评的还是赞扬的,都是对我的关注,我都表示欢迎。

李 霞:作为一个著名诗人,同时作为河南省诗坛的掌门人,你怎样看待体制内和体制外的诗歌写作?再加一个也许有点刺激性的话题,你能谈谈目前汉语诗坛你认为最值得关注的十位诗人吗?

马新朝:不敢"著名"也不敢"掌门",这两个词使我的身上冒虚汗。

我理解你说的"体制内"和"体制外"的含义,现在有一种论调认为:体制内的诗人可能就是拿国家工资的人,他们的诗僵化,是代言式的,而体制外的诗人,则是自由的,是个人承担式的,是这样吗?我认为不能以体制的内外为标准来划分诗人的优劣,这样划分是极不科学的。诗应该就诗而论,看一个诗人,首先应该是看他的诗如何,而不是看他身在何处。体制论和过去的唯成分论是一样有害的。就说屈原、李白、杜甫、苏东坡这些体制内的诗人吧,你能说他们不是优秀诗人?就说墨西哥的帕斯吧,他做过国家驻外大使,你能说他不是优秀诗人?诗人是时代的良心,只要这颗良心还在,不管他是什么身份,他就是好的诗人。

我不善于为诗人排名次,写诗不像高考,可以排出一二三名来。况且我所喜欢的诗人是在不断变化的。

李 霞:近年你参加了不少国际诗歌活动,你也喜欢不少外国诗人,你认为汉语诗歌的国际地位怎样?汉语诗歌怎样才能与国际诗歌互动?汉语诗歌有可能取代英语诗歌的位置吗?

马新朝:汉语诗歌在国际上还缺少话语权。外国诗人特别是西方诗人对汉语诗歌还知之甚少,且有不少误解。在诗歌的译介上也不对等,中国改革开放以来,国际上著名的诗人的诗作大多已经有了中文翻译,然而,汉语诗歌却很少被别的语种译介。2009年5月在以色列国际尼桑诗歌节上,我与一位意大利诗人交流,她仍然认为中国诗歌是宣传品。其实,当下的汉语诗歌并不弱,起码它已经是诗,而不是宣传品。诗歌在中国文学中仍然起着先锋和引领的作用。

中国诗人何必老想着国际化,这是一种不自信的表现,诗歌不是体育运动,何必要去争名次。汉语诗歌当下缺少的不是英语诗歌中的表现技艺和内容,而是我们自己的传统和个性。

李　霞:一个成熟的优秀的诗人应具备什么样的品质?

马新朝:一个好的诗人应该有语言意识和净化与软化语言的能力;宽容和爱,可以使诗产生人性的光辉,诗人不能过于自私和仇恨;在艺术上要有综合能力,而不是小圈子式的一孔之见。

(李霞:诗人,诗评家,《河南工人日报》副总编辑)

马新朝：在诗歌的幻河里畅游

——马新朝访谈

秋 意

有评论家认为《幻河》是一个寓意深沉的神话，是一部内蕴丰富的精神史诗。是的，史诗般的结构，哲理性的意蕴，这就是马新朝想要揭示的黄河内涵。从河源开始，马新朝进入了人类和人类存在之前的混沌。充盈在全诗中的强烈的祈使语气和神谕般的句式使得全诗具有史诗氛围和召唤般的魅力。黄河的古老、悠久和丰厚，充满着神性和力量，把优美的风光、无穷的灾难和富饶的生活乃至生生不息的精神传递给读者。诗人从黎明出发，开始漫游这漫长而神奇的大河，越过 72 个峡谷，走过黄沙扑面的高原，在莽莽中原大地上感受生命的厚重和无奈，直奔入海口而去。这气势如虹、一泻千里的大河就是我们这个民族的开始，是我们民族精神和文明的延续和发展，我们不可能被这条大河遗弃，我们自己也不可能遗弃这条大河。

《幻河》从 1995 年开始动笔，直到 1999 年底，马新朝从来没有停止过对其修改，从构思到结构，从句子到语言，他无数次推倒重来，无数次自我否定，这才使《幻河》大而不空，宏大具体而细微精致。

马新朝生长在中原内陆，从小接触到的是家乡门前那条汇入汉水的小河。后来又当兵到了南方，接触黄河是在十几年前，然而中原汉子身上流淌的血是黄河的魂，不管是早还是晚都会让他追寻母亲的魂。十几年前作为黄河漂流队的随队记者，他有了第一次近距离接触黄河的机会，也正是在那时他的《幻河》开始酝酿。这首长诗 1800 行他写了四五年，其间他写的有关黄河的短诗也不断出现在《人民文学》、《中国作家》、《诗刊》、《十月》、《上海文学》、《莽原》等文学刊物上，其间有十多家刊物节选《幻河》的部分篇章，赢来评论界的关注和好评。

这次正式采访他,我才明白他的紧迫是因为自己还有好多东西要写,而每天事务缠身让他抽不出时间。熟悉他的人都知他处事有些低调不爱张扬,然而马新朝对诗的激情却如这黄河之水汹涌澎湃,马新朝对诗歌的酷爱使他不能停步。他的呼唤,他的呐喊也如这黄河之涛声震万里——"中国是个诗的国家,中国的任何一部反映历史的文献都有诗意的存在,中国的历史是诗意的文字写成的。中国现在处于一个非常时期,大多数人没有精神追求没有信仰,这是很可怕的,一个没有诗歌的民族是野蛮的,是可怕的!诗永远不会消失,它就像一个看不见的暗流在社会的深层涌动!"

关于《幻河》

秋　意:你为什么想到要写黄河?而且是这么一首洋洋洒洒近2000行的长诗?

马新朝:我对黄河可以说是仰慕已久,在家乡接触到的那条小河总是在我的记忆中游动。而黄河作为中华民族的母亲河,我感到每一个炎黄子孙都会对她有一种向往的。许多人再有学问,一站到黄河面前就无话可说,可见黄河的博大。我翻了许多书,从古时到现代,可以说写黄河的作品很多,几乎每个朝代都有人写她。然而古典诗很美却有它的局限性,仅仅是写出黄河瞬间的感觉,不可能全面地把黄河阐释出来。五四以来写黄河的诗又很多,如《黄河吟》被六家出版社结集出版,其中还收有我的几首短诗,但看后让人失望。大部分诗不能把黄河和人的命运即个体的生命联系起来,而只是写出了黄河的气势,我觉得这是不够的,就想写首全新的黄河诗(自嘲说,可能有些狂妄吧)。虽然老家唐河离黄河遥远,接触黄河时间不太长,况且原先在南方工作,但是黄河是中华民族的魂,是与我们的生命相通的。好多人都向往黄河,但大部分人看到黄河时无话可说,或者浮光掠影浅尝辄止,如果深入到民族文化的内核里,用一个个体有限的生命去触摸黄河就能触摸到民族历史无限的内容,就感到有话可说了。

秋　意:看到这本书时,我首先感到是创意的新奇、精美,真是一幅长卷,这么长的诗集竟然用一张纸连贯下来。再者是我不敢往里深看,可以说,每一行每一个字都是那么的厚重、华丽,读起来又朗朗上口,这样说似乎有些矛盾,但是事实却是这样,随便翻出一行都给我这样感觉,这又是什么原因?

马新朝:你这种感觉是对的,怎么说呢?现代诗关注语言,诗歌尤其要追求韵味。《幻河》之所以不是大而空,而是具体细微,我认为它是具体细微,关注个体生命,我感到这首诗还有许多人没有看明白,也许多数人不能耐着心读下来。这首诗不仅仅是现代主义诗还包括后现代解构主义,黄河凝固了板结了,但这首诗不是板结的,它试图在松动文化的理念里的一些东西。可以这么说,这本书是民族的心灵史,也是个体的心灵史。

秋　意:写的过程中你是怎么把自己融进去的?

马新朝:在写的过程中要遵循诗歌的规律,把具体的河流抽象化,但诗又必须具体,要把抽象再具体,具体再抽象,这样才构成了这部作品的艺术魅力。当初写初稿用了四个月时间,后来就不断地改,不时地推翻自己。

秋　意:《幻河》获奖的意义?

马新朝:《幻河》这次获得第三届鲁迅文学奖,只能说明我的过去。我们河南文化底蕴深厚,尤其是古代出了无数的著名诗人,当代出现了像李季、苏金伞等知名度很高的诗人,但是近些年来,诗歌不是太景气,人们关注更多的是小说,这次获奖不仅是对我个人的肯定,也是对河南诗坛乃至文学的肯定,这说明河南诗歌在全国并不落后。

关于黄漂

秋　意:在何向阳《自巴颜喀拉》一书中,写到黄河漂流章节时,她查当时的新闻媒体资料,她写到整个 8 月找不到相关的报道,众多媒体在喧闹一阵后都已对黄河漂流沉默了,不宣传,不支持,而《时代青年》的马新朝还在坚持报道。可见你那时是很关注黄河漂流队的。

马新朝:是的,1987 年黄河漂流队去探险时,我就要求做随队记者,其实那时的主观意识是想考察黄河。可是在跟随黄漂的那几个月对黄河是几乎全程考察,我和探险队员们一起从源头沿着黄河的流向,生生死死,历时数月,我看到了黄河的博大、黄河的雄壮奇险,同样,我也看到了人在黄河面前的状态,坚强、畏惧、渺小等这些词可以说都是那时让我深深体会透的,所以,我就也把自己融在了黄漂里,融在了黄河里。

秋　意：可以说是这次黄河漂流促成了你的《幻河》。

马新朝：采访黄漂只是我写《幻河》的一个诱因。正因为有了黄河漂流这一段历险，才使我对黄河有这么深刻的认识。作为随队记者，我目睹了黄河漂流的全过程，黄河伟大神秘的震撼力慑服我的心灵。它改变了我的写作风格，改变了我对世界和人生的很多看法。由于和队员几个月朝夕相处，不仅看到了河，更重要的看清了人，人在生命危险状态所表现出来的风景。

秋　意：具体讲一讲黄漂时的情形。

马新朝：1987年5月下旬，我跟随黄河漂流队到黄河第一县青海省境内玛多县，休整了七天，当地海拔4300米，缺氧30%，做饭用高压锅。玛多县城像内地的村庄。当天我们到达的时候，阳光明媚、万里无云，然而，瞬间狂风大作，鹅毛大雪下了起来，只一会儿雪就有一尺深，环境气候很恶劣。在黄河源头的一个半月几乎没吃过热东西，饿了就吃方便面、罐头，渴了就吃雪。有些人不能适应就返回了。可以说上黄河源头就要经得起吃苦的考验，否则根本就上不去。

第一次出事是在拉家峡，由于地势险峻，黄河两岸都是原始森林，峡谷里的水势很险，远处看到的是水流飞下来的烟雾，水声能传很远。考虑到国际惯例在漂流上密封船不算数，只有用敞口船，可是他们一下去就遇到瀑布，就把船冲翻了，人就被冲没了。算了，不再讲了，真的不想再回忆当时的惨状。（马新朝在讲这个故事时停顿了几次，最后，还是在我的一再请求下讲完这个故事）一共下水五个人，只有袁士俊一人活了下来，他是把船上的绳子绑在手脖上被船带着冲到一处水湾后苏醒过来，醒来后浑身一丝不挂，就在森林里吃树叶，找人。后来被当地的老乡发现才得救。死了的那几个人被用橡皮船顺着河往下游漂到一个水文站时截下来再送到火葬厂火葬。当时两岸聚了好多老百姓，他们都把黄漂队员当作英雄看待。有一个老大娘给队员绣制红腰带，意思为避邪保平安。

关于写作

秋　意：你什么时候开始接触文学的？

马新朝：我可以说从小就酷爱文学，上初中时正赶上"文化大革命"时期，那时学校不怎么上课，我呢，没事就找书看，几乎找遍了周围村庄里的可读的书，陆游的诗选、屈原的《离骚》我都能背下来，还能背下很多唐诗宋词，中国四大名著就是在那时读的。不认识的字就查字典。邻居说我每天夜里的灯不知啥时灭的。那时我整天沉迷在古典诗词的韵味里,现在还很怀念那时的月光,那种农家小院特有的幽静的月光,可能是这里面浸透着古诗词的韵味吧。后来参军到了部队,继续看书写作。当时有位老乡靖增亭在开封师院上学,他经常在学校图书馆借书寄给我,看后再寄回去,文学概论等很多书都是在那时读的。后来靖增亭毕业后,把他两箱子的书都放在我那里,我用了一年的时间又读完。

秋 意:你最早的文学作品是什么?

马新朝:最早的文学作品是21岁那年写的一篇《红楼梦》的评论,大概有八千字,发表在当时的《河南文艺》(后来改名《奔流》)。也因为这篇文章后来被调到集团军创作组,到了浙江。报道那天军政委用怀疑的目光看着我说,你这么小还能看懂《红楼梦》?从此走上文学创作之路。

秋 意:再详细说说你的创作。

马新朝:在部队时发表了一些作品,后来浙江省文联与部队协商把我调到《东海》做编辑,在那两年里,我看了许多书,认识了很多文学界的老师,眼界也开阔了。当时我与人合写了一本报告文学集《闪亮的刀尖》(江苏人民出版社出版),首印就是20万册。

秋 意:要说你的经历很简单,并不像有些人那样经历很多磨难,可是为何却能写出如此厚重的作品来?

马新朝:写出好作品来未必肉体上就要受到磨难。

秋 意:在文学创作道路上影响你最大的是什么?

马新朝:我是20世纪80年代初开始接触西方文学和西方哲学,当时整个社会各个行业都在复苏兴盛,我感到整个世界成了一个互通的地球村,人们的视野不能仅仅停留在本国本民族的文学传统上,应该向世界文学高峰看齐。我的书架上可以说是摆满了20世纪文学大师的作品,尤其是西方哲学。因为文学离不开哲学,一个不懂哲学的人,尤其是不懂当代哲学的人,在创作上是走不远的,特别是诗人。

秋 意:你业余还有哪些爱好?

马新朝:读书、写作、书法。

秋 意:近期打算写什么?

马新朝:近期计划写短诗。

秋　意：为什么会老感觉到很急？

马新朝：很急是感到自己有很多东西要写,有很多好东西没写出来。而整天忙于事务中抽不开身。

关于诗歌

秋　意：许多人都是刚开始走入文学之路时从事诗歌的创作,而你却一直坚持这么多年不变,为什么？

马新朝：诗歌是一种语言艺术,最难驾驭。真正能把诗写好的人,写什么都行,但是能把散文、小说写好的人未必会写好诗。

秋　意：谈一谈你对诗的看法。

马新朝：诗歌这些年处于低谷,很多人不爱看诗,一个原因是诗歌本身的原因。诗歌越来越专业,新诗的形式是从西方学来的,新诗的诗意与古典诗的诗意有很大差别,而中国的大部分读者欣赏水平还停留在中国古典诗的意境上,这需要时间的磨合。现在,新诗比较混乱,好诗的标准失去了,但是随着时间的推移会水落石出的,是诗的东西必经得起时间的考验。从社会角度看,现在人们对物质的需求超过了精神的需求,而诗是精神的东西,现代人对精神的孤立、对物质渴望疏远了诗歌。中国是个诗的国家,中国的任何一部反映历史的文献都有诗意的存在,中国的历史就是诗意的文字写成的,中国现在处于一个非常时期,大多数人没有精神追求,没有信仰,这是很可怕的,一个没有诗歌的民族必然是野蛮的,可怕的。诗永远不会消失,就像一个看不见的暗流在社会的深层涌动。

一个能产生伟大诗歌的民族,这个民族的精神生活一定是丰富的。不尊重诗歌或者普遍不尊重诗歌的民族肯定某方面出了问题。伟大的诗作是一种精神象征,不仅说出了人们存在的现实也说出了未来,也是一种预言。

秋　意：对你感触最深的是什么？

马新朝：一次我到俄罗斯的海参崴,在地摊上购买普希金像章,正在与小贩讨价还价,旁边的导游介绍我是中国的诗人,那个小贩听后坚决不收我的钱,这说明俄罗斯那个民族是多么的爱诗。

(秋意:《文化周报》记者)

千首诗轻万户侯

——马新朝访谈

(时间:2012 年 9 月 22 日)

王　辉

本月 22 日上午,太原市举行了隆重的上官军乐诗歌奖颁奖大会,来自全国各地的著名诗人、作家,以及山西的文学界、诗歌界、新闻媒体记者等,数百人参加了颁奖大会。河南诗人马新朝凭借他的新作《黄土高天》获得"杰出诗人奖"。为此,记者对马新朝进行了专访。

王　辉:马老师,首先祝贺您获得首届上官军乐诗歌奖中的杰出诗人奖。多年来,您一直活跃于诗歌界,而且取得了不俗的成绩。在此,我们首先想了解您是如何走上诗歌道路并一路坚守至今?

马新朝:首先要感谢山西文学界和诗歌界,颁给我这个诗歌奖。这个奖颁给一个外省诗人,这充分显示了山西人的胸怀和眼光。诗歌是人类共同的精神之光,不应该划分地域和疆土。每个中国人几乎都做过文学梦或者诗歌梦,有的人做得短些,有的人做得长些,甚至长过一生,我的这个梦就做得比较长,好几十年了,而且还要做下去。在当下这个物欲的社会里,我们缺少的不是金钱,而是爱,是同情心,是良心,诗歌是社会的良心,是人类的同情心,诗可以温暖这个冰冷的世界,可以温暖他人。因此,诗歌就是诗人的信仰,就是我的信仰,所以,我丢不下它,通过写诗我才能看清楚自己所站立的位置,我才能活得明白。所以,我还要写下去。

王　辉:请谈谈您这次获奖的组诗《黄土高天》的创作初衷、创作历程。

马新朝:那是一个下雪的夜晚,我忽然梦见了去世多年的母亲,她站在我的床头对我说,你哥在村里遇到难事了,你要帮帮他。梦醒后,我久久不能入睡,想起了生我养我的豫西南那个叫做马营的小村庄,想起了一生都在那片土地上艰难劳作的大哥和乡亲们,泪流满面。接下来一个多星期的时间里我都在写诗,写那个叫做马营的小村庄。在那一个多星期里,我一直生活在恍惚中,生活在梦境中,生活在眼泪中。因为我的心和魂已不在身体里,它们早已回到了村庄里。一个多星期我写下组诗《黄土高天》,大约有30多首诗。

  王 辉:你的这组获奖作品有什么艺术特色呢?

  马新朝:评委会认为:马新朝因为在获得鲁迅文学奖后诗歌艺术又有了新的突破,他的诗歌关注世道人心,追求存在的真实和人的内心的真实,内容和艺术完美地结合,把客观世界按照自己情感的内在尺度进行选择与升华,完成了美学意义上的重新组合。马新朝的诗歌,已是一种根的哲学,一种人生的诗性意义。因此而获奖。

  王 辉:您曾说,故乡是您创作的底色。为什么故乡情结始终贯穿于您的诗歌创作中?

  马新朝:每个成熟的作家或诗人都有一种创作的底色,这种底色也许会伴随着他所有的作品。这种底色很重要,它既是对一个作家或诗人的限制,也是一个诗人或作家赖以存在的土地。因为,从这块土地上出发,你可以到任何地方去,可以上天,可以入地,可以现代,可以传统。我的故乡只是存在于我的心灵中,存在于我的血液中,我多次回到马营村去寻找那个故乡,很奇怪,在我的故乡却找不到故乡,我只好回到内心去找,我有时很痛苦,因为我成了流浪儿。

  王 辉:谈到您的诗歌创作,一定绕不开《幻河》。这部荣获第三届鲁迅文学奖的作品不仅抒写了我们的母亲河黄河,还写出了以黄河为背景的中华民族几千年的苦难史和个人的心灵史。从获奖到现在已过去七八年时间,现在回过头来再看这部作品,您有什么感悟?

  马新朝:《幻河》是一部长诗,将近有2000行,它仍然是我比较重要的一部作品。有评论家认为《幻河》这部作品还没有得到应有的评价,随着时间的推移,它的价值会逐步显现出来。山西诗人张不代曾经写过数万字的长文评价《幻河》,他说:"长诗《幻河》最后完成的,愿景状态的这条大河,既是一条崭新而健全的中华民族人格的大河,也是一条诗人马新朝个人的诗人人格的大河。它是崭新自然生态的,也是崭新人文生态的,无须质疑,当然也是崭新政治生态的。它给我们留下的巨大冲击力,也是可用'崭新'二字来概括的:崭新的思想高度,崭新的批判深度,崭新的全息生命形象塑造,崭新的全息艺术语言创造。"

张不代老师这段话从人格意义上界定一首诗和一个诗人,这很重要。做一个诗人,如果人格低下,你也许就飞得不会太高。当然,这段话对我来说也是一种警示和提醒。《幻河》并不是完美的,仍有修改的余地。

王　辉:你是河南省诗歌学会会长,不仅是一位诗人,也是一位诗歌组织者,多年来一直为诗鼓与呼。在这个物欲的社会里,诗歌受到了冷落,你怎么看待那些仍在坚持写诗的人呢?

马新朝:诗歌受到冷落,是全球性的。然而,在我们这个曾经诗性的国度里,诗歌从来没有像现在这样受到太多不公平的待遇。诗歌在公众那里经常被妖魔化,政府和宣传部门只有在节庆时才会想到它,即使在文学界内部,诗歌也被严重地冷落和边缘化。现在写诗,只是诗人精神的需要,不会给我们的生存带来任何好处,只会更糟。做一个诗人,从来没有像现在这样艰难。因此,我很敬重那些仍在默默坚持写作的诗人们,特别是那些纯粹的诗人们,他们是诗歌的英雄。

王　辉:诗歌受到冷落,不仅发生在中国,也是全球性的。你怎么看待这个问题?

马新朝:诗歌被冷落虽然是全球性的,但中国尤甚。作为一个诗性的国家,诗性的民族,这是不应该的。我认为人类20世纪以来,所犯的最大错误就是过于重视科学技术而忽视了诗歌和艺术的存在。科学技术说到底只是技术,诗歌和艺术才是人类的心灵。科学技术的高速发展,使20世纪以来的人类变得过于疯狂,他们发展核武器、发展转基因还有苏丹红、瘦肉精,而诗和艺术却在不断地萎缩。若这样不加限制地发展下来,人类的前景不妙。

王　辉:您认为自己属于哪一类型的诗人?写诗对您来说意味着什么?经常有人说,诗歌已处于边缘化地带,您怎么看待这个问题?

马新朝:我是一位诗人,不属于任何一类,不属于任何一派。现在,诗人们喜欢搞派别,立山头。评论家们为了评论方便,就简单化地把诗人分成若干个派别,若干个主义。这样的评论是有害的。诗人要为自己写诗,不要为某一个派别去写诗。

诗歌在当下,受到了太多的误解,有时还会被妖魔化,这是不好的。你要了解诗歌,就要认真去读,不要人云亦云。这些年,诗人们对诗歌艺术进行了艰苦的多方位的探索和试验,可以说,诗正在减少非诗的因素,越来越是诗了,诗歌越来越自由了,人性了。不管你承认不承认,诗歌的前瞻性和精神取向仍然是整个文学或艺术的先导和引领。

王　辉:最近有什么创作计划?

马新朝:我正在写,在写作中探索,在写作中突破。

（王辉:《太原时报》记者）

《幻河》之后

——闻一多诗歌奖获得者马新朝访谈

刘 洋

刘 洋：我记得在前年中国作家协会和河南省委宣传部在河南召开的"中原作家论坛"上，以及在今年5月召开的"中原诗群高峰论坛"上，与会的专家学者对你的诗歌创作给予了很高评价，认为你在传统的基础上融入了现代和后现代因素以及个人性，为新诗写作提供了一些新的可能性。最近，又传捷报，听说你获得了第四届闻一多诗歌奖，奖金高达10万元，请介绍一下获奖情况。

马新朝：闻一多诗歌奖是国内有影响力的含金量最高的诗歌奖项，每年评选一届，一届评选一位诗人。该奖由闻一多基金会设立，旨在"倡导诗意生活，为诗的纯粹而努力"。鼓励真正拥有豪情不乏学养的诗人，不仅彰显了诗人闻一多的爱国主义精神、诗歌精神，也为奖掖新人，推动中国新诗创作的繁荣和发展作出自己的贡献。

刘 洋：谈谈你的获奖感受如何？

马新朝：获奖当然让人高兴，但我还是清醒的，我知道我的写作还有诸多不如意的地方。获奖就像写总结，或是自己给自己写，或是别人给自己写，获奖是别人给自己写总结，其中也许有虚妄的成分，也许有鼓励的成分。不过，这是对我在获得鲁迅文学奖以后写作的一个肯定，说明我还在努力，并没有在原有的成果上停止不前，就像有些论者说的那样，我的写作是"越写越好"。

刘 洋：你自己是怎样评价你的这次获奖作品的？

马新朝：你问的这个问题，我可以用第四届鲁迅文学奖的颁奖辞来回答，颁奖辞说："马新朝的组诗《黄土高天》不仅凸现了一个诗人历久弥坚的诗歌气象，而且这组诗歌在'乡土化'的同类题材中具有精神启示录般的意义。这些诗歌不仅去除了浮泛的伦理化倾向,而且重要的在于诗人能够从细小的事物出发,重新发现了'中国乡土'这一场域的缝隙与隐秘地带。诗人沉稳、幽深、悲悯的情怀闪现出知识分子应有的忧患意识与担当精神,同时也完成了对思想与修辞的双重照亮。"

刘　洋:你的获奖作品是写乡土的吗?你怎样看待当下的乡土文学以及乡土诗歌呢?

马新朝:我的诗已经超越了乡土的概念,我不属于什么概念。过去人们总喜欢把诗歌界定为乡土的、工人的、黄河等。这种分法不好,诗是自由的、超越的,它是超越所有这些界定之上的飞翔。现在,有些论者一味地追求现代和先锋,从而忽略或是蔑视乡土文学,认为乡土太土、太落后,不够先锋,写乡土就是对先锋的一个反动。其实,先锋不在于你写什么,而在于你怎么写。当然,由于中国城市化进程加快,凋零的乡村已经不再是原来意义上的乡村,那种"田园牧歌"、"故乡怀旧"式的写作已经失效。然而,中国仍然是一个农业大国,这一点没有改变。那里仍然生活着中国大多数的人口,他们因为社会的变迁而变得更加焦虑、浮躁和不安。城市化或者叫城镇化现象,无疑会增加人的欲望和复杂性,民族深层次的观念和意识并不会很快改变。这种现象是前所未有的。为我们当下的作家和诗人写作提供了千载难逢的好时机,而不是躲避。当然,要把握这个机遇需要的是大手笔、大境界、大才能。

刘　洋:我也注意到了,很难用某种具体的概念来界定你的写作,你的写作是开放的、整体的。你刚才说,这次获得的闻一多诗歌奖是对你获得鲁迅文学奖以后这段时间写作的肯定。我想问你,获得鲁迅文学奖以后你的写作有什么变化和新的追求?

马新朝:我的长诗《幻河》,现在的评论文章不少,争议也不少,那是我一段时间内写作艺术追求的成果。当然它太长了,需要静下心来读。那是以黄河为道具,写出了中华民族五千年的苦难史和个人的心灵史。既是宏大的,也是个体的。《幻河》以后,我主要从事短诗写作和散文写作,散文集《大地无语》曾荣获《大众阅读》报年度散文奖。诗集主要有《低处的光》和《花红触地》等,这些诗和散文的笔触深入到底层社会,触摸普通人和个体存在意识。如果说《幻河》是一种全境式的俯视,那么近些年的写作就是具体的、个人的,是贴着地面飞行。

刘　洋：你怎么评价"中原诗群"？对自己以后写作有什么打算？

马新朝："中原诗群"是一个新的提法，在外省还没有叫开。但河南诗歌在全国来说是比较强的，也是有影响的。每年一次的黄河诗会，规模大，影响大，已经成为我们的品牌。说到我自己今后的写作，雄心依旧在，更好的作品在后面。谢谢你很有水平的提问和理解。

（刘洋：《河南日报》记者）

访鲁迅文学奖诗歌奖得主马新朝

奚同发

河南诗人马新朝以自己 1800 多行的诗作《幻河》获得了本届鲁迅文学奖"优秀诗歌奖"。出生于唐河的马新朝已出版了《爱河》、《青春印象》、《黄河抒情诗》、《乡村的一些形式》等多部诗集及《河魂》、《人口黑市纪实》等报告文学集。而 700 多首诗歌创作,使这位自小就颇受唐诗宋词感染的诗人,希望寻找到一种更能表达自己内心的创作方式。几年前的黄河之源探险及随队漂流经历,使得他开始静下心来拷问自己,到底能否用诗歌来完成以往对黄河这一大主题的个人化写作?他的思绪在那雪原上漫漫飞扬……

1987 年的春天,作为黄河漂流队的随队记者,他与探险队员们一起,在长达半年的时间内,从高山雪域的黄河源头走向黄土高原,最终 50 多人的漂流队以付出了 7 条生命的代价完成了征服母亲河的漂流奇迹。在几乎半个多月的黄河之源探险中,无法吃到一口热饭、喝到一口热水的马新朝,突然在这种不断与死神擦肩而过的经历中,对黄河的神秘和震撼力有了新的与众不同的感受,于是,他的笔下出现了一行行、一组组以黄河为题的诗作。这些诗作以最长 400 多行、少则 10 多行的形式出现在《人民文学》、《十月》、《中国作家》、《诗刊》等多家刊物的头题上。一时间,黄河带给他的创作灵感,让诗人在炽烈的激情中燃烧着自己。黄河带给他的心灵滋润,让诗人为之深深动情。

可是,有一天,写了 100 多首黄河诗,而且已出版了黄河诗集的马新朝,突然发现,历代诗人都写过黄河,而诗人中有成就的更是没有谁没写过黄河。可这当中能展示黄河全貌,融人类与黄河关系的诗歌实在太少。而且许多诗作还仅仅停留在静态的写作中,只是选择了横断的、凝固的黄河,他要用一组大规模的长诗来表现流动的黄河,属于"马新朝式"个人感受的黄河,其中要把诗人的个人情绪与中华民族、历史文化融合在一起。因此,黄河就成为诗人体现个人命运的一个背景似的道具。

20世纪80年代以来,由于与西方文学、哲学的接触及对此方面进行的大量研究,马新朝觉得诗歌创作应该用现代的技巧才能表达现代思想和主题,传统的东西只能作为我们身体中的一种营养。在诗歌创作中,他融现代主义、后现代主义为一体的再现手法,诗行中透露出既宏大又细微的感受,注重于语言和细节的表现。于是,1995年,他开始了《幻河》的创作,以块状结构完成了2700多行诗的初稿。全诗以黄河之源、黄土高原、大洪水、黄河断流及现代人的困惑出路为线索,以流动的旋律贴近河流的本身状态。马新朝采用了先把黄河抽象到一种思想和感觉上,再把思想具体化的写法,用细节表现自己的特殊感受。于是,在漫长的写作和无法记起次数的修改过程中,1999年,他的《幻河》终于以64小节1800多行与读者见面。

多年来,致力于新诗探索的马新朝认为,现在诗歌之所以受到包括文坛本身的冷漠,除了本身的问题,加上评价标准的模糊和混乱之外,更多的是因为新诗与中国古典诗以及西方现代诗之间的"诗意"差异。中国的许多读者对诗歌的理解还停留在对中国古典诗歌"诗意"的基础上,对新诗则感到陌生;而西方诗歌的翻译也常常因为文化差异而使"诗意"流失。以后的诗歌创作,马新朝希望在新诗中融入古典的东西,以此寻找到一种可以"嫁接古今"的手法,让更多的人来欣赏和阅读诗歌。之所以不遗余力地进行这样的诗歌探索,马新朝认为,诗歌是人性的根本,不仅现在如此,将来也如此。一个没有诗歌的民族注定是野蛮的民族;一个能产生伟大诗人的民族,肯定是一个文化水准很高的民族。诗歌在所有文学形式上其实都是超前的,理应受到人们的尊重和喜爱。

马新朝,河南南阳唐河人,生于1954年,河南省文学院一级作家,中国作家协会会员,河南省诗歌协会常务副会长,河南省省直作家协会副主席。20世纪80年代以来,发表了大量的诗歌、报告文学。曾获《莽原》文学奖、《十月》文学奖、第三届河南省政府奖、全国青年报刊优秀作品一等奖、第三届鲁迅文学奖全国优秀诗歌奖等。

(奚同发:作家,《河南工人日报》记者)

鲁迅文学奖获得者马新朝:故乡是我创作的底色

——访河南省作家协会副主席、著名诗人马新朝

颜 陈

颜 陈:跟您做访谈,就不能不谈您的代表诗作《幻河》。这部长诗问世之后,评家蜂起,佳评如潮,有人已经使用到了"伟大"和"空前"等大字眼来评价。第三届鲁迅文学奖评委会也认为,您的长篇抒情诗《幻河》"比较完美地完成了艺术的传承,成功地尝试了一种艺术的拓展"。您能谈谈《幻河》的创作初衷吗?

马新朝:黄河是一条充满神性的大河,她以自己丰沛的、永不枯竭的乳汁哺育了东方文明。黄河被公认为中华民族的象征和图腾,世界上没有一条河流能像黄河一样对一个民族产生这么深远的影响。我写黄河的冲动是缘于一次次的感动。1987年,美国一个探险队申请到黄河漂流。我国一群热血青年决心赶在美国队之前完成黄河全程探险漂流。我当时在《时代青年》杂志社做记者,决定主动请缨,随队采访。经过 4 个月生与死的考验,探险队终于完成漂流的壮举,但 7 条年轻的生命为黄河而殇。我强烈感受着母亲河的凶险、桀骜、雄伟和壮丽,于是决心要用诗歌去松动黄河的板结与坚硬。《幻河》这首长诗已经有不少评论,我想在这里简要说说我自己的看法:这首诗不只是写黄河,黄河只是一个道具,运用黄河抒写了我们民族数千年的苦难史和个人的心灵史。从抽象到具体,再从具体到抽象,现代表现手法与传统手法相结合。我记得当时写作时,耳朵里一直鸣响着黄河水的轰鸣声。

颜 陈:您写作的内容题材广泛,乡土诗出现频率较高,从您在报刊上发表的一些乡土诗来看,乡愁始终是一个解不开的情结。您有哪些独特的思考?

马新朝:故乡是我创作的底色,不管写什么,都会有深深的家乡烙印。我之所以写了一些乡土诗(在这里我不想使用"乡土诗"这个词,诗就是诗,不要分什

么乡土诗或城市诗,但我又找不到更合适的词),是因为我有感触,我出生在乡村,至今那里还有我的亲人,每年都还要回去看看他们。我是喝着家乡南阳的涧河水长大的,印象中,涧河水特别清凉、明澈、甘甜。夏天,成群的孩子整日泡在河里摸鱼捉虾,回想起来,那种乐趣就像一杯美酒,珍藏的时间越长越觉得甘甜,家乡的山山水水、家乡的一草一木深深地印在我的心中。我觉得,一个中国作家或诗人,乡村经验尤其重要,乡村经验是我们民族的底色,乡村经验是一个中国诗人应该站立的地方。我说的乡村经验当然不只是怀旧和回眸,也不仅仅是寻找精神故乡,精神故乡已无处可寻,它已经消失在现代化和城镇化的洪流中。我说乡村经验只是一种底色,那是生命的底色。

颜　陈: 当下中国诗歌写作的真实状况不太乐观,偏居一隅,备受冷落,诗人及其作品已经不再受到大众的关注,您怎么看这个现象?

马新朝: 现代人崇尚科学,疏离诗意,是一种不健康的表现。科学和诗意的不平衡,必然导致社会的不平衡。表面上看,诗的确已经离开了我们大多数人,离开了大众的公共生活。现代的多数人已经不再读诗,不再诗意地生活,他们看重的是金钱和利益,是肉体上的短暂享乐,物质已经主宰着公众生活,所以我们多数人感到迷茫、烦躁不安,并不感到幸福。但是,诗的边缘化,诗的离大众化,只是一种现象。随着我们生活水平的提高,物质生活得到满足以后,人们还是会有精神需求的,还是会回到诗歌之中的,诗有一种引力,那就是人性之引、美之引、生命之引。

颜　陈: 现在诗歌创作有一种技术主义倾向,强调技巧的运用,您怎么看这个问题?

马新朝: 诗歌创作的技术,当然重要,诗歌创作的艺术技艺比任何艺术都重要。但技术有时和内容是连在一起的。有一种说法叫内容决定形式,反过来也可以,形式决定内容。但现在诗歌界有一种不好的现象,过于强调技术,为技术而技术。诗成了炫技的艺术。写一首诗之前,过多考虑的是技巧而不是内容,而这些表现手法和技巧往往又是唯新是好。我们诗坛缺少的不是某种技巧,而是具有精神引力和综合能力的诗人及评论家。这种综合能力的诗人出现就是诗坛的希望。

颜　陈: 中国传统诗歌理论最重要的内核就是"意境说",但现在很多人对新诗(现代诗)还是很隔膜的,甚至是误解的,没有味道,缺乏古典诗词隽永回味的"诗意"。您怎么看这个问题?

马新朝:新诗当然不能重新回到唯一的"意境说"中去,但"意境说"仍然没有过时。你提的问题是一个大问题,不容易说得清楚。新诗当然有好诗,只是普通读者不太了解罢了。我们的新诗从世界角度看并不弱。它需要读者参与和了解。当然,中国新诗与中国古典诗在诗意构成上是有些微的差别。这是因为中国新诗形式大多来自西方,它诗意的内核构成及其因子等有很多也是来自异族。这是导致大多数中国人看新诗仍感到某些生涩的原因,为什么读旧体诗就能从骨子里感到亲呢?那是因为旧体诗已经成为我们民族的集体意识,在我们的血管里流动。近些年不少诗人回归,重新审视传统,从古典诗里找亲戚,这可能是一个好的开端。

颜　陈:诗歌写作在您的工作和生活中有什么特殊意义吗?

马新朝:写作使我打开一扇又一扇通向世界的门,打开通向他人或者自我的门,写作使我清醒。假若很长时间没有写作,我就会感到茫然或者不安。写作起码使我能够看清楚我所站立的位置,并对我的存在以瞬间的光照。因此,写作使我温暖,写作使我具体而真实。对诗人来说,诗歌创作在一定意义上就是诗人对自我家园的重构。

颜　陈:这次由中共襄阳市委宣传部、中国《诗刊》杂志社主办,由襄城区委、区政府承办的"襄阳好风日"全国诗歌大赛系列活动已经全面启动,您对本次大赛有哪些感想?

马新朝:诗歌是高雅的艺术,这次襄阳市选择以诗这种形式推进城市文化建设,充分体现了决策者的文化修养和远见卓识,相信本次"襄阳好风日"活动会产生一大批咏襄阳、诵襄阳、赞襄阳的精品力作。襄阳历史文化积淀深厚,特色文化异彩纷呈,因文化而立,必将因文化而兴。

(颜陈:湖北荆楚网记者)

D 《花红触地》评论

纯诗至高境界的体现

单占生

我前一段时间读了这本诗集。我读这本诗集有很多触动,也可能这种环境让我在读这本诗集的时候带有一种局限性。我关注马新朝很久了,早些年河南出了九本小册子,我曾经写过关于他的一篇文章,当时马新朝还非常年轻,我也很年轻。我觉得当时出诗集的诗人都很年轻,可是现在年龄都不小了,我觉得年龄对他的创作有很大的影响。

马新朝的诗让我觉得,对他这个人可以从三个方面考虑。第一,是从上午我们讨论的河南诗群的问题考虑,我认为这是与马新朝相关的问题。河南诗群把它作为一个纯粹的诗的概念或者是诗人群体的概念是完全可以用"群"概括的,可能用河南诗派还不是特别合适,因为河南的的确确还没有形成一个诗派,但是河南诗歌学会的几任负责人都对河南这个诗群有很认真的、负责任的关注,特别是到了马新朝主持河南诗歌学会之后。我认为从河南诗歌到河南诗群,可以说是河南诗人的群落而不是说群体。而这个群落包含了不同部落的诗人的群体,比如说平顶山部落、南阳部落、开封部落、周口部落、信阳部落……这些部落是以不同个性、不同风格、不同体材(包括古体诗、新诗、散文诗),在河南这块土地上很自然地存在着,很自然地在创作着,这正是河南诗群的突出特点,即它有一种很大的包容性,有很自由的创作空间,而且有尊重自己心灵的一种感受,遵照自己对诗歌艺术的理解进行创作。这样一种由几个不同部落或不同个性的诗人组成的不同部落,又组成了河南诗歌群体,或叫河南诗群。这样一个群的存在与马新朝和当下诗歌学会的一帮人所做的工作有直接关系。

所以我认为讨论马新朝的诗和讨论与马新朝相关的问题都是值得考虑的。

对于马新朝的诗，如果我们从河南诗歌创作历史来看，上午南丁老师对河南原来的几位老诗人进行了介绍，我在《2010年河南诗选》序言里面也谈到这个问题。其实河南的诗歌历史就是新诗历史，我们且不说古代诗歌历史，中国的诗歌历史几乎可以说是河南诗歌历史。但是，宋之后整个中国诗歌发生了很大变化，河南诗歌也有了它的变化，我们可以不谈那个东西。但是就新诗而言，很多人忽略了河南诗人对中国诗歌、中国诗歌历史、中国新诗体的创建所做的贡献，而上午南丁老师谈的问题让我非常感动，这是很多人没有重视的。比如徐玉诺先生、苏金伞先生等的新诗都对新诗初期诗体的形成作出了巨大贡献，这也形成了河南诗歌的传统，这个传统就是说它既关注当下社会生活的现实，同时又游离于或者轻微游离于主流意识形态的要求，而按照诗歌创作规律进行创作，这正是河南新诗很突出的特点。

  我觉得马新朝是继河南的徐玉诺、苏金伞、青勃等几位先生之后关注当下的社会人生，关注纯粹的诗歌艺术的很重要的诗人。他继承传统，而且他在诗歌艺术上有所发展，有所创新，有新的贡献。我认为应该把马新朝放在这样一个历史时空中来考察，这是第二个方面。

  第三，就是他的《花红触地》。我在旅途中看了，还在扉页上写了几句话：马新朝是在感受到生命的苍凉之后才有如此变化，他变得随意，特别是第一辑。在此之前，我们可以在马新朝的诗集《乡村的一些形式》中，寻找到他对题材的追随，比如说对重大时空、重大历史题材，还有对乡村题材的关注与追随。但是到了《花红触地》，我觉得题材已经不重要了，重要的是他对生命的感悟，特别是对生命苍凉的感悟。我当时是追随着太阳逐渐降落的时空阅读它的，所以对这一点感受比较多，这也可能跟我年龄慢慢追随着落日有一定的关联。我觉得他的诗集里面有几点应特别引起我们的关注：一是马新朝的时空意识和生命意识的悲凉在这本诗集里面表现得非常突出，而且几乎在每一首诗当中都可以感受到生命的苍凉，可能这正是马新朝这本诗集有别于前面几本诗集很重要的变化或者叫一种发展。二是这本诗集在艺术表现上泛灵化的观念非常突出，他所看到的一切不管是有生命或者无生命的都作为一种生命存在，这就是他突出艺术的一种体现。这种泛灵化的感觉我认为是马新朝有这种思维才有这种表现。三是在他这本诗集当中弥散着这样一种特点，即他的整个创作手段里面是把日常语言都作为有隐喻意象和隐喻感觉的语言来使用，或者他本身把这种隐喻跟他的生活结合在一起来感受，隐喻与生活无法分开，这正是他表现手法上很具特色的一种表现。四是我刚开始说的，在这种诗体当中，马新朝已经把所有题材不再作为纯粹的乡村的，或者其他什么题材去感受，而是把任何他所看到的东西都作为生命的感受体来看待。五是诗人与"我"在他的诗中无法分开，在我几十年的创作中"我"与诗人总是分离的，而在马新朝现在这本诗集中"我"与诗人已经无法分开，达到一种和谐的统一。我认为马新朝这本诗集当中的这五点非常重要，就是生命意识问题、泛灵化感受问题、把日常生活作为隐喻的终结点问题，还有题材的消弭，最后是"我"与诗人的统一。特别是"我"与诗人的统一，使我国诗歌传统得到了体现。这正是中国诗歌对世界诗歌的重大贡献，我认为马新朝这本诗集达到的境界是一种纯诗至高的境界。

（单占生：河南文艺出版社名誉社长，著名评论家）

永恒的哀歌

谢 冕

尚未全部仔细读马新朝的这本诗集,但是大家都准备得很好,可以把我忽略的地方、不够周密的地方遮蔽一下。上午在中原诗群高峰论坛上谈到河南的百年诗歌史,我希望大家不要忘记在海外的河南诗人,我想起的有文晓村先生以及很多河南籍的在台湾和其他各地的河南诗人,他们的诗歌贡献都是很大的。

刚才听了程光炜的发言,准备得很细致;单占生的发言确实是经过了很深入的研究。我想讲的是:对一个有成就的诗人来说,通过他的一两首诗,就可以认识这个诗人。我对马新朝的认识就是缘于读了他的一两首诗。《黑夜里的哭》让人惊怵。这个哭声是自己发出来的,他就提这么一句;这个哭声不是自己心头发出来的,但,是他听到的。这就是程光炜刚才引用的哭声。再说《眼泪》,他说,"不要总是坚强/不要/人,不是顽石"。他又说,"我摸遍了周遭/竟没有找到一滴泪"。环顾周围世界找不到一滴泪,"泪水,在这个时代里逐渐稀少"。诗人的心多么柔软!我们经常讲,要坚强;但是,像顽石一样的坚强而没有眼泪是非常遗憾的。他说:"草叶/挑着一滴浅露/使无边的早晨感动……在荒芜的人群中/人人目光如铁"。我们的眼光像铁一样,一滴泪是存在心里的良心,你可以在他的诗篇当中找到这样一些共通的诗人全部的关注。他唱着永恒的哀歌,他感受到了随时随刻的死亡,也就是消失,一切都在无声地离去。死亡和离去是不可阻挡的,即使在我们平静的书房当中,那些茶杯中的茶水正在凉,那就是死亡。这就是马新朝的哀歌,也是他的悲歌。诗歌,不要用宣传性的词句来表达这一切,应像马新朝这样,用朴素的诗句、朴素的言语传达出旷古的哀愁。

比起当下那些洪水一般泛滥的词语,马新朝的追求是多么可贵。我还没有读他全部的诗,但是我通过选读少数作品,已使我认识了马新朝。我用这些话,表达我对这个研讨会的看法。

（根据会议录音整理）

（谢冕:北京大学教授,博士生导师,北京大学中国诗歌研究院院长,著名评论家）

对生命的关注和对自我的拷问

吴思敬

刚才各位老师已经对马新朝的诗做了很精确的讲评,我就简略地谈一下我对新朝的诗的印象吧。我觉得衡量一个诗人是否具有创作潜力和潜能,是看他还能不能有更大的发展,最重要的是看他的诗歌是不是处于变化当中,我觉得新朝就是在变化当中的诗人。我前些年关注新朝,是从他的《幻河》开始的。实际上《幻河》这首诗在我国当下长诗创作当中是带有经典性意义的尝试,这个尝试写作显示了诗人一种宽阔的胸襟和深厚的积累,还有就是他那种不同凡响的结构能力和表现能力。能够有勇气写这么重大的题材,而且能够获得成功,确实表现了新朝创作的潜力和潜能。但是如果仅仅停留在《幻河》上,他继续沿着这条路去写,今天去写黄河,明天去写长江,或者后天再从中原大地某一个重要的文物古迹去写,那实际上就是在重复。所以我特别感到喜悦的就是新朝这些年来没有重复自己,现在他拿出的《花红触地》在他个人写作史上确实呈现了新的景观。

我感觉到有这么几点很值得重视。第一点是在《花红触地》这部诗集中表现了他写作取向的调整,就是由对重大题材、重大事件的关注转向内心开掘,走向内心深处,向世界敞开心扉。这一点刚才几位先生的发言都不约而同地强调了。我们看现在他这部诗集当中短诗居多,有的诗就几行,最多不过二十几行,写得非常自然、放松,似乎他是主观心境跟外部世界相碰撞而写出来的,而不是刻意营造的。做到这种放松非常不容易,说明诗人已经具有独特的对诗的发现能力,把客观意象转化为诗的能力,而这种能力不是谁都具有的。

第二点就是他在抒情中展示出的强烈的时间意识。抒情诗的产生往往基于回顾人生历程时升华起的时间意识。时间是无情的,时间的流逝意味着生命的消耗。时间留在我们内心的印痕，往往会引起诗人的创作冲动。马新朝大量的诗歌实际上就是基于这种强烈的时间意识产生的，其中"光"的意象多次反复地出现。我觉得马新朝笔下的"光"和当年艾青笔下的"光"不一样，艾青笔下的"光"是作为一种象征去写的，而新朝的诗歌是把"光"作为时间变化的体现，我觉得在他的诗歌当中能非常明显地看到他对"光"的意象的使用，以及在"光"的意象后面所附着的意蕴。

　　第三点在马新朝这本诗集当中体现了对人的关注和思考，也就是体现出相当深沉、厚重的人文情怀。我觉得他是真正贴近了现代诗的思维方式，但他不是为现代而现代，在他的诗歌当中有一种深厚的底蕴，就是人性关怀的底蕴，像他诗歌当中的《一百个老人》《这里真好》等，全体现出这一点，这继承了中原诗人从杜甫开始的深厚的人道主义，他始终没有忘记底层民众。

　　第四点就是马新朝作为一个出生于农村的诗人，他始终没有忘记他是大地之子的身份。新朝的诗歌当中相当一部分诗仍然是乡土题材的诗，但是他真正是给乡土诗带来了新的局面，他的视角在不断地变化，始终围绕着对农村的深厚关怀。这确实表明新朝的诗无论从思想内涵还是艺术表现上都进入了一个新的阶段。基于这样一种判断，我认为新朝的诗还是在发展当中，他具有可塑的潜能，有继续成长、继续朝着大诗人的方向前进的可能，我寄希望于他的未来！

（吴思敬：首都师范大学教授，博士生导师，著名评论家，中国诗歌学会副会长）

地气与诗心

杨匡汉

对于马新朝的新作《花红触地》,我还没有像其他朋友那样细读,只能谈点粗浅的感受。上个月月初我回了一趟上海,复旦大学安排看世博园,我重新看了一下。去年世博园是非常热闹的,前前后后上千万人都挤在世博园,光看中国馆就排队排了三个小时,非常辛苦,非常累。上海世博会的主题是"城市,让生活更美好"。这一次去,世博园中的设施几乎全部拆掉了,留下一个中国馆也不开放了,其他地方一片荒芜,我就有一些感慨。我出生在上海,老家是宝山,我们那个老家已经没有了,已经被城市改造摧毁了。上海算是在全国建设得比较好的大城市,但是这样一个大城市是不是生活得很幸福、很美好?北京也是。我就有一个问题:城市居住和人的关系。这个问题跟马新朝的诗有联系,我从这里开始讲。现在的城市建设、现代化建设,是把人挤在住房缝隙里,才能看到一点点树木和花朵,而不是在树木、花草当中有那么几栋房子。这是一种关系,现代化的城市改造完全把人与自然的关系颠倒了。现代化过程中很多问题、很多错误就出在这里,因为正常的关系被颠倒了。

20世纪六七十年代我曾经来过郑州。当时郑州是全国很著名的一个绿化城市,尽管房屋都像火柴盒,但是整体绿化做得非常好,让人看着很舒服。现在来了以后,我不能讲郑州不好,但是整个建筑群落,从飞机上下来一看,绿色的东西远没有原来的比例大了。我想,生活在这样一个城市,生活在这样一个时代,生活在这样一种物质环境当中,我们会有什么想法?所以我觉得《花红触地》是在由现代化进程当中城市化一些弊病给我们的人生、心灵带来的一些祸害,带来的一些痛苦,带来的一些悲凉,带来的一些憾恨和感悟中诞生的。

新朝写诗比较早。在我过去的印象里面,他是比较阳光、比较朝阳的,就像他出生在南阳一样,向南的,朝阳的。可是从他近年来的诗歌中,我们可以看到他的诗心有所转变。第一个转变就是从过去大量地写外部的东西,歌颂外部的事物转到内,就是从外转到内。第二个转变是从宏大叙事转向细小的感悟、细小的透视。第三个转变是从过去通常大家说的颂圣式,对到处一片形势大好的吟咏,转换成现代城市给我们带来的精神焦虑、生存困惑。第四个转变是时空上从过去普遍性的、抽象性的叙事,转换成比较特殊的、非常有个性的、非常有意味的描述,在这种转换过程当中所写对象尽管很小,比如说一颗牙、一朵南瓜花等东西,也都能生化出一些感悟、一些美感。

  他的作品我看得不细,比如说像《眼泪》、《就在今天》、《高大与细小》、《暴风雨》、《疼痛》、《美人》、《遗址》、《黄河断流》、《许多年以后》、《一百个老人》、《倾听》、《郊外散步》、《有和无》等作品,有世态的炎凉,还有自己内心的痛楚,这是一个比较有意思的转换。我觉得诗歌确实应该写出自己内心真正发出的声音,所以我觉得他时空的转换值得我们注意。他的作品《花红触地》,确实是触地了。花红可以有两种解释:一种是中草药的花红;还有一种是落叶的小乔木花红,它可能还没有完全成熟,它的果实非常青涩,所以他作品里面很多是有点淡淡的、哀伤的、青涩的味道。他的诗更多的是用现代的手法,借鉴了很多东西,诗心"触地"就是接触到了地气、人气和文气。当然,我个人感觉好诗不一定用大小、长短衡量,但总觉得有的时候有些作品当中缺点什么:第一缺了点大气的东西,第二缺了点厚度。所以希望以后新朝在创作当中要增加大气和思想的厚度。有思想厚度的内容,不一定非得用现成的、通约的说教,而是要变一些说法,运用让我们可以回味无穷的语言。这还有待于我们从诗歌语言上做进一步开发。我相信在河南这块中原大地上,既然有这么丰富的语言资源,深入开掘,重新出发,今后肯定有更灿烂的前景。

(杨匡汉:中国社科院文学研究所研究员,博士生导师,著名评论家)

中年人的"脆弱"与离散

程光炜

前一段时间请谢冕老师和家新等朋友在北京开了一个会,当时家新讲得很内行,把诗歌非常具体的东西都分析得那么透彻,我发现我真是离他太远了。谢老师说诗不分新旧,只有好诗和坏诗。诗为什么说到什么时候都不会过时?我就想谈一谈。实际上,这30年的诗现在能够被我们认可的,一个是纪念碑式的,就是在悲情时代对历史的感受,这都没有问题,这些东西至今读起来还让人很感动,因为那毕竟是我们曾经走过的年代,在非常贫乏的年代那种很温暖的东西。其中也包括抒情的一部分。

第二阶段就开始出现自我,写出了处在社会转型期的那个年代的人们怎么认识在中国当代史中一直被压抑、一直没有被人认识的自我。因为这个"自我"不知道是西方意义上的自私还是什么,搞不清楚。那么到20世纪90年代以后直到现在其实有一个很大的问题,就是不知道心里有没有标准了。最近我也看了一些小说,基本上知道什么是好的作品,什么是不好的作品,但是好像这十几年的诗没有什么共识,就是因为我们在谈自我的个人经验,而什么样的东西是最好的或者是比较好的,我们并不是很清楚。也有人说还是要重回江湖,至少可以建立一种标准。没有什么标准可以告诉我什么是好诗,什么是不好的诗,所以这是我的一个困惑。

我跟马新朝很长时间没有见面了,我看到新朝这本诗集以后觉得这是写给我们这个年代的人看的诗。我觉得《花红触地》就是"脆弱",到我们这个年纪就比较脆弱,当年那种勇气都没有了,特别容易被触动。我这几年看了几本比较好的书,一个是《大江大海》,是台湾作家写的。我们很长一段时间被人教育成:把坏的东西教育成好的东西。这和中国人本身的离散有关,我看了《大江大海》经常忍不住流眼泪,我想一个作家能让我流眼泪非常不容易。我们写文章就盼"叫人同情"、"叫人爱",其实也不用阐释形式上的内容。还有一本是《飘零家》,这里的主人公是一个学者,不顾家。从小妈妈觉得丈夫对她没有爱,就把他们抛弃了,他是在各种朋友家长大的。40多年后他重新回到北京找他的母亲,母子相认,没有感动,只是觉得这是自己亲近的人。他们见面以后没有话说,他连想拥抱他母亲的愿望都没有,结果就撑着住了三天。我看了以后眼泪直流。我就想其实到了我们这个年纪比较脆弱,我估计我们到像谢冕老师、南丁老师的年纪以后可能更脆弱,因为被骗得太多。"不要总是坚强/不要/人,不是顽石",我很喜欢这种诗的感觉。今年正好是我们同学毕业30年,没想到我们一混就是30年了。正印证了这种说法,就是有那么多离去不可阻挡,年龄、经验还有自己很喜欢的东西都阻拦不住了。我很喜欢马新朝这些诗,写不出很多理由,我觉得就是写给我们这个年龄层的,它有一种离散感,这种离散实际上是我自己先前没有意识到的,看到台湾的散文以后才意识到。谢老师好几次都谈到他不喜欢现代诗,可能就是因为太小气了。谢老师还说不要写得太快,我觉得到了这个年龄不能太随便。

马新朝的《花红触地》让我想到李商隐的伤感,其实上午讨论:河南精神是什么呢?就是大河精神,再不要谈自己的传统,那些传统帮不了你。河南的诗歌高潮一个是《诗经》——那是文化的高峰,诗是在文化高峰当中成长起来的。第二是唐宋,唐宋那边就是开封、洛阳,实际上它不可能在文化低谷出现,那时候的河南开封、洛阳、安阳就是现在的北京、上海,诗是在这样的城市出现的。所以上午我还说小说可以有地域性,诗是无法有地域性的。在当下我觉得应该好好去想,而不是去抱怨,批评人家不注意你,而是要想我们自己可能存在什么问题。所以看了新朝的《花红触地》我就想我们有时候可以重新触摸古代,但是要看用什么方式,可能会很难。我们这十几年在谈自我的时候是不是也有一种可能性,马新朝这种诗很动人。

刚才我谈的都是我的困惑,我不知道所谓的日常、所谓的自我怎么处理,写怎么样的自我和日常才是好的,而不是琐碎的东西。也许是我自己出了问题。

(程光炜:中国人民大学教授,博士生导师,著名评论家)

《花红触地》裹挟的疼痛、静穆与丰厚

商　震

对新朝这本诗集刚才我听了几位老师的发言,我觉得单占生先生说得比较全面。我也暗自庆幸我准备的话题没有跟你撞车,结果程光炜先生把我要说的话说出来了,这本诗集确实是给中年人读的诗集,我想程教授说得那么具有学理和哲学化,我就回避掉,那我就说说我另外的、准备不是很充分的话题,是跟新朝十几年的来往以及我昨天把这本诗集读完后的看法。

我首先说一个现象,就是鲁迅文学奖已经评了五届,这五届获奖诗人里,获奖后越写越好的诗人不多,马新朝算一个。从《低处的光》到《花红触地》这两本诗集来看,我个人认为比《幻河》那本诗集更丰厚,对生活的解读和对自我情感的解读更深入,是更具有质地的诗性意义的诗歌。就当下而言,我也可以这样说,马新朝是在当下对河南诗歌有贡献的一位诗人。比如我做了16年的编辑,前几年感触不深,甚至没有那么多压力,总觉得好稿子会来,有时候韩作荣老师会拿一些稿子放在我桌子上让我把它们看了。韩老师走了以后,我突然感到有压力,我自己表态说尽量别给韩老师丢脸,要把诗编得跟他编的时候大致一致或者相差不大,这时候我就要给自己列一个在当下优秀诗人的名单,马新朝就在那个名单里面,一到五六月份的时候发现马新朝的稿子没有来,我就会诚惶诚恐地给马新朝打电话说:"怎么没发现你的稿子呢?"他会说:"我正在整,弄好就给你发过去。"所以这是我的真实感受,有一些诗人都是非常好的哥们儿,我都给他们下过通牒说你写完东西如果不先给我会怎么怎么样,我跟新朝就是这样的关系和朋友,所以他的诗集《低处的光》是我在编。第二就是说在我的编辑生涯里,马新朝在我的金字名单里头,作为我编辑生涯里非常重要的诗人,他是河南的,这个 DNA 不能变。从这个角度说他对河南诗歌是有贡献的。

《花红触地》这部诗集是《低处的光》向前走一步的诗集，更加走出内心、走向对自我生命形态的拷问，表现了那种焦虑和痛感。他那种痛不是自己身体和社会某些现象的碰撞和摩擦，而是内心审美理想与现实之间的这种落差造成的疼痛。刚才谢冕老师说的两首诗就是这样的，更重要的就是从《幻河》开始到《低处的光》，再到《花红触地》，我们发现一个明显的变化就是马新朝价值观的变化，比如他的《幻河》写得也很丰富，甚至有点膨胀，但是我们发现他那时候的价值观跟今天的《低处的光》和《花红触地》不同。我还发现一个变化就是《花红触地》跟《低处的光》相比多了一种力量，这种力量就是静穆。在诗坛普遍说马新朝是个老实人，你说爱他恨他都是那一个笑，没有什么变化。但是在这部诗集里他变化了，多了静穆，而我认为真正的好诗的力量生成于静穆，而不是大词或者喧嚣，最普通的比喻就是小河沟的响亮和大海的镇静，所以他现在宽阔的、厚重的力量从静穆中产生。

　　还有我发现《低处的光》里面没有那么丰富的信息量，而《花红触地》的文化信息量更丰富了，这种丰富是可以这样来解读的，就是说这些年来马新朝的生活发生了变化，他接触的事物越来越多，除了对社会生活、人间情感保持着诗人的敏感以外，他对各类的艺术形式开始吸纳、开始消化并转化为自我的诗歌力量。古人说不是才子不献诗，就是说写诗是谁做的事呢？诗人做的。如果你认为自己没有才华、没有才气就不要写诗，这一点在十年前我们几个好朋友曾私下怀疑过。那么，新朝这个路要走多远？我们也没谱，总觉得这家伙太闷。我觉得如果没有诗才，怎么勤奋也看不到大境界、大前景，而这本诗集我确实看到了新朝对各个艺术门类的统揽、吸纳、消化和呈现。

　　好朋友也要提意见，我觉得新朝的作品今后还是得变化，在抒情方式方面几欲雷同，有时候这一章一章下来以后都是一个速度、节奏，抒情方式大致相同，这个千万要警惕，很多这样的诗人写过某一类型的诗以后，就变得类型化了，永远是这种抒情方式，所以，写到编辑拿起来闻一闻就知道是谁写的，那就麻烦了。一定要注意速度、节奏、抒情方式的变化，使自己更丰富。我现在到《诗刊》工作了，同样对马新朝给予更多的期待，同样在这儿下"黄金缉捕令"。

（商震：《诗刊》副主编，著名诗人）

借《花红触地》谈诗歌的感受力问题

耿占春

诗歌写作目前出现了一些比较好的迹象,开始打破写作的青春化倾向。现在进入教材、进入课本、进入流行、进入朗诵会的诗歌依然多半是有名诗人的早期作品。他们差不多都是年轻时候写了一些诗以后,写作就终结了,这是中国诗歌界的大悲哀。只有少数诗人能够打破这一格局。一些比较重要的诗人,他们最重要的作品都是中后期或晚期作品,这一现象开始出现在我们身边的朋友们中间,在我们认识的诗人中出现了后期写作的迹象。马新朝的诗歌,我看过《花红触地》,还有《低处的光》,确实感觉他在这个岁数完成了一种自我转变,开始了一种后期写作,当然这可能是很漫长的后期写作。邓万鹏也有这个迹象,他花十年工夫把他从20世纪80年代到90年代形成的特别抒情的风格,像故乡、母亲、乡愁主题与风格打碎了,然后重新开始转型,期待万鹏能够完成转型。

所以应该纠正写作上的概念,就是觉得诗歌好像是年轻时候写一写,很多人写到中年才进入诗歌艺术的门槛,但是很多人可能由于其他原因放弃了。为什么后期写作更重要呢?其实诗歌还是经验,诗歌还是感受力的表达。青春期的感受力非常受限制,青春期最敏感的东西太少,青春期也太情绪化、主观化,除了天才以外。对我们来说可能是中年以后的写作更加重要,所以在新朝这本诗集里面有一些非常好的东西,像《谒墓》这样的诗:

冤魂们的/申诉/诸神已收到/这西风中的辽远,寂静,肃穆/便是无尽的判词

这样的诗简洁、含蓄,比如说《往昔》、《野菊花》、《如梦令》……《如梦令》的开头也出现了跟《谒墓》相似的内容:"村庄退回原处。它深陷于一场官司"。

但也有一些作品还是偏于浪漫,他大部分时间里把乡村写得过于美好,那可能是记忆当中的村庄,而不是现实当中的村庄,现实当中的村庄会让人愤怒,在这部诗集里面感受到村庄还是保持得非常完好,由于距离产生了比较美的记忆。像《野菊花》还是写得太优美了一些,甚至带有追忆式的伤感,只是在比较少的地方新朝才让你感觉到人们正在生存的村庄。

  我想借此谈谈诗歌的感受力问题。诗人能够给这个世界提供的就是感受力,这一点非常重要,因为在整个社会形成某些共识、某些新理念或某种新的理性认知之前,我们的社会要依赖于感受力的表达。我们也知道今天的世界跟古典世界不一样,它变得抽象化了,很多时候我们的社会更相信那样的认知方式,比如说统计数据、调查报告尤其是要画出增长或下滑曲线的表格,专家们提供的是这种东西,他们靠这种数据说话,人们靠这些数据了解世界。诗人对生活世界的直接感受力在一个越来越抽象化的世界上,似乎并不能提供直接的认知,这个感受力只能提供个案的东西和个人的感受,似乎并不能代表一种普遍性。这构成了当代写作中通过感受力为社会提供认知的难题,它充满独特的责任和风险。在多大程度上我们的感受力能够成为超越表格、数据的更有说服力的东西,可以成为认知的根据?这可能是对当代诗人的考验,我们有没有能力建立起一种可信赖的感受力?在这个意义上除了个人经验与记忆之外,还要有一些对社会其他方面理论的、抽象的认知能力。

  之所以对新朝诗歌中的那些关于"冤魂"、"判决"、"官司"之类的诗歌有着更多的肯定,是因为对乡村现实性的一种直觉,比起对传统乡村的想象来更有当代意义。今日的村庄已经是千疮百孔,没有太多的自然,甚至也不再是农耕意义上的农业社会了,所以有时候如何处理非诗歌用语会比较重要。上面那些诗中的句子词汇如"判词"和"深陷于一场官司"等是我们在媒体和日常用语当中经常遇到的词语,但新朝却将其很好地融进了诗歌中。这样的例子在他的作品中虽然不是很多,但我感觉到这是他在浪漫、优美、自然的村庄想象之上,能够让人从中感受到痛苦,感受到今天的乡村处境,这是更有力的东西,可能它不是很美好的东西,表面上不属于有诗意的东西,但是诗歌能不能消化这种没有诗意的东西非常重要。有理由对新朝的诗歌抱有新的期待。

      (耿占春:海南大学教授,河南大学特聘教授,博士生导师,著名评论家)

谈一点感受

赵 勇

我在来这里的路上读了两本书,其中一本书就是马新朝先生的这本诗集,在此之前我并没有读过马新朝的任何诗歌,我只是读他这本诗集时形成了一种感受,我也更多地是想通过这种阅读对我自己形成一种检测和判断:看看我的诗歌的感受力是否还在。

刚才听了诸位的高论之后,我觉得我的感受力还差不多,因为我的一些感受和基本判断与刚才老师们已经谈论过的差不多,特别是程光炜老师谈到的那两首诗(一首是《哀歌》,还有一首是《缓慢》),我也很感兴趣。而且在路上我还翻阅了《河南诗人》,那篇谈论中原诗群的文章把中原诗群的范围谈得比较开,包括台湾一些祖籍是河南的诗人,也算在中原诗群里。其中提到了周梦蝶,让我眼睛一亮。许多年前我读过周梦蝶的诗,现在还记得几句。他在一首诗中写道:"这是十月。所有美好的都已美好过了/甚至夜夜来吊唁的蝶梦也冷了"。我想,周梦蝶的这两句诗可能能概括我读马新朝这本诗集的那种感受。谢谢!

(赵勇:北京师范大学教授,北师大文艺学研究所所长,博士生导师,著名评论家)

诗的品质

何向阳

我最近读过法国蒙德拉斯的一本书,说世界上有20亿农民,其中有一半是中国农民。现代化进程是以农民的牺牲为代价的,而中国不会走这种现代化的路子。但是翻译者李培林讲,中国每天有70个村落在消失,每年有上万个村落在消失,这种消失意味着城市化高速发展,农业文明慢慢成为背影,对这种背影的书写一直到21世纪都在继续。那么刚才我说的蒙德拉斯是社会学家,而诗人跟他不一样。在《花红触地》当中我看到疼痛和泪水,比如说《哀歌》写得不明确,他写"那么多离去不可阻挡","携带着他们的宁静和自己的抽象不可阻挡"。另外,"许多年以后流水将重归流水,石头将重归石头……"(《许多年后》),这跟我们原来读到的乡土诗都不一样,在整个时代转型和人文背景下,农事和乡土是心灵的触媒,马新朝他是对现代化的发展和文化转型的阵痛进行发言。还有《回来吧》、《起风之前》、《往昔》等,这些诗从哀歌到往昔——我所说的往昔有一种委婉、忧郁的调子在里面;但是它又很宁静、很透彻。这种品质是诗的最好品质,我向他表示敬意。

(何向阳:中国作协全委会委员,著名评论家)

读马新朝诗集《花红触地》

李 霞

马新朝已成了现今河南诗歌的标志。前不久出版的诗集《花红触地》代表了马新朝诗歌的最新状态。

诗集第一首诗是《人啊》，最后一首是《土塬上的人》，前后以"人"呼应，也许是偶然巧合，却激起了我的联想和兴奋。

　　　人啊，你平静的体内是一个飞沙走石的多事之地//人啊，即使日常中的一分钟，一小时，或是一天/也都是奇迹，只是微小的沙粒与风的搏斗/不会留下印痕//只是这满地的落英和带血的花瓣/被你自己忽略(《人啊》)

感叹什么？人的外在与内心的矛盾？人的日常与非常？人的无奈或忏悔？这三个可相关又不可相关的碎片，被一个共同的无形的手操纵：风。"飞沙走石"因为风，"沙粒与风的搏斗"因为风，"满地的落英"因为风。风的背后是谁？是命运，是性格，是习惯，是机遇，是社会，是时代，是历史，是自己，是别人，是乐观，是悲观？想啊……

　　　大幕将要关闭/夕阳西下，一个人在土塬上默默移动//那是黄土的移动/是这个冬天里，黄土上唯一的移动//土塬上的人/是一块黄土沉入另一些黄土//正在崖畔陷入回忆的古树老藤/被按下了年迈的头颅//远处，一盏灯亮了，它带领着/自己的光芒和群体，走进土塬深处(《土塬上的人》)

黄昏，黄土高原上，一个人，走向村庄，自己的家。这个平常的景象，被诗人描写得不平常了。黄土地上的人与黄土，不仅相依为命，而且互为生命，"土塬上的人/是一块黄土沉入另一些黄土"。

　　　静极——谁的叹嘘？/密西西比河此刻风雨，在那边攀援而走。/地球这壁，一人无语独坐。(《斯人》)

在《斯人》中，我们才真正领略到了什么是静，什么是空，而且这种静和空，是现代的也是古代的，它已穿越和淹没了整个人类与历史，它还说明简洁与大慧是诗的至境。"一人无语独坐"是孤独寂寞吗？我感到更多的是一个先觉者的超然与卓然。

　　土碗里盛满米饭/农民端在手里/生命随着一碗米饭/而延续下来/土碗里没有米饭了/吃饭的人/也永远不再吃饭了/土碗倒扣过来/就变成了/一个农民的土坟（《土碗》）

　　写农民的诗，此首可与臧克家的《老马》比肩。一只土碗，把农民所有的命运都写进去了，从土碗到土坟，变化何其简单，但农民的悲悯却无穷无尽。农民是为别人吃饭而忙碌活着的人，但他们往往连自己的饭碗都保不住，就像建筑工人是为城市提供楼房的，自己在城里却无立锥之地一样。这样的诗，读一次就忘不了。我不敢再读，怕自己控制不住心酸、眼湿。

　　这四首诗的共同点都是写人，《土碗》是间接写人。后两首早已成为中国现代诗歌的代表作，也成了中国现代知识分子和农民的命运写照，它们独特而深刻，征服了无数读者。而且，这独特和深刻互为因果。独特的感觉或体验、独特的观察或回忆，能让我们远离公共话语、惯常思维，还有阅读写作。

　　象征、抽象、歧义、大跨度的艺术表现，让诗的神秘感、陌生化大大增强，但这并不等于深刻或能打动感染人。升华或转化，能使诗告别碎片或现象进入骨髓、血液、灵魂，具有了一枪毙命的阅读效果。《斯人》和《土碗》的最后一句都是升华或转化，但这升华或转化与前边的铺垫，浑然一体，水到渠成，几乎没有痕迹，令人叹服。

　　马新朝的再一次转身，或许应该寻求升华和转化，不知能不能从以上对比中获得些许启发。

（李霞：《河南工人日报》副总编辑，河南省诗歌学会副会长，诗评家）

低调的诗写光芒

唐　诗

我今天来参加这个会议感觉既陌生又熟悉。所谓陌生是我第一次到河南，整个中原大地是第一次来，所以对这里的土地、方言、人情等感觉陌生。但是又熟悉，为什么呢？因为我一看参加诗会的名单仅仅河南这个范围，还有今天上午南丁老师说的中原大地所诞生的新诗而言，像苏金伞、南丁、陈有才、马新朝、杨志学、冯杰、刘高贵等我都读过他们的作品，或许是我这些年在编《中国当代诗歌导读》还有《中国优秀诗歌年选》，从不同角度读过他们的作品，所以我感觉又是熟悉的。

今天上午没有发言，所以我想说一下。因为河南这个地方我第一次来，诗歌界这么高层次的接触也是第一次，我感觉这个地方真是一个大平原，也是一个大的省份，还有一个非常大的诗歌群，我感觉这个数字太庞大了。我想即便四川没有把重庆分离出去也没有这么庞大的规模。另外我发现河南诗歌界有一批视野非常广阔的诗人，你们做的活动也是大活动。同时我感觉有一个最突出的特点，河南诗歌界有三个"大"：第一，大团结；第二，有个大的诗刊；第三，中原大地确实培育出了大的诗人。关于大团结，在这儿我想多说两句。说实话很少有一个地方、一个省、一个市，参加一个会来的人像这样济济一堂。我们经常说团结出人才，我觉得河南诗歌界如果以诗歌学会来说那是空前的，这样的大团结一定会出大诗人；小团结只会出小诗人，而这里有一个大的团结。我也衷心祝愿河南这块土地会产生出更多在全国乃至世界有影响的大诗人。

我觉得马新朝先生非常低调，我想他是在酝酿。阅读《花红触地》后说一说我的感受：马新朝没有躺在鲁迅文学奖的光芒里，他保持着蓬勃而旺盛的创作热情，在坚硬的物质世界里触摸着中原大地，触摸着这个社会和当下现实。我认为他的诗歌创作过去是以"外四点"为主,现在是以"内四点"为主,也就是说他是"内四点"和"外四点"同时打开。因此在他的诗中不时灵光闪现,神来之笔在他的诗中熠熠闪光,让我们在阅读他的诗集时像听一场略带忧伤的二胡独奏。歌德说:灵魂高贵的人能够写出高贵的诗歌,忧伤的人会写出忧伤的诗歌。诗歌因为诗人不朽的才华而不朽,诗人也会因为杰出的作品而不朽,祝愿马新朝老师在今后的创作中取得更多、更好的丰收!

(唐诗:《中国当代诗歌导读》主编,著名诗人,批评家)

读马新朝《花红触地》有感

蒋登科

这是一本非常"干净"的诗集,没有前言、后记,也没有作者简介,更没有许多同行写下的或赞美或批评的文字(我想,关于马新朝的评论文字已经很多了)。需要说明的是,我一点没有说这些元素不重要的意思,尤其是对于我们这些搞诗歌评论的人,诗集的前言、后记和别人的评论文字,对于了解和研究一个诗人是非常重要的,有的研究者往往要花很多时间在故纸堆里去查找那些已经被淹没的文字,如果诗集里面保存着,就可以少花很多精力。我突然想到的是诗人雷抒雁说过的一种观点——在参加第五届鲁迅文学奖诗歌奖的评奖时,我们遇到很多这样的诗集:作品只占了一半或者一半稍多,却附录了许多照片、许多评论文字,有的附录的东西比作品本身还多,作品好像成了附录。雷抒雁对这种做法很不赞同。他说,申请评奖究竟是展示你和名人的合影、别人的批评还是作品自身呢?他甚至开玩笑说,有些集子干脆去参加摄影奖。这话的意思是说,诗人最终是以作品来获得名声的,其他诗外的东西都只是陪衬,如果做得过头了,反而会出现喧宾夺主的味道。看到这本干净的诗集,我突然想起了当时的一些情景。马新朝的诗一直都显得比较厚重、实在,不玩什么新奇的东西,而是以内在的张力获胜。他甚至在诗的形式上不太遵守某些规则:诗行长短不一定整齐,有些作品甚至像散文诗,比如第一首《人啊》就是如此。他在这首诗中发出了这样的感叹:"人啊,你平静的体内是一个飞沙走石的多事之地",这样的感悟令人吃惊,在最后又说:"只是这满地的落英和带血的花瓣/被你自己忽略",好像只是一些哲理思考,但却又那样真实,带血一般。事实上,马新朝的诗在总体上正体现了对人性、人的本质、人的困惑的思考,有些思考使我们眼前一亮,《有与无》、《喊我》的哲思,《曲胡的声音》、《阳光真好》的境界,好像在阅读的时候并不使人觉得难懂,但读了之后却或多或少有一点领悟。在我看来,好诗不一定是难读的诗,而是那些在读了之后让你有所思考、有所领悟甚至突然眼前一亮的诗。

(蒋登科:文学博士,西南大学教授,著名诗歌评论家)

E 短诗赏析

灵魂有光

——走遍新朝的 14 首诗

易殿选

很久没有这样的阅读快感了。

就我有限的阅读经验而言，对于一些陌生的作品，无不是茫然地走进去，然后带几分寂然、几分索然地走出来，几乎没有留恋。从一部作品里满怀欣喜、心情畅朗、频频回头地走出来的时候似乎并不多见。而近来连续阅读了新朝的诗集《低处的光》、散文集《大地无语》以及近期的一些诗作，它们给了我第二种感觉——阅读的快感来自于感动。新朝作品中流动的那份质朴与真诚，那份对"细小"生命的文本关怀，以及越来越接近文学本质的那份柔韧，都令我感动。

也许由于与新朝有着类似的出身背景、创作背景，我在阅读他的作品时，几乎未经过任何障碍便可进入他精心营造的语境及意绪之中，越过他文字的花朵，我甚至可以触摸他感觉的原野上的每一个层面。沿着他朴素、干净、精确的由缤纷意象组成的道路，我分明可以走进一个敏感、悲悯、层次繁复的灵魂的部落。而这个部落里闪烁着执拗、幽微的光，缘着这一米金属似的亮光，我几乎看见了教堂的尖顶。

我主要是指他的这组近作。不过，我无意解析他的诗歌艺术，也无须对他非同寻常的文字把握能力、特立独行的审美视角，以及他作品背后蕴含的沉甸甸的思想内涵评头论足，因为百度一下这个名字，已经有太多的赞美。我想要说的是，从新朝这组随意排列的诗作里，无意之间发现那里竟然有一个诗人流动的精神旅程。对于周围的存在，他由感叹、无奈、失望而悲悯、同情、宽容、关怀，再到近似神性之爱，而这个不断递升的过程，为我们揭开了诗人隐秘的情感世界中温柔的嬗变。就这样，我走遍了新朝的 14 首诗，像一个散淡的旅者，行行止止,旁若无人,一边观察,一边感受,一边发现,一边思考;同时又像一个远游的人回到久违的故乡的原野,在"老屋"与"湖边"之间寻找记忆,从草叶上的"一滴浅露"里寻找"无声的阳光",而阳光往往预示着温暖与希望。

一

一首小诗,竟然可以承受如此重负。哲人说,人是一个矛盾体。人啊,何止是一个矛盾体?简直是一个永无宁日、"飞沙走石"的世界,得与失的权衡、恶与善的较量、名与利的角逐、爱与恨的纠结等,无一刻不在发生着博弈与冲突,那种挣扎、犹疑、角力的过程可谓惊心动魄。如果仔细检视,几乎每个人灵魂的脚下都堆满废墟,都是被暴风雨摧残之后的"满地的落英和带血的花瓣"。对于那场发生在内心深处的战争,在许多人看来却非常遥远,或者说已经习以为常,以致常常"被你自己忽略"了,这就是人的悲哀。《人啊》,我们对此除了感叹,还能做什么呢?

二

仅仅是《垂下》,"久坐不动",像"一块石头",其实也是一种生存状态,"不用说出,也不用辩白",等待"缓慢的光,带着高处细微的尘埃"将自己"掩埋"。这样的生存状态与其说是一种无奈,倒不如说是一种境界,"久坐不动,不使用目光,不使用思维",面对号叫的生活以及"语言瀑布","身体的各个部位像枝条那样黑黑地垂下","沉默"并且带几分"睡意"。达至如此境界的只有两种人:一种是对生活完全丧失信念的人,一种是淡出生活的"出世"者。当然也可能仅仅是诗人的一种幻觉,因为人不可能是"一块石头",尽管许多人在某种特定的情势之下确实如石头一般冰冷、沉默。

三

"突然的一声哭 / 一声,只有一声 / 哭,便止住"。在深夜,无论是谁碰上这骇人的哭声,都会忍不住停下脚步,心惊肉跳。撕裂夜空的哭声背后也许是悲伤,也许是痛苦,也许是绝望,问题是"那是谁的哭/——谁的"。环顾四周,"没有一个人影/只有站着的树,瞌睡的路灯,空寂的马路/还有张着嘴的垃圾筒"。"我检查我的/嘴巴和口腔,它们并没有发出声音"。哭声可以戛然而止,哭声背后的故事却不会自行消失。不知道它来自哪里,那是因为它躲在某个隐秘的不为人知的角落里,或者存在于我们的感知能力之外。然而那"一声,只有一声便止住"的《黑夜里的哭》,又不由得引起我们的好奇与担忧,但那又该如何呢?我们遍寻不见,只能说那一声哭、那一个悲剧符号依然在暗夜里行走。

四

由《黑夜里的哭》自然延伸到《眼泪》,眼泪也是人类共同的语言,它可以是忧伤,也可以是感动;可以是疼痛,也可以是快乐;可以是谎言的翻版,也可以是同情心的延续;也可以什么都不是,仅仅是迎风流泪,正如草叶的眼泪有时候等于"一滴浅露"。但是"我摸遍了周遭/竟没有找到一滴泪/泪水,在这个时代里逐渐稀少"。一个没有眼泪的时代与一个泪流成河的时代相比,都同样可怕,甚至前者比后者糟糕,因为那意味着"在荒芜的人群中/人人目光如铁"。不过有一点可以肯定,"一滴隐含的泪"并不总是等于"存在的良心",也可能等于悔恨,也可能等于鳄鱼的窃笑。

五

《立春》了,春天来了。春天是我们的精神故乡,春天为我们准备了太多礼物,比如喧闹的花朵、青青的草地、温暖的阳光、孩子的欢笑等,而每一种东西都连接着故乡的记忆,因此走进春天里就有一种回家的感觉。在春天里,我们脱掉沾满泥泞的鞋子以及厚厚的棉衣,坐在庭院里接受阳光的检阅。不过诗人在《立春》里寻觅的更多的是故乡的春天。准确地说,是诗人记忆中的故乡的春天,因此才有着"它隔着田埂喊我/用碧水说话/像妹妹那样/推醒我","盖着花布的旧篮子","云雀们坐于高堂"等一连串鲜活的意象。至于为什么寻找,是因为那里蕴含着的浓浓的情愫触动了诗人内心最柔软的部分,"草莓从去年回来/草叶上重现/母亲的嗓音"。没有什么比"母亲的嗓音"更让人感到温暖了,没有什么比母亲更接近春天里的故乡了。

六

如果说《倾斜的西山墙》是一种隐喻,那么围绕这堵"西山墙"的语言就是通向这一隐喻的放射性道路,"三根檩条"、"三五柱炊烟"、"篱笆墙内吱吱生长的君达菜/与幽暗里的虫鸣",以及"更远处的那棵老槐树",都在渲染着这堵"倾斜的西山墙"。西山墙负载的不只是乡村的梦想、村民们隐隐约约的希望,恐怕还有多少代人的情感重托,之所以倾斜,首先是因为沉重,其次是因为岁月的摧残。被岁月摧残的还有生活在墙内的生命,所以"扶着这些倾斜的还有/我那驼背的大哥"。还是让我们记住躲在墙内的"幽暗里的虫鸣"吧,"虫"是这组诗里反复出现的意象,那么,它是弱势群体的代表吗?抑或是诗人赋予"细小"生命的特定符号?

七

有人说,天有多大,地就有多大,其实并不尽然。天,就是天;地可以有界,而天则无涯。《天大了》,不仅在于它的高高在上,它的虚无,还由于"天是自由的,它穿着/用蓝和深远缝制的衣裳"。比较而言,天可以"展开了翅膀,在舞,在跑,在喊",而地则不能,它不仅被规范,而且失去了流动的权利及自由。生活在地上的人与村庄在天空巨大的阴影之下,自然"就显得矮小,萎缩,灰灰的,睁不开眼睛/总想往暗处躲"。这让我想到诗人的另一首诗《高大与细小》,两组不同的意象,都是在叙述巨大与卑微的关系,只不过后者赋予卑微者以"阳光",前者"总想往暗处躲",以致"像我戴着旧草帽的大哥/你看不到他的脸"。大哥,是亲情的连接点,也是现代农民的象征。

八

从某种程度上说,文学都是由记忆衍生出来的,包括诗歌。诗人正是借助记忆这片隐秘的所在,或者在激情的海洋里搏击,或者追溯哲学的高度,或者去印证一段情感的历程,正如鸟儿需要借助蓝天飞翔。《大风之夜》无疑是乡村记忆的产物。这是一段灰色的记忆,"马营村以西,缓缓的坡顶——/你说,那是审判场"。不知道这个"审判场"始于何年何月,但是我们知道每至"冬夜,有人在那里高声地念着冗长的判词/黑暗紧闭帷幕,叮当的刑具,碰响/风雪的法律,没有观众/风在煽着耳光"。可以想见,审判者与被审判者皆已随风而逝,而今,当"黎明,大地和坡顶安静下来/村边一座孤零零的小屋/低眉俯首。它说/它愿意认罪"。这既是历史的荒诞,也是生活的荒诞。其实走进大风之夜,只要谛听,总能听到一些类似的故事,因为历史总是不断地被复制。具体到"马营村",虽然"村庄里并没有人丢失名字",但是在乡村记忆里划下的伤残的痕迹却不会消失。

九

"一截虫鸣"也可以惊天动地,犹如一滴水经过分解,可以裂变出巨量热能一样。就这样《在我的脚步落下之前》,"一截虫鸣,穿着夜之衣裙/带动着狗尾草在鸣叫,带动着远处的灌木丛/在鸣叫","带动着桃树林在鸣叫,带动着河里的鲶鱼/在鸣叫,那些游荡的荧火虫,路过的幽灵/地下沉睡的白骨,也纷纷加入了鸣叫"。"它们手挽着手,加入合唱"。这真是一幅离奇而怪诞的图像,在夏夜,树还在睡梦中,四野八荒喧闹一片,而这一切都源自"一截虫鸣"。那么,"一截虫鸣"何以有这般感召力?仅仅是一石激起千层浪的连锁效应吗?显然并非如此,诗人要着力表达的是一个"细小"生命的力量。也许可以这么说,你可以忽视微弱的生命,但是却不可以无视微弱声音的存在,哪怕是"一截虫鸣",都有可能放大成巨大的轰鸣。

十

很少有人关注一场大雪给人带来的启示与感动,很少有人关注一场大雪在人的精神与情感层面带来的细微变化。而《搬运》就在雪地上"行走","老屋"与"老人"在雪的簇拥下为我们讲述了一个有关乡村的绵长的故事。这当然不是一场普通意义上的雪,它可以是神迹,是上帝意志的力量,是大自然的美容师。总之,它不但洁白而且有力,可以"让村中的树/停住,以免走散,并抹去它们/羞愧的脚印"。这场雪对时间、地点不加选择,即使"天暗了,雪/还在下,来来往往,把村子隐含的金属/往我的身体里搬运"。那么,它"往我的身体里搬运"什么呢?是无边的洁白,还是冰冷的感觉?是天空的呼吸,还是春天的信息?当"一个词,从河边/被追了回来",谁还能怀疑那场雪温柔的力量呢?

十一

如果说《垂下》中"石头"表现的还仅仅是"出世"的念头,那么《傍晚的湖》则流露出诗人"遁世"的思想。那座"被周围的芦苇环绕"的湖泊虽然在"远处",而"我常常到那里去居住",尽管那座湖只是诗人幻想的所在,但是它带给诗人的快乐却是不言而喻的。在那里,"水中的光与我体内的光/拥抱,使湖水更亮"。由此我想到美国19世纪作家梭罗的《瓦尔登湖》,梭罗曾在瓦尔登湖湖畔一片再生林中居住过两年多。所不同的是,瓦尔登湖是一个真实的存在,而《傍晚的湖》则存在于虚幻之中。梭罗在探求怎样实实在在地生活,怎样体验与经历有意义的生活,而诗人则在探求另一种生存的可能性。他希望在"傍晚的湖""停下来时,手指触摸到的/事物,就是家"。诗人想象的家,是一个湖水一样清澈、迷人、宁静的所在。

十二

就物理概念而言,《高大与细小》是两个截然不同的概念。就哲学意义上说,它们都是一种物质载体,一种客观存在。诗人不是哲学家,但是却在讲述一种存在意义。没有什么比"无声的阳光"更浩大的了,它当然可以涵盖"山啊,海啊",以及"报纸的头版那些黑体的大字啊"。同时,"它不会忽略一声最小的叹息/也不会遗忘那些尘埃深处的蠕动/——比如一只蚜虫/和它细小而卑微的存在"。至此,这种覆盖一层"无声的阳光"的"高大"已经不是普通意义的物象,而是近似上帝之光,其实也只有上帝之光才有这种无边的照耀。当"千里万里,阳光从一棵杂草的根部/找到了它,这灰尘般的蚜虫/周身感到了无边的温暖和抚爱"。于是高大与细小完美地结合在一起,上帝之光无所不至。至于"蚜虫背上的丁点阳光"是否"就是人类几千年来苦苦追寻的/公正和道义"并不重要,它已经感受到"无声的阳光"的存在,问题是,它真的感受到了吗?

十三

读罢《回来吧》之后,我立即联想到《安魂曲》。确切地说,我联想到出自莫扎特之手的19世纪最出名的那部《安魂曲》。庄严、深邃、凝重以及浓郁的宗教情感,弥漫在字里行间。所不同的是,《回来吧》涵盖的除了"游荡的孤魂"以外,还包括自然的物象,例如"流浪的山""流浪的水""失踪多年的小路""草茎上的露珠""风中的花朵,蓝天的蓝,大地的辽阔"等,甚至还有"绿过我的绿叶/伤过我的水湄,还有我的行走""我的嗓音,我的手指/我的勇敢地裸露于尘世的脸"。面对这诸多无家可归的物象,诗人悲悯地说,"这是深夜,我这没有灯火的残躯/将引领你们回家"。将它们引领回家当然不是目的,正如上帝将亡灵召唤到天堂不是目的一样,都是为了拯救。于是诗人又说,"我要用夜的黑/洗浴你们,我要用夜的静/疗救你们"。于是诗人通过诗意的流动,向我们传递着温暖、谦和、巨大的关怀,正如当年拉索、帕莱斯特里纳、维多利亚以及莫扎特等作曲家通过律动达至宗教情怀的释放一样。

十四

"就在今天,我打算用我的血/还有体温,去爱,爱这些树木,花草,鸟声/爱生活,还有所有的人"。这让我想起了一位远在大洋彼岸、颇负盛名的华人牧师。当年他不仅是大学校园里一位热血澎湃的学生领袖,同时也是一位诗人。而后靠着神迹的引领一步步走向神坛。他就是常常用类似的诗化的语言代表上帝发言,声音幽远、沉静,并且带着几分阅尽尘世的沧桑感。读《就在今天》,我仿佛坐在某个教堂里一边聆听一尘不染的圣诗,一边靠近诗人仁爱的触角,"心平气和"地"与自己和解"。从凡夫俗子走向圣徒,无比宽容。是啊,"收起全部的刀枪/让它们在心灵的某一个角落/溶化,烂掉",该是多么美好。如果每一个诗人同时又是牧师,该是多么美好。

附诗:

人啊

人啊,你平静的体内是一个飞沙走石的多事之地//人啊,即使日常中的一分钟,一小时,或是一天/也都是奇迹,只是微小的沙粒与风的搏斗/不会留下印痕//只是这满地的落英和带血的花瓣/被你自己忽略

垂下

久坐不动/一块石头说:垂下//就这样,我身体的各个部位像枝条那样黑黑地垂下/接受雨水,以适应高处下来的/语言瀑布//久坐不动,不使用目光,不使用思维/就这样沉默地垂下,睡意地垂下//不用说出,也不用辩白//缓慢的光,带着高处细微的尘埃/把我掩埋

黑夜里的哭

突然的一声哭/一声,只有一声/哭,便止住//那是谁的哭/——谁的?/经五路上没有一个人影/只有站着的树,瞌睡的路灯,空寂的马路/还有张着嘴的垃圾筒//——像一只青蛙/被蛇缠着了身子,发出的/哀鸣。像一个拳头/捅了一下黑夜的伤口//那声哭/一声,只有一声便止住/黑夜痉挛了一下,便止住。我检查我的/嘴巴和口腔,它们并没有发出响声

眼泪

不要总是坚强/不要/人,不是顽石//我摸遍了周遭/竟没有找到一滴泪/泪水,在这个时代里逐渐稀少//而草叶/挑着一滴浅露/使无边的早晨感动//我说了那么多/怎比得上一滴泪水的重/爱和生活,原来要用泪水滋养//在荒芜的人群中/人人目光如铁,一滴隐含的泪/才是存在的良心

立春

我有许多的家乡/春天算一个//它隔着田埂喊我/用碧水说话/像妹妹那样/推醒我//盖着花布的旧篮子/飘过田野/就到了我家//都回来了——/云雀们坐于高堂/分发信件//一身的红裙/草莓从去年回来/草叶上重现母亲的嗓音//一把旧乐器/怀抱新曲/穿过风雨的花朵/在村庄里说话

倾斜的西山墙

三根檩条,扶着了/大哥家倾斜的西山墙/还有无边的黄昏。而扶着这些倾斜的/还有村中零星的狗叫,三五柱炊烟/以及仍在远方摸索的被细雨泡软的乡土小路/我听到篱笆墙内吱吱生长的君达菜/与幽暗里的虫鸣,在一起用力/与更远处的那棵老槐树/一起用力。而扶着这些倾斜的还有/我那驼背的大哥,他在与自己持续的谈话中/挺直着腰身。是三根拄地的檩条在用力/是大哥摸黑回来的身影在用力

天大了

走下桥头/我忽然就看见——/村庄里灰色、错落的屋顶,缓缓释放出来的天/好大的天啊/像是刚刚松绑/天,一下子展开了翅膀,在舞,在跑,在喊/天是自由的,它穿着/用蓝和深远缝制的衣裳//这时,它赤裸着身子/在原野上小便,喊我,逗我/用光的丝线牵着我/于布谷声里/天大了,村庄/就显得矮小,萎缩,灰灰的,睁不开眼睛/总想往暗处躲,像我戴着旧草帽的大哥/你看不到他的脸

大风之夜

马营村以西,缓缓的坡顶——/你说,那是审判场//冬夜,有人在那里高声地念着冗长的判词/黑暗紧闭帷幕,叮当的刑具,碰响/风雪的法律,没有观众/风在煽着耳光//在更远的砾礓沟,辕马驮着轰轰的辎重/那是什么货物?有人在加紧偷运/你说,那是人的名字/可是村庄里并没有人丢失名字//黎明,大地和坡顶安静下来/村边一座孤零零的小屋/低眉俯首。它说/它愿意认罪

在我的脚步落下之前

一截虫鸣,穿着夜之衣裙/带动着狗尾草在鸣叫,带动着远处的灌木丛/在鸣叫,它们手挽着手,加入合唱/在我的脚步落下之前,一截虫鸣/带动着桃树林在鸣叫,带动着河里的鲶鱼/在鸣叫,那些游荡的荧火虫,路过的幽灵/地下沉睡的白骨,也纷纷加入了鸣叫/在我的脚步落下之前,这幽

深的鸣叫/水一般的鸣叫,带着甜瓜的香/和玉米林涌动的绿。它们的鸣叫/是整个夏夜的鸣叫,是树在睡梦中的/另一种鸣叫,在我的脚步落下之前/它只是一截虫鸣

搬运

雪在搬动,行走,用力/把老屋固定//从经年处,雪请来了/不存在的老人,为我讲述/土坯墙的原理//雪让村中的树/停住,以免走散,并抹去它们/羞愧的脚印//一个词,从河边/被追了回来,它说,不要走得太远/村子里暖和//天暗了,雪/还在下,来来往往,把村子隐含的金属/往我的身体里搬运

傍晚的湖

更远处的湖泊/从傍晚出发,穿着性感的衣裙//我常常到那里去居住/被周围的芦苇环绕//水中的光与我体内的光/拥抱,使湖水更亮//它走动时带动风雨/树干潮湿,带露的牡丹微颤//停下来时,手指触摸到的/事物,就是家//它在我楼下的花坛边流连/没有人知道它是湖泊//然后顺着楼梯走上来,敲门/我的房间里一片蔚蓝

高大与细小

这就是无声的阳光/它不仅是一些高大事物的摇篮/——比如,山啊,海啊/——比如,报纸的头版那些黑体的大字啊/它的怀抱,浩大得连接广宙/又细小得能躲过人的视线/它不会忽略一声最小的叹息/也不会遗忘那些尘埃深处的蠕动——/比如一只蚜虫/和它细小而卑微的存在//千里万里,阳光从一棵杂草的根部/找到了它,这灰尘般的蚜虫/周身感到了无边的温暖和抚爱/阳光搂定它,使用宇宙间普遍的光和热/——也许,蚜虫背上的丁点阳光/就是人类几千年来苦苦追寻的/公正和道义

回来吧

回来吧,你们这些流浪的山/流浪的水,你们这些失踪多年的小路/回

来吧,你们,草茎上的露珠/风中的花朵,蓝天的蓝,大地的辽阔/这是深夜,我这没有灯火的残躯/将引领你们回家。回来吧,绿过我的绿叶/伤过我的水湄,还有我的行走,从远远的路上/回来吧,我的嗓音,我的手指/我的勇敢地裸露于尘世的脸,回来吧/这是深夜,我要收拾这一地的散落/我要给你们这些还在游荡的孤魂/以短暂的安适和名分;我要引领你们/还在琴弦上的哭,我要用夜的黑/洗浴你们,我要用夜的静/疗救你们

就在今天

我心平气和/已经没有仇恨和你们所说的敌人//我将收起全部的刀枪/让它们在心灵的某一个角落/溶化,烂掉//——也许,它们从未成为过刀枪//就在今天,我打算用我的血/还有体温,去爱,爱这些树木,花草,鸟声/爱生活,还有所有的人//就在今天,阳光洒进了我的诗篇/就是现在,我与自己和解/我也与你和解

(易殿选:诗人)

马新朝:铁锈上的虚无企图再次滑向黑暗

海 啸

无论是《幻河》还是《花红触地》,马新朝始终植根于他脚下的大地,苍茫沉静的心像背后,带有某种朴素的情感和"中原性"幻觉,在诗意的表现上,使本土性、公共性与个体经验之间达到一种立体的均衡。他诗歌的"仓库"囊括了传统美学、历史脚本、山川河流,包括乡土气息、都市变迁等一系列主题,并力图还原和重构,实现一种词语间的和谐关系。

附诗:

一件往事

它就在那里。保持着/原来的模样,它不会生长/与时间和别的事物/板结在一起,像一个和谐/没有人能够发现它/在我把它写入诗之前。今天/当我从一个旧仓库里偶尔看到它时/它躲躲闪闪,像铁锈上的/虚无,企图再次滑向黑暗中/我小心地把它取出来/穿上文字的衣裳,它在疼痛,抖颤/像海蜇一样枯干了

(海啸:诗人)

《瓦罐》的意义

杨志学

这首在《诗刊》发表的诗,也收入了马新朝的诗集《低处的光》。综观诗集《低处的光》,我们不难看出这位鲁迅文学奖得主迥异于其以往诗集《幻河》的一种新的写作姿态和艺术境界。《瓦罐》一开篇便闪出的"田野里的光",显然属于"低处的光"之一种。

这首诗仿佛经作者剪辑的一幅幅画面,每两行自然构成一节。诗的第一节,由光的普照到其聚焦于瓦罐,宛如镜头切换。第二节是在客观事实基础上融入想象和感情成分以后形成的诗意判断,它是对瓦罐之光的发掘和升华。"瓦蓝瓦蓝的色彩"和"火的痕迹"容易引起我们关于生活态度和人生信念之类的联想。接下来三节,诗的情境在"大哥"与"瓦罐"的特定关系中展开,有较强的动感,构成了这首诗的血和肉。诗人说大哥走向瓦罐的缘由不在"渴"而在"孤立无援",这便上升到哲学层面。割麦子的劳动强度只有亲身经历过的人才能真正了解,同时也只有亲人才能深切感受到大哥的无助。田野里除了麦子就只有瓦罐了,大哥只有从那里寻找慰藉,喝下水也喝下"大火的痕迹","听瓦罐内的风声说着寂寞"。在田野里,你的确可以听到瓦罐里的风声。最后一节带有总结性质,进一步揭示大哥与瓦罐的互为依存。"万物都在瞌睡"的话外音,无疑是万物的麻木与世人的冷漠。午后的麦田,只有瓦罐伴着大哥。劳作在继续,生活在延续。一切都没有改变,或改变得极其缓慢以至于几乎察觉不到。

有人说《瓦罐》表达了诗人对农人的一种悲悯,这种理解其实是偏狭的。从诗里"大哥"这一符号的运用,可以看出作者是隐忍地表达了一种切肤之痛。悲悯难免带有"锄禾日当午,汗滴禾下土"的旁观心态,而切肤之痛则是连着骨肉的。

附诗:

瓦罐

　　田野里的光/在瓦罐的边缘处移动//那瓦蓝瓦蓝的色彩里/依然有着火的痕迹//大哥在孤立无援的时候/便放下镰刀,默然地向瓦罐走去//清水,还有瓦罐上那些大火的痕迹/咕咕地流进他的喉咙//他坐在瓦罐旁休息,目光迷茫/听瓦罐内的风声说着寂寞//万物都在瞌睡,在这午后的/麦田里,只有他和瓦罐

(杨志学:文学博士,文学评论家,《诗刊》编辑部主任)

对低处的光照

龙彼德

曾经以1800行长诗《幻河》抒写中华民族的苦难史和诗人自己的心灵史，震撼读者，征服评委，一举获得第三届鲁迅文学奖的马新朝，于2009年12月出版了一本诗集《低处的光》，从对高大题材的把握转向对低处存在的光照，显示了他锐意求新的姿态和可贵的探索精神。诗人说得好："不管自己过去的心灵飞得多高，多狂野，我的身体，我的存在，始终都在低处，低处才是我的灵魂的安居之所。""人不能太狂妄、虚妄，人要回到大地上，诗也要回到大地上。大地才是所有生命寄存的地方，它是一个实在，是及物。回到大地，就是回到平民和平民意识，回到生命的根部，存在的根部，并爱它们，用诗抚摸它们。"

低处，可以看得具体、细微，不至于浮华、夸饰或理念偏枯；低处，可以写得直接、即时，不放过当下状态与任何变化；但低处，也容易琐碎、随意、平面、缺少深度。光照的作用，就在这里凸显出来了。它是一种聚焦，将日常生活集合在一起，加以比较和分析，作出排列和呈现；它是一种透视，透过表层的具象，深入隐秘和未知的领域，看清那些被潜藏、被遮蔽的部分。马新朝的本领就在于此，这使他既得益于后现代诗的技巧，又避免了后现代诗的弊端。

《去了一趟作家协会》一诗，给人的第一个印象就是去掉了曾经有过的如"作家的摇篮"、"精神的高地"等光环，还作家协会这个群众团体以本来的、应有的面目。它和其他群众团体、单位一样，不在天上，而在地上，都处于市场经济商品大潮的冲击中。"还在萎缩"，"受到质疑"，被"使劲地挤压"，文学遭到边缘化，这都是不争的事实，与物欲横流、精神滑坡、价值失衡的社会倾向有密不可分的关系，也是诗人忧患意识之所在。

然而，他弃绝了高高在上的道德评价，也弃绝了振振有词的大声疾呼，不是俯视,而是平视作家协会的日常生活:遭到世俗社会冷落的"寂静",受到"知识无用""知识贬值"论威胁的"书撂",关注"人们普遍的疼痛"、坚持文学创作如蜜蜂酿蜜不止的"老作家",以及捅阴沟("下水道")的"作协秘书长"……让这一切在透明中呈现出来,竭力捕捉对象最直接的即时状态,就像美国诗人金丝伯格所主张的:"必须简单直接地写出我们的感觉。假使对事物的感觉够强烈,够真确,写出来的就会是诗。"

在接受琳子的专访时,马新朝说过这样一段话:"只有具有现代感的诗人,才具有洞穿事物的能力,才具有解除自身枷锁的能力。"他所谓的"现代感",就是哲学和感悟,就是他心灵的光。用这种光,他照到了上述的事物与人,看到了它们之间的联系,发现了平常人发现不了可又认同的东西,而且写得是这样妙趣横生:"一个老作家从一本书的扉页坐起来/打着哈欠问我/几点了"给人一种"不知有汉,何论魏晋"之感,时代的变化真是太快了!

令人叫绝的,是最后一节:

又要下雨了/作协秘书长从乌黑的下水道里钻出来/他说这里太挤/连一个座也没有

不仅受到挤压,还被冷落、边缘化,这样的单位按理是不会有人来了。事实却恰恰相反,人满为患,争抢座位,以至于闹得下水道不通。这一悖论,不仅幽默,还能引起多种联想,其内含是相当深刻的。

诗中还有一节,虽然只有两行,我们却不能轻易放过:"有人说,我的老师前些年带着他的儿女们/回乡下去了"这是一反蜻蜓点水"宾馆写作"的风气,长期深入基层扎扎实实地体验生活,还是心灰意冷分流别向改弦更张? 都有可能,起码是给我们提供了文学界的另一种路向……总之,寂静与喧嚣,坚守与困惑,沉潜与浮躁,分流与内斗,构成了作家协会的洋相,这又岂止是一家的洋相? 分明是复杂、纷纭、冷暖有别、矛盾交错的当代社会的缩影!

有人将当代诗分为隐喻写作与口语写作两类,本文不想探讨这种分法是否科学,只想说就是按照这种分法也很难界定马新朝的这首诗。他用的多是口语,这是由其低处决定的。如"高高低低的书撂,像一些逃荒的人",让人担心这些撂在一起的书籍的命运。"那些蜜蜂一样嗡嗡的汉字",既是明喻,又是通感(以听觉代视觉),还有形态,可谓美也。但是,你能说"疯长的楼群和喧嚣"对作家协会的"挤压"不是一种隐喻吗? 作家协会的秘书长不抓文学创作,而去捅阴沟、通下水道,你难道不觉得这话中有话,充满了隐喻的暗示吗？高标杆的诗人有能力消化各种字、词,恢复汉语的命名功能;也有能力运用各种写法,打破教条、门派和类别的界限。

马新朝还有几首纯粹写物的短诗,在发挥想象力和运用细节上,像《去了一趟作家协会》一样精彩,如《草蛉虫》、《一朵南瓜花》、《看河》、《夜晚,熊耳河幽暗的水》。他说,这均得之于"低处"所赐;我则对他补充道,还有"光照"。

附诗:

去了一趟作家协会

它还在萎缩/它的存在,受到质疑/疯长的楼群和喧嚣,从周边围过来/使劲地挤压它//有人说,我的老师前些年带着他的儿女们/回乡下去了//推开门/我听到一种寂静,那是/尘土中的寂静/是夜晚被惊醒之后的寂静/高高低低的书摞,像一些逃荒的人/聚在一起,打着瞌睡//这里是一个家/摆放着人们普遍的疼痛/那些蜜蜂一样嗡嗡的汉字/安静下来/一个老作家从一本书的扉页坐起来/打着哈欠问我/几点了//又要下雨了/作协秘书长从乌黑的下水道里钻出来/他说这里太挤/连一个座也没有

（龙彼德:诗人,原浙江省作家协会秘书长）

灯火照亮的乡情

——马新朝诗作《细细的灯火》赏析

申 艳

赏读一首好的诗作常常会有一种特别复杂的感受：你被它的魅力感染，想说出它的奥妙，但是你把任何一个句子从中拆卸出来进行分析，都怕伤了它的完美。而你欲罢不能，精彩的意境，独具的诗思，又撺掇你总想与人分享这一份美妙。于是你狠下心来，说一句：姑且试着说说看吧！——这就是我读到马新朝老师《细细的灯火》之时的感受。为了避免拆卸带来的遗憾，我们还是先来完整地欣赏一遍这首耐人寻味的小诗吧。

我看到灯火在扭动它手中的钥匙/打开村庄的门//灯火坐在村子的中央/细细的光照遍了村北与村南//它把我大哥的名字，脸/放在潮湿的箩筐以及农具中间//我死去多年的父亲，被它唤醒/从门外缓缓走进来//它站在高处，向那些黑暗中伸过来的手/讲述着光明的原理和品质//大哥没有说出的话语，来源于这盏灯/灯的移动，牵动着村庄和季节的移动（选自《诗刊》2009 年第 6 期）

选择一个奇特的意象作为一首诗的开篇已属不易，而更难的是奇特且生动。"灯火在扭动它手中的钥匙"，不仅打开了"村庄的门"，也打开了读者的思索空间，并且暗示诗人是在异乡思念着自己的村庄，你甚至可以感受到，这种思念几乎是常规性的，它总是从一盏灯开始，总是在一盏灯的引导下走进那个印在诗人生命里的村庄。细品，这种常规感可能来自灯火与钥匙的平凡，生动与奇特则来自钥匙握在了灯火的手中。而以"我看到"统领全篇，更强化了意象的可视感，同时为引领读者随灯火进入诗人的想象空间，作了极好的铺垫。

灯火显然是诗人心中浓郁的乡情幻化而来的，所以它才会"坐在村子的中央/细细的光照遍了村北与村南"。诗人熟悉他的村子,灯火在村子的心里,而村子在诗人的心里,以此,细细的灯火才能照遍整个村子。接下来的诗句与其说是一种意象,毋宁说是一幅超现实主义绘画的描摹,诗歌的震撼力亦油然而生。"它把我大哥的名字,脸/放在潮湿的箩筐以及农具中间"。"大哥"、"脸"、"箩筐"、"农具",这些具体且生动的人或事物其实也是一些符号,他(它)们是思念的沉积,是沉积将具体的事物化作了符号,思念之深切由此可见一斑。灯火游移到这里,亲人出现了。那盏灯火已经点亮了我们所有读者的思乡之情,或者说我们的亲人也都在那盏灯火的照耀之中了,因为我们都有大致相同的经历,灯火或者月光,农具或者工具,箩筐或者水井,潮湿或者干燥。从这些常见的符号中我们清晰地看到,大哥的名字是大哥的一生,脸是大哥的存在,箩筐和农具是大哥的生活,而"潮湿"则不动声色地显示了对大哥生存现状刻骨的惦念。这种诗句的用词平朴简约而力道撼人心魄,正是马新朝老师近年来诸多新作的一个共同特征。

  但是假如仅止于此,那也不过就是"举头望明月,低头思故乡"了。紧接着,我们看到"我死去多年的父亲,被它唤醒/从门外缓缓走进来//它站在高处,向那些黑暗中伸过来的手/讲述着光明的原理和品质"。灯火让诗人想起了自己的父亲,而当父亲循着灯火走来之后,灯火就站在了高处,讲述"光明的原理和品质"。此刻,诗人心中的灯火和父亲化为一体,照耀着"那些黑暗中伸过来的手"。我猜想这种讲述是浓缩了的对父亲一生的概括,由此我们看到普通的思乡之情升华为对一种人格的回望,同时也对思念的深切有了新的理解。对父亲的景仰之情才是心中乡情幻化作灯火的原因,作品没有向我们讲述关于"光明的原理与品质"之中蕴含的故事,毕竟那是诗人内心的珍藏,是父辈无私的生命燃烧。所以,大哥没有说出的话,诗人已经真切地感受到了。在那盏灯的照耀之下,他们有心灵的交流就已足够。

  思念是久远的,像那盏灯,牵着整个村庄和村庄所走过的季节。结尾的意象趋向于幽远和深邃,并且延续了整篇的动感。在一种巨大的空旷中,岁月在走,灯火也在走,思念永无绝期。尤其在现代社会生活这种奢华的喧嚣之中,我们多么需要在灯火的引导下,回望一下那些平朴的燃烧,那些用生命对"光明的原理和品质"进行阐释的亲人们。当然这不是诗人要说的,然而却是这些联想深深地打动了我们,就像整篇中没有一处使用思念、乡情之类的词语,我们却被浸泡在对故乡的思念之中一样。

　　从静态的思念到动态的灯火,再到更为广大的动静一体、动静相融,我们不得不赞叹诗人精到的诗思和精准的表述。记不得是谁说的了,所谓诗人,不是人在写诗,而是诗在写人。初闻此言曾觉得不甚了了。而今读了《细细的灯火》便切实感受到了,好的诗不是诗人写出来的,而是它本来就在人的心里,兴许也在我们心里。诗人捕捉到了表述的方式,那诗便自然从心中流露出来,所以其中才看不出丝毫的刻意。因此我想,喜爱写诗的人们多读些《细细的灯火》这样的佳作当是大有裨益的。

（申艳：诗人）

发散之美

——读马新朝《你不知道这些》

琳 子

读到一首好诗怎么办？我的情况是，读到一首好诗我会出现短暂的呼吸急促、大脑缺氧状况，然后，沉浸一会儿，再读几遍之后才恢复知觉。接下来我会吃惊诗里的情境和动态，它们呈现发散的状态，默默流淌，像阳光一样钻进那些纵横的缝隙。现在，就让我把《你不知道这些》带给我的感觉告诉你。

《你不知道这些》是一首隐蔽之诗，但它展开的方式呈发散形状。它有棱角，有芒刺。"你"是谁？为什么"你"不知道这些？没关系，既然你不知道自然会有人提醒你知道！作者用一个暧昧的标题，笼罩了诗歌。我认为，这个标题很开阔，且恰到好处。当一个标题以灵感和智慧的方式出现，接下来的诗行纷至沓来，就像一个矫健的农夫在他金黄的麦田，迅速放倒了一片麦子那样顺当便利。

现在，让我们来看看这首诗是怎样带着它内部的冷静、幽深之光一点一点展开的。

首先，在题目的允许下，"你不知道这些"突然降临。我喜欢用降临这个词而不用来临，因为降临是有重量的，是有压迫感和期待感的。它来了，作者敞口迎接了它。但它来的时候，作者描述"四野静寂"。在这样一个心灵寂静，或者环境寂静的时候，"你不知道这些"突然降临！这是一种多么奇妙的逼近。

但作者并不告诉你此刻那些来临的东西是什么，作者只在旁边很尖锐地打量它：说它不但"弄乱了原先的／秩序"，还"踢翻了拐角处的脸盆"。作者继续承受它"像烟柱一样升高"，"在我体内横冲直闯"，以至于"协迫我，鞭打我"。最后，作者再次确认它"转变成一句问候，或者／常用的一串钥匙。当它的手／搭上你的肩,就像一条狗在荒野中/找到一块骨头"。当这样一个历程最后以"就像一条狗在荒野中/找到一块骨头"得以终结之时,我的阅读顿时有些透不过气来。

在这首诗里,作者以"你不知道这些"为抒发对象,把自身作为载体,甚至作为伤害者,或者也可以叫作享受者,通过多种角度,层层铺进幽深之处。作者的情感历程有血有肉,饱满坚实。尤其是诗行每过渡一段就有不同的深入和发散,最终从文字表面的现场铺展到了一个人内心深处的现场。这是一种巧妙且非常自然的过渡,过渡得没有一点痕迹。而作者从简单的表面事物到象征环节的铺陈,是借助一些生活常态进行的,经过了虚写和实写的转变,到了最后,那些隐蔽的东西——突露,一个具体的信号就有了多种对应关系。尤其是我们在"咖啡杯上"的问候、"一串钥匙"等环节上看到了很多美好的事物,它们不但有动态、静态之美,而且有含蓄、公开之美,体现了诗歌内部那种积极、健康、向上的活力。

诗歌的发散在一首诗里非常重要,我这里的发散是指诗歌的渗透能力。诗歌的渗透能力是一种内部力量,它体现在外表则要有很多情态,这些具体的事物清晰逼真,有运动的痕迹,有方向、色彩和动态。而它的内部逐渐开阔,隐喻和双关意味越来越突出,二者浑然一体,诗歌内部的情态纵横展开。

《你不知道这些》是一首有渗透力量的诗,它的渗透能力还体现在诗的节奏上。在《你不知道这些》中,作者成功创造了诗的节奏,我们来简单分析一下:诗歌从题目开始就直接入诗,题目和诗行没有空隙,干脆利索。在接下来的过程中,"它"作为主语引领了句子和诗歌整体,浑然而有层次,读起来舒缓且有重心。在整首诗歌当中,"你不知道这些"贯穿诗歌首尾,它每出现一次不但加重了感情色彩,还起到了舒缓和调动语气的作用,这个句子在诗中出现了3次,它的每次出现又是很不同的,第2次出现时,巧妙的是,作者只在句子中加了一个"并"字,整个结构就活了。而最后一句作者在"你不要惊慌"之后强调"你不会知道这些",只不过多使用了一个"会"字,就把一种情感保留在自己这边,我们从中体会到了凝重之美、期待之美和遗憾之美。

节奏感是现代诗歌里不好把握的一个东西。我认为,现代汉语在诗歌里得到最高体现的不是词语和句子,而是字和字的组成,是字和字之间的关系。而字以自己独立的空间进入诗歌是诗歌语言最值得期待的一个城堡。但字的分散往往会把诗弄疏散,弄得没有节奏。节奏可以给诗带来音乐之美,但过于整齐的节奏又会限制诗歌的展开和发散,会折断诗歌的力量。《你不知道这些》这首诗有很多鲜明之处,节奏的跃动自然且灵活,推动了诗歌的展开和分散,让诗在凝练的过程中,一次次折射出幽深的光芒。

附诗:

你不知道这些

它来的时候,没有惊动别人/四野静寂,我的一篇文章只完成了一半//我拦不住它,它弄乱了原先的/秩序,踢翻了拐角处的脸盆//多么鲁莽。它模糊的脸,得到了你的/认可和纵容,你并不知道这些//现在,它像烟柱一样升高/在我体内横冲直闯,协迫我,鞭打我//你不知道这些。你从咖啡杯里抬起头时/它就转变成一句问候,或者/常用的一串钥匙。当它的手/搭上你的肩,就像一条狗在荒野中/找到一块骨头。你不要惊慌/你不会知道这些

(琳子:诗人,大学讲师)

赏读马新朝的两首小诗

尹 聿

其实,我本来很想说说诗人马新朝的诗《一点灰尘》,因为喜欢,2012 年 5 月在郑州森林公园"月光朗诵诗会"上,我登台朗诵,就选了这首诗。朋友们说我朗诵得很深沉。在朗诵之前,我对台下的观众说,我们都是小人物,就像"一点灰尘",过着灰尘的生活,虽然卑微但不猥琐,虽然平凡但很自恋自足。"一点灰尘/落下,像所有的灰尘一样/相互掩埋,没有声息",我惊叹于诗人对生活的敏锐思考和挖掘(不如说发掘更加合适),对生存意义的不懈探索和拷问。在他的诗中,我既读出了他的痛苦,又看到了他的欣喜。

我在努力
房间的中心/是明亮的下午,它在一个人的手中/攥出了血//我在努力/把喧嚣,怒气,恶词,丢弃在/纸篓里//无形无声的时光,在/杯子里呈现出/碧绿//我努力使自己依附在/一片茶叶上,在/杯子里轻盈地/漂浮//——那里无人,无声/像山中寺院里的银杏树倾倒出的/露水中的安静

诗人说"我在努力",不知道他遇到了什么激愤或者人生中难以压抑的事情。诗的第一节,那感情的喷吐似乎已经使他难以遏制了——"攥出了血"。可是,在读完这首诗后,我看到了诗人"我在努力"似是反语,是一种不得不去努力的"努力"。下面我们来看看诗人是怎样"努力"的:一是发泄,用文字把内心的憋闷("喧嚣,怒气,恶词")泄到纸上,反复地写,反复地撕掉丢弃。二是在漫长的"无形无声"的岁月里,拥杯饮茶,用消火祛燥的"碧绿"清茶浇灭心躁;把沉重的烦恼依托在轻飘的茶叶上,而茶叶是生活在逼仄的狭小杯子里的。这是传统的中国茶道式养生法。三是走出凡间俗世,遁入空门,让"露水"的纯净、透

明、安静剿灭俗事杂念,彻底不再愤怒。这也是中国特色的自我提升、自我圆满的路径。由写作(应该是写诗)到饮茶,再到想去寺院,诗人被一步一步逼进"无人,无声"的时空中,由躁狂到安静再到寂静(或者叫死寂),我们体会到了一种过程中情感变化的苦恼与无奈。

尽管我不想把这首诗上升到某种哲学的高度,但读罢全诗,还是不禁感慨,想想人生,也不就是这么活过来的?人生沧桑,不得不变,成熟也就是这么成熟起来的,完善也就是这么完善起来的;生存的大义,在中国人看来,就是这么慢慢内敛起来,回归到自身,裹紧自己,完成养生。一声叹息也罢,一种无奈也罢,一种参悟透彻也罢,一种愿意接受的顺应养生也罢,反正"我在努力"。这个"努力"自己愿意不愿意都得去"努力",但是从字里行间,还是让人感受到一种被强按着牛头喝水的滋味。看来诗人是不甘心的。这首诗也很"中国",所用意象独具中国特色,比如"碧绿"、"茶叶"、"寺院"、"露水"、"银杏树"都有对应的中国意义。

活下去的理由

正在翻修屋顶的人们/看到了赦免的诏书,它衔在一只斑鸠的/喙中。蓝天深而远//一场雨,冲掉了大哥脸上/一个冬天的炉灰和草屑,他站在/自己院子里,大声咳嗽,清理着喉咙//锄头和镰,自己从暗中走出来/召唤着手和力,上了年纪的二婶/听到了从庄稼的根部传来的信息//榆树在运气,用力/把储存在根部的营养运送到最边远的枝梢/细小的麦叶在行走,摸索//像长虫脱了一层皮,小路在吱吱嘎嘎地/松动。一匹兽从野茅草堆里起身/晃动着向辽远走去//——这就是人们活下去的理由

在努力中痛苦地活下去,其实是每个人存在的本质。尽管如此,每一个人又有各自不同的活下去的理由,但对于乡下的农民来说,他们活下去的理由,就是看到了春天大自然的万物,看到了春天万物的苏醒就是看到了生机和希望,看到了生机和希望,活下去就有了充足的理由和信心。先看看这些人和大自然:在深远的"蓝天"下,"正在翻修屋顶的人们"看到了"斑鸠"衔来"赦免的诏书",大哥脸上"一个冬天的炉灰和草屑",被"一场雨"冲掉了,二婶"听到了从庄稼的根部传来的信息";再看看这些动物、植物:"榆树在运气,用力","麦叶在行走,摸索","一匹兽"起身"向辽远走去"。在春回大地的时候,就连无生命

的东西也充满了生机活力,也"行动"起来,活了起来:"锄头和镰,自己从暗中走出来/召唤着手和力","小路在吱吱嘎嘎地/松动"。一派生机盎然的景象,怎么能使人颓废沮丧?怎么会让人失去生活下去的信心?此诗的成功也得益于拟人的修辞方法的运用,它赋予整个春天的万物以生命,使全诗都充满了活力和生气。

比较两首诗,农民们在生存的挣扎中,感性地从大自然中获得力量,他们在努力着,他们的努力是开放的;而"我在努力"的"我"是城市人,是在内心的理性中向内挖掘,寻找着力量,以封闭获得一种清醒的坚硬,来对抗生存的打击,这种努力是排外的、排他的。农民们也许根本不知道什么生存的哲学,但他们从大自然中汲取了足够的力量和鲜活的滋养生命的养料,他们没有活不下去的理由。如果说《我在努力》具有抽象的意义,那么《活下去的理由》就是抽象意义的具体而微。

附诗:

一点灰尘

一点灰尘/落下,像所有的灰尘一样/相互掩埋,没有声息/而你的一个电话,声调柔和/把我又重新捡起/在你的目光注视期间/它会一直显现着——像我此时坐在/书桌前的样子。我看到/昨天的那只茶杯又重新回来/被我阅读过的书,已经变空/内容出走。我迟缓的目光/使经五路上的一辆小汽车发沉,抛锚/稿纸过于洁白/搁浅在往日的笔,无力描述/妻子的开门声,她手中提着的一捆青菜/仍然被电子秤控制着/答案不在那些绿叶上——/生活的烂泥和黑水从菜市场/一直跟随到这里,午后/我会再次落入尘土/像沉睡

(尹聿:诗人)

村庄的位置

——读马新朝《烛光》

林　格

在远行人内心的某一个角落,总有一个神圣的位置不可为任何其他东西所替代:那是生之养之的大地,血液追赶的方言,谷穗寻找的家门。

从"鲁迅文学奖"获得者、著名诗人马新朝《大地无语》组诗中的《烛光》里,我读到了这种金贵而真诚的情结,并一次次陷入感动与沉思之中。

烛光,一种极其普通平凡的事物,当它进入马新朝的诗中时,已经毫无疑问地脱离了物质的本体,成为一种超然物外的精神品质。"灯啊/我一进门,它就抱着了我/外面刮着风,真冷/多像一个亲人",体验着这种呈现的内蕴,通常只起照亮作用的烛光具有了更丰富的内涵。由"抱"的动作及"像"的比喻,我们很自然地想起大地,想起家园,想到母亲。与外面的冷相呼应对照,这一进家门的热烈拥抱,是多么地暖人心扉。一种游子的归属,一种温馨的母爱,成了这束烛光的象征和隐喻。

沿此而下,"它站在桌子的平面上,给那些漂泊的/事物,一个家/能佩戴上这小小的烛光/就是幸福了"。一个"给"字,体现的情怀是那么的宽广而无私。对于饱尝艰辛、浪迹天涯的游子,能够重新拥有一个小小的家的甜蜜的感觉,是多么令人陶醉啊!

饮水思源,沉浸在现实的幸福并为之感动的同时,作者不能不由此刻正在温暖着"我"的默默无语的"烛光"陷入沉思:"它静静地淘洗着小青菜/把一只倒了的瓶子扶起来"。烛光走过苦菜般苦难的经历。然而,面对苦痛和艰难,它表现出来的是沉默。它以一种"静静地淘洗"的姿势,呈现着自己的沉着、承受、隐忍和刚强;它以一种宽容和接纳,将"倒了的瓶子"重新扶起。这是怎样的一种坚韧和大度,在它的上面,深深嵌入的是大地母亲咬断铁钉温柔慈善的品质。在"1976年"(历经10年"文革"动乱)那样的背景中,这样的品质显得更加突出。

正是在这讲述着光明的原理和品质,照亮了事物的边缘的细细的烛光的烛照下,作者才在如此普通平凡的"一间小平房里"看到了奇迹:"我在烛光中摸到了人世的温暖/其实,那是我自己,我摸到的是我自己/它离开我很久了"。这里,我们似乎可以触摸到作者的某些心灵反思痕迹——作为一只倒过的瓶,作者在曾经的漂流和苦难中,随波逐流,无力支撑,甚至几近颓废,从而使自己"离开我很久",而承载着更大苦难的烛光却始终如一地默默承受,且依旧向那些黑暗中伸过来的手传送温暖和光明。

于是,在"那个在烛光中呈现的人,就是烛光本身/坐在我体内的涧河边。用爱人的声音/——喊我"的大地、家园、母亲的默默无语的呼唤中,在这种与命运对峙的坚强隐忍、无私纯善的烛光精神感染下,作者的心灵得到了复归和还原,找到了村庄的位置。

附诗:

烛光

灯啊/我一进门,它就抱着了我/外面刮着风,真冷/多像一个亲人/它站在桌子的平面上,给那些漂泊的/事物,一个家/能佩戴上这小小的烛光/就是幸福了!它静静地淘洗着小青菜/把一只倒了的瓶子扶起来/那是1976年的一个夜晚,在镇平西郊/一间小平房里,我看到了奇迹——/我在烛光中摸到了人世的温暖/其实,那是我自己,我摸到的是我自己/它离开我很久了,它身上冰凉/被遥远和冷风环绕/那个在烛光中呈现的人,就是烛光本身/坐在我体内的涧河边。用爱人的声音/——喊我

(林格:诗人)

一个时代的大风

——读马新朝《大风之夜》

敬 笃

马新朝老师是当今诗坛比较活跃的著名诗人之一,他现任河南省作家协会副主席、河南省文学院副院长、河南省诗歌学会会长,作品曾获过《莽原》文学奖、《十月》文学奖、第三届河南省政府文学奖,长篇抒情长诗《幻河》获第三届鲁迅文学奖,组诗《黄土高天》获第四届闻一多诗歌奖,荣获首届上官军乐诗歌奖。

诗歌《大风之夜》选自马新朝第四届闻一多诗歌奖获奖组诗《黄土高天》中的一首,其整个组诗洋溢着对家乡的眷恋与深刻的思念。

之所以选择《大风之夜》这首诗,是因为这其中暗含着一个时代的记忆,正是他们这个年龄阶段的经历,也许作为80后的我并不能真切地感受到当时的时代,当然也更不可能还原时代背景。我只能试想处在那样一个时代的诗人用什么样的文字能够将饮血的岁月刻画得栩栩如生,让每一位读者都身临其境。

在这个大风之夜里发生了故事,而故事的结局其实都一样,只不过诗歌的语言并不能像小说那样随意直白地将某一段故事或长或短地刻画出来。诗人,只能用最少、最简短的文字将时代的缩影悄悄地按在书面上,文字留下的自然是予以我们想象的空间。其实,我感觉这或许就是诗歌的魅力所在,对于事情、问题你需要思考,思考后才能得到答案。生活在山村中的青年,永远也不会忘记曾经的那段黑漆漆的历史,或许受苦受难的群众中也有我们的父母或者爷爷奶奶,可是面对这样一种局面,当时能做的是一种逃避,如果及时了结或许结局会更好。正是在月黑风高之夜,大地静寂,四周的肃杀之气让人窒息,只有点滴文字将所有的阴暗都悄然地刻在纸上。

　　冬夜,有人在那里高声地念着冗长的判词/黑暗紧闭帷幕,叮当的刑

具,碰响/风雪的法律,没有观众/风在扇着耳光

读到这一节时,串联性地想一想在那段岁月里成长的人们过着怎样的生活。每一个冬天,特别是在河南这块土地上生活的人们,无数次地被历史折磨,从王朝更迭到后来的花园口决堤,无数的河南人民一次次充当着历史的牺牲品。正如马新朝所说,"扇着耳光"的是风,这阵风是历史的歪风,黑与白都没有分清。这是一个无情的风,它根本分不清谁是好人,谁是坏人。

"故事里的事,说是就是,不是也是。"这是当年非常流行的电视剧《宰相刘罗锅》主题歌里的一句歌词,是那样生动形象地将天下之事概括得完美无瑕。

在更远的砾礓沟,猿马驮着轰轰的辎重/那是什么货物?有人在加紧偷运/你说,那是人的名字/可是村庄里并没有人丢失名字

偷运的是什么货物,我们并不需要知道,但是那是名字,是一个话语,是一个符号,这个符号代替着一类人的生存状态和一个人的生存砝码。假如细细品味诗句,感觉少许的文字里透着肃杀之气,字字见真情,字字能出血。

再看这最后一节,夜已经醒来,大地和大地之外的物件早已经安静下来。那昨夜的肃杀、审判消失殆尽,留给他们的依然是沉静,那座小屋是昨夜原罪载体,而等一切都不见的时候它并没有逃离,在俯首,在认错。

黎明,大地和坡顶安静下来/村边一座孤零零的小屋/低眉俯首。它说/它愿意认罪

在我们建构的历史话语中,这个被审判者只是在某个时间节点,充当了历史的马前卒、先锋队。最后,让本来惊心动魄的刑场,无声无息地消失。只是,那段罪过需要后来人去评述。

全诗的文字很少,短短四节内容,将欲言之事,一一尽述。从马老师的诗歌中我隐约感到他曾承受过的痛,而在痛的深处将感觉汇聚成文字,可谓是呕心沥血。这毕竟是他的家乡,毕竟是生他养他的地方,其感情的流露自然不在话下。《大风之夜》作为他的获奖组诗《黄土高天》中的第一首短诗,可见诗人的感情是瞬间就会涌出的,其对于家乡、对于曾经生活成长的地方有着无限的感情。

对于大风之夜过后究竟又发生了什么事情,我们可能会感兴趣,那么我们所要做的就是继续将整个组诗读下去。那厚重的文字中承载着一个命运的追索,一段故事的重述。无论是接下来的《立春》还是《承担》或者其他,都在阐述

着属于诗人自己独特的经历,也许这段经历中有很多共性,但是个性是寓于共性之中的,只因为独特才会有更多的可书可言之处。如果大家有时间的话不妨读一读这组获奖诗歌,会有很多收获。

(敬笃:诗人)

《人民文学》编辑手记

朱 零

> 他们唱,他们退守到这里,四周是水/他们唱,公园的湖心岛上,他们是一群被时光打败的散兵//他们唱,清晨多么美好/他们唱,失眠,疼痛,忧郁,彷徨//他们唱,他们排成三行横队,像一个军队/他们唱,歌声就是力量//他们唱,声音和声音挽在一起/他们唱,反抗着,自卫着,倾诉着//他们唱,高音的结尾处起了皱纹/他们唱,低音传递着老年斑//他们唱,他们自己是自己的听众/他们唱,秋风凉了,树叶落了

这是这一期发的马新朝的题为"老年合唱队"的一首诗歌。我想,马新朝有力地回答了当下一直喧嚣的写什么和怎么写的问题。之前我经常去公园,带着两个孩子,左手牵着朱发财,右手牵着朱发现,一进公园大门,朱发财就拉着我的手直奔游乐园,朱发现恰恰相反,她把我的手拉向另一边,她的目标是湖心亭,那儿有一支老年合唱队,她每次都会被那些嘹亮的歌声吸引住,这让我很为难,向左还是向右,成了一个问题。但我往往是向左,先去游乐园。现在想来,我当时的内心里其实是挺烦那些老年合唱队的,大庭广众之下,丝毫也不顾及旁人的感受,张开嘴干嚎,伴奏往往是一个老头拉着手风琴,或者是一台破录音机放来的杂音刺啦乱响,一公里之外都能听见那些毫无美感的合唱,弄得人的耳膜甚为难受,所以我不愿意靠近那个湖心亭。

马新朝给了我当头一棒。原来,这些我内心里抵制的人群,"是一群被时光打败的散兵",他们生活在"失眠,疼痛,忧郁,彷徨"中,他们借着歌声"反抗着,自卫着,倾诉着"。他们的"高音的结尾处起了皱纹","低音传递着老年斑",他们不是非要在"湖心岛"唱歌,他们无处可去,最后才退到了"湖心岛"。

这就是生活。老年人的生活。我们父辈的生活。不被我理解的生活。看

完马新朝的这首诗,我的内心生出了一丝羞愧。鲁迅通过一件小事,榨出了皮袍下藏着的一个"小"来,我通过读马新朝的《老年合唱队》,假名牌T恤里的那个"小",也被榨了出来。下个周末,我肯定会顺着朱发现手指的方向,去湖心亭坐上一会儿。每个城市的公园里,都有一个湖心岛,湖心岛上,都有一个亭子,亭子里,都有一支老年合唱队。他们已经无路可退,有些人再退一步,很可能就去天堂了。

我是要感谢马新朝的。做编辑的好处是,比读者先一步读到好作品,先一步享受到美,先一步感受到诗歌带来的冲击和内心的震动。

马新朝的语言质朴、直白,没有隐喻,不绕弯子,不用典。如果有人问:什么样的诗歌才是好诗? 我的回答就是,马新朝的《老年合唱队》就是好诗。他的另一首诗《判词》与这首《老年合唱队》有着相似的情绪,我也非常喜欢:

最后/是以床的方式//他走遍,高山的高,大海的深/他说过排山倒海的话/最后,溃败下来/退守为一张床//最后,是满眼的白/这墙,这被褥,这护士,这时空/用白色,组成一个空无——/他是他自己的空无//最后,他,被空无羁押/白色,是无字的/判词

(朱零:诗人,《人民文学》编辑部主任)

经典的颗粒

藤蔓蔓

读完马新朝的诗集《低处的光》之后,我敏捷地从里面拎出一首《瓦罐》。这是一首很容易被忽略的诗,它的语言太安静了。

《瓦罐》是把生命放在自然、时间和空间里面来进行思考,关注生命的演进和心灵的环境状态,诗歌选择的几个意象:田野里的光、瓦蓝色、大火的痕迹、清水、瓦罐里的风声等,都有一些很神秘的时空交错的暗示。诗里的"大哥"应该是体现一种对失衡的补充。我个人认为,这些都源于诗人对中国文化的认知和传承意识。

郑州的东区有个湿地公园,是日本建筑师设计的。我每次到那里去拍照,光线在水里不停地波动总是让我感触极深。这里的设计组合了日本文化对恒久的理解,水、石头、树、深褐色的木板桥、旁边的芦苇,这周围没有种植鲜花,因此没有枯萎。

生活里有很多细节,是对民族文化的日常反映。马新朝很关注这些细节,他用心聆听和感受这些细节的脉动。因此,中国传统文化的精华在马新朝的诗歌里不停地微循环。

附诗:

瓦罐

田野里的光/在瓦罐的边缘处移动//那瓦蓝瓦蓝的色彩里/依然有着火的痕迹//大哥在孤立无援的时候/便放下镰刀,默然地向瓦罐走去//清水,还有瓦罐上那些大火的痕迹/咕咕地流进他的喉咙//他坐在瓦罐旁休息,目光迷茫/听瓦罐内的风声说着寂静//万物都在瞌睡,在这午后的/麦

田里，只有他和瓦罐

(藤蔓蔓:诗人)

马新朝:秩序的形成

程一身

如果把《秩序的形成》视为一首写物诗,它也是相当成功的。而我倾向于认为它是一首元诗歌,或者说是表达诗歌观念的诗歌。在这首诗里,诗人其实潜在地表述了他的写作观念:将运动的事物用词语固定下来,并把和它相关的事物纳入一个有效的秩序。诗人开头写到了铆钉,这是一个细小的事物,但是它尖锐,是大铁桥的固定物,没有它,大铁桥就不能横贯汹涌的河流。所以,诗人说"铆钉……把纵横交错的钢铁骨架与黄河/以及不远处的城市铆在了一起",这不是小中见大,而是细小之物对广大世界的联结。因此,铆钉在这里成了秩序的中心。接下来,诗人写到火车。火车加入进来以后,这个秩序有所改变:

> 在瞬间剧烈的震颤中,我看到/列车,大桥和我的属性,在迅速改变/溶入河流的品质与表情,组成一种新的/联盟,那巨大的力和轰鸣声/不断地加固着周围事物的秩序

在这里,火车取代了铆钉,成为新秩序的中心。但是被取代的铆钉仍然存在着,承受着火车巨大的重量。诗人说火车的到来迅速改变了大桥,也改变了"我",同时改变了河流,将"大桥和我的属性……溶入河流"。尽管不能确定"我"所处的具体位置,但"我"应当位于火车之外,并因此见证了"一种新的/联盟",即由火车到来形成的震颤中的秩序。值得注意的是,诗人用的词语是"加固",也就是说,是火车以及它带来的震动加固了周围事物的秩序。一般而言,震动产生的效果是使事物松弛或毁坏,但是针对运动中的秩序来说,震动的确有加强之效,这是惊人之笔,也是自然之笔。之所以说这是一首表达写作观念的诗,可以从后两句觅得踪迹。所谓写作就是"日复一日"地将"那些/不安分的词语"固定下来。这是个异常艰苦的过程,对大诗人也不例外。词语之所以"不

安分",是因为事物不安分,如火车经过大铁桥时产生的剧烈震颤,但诗人必须把这种震颤用词语固定下来,只有这样他才不失为一个诗人。我不想说这首诗超越了史蒂文斯,但它足可放在《坛子的轶事》旁边而毫无愧色。

附诗:

秩序的形成

我看到那巨大的铆钉,暗含着/河流的尖锐,在大铁桥上呼啸着/抖动河流深处的内力/把纵横交错的钢铁骨架与黄河/以及不远处的城市铆在了一起/一列火车从对岸的邙山头隆隆地开过来/在瞬间剧烈的震颤中,我看到/列车,大桥和我的属性,在迅速改变/溶入河流的品质与表情,组成一种新的/联盟,那巨大的力和轰鸣声/不断地加固着周围事物的秩序/——就这样日复一日,那些/不安分的词语就固定了下来

(程一身:文学博士,文学评论家)

F　热议《低处的光》

向诗人致敬

李庚香

古人说:"不学诗,无以言。"我一直坚信对于精神而言诗比金钱等物质更珍贵。我也是一个诗歌的爱好者,对于"中原诗群"一向关注、支持。而马新朝同志又是中原诗群的领头羊之一。河南省作协、河南文学院和河南诗歌学会在这里举办马新朝诗歌研讨会,值此之际,我代表河南省委宣传部向新朝的诗集《低处的光》出版表示热烈的祝贺!向出席今天研讨会的嘉宾和朋友致以诚挚的问候!下面,对新朝同志的新作,我谈四点感受:

一是情感真切。诗歌是人性的根本,是情感的寄托。新朝同志是土生土长的河南人,他的诗歌作品真诚、质朴、亲切、感人,充满着对中原大地这片热土的深情回眸、无限眷念。和《幻河》相比,《低处的光》回到了真实的存在,落在了地上,关注着处于底层的人民群众,书写着他们的日常生活以及生存命运,字字带情,句句意浓,抒发了他对于故土和乡村的热恋、敬意与同情。

二是诗艺精湛。诗歌是语言的艺术。新朝同志的诗歌题材丰富,大到高山大河,小到沙土尘埃,都曾在他的笔下驻足停留。继《青春印象》、《黄河抒情诗》、《幻河》等多部诗集之后,新作《低处的光》内涵丰富而不拥挤,语言凝练而又有力,透视出作者深沉的情感、质朴的文字和灵动的思维,可以说是河南省诗歌创作上一个新的重要成果。

三是忧思深广。诗歌是生活的真实体验。从《诗经》、《离骚》到唐诗宋词,中国是一个诗的国度。新朝的诗出自传统而又不断创新。丰富的生活经历积累了新朝同志穿透表象的哲学感悟,使他成了眼界开阔、思想深邃、思维敏锐的富有时代感的诗人。《低处的光》诗集中不少作品是对农村生活的观照和忧思,带有对生活深层的感悟与思考,带有哲学的凝重和精神的指向,体现了新朝同志的精神追求,闪耀着深刻的诗歌哲理和丰富的时代思想。

　　四是追求执着。近年来,新朝同志不惧清苦,远离浮躁,默默追求着自己的梦想,诗歌作品成就斐然。在我的眼里马新朝是一个性情中人,认真,本真,率真。他在获得鲁迅文学奖之后,诗歌创作步伐并未停歇,耕耘不辍,钻研西方新诗和哲学,立志向世界文学高峰看齐,这种精神着实值得肯定。

(李庚香:文艺评论家,原河南省委宣传部副部长)

作家应该有一颗悲悯和善良的心

张一弓

这是一次很动感情的阅读,我边阅读边想作者这个人,感觉他是善良的,有一颗善良的、悲悯的心,不知道朋友们都看过这本书没有,我自始至终都有这个感觉,他在这里写的比如《看病》,写了一个女孩子因为没钱治病而面临死亡的情节,看得我潸然泪下。作者把他的关注给了那些"草根"弱者,他的感动,他的悲悯都在这儿。还有他作为驻村工作队队长,在贫寒的家庭当中无语地哽咽,我看了以后常有共鸣。我觉得一个作家、一个诗人,应该始终关注底层人。这是我的第一点感想。

第二点感想是新朝对大自然抱有亲切感和敬畏感。新朝写村里的光棍,其中有一个羊倌,他遇到了一个能唤起他激情的女子,他偷偷用带着欲望的眼睛窥视这个女子的无意中从衣领中露出的乳房。问题在下边,当光棍发现作者在看他,他脸就红了,就跑了。而作者却没有对他进行道德的责备,而是感觉很对不起他。我觉得在这个时候就显得悲悯了,我感到文学的悲悯超过了道德的悲悯,这是对万物的。我还看到作者发表在报纸上的一篇散文:《一夜秋风》。我非常欣赏这篇文章,新朝对自然界有一种令我非常羡慕的感应力和想象力,好像是没有被名利熏染的一种情怀,《一夜秋风》甚至有点孩子气、幽默,秋风在夜里来了,在这个家走一走,在那个家转一转,在这儿哼哼唧唧,到那儿暴跳如雷,挺煞有介事的,好像它是一个有感情、有脾气的人。我看了很感动,我惊讶了,这是一个散文大家,很厉害。

第三点感想是作者始终有一种天真纯洁的童心。在一个40瓦的灯光下召开一个昆虫的盛会。蛾子来了,壁虎来了,萤火虫来了,花豆娘来了,他就在这儿看它们的表演,一个工作队队长把昆虫召集来开会,这些小昆虫都有很精彩的表演,在这个时候我感到好像这些昆虫和世间万物都跟昆虫队长融为一体了。

第四点感想是我对新朝散文的文风是非常喜欢的。他总是在用一种简洁而生动的语言叙述一种真实的、细微的感觉。我特意加一个"细微的"感觉,他把一些感觉细微的事物放大了,有很多放大、逼真而细微的描写,总是在这种表现中让他所要表达的具象和意象显现出来,而不是灌输给读者。他画了一只老虎之后,就不再说这是一只老虎了,很简洁,我对这种叙事风格是很喜欢的。

我感到新朝应该而且可以写出更多更好的作品来,祝福你!

(张一弓:作家,原河南省作协主席)

诗歌的想象力

南 丁

我最早接触新朝的诗是《乡村的一些形式》，它用变化的手法写乡村，我当时感觉这本诗集很好。第二部就是《幻河》，当时在刊物上发表的片段，我记得很清楚，是2001年的3月31日在龙祥宾馆开的研讨会，来了很多诗人，还有东北的诗人。当时我说读了《幻河》之后，好像在飞机上看大地——苍茫；好像在轮船上看大海——辽阔；好像在一个冬天飘雪的时候独自想事情——悠远。我读《幻河》以后，有一点像读惠特曼《草叶集》、艾略特《荒原》的那种感觉，苍茫、辽阔、悠远的感觉。那次研讨会距今将近十年了，我记得会上大家对新朝多有赞扬。这部《低处的光》我看了一遍，是短制的，第一部描写的是故乡、家园，和这部散文相对应的，就是乡愁、乡恋，里面有大哥等人物；第二部是一些关于陈事的遐思幻想；第三部描写的对象比较多，都是一些心思的碎片；第四部讲黄河、高原，主要讲西部和青海。

我从这些诗中可以看出新朝的想象力、联想力特别丰富，而且特别奇绝，有时候有点怪异，很突兀，同时也有一种好像很滞涩的感觉，和《幻河》不一样。读者面对这些对象，感受到了诗人的情思和思想。有一首诗叫《活下去的理由》，它描述了日常的生活，我想这大概也是写诗的理由。《低处的光》这部诗集诗名很难解析。为什么叫"低处的光"？我要请教一下新朝，为什么诗的名字要起"低处的光"，不叫"高处的光"？这里面肯定是有意思的，你给解释解释，很难说清楚。

马新朝：就是向下，追求平民意识，让思想和灵魂沉下来，沉入到存在和生活的最底层。

南丁：跟我猜想的差不多，我的意见完了，谢谢。

（南丁：著名作家，原河南省文联主席）

关于新朝的诗歌语言

李佩甫

　　我最近参加新朝的会比较多,想听听诗人在说些什么、写些什么。马新朝教导我们要尊重粮食。收益很多,我这几年也读诗,眼很高,手很低,河南省的诗歌创作有很高的成就,而且这个阵容老、中、青三代都是很好的。新朝的诗歌语言非常干净,就像子弹一样。新朝渴望突破,渴望变化自己。他的语言很高贵,有贵族气,没有土腥味。看过新朝这部书之后,我期望着中原的诗歌大发展。再一次祝贺新朝这部书的出版,他的心灵也是高贵的,我看到的是变化,希望他将来有更高更好的作品。

(李佩甫:著名作家,河南省作协主席)

关于新朝的诗歌

郑彦英

新朝我们两个人在一起共事,我对他了解得多一点,我说几件事。前年,河南要在北京人民大会堂举办一场戏剧演出,省里有关领导给吴书记布置了一个任务,说得找一个好的诗人,写一首关于河南的诗,时间紧,必须要在两天之内完成。吴书记把这个任务交给马新朝,马新朝写了一夜,写出了一首关于河南的长篇朗诵诗《美好中原》,交稿以后,拿到北京朗诵,效果好,人民大会堂多次响起掌声。中央一位常委听了这首诗以后,在接见演员和我省领导的时候说,那首《美好中原》的诗写得很好,把中华五千年的文明与现代有机地结合了起来,要了解河南就读读这首诗。新朝的《幻河》获得了鲁迅文学奖,再加上中央常委的表扬,我感到能与新朝共事很光荣。

我们在 2010 年 11 月 22 日开中原作家群论坛,我想请《诗刊》的主编、中国作家协会副主席高洪波先生讲一讲河南诗歌。我们在中国作家协会的一个会上,洪波同志主持。他对我说:彦英,我认为河南的诗歌苏金伞代表了一个时代,到了老年的时候还写出那么好的爱情诗。后来是王怀让时代,现在是马新朝时代,河南的诗歌有这么一大批人,得有个领头人。今天,我们来为河南诗歌界的领头羊开研讨会,我们感到很欣慰。

这两天我把这本《低处的光》读了一遍,很感慨,实际上我们每个人本身的心中都是一个世界,一个人心中的诗歌又是两种现象,一种应该有长江、黄河这样宏大的东西,你还得有小溪流、小湖泊,这些小的东西收集在一起也很漂亮,如果光有宏大的东西,而没有小溪流,也不能让作家的诗丰满。

(郑彦英:著名作家,河南省文联副主席、作协副主席)

忧患意识与古典意蕴

王绶青

《低处的光》这部诗集非常好。新朝是河南唐河人,唐河是出诗人的地方。我在南阳开会时说了一句话,唐河就是"诗河",这是从唐朝流传下来的。一个地方为什么出诗人、画家、专家,大家研究研究。这与风水、传统、熏陶确确实实有关。南阳这个地方出了这么多作家以及唐河诗人的现象,可以研究一下。

新朝是一个为人正直,处事很低调,写诗认真、严谨的人,是人品、诗品俱佳的好人,是当之无愧的河南诗歌的领头羊。昨天在说《大地无语》和《低处的光》。那是从低处发出的光,《低处的光》正是洋溢着我们劳苦大众、劳动人民的灿烂的光,这是我对《低处的光》的理解。一切声音都从大地发出,《大地无语》正是从中华大地发出的最响亮的雷声。

我觉得新朝的诗有一种徐徐吹来的乡风、农风的感觉,这是作为军人的情怀,字句非常铿锵,展示着铮铮铁骨,有一种军人的风格。新朝的诗我又读到了一点含蓄、成熟、大气。新朝的诗中充满了忧患意识,又很时尚,从很多诗中能读到古典文学的意蕴。新朝的诗写得非常生动,非常透彻,入木三分。

(王绶青:著名诗人,原河南省作协副主席,原《莽原》杂志主编)

用诗意的眼光发现细小的事物

何 弘

我谈谈对《低处的光》的理解。我想新朝从《幻河》到短诗的写作,《低处的光》的写作方式有所转变,思想有所转变。《幻河》是对民族命运的思考。《低处的光》读到了个人的本身,从个人的生活中最小的事物来体察、反思,我觉得这一点可能对每一个人来讲都很有价值。在我们身边有很多司空见惯的物象,我们没有觉察,一旦这些物象被我们觉察——可能是最细小的事物,在生活最低处可能自然呈现出来——这个时候世界的意义、生命的意义就体现出来了。我想如果我们用诗意的眼光来发现在黑暗中沉睡的物象发射的光,就会发现世界的意义,发现生命的意义。我们若能这么想,可能诗歌会更有价值、更有意义。

在这里说一句题外话,我本人对诗歌读得比较少,河南不仅有很多好的诗人,而且还有很多好的诗评人,这几年诗歌界的活动非常多,我觉得我们在诗歌学会的工作做得很突出,我觉得以后还是要经常组织这样的活动,使河南的诗歌和诗人在全国影响更大!

(何弘:著名评论家,河南省作协副主席,河南省文学院院长)

好诗应该有能力与时间抗衡

高治军

《低处的光》的出版,我感到这本书是一本好书,一本好诗。

第一,这本书里有深厚的哲学基础,现代诗歌里应该有哲学。我看了新朝先生的新著以后,感到有一个显著的特点,这部诗集是以深厚的哲学为基础,而且以西方哲学为基础,新朝先生看了很多哲学方面的书,并将其运用于诗歌创作。

第二,读了新朝先生的《幻河》和《低处的光》,给人以震撼,让人肃然起敬,给人以艺术的享受和感染。我读了很多大家的书,在读《大堰河——我的保姆》时有这种感觉,读新朝的诗时也有这种感觉。

第三,新朝写的诗时光交错,新奇突兀,有时排山倒海,有时光影变换,让人目不暇接,久久不能忘记。

第四,诗写得很美,雍容华贵。也有些同志说新朝先生的诗,包括散文有一种悲悯倾向。前段时间看了一个评论,什么是新诗的标准?那就是美。新朝先生的作品是美的,因为他抓住了诗歌的本质,总体感觉新朝先生的诗达到了某种高度。

新朝的诗形成了一个独到的风景,他的诗是一座文学的大山,也是一个博物馆。诗人写作一生就是要建立一个艺术博物馆,《低处的光》就建立了一个大的博物馆,可以与时间抗衡。

(高治军:诗人)

从《低处的光》看马新朝的诗歌走向

邓万鹏

去年年底上海文艺出版社出版了马新朝的最新诗集《低处的光》。收入这本诗集中的134首诗是马新朝获第三届鲁迅文学奖之后所写下的大量诗歌作品的一个集中展示,这里我想结合《低处的光》对诗人近期的写作变化与以往的写作做以粗略比较,来讨论马新朝近期诗歌写作的变化和马新朝诗歌的最新动向。

如果把这些诗在题材、手法、篇幅等方面与他以往的作品进行对比,就不难发现诗人从选材视野的转移到思想和情感关怀已经做了大幅度的调整和转向,概括为两个字:趋低。诗集的名字《低处的光》已告诉了我们作者的动机。我想从以下三个方面来讨论马诗的变化。

一、从对重大题材的书写到对日常事物的广泛聚焦

20世纪80年代末90年代初,马新朝的诗集《乡村的一些形式》出版并荣获第三届省政府文学奖,诗集中的70多首现代诗围绕中国乡村的现状和农民命运这个题材从多方面、多角度进行书写,很多篇章脍炙人口,被收入多种选本,受到了很高评价,《诗刊》等国内大刊对此都发有专论。1992年他的《黄河抒情诗》出版,整本诗集全是写黄河的抒情短诗,这本诗集是他专门写黄河的短诗的集中展示。其中大型组诗《十五种黄河》影响为最,在《十月》杂志发表,并荣获《十月》文学奖。但荣誉并不是马新朝刻意追求的,如何更有效地用现代诗表现庄严主题一直是他的梦想。在20世纪最后十年一开始,我们终于读到了近2000行的长诗《幻河》,该部诗达到了马新朝对宏大主题驾驭的高峰。《幻河》获鲁迅文学奖的意义已经超出获奖本身,也完全在我们的意料之中。当时国内

和省内的报纸、广播、电视几乎都做了报道,在国内外诗坛造成了旋风般的马氏冲击波。自此,马新朝的诗歌写作在中国的新诗史上留下了浓重一笔,各路评论家的长篇大论铺天盖地而来,被收入各种诗歌选本。我们注意到这部长诗还收进了《中国百年长诗经典》一书,马新朝的名字被列入郭沫若、艾青、穆旦、郑敏、彭燕郊、洛夫、昌耀、北岛、杨炼、海子以及于坚、西川等大诗人的行列。这是新中国成立后出版的一部最具经典意义的长诗作品。该书囊括了自五四新文化运动新诗发端直到20世纪80年代出生的诗人的代表性长诗。自此,马新朝带着他的《幻河》达到了个人诗歌写作的顶峰。荣誉可以让一个人闪闪发光,也可以让一个人固步自封,这对于一个有着诗歌理想的人是另一种生死的考验。

马新朝今后的诗歌路在哪里?以后的路怎么走?《低处的光》似乎已经给出了答案,这本诗集可以看作是马新朝在获奖后的表现和变化。通读这本新诗集,我们可以看到马新朝最新的艺术追求和探索,这本诗集的题材标志诗人从对宏大题材的关注已转向对日常事物的广泛聚焦,如果说写《幻河》,他已经上了天,那么写《低处的光》可以说他又回到地面!从极高处到低处,他像一个训练有素的跳水健将优美地完成了360度转身跳水!对于一个具有诗歌理想的诗人,我们总是怀有更高的期望,我们终于看到马新朝早已从获奖的闪烁光环中从容地走出!

二、从对同一题材的反复吟咏到对身边被忽略事物的重新发现

从20世纪90年代开始,马新朝的诗歌多以对同一题材变换角度的反复挖掘和吟咏来完成自己的主题。《乡村的一些形式》中的70多首诗可以说是诗人对乡村、对中国农民生活的历史现状做出的70多次考察。从70多个不同侧面的深入,进而完成他的乡土诗。《黄河抒情诗》包括85首短诗,组诗《十五种黄河》也是如此,这还不成,马新朝对黄河还显得意犹未尽。因此他还要写《幻河》。《幻河》由60多节组成,比较以前的同类题材的短诗所不同的是,他要从更为本质的意义上去接近黄河,他不满足于对一般意义上的黄河两岸上下事物的审视,还要从哲学、历史、现实的角度乃至从神性的高度对这一条伟大的河流重新深入,对于黄河这个大题材他要从60个角度和阶段去完成,每一节构成题材整体的一小部分,也就是说他采用的是分解法,变换角度来完成他的总体设

计和构思。在这首长诗的写作过程中他克服了很多难题,数易其稿,数次推倒重来,历时四年左右,动用了写作准备上的半生积累,与此同时不断地学习补充现代诗歌协作技术上的匮乏,终于宣告一部大作的完成。

而这本《低处的光》在诗歌素材的选取上使我们看到了马新朝在写作方法上特别是诗歌素材的选取上的转变和最新走向:以往的大主题不见了,出现的多是被我们日常所忽略的一般诗人所看不见的,或者看见了也无法表现的微小素材。

1. **对小人物的关怀**:例如《几个除草的人》、《父亲在冬天》、《民工》、《鳏夫》、《拉曲胡的老人》、《老同学》、《弹奏者》、《爬山人》。

2. **对小事件的关心**:例如《堆干草》、《夜间的电话》、《散步》、《车过浚县县城》、《飞机上看云》、《报纸和版面》、《一月十八日大雪》、《送水》、《骑自行车去看望一位老友》、《去了一趟作家协会》、《午睡》、《乘车从白庄返回郑州》、《回家途中》、《在玛多车站等车》等。

3. **对小事物的关心**:例如《瓦罐》、《炊烟》、《金黄的小米》、《麦鸟》、《尘埃》、《一点灰尘》、《酒,酒》、《灰麻雀》、《小屋》、《烛光》、《鸬鹚》、《废墟上的乌鸦》、《草铃虫》等不一而足。

题材上的小反衬了以前题材上的大。这样与以往题材上的明显反差反映了诗人视角的巨大转变,使我们看到了与以往不同的新的马新朝。

题材上的小并不意味着诗歌的小,大和小是辩证的。大题材处理得当、处理得好可以产生不朽之作,处理不好也可以什么都不是。写黄河的人古往今来不计其数,但成功者总是有限。反之小题材处理得好也同样可以写出大作品,古今例证很多,这里不再详细论证。题材可以大小衡量,但对艺术品不能以题材的大小去衡量,这里提出的题材上的大和小只是意在说明马新朝关注社会和人生的角度的调整和变换。

三、从复调式大型组诗、长篇巨制向十几行甚至不超过二十行的精短篇什的转移

过去马新朝一首《幻河》可以写到近2000行,现在我们又看到了马新朝同样写黄河的《看河》可以短到8行。从近2000行到8行,这样的变化又暗示了马新朝怎样的诗学调整和变化?

从诗集内容上的斑驳、形制上的陡变看,我们不禁要问,马新朝怎么了?他的诗怎么了?只要我们读一读《低处的光》这部作品,答案总是明显的。

从以上三个大的方面考察马新朝的最新写作展示,不难得出结论:这一切标志着马新朝正在从鸿篇巨制的宏大题材的现代写作模式向日常特别是对人本身的隐秘世界的深入和关注的后现代主义诗歌写作的转变。

现代心理学认为,人的日常工作和生活中所表现出来的部分只是作为个体生命的冰山一角,更大的部分存在于人的潜意识之中。探索人类的复杂世界永远是现代诗歌和后现代诗歌永恒的主题。后现代理论家在论述后现代诗歌的特征时曾指出,后现代诗歌往往强调诗歌创作的直接性和即时性,甚至反对逻辑因果关系。强调诗歌创作的直接性和即时性这一点特别与马新朝的《低处的光》中的诗篇形成恰到好处的对应。

比如一天早上,一次开窗户,就能形成一首诗,过去这种人人都经历过的不经意的生活细节无数次地被我们习以为常地忽略掉了,但是到了新朝这里,一千个怀抱就涌了进来!并且,草莓上的红,广大,无边,透明起来。这是一种对人的灵魂的寻微探幽,是一种人的心灵瞬间的打开和展示。这种即时性在《去了一趟作家协会》中显得更为突出。我在郑州生活二十多年了,也曾多次去过作家协会,感到这么一个平常的小事哪里会有诗歌潜伏?然而不!请看马新朝《去了一趟作家协会》:

它还在萎缩/它的存在,受到质疑/疯长的楼群和喧嚣,从周边围过来/使劲地挤压它//有人说,我的老师前些年带着他的儿女们/回乡下去了//推开门/我听到一种寂静,那是/尘土中的寂静/是夜晚被惊醒之后的寂静/高高低低的书摞,像一些逃荒的人/聚在一起,打着瞌睡//这里是一个家/摆放着人们普遍的疼痛/那些蜜蜂一样嗡嗡的汉字/安静下来/一个老作家从一本书的扉页坐起来/打着哈欠问我,几点了//又要下雨了/作协秘书长从乌黑的下水道里钻出来/他说这里太挤/连一个座也没有

读后大家感觉怎么样?是不是省作协?是不是商业社会中的省作协?这里漫不经心的诗句装进了很多社会问题,让我们思考,让我们感叹,而且其本身是极其从容的,极其口语化的,极其亲近的,极其妙趣横生的。读完之后你禁不住还要反复看一看,你甚至会怀疑,这么平庸的题材、日常的题材,怎么会写得这么有意思?内涵怎么会如此的博大精深?

上边提到的《看河》只有8行：

  衰老的河/有那么多的人在奔跑/他们在搬运东西/把狂野的喊声统一到混浊的/黄色,把脚步归纳到无声/在大桥的桥墩短暂的/厮打争夺后,又/往前奔跑

仅仅8行说出了有史以来一直困扰人类的哲学命题。如果这8行的主题到了哲学家手里可以写一本或几本专著,评论家可以写出超过8行几百倍的长篇大论,但在一首诗中8行已经完成。

人在浩渺的时间面前显得那样可怜无奈,即便如此,流到了桥墩下仍然要厮打争夺一番,然后继续往前奔跑。8行里容纳了多重重大主题,洞穿的诗笔把人的弱点和秘密揭示得惊心动魄。这一类即时性的书写在书中随处可见。所以说,《低处的光》是马新朝在诗歌艺术探索道路上的又一次自我超越。这些后现代诗歌还有很多特点,这里不再展开。总之,《低处的光》让我们看到新朝这些诗的后现代倾向和马新朝所做的努力。对于河南诗坛和中国诗坛来说,这是一本非常有价值的书。

新朝是求变意识和求变能力都很强的诗人,相信他的作品一定会像《青春印象》被《乡村的一些形式》取代一样,像《乡村的一些形式》被《幻河》取代一样,像《幻河》被《低处的光》取代一样,或许它们之间都不能相互取代,只是一起勾画出马新朝不断进取的路线。

（邓万鹏:诗人,《郑州日报》副总编辑）

变轨与调整

——读马新朝诗集《低处的光》

高金光

《低处的光》是新朝继《幻河》之后的又一部力作。这部诗集表现出两个非常鲜明的特点：一是向下开掘的态势，二是陌生化的倾向。

所谓向下开掘的态势，就是说这部诗集的主旨更多地关注平凡、细微、心灵，或者说更多地关注日常生活本身和人的自身，这一点刚好与《幻河》背道而驰。如果说《幻河》属宏大的叙事和抒情，写的是民族的大悲欢、大演进、大思考，是全体人民共同的情绪和情结，那么《低处的光》则写的是个体的感觉、感触、感知，是最普通的人的最普通的情绪、经历和体验，因此有了更宽的生活广度和更强的情感力度。诗集卷一中所写的乡村图景，诗集卷二中所写的诗人的日常生活，诗集卷三中所写的诗人的自言自语，都展现了独特的视角，使诗性得到了拓展。这些诗，初读起来，我们也许会感到有些琐碎、细小，但仔细品味，却因为更贴近日常经验，反而在心灵中引起了更强烈的共鸣。我特别喜欢《尘埃》、《生命》、《我的一天》和《写给未来的一天》这些诗，它们集中突出地体现了新朝向下开掘的这一特点。这里所说的向下，并不是说新朝在故意摒弃崇高，而是对生活状态的一种还原，是让诗力求回到生活本真的一种追求。正像他在《我的一天》中所说的："一个人/干不了多少事情/我后悔曾经的狂妄，竟说出了一些/河流和山岗从没有说过的话"。这种摆脱高蹈的姿势，使新朝的诗更具人文关怀，散发着一种柔柔的暖意。在《写给未来的一天》中，他写道："假如他的生命，妨碍过谁/假如他的死，伤害了谁/请原谅这个可怜的人"。这种对细小生命的关心、呵护，非常能够让人动情动容。总之，如果说《幻河》用的是望远镜，采取的是仰视的姿态的话，那么《低处的光》用的则是显微镜，采取的是俯视的姿态。这两种姿态、两种写作方式,在马新朝的笔下都达到了很高的境界。

所谓陌生化倾向,就是说这部诗集在艺术的追求上力求展现出不同寻常的面目来,让人感到不是似曾相见,而是前所未见。其意象创造的独辟蹊径,诗意营造的委婉曲折,整体表达的隐晦深藏,都给人留下了更多的想象空间和耐咀嚼的味道。陌生化是当前很多诗人的追求,新朝在这方面也一直在探索,包括《幻河》都体现了他探索的成果。应当说,《低处的光》与新朝过去的诗,特别是《乡村的一些形式》、《黄河抒情诗》等相比,在陌生化的道路上走得更远了,它让我们感觉新朝完全变了一个人,很多诗读起来需要认真地揣摩,下一番功夫。当然,陌生化不是生僻化,不是隔膜化,不是制造障碍化,不是有意拒读者于千里化,而是更贴近生活本质化,更具备诗歌艺术化。我感觉,新朝在这些方面做得还是比较好的,许多诗都提供给了我们很多新鲜的东西。譬如,他不说春天已经到来,而说"榆树在运气,用力/把储存在根部的营养运送到最边远的枝梢";他不说大哥在咳嗽,而说"他站在/自己院子里,大声咳嗽,清理着喉咙";他不说庄稼在生长,而说"庄稼们围着村庄/攀登一个老人的影子";他不说阳光普照,而说"你一下子就搂着了叶子已经脱光了的/苦楝树,止住了/它的哭";等等,都非常新鲜,令人耳目一新。

其实,继《幻河》之后,新朝不仅出版了《低处的光》,在此之前他还出版了一部散文集《大地无语》,这部散文集也是写得非常好的,值得阅读。但我觉得,无论是《大地无语》也好,还是《低处的光》也罢,都不是新朝最终的理想,他肯定有着更宏大的抱负,心目中一定有着更明确的目标。这两部书只是他在《幻河》之后的变轨和调整,是为着更远目标的一种准备和操练。正像"嫦娥二号"飞船,要到达距月球100公里的地方实现对月球的拍照,中间必须经过几次变轨和调整。现在的新朝正是"嫦娥二号",他即将接近目的地,我相信,他会有更伟大的作品出现。为此,向他表示祝贺!

(高金光:诗人,河南省诗歌学会执行会长,《党的生活》总编辑)

对觉察的物象表达

杨吉哲

第一,我觉得诗歌的现实性是非常重要的,如果没有现实性,那么我们的诗歌就会沦落到一个很糟糕的状况,就会急剧地被边缘化。现实的诗必须有一个现实,它们排着队消失或重生,现实的诗是已经发生的或者正在发生的诗人所面临的现实世界,在这样的状况下,通过现实生活的表达来建立诗歌的意义和价值,这个是很重要的。

第二,我讲诗的写作。新朝也说了一句话,他在不断地塌陷,不断地建立。一个诗人的写作历程可能是已经塌陷了,新的东西会建立起来,塌陷的东西未必是新建立东西的基础。实际上在我们诗人前行的时候,以往的经验都是加重诗人思想的一种承担、一种动力,我觉得是很好的。

第三,昨天晚上我抓紧读了,我非常高兴,我觉得新朝的诗歌里面还是布满了对觉察的物象表达,一个诗人和小说家不一样,一个诗人要对生活有更好的觉察,只有觉察到了,这个东西进入了我们的话语中才成了一个鲜活的东西,才显示了写作者自身对生命的认可,这样才更有异样感、新鲜感,我们的诗歌要追求异样感,这种异样感是建立在觉察的基础上的。我觉得高兴的是,新朝的诗充满了觉察的东西,他的文字很鲜活,让人感动。而对觉察到的物象和细节,在它突出的地方无限放大这个细节,这是新朝以往不同的地方,这种放大形成了诗歌中所指的物与物之间那样一种空旷,还有一种语意的扭结,这是非常好的,在放宽的同时还凸显了这个东西,完全是被觉察的东西,好像语言的那种强力增强了,知性也提高了。

第四,最主要的是能够把一个事物转化为一个世界或者一段历史,这是最重要的。我原来有一篇文章是关于非理想化写作的一个作品,总是事物与事物,两者之间的关系,无论你怎么来摆,你把你所写的课题作为一个对象来写,这就很糟糕,因为必须靠理性的逻辑来解构它,然后才能重建这个事物,这样话语的暴力倾向是比较重的。现在把它转化为一个世界或者一段历史,这种书写方式和这种转化的方式,我觉得无限地解放了这个事物,使事物内部的东西完全呈现出来,使一个细小的事物变得无限广大,能够成为一种历史,这是非常重要的。我想在我们私下聊天的时候细细说这个事情。

(杨吉哲:诗人,河南省诗歌学会副会长)

让低处的光流动起来

吴元成

《幻河》之后的马新朝继续以河流的姿态向前奔流。

《幻河》对于河南诗歌乃至中国新诗,都是一座高峰;同时,以其气势之磅礴,意象之密集,思想之深邃,结构之恢宏,也成为马新朝诗歌写作之里程碑和分水岭。如果说《幻河》是在哲学、历史、人文情怀的高处歌唱,那么马新朝今年在上海文艺出版社出版的诗集《低处的光》,则是继《幻河》之后,诗人这些年的又一收获。它的来势也许并不那么"凶猛",反而有点"绵软"——这种"绵软"类似于武术上的"推手"、"绵里藏针"。你只要"黏"上了它,打开来阅读,就无法挪开自己的眼睛。当然,这也不仅仅是眼睛的享受,更多的是心灵的洗礼。新朝这些年的主要作品都在其中。它们就像新朝在《幻河》链条上精心种植培育的一串珍珠,有光,虽然是"低处的光",也足以照亮当下的乡村生活和真实的文人精神世界;有质地,虽然不那么"坚硬",也足以抵达诗人自己和我们读者内心的伤痛、怀恋和五味杂陈。他把自己安放在唐白河和黄河流经的大地上,让自己的诗性思维在星空和生命之间徜徉——正因为有了这独特的不可复制的品质和不懈的探索,诗人获得了外在世界和自我的和谐。

(吴元成:诗人,河南省诗歌学会副会长兼秘书长)

诗歌必须超越

李少咏

我从新朝的诗和散文里看到了几个关键词,给我感触比较深,"父亲"和"母亲"读作一个关键词,就是"父母",然后是"大地"。《低处的光》从生命意义上来讲,老马让自己站在了很高的低处的位置上,我觉得这是非常好的位置,马老已经拿了诗歌方面中国国内最高奖,但他更注重的是鲜花后面质疑的眼光,这对他来讲是更重要的。

这部分诗集第一是写"我"的根,第二是写"我"从哪里来,第三部分是写"我"是谁,第四部分写"我"到哪里去。这就说明了现代人的整个生命态势,被他概括了。首先"我"的根在哪儿?根由父母和大哥组成。父母和大哥在哪儿?在大地之上,有玉米、小米和干草,大地是无语的。"我"感受到了大地一直在向"我"输送力量,"我"首先是大地的儿子。大哥是谁?大哥是最重要的一个人,大哥就是他自己的一个反照,大哥是马诗人自己的反照,大哥是孪生的兄弟。而这个兄弟在精神意念来讲,如果"我"离开了大地,还有大哥在,"我"就与大地有了联系,大哥的困惑、大哥的困境和他所有的追求,"我"就是在帮助大哥完成一个人生的基本历程。大哥来自父母,父母来自大地,大地中的大哥又是"我"自己,其实我在写"我"自己,"我"在给"我"创造一个镜像,从镜像里看到"我"的追求。他想通过摆脱《幻河》的模式,营造一个新的世界。

其实越是沉重的东西越难写,有一首写到农业经济的诗是非常好的,举轻若重易,举重若轻难,但老马的这首诗做到了,他把有些事物简化,或者是我化,生活中的一些东西,本来是沉重的,不易把握的东西"我"把它对象化,最终让它与"我"达到血脉相连,把它对象化成为老马,这样一来农业经济也好,包括其他的作品,最终写出来的是一个马新朝的自我画像。我看到这个题目时眼前一亮。我从那个诗里看到了老马的追求、老马的目标。老马想干什么？我想他是想摆脱，他想打造新的老马。

　　诗歌必须超越国家，超越生命，如果你不能超越国家，你的诗歌不能算最好的。老马一直在做这个工作，有些时候用力过的时候，反而力量稍微远一点。其实我一直有这样一个感觉，诗人不需要读哲学，诗人是在创造哲学，南丁老师的《尾巴》当中都写出了，只要是人生的体验，那是最好的东西。哲学是什么？哲学让人快乐，让人生活得更好，其实你就是哲学家，你没必要读别人的东西。我觉得老马在创造这个东西的时候，他已经走在路上，但是有些东西该舍弃的时候也要舍弃，不仅是语词，要学会舍才能得。

（李少咏：文学博士，评论家）

让物自己去说话

田桑

新朝《低处的光》可以说作为朋友是期待已久的诗集。真正的诗人是在自己的写作中提高。我非常关注新朝的短诗怎么写,看到《低处的光》感觉新朝在《幻河》的基础上往前走了一步,《幻河》并不是马新朝的顶峰,《低处的光》已经比《幻河》往前走了一步。

一个诗人写什么并不重要,每个人选的素材并不重要,怎么写背后寓意着怎么去看,《低处的光》使我看到马新朝从高处往低处,姿态在降低,视角在调整,低处更多的是看他自己在《幻河》当中高处的大的黄河写意,在大的场景之下,说一些细微的事物,他自己看到一种深醒的东西,他个人的一种情调。在《低处的光》里看到很多写细微的东西,包括"一朵南瓜花"等光照了他诗人的精神之光,通过诗人精神魔力放射出来的光非常耀眼。

其次我觉得新朝在《幻河》之后,《低处的光》达到了一个高的层面。作为诗人可能更注重技术层面的东西,在语言的处理和诗歌的处理方面,新朝往前走了一步最主要反映在这里面,尤其对主语,我关注每首诗的主语,主观的东西慢慢在淡化,更主要让"物"自己去说话,通过语言把物呈现出来,通过这样一种眼光达到一种和谐和交融,达到一种诗意的高度,这一点我也非常欣赏,这也是我自己在追求的一种诗歌理念,这是我们诗人在诗的世界所要达到的一种平衡的和谐相容的状态,这是一种心境,一种精神境界。李白的诗:相看两不厌,只有敬亭山。只有处在这样一种层面上,才能达到最高的境界。

(田桑:诗人,《名人传记》杂志主编)

只有低下来，才能发现生活

靳瑞霞

《低处的光》非常有诗意，一下子就抓住了，不仅仅是一个角度，一种姿态，低下来就是俯视，只有低下来才能发现生活。就如马新朝在其诗歌表达出低下我全部的思维、全部的血和全部的肉体。在诗集中我们可以读到诗人是真正低下来了。光总是让人想起普照万物的太阳，使人觉得明亮，它是那么有力量，低处的光又是一种怎样的光？仿佛幽微、柔弱，然而从心里深处诞生的光，更让人感到温暖。我觉得他的诗歌意象的深邃与思想厚重合二为一。

第二，从诗歌的文本来说，《低处的光》总体体现了质、文、美三者合一，对生活、对人生的思辨，几乎在每一首诗中都能找到含义深远的句子，诗人是生活在诗中，从乡村到城市，从乡村的小花、小草，到城市的喧嚣，成为真正的诗人，诗人很善于将现实和诗意相结合，使读者借助诗歌体验别样的滋味，获得别样的情感体验。

最后还有一个体会，我发现马新朝还有一个现象，称之为主题性的游离，表现为在诗人与所描写的对象发生了游移。它是一种哲学的思辨，对生活的暗示，比如《一朵南瓜花》、《一粒微尘》，再比如写一辆小汽车抛锚，是在写这个人正处在抛锚的状态。这样一种富于变化的写法，使诗歌具有哲思的美，有一种回还往复的思维，我很欣赏！

（靳瑞霞：评论家）

G 授奖辞与获奖感言

第三届鲁迅文学奖评委会对马新朝《幻河》的评语

马新朝的长篇抒情诗《幻河》，以黄河为依托，含容着中华民族丰厚的历史文化，它以神祇般的光辉照彻古老的东方大地，又以圣灵般的宏奥和深邃萦绕着人的灵魂，于是便与时间相伴，在广阔的时空里流淌，经历滞缓和奔腾、幽怨和愤怒、深思和反抗、涅槃和新生，从荒漠走向繁华，从狭窄走向开阔，以深层的象征意味，抒写了中华民族的文明史。诗人以个性独特的感觉方式和语言，触及政治和文化、哲学和宗教、民俗和爱情，以对文化特征和时代精神的准确把握，谛听历史渊薮的回声，探究人类发展的奥秘。浩渺的空间和跳跃的时间，恢宏的框架和细腻的描绘，深情的叙述方式和汪洋恣肆的笔墨铺陈，让具体与抽象相融会、古典与现代相统一、继承与借鉴相和谐，比较新美地完成了一种艺术传承，也比较成功地尝试了一种艺术拓展。评委会决定授予马新朝的诗集《幻河》以第三届鲁迅文学奖全国优秀诗歌奖。

2005 年 6 月 5 日

第三届鲁迅文学奖颁奖会上马新朝的获奖感言

这次能够获此大奖,对于我这样一位诗人来说,一是感到意外,二是感到惊喜,这是给我的人生的一份厚礼。

我非常珍惜这份荣誉,热爱这份荣誉,它是对我的沉默的诗歌写作的一次肯定,一次鞭策,一个亮点,我将把它视为一个新的起点。

诗歌是我们的国粹,是人的良心,是我们这个时代最人性的部分,但是,长期以来,人们对它的误解太多,对它有着太多的不公平,然而仍然有那么多的人在坚持写诗,在默默地探索着,他们的行为多少有些无奈和悲壮,我是他们其中的一员,深感到写诗是一种没有回报的付出,在这个喧嚣的物质时代里没有多少人愿意倾听诗人们善良的声音,诗人和作品已经被无情地边缘化了,然而,我们不能没有诗歌,没有诗歌的世界一定会是坚硬的。而这次《幻河》等诗歌作品的获奖,是我自己的光荣,也是整个诗歌的光荣。中国作家协会举办的鲁迅文学奖全国优秀诗歌奖的活动,无疑是对中国诗歌的一次张扬和爱抚。

感谢诗歌,它使我感觉到了这个世界的一些真实,感觉到了存在的冰凉和温暖。

感谢评委,给了我这份荣誉!

2005年6月5日

第四届闻一多诗歌奖评委会对马新朝的授奖辞

　　马新朝的组诗《黄土高天》不仅凸现了诗人历久弥坚的诗歌气象,而且这组诗歌在"乡土化"的同类题材中具有精神启示录般的意义。这些诗歌不仅去除了浮泛的伦理化倾向,而且重要的在于诗人能够从细小的事物出发重新发现了"中国乡土"这一场域的缝隙与隐秘地带。诗人沉稳、幽深、悲悯的情怀闪现出知识分子应有的忧患意识与担当精神,同时也完成了对思想与修辞的双重照亮。

第四届闻一多诗歌奖评委会

2012 年 7 月 23 日

武汉东湖

第四届闻一多诗歌奖颁奖会上马新朝的获奖感言

诗人,就是诗与人的融合。

感谢评委会将第四届闻一多诗歌奖颁给我,它使我常常不自信的写作变得有些自信起来,尽管它是短暂的。它带着爱、温情和期盼有力地把我向前推了一把。

我相信诗歌,相信词语,尽管它们飘忽不定。我相信词语后面所隐藏着的神秘的真相以及真理的美和拯救的力量。诗歌常常暗暗地把我从混沌的人群中打捞出来,放在光线下,使我能够看清楚自己,能够看清自己所站立的地方。因此,诗歌是我生命的灯盏,我一边用它照看自己,一边照看这个苍茫的人世。

我热爱诗人这个称谓,它是荣誉,也是承担,尽管它现在已经被弄得伤痕累累,声名狼藉。我坚定地认为:诗人这个称呼是对于人的奖赏和对于人性的提升,是对于人的升华。诗是这个世界的美和良心,人与诗只有完美地融合才能称得上是一位诗人。诗人是一种境界,诗人这个称呼是悬浮在人类头顶之上的一顶美丽的桂冠。诗人的一生就是利用自己的写作在为不断地向诗人这个称谓确认的一生。

30年前,浙江的《东海》杂志发表了我的一组诗,放在"青年诗人"这个栏目中。这是别人第一次称我为诗人。当我看到这本杂志后,开始是惊疑,后来是兴奋。30年后的今天,当我获悉自己得了第四届闻一多诗歌奖时,我同样是惊疑和兴奋,因为,这次获奖是自己向诗人身份的又一次迈进。

然而,我又经常怀疑自己诗人的身份,自己能够称得上是诗人吗?配吗?所以,每当别人称自己为诗人时,我的脸总是发红。

多少年来,不论世人是如何作践和贬损诗人这个称呼,我依然没有减少一点点对于它的尊敬和仰慕,它是我心中的爱和神。我不知道诗人这个词是何人发明的,它是人类最美妙的一个词,诗人,是诗与人融合在一体的产物。诗是存在于高处的一种境界和理想,就像灵魂附着于肉体一样,只有少数的诗人才能做到人与诗的融合。在农耕社会,诗和人是接近的,现代社会,由于工业化的推进,机器已经取代了人的地位,人变成了机器,因此,诗与人的距离就慢慢地变得远了。20世纪人类最大的失误就在于过于重视科技,而轻视以诗歌为代表的艺术。而科学是不能代替艺术的,科学只是箭镞,诗歌和艺术才是箭镞飞行的方向。由于科技和诗歌发展的不平衡导致了人类社会发展的不平衡,人类因此变得失重和茫然。

因此,诗人就变得重要起来。

诗人的写作从来没有像现在这样艰难和孤独。因为诗和人的经常分离,诗歌像有一种外在的万有引力,时常打算离开诗人而去,诗人为留住它,付出了比过往任何年代的诗人都要多得多的代价。当诗和人融合在一起的时候,你就是诗人,当诗离你而去的时候,你就不是诗人。因此现在的诗人往往具有阶段性特征。

中国传统的"文以载道"思想,虽然近些年来受到不少的诟病,但我依然认为,它恰恰是我们当下诗歌写作最为薄弱的部分。我们的不少诗歌为了艺术而牺牲"载道",导致了大面积的贫血和无效写作。闻一多先生在诗歌艺术探索上有不少独步的地方,但当他冒着生命危险站在演讲台与黑暗势力宣战的时候,才是他的诗与人结合得最好的时候。那辉煌的一刻是对他一生诗歌最好的诠释;也就是那一刻,永远定格在中国诗歌的深空中,并光照着我们这些后来的写作者们。这也是闻一多诗歌奖对于今天的诗人们的意义。

2012 年 7 月 25 日

首届上官军乐诗歌奖评委会对马新朝的评语

《黄土高天》里的马营村,是马新朝以游子的深情与泥土的朴实营造的一座诗意的村庄。在这里,诗人没有局限于如实地摹写某一生活现象,而是在他丰富生活经验的基础上,选择具有典型意义的景象,诸如一朵南瓜花、细细的灯火、沙粒等,加以概括和提炼;也就是说将各种动态表象根据自己情感的内在尺度进行选择与提炼,并以质朴精练的语言表现出来,从而完成美学意义上的重新组合。因此,诗人马新朝的故土情,在这里已不是一般的故土情,而是一种根的哲学,一种人生的诗意总结。

首届上官军乐诗歌奖颁奖会上马新朝的答谢辞

各位领导,朋友,来宾:

　　山西这片热土,在中原的西北偏西,也在我内心的西北偏西。这是我平生第二次来到山西,第一次来山西给我印象最深的是太原到大同之间的公路两边那无边无际的风沙;这一次到山西来,突然就有了亲切感,感到了山亲,水亲,人亲,甚至有了回到第二故乡的感觉。我也奇怪为什么会有了这种感觉,这可能是因为我这次获奖的原因。因为这次获奖,因为诗的缘故,我与这片美丽的土地连在了一起。

　　感谢您,上官军乐诗歌奖,你不仅给了我写作的自信,也给了我心灵上的温暖,而这个温暖将伴随我的一生。在茫茫的黑夜,当我孤独一人的时候,我会向天空望去,第一眼看到的可能就是这个闪烁着光环的奖杯。

　　上官军乐诗歌奖,代表了山西的这片天、这块地、这里的人,对诗歌和文化的尊重和敬意,以及对我本人的关怀和厚爱。今天,我是怀着感恩的心情说:谢谢您,上官军乐诗歌奖!

　　曾经有论,把诗歌写作分为官方写作和民间写作,或者是知识分子写作和民间写作。其实这是个伪命题。诗只能分为诗的或非诗的,不能按人的阶层划分定属性。从广义来说,诗歌的本质意义是属于民间的,因为民间代表了一种自由精神和自然状态。只要是诗的,就应该是自由的、自然的、散开的,或者说是民间的,民间代表了一种状态和意识。然而,你是民间的,却未必能写出民间意识的诗歌,你是知识分子,也可能会写出很民间的作品。这种例子不胜枚举。上官军乐诗歌奖,是一个民间诗歌奖,我看重的是它的民间性、公平性和指向性。

朋友们，人类20世纪以来所犯的最大的一个错误就是过于重视科学技术而忽视了诗歌和艺术的存在。科学技术说到底它只是技术，诗歌和艺术才是人类的心灵。科学技术的高速发展，使20世纪以来的人类变得过于疯狂，它们发展核武器、发展转基因，还有苏丹红、瘦肉精，而诗和艺术却在不断地萎缩。若这样不加限制地发展下来，人类的前景不妙。

诗歌受到冷落，是全球性的。然而，在我们这个曾经诗性的国度里，诗歌从来没有像现在这样受到太多不公平的待遇。诗歌在公众那里经常被妖魔化，政府和宣传部门只有在节庆时才会想到它，即使在文学界内部，诗歌也被严重地冷落和边缘化。现在写诗，只是诗人精神的需要，不会给我们的生存带来任何好处，只会更糟。做一个诗人，从来没有像现在这样艰难。因此，我很敬重那些仍在默默坚持写作的诗人们，特别是那些纯粹的诗人们，他们是诗歌英雄。

然而，在我们的诗歌内部，诗歌生态不是很好。诗人们不是抱团取暖，不是相互尊重，而大多是相互作贱，相互倾轧，相互拆台。现在的诗人们大多自我感觉良好，越是年轻感觉越好，写了几年诗或是写了几首诗就装作大师样，盲目孤高自傲，眼中无人，其实是外强中干。大多数诗人们格局太小，气场太小，胸怀太小，写出的诗过于聪明，过于精致，过于形式感，唯一缺少的就是自己内心的强大。诗人们，你们连写诗的同类都不能容忍，你们还能容忍什么？诗人心中应该有爱，首先要爱同类，爱是诗的火焰，不要老是记仇记恨。像艾青说的："为什么我的眼睛里常含泪水，那是因为我对这片土地爱得深沉。"爱，会使一个诗人的内心强大。在这个缺少爱的社会里，为什么需要诗人？因为诗人心中有爱，因为诗才能温暖别人。

现在的诗坛还出现了一种怪现象，就是几乎所有的诗人过于重视诗歌理论和批评，过于重视评论家怎么说。一些有话语权的诗评家们指点诗坛，指点诗人，几乎每个评论家的身边都围着一群诗人。有些诗人就言明，他的写作就是写给评论家看的，大众算个屁。一些走红的诗人不是被读者认可的，而是被诗评家们捧出来的，这中间当然免不了存在着哥们儿义气。然而，当下中国的诗评家们还没有出现那种具有某种综合能力的人，他们大多数只是某一派别的代言人，某一种倾向的代言人。多年来，这些代言人们在诗坛内部倡导某种写法，领导某种潮流，实践证明这些大多是短命的、偏颇的。他们缺少宽容和综合能力，常常是证据确凿，旁征博引，说这样写作是无效写作，那样写作是无效写作，让那些喜欢跟风的年轻诗人们前仆后继,牺牲了一批又一批。

当然,我并不拒绝有益的诗歌批评。我有时也会写些批评文章,以校正自己的写作。诗人们应该自信,不要老是跟着批评家的指挥棒转,不要迷信他们的言说。是批评适应创作,而不是创作适应批评。诗歌是从生命中来的,而不是从批评中来的。我的这组诗《黄土高天》在写作时就是忘记了所有作诗的方法,忘记了所有评论家的言论以及作诗的方法,进入自己的内心,尊重自己的感受和感觉,因此,它是我的,它是自由的、自然的、自我的。当然,这并不是我最为重要的作品,我最为重要的作品仍在写作和探索之中。

最后,我再一次感谢上官军乐先生,感谢各位评委,谢谢能够参加这次颁奖会的所有来宾和朋友们!谢谢你们的知遇之恩!谢谢山西的高天,谢谢山西的大地。谢谢!

H 诗与人

禅意与玄机

——马新朝《低处的光》碎语

孟宪明

我一直认为,写故事的人应该读诗。我常常为此既高兴又惋惜。惋惜的是那么多编故事的人不读诗,高兴的是我是一个懂得读诗的人,尽管我很少写诗。

认识新朝的诗比认识新朝早。那应该是20世纪的90年代,我看到由中原农民出版社出版的一本诗集,叫《乡村的一些形式》。我喜欢其中的三分之一。我把对这三分之一的喜欢告诉了郑大的文学教授单占生先生,他善意地鼓励我,说,你真的懂诗。我因此沾沾自喜。为了参加这次会议,我想找到那本最初让我感动的诗集,后来才想起来我送了一个写诗的青年,让他模仿去了。

新朝的诗属于乡村。所有让我感动的诗篇几乎都是写的乡村。《幻河》让我震撼。这些抒写乡村和乡村情感的小诗让我感动。新朝对乡村的熟悉和热爱无与伦比。他写的乡村深刻而细密,忧伤而美丽。新朝喜欢写乡村的静谧:庄稼们"无语而立",经年的老屋"从不说话","村子里很静,像大哥的沉默","没有声音的喊声","悄无声息","风声说着寂静","万物都在瞌睡"等,这是一个离开乡村远走他乡后的诗人的诗。这是经历了城市的喧闹和内心的喧闹后的诗人对乡村沉淀后的感觉。当然,他不光写这些静,他还写小草们的话语,写虫子翻身给我们的启迪,尤其他写给父亲、母亲和大哥、二哥的诗,首首让我感动。"这是您吗,母亲/这些年你去了哪里/大地上没有一点儿你的音讯……"(《夜间的电话》)

充满禅意与玄机,这是新朝诗的一个突出特点。"这些乳汁般袅袅的炊烟/要高出世上所有的东西/"(《炊烟》),那块巨石"把村庄的人们喊遍,却不着一言"(《田野上的巨石》)。像《飞机上看云》、《乘车从白庄返回郑州》、《在公园的石凳上》、《一个草茎》等,首首禅意充沛,玄机幽深。成熟的诗人,能在平常漫不经心似的生活中写出人生的高度,在一些易见的烦琐或者不易觉察的烦琐里完成思考的过程。平静中写诗,应该是为诗的一大境界。愤怒出诗人。诗人似乎是应该永远激情满怀才对,看了新朝的诗你会发现,诗并不都是那样。平静中的诗人,才可能走得更远。像《散步》和《尘埃》都是这类作品。一个纯粹的诗人,能达到近乎神悟的程度。新朝正行走在这条路上。这使我想起南宋诗人杨万里,他满眼的生活焕发着满眼的诗意,或蓬勃茂盛,或情致深曲。"病眼逢书不敢开,春泥谢客也无来。更无短计消长日,且绕栏杆一百回。"一生中写出四万首诗,为什么能这样?因为他有"生活"。国外的诗人大家,也都是越写越好,老而弥坚的。

　　新朝诗的语言极好,意象缤纷,内涵巨大,能用一句话击穿对生活的觉察。这是我最受益的一个方面。我是新朝的粉丝。

　　我认为,世界上只有两种文字,说理的和言情的。说理的可以讨论,但永远也说不明白。言情的,像诗歌,就不可以讨论。因为它是说情的。情可说吗?情不可说。所以我感觉,一群人坐在屋子里讨论诗,似乎很有些滑稽。因此我建议,还是由我读一首新朝的诗为好。我选了《一朵南瓜花》:

　　　　一朵南瓜花/在院子里四处游走/羞怯而细小,对我欲言又止/从没有结论的山中来/一只蜜蜂在忙着搬运时光深处的信息/米黄色的裙裾在飘转/那是一条让人迷醉的路径——/它在前边走,走一步,回过头来/喊我一声

(孟宪明:河南省文学院专业作家)

马新朝的乡土诗

周良沛

早在20世纪20年代,就有诗坛的前辈讲到徐玉诺,他那时的"为人生",除了是王统照先生说的"是被人间诅咒着"同时也是"恶毒地诅咒人间",他诗行中写故乡河南农村在20年代的匪祸兵灾,写醉汉、娼妓、赌棍、烟鬼、土匪等,写得特有乡土气,而成为新诗中重要的一个乡土诗人。到了三四十年代,又有苏金伞,他一直写到90年代,那"天空像一面无人敲的锣/似乎稍动一下/就会响彻宇宙/响彻冬天……"的《小桥和村庄》的诗的乡土气,是诗苑中一朵开不败的花,乡土气的芬芳,越飘越香。真巧,这两位前辈,都是中原大地上农民的儿子,他们都是在中原人民苦难的遭遇之中以对劳动人民的手足之情而有了他们的乡土诗的。

现在摆在面前的这本《乡村的一些形式》,也可以看作乡土诗繁衍的一种新的形式,而且,作者青年诗人马新朝也是中原大地的农家之子。新一代诗人不再生活在上一代多难的乡土上,他的乡土诗也就不再描述它苦难的呼声而成为诗的乡土。这是时代的幸福。在《碌碡》一诗中写自由的劳动,劳动的收获。"麦草和碌碡摩擦时发出细微的声音","乡村最美好的音乐",都避开了有段时间有的人爱用些政治口号和空泛的颂歌所歌唱的"幸福",而是将内心的喜悦洋溢在自由的劳动中,使诗行的方块字都在微笑。而且过去有些乡土诗,在形式上多采取民歌谣曲式,这点马新朝倒是很地道地继承了徐玉诺、苏金伞之"乡土"的诗风。写的就是新诗,是自由的新诗,但写的是庄稼人的事,说的是庄稼人的话。如《碌碡》的第五节:"碌碡尖利的声音划破了无皱的天空/天空没有一只飞鸟/我的妹妹暂时忘了自己的爱情"。这后一句"暂时忘了自己的爱情",把一位主人翁对劳动之收获的投入和忘我的境界表达得很是深刻。然而,他和前面"天空没有一只飞鸟"之类的意象并无什么外在的联系,其笔墨的随意,倒不乏现代诗风。但从"碌碡尖利的声音划破了无皱的天空"这类大实话中也不难看出什么玄义和"现代意识"。这一节三行若用标点,大概每行都是用个句号。这三行内容之跳跃,也只能看出作者在打麦场上目光之随意,并用三者组合成现场不单一的风景画。这,也是后来的乡土诗随着后来的诗人之想、之美学兴味和时代之变化,而不可能同于徐玉诺、苏金伞之故吧。

这种变化是必然的,是乡土诗发展过程中的一种形态表现。后来的各种探索,谁也不能保证每一步都是成功的,但他们付诸创作实践的思想与艺术的探索,又是发展新诗无法缺少的动力。否则,前人的作品即便每部都是经典,也只好让它封闭在经典之中。然而一切艺术探索,总是为适应变化了的生活之表现和表现出变化了的生活而来的。这点,马新朝在怎么看待新的乡土之新,以及作者表现其新的艺术视角,确有令人耳目一新的感觉。他那"七条溪水从上游流下来/清洗着遍地的月光"(《月夜听箫》)的诗句,在重现传统诗艺之"意境"说的意境是不俗的,那"雨水在深夜里同谁在说话/你听听那些秋天的果实/雨水的声音多么甜蜜"(《雨颂》),真把庄稼人的心写活了。他在《炊烟》中道:"在我的家乡/人们看到的只是平原/那里连一座山也没有/甚至连一座塔也没有",诗人为他家乡"失去了他应有的高度"后看到——

在我的家乡/炊烟便是唯一的高度/这些乳汁般袅袅的炊烟/要高出世上所有的东西/这就是大地上那些一季一季成熟的/庄稼　在燃烧以后/飘出的魂

这是怎样的乡土情啊!那"乳汁般"的炊烟,不仅是个新鲜的比喻,而且还能给人一点寓意的想象。正如成熟的庄稼,在燃烧之后"飘出的魂",为中州大地找到它比塔、比山更高的高度。这些诗之"新",并不在于用了什么新的技法,或是目前流行的句构、语调,相反有时甚至感到作者的口语化,在有的地方呈现出过于"自然"的形态,不太讲求语言的规范,但他的朴实,有时又确实表现出"无技巧"的最佳境界。他写《阳光下》:"阳光就开始盛大/像原野上这些已经成熟的谷子站立着","这些谷子只是阳光的一种造型/是阳光的另一种再生。……"写冬日除草,说"那干草像一捆一捆的冬天/放在锄刀下切割","把巨大的冬天赶到另一些地方"。那《油灯》是"一棵庄稼"、是"一个人",在乡村"是一只眼睛","是过去年代里伸进来的一只眼睛/一种见证"。这些篇章,与其说他是以奇思妙想给人诗的美悦,不如说今日的乡土,在今日的乡土诗里已从诗人笔下找到它自身在今日的形态和深邃。

  时代不同了,乡土还是那样的乡土,新的乡土诗总要为新的时代开出鲜花。如果说中州的徐玉诺、苏金伞的乡土诗,在过去"不论他们自觉或不自觉,都是在某些诗的西化而晦涩,而形式主义,而脱离现实等倾向时更相对相持地显出他们乡土诗的特有的色彩,以及自身价值"的话,那么,马新朝也不论他自觉或不自觉,他的乡土诗,同样也是这样的。新朝同志是以写他故乡的黄河而得诗名的。写黄河虽然不能说与乡土无关,但那些作品与这本《乡村的一些形式》之诗风,还是很不相同的。他的诗风的变异,正是近年不少写诗的人对外来的艺术不是合理地借鉴、汲取营养,而是生硬模仿、复制而陷于一种困境时产生的。这种情况,很有点像台湾70年代为诗的西化所引起的恶果而爆发的一场大规模的新诗论争之后,其乡土诗的兴起之背景。这场有意义的论争,其成果没有得到合理的完全的筑固,在台湾,是有其极为复杂的政治、社会背景的,不好和我们的情况作简单的类比。然而,不论在任何情况下,中外古今都是一样的,那就是任何一种文学主张、艺术追求,都是靠体现其主张的、追求的、过硬的、留得下来的作品显示这主张和追求力量的。乡土诗也是这样。它是诗苑生态平衡中一种必然的存在,它无须一花独放,诗界也无法无视它的存在。那种这样派、那样风的,以起哄造成的轰动效应,而以这效应的影响在一阵风中形成的任何诗的模式,最终都是自掘坟墓。无论什么样的诗人,什么样的诗的风格和流派,最后都只能以作品本身在读者眼里说明它的存在和价值,这本《乡村的一些形式》也是这样。

(周良沛:诗人,作家,《诗刊》编委)

关于一些形式的意味

——马新朝诗集《乡村的一些形式》品评

张书勇

十年前吧！也许更早一些。

我已不能清楚地记得是什么时候第一次接触署名为马新朝散乱的却又密集的，刊登在全国各个刊物上的诗作，也不能具体地说我最喜欢乃至偏爱马新朝某个阶段的诗作，只是觉得早在十年前，沉寂得一如荒漠的中原诗坛崛起和开始热闹的那一阵子，马新朝等一帮激情和才气集于一身的中原诗人就形成了一个坚不可摧的诗歌方阵，且在全国流派泛滥的诗坛觅到了一席属于诗也属于中原人的位置。在这当中，马新朝是我喜欢的一个。岁月荏苒，为了生命中的黄河唱赞歌的马新朝一改往昔宣泄般淋漓的激情，而把他的目光转向曾经生养过他却又曾经多灾多难的那一片故土。惨淡的印象连同岁月洗练的那种铭心的情感，使他变得冷静而多思，以至于我们在他的诗中能够较为直观地领悟到他复杂的心态演绎。中原农民出版社最近推出的马新朝诗集《乡村的一些形式》就是最好的例证。马新朝的骄傲就在于他忠于了他的故土和恪守了他作为诗人的诺言，正如周良沛先生在他的评论中写的那样："时代不同了，乡土还是那样的乡土，时代不同了，新的乡土诗总要为新的时代开出新花，马新朝自觉不自觉地显示他乡土诗的特有色彩以及自身价值。"可以看出，周良沛先生对马新朝继徐玉诺、苏金伞前辈乡土诗后的继承和拓宽是给予肯定的。那么，我要为《乡村的一些形式》写点东西，这理由是否就该显得有点不是意义的意义呢？

综观全集，大抵上可以草率地得出这样一个结论：真切的朴实与朴实的真切。马新朝是农民的后裔，他对辅助了祖辈也辅助了自己的那些唯乡村独有的且挂着"农"字牌的形式充满了"爱情"，并且用诗人的浪漫心态表达这种亦吟亦哦亦赞亦歌的真实情感,反刍出诸多看似平淡实则寓意深刻的意味。一个诗人能够义无反顾地歌唱那些存留在田野间隙的乡村,这除了用一种精神家园独有的向往来概括外,我们是否可以这样评价作为诗人的马新朝:他是个忠实的农民式的诗人?应该特别指出的是:马新朝并不是为了他情愫中的"乡村"而写那些土得掉渣的"形式",更不是单为了这些落后的形式而向读者兜售他的乡村情结。他试图用一种曾经稔熟过去的心境向你描写表现他对乡村一些形式温情的印象,譬如:《土地》。

　　土地承载着光明也承载着黑暗/用光明和黑暗/变幻着人间的景象/人只是土地生长的另一种植物/不管你飞得多高走得多远/最终还会被土地收了去/土地的沉默/比一个人一生所说的话深刻/比一个人一生的劳动更有力/土地上生长植物只是土地的一种语言/你从这些植物上可以听到自己的声音/你只有从植物上才能找到自己/你把自己的一些想法或者愿望种进土地/秋天就会长成粮食/这种粮食的过程其实就是你的全部过程/土地是一种神秘的境界/土地分泌出亿万种声音和色彩/人们又能够懂得多少

　　对于这样的一首诗,单纯地从某个角度予以剖析性的论述是多多少少显得浅薄与稚拙的,它所呈现的诗歌氛围,大致上可以被称作整体印象的放矢。土地是什么呢?诗的末尾写道:"土地是一种神秘的境界","土地"的具体和抽象融为一体就成了该诗的内质:"土地"所象征的、蕴含的意味也就是土地承载着光明也承载着黑暗的神秘境界。当然这个"神秘的境界"没有被诗人揭穿,因为它是诗的缘故,带点思索性质的启悟又有何不可呢?这种带有启悟意味的佳作在该集子的《油灯》里也有所传达:"一个人就是一盏油灯……有人向油灯望了望/就掉进了油灯/树叶一般的脸色在灯光里飘动……在乡村油灯只是一双眼睛/一种见证"。《油灯》的立意、构思,包括它作为诗的通感节奏都是鲜明而富于特色的,诗人把他最真切的心灵感受之于油灯的诠释,"油灯"的意味就是这样一种实实在在的状态了——"油灯就是他的本身"。诗人把最好的意味连同意味综合后的整体意象,毫不吝啬地传达给了我们。不言而喻,把油灯比作"眼睛"的契机就更值得学诗者揣测和琢磨一二了。在《碌碡》这首诗里,诗人先用一种怡然的笔触写"孤独"而"颓废"的碌碡:"平时碌碡就蹲在农业的外边/像那些晒太阳老人失去了劳动能力/只有一二只麻雀时而在上面歇歇脚"。多么平实清淡的语言,甚而之至让你感到作诗的烦琐与随意,但又有什么样的诗句能让你强烈感受到这些遗忘在乡村的碌碡呢?诗人用蕴含了沧桑思情的笔墨,平实而创造性地歌唱和礼赞了沉默和坚定的碌碡,它曾经的孤寂、它曾经的喧闹和辉煌,终归是一种奉献者高尚的悲怆,一种无以伦比的真实。通篇来看,由于意味和场景变化的喻示,《碌碡》更像一幅泼洒了祥和与幸福的劳动画面:夏日高空的太阳火辣辣照在碌碡上,天上没有一只飞鸟,享受着丰收喜悦的妹妹甚至忘记了自己的爱情,劳作的大哥背上淌着紫红色的汗滴,有细微的响声从碌碡和麦草间协调地传出,"那是一年中最美好的音乐"。诗人就是这样大胆地把他的乡土诗巧妙糅合至一种诗情画意的境界。虽则乡土,唯其诗的通俗而不庸俗,方显出马新朝驾驭诗的卓绝。《山姑》发表在《诗刊》上,是以"祝福乡村"为题推出的,当时一口气读完该诗,心里就陡然产生一种很不正常的感觉:"满山乱石/石头堵塞了她和她后面的一只羊/她走在石头上/石头比她高/她站在石头上看到远方的还是石头/石头喂养着她哺育的石头/朝夕和石头相处/她是大山中通向石头唯一的路/响亮的石头喊不醒父亲/她也喊不醒石头……"《山姑》就是这样一首诗,说它悠长隽永,未尝不可;说它清丽平淡,亦很恰当。诗写得如此纯朴,如此淳厚,而又如此明白地写出了山姑和她赖以生存的石头是怎样一种相依的亲密,这恰好和前些日子一个评论家倡导"用轻快明丽的格调写沉重背景下的人生"有点吻合可能的雷同。所以要想用一句话来阐述这种不正常感觉下的诗情诗味是真的有点不好把握,更何况该诗还充斥着一股灵性驱使下的"朦胧"呢?坦白地说,《山姑》是一首没有实际意味的诗(最起码,这种意味的理由是不充分的)。但,它却又是一首最能让你产生意味的诗。评论家周政保先生在他的一篇撰写"意味的"文章中说过一段极恰切的话:"意味的存在是一回事,感受到意味的存在又是一回事,就如'主旋律'或'主题'那样,是一种被隐含在作品中的思情。不过,每个人感受到的意味只属于个人;共通的情形(即'共识')虽然大量存在着但我在这儿说的也只能是属于个人所感受到的。""牌坊"是什么?《现代汉语词典》中的释文是:形状像牌楼的构筑物,旧时多用来表彰忠孝节义的人。"牌坊"是什么?乡村里排上辈分的老者谈那是一个女人忠贞和她残缺后的完美。诗人马新朝善于用传统的(其实也是属于他自己的审美高度,传统的当然可以弘扬的)目光审视传统的形式,且缀带了质疑色彩的设问(这就是马新朝的叛逆)。马新朝笔下的《牌坊》是"一个女人的破碎/和一个女人的完整/……/使一个弱女子变得像石头一样坚硬"。《牌坊》留给我们和值得我们咀嚼的价值,最本质的一点就是缘于此。读过不少以"唢呐"为题的新诗,产生过不少的感觉,或激越,或悲凉,或哀怨,或沾染了世故的浮躁,总体上都是怅怅然然,乏味得不得了。马新朝的《唢呐》写得何其入微细腻,他一改无病呻吟者诗之歌之的单调,而是从《唢呐》的呜呜咽咽中引出一个曲折凄美的故事,使他的诗与其他的同题诗截然不同地区别开来。唢呐是"冬季乡村里唯一的声音","妹妹站在泪光里"干什么呢? "妹妹乘着唢呐出嫁/唢呐拉着妹妹的手"。诗人向我们披露的就是这样一种存在于乡村且被法定般左右的"妹妹"们的婚嫁形式,意味的产生也就自然而然地显出了礼教(不排除新形势婚姻老传统习俗的存在)给自由带来的阵痛与无耐的落寞:"我的妹妹住在唢呐里/永生永世不回来"。结尾点墨成金,以至于达到"使人味味之不倦"的效果(钟嵘《诗品》)。一些并非乡村形式的东西,被马新朝采撷后写成诗的形式,且收集成篇,这不得不使我一个读者把它走形式似的浏览一遍,令我惊奇的是它们一下子改变了我读诗的心情,使我须仰视欣赏方可,而《女人们的眼泪》就是这样一首独具匠心而又别出心裁的上乘之作。首篇写道:"在乡村,你遇到最多的便是女人们的眼泪/有那么多的事实/被女人们的泪水掩盖着/乡村的女人们是用泪水做成的/她们哭也流泪笑也流泪/泪水淹没了一个又一个过去的朝代/男人们没有别的道路可走/可只乘着女人们的泪水才能回到村庄/才能看到四季流水上鸟的痕迹"。读过这段诗,如果你认为诗人仅仅是写女人是泪水做成的,泪水是女人的专利,那么你就错了,至少我认为你对该诗的观点是偏激的、片面的。《女人们的眼泪》其实是抛开了"写女人而为泪水,写泪水而为女人"这样一个思维定势的,诗的创作真谛就在于此。"女人们的眼泪"是一个蕴含了丰富内涵的概念,这个概念形成了乡村生活的全部内容,奔走沦落的男人们由女人的泪水而联想到家的温馨,更重要的是男人由此意识到作为男人而为女人遮风挡雨的责任。"使那些男人们滋滋地长成一座座山岗",此句的暗示更深层次地说明了一个这样的道理:柔弱的女人塑造了刚强的男人。这是不是个真理不敢说,但,它却不乏哲理的思辨,而"能赢得女人们的泪水的男人"却"是幸福的男人"这句话却一定是句大实话。它在诗中起到一个画龙点睛的作用,是神来之笔,是深藏不露在诗中的意味所在。

《乡村的一些形式》选编了诗人马新朝整整一百首诗(包括后序诗)。在这一百首诗中,要是让我们指出部分进行优劣的筛选,现在看来是真的不可能,因为马新朝是个认真的、慎重的、极为负责人的诗人。要说没有缺点同样也是不可能的,作为新时期乡土诗的一个过渡,且带着尝试的性质,马新朝的诗在掌握诗本身方面有所失重,诗语言也有一定的随意性(恰到好处的随意有时也是好诗)。但,这些丝毫不能替代马新朝对乡土诗一个有益补充方面所作的突破性贡献。辟如:诗中隐含的"意味"现象。

此外《乡村的一些形式》还选编了相当一部分精短而值得细读和品味的优秀之作,只是限于篇幅原因,未及细评。像《炊烟》、《外出做工的人》、《羊啊》、《进村的过程》、《一只山羊手无寸铁》、《母亲》、《槐花》、《村花》、《毛泽东与庄稼》等。从这样的诗里,我们都可以直接或间接地感悟到诗人横贯的才气、多思的心绪,并且能看到诗人对膜拜的诗神、对久违的乡土、对人间的情爱的真诚。在本文的最后,我想引用著名评论家周政宝先生一段极好的诗话:"倘若评论仅仅是对其进行一般意义的具体分析,那样的评论就显得有点偏狭或局限了,对于诗评论的重要性在于从欣赏的角度领悟到一点对诗理论与诗创作有益的启示。"我并非用权威的话来袒护我本文的拙劣,只是觉得您不要因了我认识上的浅薄,而亵渎了您原本读诗的心情。

(张书勇:诗人,人民书画院院长)

马新朝,用诗心歌唱黄河

宋 默

一

马新朝以黄河为依托,历经数年、几易其稿写就的无愧于时代的厚重诗作——《幻河》,荣获了中国第三届鲁迅文学奖。这对读过《幻河》的人来说,并不感到惊讶,而是预料之中的事。为什么呢?几年前他在完稿之初征求朋友意见的时候,许多评论家、诗人都被他的这部诗作给震撼了。《幻河》一书刚出版,就已好评如潮,如今获此殊荣,该是当之无愧的。

黄河作为中华民族文明的摇篮,那博大精深的内涵之全貌,为历代诗人所不好把握与反映,而马新朝却用诗歌的形式从民族的、历史的、文化的、现实的角度予以了全方位的展示。《幻河》的成功,除了诗人具有深厚的文化底蕴、超前的意识、非凡的感悟力和娴熟的现代诗的表现技巧之外,还有一个重要因素,就是他刚直与善良的性格。没有高境界,就出不来高品位的作品!熟悉马新朝的人都知道,他虽聪颖,却不狡黠,没有半点世故老道和虚伪,一直是以善良、热情和率真面世。泰戈尔说:"比起尊贵的客人,一个率真的孩子可以朝母亲的寝室走得更近一些。"马新朝就是以他率真的个性,叩开了黄河母亲寝室的门扉,找到了黄河母亲珍藏在内心的日记。

1987年春,作家、诗人马新朝作为举世瞩目的黄河漂流队的随队记者,与探险队员们一起到了黄河源头。他白天采访,夜晚写稿。当时的通信条件极为不便,既没有传真机,更没有互联网。为了尽快寄发稿件,有时他能跑十几里甚至几十里去找邮局。面对这样艰苦的工作环境,他却乐不可支,因为他珍惜这次难得的采访机会。这是一次与黄河全程作零距离接触的珍贵机会啊!

马新朝跟着黄漂队员,历时数月,从黄河源头一直漂到了黄河入海口。这期间,他不仅写出了几十篇反映黄漂队员敢于拼搏的报告文学作品,同时还记录了对黄河每个河段的个体感受。

作为诗人,马新朝虽没用肢体去漂流黄河,但是,他却让率真的心灵乘上诗歌的舢板对黄河进行了一次完整的漂流。伟大的黄河,哪一道波光、哪一朵浪花不是启示呢?这为他后来成功地写作长诗《幻河》奠定了坚实基础。

二

马新朝在《幻河》的大建构中,完全从诗的整体形象出发,以发源地、黄土高原、中下游直至入海的整个线路为暗线,一路翻转写来,直写得气势磅礴、浑然天成。

请看诗人是怎样表现黄河发源的:"十二座雪峰冰清玉洁 十二座雪峰上没有一个人影/十二座雪峰守护着 黄金的圣殿……地平线撤退到/时间与意识的外围"(见第1节)。黄河的圣殿高不可攀,"它高出皇帝的龙袍/高出遍地灯火/飞马而至的诏书也难以抵达"(见第2节)。"手执星宿的天使们来来往往/天堂的角门敞开/这是泪水与血的源头/是所有马匹和速度出发的地方/万物的初始/孕育着我内心的节奏、词语、灯火/一滴水就能溅起生命的回响"(见第3节)。

对于这些片段,著名诗人邓万鹏的解释最为贴切。他认为:"这种真正称得上高屋建瓴的起笔一开始就营造了一个庄严肃穆、至高无上的所在,暗示了生命之始、文明之初的纯洁和神圣。因为这是'圣灵'存放火焰和香草之处,是高不可攀之处,只有这样的圣境,才配成为整个东方文明的发端和生命的初始之处。这样的圣境充满了神秘和神圣的气氛,于是一条文明的大河、一条超然万物之上的大河便从'天上'自西向东渐渐开始流动了。"

《幻河》与黄河不同。黄河是自然物象,而《幻河》不仅包含了中华民族的丰厚文化,也包含了诗人对历史和现实的感悟,同时还兼具了传统与现代诗的表现形式。《幻河》是一件完美的艺术珍品。中国作家协会书记处书记吉狄马加说:"《幻河》是我国近年来一部难得的好作品。什么是主旋律?这就是主旋律。歌颂黄河、歌颂中华文明就是主旋律。"

对于《幻河》的评价,最准确的莫过于第三届鲁迅文学奖评委会所给予的获奖评语:"马新朝的长篇抒情诗《幻河》,以黄河为依托,含容着中华民族丰厚的历史文化,它以神祇般的光辉照彻古老的东方大地,又以圣灵般的宏奥和深邃萦绕着人的灵魂,于是便与时间相伴,在广阔的时空里流淌,经历滞缓和奔腾、幽怨和愤怒、深思和反抗、涅槃和新生,从荒漠走向繁华,从狭窄走向开阔,以深层的象征意味,抒写了中华民族的文明史。诗人以个性独特的感觉方式和语言,触及政治和文化、哲学和宗教、民俗和爱情,以对文化特征和时代精神的准确把握,谛听历史渊薮的回声,探究人类发展的奥秘。浩渺的空间和跳跃的时间、恢宏的框架和细腻的描绘、深情的叙述方式和汪洋恣肆的笔墨铺陈,让具体与抽象相融会、古典与现代相统一、继承与借鉴相和谐,比较新美地完成了一种艺术传承,也比较成功地尝试了一种艺术拓展。"

三

在采访中,马新朝对下列问题作了简要回答。

问:获奖之后,许多朋友都称你为黄河诗人,你怎么看?

答:早在出版《黄河抒情诗》一书的时候,就有人说我是一位黄河诗人,当时我有些不以为然,因为我写得更多的是日常生活的诗,写黄河只是我的一个插曲。但现在仔细想来,所写那些日常生活的诗,又怎能说与黄河无关呢?世界上没有一条河流像黄河这样对一个民族影响那么深远。它能深入到每一个炎黄子孙的细微末节,就像一个人无法改变皮肤和血统那样无法改变黄河对你的影响。它的影响是悄无声息的,就像流水渗入土地。我受黄河的影响不言而喻,而对黄河诗人的桂冠,则觉得承受不起。

问:神秘莫测的黄河,博大精深、题材浩繁,为历代文人所不好展现,而你写黄河的动机是什么?

答:作为一个诗人写黄河应该说是一种考验和冒险。我之所以写黄河,不是狂妄,而是要圆一个梦,用诗歌去松动黄河的板结和坚硬,用诗歌去唤醒它在心中的沉睡,用黄河去检验现代诗的表现力。我深知写黄河要先把自己融入,仅仅用一些流行的小幽默和小调侃是不够的。在当下日常生活写作盛行的诗坛,我暂时停下写那些日常生活的诗,来写写黄河,是有意要和日常生活暂时保持点距离,以便从更高的角度去观察,也许这样更能看清楚日常生活的真实面貌。

问:你在写《幻河》之前,已写出了一批表现黄河的精美短诗,并在《人民文学》、《中国作家》、《诗刊》等高规格的刊物上发表,但据说这没能使你高兴起来,为什么?

答:当时的确写了一批短诗在《人民文学》、《中国作家》、《诗刊》上发表了,但我没有高兴,而是感到了一种深深的失落,因为我发现这些诗没有很好地表现出我心中的那条河,于是,1995年我决定要写一首长诗《幻河》。很奇怪的是,在真正写作时,我脑子里想得最多的并不是黄河的外貌,而是个人内心深处那个巨大黑箱被词语之光缓慢照亮的过程,是个体渺小的生命在坚硬的历史长河中反复突围的过程。我用个人的感觉方式以及对语言的细微把握来呈现黄河在个体灵魂中的倒影,从具体到抽象,又从抽象到具体进行创作。

问:你对荣获中国最高文学奖之一的鲁迅文学奖有何感受?

答:这只是一个起步,艺术是无止境的,前面的路还很长。

(宋默:诗人,作家)

马新朝,用诗歌松动黄河的板结和坚硬

胡春才

2005年6月26日晚,在深圳市电视台新落成的豪华演播大厅里,备受注目的中国第三届鲁迅文学奖颁奖典礼隆重举行,河南作家马新朝凭借其长篇诗作《幻河》获得了这一国家文学大奖。接着,河南省委宣传部、河南省文联、河南文学院于7月6日上午举行了一个简朴、热烈的表彰会,对马新朝长诗《幻河》获鲁迅文学奖进行重奖。

鲁迅文学奖是我国一项具有着崇高荣誉的国家最高文学奖之一。这是鲁迅文学奖设奖以来,河南省诗歌首次得奖。

伟大的黄河需要与之匹配的诗歌

十二座雪峰冰清玉洁 十二座雪峰上没有一个人影/十二座雪峰守护着 黄金的圣殿/乘坐颂歌的我在裸原上独坐 倾听/圣灵 我就是那个被你传唤的人/我就是那个雪莲遍地的人/我是一条大水复杂而精细的结构/体内水声四起 阴阳互补 西风万里……

打开《幻河》慢慢阅读,感觉如在黄河流域行走,仿佛看到了黄河的干裂,看到了黄河边的老人与古树……

著名诗人海啸在《感动写作:21世纪中国诗歌的绝对良心》一文中将马新朝列为"生存感动"写作的代表诗人之一。他说,马新朝以中年男人沉静、散漫的写作状态,体现出辽阔、空远的诗歌高度。"雨水的过程多像一个男人的喘息"(《夏日的雨水》),马新朝已经摈弃外在的"激情",而是注重将"个人"情绪向"集体"意识的置换。这种意识同时也体现在他的长诗《幻河》上。这部长诗的完稿,无疑是中国当代诗坛一个意义非凡的事件,这是因为这部大诗所涵盖的坚实博大的内容和成色十足的艺术质地已远远超出了我们的预料。"到目前为止,我还在认为,这是我在本世纪读到的最好的长诗作品之一。"海啸说。

《幻河》为什么能获奖?评论家认为得益于两个因素:一是题材的重要性,黄河是关乎时代、关乎中国人心理的重大课题。二是马新朝在这个很多人写过的题材上有了新的突破,他在艺术上敢于创新,有全新的视角和表达方式,其整体的象征手法还没有人做过,充分体现了时代的精神特点。

古往今来,多少先人试图以诗笔来表现黄河,然而这条伟大而神圣的河流,成了摆在历代诗人面前的一道千古课题,一般的诗人不敢碰它,碰它的诗人又力不从心。台湾诗人余光中说过,也许有一天,北方会出现一位诗人,把黄河收回来。今天,马新朝或许就是这位"北方诗人"。

"不管是古诗还是新诗,能与黄河相匹配的伟大作品不多。"马新朝说。他认为,古典诗词由于受到形式的影响,过多地写了黄河的一些表象和小感觉,很难写出更深层次的东西,而近100年来的新诗,写黄河的作品同样让人失望,即使是像郭沫若、艾青、臧克家这样的大师级人物,写黄河的诗作一是少,二是作品和他们的身份不相称。还有更多的诗人见了黄河无话可说,因为黄河太博大、太雄浑,它离我们太近又太远,它过于抽象又过于具体,它过于亲切又过于坚硬。伟大的黄河需要与之匹配的诗歌。

马新朝的长诗《幻河》,一问世便好评如潮。一些评论家认为:《幻河》可以傲视古人。它是诗人对黄河的一次朝圣,也是对中华文化的一次朝圣,是对个体生命的一次朝圣。《幻河》有着《诗经》气质、《史记》气质、神话气质、哲学气质、《圣经》气质,它以注重和唤起诗人对主观体验叙述的觉醒,使主观性的描述和客观性的表达得到和谐统一的发挥,这几乎是一场诗歌艺术的革命。

诗歌的天性应该是无所阻拦的

有人说马新朝是一位黄河诗人,马新朝开始有些不以为然,纠正说:我写得更多的是日常生活的诗,还有一些别的诗,写黄河只是我的一个插曲。"但现在仔细想来,你写的那些日常生活的诗与农村诗怎能说与黄河无关呢!"马新朝说。

"可以说每一个炎黄子孙,不管你身居何处,不管你地位尊卑,在你的潜意识的深处,都会存在着一条河流,只是你听不到它流动的水声,它是沉睡着的,它需要诗人去唤醒。世界上没有一条河流像黄河这样对一个民族影响这样深远,它能够深入到每一个人的细微末节和他的行动,它在我们的体内留下了倒影和回声。一个人就像无法改变你的皮肤和血统那样无法改变黄河对你的影响,它的影响是悄无声息的,就像流水渗入土地。"马新朝对河流、对黄河有着独到的认知。

然而,作为一个诗人,写黄河应该说是一种考验和冒险。因为"黄河太伟大了,藐小的生命见到它就失语了"。

"我之所以写黄河,不是狂妄,而是要圆一个梦。"马新朝要用诗歌去松动黄河的板结和坚硬,用诗歌去唤醒它在人心中的沉睡,用黄河去检验现代诗的表现力。他深知写黄河首先是要把自己融入,仅仅用一些流行的小幽默和小调侃是不够的。

当今诗坛,大部分人都在写日常生活,认为这就是诗歌的现实感。什么是诗歌的"现实感"?马新朝在一篇答诗友问的文章中说:"诗歌的'现实感'不在于你写什么,而在于你怎么写。一个没有'现实感'的人即使你写的是现实,也不会有'现实感',深陷在污泥中的人,写出的只能是污泥。比如日常生活写作,其中不乏佳作,这也许是从天空回到大地积极的努力,是从集体回到个人的努力,但现在它开始泛滥,更多的写作不幸落入污泥之中……追求语言游戏,在语言的表面滑行。日常主义写作弄成了庸常主义写作。"

于是,在当下日常生活写作盛行的诗坛,马新朝暂时停下写那些日常生活的诗,来写写黄河,是有意要和日常生活暂时保持点距离,以便从更高的角度去观察,这样也许更能看清楚日常生活的真实面貌。

马新朝对诗歌有着自己的理解。他认为,诗歌的天性应该是无所阻拦的,诗人只有打破所有的禁锢、板结和坚硬,才能写出好作品。"但现在有些人太喜欢给诗歌设限定框框了,我从不给自己设限,想写什么就写什么。"他说,"诗歌除了要有表现事物的细微能力之外还应该具有圣琼·佩斯式的海洋般的宽广;除了平面写作之外还应该具有奥克塔维·帕斯《太阳石》式的史诗般的深度;除了生活流之外还应该具有特朗斯特罗姆式的明亮的诗意;除了无节制的散文化之外还应该具有中国古典诗式的意象和简洁。"

马新朝一直固执地认为,诗人是大地最为敏感的神经,是人类灵魂的绝对昭示,诗人是距离上帝或者神灵最近的人,他们为人类的灵魂守夜,并自觉地"低下头去"。他坚信,诗歌是人性的根本,不仅现在如此,将来也如此:一个没有诗意的民族注定是野蛮的民族;一个能产生伟大诗人的民族,肯定是一个文化水准很高的民族。

写作是一个逐步打开的过程

"说到《幻河》的创作,不能不提到 10 多年前那次惊天动地的黄河漂流壮举。"马新朝说。那次经历已经完全融进他的血液里,这辈子都不会忘记。

1987 年夏,北京、安徽、河南等地分别组成了黄河漂流队,在黄河上演了一场举世瞩目的漂流壮举。马新朝以《时代青年》杂志社记者的身份随队采访,在近 4 个月的时间里,从黄河源头一直走到入海口,考察了整条黄河。

漂流队最终征服了黄河,但是付出了生命的代价。"河南黄河漂流队死了 4 个人,安徽队死了 2 个人,北京队死了 1 个人。"对于这些被黄河卷走的生命,马新朝至今说起来仍隐隐感觉到心疼。正是这次经历,使他萌发了创作的冲动:他要好好地写写黄河。在见证了河南黄河漂流队的悲壮经历后,他写出了一批较大的组诗和短诗在《人民文学》、《中国作家》、《诗刊》等报刊上发表,在当时也算有些影响。

然而,回过头来看,他没有高兴,而是感到了一种深深的失落,因为他发现这些诗没有很好地表现出他心中的黄河,没有把黄河的灾难和历史写出来,和心中的黄河差距太大。

1995 年他决定要写一首长诗《幻河》。很奇怪的是,在真正写作时,他的脑子里想得最多的并不是黄河的面貌,而是个人内心深处那个巨大的黑箱被词语之光缓慢照亮的过程,是个体渺小的生命在坚硬的历史长河中反复突围的过程,他找到了一种用个人的感觉方式以及对语言的细微把握去呈现黄河在个体灵魂中的倒影,从具体到抽象,又从抽象到具体。马新朝说《幻河》的创作过程是一种心灵逐步打开的状态:"开始进入时,看到的周围都是黑暗的,一道道门都关住了,经过一步一步的思考,看见了亮光,一扇扇门逐步打开,每走一步,都是这种状态,到最后终于豁然开朗。"他当时完全进入了一种纯写作的状态。

"诗中的许多句子,在现在看来是无法想象的,现在不可能再写出那样的诗句。"

马新朝希望在《幻河》中寻找到一种可以"嫁接古今"的手法,让更多的人来欣赏和阅读诗歌。他知道,要真正写好黄河,自己必须站得更高,必须站在世界的角度来看黄河,把黄河放在地球村来考察。为此,他阅读了大量西方文学、哲学著作和中国古典文学和哲学著作,熟悉新的诗歌表现手法。眼界开阔了,自然看得更远。在《幻河》中,马新朝比较成功地运用现代的技巧表达现代思想和情感。他在《幻河》中大量运用了超现实的、意象的、隐语的表现手法,大大加强了表现能力。

历经数年,《幻河》终于完稿。"很多人说不错,当时写了3000行,《莽原》杂志发表了约500行。"马新朝说。但他自己总感觉还有点问题,初稿是板块结构,共分为4个板块:源头、黄土高原、大洪水、断流。"黄河应该是流动的啊,于是我重新把板块结构打乱、扩散,写了64个章节,这样全诗就具有了流动感。"第二次完稿后,他只是松了一口气,并没有把它当回事,这首2000行的长诗,他把它扔在一边很久都没有去管,上面落了一层厚厚的灰尘,当时连寄出去发表的想法都没有。诗人邓万鹏偶然看到《幻河》后,给予高度的评价,认为它是现代诗歌史上的一次重大事件,是新诗"里程碑式的作品"。接着国内一些著名的评论家和诗人也给予充分的肯定,《河南日报》、《中国诗人》等纷纷刊发了部分章节。这样,他才有信心把手稿拿去找出版社出版了。

(胡春才:《黄土 黄河 黄种人》杂志记者)

窗外世界

——灵魂的浪漫

石　头

　　如果没有阅读诗歌,我永远不知道世上还有这样可爱、这样迷人、这样神奇的句子,永远不知道诗人的想象这样丰富、这样奇特、这样瑰丽!它们是些什么样的幽灵啊!扑棱着闪亮的翅膀,携带你在夜空里飞翔,你暗淡的生活因之而照亮;或者像一朵散发着甜蜜幽香的迷迭香,只需轻轻吸入,就已沁人肺腑,陶然如醉;又似那风情万种、娇艳妩媚的女郎,她多情的眼神撩拨得你神魂颠倒,心旌摇荡……浸润在这梦幻般的文字里,你感觉双脚已经脱离大地,语言牵引着肉体和灵魂轻盈地上升,飘浮,慢慢地、轻轻地飞呀,飞……一个崭新的世界展现眼前,就像童话小说《尼尔斯骑鹅旅行记》中的小男孩尼尔斯,他被施以魔法变成小人,可惊奇的是此后他就听懂了小草的话、大雁的话、狐狸的话;迪士尼动画片《美女与野兽》里的那些茶壶、扫帚和闹钟,他们也只是被实施了魔咒的人类,虽然变成了"物",还是会像人一样唱歌,跳舞,恋爱和哭泣。

　　诗歌的世界完全不同于素日的世界,诗歌的语言就是一窗扇,窗外的风景优美、灵动而又浪漫。那些山川河流、虫鱼花鸟、桌椅板凳、锅盘碗盏等,甚至肉眼看不见的尘埃,只要穿上诗人想象的彩裙,就会演变成为一个个美丽的精灵,和人一样,感受喜怒哀乐,体会饥饱冷暖,人类千般情绪万般变化无不在它们身上一一显现,其实我们与它们又有什么区别——我们本来同为地球公民。除了人,那些有知的无知的物也要讲述自己,不光用语言,还用生命中的行为方式。谁都不可能默不作声。只是它们的讲述被我们有限的认知所遮蔽,加上我们感觉迟钝,生活浮躁而又粗糙,哪里能够仔细观察,细心感受,认真倾听?哪里能够意识到,除了人的世界,地球上还有另外的世界?又哪里能够沉下心来,体会这一种奇妙的"物我同在"？有谁看到爱人那灿烂热烈曼妙多姿的曳地长裙？"我看到一千亩的/油菜花,做成你的气息/你的长裙"(马新朝《一场雨》)。从车窗缝隙伸进来的沙子的"小手",有谁能够感知和触摸？"那是沙子们/喧闹着从行驶的车窗外向里偷看/又把小手从缝隙里伸进来"(《乘车经过沙漠地带》)。河水的慌乱紧张的逃离场面谁能俯身看见？"这幽暗的一群,提着箱子/背着包袱,在熊耳河的河底,奔跑/急速,紧张"(《夜晚,熊耳河幽暗的水》)。看啦,"黎明正踩着明亮的高跷涉过河岸"(米沃什《世界复原》),"一个人的死亡像一个强大民族的衰落"(《衰落》);山中的湖水与天空虽然寂寂,却是相伴无言,"水和天安睡/胸对着胸,空间无限"(帕斯《湖》),田野会来访问"我","伸出它那戴着小鸟手镯/叶子手镯的绿色手臂,手里拎着一条河流"(《来访》)……谁说浪漫只属少年郎？行为的浪漫不过是表面的波澜,真正的浪漫是灵魂的浪漫。读着这些浪漫美丽的诗句,一种酥麻如醉的感觉,从心底里,一圈一圈,缓缓地荡漾到躯干、大脑、四肢和每一个神经末梢,你会颤抖,眩晕,痴迷。诗人啊,这些美丽迷人的句子从何而来？这些神奇得令人拍案叫绝的想象又从何而来？你们又怎能将它敏锐地感受和迅疾地抓握？难道你们也被施以了某种"魔法"？它们仿佛来自另一个王国,只有你们才知晓通往那片国土的路径,那里风光旖旎,鸟语花香,空灵浪漫而又神秘幽深。

  诗歌就是这样一个五彩缤纷而又充满魔幻的世界。我们日常所处的空间狭窄、封闭,目之所及、耳之所及又是多么肤浅、简陋和贫乏。我们就像那套着重轭蒙着眼睛的毛驴,一圈一圈,只在一定的半径内周而复始地劳作、休息,我们无法改变自己的轨迹,那就取下蒙着眼睛的黑布,时常让思想和灵魂飘离现在,将目光投向那窗外的风景,远比现实生活更加丰富、奇异,也更加亮丽。

(石头:作家)

第二辑

散文论

无法割舍的情结

——读马新朝散文集《大地无语》

王剑冰

一

新朝的散文集《大地无语》是我喜欢的一本书，它有着思想的、智慧的光亮，有着对生活的体味，对生命的深刻理解，对社会的透彻认识。它是一种多维合成的文字，就像那种合成洗衣粉，有着净洗、漂白、除菌的作用。我在早晨或晚间经常拿起这本书，以净化我的思想与时间。

新朝是诗人，他也经常和我探讨散文的写作，其实新朝用不着和我探讨什么，他是个明白人，他比一般人清楚散文是什么，因为他知道诗是什么，诗可以做作吗？诗可以拿着情大抒特抒吗？诗可以用尽华辞藻语吗？诗可以唱了半天找不到自己吗？

所不同的是，诗没有那么多的文字，表达得不能尽可能地完整，散文要比诗好表达，而且可以像醉酒一般说些漫无边际的话，且都是心里话；可以像草一样到处发芽，但终还是成片地绿。散文是不必介意的倾诉对象，可以陪伴你到很深的夜里去，可以接受你的癫狂，接受你的眼泪，接受你的粗鲁。散文就是你的烟，你的酒，你的情人，你的土地和河流。新朝对散文的理解就是这部书的全部。

在这部书里，我真正地看到了一个男人对亲人、对家乡的那种情结。那是多么朴素的乡村情结！正是因为有着这样的情结，新朝才同一些人有着本质的区别,才时常地显现出那种友善,那种良知。那是乡野的风从骨子里雕凿的,是母亲和父亲从精髓里给予的。"父老乡亲"、"村南村北"、"呼吸自然"、"驻村札记",这些辑子中,都关系到乡人的生活,同生命息息相关。其中有写乡间童年乐趣的《涧水流》,写艰难岁月中"饿"在文章里放大的《吃比天大》,对食物近乎崇拜描写的《薯诵》,人死后乡村老风旧俗的《喊魂》,对乡人生病看病观念理解的《看病》,显现着村子气脉和生息的《麦秸垛》,成为生活中重要符号的《乡井》,诉说心中最亲最美地方的《我的村庄》,表明一点灯亮对于农家是多么重要的《把亮端来》等。

具体说到《冬夜本无事》,可看出作者对生活的熟悉与描写的细微。人到无事的时候总会找些事情,那事情就更显出"无事",其中有一段:"在那漫长的冬夜,人世全无了声息,周围充盈着黑暗,七奶独自会做些什么呢?也许她逮到了一个虱子,可怎么处置这只虱子呢?把它放到嘴里咬死,再咽到肚里?不,为打发时间,她突发奇想,何不用丝线把它们拴起来,这也是游戏啊。第一次,竟不能成功,没有拴住,虱子反而溜了,她不灰心,反正冬夜长着哩,有的是时间。她睡在被窝里,睁着眼睛,或是闭着眼睛,当她细巧的手,在黑暗中,从自己身上又逮着一只虱子时,那虱子一定在进行着顽强的挣扎,圆滑的肚子,众多的小腿,任怎么扑腾却逃不脱。经屡次摸索,屡次失败,七奶终于可以轻松地把虱子们拴起来了。我在她家亲眼看到一根红丝线上拴着 12 只虱子,那些可怜的虱子,前生今世断没有受过如此酷刑,虱子们会想,与其这样酷刑,还不如把我们放在嘴里,一口咬死倒痛快。虱子们在红丝线上,经历了一番恐惧,挣扎,终难逃脱,最后,那长长的细腿终于停止了蠕动。我看到他们光滑的肚子里,有的鲜红满盈,有的只是一点点的红,那是七奶身上的血啊。"这段描写看似平常,读后却有无限感想。这是特定年代特定环境下的人与动物,场景离奇又合乎情理。暗夜中,人性与兽性交织,可怜与可叹相绕。

这部书的厚重还在于他写到了亲情,《母爱无边》、《那个神秘的雨夜》、《父亲有知》、《兄弟之间》以及更多的关于乡里乡亲的内容,构成一部郁感浓情包裹着的文字。

如新朝在《母爱无边》中写道:以前"每次归里,快到家门口时,心里就狂喜,像幼时过年般的兴奋。先是紧跑几步,在院门外就忍不住大喊:"妈妈! 妈妈!"这时候我就看到了我的母亲,深蓝色的头巾,对襟棉袄,圆口步鞋,几缕白发从头巾里露出来。她停下手中的活,一边拍着身上的灰尘,一边往外走,当她倚门看到我,瞬间的惊讶,随后便笑了,满脸的皱纹舒展。"这是母亲长久地留在我记忆中的形象。这个形象是深刻的,让人一看就看到了一个慈祥的老人。"今又归来,却有了凄凉意,但见屋门紧锁,不见了我的母亲。我把提包扔在地上,身子发沉,站在院子里良久发呆,感到少有的孤单、冷清、眼泪就落了下来。我说:'妈,你的小儿子回来了,你却不在,你去了哪里?妈,我现在没有家了,家被你带走了。'"前后的对比让文字有了钻心的力量。

写接到母亲生病的消息回家的那段看了更是难以忘记。新朝专门穿了四个兜的新军装,一路辛苦,辗转几次找到了母亲,生病的母亲见到儿子似乎一下子好了。"我却感到了母亲的喜悦,她的牵挂已放下,荒芜和悲凉的内心已吹起暖暖的风,她的脸上没有了忧愁,渐渐浮上了红晕和笑。在我回来以前的数月里,母亲一直是躺在床上的,不思茶饭,四肢无力,时而大声地咳嗽;见我后,当下就能下地走路,时而在椅子上坐坐,时而在院子里走走,喂喂鸡鸭。"母亲最终还是走了,这让新朝有了无尽的黑暗与痛苦:"我不知她去了何处,但知道她是不会再回来了。人死后究竟有无灵魂?假如有灵魂,那灵魂又是什么?她还能感知人间的事吗?还能看到她尚留在世上的亲人和孩子们吗?母亲死后,我从来没有梦见过她。我是多么希望梦见她一次,让她告诉我她在哪里,告诉我她所在的那个世界是个什么样子,是否亦有风霜雨雪、阴晴圆缺,她是否仍然起早摸黑,仍在操劳奔波。我是有很多的话要说呀!母亲,你活着时,我在外工作,一年也就见过几次,但彼此存在着,心里就踏实,世间虽万事都难,却又是快乐的。现如今,这厚厚的黄土,把我们无情地隔开,漫漫黄泉路,阴阳两界,我们再也无法相见。你走了,我在这个世上的家也没有了,我回到村子里来,感到了从未有过的孤独、冷清,还有委屈,这里再也没有了家的感觉。"

不是一个特殊的环境,不敢想母亲,不敢掉泪,不敢动用感情的文字。再硬气的汉子提到母亲也心软,别说一个诗人,一个孝子,一个有着温软情怀的男人,所以看到这样的文字我就掉泪,不是因为他写了母亲,而是他真真实实地写了母亲,他把自己和盘托出,不是在做文字,而是在跟母亲述说。我读过不少作家写母亲的文字,不敢跟母亲说话的依然不少,他们是在写文章。而新朝不是,新朝是真想母亲,真的想跟母亲说话。

由这样的一些语境构成的书,让人喜欢读。因为真诚,因为朴实,因为自然。一篇篇地读下去,就读了好厚的半部,直到下午的时光在纱帘上滑落。

二

感觉新朝是在一个夹着诗歌的早晨找到了散文,他对散文一见如故,他对着诗歌说:兄弟,我为你也为我找到真正的兄弟了。他将对两个兄弟的感情糅合在一起,掏心窝子对着散文说,一段又一段,直说了厚厚的一本。

新朝比别人多了一个军旅生涯,享受了军营生活,又通过军营进入了文学,成为一代军人的骄傲,自然也成为家乡的骄傲,成为母亲的骄傲。要么他回家看母亲时,就不会专门穿上四个兜的干部新装了,那是给家乡和母亲看的。新朝在军营写诗的时候,我还在读大学,说起来他就比我幸福多了,我不断地投稿中,他已经从部队到一家杂志社帮忙了,而且"马新朝"三个字我是常见的。想不到后来竟在同一个城市生活,并很快成了朋友。

在我的眼里,这是一个可以做朋友的人,因为他是诗人,诗人这个词不是像现在随便就加上的,在西方国家,说起诗人,身后要跟一个排的美眉粉丝的,诗人可不是凡人。但现在一说就是诗人的,可有的是了,而且还要加上一个"著名",让人想不出他的作品名字。诗人首先是一个纯粹的人,像普希金,像李白,新朝不大张扬而又温和,从不藏着坏人的心。所以他的散文也平实,不显摆,不做作,不奢华。

还是来读他的文字。"人生档案"一辑写生活中的各种感悟,其中对琐细的事物与事件充满了幽默与哲理,是对社会的观察与反思的结晶。《打招呼趣说》、《高嗓门年代》、《为谁活着》、《我们时代的三份材料》、《乘火车的经历》每一篇都有味道。

"呼吸自然"一辑中《窗外有仙鸟》、《麻雀的智慧》、《蛇说》、《麦田里的大雁》写自然现象中的动物,实际也是乡村版的另一种形式,其中《谈婚论嫁》很为有趣,是写猫的爱情生活。

"自言自语"一辑是片段式的东西,如《在公共汽车上》、《无常》、《阳光一日》、《窗外的声音》精短而可读,很多是随时记下来的,这让人看到作家的勤奋与用心,其中有自省,有回忆,有自问,有总结。《两个我》写一次失态后的反思。

至今说来,有些散文家的作品,我还是不敢恭维,不是人家写得不好,而是看不进去，用一句现代的话说，可能那不是我的菜。那或是别人喜欢的菜吧，可问了一些人，也同我有同样的看法，我就知道了，这种菜不大适合市场。我喜欢新朝的乡野里的菜，喜欢他的榆钱、柳絮，喜欢他的荠荠菜、蒲公英，也喜欢他的云他的风，那都可以成为我的菜，使我胃口大开。

三

新朝是有生活的，他的生活厚实而宽广，就像家乡的田野。我觉得，不管他在外漂泊多久，内心最回味的还是家乡与亲情带给他的东西。

我曾经在一篇文章中说过：我们从出生开始，走过父母，走过乡村，走过那些大路和小路，希望走得越远越好，而实际上，等我们走远了、走疲了的时候，我们最想回的，还是那个初开始走出的地方。那里有我们的怀抱，有我们的土地，我们的河流，我们的带有着泥土味的香甜和欢笑。在那里，我们怎么发泄都不为过，可以哭，可以笑，可以大碗地吃肉喝酒，然后衣衫不整地躺在草堆里睡上一天，任乡风把一切吹乱。我们甚至想回到土里去，重新开始，从一个小芽，接受雨滴，接受风雪。

除了新朝的那些写亲情、写乡村的散文，我还喜欢"驻村札记"，这是新朝去乡村当驻村队长的经历，画面很新鲜，有股他带回来的淡淡的乡土味，那味道是喜人的，也是悲人的，有很多让人揪心的东西，这也正是新朝想展现的。

在这些篇章里，新朝写了很多的人物、很多的事件。如他写一个村妇联主任："小崔，三十出头，很是干练，她的脸，虽无高楼云窗中女孩子的那种白嫩和娇媚，却有健康的紫红，那是长期经过风吹日晒的肤色，有着野花委地之美，她的一双眼睛很漂亮，水波涌动，清澈深远，看人时尤其妩媚，使人顿生怜意。"后面笔锋一转，写到美中不足是牙黄黄的，也不整齐："我看她时，她总是闭着嘴，可能是羞于我看见她的牙齿，她很少笑，即使笑也是闭着嘴，只把嘴角咧一下，更显得她的妩媚。"把一个人从外到内写活了，也把自己写活了。这是一个作家的本事。

如写一日夜间三点，村子已经安睡，大喇叭突然响起，"声音在夜里格外响亮，整个村子皆是响声，人人的身上皆是响声"。整个村子皆是响声，不奇，人人身上皆是响声，就奇了，这是诗人的话语，让人感到响声的具体。

写夜晚壁虎布下天罗地网,而飞蛾还不自知,直冲着有光的地方飞来的情景:"我不知道这些昆虫们为何如此喜欢光,它们或从村子的某个角落赶来,或从野外的青秧蔓草中赶来,或从遥远的黑暗深处赶来,会这灯光之盛会。人类发明了光,是为了看清事物,昆虫们是为了看清什么?它们不知道,凡有光的地方,也布满了危险。"写夜的沉静与恐怖的心理:"夜已深,村子里连一声狗叫也没有,静谧深宏。我感到黑暗从周围向我这里压来,它们渐渐地有了重量,有了力,灯泡里散发出的光,正做着顽强的抵抗,在光的末梢我看到它与黑暗搏斗时沾着的血痕。黑暗中,有一些眼睛在向这里看,我不知道那些眼睛是什么,是人,是物,还是精灵?我感到一些巨大的身影就站立在我的周围不远处的地方,它们都很小心,没有碰出一点响声,只是偶尔地晃动一下山一样的身影。它们注视着我,注视着这一团灯光,在默默地沉思着,想着对策。它们是否也为光而来。"

新朝对小虫子的观察细致入微,他写了好几种小动物,其中对甲壳虫有这样的一段描写:甲壳虫很是烦人,老飞撞到人的脸上,连壁虎也因为那个硬壳子不大喜欢,为了阻止更多的壳子虫们的到来,"我"就把院子里的灯关了。"谁知,灯一关,壳子虫就成了瞎子,看不清目标了,纷纷撞在了墙上,撞昏了头,啪啪地落在了下面的水泥地上。待我再拉开灯,看到一只壳子虫,像蚕豆粒那样大,有着夜一般的黑。它仰面躺着,无数条黑色的细腿朝天乱蹬,却怎么也翻不过身来。它开始振动翅膀,试图飞起来,结果带动了整个身子像陀螺一样在地上乱转。转着转着就翻过身来,嗡儿一声飞走起,又开始绕着灯泡飞转。这些夜间的虫子们啊,夜的形体,拼命地吞食着、吮吸着这唯一的光源,竟不惜自己的性命。"好笑的是,"我"对飞来的甲壳虫兴趣不减,不断地玩着开灯关灯的游戏,然后再看墙下的胜利战果,那墙下果然布满了一层黑黑的尸体。然而当第二天再来看时,那些尸体却一个个都飞走了。

写村里最穷的老温的家境,老温的贫穷是因为老婆的病拖累的,更主要还是由失去女儿造成的,那是心里的贫穷。女儿去广东打工了,五年没有一点音信。"女儿的失踪给这个本来就风雨飘摇的家庭致命的一击,女儿是两位老人心中最后的灯盏,现在忽地熄了。开始那些日子,人们在夜深人静时还能听到小果母亲的哭声,后来就没有哭声了,这个小院子终年再也无有任何声息了。"这样的描写简单而透彻。

写一个光棍汉羊倌,一个男人的心理对另一个男人心理的照射:"一次,羊倌在村委会的院子里与我闲聊,来了一位女人,又说又笑地帮我拔菜地里的杂草。那女人不讲究,大大咧咧,上衣的领口开得过大,她一弯腰,胸前的零碎就会暴露无遗。我看到羊倌的眼睛,突然像长了钩子钩进了女人的胸脯,那样子极为淫邪、贪婪、恐惧、专注。这虽然只是短短的一个瞬间,却让我看到了他身体里的渴望。羊倌似乎意识到我在注意他,他的脸一下子红到了脖颈上,目光像是受惊了的野兔,转身离去,好几天不见了他的踪影。我突然有些内疚,觉得很是对不住他。"这个"内疚"用得好。

弗·沃尔芙有句话:"散文中没有文学杂质的位置,不管用什么方法,是精雕细琢、刻意求工,还是信笔跌宕、纯出自然,或者两者兼而有之,散文必须如同水或酒一样纯净,彻底摆脱单调乏味、死气沉沉,以及异物的沉积。"有了杂质的东西,就会走入概念化。新朝的"驻村札记"是一组真实的感人的纪实散文,也可以做小说读,这是因为他写得太真切了。

四

在散文写作上,我喜欢朱自清、沈从文、梁实秋的,我觉得现在好的还有贾平凹的,这些人的作品我一看就对口味。而新朝的文字都有他们的影子。我倒怪了,新朝长期写诗读诗说诗,什么时间将散文弄得这么透彻,而且走得很正!不像有些人,走了很长的时间,才发现路子走错了,待走回来的时候,人家早走远了。

我还有些奇怪的是新朝喜欢书法,喜欢的是隶书,那种枝枝杈杈的,而不是诗人长发或大胡子那种狂草的飘逸潇洒。这或也同他的脾性有关,也或说明他的认真,因为我看到那些字都是认真的一笔笔从心里走出来的,散文何尝不是呢?看似简单的枝枝杈杈,实际不然,没有功力,一看就软,看不到筋骨和血肉。

在阅读中有时候是要品味的,就是品那些从文字里散出来的味,那味如果足实了,就如品了一杯上好的春茶。这些文字是新朝的书法,它自成一体,不拘泥,不呆板,显得飘逸、灵动、筋道。

如:"这批风有些鲁莽,弄出许多声响。它们像军队那样行进,喊着号令,拖着辎重,又相互追逐、撕打、奔跑、辱骂。在村子里横冲直闯,把树的头颅狠狠地捺下,捺下。又跑到屋顶上叫喊,发出阵阵的悲鸣,把片瓦踩落,在房顶上很响地滚过,掉在地上"叭"地摔碎了。把村东头一户人家的断墙猛地推倒,砸碎了一些盆盆罐罐。风像是急红了眼,它大声地喊着人的名字,村里很多人的名字都喊遍了,人们睡在被窝里装作没有听见。它们推门,用脚狠狠撞门,把门窗弄得哐哐地乱响,人们还是装作没有听见。整个村庄的狗都不敢叫了,猪也不敢哼一声。醒着的人们,都在想,这场风与自己有无关联呢?听这风的阵势,可能与自己有关,但又想不到自己究竟做错了什么。"(《一夜秋风》)

如:"又一炸雷响起,却见院中枣树上火光四溅,似闻到一股焦煳气味。在闪电照耀下,这才看清楚枣树的树头被雷劈去了一半。我不明白雷为什么要劈这枣树,让我感到惋惜与可怕。雨还在下,枣树被劈开的地方露出了新鲜的白茬子,细小的叶子湿漉漉的,像是在哭,整个枣树在风雨中微微颤抖,像是疼痛,恐惧。落在地上的枝叶躺在泥水里已不再挣扎。"(《雷电之夜》)

如:"我感到院子里有一种音乐,那是阳光从纤细的草茎上,从石头的台阶上,从地板的砖上弹起来的。可惜我听不到这种音乐,不过我能感觉到音乐的气氛。阳光从遥远的宇宙间,来到我这个狭窄的院子里,它是那样认真地工作,一丝不苟。院子里所有的物体它都照顾到了,即使一只蚂蚁的翅膀,一只刚刚从洞里出来的昆虫的细腿它也照顾到了。它从我的窗口进来,一尺有余,理直气壮地站在那里,在桌子上在地板上发力,像一幅只有一种色彩的图画,却有着关于幸福的某种解释。"(《旁观者》)

如:"丫头坪村,一个多么谦和的名字,仅仅看到这个名字,我心里就有莫名的感动。一个村庄,何以要用一个丫头命名,其中或有隐情,它的卑微和低下之姿态,让人想起了这块土地上生存着的男人女人们,虽是俯身低就,却也有人世的端庄。丫头坪村,细小、破碎,像荒野中的一束草,于风中摇曳。矮墙低屋,于艳阳下,灰灰的,低低的,有的站成一排,有的三三两两地挤在一起,略带睡意。这些房屋皆无后窗,院墙一般是用泥筏子夯出来,给人一种厚重封闭的感觉,像这里的妇女们一样,皆用老色的头巾把脑袋包得严严实实,弯着腰走路,像是在躲避着什么。"(《梦回乡土》)

这是多么好的叙述,带有着描写,描写中透着感情,感情里的句子那般有磁性,就像天籁,那声音能钻进心里。

五

　　还是那句话,这是新朝的倾力之作,因倾力而倾心,就像他当初的爱恋,执着而认真。所以散文接受了他,认可了他,而且我们大家也接受了认可了他。新朝是一个真正的诗人,也可以说,新朝也是一个真正的散文家。

　　新朝发自肺腑地说:"文字是声音和思想的记录,也是生命形态的描摹,它具有某种确定性。然而,由于声音和思想的不确定或者虚妄性,导致了文字的某种游移性。在这确定和游移之间,证明着一个写作者的身份。一个写作者的身份,是靠文字确立的。想想自己,虽活了这么久,过多地为自己的生存奔波劳累,又常懒惰,虚度光阴无数。虽爱文字多年,并没有写出自己满意的字篇来,内心总是荒荒然,更谈不上经天伟业。然而,内中的火焰未熄,总想着,更好的作品是下一个。"

　　衷心地祝福新朝,我告诉新朝,这是一本可以搁置书架的书,一直可以放到历史的深处去,就像一把名贵的老琴,即使蓬满尘灰,依然会发出优雅的音声。

　　新朝是有大城大府的人,他不会就此搁笔,还有更大的东西等着他。因为他同我讨论过很多,还讨论过小说,新朝要是写起小说来,也一定好看。当然那要看新朝愿不愿意了,因为诗神还紧紧地依附在他的身上,他一时半会儿不大舍得,散文也只是偶尔地整了一下,就像长久经营的麦地种了一次西瓜。

(王剑冰:散文家,诗人)

母亲的哭及其他

——读马新朝《大地无语》

马明博

人到中年，经常会想起一些事。记忆最深的，往往是小时候的事。我在乡村长大，现在想想小时候，总能记起像母亲的手一样举起来的炊烟，在夏日池塘中游动的鱼虾，落满燕子的电线，溺水而逝的同伴，被走火的猎枪炸去一只手的平原上的猎人，自己家养过的一只黑猫，雨后泥泞的乡间土路……

应该还有更多的事。难道记住的只有这么少？谁能提醒我一下？我童年的足迹都藏在哪儿啦？我在巷道间奔跑的身影都藏在哪儿啦？可惜，村庄不会说话。那承载我长大的故园大地呢？

大地更是无语。

读鲁迅文学奖得主马新朝的散文集《大地无语》，感觉他所记录的人与事，像一阵风吹过来，让我蓦地闻到了故园乡土的味道。虽然他写的是豫南平原的乡村，不是我长大的华北平原，但他描绘的乡土人情，我似曾相识。

母亲是我们生命的故乡。然而，我与他一样，已经成为失去故乡的人。"她停下手中的活，一边拍着身上的灰尘，一边往外走，当她倚门看到我，瞬间的惊讶，随后便笑了，满脸的皱纹舒展。""母亲为我做的这种饭赛过世上的任何山珍海味，我从中吃出了人世的暖意。""母亲从未打过我们弟兄，谁若办了错事，惹她生气，她最多只是责骂。手里棍子举得高高，就是落不下，或是把棍子一扔，坐在那里哭，我们兄弟几人，都怕母亲哭，她一哭，我们就学乖了。""母亲是我人生最好的老师，她教会了我诚实，善良，肯干，果然就得到了尊重。"在《母爱无边》中，他记录着母亲的点点滴滴。读着读着，我禁不住泪水盈眶，湿了两三张纸巾。你看：天下的母亲，都是一样的；母亲的爱，岂是一个爱字了得！

一个从乡村走进城市的人，往往会成为村里人在城市的依靠，所以村里人来城里办事都爱找他。"有时也心烦，却还得笑脸相迎，因为他们是我的乡亲啊，打断骨头连着筋。""荒野小村之人，一来大城就晕了，迷了，弄不清方向。……在我村人们的眼里，城市是个海，白茫茫一片，我就是海中的岛，他们起码可以在这里歇歇脚，喘喘气。"尤其遇到村里人来看病的，当闻知他们苦于无钱，放弃治疗时，"望着他们一家人远去的背影，我内心酸楚"，"我恨不得此时有家财万贯，可以帮帮他们，可是，我不能，我也是靠工资吃饭"。《看病》中的文字，让我读出了他的实诚、善良、深情、无奈。

当年，以一个农民的身份，从平原深处的村庄走向城市。如今，作为省城来的为期一年的驻村干部，坐着小汽车来到乡村，"身份与角色的转换，在我的内心暗暗地交替进行，外人不易察觉，自己却颇多感慨"，在《梦回故土》中，他写道："我在城里住了三十余年，仍有漂泊之感，心里终不踏实，只有回到这里，才觉得亲。至此我方明白，村庄才是我的根，我的家。"

他刻画羊倌（《羊倌》），那位身体里藏着渴望的孤独牧羊人，一辈子没有近过女人的身体。有一天，他看到一个大大咧咧上衣领口开得很大的女人弯下腰时，一下子不会走路了，他站在那儿，他的眼睛，"突然像长了钩子钩进了女人的胸脯"。我想起我们村的羊倌，另外一个孤独的牧羊人。小时候，在烟味呛人的房间里，冬闲时无聊的大人们忽然捉弄起那位孤独的牧羊人，有人逼迫他承认经常摸硕大的羊奶子。那时候小，不明白大人话语深处的意思，只记住浑身羊膻味的羊倌一下子脸色通红。

《大地无语》中的人与事，对于我，既熟悉又陌生，如同发生在我身边，但其实不是。生活中经历的许多事，欢乐的，悲伤的，都藏在以往的时光里。这些文字，让我感受到了人世的美好，它让人热爱生活。生命不应被过多的愁苦所羁绊，我们更应该去寻找。但是这些美好又是脆弱的，我们不能执着于它。

不经意间翻一本书，翻着翻着，看到其中的一两个故事一两句话，心情陡然沉重起来。于是开始用心读，读着读着，泪水忍不住流了下来。这样的书，肯定是好书。写出这样的书的人，肯定是好作家。

因此，我记下了《大地无语》与马新朝的名字。

（马明博：散文家，编辑）

永恒亦是母亲的絮语

——马新朝《大地无语》的断裂阅读

方 博

一、我读《大地无语》是因为母亲

两个月前,晨芳师姐第一次在电话中向我提起,说,有空的话去看一本新出的书,内容很不错,作者是马新朝。我说,我认识这个作者,我毕业前曾与之在省工会大楼里吃过晚饭,听桌上人介绍,我们都是南阳人,只是知道他是一个有名气的诗人,得了鲁迅文学奖,对书法也有研究,其诗我略有阅读,其人我并不了解。电话里便问师姐《大地无语》是否也是一部诗集,那么我将兴趣十足。她说不是,是一部散文集。

或许是出于某种偏见,在我印象中,诗人的写作,除了诗歌、散文、小说、评论,甚至笔下公文,都脱不掉诗的本质,这就是诗人的写作所具备的特点。就像博尔赫斯的那些备受称道的小说,那座虚幻神秘的迷宫,说到底只是他对他的诗歌的另一种书写。这种诗歌至上的写作,有一些偏执,但更像是一个秘密,只有诗人才能发现的诗人的秘密,可是人们却往往忽略掉其与诗歌的本质联系,甚至是完全忘却,诗人的行文中,诗意是退不去的底色。在我的直觉里,这个作品也定然是一部脱不去诗意的低声吟唱。

师姐将《大地无语》交给我的时候,还裹着一层薄薄的保鲜膜。黑白装帧的封面,那茅舍青瓦,里巷人生,那便也是我的童年。又想起手里曾有一本广西师大出版的加缪的《西西弗的神话》,封面就是通体的白,由朴素分明的几道黑色笔墨点缀,就像某种朴素的暗示,找寻那安静的灵魂,在矛盾又清晰、简单又饶富诗意的勾画里,与之相遇。

而这一切曾经我认为是专业的知识,已经与我无关。懒惰的眼睛在文字之上飞扬,就像享受文字给我带来的惬意,我感激于某种熟悉的回归,因为我和作者都是南阳人,同生长于乡土人家,同样经历着那些人情,生死,苦痛,艰难的安详。乡村的记忆乃是一池水,一方路,一片田,一把椅,一张扇,一轮月,年节里一箩头油馍,那从不刷牙的单身汉,那穿着青色棉布对襟的老人……

生产队时代的大喇叭,在时代的尾巴上,我还记得那声音是多么及时又多么响亮:李凤姐率先结扎,被评为计划生育模范;张山家今年第一个交公粮;三爷家的孩子考上学了,是村里第一个大学生。马新朝说,丫头坪六百余人,就有九条光棍。我记得我的小村庄八百余人,就有十几条光棍。丫头坪村的小路修来曲折,我的小村庄的路去年才修成。最喜欢那圆圆滚滚的麦秸垛,因为我爹就是堆垛的高手。冯贵跳下的村东头的井,我的小村也有一口,在西头九成家房后,那是我记忆中小时候全村人的吃水命脉。涧水河的鱼虾翔游,我的小村西坡严陵河的夏天多少顽童挽着裤腿拎着网兜去逮鱼。

我读《大地无语》,读到的就是这些旧事。就在这些旧事与旧事似曾相识的时候,在这些旧事只是故事的时候,有一天,哥哥打电话给我,说我母亲病了。

医生看了片子,说,这是很不好的病,有点儿晚了。一刹那,我的世界天崩地裂。扔下书,去北京,陪母亲看病。生平第一次,我觉得,生于农村长于农村又远离了农村的我,和同样生于农村长于农村又远离了农村的母亲,几乎在同一个时刻以同样的眷恋神情,几乎用尽了生命全部的热情,记起了如烟往事。

在每一个清晨或者夜晚,她拖着疲倦的身体,以尚未恢复的体力,气不够使地喘息,说着那鬼拍手的南场,侯家营西北角的那个方坑太瘆了秤锤掉落水里都沉不下去漂浮而起,疆石河的鬼街每当夜深人静的时候鬼市热闹,可怜的老外婆生了一对双生哑巴,后院家五岁起就驼背的蓉儿,青蓝姑娘因半尺宅基地被邻人锄头砍死,在这个春天,夜风将它们一一泣诉。

故事,母亲都不知道讲过多少次,不知道讲给过多少人,我都不记得听过多少次。我说,妈,年轻时你上学的时候人家都说你是女鲁迅,你就别讲了,一遍一遍费力气,干脆写下来吧。

母亲说,我都三十年没提笔了。

我拿出《大地无语》，我说，妈，你看人家怎么写的，都是差不多的事，你看看。

看看写写，母亲看得很起兴，母亲写得很带劲，累的时候咳嗽就会加重。第一个故事完成的那天下午，我鼓动她到小区的院子里散步，刚走出电梯，看到灿烂的阳光，戴着口罩，她欢喜地大声说：原来小故事也能写成一篇，也怪有写头！

母亲的写作，不过是一个普通农民的絮叨，若不是因为子女住进了城市，她一辈子也不愿意离开那个小村庄，侯家营。那里的故事就像丫头坪村里的茅厕大喇叭一样，那里的故事就是马营村里的饭后家常。

母亲的山头营、侯家营、张楼，村里的那些事，永远都讲不完。动笔半个月了，已经完成了七个故事，那我所熟悉的，那我所不知的。母亲已经找到了回忆。

二、我读《大地无语》是因为苦难

原来我并不真的了解苦难。我曾幼稚地以为，苦难只是痛苦的经验，饥饿，寒冷，疾病，伤口。其实，并不是。现在我知道，苦难是一种比单纯的痛苦更加复杂的经验，在痛苦中夹杂着更多情感。苦难是一种无法割裂的生命的本质，从不离开，是无法言说的命运留下的踪迹。

苦难的表现是沉默，承载苦难的大地是沉默者，土地默默不语地演绎着大地上的故事，然而，这故事由谁来讲述？是谁听见了大地的声音？它的声音本身是静寂，讲述者并不是开口道说，而是体悟大地本身，大地本身就是故事，这故事即生活。生活的真相只有一个，那是不可篡改的，只是讲述方式不同。而诗人，除了目睹真相，除了将生活本身引入，还能做些什么？生活的真相是什么？按照某种抄袭海德格尔的说法，就是这些隐藏在人们日常语言之外而被遗忘了的神秘。诗人并不是真相的制造者，只是讲述者。他所讲述的生活并不是因为被讲述而存在，无论被讲述与否，它都存在着，它是大地自身所沉寂并于沉寂中包孕的无数声音，无数讲述。

大地是母亲，母亲亦是大地，同样容纳无数故事而默默无语，这个讲述的源起，是教孩子说话的母亲，她是诗人生命中的第一个讲述人，也是最重要的一个。而母亲的讲述，又多是那苦难的诸生。那贫穷的三十年前，嗷嗷待哺的婴孩,黄河决堤而逃荒的祖母,被人贩子抢走的李寡妇,孩子被偷的疯子哭声震天,对门的哑巴女在干燥的冬夜被活活烧死。

而母亲的一生,更是备受难处。年幼时兄妹太多而忍饥挨饿,少时割草放羊从未懈怠农活,有机会奋发读书却遭遇"文化大革命"无法高考,嫁为人妻却难料家务繁重,孩子太多而难养,又指望个个出息,努断了脊梁筋供养三个子女。三十年过去,三个孩子也终于如愿走出乡村,到城市开辟天地,为的就是摆脱贫穷,过上好日子。这才不过几年,苦日子还未结束,好日子刚有苗头,母亲却不幸身遭恶疾。我所感到的是一阵又一阵的空虚,这样的人生到底为谁而活,为谁始又为谁而终?没有哪一天是为着自己,哪怕只是放松的、富裕的、快乐的一天。这命运,只是悲剧的,难以预料的,让人哽咽的。都说善者自有天佑,苍天在上,如何还要平增这难人的苦难?

在苦难中的人,才能真正明白大地无语,苍天无声。然而,其沉默并不是空无。人之存在悲剧性地继续、重复、惯性、被遗忘。在苦难中,悲悯的眼睛首先感受了也记住了大地之上的苦难与坚韧,后者与命运对峙,失败,高亢。和命运一样,大地是一条神秘的河流,岸边本无风景,驻足的眼睛试图留住每一个转瞬即逝的刹那,即便留住,刹那又将会消失。而结局永将是,无法留住,只有记忆,在时光闪过之后那无尽绵长的甚至扭曲的记忆。诗人的记忆就是这样一种眷恋时光的产物。

诗人马新朝曾如此描述这片土地:"那流水的地方,送出光芒、星辰、五谷、村庄、牛羊、雨燕、香草的地方,又有风暴、洪水、阴谋、战争、死亡的魔力在那里隐藏。"诗人猜测大地的口吻,然而诗人的书写和讲说所表述的永远不是大地之语。大地之语是深不可测的,大地之语是不可明确转述的,这就是密语。诗人是猜测者,生活本身是一道永远猜不透的大地之谜。没有诗人,大地依旧演绎着生活,然而有了诗人,大地上的故事得以呈现,虽不是本质,却不失真实,把生活的无限丰富性展示出来。

我相信,诗人做到的,母亲也可以,从讲述生命开始,从进入苦难开始,从展示大地的秘密开始,母亲早已做到了。

三、大地无言,因根而哺

大地从不说什么,默默哺育生命。母亲从不说什么,默默奉献一生。

在母亲生病之前,书里的这些文字对我而言,就像猎奇的孩童在文字游戏里遇到这样一幕:玩转了奇幻蒙太奇的好莱坞导演梦一般闯入了遥远的原始乡村,这里上演的不是惊天动地的时尚风潮,而是平淡无奇的土气人生。就像母亲所重复的那一个个故事,邻村郭庄的一个少年因被鬼拉进干坑遇到早年已夭折的少时玩伴被称为"鬼不缠",西村的张翁因子女不孝在一个春日清晨上吊死去,闫营的老背锅因儿媳嫌弃而撞火车化身血饼。

记忆是需要讲述的。苦难乃是记忆留存的根源,辩证的,苦难也是一切快乐与喜悦的源泉,苦难是记忆的属性。如果说,讲述者在说话,那么,他是顺从了一个东西——记忆。乡村体验不是异于自己所身处的都市的一个审美世界,而是内在于自己的苦难经历。这才是最根本的。

看着这些故事,听母亲在讲那遥远的事,就像多少年前我那九十多岁的外祖母讲更加遥远的故事。她们都说,这不是瞎编,这都是真的。没错。这就是沉默的大地之上,生活的真相。

母亲遇到困难,就开始发愁,不知如何下笔,埋怨太多的字都已遗忘,又不知如何继续行笔。我就说:妈,你看人家马新朝怎么写的,都是跟咱那儿一样的故事。

妈说:我看着呢,你看这句好,来到这日月光明之人世。

妈又说:你看,人家写这故事也都是咱们这里的土话方言啊,有啥难的?

我说:妈,就跟你说的那样,你怎么讲的,就怎么写。

如果不是因为母亲生病休养,她也从未想过会有一天停止劳碌,读书写字,像她年轻时候憧憬的那样。如果不是因为母亲生病住院,我不会专门有一个月的时间陪在她的身边,不会有一个月的时间去聆听那些故事,其实已经被重复了千次百次,而唯独这次,我听得想要流泪。

于我而言,生命中第一次,读书不再是寻求经验的猎奇,而是被唤起南阳市镇平县山头营村乡亲的每一张脸庞。读书,不再是高于生活的升腾,而是比亲吻还要平坦的匍匐。真的,就像无数个归乡之夜,黑漆漆的屋子里,亮着母亲的低语,一闪一闪,把我带入永恒幸福的梦乡,那是柔软的,琐碎的,土里土气的,催人泪下的。

只要母亲还活着,故事就不会死。即便母亲死了,那故事还会在。因为茫茫人间无语大地上,深重的苦难从未离开。悲悯的少年漂泊到喧闹都市,却从未忘记那屋瓦青舍。急于摆脱苦难命运的少年恍然记得,那梦中千百回转而难以抹去的点点滴滴,才是家,那些人构成了最初的生命的实感,苦难才是命运的真相。在这个时候,仿佛才能略有体味,才稍微靠近,大地的日月,母亲的眼泪。而今这眼泪将继续滴存,流淌在儿女心上,延续至子孙脸上。

这悲悯者,是背身瑰奇壮丽的幻河高唱而絮絮叨叨着生命痕迹的马新朝,也将是我那身患绝症而不断讲述她停笔三十年间无数故事的母亲,他们都是大地的孩子,身,飞行在千里之外,心,匍匐在大地之中。

四、单纯地,因为母亲,我要感谢《大地无语》

两个月以前,像往常一样,我喜欢阅读,专业是评论,答应了师姐好好读书,书中故事,虽然熟悉,但亦觉得自己是在旁观,只是观者。一个月以后,因为想要留住一个生命而想要记住其一生的故事,我和病中的母亲一起读起了这本书。我发现,不知不觉,我成了不同的自己,也读出了不同的东西,那让我扎在泥土里无法动摇的东西。

而我的母亲,因为这个阅读,因为获得记忆的支持和讲故事的信心,从一个辛劳一生的农妇,渐变成了不断整理过往的作者,成为她所在的世界里的回忆者,讲述者,永恒的在场者。由此,我发现,我渐渐读懂了母亲。

从母亲生病到今天,仿佛是一场难以醒来又难以接受的梦境,在失去母亲的恐惧里,连活着都成了奢望,每一刻的呼吸都似乎要将我的身体撕裂,医生的每一句话都让我浑身颤抖。可是,当看到母亲对于生活无限的梦想,当看到母亲要动笔写那些为人母的、为人子的、贤淑的、孝道的、慈爱的、自己和他人的故事,在她动笔那刻,我发现,每一个母亲都是作家,用平凡的生命写着,讲着,让我感动着,活着。

单纯地,因为母亲,生出的感激。每当我读着这本书,我的心满是母亲的讲述。也因为此,我和母亲一起读,我读一段,她接一段,因为那些故事距离我们是如此亲近。马新朝和母亲年纪相仿经历相似,唯一不同的是,母亲具备着满腹才华而悄然搁置了三十年,把这一生耗费在我那年迈的爷爷奶奶、曾经年幼的姑姑叔叔和我们姊妹三人身上,到疾病恶化那刻,她还在照看她刚出生的孙子,未曾有一个时刻是安静地享福,更不曾有一个时刻会想到自己能平心静气地读书写作。

丫头坪的,马营的,侯家营的,闫营的,故事永远都不会结束。可是我不知道,我永远都不可能知道,在这熟悉的故事里,在这质朴的讲述里,母亲读到了什么,母亲又想起了什么。从某个时刻开始,我可怜的母亲,在命运的书写里,写下的不是未来,而只能是回忆。

可是明明,她才过了半生。

而生命,却永远不能用长度来衡量。

就像大地一样,不可量度,无语静默,见证消逝,容纳苦难,自成永恒。

(方博:作家,编辑)

真诚,生命和自然在敬畏中灿烂

——读马新朝散文集《大地无语》

李 霞

翻开马新朝刚刚由河南文艺出版社出版的散文集《大地无语》,目光一触及,刺激和兴奋就纠缠住我了。

《大地无语》有写乡村的,有写城市的,有写亲情的,有写情趣的,有写感悟的,有写经历的,不少篇章,精妙超凡,浸透了作者对乡村土地的情怀与体悟,展示了人在自然与社会面前的挣扎和无奈,让人心醉又心酸。他写出的这些真实,已不是目光所能感受到的,它深入或穿透了现象、现场、表面、表情,探向了心理与人格的深处、暗处,我们读这些文字,几乎能感受到灵魂的颤抖、呻吟与疼痛。

虽然马新朝说,他写作散文只是用了一些写诗剩下的边角料,但我认为,这本厚重的散文集仍是他继长诗《幻河》之后的又一部力作。除诗之外,他的散文作品这两年在全国许多大型刊物上发表,并产生了影响,被天津的《散文》杂志选入《2008 年年度散文选》;获得了《大众阅读报》2008 年度散文奖,评语是这样写的:"作品以质朴自然的笔触,深入到社会生存的根梢,使读者从本质上触摸到现实生活的原初之态,并能使你迅速置身其中。形象,真实,真挚,鲜活,诗性的自我剖析与审视,传导给人的是人性的温煦、暖意与亲和。"马新朝的散文之所以受到文学界的关注,除了内容的厚重、深邃,还有就是他散文艺术的探索,特别是他对语言艺术的探索是独到的。

这部书中,很多文章是精彩的。人是从乡土出来的,文化是从乡土出来的,历史是从乡土出来的。乡土是人类之母,乡土是人类之源,乡土是人类之根。生活在喧闹的都市里,马新朝无法直接亲近乡土,他便把对乡土的情感转移到从乡土里飞出的在城市楼房间隙寻找活命的鸟的身上了。他写道:"麻雀们周身皆是土地的色彩,念想亦是土地的念想,就像我大哥的日常表情和穿戴的衣裳。""暝色的夜空中,依然飘落着雪花,树枝在呼呼的北风中胡乱摇晃,偶有一阵大风袭来,树上的枝条噼啪乱响,却没有一只麻雀掉下来,它们伏在了树枝上一动不动,像是长在了上头。麻雀们,一律把小脑袋缩进自己灰色的绒毛里,像一个圆圆的小球,没有一丝声息。"(《麻雀的智慧》)

"鹭鸟们一群又一群地开始向城市迁徙,它们在离开生活了无数个世纪的家园时,却也是一步一回头,那熟悉的每一茎草,每一泓水,都是刻心铭骨的眷恋,我隐隐地听到了它们的离愁哀怨。它们像人类遇到灾荒年景时外出逃荒一样,俱是牵儿将女,远走他乡。"(《与鸟同行》)网友青青在马新朝博客此文后留言说:"你这篇文章消解了我对鸟与郑州之间的主观臆想,我一直认为是因为郑州梧桐树高大,吸引了鸟儿,没有想到是整个环境恶化的结果,是鸟类家园消失的结果,我悲,为鸟儿一哭。"

散文的生命是真实,虚构把散文变成了小说,也推向了残废和死亡。虽然真不等于好,但,好,要从真做起。马新朝的散文对此是极好的验证。

心里怎么想就怎么写,就是真诚;事物是怎么样就怎么写,也是真诚。但是这样是不可能办到的,我们无法对事物进行穷尽认识。因此,我们要学会用第三只眼睛,即用理性和科学来提升自己、观照人类。

真的含义,不仅是真诚地写作,而且是真诚地选择写作。一个成熟的诗人,不断寻找并开拓适应自己的表现领域,应比培养灵感更重要。真,有主观的,也有客观的。而主客观的统一,往往是大作家必备的条件之一。

有人说,人类不是生活在真实之中,而是生活在对真实的解释之中。写作不是在表现真实,而是在发现真实。从生活之中直接提炼思想,我们不是进入了生活,而是生活进入了我们。真,即在。丑,也是真的一部分,我们不能忘了丑真。

谢有顺说:"心灵不在场的写作是不真实的写作。"如果说写心灵是诗人的看家本领,那么无情地解剖自己、反省自己,就是哲人的人格之光了。

马新朝说他"敬畏文字",从他带着敬畏的文字里,我们分明感受到了文字对自然与生命的敬畏。敬畏会改变文学,也会改变我们自己。

(李霞:诗人,评论家,《河南工人日报》副总编辑)

田野——似闪向天空的光芒

张功林

我觉得读完这本《大地无语》以后,已经写好了这篇文章。只是缺少一个题目而已。这么亲近的阅读已经很少出现了。没想到文字的魅力还是如此强烈!老实说,这题目是偷来的,偷的是俄罗斯大诗人艾基的《临近森林》中的句子。因为《大地无语》让我真的"无语"了一阵子。文章带给我的享受,让我在闹市中眼前不时浮现出一片田野,那是阳光下热腾腾的田野,真的在闪光,与天空对视,无语而博大。似乎等到艾基这句诗跳出时,我才真正有话可说了。

当然,马先生的"大地"比我理解的"田野"要更大。可是此刻,那一篇篇朴实的文字,细致的白描,富有韵律的叙述语感,以及浓郁的乡土气息,让人看到阡陌之上耕作的乡亲、牛马,飞翔的鸟儿……所有的画面都在闪光,而且像沙盘一样将"大地"浓缩在一块"田野"上了。作家揩着脸上的汗水,静静隐于田野深处,面对田野里的耕作、争吵、笑声以及沉重的叹息,他在沉思中梳理着思路,将纷繁而喧嚣的现实变成文本,铅华洗尽,情感浮出,此时无声胜有声。

刚开始,我觉得写这部书的读后感,题目应该从这几本书中寻找:鲁尔弗的《烈火平原》、福克纳的《八月之光》、赛珍珠的《大地》,甚至《饥饿的路》与《瓦尔登湖》等。这些书里都在写土地与劳作,与《大地无语》形成互文。没有想到,艾基却跳了出来。这种机缘让我有了思路的同时又有点为难。艾基是俄罗斯的楚瓦士人,他的母语楚瓦士语属小语种,尽管他后来听从帕斯捷尔纳克的建议用俄语写作,但他的词汇量却并不丰富。他 1953 年上高尔基文学院,因为与帕斯捷尔纳克关系密切,后被开除出校,过上了艰苦的地下作家的生活,直到 20 世纪 80 年代才冒了出来。而在 1953 年,马新朝先生刚刚出生。他出生的南阳盆地尽管像楚瓦士一样偏僻,远离经济和文化的中心,但文化底蕴相当厚重。

后来他走南闯北,历尽艰辛,由乡下来到大都市。他博闻强识,文学功底扎实而深厚,而且一开始就用强大的汉语写作。虽然没听说哪位像帕斯捷尔纳克的诗人指点过他,但他凭着多年记者与诗人的特殊身份,视野开阔,语汇量惊人。就出身、生活与创作行为上,他与艾基真的有很多可以比较的地方。除了出生地的偏僻外,比如艾基被文学院开除时,他刚上小学,后来成了河南省文学院副院长,拥有一定的话语权。艾基词汇量少,没写过长诗,而他,像井喷一般写出了多年来让多少诗人心仪而头痛的黄河巨诗——《幻河》。他的新作叫《大地无语》,描写沉默与孤独。而艾基却说:"沉默当然也是孤独。词的沉默发自上帝的沉默。"瞧瞧,他们年龄相差二十岁,操不同的文字写作,却像有某种默契似的……

这部《大地无语》,是他的散文集,他换了一种更直接、更令人容易接近的文体,是他一次抒写大爱的新的尝试。全书分六个部分。"驻村札记"、"父老乡亲"、"村南村北"、"为谁活着"、"呼吸自然"、"自言自语"——它们之间的必然联系似乎是一个曾经的乡下孩子进城当了官,参加了"回归"工程,为乡亲们造福来了。尽管他回的是豫北山区而非生他的豫西南盆地,尽管他作为驻村工作队队长对当地百姓的贡献很有限,但我们从他的描绘中不难发现,他在"呼吸自然"、"自言自语"的同时,走遍"村南村北",遍访"父老乡亲",无时不在思考"为谁活着"的沉重问题。这像阳光做的绳子一般牵引着我们的神经。在形而下的生活中思考形而上的东西,这恐怕也不是马新朝先生的专利,许多作家都是如此。那个艾基不是写过《梦:为煤油排队》吗?但马先生的可贵之处在于在城里风风光光了许多年,那种"草根意识"并未泯灭,那种悲悯有增无减。他从改造农村的厕所开始,一直在努力,他想提高农民的素质,想搓掉农民身上的一层垢土。但这层垢土积存了许多年,坚硬地贴在他们的身上,岂是一朝一夕所能搓掉的呢!这些感人的文字让我想起我家乡的村民也是如此。农民自有一套顽强而顽固的生存哲学,让许多想改变他们的思想者无能为力。

最让我感动的是《母爱无边》、《薯颂》、《晒红薯干的日子》、《喊魂》等篇。因为这些作品背后,隐含了作者极为纯正的情感伦理。无疑,大地与天空,隐喻着我们的物质与精神生活。我们常把无语的大地比喻成母亲,不断地向她索取,索取我们生存的需求与欲望。而大地呢?母亲呢?又接纳了我们多少的爱与奉献呢?因此,在那个年月,"有了这些红薯,村里又恢复了往日的笑声。狗叫的声音也响亮了许多,公鸡又开始啼鸣"。"晒红薯干的日子"虽然远去,那雨夜拾薯干的匆忙、揪心、焦灼,甚至连死去的鬼魂都出来帮忙了。还有母亲的"哭","她一哭,我们就学乖了"。没了母亲,"我在这个世上的家也没有了"。真的,正是因为故乡和田野给了我们太多,才让我们刻骨铭心。用作者的话说,"好似写了春天,反而觉得一棵小草更容易让我落泪"。……这些是优秀小说家都羡慕的描述深度啊!当然,细节在打动人的同时,也成了一种铺垫,一种物质与精神纠缠一个幼小心灵的铺垫。作者为什么至今都不喜欢到音乐茶座与咖啡厅?他说那里太暗,进去不舒服。他在经历了乡村多年没有电灯的黑暗之后,非常喜欢"亮"。这种铺垫也决定了一个作家精神世界的宽窄与远近,也是我们用科学发展观都难以丈量到的尺度。

  本书最后章节的阅读是轻松而舒缓的,因为此刻我感到真正是在与马先生促膝交谈。像那次我们在宾馆里聊到凌晨一样,心灵一下子靠得很近很近,相互能听到对方的心跳一般。他居大城,我居小城,无奈与疲惫也很近似,失落与茫然也很近似,信仰与希望也很近似。风景不同,看风景的感触千差万别,但人与人之间,总有贴得很近的东西丝丝缕缕地牵扯着。这一点,那个遥远的艾基也有同感,他说,只要人类有了信仰与爱,就有了希望。只可惜那时马先生尚未有《大地无语》,我们聊得更多的是黄河、酒、帕斯捷尔纳克和《日瓦戈医生》,而不是艾基的"田野——似闪向天空的光芒"。

(张功林:作家,编辑)

水深无声　情多无语

——编马新朝的新著《大地无语》

刘晨芳

作者马新朝是鲁迅文学奖获得者,《大地无语》(河南文艺出版社出版)是其继鲁迅文学奖作品《幻河》之后的又一部力作。这部散文集是作者人生经历、生命体验和思想意识的深沉积淀。散文集直接取材于他最熟悉的乡土、最亲切的民情,是用裹挟着作者体温的情感体验,以他魂牵梦萦的乡村意象、淳朴民俗和物象群体来寄予其浓烈的乡土情结。同时在对这些物象和经历进行描摹的过程中,也完成了对自我意识的思索和定位——与乡土、与村庄在灵魂深处密不可分的都市流浪者,在喧嚣的闹市中穿行。在此意义上,也不妨把此书看成其精神自传。

本书分为"驻村札记"、"父老乡亲"、"村南村北"、"为谁活着"、"呼吸自然"、"自言自语"等六个部分,撰写了茅舍青瓦下那些光阴的故事、里巷的人生。每一部分都能闻到一股散发出来的淡然的土地的味道。

时下,文学作品中的题材雷同甚是让人担忧。人物活动的场所也在从职场、酒吧到床笫之间的直线上。城市生活就像它的建筑面貌一样雷同,人们在精神上也在复制中被迅速同质化,就像一个模子里刻出来的单面人。我们的很多文学作品,或写隐私八卦出卖自己,或搞笑艺术来写轻松生活,或用另类视角写轻文学,手段单一、内容单薄。这样的作品,如果缺乏经验的支持,想象力如果再难以为继,虚浮、玄诞和重沓便不可避免。

但是,《大地无语》全然没有这种感觉,扑面而来的是对其复杂人格的真实袒露。无法断定是马新朝的才能使得他在生活中、写作中、文学创作中如此求真,还是他的求真使得他在文学创作中能够不断地扫掉尘埃,显现出高度的敏感。行文中对人性的矛盾的揭示,对自我、对人性的犹疑、矛盾、苟且、虚伪,以及对人性和社会生活冲突的真实描述,都显露无遗。真实无华的语言和记叙所显示出的感染力、洞穿力,让那些靠堆积形容词,靠装腔作势、青春渲染的文学作品顿觉苍白。在"驻村札记"一部分里面,作者写到他被派往豫北的一个小村庄,担任驻村工作队的队长,为期是一年。在驻地的村里,"我虽无满嘴的官话和油腔滑调的应酬,但是这种优越的感觉从我的目光,从我的身体和举止里射向他们。然而,我不是故意的。我讨厌这种感觉"。他忘掉身份,为农民办点实事。在平械斗、修公路、建农厕,裹挟着麦草和泥土香的事例中,作者完成了对自我人格的清晰定位、对人生事态的深刻反思。看到乡下的大哥,他说:"大哥是一部乡村之书,蘸着辛酸写成……每每看到他,便会把我从华堂明座、高谈阔论中拉回到涧河边的一块顽石,拉回到化肥涨价和宅基地纠纷等诸细节中。多少年来,我曾在红男绿女、官场缝隙、文坛内外穿梭,误认为就是一个人物,现在才看清自己是什么东西。"

很多时候,为了政治,为了"反革命",我们依然不得不容忍甚至纵容那些假大空的毒素。在这部作品里,作者用"真实",把很多人追求的虚妄的"浪漫"和为赋新词强说愁的"现实"撕裂了,这个撕裂使得他告别了假大空,回归到朴素的真实。而这在创作中,不要说做到这一点,即便能够意识到这一点,极力避免它,也已经难能可贵。

嘈杂的都市里建起一座座现代化的家园。堂皇的高楼之下,蠕动着成群的欲望的蛆虫。在这个许多艺术家追究的精神内境和异化式的生存方式被遥遥放逐的时候,作者还能将内心对这个精神家园的痴迷完好地保存,以让自己的真性情得以有栖息和皈依之地。于是,当许多年后,作者吟出"大地无语"的时候,当年那些刻骨铭心的饥饿、那孤寂的读书岁月与贫乏的物质生活,对今天的作者来说,不再是亲受的切肤之痛,而成为生命与困厄抗争的牧歌。油灯、土屋、河洼、秸垛、蛙鸣、虫唱、雾霭、炊烟,在作者的笔下,都隐退了它的物质性而显现出了浪漫的诗性。饥饿和匮乏,已不再是不悦的肉体感觉,而是被时间酿造出的醇厚的美酒,在他内心的精神栖息地被现代的文明挤兑、吞噬的时候小口啜饮。

心性是一个奇妙的东西,它能将苦难酿成诗情。它从人对苦难的记忆中滤去那些物质性的感受,如饥渴、寒冷、疼痛、劳累,滤去那些消极的心理与情绪,如恐惧、绝望、孤寂、怯懦,而闪现出悲悯的精神之光,在生存难以企及的地方用心灵去抵达。作者的笔触顽强地保存了记忆的美丽而摒除了痛苦,他在咀嚼、回味、反刍这些曾经的苦难。感受饥饿,他发出了"吃比天大"的诤词;面对贫穷,他发出了"贫穷为什么是寂静的"之哀叹。更多的时候,他对这片土地爱得深沉,竟至无语。真所谓水深无声,情多无语……

《大地无语》中也写到一些灵异的元素。因为文学常常需要超越经验和常识的边界,实现灵魂的远游。常是实中写虚,常中写异,假亦真来真亦假,在常态中展现神秘,嘲弄人类在认知上的自傲。看似悬疑,实则是参透了人情、世态和物理的纹理泄露。比如他写到农村古老的风俗——喊魂,写到雨前收红薯干时连死去的人都前来救急,在《那个神秘的雨夜》里写的涧河里神秘的婴儿鞋、女人哭和父亲的腿不可思议地瘸了,等等。这些文学中活跃着的神秘元素,并不是故作玄虚,只是给想象力保留和处理更多的可能性,引导你向着无知的领域再度深入。其实我们不便探究这里面到底是经验原型还是超验的夸张和虚构。

通过他的文字,可以感知他对文学有着明确的期待和信任,相信文字可以为灵魂提供一个栖息的家园,故拥抱之,敬畏之。敬畏是面对神秘和崇高时产生的感情。而这如果在现实中难以觅到,就只有在寄予形骸、托之灵魂的文字中去寻找了。

在编辑此书时,我很少能改动他的文字。语境氛围怎么营造、语言功夫如何经营,他谙熟自在。编辑很少更改其中的文字,某种意义上是一个作品成熟的标志。只有灵魂的苏醒,从不会失去对语言的敏感和穿透力。

(刘晨芳:作家,编辑)

《大地无语》:在精神坐标中寻找根脉的玄机

李 娟

读书有很多作用,其中有一条最重要,就是能够在喧嚣中安妥人的灵魂,写作其实也同样有此效。在马新朝先生的散文集《大地无语》中,我们感觉不到时下散文优美而疲软的通病,相反却能在诗质的气质背后读出他的真诚与激情。林语堂先生曾经说过,中国诗歌在国人的生活中,扮演了准宗教的角色。由于缺乏真正的宗教传统,在生命层面的许多本应该属于宗教解答的问题,最终都交由诗歌艺术来解答。散文与诗是一个人的双目,任缺其一,世界就不成立体,只有"双目合",才能"视乃得"。《大地无语》作为散文集很好地印证了这一理论,不仅行文自然、随意,诗意的哲理贯穿于全书,而且还很注重散文的容量与弹性,既有记录驻村生活过程中对自我身份变更的反思,也有对亲人的无限思念和对童年生活的眷恋;既有对城市中生活琐事的烦忧,也有对自然万物生灵的独特生命体验。这些从生命的底色开始的贴近灵魂本源的文字,不仅生动感人,而且有着醇厚的意蕴和深刻的哲理,能让人在潜移默化中净化心灵、提升境界,并从中感悟出生命的尊贵和文化的肃穆。

虽然伴随着城市化进程,当代作家及其创作似乎大部分与都市生活紧密相关,然而乡土中国并没有渐行渐远,恰恰是一些作家的"乡村固恋",使得他们的生命和思想中完好地保存了一条富有活力的生态暗流,由此他们的文字显得更加厚重和从容。在《旁观者》中,作者借用一缕阳光来窥视自我的内心,"我想到童年,我家乡的院子里也有这么一片阳光。那时的我也许更为真实,因为我就是那阳光下的一个草茎,一块石头,一只蚂蚁,或者我本身就是一缕阳光,我与它们是融为一体的。而现在,我却成了一个旁观者,与阳光有了距离,有了许多想法"。现实中都市生活的变迁让传统性关系以及传统价值与生活方式完全解体,城市为我们展示了一个梦幻的世界,却又让人深切感受到自身和他人的异化,听凭所谓各种规则的摆布。正如卡夫卡那句著名的哀叹:"我虽然可以活下去,但我无法生存。"诸如此类的文章还有《圆桌会议》、《两种话语》、《我这张脸》等。不难看出,作者是希望通过对这些时代生活进行寓言式的解读,从而使这个时代的幻象能够透过其物质内容的表象和碎片显现出来,于无声和寂寥的仪式化中苦苦寻觅着生命的玄机和时代的精神脉络。

鲁迅先生曾经说过,凡是人的灵魂伟大的审问者,同时也一定是伟大的犯人。审问者在台上举证着他的恶,犯人在阶下陈述自己的善;审问者在灵魂中揭发污秽,犯人在所揭发的污秽中阐明那埋藏的光耀。这样,就显示出灵魂的深。宗教忏悔是人面向神,进行自我谴责,以求得神灵的救赎;而文学忏悔往往是在作品中进行个人自我解剖,强调反省和良知。其实,中国是耻感文化而非罪感文化,进行灵魂的某些忏悔,诚实地呈现自我的内心世界,似乎已经被发展成了一种充满专断的话语权力,一种可以测量心灵是否健康的标准,一个与自己无关的生冷词汇。马新朝先生的《梦回故土》中,充满了真诚的勇气:"当我下车来到他们中间,感到了乡野之中的陌生之气,我从他们中间穿过时,忽地就有了一种居高临下的优越感,这种感觉来得突然和猛烈,它控制着我,使我迷失在自己灿烂的微笑和话语里。我知道我看他们的目光是俯视式的,不是平等的。"而"这并不是我故意的","我还没有从中分离出来,我忽然觉得,要从中完全分离出来几乎不可能"。很多时候,忏悔似乎成为了通行的生活密码,忏悔的真义实际上已被误读、改写和损害,直至隐匿。类似这种感觉的表述,书中有多处,字里行间,不难看出作者所表达的炽热情感中布满了痛苦的内质,而这种痛苦不仅仅来自个人,更是在个人的痛苦中凝集了对时代的信仰、价值和尊严的诗性指认,以及在进行重新命名和审视中呈现的一种精神向度。

《大地无语》中作者在试图用整个心灵与自然进行融入性的对话,用生命元素去探索一种最贴近大地和心灵的言说方式,这令其所展示的生活场景或际遇获得了一种共构的、深刻的心智符码。仙鸟、麻雀、蛇、大雁、猫、湿湿虫、鱼,这些自然界的生灵,无论是在异域他乡还是在经五路的街旁、家里,生命真切的存在无不透出亲切温馨的人世情怀和清浅可感的生命玄机。正如《窗外有仙鸟》中的那首诗,"夜阑人静/鹭鸶们鸣叫起来/它们急促的鸣叫声响彻我整个生命/刀片一样锋利",对生命价值的追问与探寻,对生命意义的感悟,都源于作者对生命的无限理解和热爱。个体生命和世俗生活层面的生命意识也在朴素宁静中,呈现出悠远和绵长,让我们在触摸生命的纹理中体验到万物的力量和思想的深度。

　　在过于追求效益的时代,散文被许多人视为鸡肋和过时的文体,而这个时候看到了《大地无语》,平易的叙事如同说着对门邻居的往事,自然朴实中又不失沉郁和冷峻,对心灵中的单纯与澄明世界的向往让人感动。作者并没有选择用揭开这个时代伤口的话语方式,对自己的写作表现出了可贵的节制,这让作品更加富有魅力。造物主给万物都规划了精神坐标,而我们的身体里始终有一条血脉是沿着足下的根须深入地层的,这个根须把我们整个身体和灵魂都深深扎根在了大地的深处,无法逃离。

（李娟:文学评论家,《中原文化研究》杂志社副研究员）

无语的都市流浪者

——读《大地无语》

唐及超

在这个日新月异的读图时代，影像以应接不暇之势充斥着我们的视界，太多关于黄土地、黑土地、红土地的故事早已不再是陌生的谣传。而对作者而言生养他的土地又会有着怎样不同寻常的意义呢？或许每个中国人心中都有一种魂牵梦绕的乡土情结吧，多年后在城市安营扎寨的人们回首生养他的土地应该有不一样的感慨在其中吧。怀念、留恋、无奈，甚至心有余而力不足、想要为其做点什么又无能为力的愧疚，好像心里亏欠了土地很多东西似的。正如作者自己所说的"文字是声音和思想的记录，也是生命形态的描摹"，作者用他沉实的笔杆、朴实的文字表达出了自己对故乡的深沉的情感，对人生的独特见解。

作者从河南南阳的农村步入省城踏入了仕途之路，但是作者的心魂却留在了农村。不情愿沉溺于都市的灯红酒绿，拼搏于城市的宦海沉浮，心灵深处依然旨归于一个地方，那就是故乡。作者饱含着深情摹写了所驻的丫头坪村和自己的故乡马营村的点点滴滴。两个村庄都有他想念的亲人，都有他温热的乡土。作者巧妙地称驻村为"梦回故土"，故乡是人内心深处的精神家园，人们都小心翼翼地呵护着属于自己的那片天地那个世界。儿时的记忆反复强化着意识，怀旧的感伤诉诸作者的笔端，文学中便多了一篇篇怀旧的随笔、散文。

这个散文集时间跨度很大，涉及人事、场面纷繁复杂，反映领域相当广泛。作者把农村各个角落和各类人物都一一展现在读者面前，用一个个具体而微的缜密细节描写完成了对宏大叙事的铺展。无论是以前的家庭背景状况还是现在的生存状态,故乡中一人一事都如一幅幅本真的摄影作品一样真切而又深刻地印入读者的脑海中,勾起了有类似情结和生活经历的人的多少怅惘而又心有戚戚焉的回忆!

早在唐朝时贺知章在《回乡偶书》中写道:"少小离家老大回,乡音无改鬓毛衰。儿童相见不相识,笑问客从何处来。"这其中多少有些无奈和自嘲的意味吧。物是人非的感慨、今非昔比、不堪回首之中隐含着多少时光有限、一去不复返的宇宙意识。然而雁过留声,人过留痕。走过一段人生道路总有些许或一帆风顺或坎坷崎岖的印迹。

从生养地走出来步入大城市的繁华才发现真的与城市有着距离感。他们业已习惯乡村的随意、散漫与悠闲。儿时的影响如某种地理基因溶入血液和骨髓里,而他们的精神家园却留在了乡下、农村田园,而非车水马龙、人来人往的都市。他们自认为,也自诩为甚至心底无数次体认自己是"乡下人"、"我打农村来",就像多年后沈从文写出《毕竟是乡下人》以"乡下人"自居,朱自清也有自称"穿布鞋者"的嗜好。这莫不感系于这种乡土情结和故乡情思,这种体认和默念如影随形追随着精神世界无声无息恣意地生长,以至有一天塞满了所有的角落、充溢于为文者的笔端,诞生了这些文字。

乡土小说在中国现代文坛不乏其作,尤其"五四"时一些现代文学巨匠都有涉猎,鲁迅无疑开启了这种题材,如《社戏》、《故乡》……以至后来废名、彭家煌一流也不在话下。鲁迅小说开启了"离去——归来——再离去"的模式。但是在当代文坛虽也有佳人佳作,真正以散文随笔式的笔触来加工这种题材的并不在多数。而《大地无语》以独立片段散开各自为文、环环相扣、连缀成篇成为有机统一的整体。在这一点上,可以说是作者的独创。

可以说,关注弱者灵魂精神和生命状态的文学作品是伟大的,在这一点上,《大地无语》无疑是做得很好的。它最大的思想价值和社会意义似乎也正在于此,为弱者的生存仗义执言,作品给我们影响最深的无疑是村里的光棍汉。当然年轻穷光棍更是让作者深有感触,羊倌那干枯绝望的眼神透露出来的苍凉是多么无助,与羊同床共枕更是让人心酸;光棍刘献想去解决一个三十岁男人的正常欲望却被小姐和保安吓成了废人;当城里人喊着减肥,而光棍大板牙却在为没吃而发愁,为了吃而丢人现眼,遭人耻笑。作者从人性的深度走入他们的内心世界进行挖掘,揭示出这种现象对他们来说是多么残忍和不公平!以至于作者不忍心将在城市中有些人花天酒地、朝三暮四，包养"二奶"、"小秘"这种事告诉他们，怕说出这些会刺疼他们麻木而又敏感的心。七奶一个人在晚上用自己的手把虱子一个一个拴在丝线上，一根尺把长的丝线，竟可以拴着十几只虱子。透过此我们看到了"夜之黑，夜之长，夜之无限的寂寞和生命之无聊"。在这样一个个漫长而寒冷的冬夜，那些鳏寡孤独的人在空冷寂寥的屋子里能做些什么呢？这种单调、无聊的生活状态在落后无所事事的乡村晚上无疑是家常便饭。

浓郁的地域特色是作品的又一大亮点。西方通过马可·波罗的游记了解了中国，我们从沈从文的笔下认识了湘西。从《大地无语》中河南的农村影像一一呈现出来——历史发端很早，但却依然落后，数十年如一日的农村景象和风土人情。这从两个典型故事"闹鬼"、"叫魂"可知一二。雨夜父亲河中捞鱼捞上小孩的尸腿，还有那个阴魂不散的女人的哭声乍看起来有些让人脊背发凉，但仔细想来，实际上彰显了亲情的力量。如八岁的小女儿爬到屋脊上声嘶力竭地哭喊上吊的母亲，最亲近的人在亡魂徘徊未走远的地方呼喊召唤，凸显人间至情在人生死攸关时的力量。父亲那次雨夜捕鱼回来突然得病，显示出了作者的困惑，这些现象对于读者尤其是生长在城市的读者来说都是陌生的有距离的。因此就产生了一种审美观照，神秘但绝非故弄玄虚。

最难能可贵的是作者从人性灵魂深处进行深刻的自我剖析，犹如把自己安放于精神的十字架上那么高尚，将匕首直指自己近乎是内省式的。俗话讲：人言可畏、三人成虎。在传统道德根深蒂固的农村，小五为捍卫家庭和睦设局捉奸，力争挽回妻子好好过日子。破镜重圆却遭来众人非议，终至于关门落锁外出打工从此音讯全无。而在作者看来，这些都是自然而然的事。所以老光棍要找老伴的事，作者也能真切地替他们着想，他理解他们的苦楚与寂寞。在没有丰富娱乐活动的农村这无可非议，找个伴聊以打发漫长寂寥的长夜。尤其是当村上马大水一家给女儿看病时，"我"生硬地从"她"的手中挣脱开来，使"我"在女孩死后仍不停地自责。当大哥从农村来看"我"时"我"的反思更是让读者看了备感欣慰、感动，甚至钦佩不已。

作者是一个敢说真话的人，一个勇于揭开生活真面目的人，一个保留着文学气节的人。

大地无语人有语，言语无情人有情。大地是沉默的甚至有些沉闷，而作者这些言语无疑如沉闷大地生命之本声和本来状态。这些既是作者内心独语,又是大众之心语。读了《大地无语》,相信河南那片古老的土地对我们已不再陌生。

(唐及超:郑州大学文学院艺术系研究生)

第三辑

书法论

把诗歌用毛笔竖着来写

——诗人马新朝书法记

冯 杰

当代中国诗坛上,知道诗人马新朝的多,读过马新朝诗歌者也很多,但知道书法家马新朝的很少。

马新朝以诗名世。其实,马新朝写字要比写诗时间更早。

在唐河贫瘠的乡村,小时候他得到一本翻得破烂的《邓石如隶书》字帖,就开始比葫芦画瓢临摹,算是最早的书法起步。

这恐怕也是日后他主攻隶书的主要原因之一,就像一个人童年饮食范围决定其以后甚至一生的口味标准,还因为小时候能够找到的那本字帖是隶书,当时在农村很难找到其他的字帖。马新朝只有邓石如。

贫穷有时也会让人无艺术选择余地。我也深有体会。

后来作为一名当代诗人,数十年里他锻打语言的金属,使诗歌的光泽迸射,为一条神性的河流写了一部《幻河》,这就足够了,每次展开这部十余米长的诗集,都让我对他诗意探索的精神钦佩不已,诗人马新朝和大哲学家冯友兰同乡,却反哲学而倾诗意,乡土造就的气质充满落差。

因为"诗质",在平时生活交往中,我乘坐他开的车往往会出现南辕北辙的效果,和他打牌常常因功亏一篑而被他无理训斥,这些常识并不影响我对一位诗人人格和诗艺上的认同。

去年社会上恶搞杜甫,作为河南诗歌学会会长的马新朝展现诗人风姿。

他拍案说:杜甫精神是我们民族的精神之光,我们决不允许抵毁杜甫形象,谁恶意丑化杜甫形象,说明他是无知的、浅薄的、低俗的。

马新朝抵挡不住时尚潮流,一时惹得乱箭射身。

杜甫的铜像就立在我们单位的门口,老杜看到诗人上班穿梭,也会暗叹这位同乡。

文学写作使诗人马新朝打开一扇又一扇通向世界的门,看他那些诗歌在卑微的低处却闪现高贵之光,看他那些得地气的散文不逊色于所谓散文名家,他还说给他时间就要写长篇,如今他怀着一颗敬心又打开另一扇书法之门。

在中国艺术里,和美酒、和长啸、和胡子一样,书法线条也同样用于抒情:"诗不能尽,溢而为书,变而为画,皆诗之余。"老苏将文学与书法分出先后关系虽似有失偏颇,然而这位集文学家与书法家于一身的大文豪却一语道出了书法与诗歌紧密的内在联系。

诗人马新朝深谙此道。

在他执着追求的一条诗歌的神河之上,他的诗句溢出来了,嫁接成书法的线条,且整日乐此不彼。

这时就不是少年时机械的临摹了,他专注于擒拿这一只公认的艺术上的"黑老虎","二王"、《兰亭序》、《石门颂》、《礼器碑》,每每临池,忘乎星辰日月。行草他则是倾心于气韵流动的林散之。

他知道取法乎上的道理。

诗歌使他清醒,艺术使他温暖,书法使他丰沛丰富,使他艺境崭新。

无论是竖的线条还是横的抒情,这些艺术元素对一位诗人而言,都是部件,都是为一座艺术家园的重构和建设服务的。河流的宽博能使一位诗人更丰富。是啊,一位不懂书法的诗人还会是一位有情趣的中国诗人吗?还配和苏东坡一块儿饮酒赏月吗?

马新朝饮酒动辄脸红,却偏偏主张"书法的醉意"。

他认为,诗的每一个句子,甚至每一词,都应该是醉意的,有了醉意的诗才是诗,醉意的诗往往是来自灵魂的,而没有醉意的诗只是清汤寡水。书法也是这样,好的书法,应该是每一个字、每一个线条,都充满醉意,没有醉意的书法缺少神韵,七零八散。

如何使诗与书法有醉意感?那就是"气","气"是个很中国的东西。"气"听起来形而上,其实是实在的。一幅书法作品有了气,就是一个整体、一个生命、每一个线条,每一个字都能统一起来。现代诗已不再注重外在押韵和整齐的诗行了,但它却注重内在的旋律,内在的旋律更见功力,这正是新诗难以把握之处,这种内在的旋律靠什么?就是"气"。如果书法和诗中有了"气",自然也就有了醉意。

诗歌是语言艺术,书法是线条艺术,二者都是艺术,而艺术是相通的。他有时从诗歌中体会书法的精妙,有时从书法中感悟诗歌的真谛。

马新朝就是这样打通一条艺术的走廊,他把诗歌与书法的线条如此连接在了一起。

他知道书法艺术的到达之路漫长、艰辛。

约马新朝写字的人远远比约他写诗的人多了,马新朝写字的回馈足够他出几部精装豪华本诗集。

许多人知道我和马新朝因工作关系是楼上楼下,近水楼台,酒后都托我向他求字,我会清醒地回绝,我还极负责任地劝别人不要上当:

他的字那么贵,市场上竟恶炒到每平方尺数千元,这对过日子的人家是华而不实,犯傻呀?远远不如去买一车白菜更实惠更现实。

(冯杰:诗人,散文家,书画家)

书之道,心之得:马新朝书法

吴元成

　　书法有道。隶书承篆接楷,是书法演变中的重要书体之一。隶书从篆书演变而来,变圆匀为方折,变修长为扁平,一波一捺见潇洒灵动。隶书用笔字形扁方,左右伸展;左波右磔,蚕头燕尾;曲折方圆,点画分明;提顿结合,粗细兼备;去繁就简,字形变圆为方,笔画改曲为直,改连笔为断笔,笔断意连。马新朝之书法,得隶书结体之精髓,变化多端,精气神饱满。

　　马新朝之隶书源自汉简和汉碑。作为鲁迅文学奖、闻一多诗歌奖得主,诗人马新朝数十年如一日,向外求自大千世界,求诸纷纭民生,向内求自诗歌精神,求诸书法大道,以诗歌和书法两副笔墨,修炼性灵,净化自我。正所谓,书法之道,大道,正道。何以得之? 任凭世界喧哗,只求一瓢饮。马新朝在宣纸上挥洒人生,如痴如醉,于狂放洒脱中呈现出内敛与清虚的雅致。

　　书法无道。无论名家书法、文人书法、领袖书法,化有道为无道,方可渐至佳境。从大多数成熟时期的汉碑可看出,隶书的字形多呈扁方,波磔飞动,形成了典型的隶书特点。以马新朝隶书论,其结体字形扁阔,体势开张,显得雍容大度,开文人书法之新风。和楷书相比,隶书更注重横平竖直,尽管汉碑风格多样,但几乎都有这个共同的特点。而其外表的平稳和笔画匀称也是相对的,真正的书家常常有意打破平衡。马新朝深得汉简、汉碑之神韵,日益摸索,精益求精,形成了他自己稳中求变、变中求灵之风范。隶书常常突出字中的主笔,有些汉碑文字的笔画甚至作了夸张性的变长,如《沈阙碑》中的"沈"字,《石门颂》中的"命"字、"涌"字。品赏马新朝的隶书,点画之间常有出人意料之笔,让新隶书获得了新的生命。

　　隶书有道还表现在章法上。隶书扁方的字形及内紧外松的形态决定了其上下字距松、左右行距紧的独特的布白形式,助于表现隶书体势开张、横向取势的特点。若不变,则失之于干,失之于枯,失之于死。去干、去枯、去死,求润、求活、求神,隶书可成。马新朝在经年的临帖和创作中,悉心揣摩,知"道"、守"道"而变"道"、变"法",以"有道"成"无道"、成"新道"、成"大道"。其《东篱黄菊》《细草微风》等作品章法严谨而多变,大有天马行空、风云变幻之势,为大家所称道。

  书法心道。书之道,得之于心,成之于修养。"诗人,就是诗与人最好的融合;而诗,则是这个世界的美和良心。"马新朝在获得第四届闻一多诗歌奖时如是说。他还说,诗人要继承"文以载道"的精神,不能为了追求艺术的技巧而牺牲了诗歌的担当,失去对现实说话的能力。对应到马新朝的书法艺术,他的作品同样继承了"文以载道"的精神,同样具有大的担当,显示了他创新书道、探求真理和大美的力量。

  孙过庭在《书谱》中如此论述钟、张、"二王"的书法:"观夫悬针垂露之异,奔雷坠石之奇,鸿飞兽骇之资,鸾舞蛇惊之态,绝岸颓峰之势,临危据槁之形;或重若崩云,或轻如蝉翼;导之则泉注,顿之则山安;纤纤乎似初月之出天涯,落落乎犹众星之列河汉。"马新朝的隶书《心经》等作品,深得其中三昧,去除技巧,包藏智慧,以我手写我心,以我心导书道,一画之笔锋常常表现出起伏的异态,一点之毫端又往往显现出顿挫的神理,品之神清气爽,养眼养心。

(吴元成:诗人,文学评论家,河南省诗歌学会副会长兼秘书长)

马新朝的"醉隶"

李 霞

近两三年来,耳边悄然出现了"南川北马关东张"之说,还有"三剑客"之说,据查此说法与三位诗人有关。

三位诗人都出生在20世纪50年代,且都是诗人书法家。南川:子川者也,居南京。北马:马新朝者也,居郑州。关东张:张洪波者也,居长春。

1

本文只说马新朝。在河南诗坛,马新朝是旗手,是标志,是核心,这不仅因为他是诗歌学会会长,也不仅因为其长诗《幻河》获得了全国最高文学奖,主要是因为他近年的诗歌越写越好。然而,马新朝却没有满足于他脚下的立足之地,他开始越界行动,先是进攻诗歌近旁的散文,一本集子印行,便叫散文家们侧目。就在同时,也许更早,他便磨刀霍霍向更远的地方——书法高地进军了。

在一些书展上,在一些报刊上,频繁出现了马新朝的书法作品。马新朝竟然还写得一手好字!

其实马新朝痴迷书法,并不是因为近年书坛金浪滚滚所诱,他还真有童子功。他说:我从小就开始练字。那时我村有一个老地主,是我的本家,解放前河南大学毕业,当过国民党武汉市的教育局长,写得一手好字。新中国成立后,他从劳改队被遣返回乡当了农民,我们两家住邻居,他成了我的启蒙老师,他不仅使我迷上了文学写作,也使我爱上了书法和音乐。我临写的第一本字帖是从老师那里找到的一本破旧的《邓石如隶书》字帖,也是唯一一本字帖,我将其视如珍宝,反复临摹。

后来，能看到的书多了，马新朝喜欢的书法家也多了，特别是"二王"的字，《兰亭序》他临过记不清多少遍了。听说郭沫若写《兰亭序》100遍，化成了郭体。他要化成自己的体，100遍肯定不行。写书法不仅是纸和笔的关系，还有文化学养问题，感受力问题，以及人生观问题等。马新朝从《礼器碑》《石门颂》中也获益不少。当代的书法家他还喜欢林散之的行书，认为林散之的行书是生命之书、圣化之书，可惜被当下书法界的浮躁之气掩盖了许多。那真是大家，堪称20世纪以来中国书界少有的代表人物。河南在全国闻名的书法家兼书法理论家周俊杰，也不时给他指导，使他少走了一些弯路。

2

马新朝的书法以隶书为主。

隶书是汉字中常见的一种庄重的字体，书写效果略微宽扁，横画长而直画短，讲究"蚕头燕尾"、"一波三折"。它起源于秦朝，在东汉时期达到顶峰，书法界有"汉隶唐楷"之称。隶书是相对于篆书而言的，隶书之名源于东汉。隶书的出现是中国文字的又一次大改革，使中国的书法艺术进入了一个新的境界，是汉字演变史上的一个转折点，奠定了楷书的基础。隶书结体扁平、工整、精巧。到东汉时，撇、捺、点等画美化为向上挑起，轻重顿挫富有变化，具有书法艺术美。风格也趋多样化，极具艺术欣赏的价值。

3

马新朝写过的书法作品有多少，他自己也说不清，大都是有人要了即兴写的，写好后就被人拿走了，很少存下来。在书法上他并没有什么野心，只是喜欢而已。2007年，中国作家协会、香港各界文化促进会、广东省作家协会、澳门日报社联合主办"当代中国作家书画展"，他有一幅作品入选，在广州、香港、上海、北京展出，得到了很好的评价。他看了那本书画纪念册，感到自己的字在那里面比较来说还算是不错的（还表示：嘿嘿，得罪大家了），最后被几本杂志选用了。作家写书法天经地义，中国古代的文人哪个不会书法？中国古代的书法家，大都是文人名士，他们先是作家、诗人或名士，然后才是书法家。不像现在，有很多人就是写字,以书法谋生。为什么现在所谓的那些书法家中有很多只是些写字匠?因为他们的学养不够。他们练字是为了发财,就像做生意一样。在书法市场中混,最终是混不出什么名堂的。当前的书法总体感觉像是一个大市场,与鱼市、水果市场没有太大的区别。把书法整成一个大市场,这可能是中国几千年来仅见的。鱼和水果对人的身体是有用的,但那些经过反复炒作的所谓书法,若干年之后可能就是一些废纸而已。

马新朝感到,当代书法已经失去了它的使用性和工具性。因此,当代书法的定位以及它的美学原则也应该有所改变。当代书法应该根据当代人新的审美要求而变化,增强它的装饰性、画面感、美感,以及它的文化内涵。

4

观马新朝的隶书,有时如风中的荷花,古色古香袭人扑人;有时如海边老龟,似动非动,似想非想,淡然莫测;有时像戏耍的童子,无我无物更无人;有时像打盹的老僧,你忍不住欲问又不忍叨扰。无论其工稳端庄,无论其秀丽飘逸,无论其方劲古朴,无论其雄放恣肆,无论其稚拙雄浑,莫不叫人眼热心跳。

我有幸多次现场目睹马新朝挥笔洒墨,无论身边是谁,白纸一展,他立刻会进入自己的气场,书法的气场,也像身临刀火都睁开了眼的战场。他多数是飞笔,仿佛冬夜雪地,只一人行走,风还追着你,影子也吓着你,你不由自主就加快了脚步。你甚至能听见他笔和纸或切切私语,或争争吵吵的声音。你也能听见自己心脏怦怦跳动的声音,因为你也屏住了呼吸观看。他偶尔稍一思索,驻笔片刻,便又飞笔起来、起笔、藏锋、运笔、动笔、蘸墨、运笔、收锋、散锋;粗、细、方、圆、轻、重、按、提、顿、挫、枯、润、实、虚……挥写完毕,再稍一打量,随着"好了"的自语,便可移步旁立,任由观者评说或惊讶了。

有时独自一人打量马新朝留下的墨迹,会感到在它的点画之间有丝竹之音传来,有水烟之态升起,有酒香之味弥漫,你会不由自主打个手势,或者不由自主伸伸舌头,亦品味,亦称奇,亦沉醉。

5

　　传统隶书笔法上要求中锋行笔,讲究"藏头护尾,力在其中",用笔贵迟涩,注重积点成线的厚重深入感。而今日隶书则大量使用偏锋、侧锋,并突出枯润、疾徐、轻重的对比,点画的形态、线条的质感和整体感觉都与传统隶书形成了极大的反差,这大大丰富了笔画的表现形式,也加强了隶书的灵动与抒情。

　　汉隶因多为墓志书法,所以在章法上大都方正平整,横有行、竖有列、等大等距,分布如棋局算子。当今隶书在章法上有了很大突破,形式多样、丰富多彩。一般人多采用横有行竖有列但字距大于行距的写法。

　　甲骨、古陶、钟鼎、简牍、诏版、权量、砖文、瓦当、古钱、封泥、石阙、摩崖、墓志、造像记、抄经等的大量发现并被书家吸收,使当代隶书走向更加多元的审美格局。

　　清代石涛,不愿随流,出家为僧,书画皆精。其书法《七言诗轴》,以隶书为框架,行楷隶结合,字形大小参差,正斜相倚,作品自然随意,天真烂漫,与郑板桥之"六分半书"有异曲同工之妙。石涛之所以能如此,与其创作观念有极大关系,他力倡"我自用我法"、"笔墨当随时代",在300多年后的今天仍有启蒙意义。

　　书写中连笔的产生,使当代隶书家又把行书同隶书进行了完美的创新结合。张海把这种新的表现形式称为"草隶",这种结合使隶书变得活泼灵动。同时枯笔的运用与飞白的大量出现,使虚实对比和感染力极大增强,传统隶书的光亮厚重不复存在。

　　在中原写隶书,想走出来极难。现今张海、周俊杰、李刚田、李强、刘颜涛等,之所以在全国书坛极有影响力,主要是得益于隶。

　　但,马新朝也有他们所不具或难具的特质,如现代意识、哲学意识、探险意识、文学之灵、音乐之魂等。

　　书法走远后,拼的仍有技,更要命的是道,因道才会生原创,因道才会生独有,因道才会生气象。马隶应因道而长,也会因道而远,当然还有他的醉……

2013年8月

(李霞:诗人,评论家,《河南工人日报》副总编辑)

语言艺术与线条艺术

——马新朝访谈

余子愚

马新朝先生是一位优秀的诗人,同时也是位优秀的书法家,但是他的书法创作却被诗名所掩。近日,他接受了《洛阳作家》记者的采访,就读者关心的诗歌与书法作品的创作问题谈了自己的感受。

余子愚:马老师,您好!首先祝贺您刚刚获得第四届闻一多诗歌奖,这是您诗歌创作的又一巨大成就,可否介绍一下闻一多诗歌奖和您获奖的感受?

马新朝:获奖当然是让人高兴的事,但我自己是清醒的。获奖就像写总结,有的总结是自己写的,有的总结是别人替你写的,获奖是别人替你写的总结,也许有些虚拟的成分。

闻一多诗歌奖是国内诗人们看重的并有影响力的一个诗歌奖项,也是国内含金量最高的奖项之一。每年评一次,每次评出一位诗人。这是对我获得鲁迅文学奖之后写作的一个肯定,说明我仍在写作,并没有停止或满足已有的写作成果。评论界认为我是个越写越好的诗人。当然写作并不是为了获奖,获奖只是写作的一个意外。

余子愚:您的这部获奖作品有什么特色?

马新朝:这个问题,我可以引用评委会的授奖辞来回答您。第四届闻一多诗歌奖评委会的授奖辞说:"马新朝的组诗《黄土高天》不仅凸显了一个诗人历久弥坚的诗歌气象,而且这组诗歌在'乡土化'的同类题材中具有精神启示录般的意义。这些诗歌不仅去除了浮泛的伦理化倾向,而且重要的在于诗人能够从细小的事物出发重新发现了'中国乡土'这一场域的缝隙与隐秘地带。诗人沉稳、幽深、悲悯的情怀闪现出知识分子应有的忧患意识与担当精神,同时也完成了对思想与修辞的双重照亮。"

余子愚：是的，"忧患意识与担当精神"正是我们当下的中国文学所缺失的东西。我知道，您不仅是一位有着全国影响的诗人，而且书法也写得很好，在作家圈中你的书法很有影响。我比较感兴趣的是，您是从什么时候开始练字的？

马新朝：我从小就开始练字。那时我村有一个老地主，是我的本家，解放前河南大学毕业，当过国民党武汉市的教育长，写得一手好字。新中国成立后，他从劳改队被遣返回乡当了农民，我们两家住邻居，因此，他成了我的启蒙老师，他不仅影响我使我迷上了文学写作，也使我爱上了书法和音乐。

我临写的第一本字帖是从老师那里找到的一本破旧的《邓石如隶书》字帖。爱如珍宝，反复临摹。

余子愚：文学写作与书法创作，您是怎样处理二者关系的？

马新朝：诗歌是语言艺术，书法是线条艺术，二者都是艺术，而艺术是相通的。我有时会从诗歌中体会书法的精妙，有时会从书法中感悟诗歌的真谛。然而，我学习书法的时间并不多，它只是在我休息时弄弄，并没有当成多大的事来做。

余子愚：马老师现在担任河南省作家协会副主席、河南省文学院副院长、河南省诗歌学会会长等职务，有很多社会活动，会占用很多时间，那么作为一个被读者喜爱的诗人来说，如何平衡写字和写诗的时间安排？

马新朝：牺牲一些写作时间，做些社会工作当然可以，问题是做的很多事情都是没有意义的，又不得不做，这就让人感到困惑。

余子愚：看了马老师在一些杂志发表和书展上展出的书法作品，感觉很好，那么马老师现在除了隶书，还写哪类书体？您比较喜欢写哪种书体？为什么？

马新朝：我主要是写隶书，行书也写写。为什么喜欢隶书呢？因为我小时候能够找到的那本字帖是隶书，在农村那时候很难找到另外的字帖，你别无选择。所以，一生都受它的影响。

余子愚：我国古代有许多伟大的书法家，您比较喜欢的有哪几位？您是如何从他们身上吸取书法营养的？

马新朝：我喜欢的书法家有很多，特别是"二王"的字我喜欢，《兰亭序》我已经练过很多遍了。听说郭沫若写《兰亭序》100遍，化成了郭体。我要化成自己的体，100遍肯定不行。写书法不仅是纸和笔的关系，还有个文化学养问题、感受力问题,以及人生观问题等。另外,我从《礼器碑》、《石门颂》中也获益不少。当代的书法家我喜欢林散之的行书,林散之的行书是生命之书、圣化之书,可惜它被当下书法界的浮躁之气给掩盖了许多,那真是大家,堪称20世纪以来中国书界少有的代表人物。河南本土的书法家周俊杰,是河南书法协会的名誉主席,经常给我指导,使我少走了一些弯路。他是一位书法大家兼书法理论家,他的书法成就高于他的知名度,随着时间的推移,他的书法地位会越来越高的。

余子愚:您是怎样看待作家写书法?您创作了多少书法作品?

马新朝:我写过的书法作品有多少,自己也说不清,大都是有人要了即兴写的,写好后就被人拿走了,很少存下来。在书法上我并没有什么野心,只是喜欢而已。2007年,中国作家协会、香港各界文化促进会、广东省作家协会、澳门日报社联合主办"当代中国作家书画展",我有一幅作品入选,在广州、香港、上海、北京展出,得到了很好的评价。我看了那本书画纪念册,感到我的字在那里面比较来说还算是不错的(嘿嘿,得罪大家了),最后被几本杂志选用了。作家写书法天经地义,中国古代的文人哪个不会书法?中国古代的书法家,大都是文人名士,他们先是作家、诗人或名士,然后才是书法家。不像现在,有很多人就是写字,以书法谋生。为什么现在所谓的那些书法家中有很多只是些写字匠?因为他们的学养不够。他们练字是为了发财,就像做生意一样。在书法市场中混,最终是混不出什么名堂的。

余子愚:您对中国当前的书法有什么看法?

马新朝:我对中国当前的书法了解不多,但总体感觉像是一个大市场,与鱼市、水果市场没有太大的区别。把书法整成一个大市场,这可能是中国几千年来仅见的。鱼和水果对人的身体是有用的,但那些经过反复炒作的所谓书法,若干年之后可能就是一些废纸而已。

(余子愚:诗人,编辑)

南川北马关东张

——中国诗坛三诗人书法现象观察

邓万鹏

"南川北马关东张"其实是三位诗人。

三位诗人都出生在20世纪50年代,而且都是诗人书法家。

南川:子川者也,居南京。北马:马新朝者也,居郑州。关东张:张洪波者也,居长春。

从南而北而山海关外,三星纵跨江河,如长虹现于天际,引人注目,"南川北马关东张"之说一时间在坊间时有耳闻。这对当代诗歌与书法是怎样一种暗示?对东方古老文化与现代文化是怎样一种暗示?在人们远离纸笔的电子时代,三人的诗书并荣现象难道是偶然,或偶然中的必然?但却构成了当代文坛一道美丽的景观。诗书画自古一家,诗人善书,天经地义。

子川、马新朝和张洪波三人都是全国著名诗人,各自以诗闻名于世。不少人却不知道他们同时都善书,其书作参加过多种书展,连续在国内有关报刊大面积推出,"书"名大有不让其诗的势头。特别是近年,三人书艺不约而同的精进,变得引人注目,且受到业界内外的瞩目。三人各自的书风已形成,且"书名"日隆。我不懂书法,但因三人都是我的朋友,所以对三人在诗书领域并进的现象感到非常高兴和好奇。

三人中新朝、洪波都是我认识较早的,只有子川多年久仰大名未见其人,直到去年长春的一个诗会上才有机会相见。笔挺的个头儿、帅气的风度,一眼便能看出那种典型江南才子的气质和风范,晚会现场子川在台上与张洪波、钱万成三人联袂挥毫泼墨的情景至今难忘。子川自幼受到家庭熏陶,琴棋书画无所不能,是有名的江南才子,并且在编诗写诗之余钟情书法艺术久矣,已在《读者》《中国作家通讯》《诗江南》《诗选刊(下半月)》《港台文学选刊》《文学报》等报刊刊发书法作品专题或专版。据说他的象棋、围棋、国际象棋还分别获得过省地县冠军。在书法上,子川功草书,喜扇面,其风格有江南文人的细腻清秀。

而新朝则善隶书,求变,重文人气,重人情味,食古追新。他因长诗《幻河》获全国最高文学奖使他的诗名大震。近些年来他越写越好,越来越老辣,大奖不断。但知道他善书的人确实与知其诗的人不堪相比。不少人在报刊上,在一些书展上,看到他的书法作品难免为之一惊,原来新朝还写得一手好字!同样,新朝很小就"结识"了邓石如,当时也只能见到邓石如。这也是后来他一直主攻隶书的原因。再后来,无论《兰亭序》《石门颂》还是《礼器碑》,每临池,皆忘我,不知晨昏有之。他虽不善饮,却强调书法的醉意,认为每个线条,每个字,都应充满醉意,没有醉意的书法缺少神韵,七零八散。如何使诗歌或书法有醉意呢?新朝只有一个字,那就是"气"!他说"气"是很中国的东西,这个字听起来形而上,但其实是实实在在的东西,甚至是用眼睛可看得见的东西。他呼吁中国诗人不应该远离书法,因为诗与书可以互补,共同得到提升。

而张洪波善小草,喜手卷,偶狂草,落笔追求力量,有北方文人的豪气,其书笔力雄劲,如人如诗。他以孙过庭《书谱》和怀素小草《千字文》为宗,旁窥"二王"尺牍和宋人风韵,逐渐形成自己内在而不失潇洒、流畅而不失蕴藉的特点。在当代诗坛上没有谁能像他那样拥有那么多朋友。心里装着朋友,为朋友做事是他的幸福。每当春节来临,很多文朋诗友都会收到他那手书的别致的新年贺卡,那熟悉的笔笔画画总会委婉地缠绕你一整年的好心情。最近他的长卷《离骚》出版,印刷精美,设计新颖,规模罕见。他编辑的《诗选刊(下半月)》,大手笔,大格调,国内没有哪家刊物像它那样连用几十个彩码版面一个一个全方位地介绍中国当代诗人。有的老诗人收到刊物后一遍遍拂拭自己整页的彩照流下泪水。洪波的爱是大爱,是对诗的爱,对诗人的爱,对中国文化的爱!"楷书如立、行书如走、草书如奔",奔跑、跳跃,是生命最活跃、最自由的状态,接触过洪波的人都有感触,他总是在忙,他的草书狂放潇洒,字如诗,诗如字,书法即人,这就不难理解为什么洪波要以草书为自己的方向。

三人虽然生活在南北不同的城市,但是在诗歌和书法这驾双轮车上,确实称得上"三剑客"。他们平素少不了信息沟通,书艺交流,每次相见,更是一场诗歌与书法的盛宴和狂欢。据说,三诗人书法目前已受到中国书协原副主席、著名书法家旭宇先生及业内不少名家的赞扬和肯定。还据说,一场全国性的三诗人书法巡展正在紧锣密鼓进行之中,预计在年内开展。谁知道这三个诗人还要在诗坛书坛搞出什么动静来呢?

(邓万鹏:诗人,《郑州日报》副总编辑)

第四辑

附录

马新朝作品系年

20世纪70年代

《红楼梦的艺术特色》5000字,《河南文艺》1977年第6期。

《硬骨头六连组诗》(10首),《东海》1979年第9期。该组诗被选入《浙江30年诗选》,次年被评为南京军区文学创作奖。

《闪亮的刀尖》(报告文学集),1978年5月江苏人民出版社出版(与人合作,18万字)。

《小钢炮》(报告文学)5000字,《儿童文学》1979年出版,并被中央人民广播电台广播,次年获南京军区文学创作奖。

20世纪80年代

《溶雪的日子》(短篇小说),《东海》1981年第10期。

《哨兵》(短篇小说),《前线文艺》1981年第8期。

《诗三首》(诗歌),《雨花》1982年第7期。

系列军旅组诗,1983~1984年《群众文艺》、《解放军文艺》、《前线报》。

《杏子熟了》(散文),1985年7月13日《今晚报》。

《黄河漂流的故事》(系列报告文学),1987年《时代青年》、《中国青年报》、《东海》。

《走向天空》(诗集),1986年作为中原青年诗丛出版。

《叩门者》(组诗),《中原》1986年第4期。

《漂流以外的故事》(散文),1987年5月6日《青年晚报》。

《士兵》(诗歌),1987年5月24日《人民日报》。

《大黄河》(系列组诗),《十月》1988年第9期,1988年获十月杂志文学奖。

《黄河抒情诗》(系列组诗),《人民文学》、《中国作家》、《上海文学》、《萌芽》、《莽原》等。

《爱河》(诗集),1988年中国文联出版公司出版。

《人口市场》(报告文学集),1989年12月广州文化出版社出版。

《青春印象》(诗集),1989年12月广州文化出版社出版。

《故土是根》(创作谈),1989年8月24日《南阳日报》。

1990年

《黄河风情》(系列散文),1990年3月11日《河南农民报》。

《大黄河》(组诗),《诗神》1990年第6期。

《故乡月明》(组诗),入选《故乡月明——中原诗人新作选》河南文艺出版社出版。

1991年

《河魂》(报告文学集),文心出版社出版。

《大西北》(散文组诗),《太行山》1991年第7期,配发王幅明的评论《大漠的灵魂》。

《炸弹和旗帜》(评论),1991年2月19日《青年导报》。

1992年

《黄河抒情诗》(诗集),香港天马图书有限公司出版。

《大黄河》(组诗),《上海文学》1992年第6期。

《连阴雨》(诗歌),入选安徽人民出版社出版的《1991全国诗歌报刊集萃》。

1993年

《马新朝诗五首》(组诗),入选《1991—1992年度青年诗选》,中国青年出版社出版。

《冬日黄河》(组诗),1993年第1期《诗歌报》。

《黄河源》(组诗),《中国作家》1993年第5期。

《乡村的一些形式》(组诗),《东海》1993年第9期。

1994年

《进村的过程二首》(诗歌),《雨花》1994年第2期。

《黄河号子二首》(诗歌),《诗刊》1994年第3期。

《乡村的一些形式》(诗集),中原农民出版社出版。

1995 年

《大黄河》(组诗),《人民文学》1995 年第 7 期。

《为歌唱者鼓掌》(书序),1995 年 5 月 31 日《郑州晚报》。

《黄河漂流启示录》(组诗),入选杨匡汉编的《黄河吟》,明天出版社、海燕出版社联合出版。

《乡村的一些形式》(组诗),《朔方》1995 年第 8 期。

《中国农业》(组诗),《莽原》1995 年第 4 期,同年获莽原杂志文学奖。

1996 年

《黄河的话语》(组诗),《诗刊》1996 年第 6 期。

《大黄河》(组诗),《诗歌报》1996 年第 7 期。

《大黄河》(组诗),《中国作家》1996 年第 6 期。

《大黄河》(组诗),《诗神》1996 年第 7 期。

1997 年

《大洪水》(长诗),《莽原》1997 年第 5 期。

《黄河溯源》(散文),1997 年 7 月 4 日《新华日报》。

《外出做工的人》(诗歌),1997 年 10 月 31 日《书刊文摘导报》,配无名的评论《诗贵在自然,切忌鬼做》。

1998 年

《马新朝试验诗选》(组诗),1998 年 7 月 24 日《郑州晚报》。

《大黄河》(组诗),《上海文学》1998 年第 3 期。

1999 年

《在大河边栖居》(组诗),《人民文学》1999 年第 8 期。

《诗人说出了自己的话》(王贵明诗集序),1999 年 9 月 20 日《郑州晚报》。

《外出做工的人》(诗歌),入选《新中国 50 年诗选》,重庆出版社出版。

《河边芦苇》(诗歌),入选《1999 年中国最佳诗歌》,重庆出版社出版。

2000 年

《幻河》(长诗)(节选),《中国诗人》2000 年第 11 期。

《幻河》(长诗)(节选),入选中国作协创研部编的《中国诗歌精选》,长江文艺出版社出版。

《传统媒体未来的出路》(论文),2000 年 11 月 11 日《文艺报》。

2001 年

《幻河》(长诗)(节选),2001 年 5 月 18 日以整版篇幅在《河南日报》发表,并配发邓万鹏的长篇评论。

《河问》(长诗),2001 年 8 月 10 日《郑州日报》。

《幻河》(长诗)(节选),《中国铁路文学》2001 年第 6 期。

《野外》(诗歌),入选中国作协创研部编的《中国诗歌精选》,长江文艺出版社出版。

2002 年

《幻河》(诗集),中原农民出版社出版。

《人睡了,诗醒着》(为诗人李彤河诗集写序),2002 年 12 月 9 日《郑州日报》。

2003 年

《大风吹过》(组诗),《星星》2003 年第 9 期。

《幻河》(长诗),荣获第三届河南省政府文学成果奖。

2004 年

《虎口》(诗歌),入选中国作协创研部编的《中国诗歌精选》,长江文艺出版社出版。

《在乡村》(组诗),《东京文学》2004 年第 3 期。

《马新朝的诗》(组诗),《绿风》2004 年第 2 期。

2005 年

《幻河》(长诗)(节选),《报晓》2005 年第 4 期,配发单占生的评论《诗歌行动,在词语的困境中泅渡》。

《马新朝诗选》(诗歌),《新诗代》2005 年第 2、3 合期。

《风起自内心的平静》(组诗),《诗刊》2005 年第 9 期。

《节日》(诗歌),2005 年 3 月 14 日《中学生学习报》,并配有短评。

《大河流动的生命回响》(访谈),2005 年 7 月 7 日《文学报》。

《在诗歌的幻河里畅游》(长篇专访),2005 年 1 月 5 日《文化时报》。

《马新朝作品》(组诗),入选《新时代》,新世纪出版社出版。

《记鲁迅文学奖获得者,著名诗人马新朝》(记者访谈),2005 年 7 月 7 日《河南日报》。

《黄河在我心中的倒影》(论文),《作家通讯》(中国作协会刊)2005年第4期。

《把黄河当做圣灵歌唱的杰出诗人,马新朝》(评传),李振邦等人著,收入《河南籍著名文学家评传》,河南文艺出版社出版。

2006 年

《大地无语》(组诗),《长江文艺》2006年第12期。

《车过浚县县城》(诗歌),入选《韩中诗选》,并被译为韩文,韩国出版社出版。

《幻河》(长诗)(节选),入选《21世纪中国文学大系 2006诗歌精选》,长江文艺出版社出版。

《浮生散记》(组诗),《星星》2006年第10期。

《马新朝的诗》(组诗),《诗刊》2006年第5期。

《乡村的一些形式》(组诗),《朔方》2006年第3期,入选《2006年中国诗歌精选》,长江文艺出版社出版。

2007 年

《马新朝的诗》(组诗),《大众诗歌》2007年第1期。

《青海以西》(组诗),《人民文学》2007年增刊。

《马新朝的诗》(组诗),《人民文学》2007年第3期。

《精神的高度》(散文),2007年9月22日《人民日报》。

《古宅沧桑》(散文),2007年9月26日《大河报》。

《安静的日本人》(散文),2007年5月16日《文化时报》。

《墨尔多神山》(诗歌),入选《四川诗歌地图》,四川美术出版社出版。

《河流的话》(诗歌),入选诗刊社编的《诗刊50年诗选》,作家出版社出版。

《乘车经过沙漠地带》、《荒原边的小餐馆里》(诗歌),入选《2007中国年度诗歌》,长江文艺出版社出版。

《溪流与诗》(诗论),入选《百家同赏(和田玉)》,大众文艺出版社出版。

《酒不能成就一个诗人》(访谈),2007年10月18日《东方今报》。

《一件往事》(诗歌),入选《2007年中国最佳诗歌》,长江文艺出版社出版。

《锄头和镰》(诗歌),《诗刊》(上半月),2007年第10期。

《抚摸与倾听》(组诗),《诗歌月刊》2007年第1期。

2008 年

《内心的冲突》(组诗 12 首),《牡丹》2008 年第 3 期,并配发创作谈《敬畏文字》。

《盛典,1912》(组诗),入选《2008 奥运诗选》,作家出版社出版。

《世间,唯有时间永恒》(散文),《阅读文摘》2008 年第 1 期。

《读云》(散文),《格言》2008 年第 21 期。

《低处的光》(组诗),《中国诗人》2008 年第 1 期,配发琳子的评论《感受和谐》与自己的评论《精神缺失下的诗歌细节》。

《马新朝的诗》(组诗),《诗探索》2008 年第 1 期。

《一切都不留痕迹》(散文),入选《语文教学与研究》(学生版),2008 年第 1 期。

《马新朝的诗》(组诗),《中原诗刊》2008 年第 4 期。

《一个词和村庄》(组诗),《星星》2008 年第 9 期。

《玛多的云》(散文),2008 年 8 月 6 日《东方今报》。

《恰恰镇的黄昏》(诗歌),入选《中国 2008 年度诗歌精选》,四川文艺出版社出版。

《低处的光》(组诗),《中国诗人》2008 年第 1 期,配发琳子的评论《马新朝诗歌阅读笔记》。

《涧水流》(散文),2008 年 8 月 26 日《郑州日报》。

《高嗓门的年代二篇》(散文),《山花》2008 年第 9 期。

《为谁活着》(散文),《散文百家》2008 年第 9 期。

《昆虫的盛会》(散文),2008 年 11 月 16 日《郑州日报》。

《诗与书法》(评论),2008 年 11 月《大河报》。

《村南村北》(散文一组),《诗歌月刊》2008 年第 12 期。

《夜宿石头村》(诗歌),入选《2008 年中国诗歌精选》,长江文艺出版社出版。

2009 年

《低处的光》(诗集),上海文艺出版社出版。

《大地无语》(散文集),河南文艺出版社出版。

《大地无语》(散文),获《大众阅读报》2008 年度散文奖。

《读云》(散文),2009 年 9 月 9 日《郑州日报》。

《读蓝》(散文),2009年9月23日《郑州日报》。
《禅与诗歌》,2009年7月5日上午,接受新浪网的访谈。
《诗酒精神与诗歌之美》,2009年5月25日,接受新浪网读书频道的采访。
《一件往事》(诗歌),入选《2007最佳诗歌选》,辽宁人民出版社出版。
《兄弟之间二篇》(散文),2009年第1期《散文》(海外版)。
《看病》(散文),入选《散文2008年精选集》,百花文艺出版社出版。
《与自己对话》(组诗),《诗潮》2009年第3期。
《与自己对话》(组诗),入选《2009年中国诗歌选》,长江文艺出版社出版。
《马新朝的诗》(组诗),《诗歌月刊》2009年第4期。
《与鸟同行》(散文),《散文》2009年第3期。
《低语的尼罗河》(散文),2009年8月2日《郑州日报》。
《母爱无边》(散文),入选《中国散文家》,中国人民公安大学出版社出版。
《母爱无边》(散文),入选《与陌生人攀谈》,中国人民公安大学出版社出版。
《在一个人的内心行走》(诗歌),入选《新中国六十年文学大系 诗歌精选》,长江文艺出版社出版。
《马新朝的诗》(组诗),《星河》2009年第1期。
《马新朝的诗》(组诗),《汉风》2009年创刊号。
《坚硬的诗》(组诗)配发随笔二篇,《中国诗人》2009年第1期。
《烛光》(诗歌),入选《2009中国年度诗歌》,长江文艺出版社出版。
《你不知道这些》(诗歌二首),《诗歌月报》2009年第4期。
《幻河弹响诗意人生》(评论),李霞著,《牡丹》2009年第8期。
《马新朝的诗》(组诗),《河南作家》河南诗人诗歌专号。
《大地无语》(组诗),《诗刊》2009年第11期。
《对自我的采访》(大组散文),《时代文学》2009年第12期。
《诗人雕像》(图片),50余张,《中国诗人》2009年第3期。
《大地高天》(组诗),《中国诗歌》2009年第1期。
《驻村札记》(长篇散文),《中国作家》2009年第2期。
《月光满地》(散文),入选《中华活页文选》(高一年级版),2009年第11期。

《大地高天》（组诗），《绿风》2009 年第 3 期。

《玛多的云》（散文），《读者》2009 年第 5 期。

《读云》（散文），《散文选刊》2009 年第 5 期。

《在一个人的内心行走》，入选《60 年中国诗歌精选》，长江文艺出版社出版。

2010 年

《马新朝散文诗选》（组诗），入选《河南散文诗选》，河南文艺出版社出版。

《马新朝诗 9 首》，入选《2010 年河南诗歌》，大象出版社出版。

《幻河》（长诗），入选《中国百年长诗经典》，中国画报出版社出版。

《苍生》（组诗），《诗刊》2010 年第 4 期，配发评论家单占生的访谈文章，《诗选刊》2010 年第 6 期转载时还配发了散文二篇《涧水流》、《读蓝》。

《我以我心赋诗篇》（记者访谈），2010 年 11 月 17 日《河南日报》。

《黄土高天》（大组诗），《中国诗歌》2010 年第 1 期，并配发随笔 3 篇。

《穿过下午》、《山谷》、《保持沉默》（诗歌），入选《2009—2010 年中国新诗年鉴》，重庆大学出版社出版。

《晒红薯干的日子》（散文），《莽原》2010 年第 2 期。

《马新朝的诗》（组诗），2010 年第 12 期《黄河诗报》。

《留着诗歌，留住诗意的生活》（专访），2010 年 9 月 16 日《驻马店日报》。

《用诗意照亮生活》（评论），2010 年 11 月 23 日《郑州日报》。

《涧水流》（散文），《中学生阅读》2010 年第 4 期。

《马新朝诗 8 首》，入选《2009 年河南诗选》，大象出版社出版。

《卧铺票》（散文），《天涯》2010 年第 3 期。

《低处的光》（组诗），《中国诗人》2010 年第 4 期，配李霞的访谈《在一个人的内心行走》。

《向湿湿虫行注目礼》（散文），入选《2010 散文精选集》，百花文艺出版社出版。

《写黄河的诗》，《诗刊》（下半月）2010 年第 9 期。

《立在宋词上的东京梦华》（散文），2010 年 6 月 1 日《大河报》。

《马新朝作品》（组诗），2010 年 6 月 8 日《黄河诗报》。

《马新朝的诗》（组诗），《上海文学》2010 年第 1 期。

《马新朝的诗》(组诗),《中国诗歌》2010年第4期。

《马新朝诗选》,《中国诗歌》2010年第9期。

《幻河》(长诗)(选章),《河南诗人》2010年第1期,配发评论家杨吉哲的评论《词语与幻象之河》。

《农业经济》(组诗),《中国诗歌》2010年第4期。

《赶不走的睡意》(散文),2010年12月7日《广州日报》。

《烛光》、《瓦罐》(诗歌),入选《中国当代诗歌导读2010》,中国武警出版社出版。

《马新朝的诗》(诗歌),《诗歌月刊》2010年第4期。

《参观埃及神庙数年后,忽然忆起,急就》(诗歌),《人民文学》2010年第7期。

《驻村札记》(散文),《散文选刊》2010年第4期。

《窗外有仙鸟》(散文),《牡丹》2010年第12期。

《张鲜明空之象中的艺术世界》(评论),2010年6月20日《光明日报》。

《野外》(诗歌),入选《飞天60年典藏》,甘肃文化出版社出版。

《读胡茗茗诗札记》(评论),《中国诗人》2010年第1期。

《马新朝的诗》,入选《2009—2010中国诗歌年鉴》,花城出版社出版。

2011年

《低处的光》(组诗),《人民文学》2011年第9期。

《英雄无言》(散文),2011年7月15日《河南日报》。

《马新朝诗歌及其诗观》,《诗选刊》2011年第21期。

《苍生》(组诗),入选《2010年中国诗歌选》,海风出版社出版。

《河南文学史》在"新时期诗人"一节介绍了马新朝的诗歌,河南文艺出版社出版。

《时光序曲》(组诗),《中国作家》2011年增刊号。

《灵魂有光》(组诗),《上海文学》2011年第1期。

《参观埃及神庙数年后,忽然忆起,急就》(诗歌),入选《2010年中国诗歌精选》,长江文艺出版社出版。

《几个锄草的人》(诗歌),入选《21世纪中国诗歌排行榜》,百花洲文艺出版社出版。

《黄河号子》(诗歌),入选《太阳要永远升起》(中国红色诗歌经典诗本),新华出版社出版。

《灵魂有光》(组诗),《中国诗人》2011年第4期,配发易殿选的评论《走遍马新朝的14首诗》。

《去了一趟作家协会》(诗歌),《诗潮》2011年第2期,配发评论家龙彼德的评论《对低处的光照》。

《马新朝的诗》(诗歌),《中国诗歌》2011年第5期。

《西山红叶》(诗歌),《公关世界》(上半月)2011年第6期。

《宣泄》(散文),2011年12月8日《今晚报》。

《香风扑面》(组诗),《青海湖》2011年第8期。

《花红触地》(组诗),《青年文学》(中旬刊)2011年第10期。

《时光之疼》(组诗),《读诗》2011年第4期。

《马新朝的诗歌》(组诗),《蓼城诗刊》2011年第5期。

《马新朝的诗歌》(组诗),《中华风诗刊》2011年第1期。

《马新朝诗14首》(组诗),《大河》2011年第11期,配易展殿选评论《走遍马新朝的14首诗》。

《倾听乡村》(组诗及随笔),《诗刊》(上半月)2011年第10期。

《马新朝的诗》(组诗),《凤凰》2011年第2期。

《驻村札记》(散文),入选《最散文》,江苏凤凰出版社出版。

《宣泄》(散文),2011年12月12日《广州日报》。

《大地无语》(组诗10首),《芳草》2011年第5期。

《水洗过的文字》(评论),2011年5月《大众阅读报》。

《用诗雕塑人生》(评论),2011年10月17日《大河报》。

《穿过下午》、《眼泪》(诗歌),入选《中国年度优秀诗歌2011年卷》,新华出版社出版。

《阳光真好》,入选《中国2011年度诗歌精选》,梁平编,四川文艺出版社出版。

《马新朝诗歌12首》,入选《2011河南诗歌》,大象出版社出版。

2012年

《黄土高天》(组诗),《中国诗歌》2012年第1期。

《花红触地》(诗集),大象出版社出版。

《用诗摩擦文字的火星》(评论),2012年5月18日《南阳晚报》。

《写给未来的一天》(诗歌),入选《2011年中国诗歌排行榜》,百花洲文艺出版社出版。

《1300周年,清明节遥杜甫》(散文),分别发表于《文艺报》、《大河报》、《郑州日报》、《今晚报》、《南阳晚报》。

《月光满地》(散文),入选高考粤教版必修试题。

《离城三十里》(诗歌),《读诗》2012年第2期。

《花红触地》(组诗),《中国诗人》2012年第3期,配发评论家程一身的评论《退守者之歌》。

《起风之前》(诗歌),《意林》2012年第4期,分别被《青年文摘》、《时代青年》转载。

《活下去的理由》(诗歌),《九洲诗文》2012年第5期。

《一件往事》,入选《挑灯读诗》,海啸评论,中国画报出版社出版。

《片段的人生》(散文),《东京文学》2012年第4期,配冯杰短评。

《马新朝的诗》(诗歌),《新诗》2012年第2期。

《作家的源泉》(创作谈),2012年1月24日《河南日报》。

《时光之疼》(组诗),《大河诗刊》2012年春季版。

《打招呼趣说》(散文),2012年1月5日《今晚报》。

《倾斜的西山墙》(诗歌),入选《2011中国诗歌年选》,花城出版社出版。

《马新朝的诗》(组诗),《汉风》2012年第3期。

《一个心中有诗的人》(评论),2012年4月入选《寻梦》,作家出版社出版。

《南予见小说中的人物学》(评论),2012年《大河报》、《河南作家通讯》。

《诗歌与大众》(评论),2012年3月17日《大河报》。

《马新朝的诗》(评论),《时代青年》(上半月)2012年第8期,2012年12月1日《大河报》。

《李季和他的王贵与香香》(评论),2012年5月25日《南阳晚报》。

《乘车/风吹着/风景/河滩》,入选《2011—2012中国诗歌选》,海风出版社出版。

《青春回眸》(组诗),《诗刊》2012年第9期。

《马新朝的五行诗选》,《诗江南》2012 年第 4 期。

《列士》,《2012 年中国诗歌排行榜》,百花洲文艺出版社出版。

《写给未来的一天》(诗歌),入选《中国年度优秀诗歌 2012 卷》,新华出版社出版。

《高大与细小》(诗歌),入选《2012 年中国诗歌精选》,长江文艺出版社出版。

《起风之前》,入选《2012 年度好诗三百首》,长江文艺出版社出版。

2013 年

《春节》(长诗),2013 年 2 月 7 日《河南日报》。

《马新朝的诗》(组诗),《躬耕》2013 年第 2 期。

《松阳多古意》(散文),《人民文学》2013 年第 4 期。

《这里真好》(诗歌),《时代青年》2013 年第 5 期。

《马新朝诗选》(诗歌),《大河》2013 年第 3 期。

《马新朝五行诗选》(诗歌),《河南诗人》2013 年第 5 期。

《河南诗人三剑客》,"中国诗歌在线" 2013 年第 1 期。

《1300 周年,清明节遥祭诗人杜甫》(散文),获 2012 年报纸副刊一等奖。

《新时纪以来,中国诗歌的遭遇及生存现状考察》(论文),《扬子江评论》2013 年第 3 期。

《马新朝诗人与书法作品欣赏》(书法),《诗选刊》(下半月)2013 年第 3 期。

(资料由诗人本人提供,马尧整理)

马新朝研究论文、资料目录索引

《路的情综与天空的理想——读马新朝的诗集〈走向天空〉》 单占生 《牡丹》1987年第6期

《冷峻的人生吟哦》 王幅明 1988年5月26日《南阳日报》

《大漠中的沉思》 王幅明 1988年8月13日《河南日报》

《金色的收获》 晴川 丁旭 1988年11月11日《青年导报》

《勇敢的漂流者——读马新朝的诗集〈青春印象〉》 董林 1990年4月24日《青年导报》

《青春印象的印象》 王幅明 1990年8月16日《南阳日报》

《读人口黑市纪实》 李相国 1990年12月28日《河南法制报》

《磨炼双刃剑,马新朝的写作方式》 杨长春 《新闻爱好者》1991年第5期

《大漠的灵魂》 王幅明 《太行山》1991年第7期

《真正的诗人,生命的高度》 吴元成 《牡丹》1992年第4期

《读马新朝的〈黄河抒情诗〉》 李少咏 《九州诗文》1993年第4期

《黄河抒情诗题外》 许建平 1993年8月6日《黄河报》

《乡村的一些形式》 毛志成 1994年11月12日《市场报》

《再现黄河文化的辉煌丰韵》 薛继先 1995年6月11日《南阳日报》

《变革时代的青春之歌——读马新朝的两本诗集》 龙彼德 《中国诗人》1992年第1期

《朴实的乡土情结——读马新朝的诗集〈乡村的一些形式〉》 李雪峰 1994年11月3日《南阳日报》

《描绘时代的群像——读马新朝的报告文学集〈河魂〉》 王幅明 1991 年 6 月 23 日《河南日报》

《关于一些形式的意味——评马新朝诗集〈乡村的一些形式〉》 张书勇 《黄河诗报》1995 年第 5 期

《马新朝的乡土诗》 周良沛 《诗刊》1995 年第 5 期

《河南诗坛的重大收获》 邓万鹏 2000 年 4 月 21 日《河南日报》

《现代史诗的成功实践——评马新朝的长诗〈幻河〉》 龙彼德 《中国诗人》2000 年第 2 期

《诗人马新朝,用大爱铸就人生的辉煌》 乡笛 《时代青年》(下半月) 2005 年第 10 期

《恢宏大气的诗歌长卷——简评〈幻河〉》 李霞 《牡丹》2005 年第 6 期

《访鲁迅文学奖诗歌奖得主马新朝》 奚同发 2005 年 7 月 13 日《文学报》

《马新朝:黄河需要与之匹配的诗歌》 胡春才 《黄河 黄土 黄种人》2005 年第 9 期

《马新朝,用诗心歌唱黄河》 宋默 2005 年 8 月 20 日《黄河报》

《精神缺失下的诗歌细节》 马新朝 2005 年 11 月 11 日《郑州日报》

《透视中国现代诗的六大焦点》 罗羽、马新朝对话 2005 年 3 月 4 日《郑州日报》,《莽原》2006 年第 6 期

《在悖论的诗风暴里我们收获——评马新朝抒情长诗〈幻河〉》 张不代 《诗探索》2006 年第 1 期

《诗歌行动:在词语的困境中泅渡——马新朝长诗〈幻河〉简评》 单占生 《大众诗歌》2007 年第 1 期,《报晓》2005 年第 5 期

《惊醒诗经时代——试读马新朝的长诗〈幻河〉》 李霞 《大众诗歌》2007 年第 1 期

《感受和谐——马新朝短诗阅读笔记》 琳子 《中国诗人》2008 年第 1 期

《水深无声 情多无语》 刘晨芳 2009 年 4 月 20 日《郑州日报》

《党报落实"三贴近",提升影响力的一面镜子》 郭江陵 2009 年 8 月 25 日《新华日报》

《马新朝:〈幻河〉弹响诗意人生》 李霞 《牡丹》2009 年第 8 期

《中原诗坛:从苏金伞到王怀让再到马新朝》　叶延滨　2010年中原作家论坛上的发言稿

《朝向尘埃的努力——浅议马新朝诗作》　蓝蓝　2010年11月8日《郑州日报》,2010年11月9日中国作家网转载

《我以我心赋新诗》　刘洋　2010年11月17日《河南日报》

《诗意栖居就是幸福》　杨成　2010年12月24日《商丘日报》

《用词语提取事物的光》　程一身　《诗探索》2011年第4期

《这诗,如时间和风》　刘海燕　《大河》2012年第1期,2011年10月20日《郑州日报》

《进入语言内部　把生锈的词擦亮》　冷焰　《星星》(下半月)2011年第10期

《生命回音的缔造与"在场"的倾听》　丁东亚　《河南诗人》2011年第5期

《新朝和他的诗》　韩作荣　2011年9月19日《文艺报》,2011年4月19日《大河报》

《马新朝评论》　李振邦　收入《河南文艺家》一书

《词语的幻象之河——漫评〈幻河〉》　杨吉哲　《河南诗人》2011年第1期

《〈幻河〉给现代汉语诗歌带来了什么》　方向真　《中国铁路文学》2007年第3期

《全新的诗歌颠覆——关于〈幻河〉之批评》　吴元成　2006年5月30日《河南法制报》

《一个越写越好的人》　琳子访谈　2010年11月20日《焦作日报》,《莽原》2011年第3期,《中国诗歌》2013年第4期

《马新朝与单占生的对话》　单占生　《诗刊》2010年第4期

《在一个人的内心行走》　李霞　《中国诗人》2010年第4期

《灵魂有光——走遍新朝的14首诗》　易殿选　《中国诗人》2011年第4期,《大河》2011年第11期

《瓦罐》　杨志学　《河南诗人》2012年第2期

《评〈去了一趟作家协会〉》　龙彼德　《诗潮》2011年第2期

《灯火照亮的乡情》　申艳博客

《发散之美——读马新朝〈你不知道的这些〉》 琳子 《中国诗人》2010年第3期

《赏读马新朝的两首小诗》 尹聿博客

《村庄的位置——读马新朝〈烛光〉》 林格博客

《经典的颗粒》 藤蔓蔓博客

《向诗人致敬》 李庚香在2010年马新朝诗歌座谈会上的发言稿

《作家应该有一颗悲悯和善良的心》 张一弓在2010年马新朝诗歌座谈会上的发言稿

《从诗集〈低处的光〉看马新朝的诗歌走向》 邓万鹏在2010年马新朝诗歌座谈会上的发言稿

《变轨与调整》 高金光在2010年马新朝诗歌座谈会上的发言稿

《对觉察的物象表达》 杨吉哲在2010年马新朝诗歌座谈会上的发言稿

《让低处的光流动起来》 吴元成在2010年马新朝诗歌座谈会上的发言稿

《禅意与玄机》 孟宪明在2010年马新朝诗歌座谈会上的发言稿

《门外读诗》 石头博客

《一群回家的人》(评论) 马新朝 《诗歌月刊》2011年第12期

《母亲的哭及其他》 马明博 2011年5月21日《检查日报》

《永恒亦是母亲的絮语——马新朝〈大地无语〉的断裂阅读》 方博博客

《真诚,生命和自然在敬畏中灿烂——读马新朝散文集〈大地无语〉》 李霞博客

《田野——似闪向天空的光芒》 张功林博客

《〈大地无语〉:在精神坐标中寻找根脉的玄机》 李娟博客

《无语的都市流浪者——读〈大地无语〉》 唐及超 2010年10月9日《郑州日报》

《溽热中的清凉》 马明博 2011年7月29日《江南晚报》

《编后记》 朱零 《人民文学》2011年第9期

《诗教朝宗归真元》 吴元成 2012年3月13日《大河报》

《马新朝》 赵中森 《诗选刊》(下半月) 2012年第3期

《退守者之歌》 程一身 《中国诗人》2012年第3期

《马新朝,秩序的形成》 程一身 《河南诗人》2012年第5期

《花红夺目,触地惊心》 邓万鹏 《河南诗人》2012 年第 5 期

《马新朝诗歌写作:一条通向现实的新途径》 张延文 《河南诗人》2012 年第 5 期

《回到日常生活的讲述》 李少咏 《星星》杂志理论版,在 2012 年 5 月马新朝诗歌研讨会上的发言稿

《当代语境下的个人抒情》 谷禾 《河南诗人》2012 年第 6 期,《中国诗歌》2012 年第 5 期

《我所认识的马新朝》 姚丰君 2013 年 2 月 3 日《郑州日报》

《广阔的现实代主义诗歌写作》 杨四平 2012 年 10 月 15 日《大河报》

《把秋天的声音越叫越高》 唐晓渡 《中国诗人》2012 年第 6 期,《大河》2013 年第 3 期

《无限敞开的诗意》 杨志学 《河南诗人》2012 年第 5 期

《千首诗轻万户侯——〈太原日报〉马新朝专访》 王辉 2012 年 9 月 24 日《太原日报》双塔周刊头版

《诗歌"回家"与精神"返乡"》 丘河 《河南诗人》2012 年第 5 期

《无法割舍的情结——读马新朝散文集〈大地无语〉》 王剑冰 《莽原》2013 年第 3 期

《把诗歌用毛笔竖着来写——诗人马新朝书法记》 冯杰 《诗选刊》2013 年第 3 期

(资料由诗人本人提供,马尧整理)

马新朝参加有关活动记事

1981年7月,参加浙江省作家协会举办的莫干山笔会。

1995年,组诗《中国农业》获得《莽原》杂志诗歌奖。

1997年6月,参加中国散文诗西双版纳笔会。

1997年,诗歌《大黄河》获河南电视文艺优秀撰稿奖。

1998年,组诗《大黄河》获得《十月》杂志文学奖。

2000年,团中央授予"全国青年报刊优秀编辑"称号。

2002年3月31日,河南作家协会、河南省文学院、《时代青年》杂志社在龙祥宾馆举行长诗《幻河》研讨会,省内外40多人参加了座谈会。《文艺报》以及省内各报都发了消息;4月6日《郑州晚报》发表了研讨会的长篇纪要。

2003年,诗歌《幻河》获得第三届河南省政府文学奖。

2005年5月,在马鞍山参加由文化部和中国作家协会组织的第一届中国诗歌节。

2005年6月,在深圳参加《第三届鲁迅文学奖颁奖典礼》;诗集《幻河》获第三届鲁迅文学奖。

2006年5月,参加河南省委宣传部组织的河南作家日、韩访问团。

2006年,被河南省委、省政府命名为"河南省优秀专家"。

2006年,被授予河南省直五一劳动奖章。

2006年3月,参加泌阳第四届盘古文化节。

2006年4月,参加永城中国作家"金秋芒砀笔会"。

2006年5月,参加三门峡承办的"全国作文个性化课体研讨会"并在会上发言。

2006年6月,在舞钢参加"舞动的舞钢"诗会。

2006年11月,参加中国作家协会第七次代表大会。

2007年4月,参加河南省文联第六次代表大会。

2007年5月,参加周口青年作家研讨会。

2007年5月,参加《人民文学》杂志社组织的"第二届岳飞故里文化笔会"。

2007年8月,参加第一届青海湖国际诗歌节。

2007年8月,参加河南省作家协会第五次代表大会,并当选为副主席。

2008年4月,参加中国诗歌学会组织的焦作山水诗歌节。

2008年9月,参加荥阳中国诗歌文化节。

2008年,参加全国著名诗人华山采风活动。

2009年,参加《人民文学》杂志社组织的扬州笔会。

2009年5月,参加第十届以色列尼桑国际诗歌节。

2009年5月,在西安参加由文化部、中国作协组织的第二届中国诗歌节。

2009年,参加50位著名诗人咏潞安活动。

2009年,组织并参加南阳紫荆关第十四届黄河诗会。

2009年7月5日,参加"新浪读书 中原论道"之"诗酒精神与诗歌之美"活动。

2010年,参加洛阳第二十八届牡丹诗会。

2010年,在三门峡组织并参加第十五届黄河诗会。

2010年,参加中国作家协会组织的中国作家代表团访问德国。

2010年5月,在平顶山参加"三苏杯"全国诗歌大赛著名诗人采风创作活动。

2010年,在郑州黄河迎宾馆参加由中国作家与河南省作家协会、文学院组织的中原作家论坛。

2010年10月,由河南省作家协会、河南省文学院、河南省诗歌学会主办的马新朝诗集《低处的光》研讨会在河南省文联举行,与会的数十位作家、诗人、评论家李庚香、南丁、李佩甫、郑彦英、孙荪、张一弓、王绶青、贺弘、高金光等,对马新朝的《低处的光》给予了高度评价。

2011年6月,在信阳组织并参加河南省第十六届黄河诗会。

2011年6月,在郑州组织并参加《河南诗人》杂志创办一周年暨河南诗人联谊会。

2011年8月，参加第三届青海湖国际诗歌节。

2011年9月，在厦门参加由文化部和中国作家协会组织的第三届中国诗歌节。

2011年，参加《人民文学》杂志社组织的内蒙古"诗与大众"笔会。

2011年11月，在北京参加中国作家协会第八次全国代表大会。

2011年12月，参加云南蒙自笔会。

2012年3月，网络恶搞杜甫，马新朝在接受媒体采访时说："杜甫是世界上伟大的诗人，我们应该尊重他、敬仰他。恶搞他，是非常不应该的。杜甫精神是我们民族的精神之光，我们决不允许抵毁杜甫形象。"马新朝的言论引起了全国、全球华人媒体特别是网络关于可否恶搞杜甫的文化论争。

2012年4月初，组织并参加中国著名诗人走进河南三处世界文化遗产大型笔会，并结集出版了诗人们写的诗集。

2012年4月25日，在北京参加中国诗歌学会换界，当选为中国诗歌学会常务理事。

2012年4月末，参加诗刊社举办的湖北襄阳诗会。

2012年5月，获得首届上官军乐诗歌奖，并赴山西太原领奖。

2012年5月19日，由河南省作家协会、河南省文学院、河南省诗歌学会、《河南诗人》编辑部等单位在郑州建国饭店举行了马新朝诗集《花红触地》研讨会。出席会议的有谢冕、韩作荣、何向阳、商震、吴思敬、杨匡汉、唐晓渡、程光炜、耿占春、王家新、单占生、赵勇、陆健、杨四平、唐诗、南丁、邵丽、何弘、孔祥敬、王绥青、高金光、吴元成、张鲜明、杨炳麟、邓万鹏等120余人。与会论文已由《河南诗人》结集出版。

2012年在北京参加河南省作家、河南省文学院与中国出版集团组织的中原作家论坛活动。

2012年5月，散文《月光满地》入选浙江省杭州市等地2013届高三第一次高考科目教学质量检测语文试题。

2012年6月，参加诗刊社在湖南常德举办的"第二届青春回眸"活动。会上发言着重谈了关于诗歌的语言问题。

2012年7月，获得第四届闻一多诗歌奖。

2012年7月,参加中国作家协会在辽宁举行的"与雷锋同行"活动。

2012年10月,在洛阳组织并参加了第十七届黄河诗会。

2012年10月,参加《人民文学》杂志社组织的浙江丽水笔会。

2012年10月,获得首届杜甫文学奖。

2012年11月,在郑州参加吴思敬诗学思想研讨会。

2013年3月,组织并参加河南诗人深港澳文化采风团。

2013年4月,在江苏参加江苏省作家协会和扬子江杂志社举办的第二届中国新诗论坛,会上发表论文《新世纪以来,中国诗歌的遭遇及生存现状考察》。

2013年5月,增补为河南省作家书画院执行院长。

2013年5月17日,参加诗刊组织的山西永济诗会。

2013年6月,在河北白洋淀、石家庄等地参加中国诗人书法三人行活动。

2013年7月底,在吉林延边地区参加中国诗人书法三行人活动。

2013年8月17日,在武汉参加闻一多诗歌奖颁奖大会,并领取奖杯和10万元奖金。

2013年9月28日,参加并主持在河南汝南召开的河南省第十八届黄河诗会。

(资料由诗人本人提供,马尧整理)

编后记

张延文

一、致谢

祝贺《马新朝研究》能够得以出版,这无论对于现代汉语诗歌也好,还是对于马新朝来说,都是值得庆幸的事。这本《马新朝研究》对中国当代文学甚至当代文化的价值会随着时间的推移而越来越清晰和明显。

首先,我们应该感谢这部书当中涉及的作者,他们怀着对诗人和诗歌这门古老艺术的敬意而进行的辛勤的写作是本书能够问世的首要条件。在今天,有人愿意认真去阅读新诗作品,已属难能可贵;而这么多来自不同地域,具有不同职业、身份的人从不同的视角对马新朝的诗歌写作做出的评价和研究,更加让人欣慰和感动。

其次,我们还要感谢大象出版社的鼎力支持以及相关编辑人员的辛勤工作。当前的文化界有一个突出的问题,那就是对新诗研究和出版传播方面的欠缺,这两者互为因果,和堪称硕果累累的新诗写作现状比较起来并不相称,令人费解。大象出版社的这个选题足见其智慧和勇气,我们应该对其表示敬意!事实上,大象出版社一直在致力于新诗,特别是河南本土诗人的推介和传播工作,成效斐然,比如由该社原社长耿相新等亲力亲为编选的河南诗歌年选已经做了几年了,从未中断。这项工作费时费力,缺乏经济效益,这种持久的动力和热情来源于对本土诗人和文化事业的责任心和使命感。

最后,我们更应该感谢马新朝,他多年来孜孜不倦的新诗写作才是我们今天这部书发生的缘由和根本。我们以本书来向他从事的这项有益于人类心灵世界的辛苦工作表示敬意！马尧为本书的资料整理提供了帮助和支持，在此一并表示感谢。

二、编选体例说明

这本《马新朝研究》，涉及的作者多达八十余人，内容多样，在编选体例的选择上，是需要认真斟酌的，无论如何编选，终究会有不当之处，还请方家不吝赐教，以便再版时修缮。

书分为四大部分，分别是"第一辑　诗论"、"第二辑　散文论"、"第三辑　书法论"、"第四辑　附录"。

"第一辑　诗论"又分八个板块：

"笔谈"板块当中收入了包括唐晓渡、程一身、蓝蓝、刘海燕、韩作荣、叶延滨、霍志明、杨志学、李少咏、吴元成、杨四平、琳子、丘河、冷焰、谷禾、丁东亚、张延文等人的评论文章，这部分文章学术性较强，从整体上来对马新朝诗歌写作从艺术性、思想性等多个方面进行了深入的探讨和评价。

"《幻河》论"板块主要是针对马新朝的现代长诗《幻河》做的专门性评论，集中编选了单占生、邓万鹏、杨吉哲、李霞、方向真、龙彼德、吴元成、张不代等评论家和诗人的专题评论。作为马新朝的代表作和成名作的《幻河》，对于马新朝的诗歌写作来说，具有里程碑式的价值和意义。阅读《幻河》，是进入马新朝精神世界的必由之路。

"访谈"板块一共收录了九篇访谈，访谈人既有琳子、单占生、李霞、罗羽、奚同发等著名诗人和评论家，也有来自媒体的记者，如《文化周报》记者、《太原日报》记者、《河南日报》记者、荆楚网记者等。作为访谈对象的马新朝，对自己的成长经历、阅读资源、艺术理念以及对于当代诗歌写作的评价等做出了全面、细致的回答。

"《花红触地》评论"和"热议《低处的光》"分别为两次马新朝诗歌作品研讨会的专题发言的辑录，"《花红触地》评论"板块录入的发言人包括谢冕、吴思敬、杨匡汉、程光炜、商震、耿占春、赵勇、何向阳、李霞、单占生、唐诗、蒋登科等，"热议《低处的光》"板块录入的发言人包括李庚香、张一弓、南丁、李佩甫、郑彦英、王绶青、何弘、高治军、邓万鹏、高金光、杨吉哲、吴元成、李少咏、田桑、靳瑞霞等。这里不乏当前最重要的诗歌理论家和诗人,也有著名的作家和评论人士,他们从不同视角对于马新朝的诗歌作品做出了全方位的解读和评论。

"短诗赏析"板块收录了易殿选、海啸、杨志学、龙彼德、申艳、琳子、尹聿、林格、敬笃、朱零、藤蔓蔓、程一身等人对马新朝诗歌作品从文本的角度进行的细读。对文本的解读是诗歌评论里最为重要的核心环节,使得一般的研究不流于主观和空泛。这些细读当中使用的阅读方法也颇耐人寻味。

"诗与人"板块收入了孟宪明、周良沛、张书勇、宋默、胡春才、石头等人的几篇诗论,这些文章试图从形而上的角度来解读马新朝的诗歌写作。

马新朝不仅是个诗人,还是散文家和书法家,"散文论"和"书法论"部分收入的就是关于马新朝的散文和书法艺术的评论文章,其中"散文论"的作者包括王剑冰、马明博、方博、李霞、张功林、刘晨芳、李娟、唐及超等人;"书法论"当中有冯杰的《把诗歌用毛笔竖着来写——诗人马新朝书法记》和吴元成、李霞的文章以及余子愚的一篇访谈《语言艺术与线条艺术——马新朝访谈》。在中国传统文化里,诗书画一直是相互联通的,马新朝对于书法艺术的探索和实践,是其诗歌艺术创作的另外一个重要的精神资源。

书的附录部分还有马新朝的作品系年、马新朝研究论文、资料目录索引、参加有关活动记事等内容,是对正文部分有益的补充。

三、编选心得

编选工作虽然看起来烦琐、乏味,事实上却别有洞天,收获良多。编选这样一部当代著名诗人的研究之书,对主编人员来说无疑是一个巨大的挑战:伴随着智力和体力的双重挑战,最终我们也必将获得身心的双重享受。我为能够承担这项工作由衷地欣喜,谢谢来自出版方大象出版社以及诗人马新朝的信任。

在编选的过程当中,我也日益加深了对马新朝诗歌创作的再认识,同时,通过阅读,获得了和其他各方人士心灵接触的机会,了解了不同类型的诗歌评论和基于个人生命经验的美学观点。这部书从某种意义上来说,也是一部新诗评论方面的方法论大全,各方人士荟萃一堂,就同样一个问题畅所欲言,为我们提供了一个认识诗歌写作的大讲堂。

当然,这里我们还是要感谢马新朝,正是因为他出类拔萃的诗歌创作才能够吸引这么多有识之士愿意为此付出心力,他为我们提供了言说的可能。这部研究资料汇编,我想它的意义超越了一部简单的资料汇编。这部书不仅仅提供给当下者认识和了解马新朝诗歌创作的第一手资料,同时,它也为将来者认识和理解我们这个时代的社会文化生活打开了一扇心灵的方便之门。当然,由于时间拉得过长,仍有一些资料难以找全,这不能不是本书的遗憾,只好留待以后去补充了。

在一个喧嚣的变革的大时代,在电子媒介大行其道的语境里,诗歌在大众传播的氛围里落落寡欢,逐渐淡出了公众的视野。在今天,各种类型的出版物充斥着人们的视野,但能够代表我们这个大时代的内在精神的出版物却是凤毛麟角。精神取向和价值尺度的匮乏,使得当下的阅读清浅甚至庸俗,商业伦理和权力机制带给这个时代的多重压迫更让诗歌的精神难以发扬光大。这部《马新朝研究》的出版,它的文化象征意义有待我们进一步去理解和认识。

四、编后记

作为一个专门的新诗研究人员,同时也是一个诗歌的爱好者,我想就个人对马新朝的诗歌写作提供一些粗浅的看法。首先,这其中包含有我阅读本书当中编选内容的感受,同时也可以为其他读者理解和认识马新朝的诗歌写作提供多一些对照的材料。当然,这有点越俎代庖的嫌疑,不当之处还望见谅。

谈论马新朝的诗歌写作,首先还是要说到他那首获得了第三届鲁迅文学奖优秀诗歌奖的长诗《幻河》,对这首诗的认识,至少应该从以下几个方面来理解:一、文体方面,这首近两千行的长诗在现代新诗写作中,具有文体创新的典范性,它的出现标志着中国抒情诗写作进入到了一个成熟的时期,它在某种程度上接近了艾略特的《荒原》。它使用的抒情方法和文体结构,都为新诗写作提供了可资借鉴的范本。二、《幻河》不仅代表着诗人马新朝的心灵史,也是华夏民族的内在精神的写照,它具有强烈而深厚的思想价值。马新朝在一个机缘里得以近距离观察中华民族的母亲河黄河,激发了他潜在的生命激情,他以富于主体性意识的独立立场和批判意识,重新深入到了文明的长河里,并以一己之力做出了令常人难以想象的对于历史、现实的宏大的回应和创新。《幻河》提供给我们的是一个个体生命在一个大时代里发出的来自灵魂深处的最强音,它标志着中国诗人个人主体性的获得,这是新诗写作的现代性获得的前提。三、美学方面,《幻河》体现出的美学风格是丰富多元的,既有传统的美学精神,也有现代的美学质素,并且还有新的属于诗人自己创造的美学精神,其中生发出的是一种基于历史、宗教、人性的博大的包容精神,以及生命个体的汪洋恣肆的野性和背叛之美。《幻河》具有"天行健,君子以自强不息"的阳刚之美,这在新诗当中也难能可贵。整体上来说,《幻河》是我们认识马新朝的内窥镜,它同时为我们展示了新诗写作的巨大的可能性。《幻河》可以让我们体会屈原《离骚》当中的超越性的精神之光辉。

马新朝的短诗写作是其近年来一直在进行着的艺术探索,并先后出版了《低处的光》和《花红触地》两本抒情短诗集。马新朝的短诗在文体上不拘一格,往往别出心裁,或者说,他是随意挥洒的,这颇有李太白"清水出芙蓉,天然去雕饰"的灵动之美。马新朝在语言上也很下了一番功夫,陌生化的语言方式,富于古典意味的语境的营造,开放性的话语结构,这些都让马新朝的短诗获得了现代汉语诗歌当中最难做到的意境美。更为重要的是,马新朝对诗歌写作有着精益求精的精神,这使得他的诗艺日益精进。"老去渐于诗律细",这也和诗圣杜甫的创作原则不谋而合。马新朝的诗歌既有理想主义的浪漫,也有现实主义的客观冷静,他对艺术真实的追求和塑造,让我们对他未来的写作充满期待。

这部《马新朝研究》仅仅是一个阶段性的成果,对马新朝的研究还远未达到应有的程度,而且,马新朝的诗歌创作应该还会有更为重要的成果出现。相信在不久的将来,就会有新的马新朝诗歌研究著作出版。虽然本书的出版只是个开始,但它已经为我们敞开了一个阔大的远景等待着我们去探索和发现!

图书在版编目（CIP）数据

马新朝研究/张延文编. —郑州：大象出版社, 2013.10
（中国当代作家研究丛刊）
ISBN 978-7-5347-7850-6

Ⅰ.①马… Ⅱ.①张… Ⅲ.①马新朝—文学研究—文集 Ⅳ.①I206.7-53

中国版本图书馆 CIP 数据核字（2013）第 243897 号

中国当代作家研究丛刊

马新朝研究

张延文 编

出 版 人	王刘纯
责任编辑	王晓宁
责任校对	钟 骄
书籍设计	美 霖

出版发行	大象出版社（郑州市开元路 18 号　邮政编码 450044）
	发行科　0371-63863551　总编室　0371-63863572
网　　址	www.daxiang.cn
印　　刷	辉县市文教印务有限公司
经　　销	各地新华书店经销
开　　本	787×1092　1/16
印　　张	27.75
字　　数	465 千字
版　　次	2013 年 10 月第 1 版　2013 年 10 月第 1 次印刷
定　　价	68.00 元

若发现印、装质量问题，影响阅读，请与承印厂联系调换。
印厂地址　辉县市东外环教师进修学校后面
邮政编码　453600　　　　　电话　（0373）6208218